Толстой и
Достоевский

托尔斯泰与
陀思妥耶夫斯基

[俄] 梅列日科夫斯基 Д. С.Мережковский ◎ 著
杨德友 ◎ 译

华夏出版社

目 录

中译者前言 ··· 1
《梅列日科夫斯基全集》序言（1914） ·· 1

卷一：生平与创作

引言 ··· 3

上 篇 作为人的托尔斯泰和陀思妥耶夫斯基

第一章 ··· 13
第二章 ··· 24
第三章 ··· 33
第四章 ··· 46
第五章 ··· 71
第六章 ··· 85
第七章 ·· 105
第八章 ·· 125

下　篇　作为艺术家的托尔斯泰和陀思妥耶夫斯基

第一章 …………………………………………………… 143
第二章 …………………………………………………… 165
第三章 …………………………………………………… 176
第四章 …………………………………………………… 205
第五章 …………………………………………………… 226
第六章 …………………………………………………… 256
第七章 …………………………………………………… 292

卷二：宗教思想

序　言 …………………………………………………… 307
第一章　托尔斯泰笔下的反基督 ……………………… 336
第二章　陀思妥耶夫斯基笔下的反基督 ……………… 400
第三章　托尔斯泰笔下的基督 ………………………… 474
第四章　陀思妥耶夫斯基笔下的基督 ………………… 517
第五章　陀思妥耶夫斯基笔下的分裂 ………………… 569
第六章　托尔斯泰笔下的最终分裂与最终合一 ……… 701

附录：梅列日科夫斯基作品编年 ……………………… 766
译者后记 ………………………………………………… 768

中译者前言

梅列日科夫斯基（Dmitri Sergeevich Merezhkovsky，1865—1941）是俄国十九世纪末、二十世纪前半期最有影响的作家、诗人、剧作家、文学评论家和宗教思想家之一。从1881年开始发表诗作到1941年去世，无论在俄国时，还是在国外长时间流亡时期，他都一直不断发表作品。他的著作大部分经受住了时间的考验，对于今日仍然具有重大意义。梅列日科夫斯基工作之勤劳、知识之渊博、视野之宽阔、思想之深度、影响之巨大，令人钦佩。

梅列日科夫斯基的成就，涉及欧洲和俄国文史哲各个领域。在为1914年二十四卷本《梅列日科夫斯基全集》所写的言简意赅的总序开篇，他曾对自己的写作目的有如下说明：

> 有意眷注这部文集的读者将会发现，尽管各部著作性质不同，有时候还互唱反调，但是，它们之间存在着不可分割的联系。它们是一条链条的各个环节，一个整体的各个部分。它们不是好几部书，而是一部书，只不过为了阅读方便而分册刊印罢了。是一部书，说的是一件事。对于现代人类，基督教是什么？回答这个问题——就是贯穿在各个部分之间的联系……我只是描述自己一贯的内心感受。（谢翰如译文）

这篇"总序"虽然写于1914年，但对梅列日科夫斯基直到1941年去世这一段很长时间内写作的其他著作而言，同样中肯。"基督教是什么"这个问题,贯穿了梅列日科夫斯基的全部写作,无论诗歌、戏剧、小说、传记,还是评论。作者说自己不是哲学家,但是,他的著作作为整体,所表现和叙述的恰恰就是他的宗教哲学思想。只不过,梅列日科夫斯基的宗教哲学思想不是以理论阐述的方式来表达,而是通过解读历史人物,尤其通过剖析人物的灵魂、精神过程来展现来表达。因此,他写的传记小说很难归类,既像是奇妙而深刻的文学评论,又像是风格独特的小说。所以,他的宗教哲学著作读起来一点不让人感到枯燥。

梅列日科夫斯基写作的时代,是俄国文学史上所谓的"白银时代"(据说继承了十九世纪初期以普希金、果戈理等人为代表的俄国文学的"黄金时代"),一般认为指1890—1917年和十月革命后初期。在这个时期,俄国社会受到国内政治经济的影响,文化上受到西方各种思想和文化流派的影响,出现了十分活跃的气氛,比如文学上的象征主义、阿克梅主义和未来派等,以及宗教哲学方面的索洛维约夫(1853—1900)、布尔加科夫(1872—1944)、别尔嘉耶夫(1874—1948)和舍斯托夫(1866—1938)等人的著作。在历史和文化的转折时期,知识分子都难免要重新审视自己民族的思想文化,寻找未来的精神发展方向。在这些宗教思想家中,梅列日科夫斯基显得非常特别,这部写于1900到1902年的两卷本(每卷分上篇和下篇)长篇作品《托尔斯泰与陀思妥耶夫斯基》就是明证。

托尔斯泰和陀思妥耶夫斯基是俄国现代文学的泰斗,我国读书界非常熟悉,研究文献也很多。即便如此,这部一百多年前写下的皇皇巨著仍然让我们感到震撼性的力量:通过对托尔斯泰和陀思妥耶夫斯基其人及其主要作品的剖析,梅列日科夫斯基力图审视俄罗斯现代民族精神的代言人的灵魂,揭示俄罗斯现代宗教思想所面临的问题,探索这些问题在现代语境中的深层宗教哲学意义,独具匠心。

《托尔斯泰与陀思妥耶夫斯基》不是文学批评性质的论著,而是关于灵魂学的宗教哲学论著。一个人的灵魂是看不见的,可见的是一个人的作为和作品。就作家来说，唯有通过其作品，我们才能窥知其灵魂；但要通过作品窥知一位作家的灵魂，又非常困难，因为，作家在作品中并没有直接露面，而是借自己笔下的人物说话。本书卷一题为"生平与创作"，以传记材料为基础，力图通过作家的"行为"来透视其灵魂；卷二题为"宗教思想"，完全通过两位作家笔下的文学人物来透视作家的灵魂。靠剖析作品来剖析一个作家的灵魂，需要非凡的洞察和解析才能，如此解析作品，看起来像是文学批评，实际上，我们的文学批评几乎与作家的灵魂问题毫不相干。

写作《托尔斯泰与陀思妥耶夫斯基》前后，梅列日科夫斯基写了"基督与反基督三部曲"，旨在"反映历史——全世界的历史、即所有世纪、所有民族的历史，理顺历史上全部的基督思想"。第一部《诸神死了：背教者尤利安》（1896）审视的是罗马帝国确立基督教为国教三个世纪之后的事情，当时又恢复了对奥林匹亚众神的崇拜，基督教与多神教这两个真理又出现了对峙。在第二部《诸神复活：列奥纳多·达·芬奇》（1900）中，"两个真理"的对峙变得更为复杂，基督教和反基督教的思想斗争更为尖锐，因为，这时出现了最可怕的"反基督"的世界性力量：现代国家。第三部《反基督者：彼得与阿列克塞》（1903—1904）以"现代国家"问题为框架，进一步展开基督教和反基督教的思想斗争。书中的彼得被刻画成建立反基督国家的人物，"恶的天才"；他可笑地一味模仿西方国家，驾驭他的是反基督的意志。阿列克塞走的则是基督之路，却受到不公正审判，以殉难告终。

梅列日科夫斯基写作三部曲第一部时，同时着手写《托尔斯泰与陀思妥耶夫斯基》，因此，两书主旨显出共同之处。反过来说，梅列日科夫斯基对托尔斯泰和陀思妥耶夫斯基这两个伟大的俄罗斯灵魂的剖析，是以基督与反基督为基本的戏剧推动线索的。

《托尔斯泰与陀思妥耶夫斯基》最初在《艺术世界》杂志上连载，历时近三年（1900年到1902年）；单行本也随即问世（《世界艺术》杂志版，卷一：1901年；卷二：1902年）；1903年，卷一第三版出版（圣彼得堡皮罗日科夫版），中译本卷一依据的就是这个版本。在1911年沃尔夫协会出版的《梅列日科夫斯基全集》中，本书被编为第 VII、VIII、IX 卷中。本书被译成多种外语，有大量评论（参见1914年《全集》，卷 XXIV 文献）。中译本卷二根据的就是1914年《全集》第 XI – XII 卷。

在俄国，这部著作在1914年收入24卷本出版之后，到1990年苏联解体之前没有以任何形式再版。译者本来希望找到近期版本，指望有当代俄国学者添加的注解和说明等等，但没有成功。这部中文版全书共约54万字，由于承担其他翻译，竟十多年才完成，也算了却了一番心愿。

这部著作的文风彰显了梅列日科夫斯基的风格。不足之处是原文没有注释，引用文段落没有标出出处和版本等，圣经引文也仅部分标明出处（正文中引用文句之后）。没有指出出处的句子，译者尽力在中文圣经和合本中查找，恐难差强人意。

杨德友
2008年12月
山西大学

《梅列日科夫斯基全集》序言(1914)

梅列日科夫斯基

有意眷注这部文集的读者将会发现,尽管各本书性质不同,有时还互唱反调,但是,它们之间却存在着不可分割的联系。它们是一条链条的各个环节,一个整体的各个部分。它们不是好几部书,而是一部书,只不过为了阅读方便而分册刊印罢了。是一部书,说的是一件事。

对于现代人类,基督教是什么?回答这个问题——就是贯穿在各个部分之间的联系。无论问题的提法还是答案,都是多种多样的,其间存在着矛盾。如果我是一位布道师,我就要急于消除它们,或者掩盖它们,以便增强布道的效力;如果我是一位哲学家,我就要抓住一个思想,穷追到底,求出一个统摄全体的因素,就像光线对于水晶体。可是我既不是布道师,也不是哲学家(如果有时我当了前者或者后者,那也是无心的,有悖于我的本意),我只是描述自己一贯的内心感受。而且,我想,不管我的描述是多么不尽人意,它毕竟是存在过的事物的真实记录,自有其价值。因为我遇到的东西,我同时代的许多人也遇到过或者将会遇到,我过去和现在所感受到的,许多人也感受到或者将会感受到。不管现代人怎样回答"基督教是什么"这个问题,问题本身是回避不了的。

矛盾会破坏系统性,削弱传教力,但是却确认了感受的真实性。

不论水晶的完美多么诱人，我还说宁可要植物的尚不完美、不均匀、与外界矛盾以及从内部战胜矛盾的成长。我不要追随者，不要门徒（赞美上帝，我现在没有，并且希望永远没有），我只要伴侣。我不说：您到哪儿哪儿去；而说：要是我们同路，那就一道走吧。我知道我在往哪儿走，而那个地方，英国人是走不到的。如果说在我写的东西里还是有布道说教的话，那么，我说的只有一条，亦即：不应当说教，不应当有一个引导者，而应当大家一起走。走出"地下"，克服孤独——任务就是这样。如果我的"纪事"里反映出这一点，那么，这些"纪事"就不会是没有价值的。

我并没有赐予人们真理的野心，但是我希望，也许有人愿意和我一起寻求真理。如果是这样，那就请他跟我并肩去走那曲折崎岖、有时甚至黑暗可怖的道路，与我分担我感受到的那些矛盾的痛苦，有时甚至是绝望的痛苦。读者在一些方面等同于我，如果我从矛盾中走出来了，那么，他也一样会走出来。

举例说明。当我着手写作"基督与反基督三部曲"的时候，我觉得，存在着两个真理——基督教讲的是天上的真理，多神教讲的是尘世的真理；将来，这两个真理结合起来，那宗教真理就完满了。但是，在我写到最后的时候，我已经知道了，要把基督和反基督结合起来，乃是渎神的骗局；我知道了：两个真理——天上的、尘世的——已经融合在耶稣基督、上帝之子的身上了，融合在那个为普世基督教所信奉的人身上了；我知道了：在他——唯一真神身上的真理不仅是完备的，而且还在不断被完善、不断成长、永无止境，除他之外，再不会有其他。但是，我现在还知道，我必须把这个骗局延续到底，以求看到真理。从一分为二到合二为一——这就是我的路，我的读者旅伴如果在要点上，亦即自有探索上，与我等同，那么，也会走到同样的一个真理。

再举一例。在我写作研究著作《托尔斯泰与陀思妥耶夫斯基》的时候，我认为，或者说，我倾向于认为，俄国的专制制度，确切地说，它与俄罗斯东正教的联系，是一股正面的宗教力量。尽管出于全然不同的原因,我也和弗·索洛维约夫①、陀思妥耶夫斯基一样,认为俄国的独裁政治是通向神权国家,即尘世天国的途径。在这方面,我是始终如一的。既然在宗教上我主张把基督与反基督结合起来,那么,我也应该谋求两者在社会生活上的结合。但是,在写作《未来的下流人》和《俄国革命的先知》的时候,我已经知道,俄国独裁制度的宗教力量确实很大,但却不是正面的力量,而是负面的、魔鬼的力量。我也知道,不理解这股力量、熟视无睹、不懂得尊重它,乃是俄国革命诸多失利的原因。只要与旧秩序的斗争仅仅局限在政治层面上——像迄今为止所进行的那样,斗争就不可能胜利。革命与猛禽搏斗,然而却以为对方是四脚野兽。革命是尘世的革命,然而敌人却不仅仅是尘世的。为什么革命会这么软弱地缴械,原因就在这里。它犹如重剑猛击幻影,是连敌人的一根毫毛也不能够刺伤的。

导致我得到这种认识、使我睁开眼睛观察俄国独裁制度的,并不只是对基督与反基督世界性斗争的历史沉思,以及我自己内心的宗教体验和外在的俄国生活事件。如果读者在这些想法上也和我一样受到诱惑,那么,也会和我一起战胜诱惑的。我再次意识到:不彻底理解诱惑,就不可能战胜诱惑。

是的,例证已经够多了。我担心我说的这些话已经侵害了读者的自由。那就让我再说一遍:如果愿意而且可能的话,请我的旅伴跟我结伴行走;如果不是这样,就请离开我,因为我是不会拉着他人跟我走的。

最后,我愿意尝试就我所写的著作列出一个很简要的示意图。

"基督与反基督三部曲"描写两种本源在世界历史上的斗争,写

---

① 索洛维约夫(1853—1900):俄国哲学家,神秘主义者,他试图把宗教哲学、科学和伦理学综合在一个统一的基督教内,在教皇领导下把俄国东正教与天主教联合在一起,遭到俄国东正教和政府的反对。他的主要哲学著作有:《西方哲学的危机:反对实证主义者》《神权政治的历史与未来》等。他的象征主义诗歌对俄国文学也有一定的影响。——译者注

的是过去。《托尔斯泰与陀思妥耶夫斯基》《莱蒙托夫》《果戈理》描写的是俄国文学中的这种斗争，写的是现在。《未来的下流人》《不是和平、而是刀剑》《在平静的洄流中》《患病的俄罗斯》描写的是俄国社会生活中的这种斗争。《古老的悲剧》《永恒的旅伴》《诗集》则分别引导我走到一个问题的道路上的各个路口的路标，这唯一的、涵盖一切问题的问题，就是关于两种真理——上帝的真理和人类的真理在神—人现象中的关系。最后，《保罗一世》和《亚历山大一世》乃是从两个本源的斗争对俄国未来命运的关系中来研究的。

这自然只是外观的、死板的示意图，是一座迷宫的几何草图。至于构成活生生的植物生长的内部组织结构，大概我比任何人知道得都少。我只知道一点：我不想建构什么，我只要成长、培育，至于是否取得了成功，是不应该让我来评判的。

我知道，在我同时代的人之中，我的读者旅伴不多。但是，我也不是形影相吊。如果没有亲密的朋友、同一信念友人的帮助，我所取得的成就就要比现在少多了。如果只能指望同时代的人，那么，从事宗教事业的人，无论多么缺乏谦逊，也是不敢贸然这样做的。然而，我们种白菜，是为了自己，而种树，则是为了子孙后代。

我把我的劳作、我们的劳作，奉献给这样的一代俄国人：他们能够理解，基督教不仅过去存在，现在存在，而且将来也必定存在；基督不但是完备的真理，而且是可以不断完善、不断发展、永无止境的真理；俄罗斯的解放、世界的解放，只能奉基督之名实现，岂有他哉。

（谢翰如译，杨德友校）

卷一

生平与创作

译自俄文版 1903 年圣彼得堡
皮罗日科夫版《托尔斯泰与陀思妥耶夫斯基》第三版

引 言

十九世纪八十和九十年代步入意识生活的那一代俄罗斯人,在涉及俄国文化前途方面,处于一种困难和肩负重任的状况之中,这大概是和彼得大帝以降任何一代人不同的。

我说从彼得大帝以降,是因为正是对彼得大帝的态度构成了最近二百年对俄罗斯历史理解两大派别的分水岭,虽然事实上在彼得以前和更远的历史中用"西方派"和"斯拉夫派"这两个十分肤浅和不完备的术语所表示的这两派的斗争已经开始。西方派否认俄罗斯文化中固有的思想,在这一文化中只想看到欧洲文化的延伸甚至模仿;斯拉夫派则肯定这种固有思想并且把俄罗斯文化和西方文化对立起来——从这种极端而纯粹的面目来看,除了抽象思辨之外,两派是在哪里也不能直面相逢的。在科学、历史或者艺术等活动中,两派又不自觉地互相接近、汇合,虽然从来没有混合为一,最终也没有合为一体。这样,在全部伟大的俄罗斯人那里,从罗蒙诺索夫,经过普希金到屠格涅夫、冈察洛夫、托尔斯泰和陀思妥耶夫斯基,尽管存在着极为深刻的西方影响,却也不断地体现出固有的俄罗斯思想——虽然清晰程度和意识程度不如西欧的共同思想观念。到现在为止,斯拉夫派导师们的主要弱点都在于这种清晰性和意识之不足。

在西方派能够指称全欧文化和彼得的功绩,将其作为确定的和意识中的理想之同时,斯拉夫派则驻足于对往昔的浪漫而模糊的惋惜,或者对未来的同样浪漫而模糊的憧憬,只能指称极为清晰但不可移动又僵死的历史模式,或者极为不清晰、缺乏实体性和如隔烟雾的远景，指称那已经死亡或者尚未诞生之物。

陀思妥耶夫斯基感觉到并指出了斯拉夫派的这一病症：缺乏明晰眼光和意识。正如他所说的，"斯拉夫派的幻想因素"。"迄今为止，斯拉夫派仍然坚守模糊不清的理想。因此，西方派依然是比斯拉夫派更讲求现实的，虽然也有错误，但是他们依然走得更远些，运动依然是在他们一方，与此同时，斯拉夫派则一步不动，并且甚至以此大为自豪。"

在陀思妥耶夫斯基看来，西方派比斯拉夫派讲求现实，因为前者能够指出欧洲文化的一定程度的表现，而后者虽然努力寻求，却没有在俄罗斯文化中找到任何等价、等义同时又同样确定和完备之物。这是陀思妥耶夫斯基在1861年的看法。十六年以后，他觉得他已经找到了斯拉夫派寻而未得的俄罗斯文化之伟大而确实的表现，这种表现可以有意识地、绝对清晰地与欧洲对峙并向欧洲揭示。他是在以普希金为起点的新的俄罗斯文学的世界意义中找到这种表现的。

1877年，他就刚刚出版的《安娜·卡列尼娜》在《日记》中写道：

> 在我看来，这部作品包含了可以为我们对欧洲作出回答的事实的规模——我们可以向欧洲指出的那长期寻求的事实。作为一件艺术作品，《安娜·卡列尼娜》完美无缺，现代欧洲各国文学中没有类似的作品可以与之比拟；其次，就其思想而言，这已经是我们的、我们*自己的*、亲切的东西，亦即在欧洲世界面前显现出我们的特质的东西。如果我们具有如此思维力量和表现力量的文学作品，那么，欧洲为什么拒绝承认我们的独立性，我们自己的*文学*呢？这是一个自然而然地产生的问题。

在当时，这些话可能显得过于大胆、过于自信，然而，今天，在我们看来却几乎是怯懦的，无论如何是不够清晰和明确的。陀思妥耶夫斯基不过指出了俄罗斯文学中现在越来越清楚地向我们展现的那种世界意义的一小部分。为此，正如我们看到的那样，不仅应该看到托尔斯泰艺术创作的全部发展过程，而且应该看到他道德与宗教个性全部悲剧性的发展过程，还应该看到托尔斯泰与陀思妥耶夫斯基的最深刻的共识和最深刻的对立，虽然他们都继承了普希金的传统。正如陀思妥耶夫斯基所说，这的确已经是"具有特殊意义的事实"，是俄罗斯文化，同时也是世界文化的几乎被意识到，虽未明言但已明确的有血有肉的表现。在西欧，只有感觉最敏锐的人士——勒南、福楼拜、尼采——即使没有识别，至少也预感到了这一表现的含义。但是，到目前为止，虽然俄国事物在欧洲颇为时兴，但是欧洲评论界大部分人对俄罗斯文学的关注依然是偶然性的、肤浅的。时至今日，欧洲评论界还没有认清俄罗斯文学世界意义的实在的规模，虽然我们，俄罗斯人，已经看到这种规模，俄罗斯诗歌的源泉——普希金——已经向我们打开，然而这一渊源依然不能为外界理解。我们已经不可能归返到否认俄罗斯文化固有思想的西方派那里去，更不可能归返到斯拉夫派那里去，这倒不是因为他们的言论在我们看来过于大胆、过于傲慢——我们对俄罗斯的前途的信念可能更为勇敢、更为专断，而仅仅是因为这些四十年代的书呆子和思辨专家，在我们看来，全是德国形而上学的过分顺从胆小如鼠的小学生、改头换面的德国派、天真烂漫的黑格尔主义者。如果说陀思妥耶夫斯基的预言"俄罗斯将向全世界说出闻所未闻的豪言壮语"显得为时过早，那仅仅是因为他没有把话说透，没有把自己的认识导向最大可能程度的明确，惧怕自己思想得出的最终结论，挫折了思想的利刃，钝化了其锋芒；在走到深渊边缘之际，为避免跌入而退缩回来，重又抓住斯拉夫派静立不动、僵化的历史模式，而他，为了摧毁这种模式的作为，大概是比谁都多的。事实上，不头晕目眩地、不迷醉于民族虚荣心地承认展现在俄罗斯文学中的思想的世界性，是需要智慧的高度明晰和清醒的。对于我们这赢弱和病态的一代人来说，在这一认识之中，恐惧也许多于诱惑：我理解责任的可怕的、几乎是不可承受的重量。

但是，虽然如此，或者更确切地说，正因为如此，我们承认了俄罗斯固有的思想，我们已经不能够——无论代价有多大，无论有什么重大矛盾威胁着我们——高傲自恃对西方文化不予理睬，或者像斯拉夫派那样，心胸狭隘地不屑一顾。我们不会忘记，正是陀思妥耶夫斯基，恰恰是在他身为——或者无论如何认定自己是——最极端的斯拉夫派的时候，这样有力而明确地表达出了我们俄罗斯人对欧洲的热爱，我们俄罗斯人对亲切的西方的眷恋，而我们的西方派人士却无一人如此。他说：

我们，俄罗斯人，有两个祖国：我们的俄罗斯（Русъ）和欧洲。

欧洲是令人敬畏的和神圣的！啊，诸位，你们是否知道，这个欧洲，这个"神圣奇迹之地域"对于我们这些斯拉夫派幻想家来说，是多么亲切啊！

你们是否知道，我们这一**亲爱**和**亲切**地域的命运是怎样折磨和激励我们，令我们流出热泪和心悸的吗？那越来越多的遮盖住晴空的乌云是怎样令我们感到惊恐的吗？欧洲对俄罗斯人之珍贵一如俄罗斯。啊，不仅如此！我热爱俄罗斯，爱得无以复加；但是，威尼斯、罗马、巴黎，这些城市的知识宝藏，这些城市的全部历史，对于我来说，是比俄罗斯更可爱的，我从来也不责备我自己这种感受。啊，这些异国的古老石块，上帝古老世界的这些奇迹，神圣奇迹的碎片，对俄罗斯人来说是珍贵的。这种感受甚至比它们本身更为可贵！

伊万·卡拉马佐夫说：

我想到欧洲去，阿辽沙。我心里明白，我只是去凭吊公墓，但那是最最珍贵的公墓。道理就在这儿！那里埋藏着亲爱的死者，每座坟墓上面的石碑都在讲述着那已成明日黄花的激荡的生活，对于自己的业绩、自己的真理、自己的斗争和自己的学说的炽烈信心，而我，我早已想好，我要跪在地上，要亲吻这些石碑，要流出热泪——同时我全心全意地深信，这早已是公墓，仅此而已！

难道说仅仅是公墓吗？但是，是他自己说的，欧洲之于俄罗斯人乃是第二祖国。难道公墓可能是一个活生生民族的祖国吗？不，他无论怎样热情、怎样有力地表达这一感受，都没有淋漓尽致地说透我们俄罗斯人对欧洲祖国的眷恋之情，正如他没有说透自己对俄罗斯的未来的信心那样。就假定欧洲是一个墓园吧。现在我们已经知道，在这个墓园里不仅埋藏着人——英雄，也埋葬着众神。而众神的特征是，在坟墓中也保持着永生，所以，无论怎样埋葬他们，也无法确信，他们的确已经死亡。也许他们仅仅表面上死亡，正在沉睡，等待复活，像种子等待春天一样。在中世纪夜深人静之时，他们不是以可怕而又有诱惑力的恶魔面貌出现在最虔诚的基督教苦行者面前吗？每当众神复活并走出自己的坟墓，那"古老的石块"就会被组建成新的圣殿，"神圣奇迹的碎片"就会重新组成新的、活生生的奇迹。

不久以前，我们目睹了两位奥林匹亚山之神，阿波罗和狄俄尼索斯，在古老的欧洲墓园，在弗里德里希·尼采充满青春少年气息的著作《悲剧的诞生》中的这种复活。而对于我们俄罗斯人来说，新阿波罗和狄俄尼索斯的这一显现尤为值得注意，因为它令我们想起少年普希金的梦境；普希金脱离了基督教教师的教导，眼睛"像天空一样明亮"，语言"充满神性"，奔向"异域花园的宏阔昏暗"，异教的偶像：

　　他们中间有两个奇妙的造物，
　　以魔幻的魅力吸引了我。
　　那是两个魔鬼的形象：

> 一个是德尔斐的偶像,容貌年轻,
> 表情愤怒、傲慢,令人触目惊心,
> 全身焕发出非尘世的力量;
> 另外一个有脂粉气,淫荡,
> 有一张充满怀疑又伪善的面庞,
> 是魅惑的恶魔,虚伪,但是妩媚秀靓。

我们也曾在扎拉图斯特拉更为奇异和神秘的出现之中看到这两个对立的魔鬼或神的结合。在他身上,我们不可能不辨别出陀思妥耶夫斯基那一生的追击者和折磨者,不可能不在超人中辨别出人神来。极端的欧洲人中一个最新的、最极端的人和俄罗斯人中一个最具俄罗斯特质的人之间的这种巧合,在我们看来是奇妙的,几乎是不可置信的。这里绝对谈不到什么影响或者借用。他们从两个不同的、对立的方面走向同一个深渊。超人,是具有愤怒孤寂、离群索居之个性永恒根源的欧洲哲学伟大山脊的极点,最突兀的顶峰。没有更多可去的地方,历史之路已经走完,往后就是悬崖和深渊,或是堕落,或是飞跃,是超历史之路,是宗教。

扎拉图斯特拉之出现对于我们俄罗斯人具有特别显著的意义,是因为我们所属的民族给予了世界也许是全部欧洲近代史上超人意志的惟一的、最伟大的体现——在彼得身上。俄罗斯民族的宗教精神编制了关于彼得的奇异而至今尚未得到深入研究的传说,说他是反基督,是《启示录》中"从海中上来"的"一个兽"。在俄罗斯人当中,那位在精神上最接近彼得的,对他的理解超过一切人的一员,赞颂阿波罗和狄俄尼索斯的俄罗斯歌手,普希金,不是对他提出了这个充满我们耳熟能详之预言式恐怖的问题吗:

> 啊,左右命运的强力君主,
> 你是否已经用钢铁的辔头,
> 在深渊之上,在高处,

令俄罗斯前足跃起,把它勒住?

陀思妥耶夫斯基说:"彼得的改革虽然延续到了当代,却已走到了最终的极限。不可能再向前走,也无处可去:路已走完,路已没有。"在另一个地方,在他逝世前不久的一封信中,他又写道:"整个俄罗斯现在都伫立在某种终点上,在深渊之上徘徊。"这是不是普希金所说的深渊呢?布满冰雪的花岗岩石座上的青铜骑士用钢铁辔头令俄罗斯前足跃进,已把它勒住?我们这一代人对这一深渊的恐惧感,是彼得时代以后任何一代人所不曾有过的。十七世纪莫斯科著书者在宇宙志中所说的西方,亦即欧洲的"军事精神",和东方,亦即俄罗斯的"美好精神",或者,用陀思妥耶夫斯基的话来说,人神与神人、基督与反基督,是对立的两岸,是这一深渊的两边。而我们的痛苦或者幸福就在于我们的确有"两个祖国,即我们的俄罗斯和欧洲",哪一个我们也不能脱离:我们或者必定毁灭,或者必须把深渊之两岸接通。

陀思妥耶夫斯基是对的:从一方和另一方,即从东方和从西方,全部的路都已走完,历史的途径已经完结,再远则无路可走;但是我们知道,历史终结之时,正是宗教起始之日。在深渊的边缘,会必然又自然地出现关于羽翼、飞翔、超历史途径的宗教的观念。尼采为人神而与神人斗争,战胜了神人吗?陀思妥耶夫斯基为神人而与人神斗争,战胜了人神吗?俄罗斯文化以及世界文化的前途,都取决于这一个问题。

几年以前,我在一篇论普希金的文章中提出一个见解:和欧洲其他伟大诗人相比,普希金的主要特点在于他解决世界性矛盾的方法,即把异教和基督教这种渊源空前和谐地结合起来。有人指责我,说我把自己的、似乎是"尼采式"的观念强加给了普希金;其实,任何观念也不可能比这关于结合两种渊源的见解与尼采思想最终的结论更为对立、更富敌意;而且,我比任何人都更有痛感,无论我的话说得怎样不充分、不完善,我也不会放弃的。

我的裁判们如果想要始终如一，就应该也同样指责陀思妥耶夫斯基，说他把自己的思想强加给了普希金。陀思妥耶夫斯基说："正是现在，在欧洲，一切都同时出现，全部的世界性问题，同时还有全部的世界性矛盾。"在论普希金讲演结尾之处，在谈到作为"俄罗斯未来文化尚无知音的预言者"的普希金世界观本质之时，他又一次提及这些矛盾。

"因此，我相信，我们，也就是说，当然，不是我们，而是未来的俄罗斯人，全都会懂得，当一名真正的俄罗斯人正是意味着：努力调解欧洲各种矛盾。"这是些什么矛盾呢？这难道不正是只有他终生为之苦恼，只有他不断思索的那些矛盾吗？他在逝世前的一则日记中以任何他的前人所不曾有的明确语言道出了这些矛盾：

> 地球上能够存在的两种最为对立的理念发生了碰撞：人神遇到了神人，贝尔维德尔（Белъверский）的阿波罗遇到了基督。

但是这就是那个"世界性的矛盾"，我在论普希金的文章中谈论过，在他身上寻找过解决办法。的确，就是在这里，陀思妥耶夫斯基也似乎十分惊惧，没有把话说透，没有作出最后的结论。但是，在现今水平的总体的、不可避免的认识情况下，我们已经不能够停步不前，不能够不把话说透，不能够不向前迈出最后一步了。我这样做了，本书即我的所做。凡是对陀思妥耶夫斯基有较深理解的人都会明白，我所做的实在是太少了。

无论如何，在反驳我的时候，也应该记住他。然而，他已被忘却，似乎俄罗斯文学中根本就没有他这个人，似乎陀思妥耶夫斯基从来没有谈论过普希金，似乎那被视为外来、陌生、病态、颓废、"尼采式"的东西，不是只在我们这里才存在的，我们亲切的、血肉般的、固有的、俄罗斯的、普希金的东西。但是，我认为，俄罗斯批评界会被迫返回到这个问题上来，你躲不过它，无处藏身。普希金的谜语伫立在俄罗斯人新意识的全部通道上,一如俄狄浦斯面临的斯芬克斯之谜。

是的,对普希金的赞誉和褒奖虽然不可胜数,对他的研究和阐释虽然不可数计,但他对于我们依然是一个谜。而且,看来,他越是靠近我们,就越是不可捉摸,深不可测。普希金是我们呼吸的空气,是我们可在其中看到其他颜色的白光;他是俄罗斯人测量一切的尺度,是我们观察一切的独特目光,他就是尚未被揭示的最深层之中的我们自身。正因为如此,理解他和理解我们自身同样困难,也许,解开普希金之谜恰恰意味着我们在他身上找到自己。

在俄罗斯文学中,比陀思妥耶夫斯基和托尔斯泰更为内在地近似同时又更为对立的作家是没有的。他们二人都源出普希金。陀思妥耶夫斯基对此一向有知,而托尔斯泰似乎从未想到也未感知到这一点。但是,我们认为,没有普希金就不一定有托尔斯泰。他和陀思妥耶夫斯基既相近又互相对立,像一棵大树的主要的、最强壮的两大支干,树冠伸向对立的方向,基部却在一个主干中聚合。我们如果深入研究托尔斯泰和陀思妥耶夫斯基,就会抵达他们共同的根基——普希金。他们使普希金的白光折射,分化为虹之七彩。但是个应忘记,在七彩的多样性和对立性背后隐藏着白光的统一性。

研究托尔斯泰和陀思妥耶夫斯基意味着揭示俄罗斯新诗中的普希金之秘密;这一伟大的奥秘,陀思妥耶夫斯基在论普希金讲演最后的强烈预言性的话中提及:

> 普希金在充分发挥力量之时死去了,无疑也把某种伟大的秘密带入了坟墓。他走了,而我们今天正在揭示这一秘密。

对于看到深渊两岸的我们这一代人来说,普希金的秘密,全部俄罗斯文化的秘密,是解决世界性的矛盾;而"在尘世间可能存在的两种最为对立之理念的碰撞",也许是东方精神与西方精神、"军事精神与至福精神"、神人与人神的最伟大的最后的一场斗争。

上篇
作为人的托尔斯泰和陀思妥耶夫斯基

第一章

两位作家的——尤其托尔斯泰的——作品，都和作家的生平、个性密切相关，谈论一方就不能不谈论另一方。在研究作为艺术家、思想家、说教者的陀思妥耶夫斯基和托尔斯泰之前，应当知道二者其人。

在俄国社会中，也在部分批评界中，已经确认，似乎在七十年代末八十年代初，托尔斯泰完成了道德和宗教的深刻转变，这一转变不仅从根本上改变了他的个人生活，而且也改变了他的精神活动和写作，似乎把他的生存分为两半：在一半中，他只是一个伟大的作家，也许还是一名伟人，却依然是尘世之人，有一般人的甚至是俄罗斯人的欲望、悲哀、犹疑、弱点；在另一半中，他脱离了历史状态和文化的全部环境，有些人说他是基督教隐修士，有些人说他是无神论者，有些人说他是狂热分子，有些人说他是已经达到最高道德彻悟的圣贤，像苏格拉底、佛、孔子那样，是一种新宗教的奠基人。

托尔斯泰本人在1879年写的《忏悔录》中确认，甚至似乎强调了这种宗教再生的独一性、不可逆转性和彻底性：

五年以前，在我身上出现了十分奇异的现象：起初，在有些时刻，我觉得困惑、生活停滞，似乎我已经不知道自己该怎样生活，该做什么。——生活停滞，总表现为同样的问题：这一切都是为了什么呢？而后来呢？——我似乎活也是活着，走呀走的，走到了深渊前面；我看得很清楚，除了死亡，前面一无所有。——我要用尽力气脱离生活。——于是，我，一个幸福的人，常把绳子藏匿起来，以避免在我房间里两个大橱柜之间的横木上上吊，因为我每天晚上都脱去外衣，一个人待在那里；我也不再拿着猎枪去打猎，怕忍不住极轻易地了此一生。

他认为，使他脱离这种绝望感、免于自杀的原因，是他接近了普通的信徒，劳动人民。

> 我这样地生活，就是说和民众交往，大约两年，于是我转变了。我觉得，我们圈子里的人——有钱的学者的生活，不仅令我反感，而且渐渐失去了全部意义。我们的全部行动、议论、科学、艺术，我现在看，意义不同了。我领会到，这一切都是一种乖戾，不可能从中寻求什么意义。

> 我渐渐厌恶自己，我承认了真理。现在，我明白了一切。

托尔斯泰生平记述者之中最朴实无华，因而也是最可贵、最值得信赖的是他妻子之兄弟 C. A. 别尔斯（Берс）；别尔斯在《回忆录》中也谈到了八十年代的这一"转变"，这一转变似乎"改变了列夫·尼古拉耶维奇的全部精神生活和外部生活"：

> 他全部个性近十年发生的变化，确确实实是充分的和根本性的。不仅是他的生活和对一切人、一切生物的态度发生了变化，而且他的全部思维活动也发生了变化。列夫·尼古拉耶维奇变成了对周围之人之爱的化身。

他的妻子，索菲娅·安德列耶夫娜·托尔斯塔娅伯爵夫人的见证也同样明确：

"现在你能看看、听听列沃奇卡（托尔斯泰之名'列夫'的爱称。——译注）的话就好啦！"她在1881年初给兄弟的信中说，"他变了很多。他变成了基督徒，而且是最真诚、最坚定的。"

如果我们没有更为可信的根据，那就很难怀疑如此有力和值得相信的见证，而根据就是托尔斯泰自己的艺术作品。他的作品，从第一篇到最后一篇，不是别的东西，正是一部巨大的五十年的日记，一篇无限详细的"忏悔录"。在一切时代和一切民族的文学中，大概没有另外一位作家像托尔斯泰这样揭示了自己生活之最细小的、个人性的、有时是令人头疼的方面，而且揭示得如此大度、如此坦率、毫无忌讳。看来，他悉数告诉了我们关于他自己的一切，而我们对他的了解，如同他对自己的了解。

要解决关于他五十多岁，即中年后期之时他身上发生的宗教转变的实际意义的问题，就不能不注意这部艺术的因而并非事先设想的、并非有意的忏悔。

在二十多岁时写作的第一部作品《童年、少年、青年》中，他叙述了对十四五岁时期的记忆犹新的回顾：

> 在这一年内，我过的是孤独的、专注于自己内心的精神生活，关于人的使命、未来生活、灵魂不死等等的全部抽象问题都已出现在我面前；我童年的智慧虽然单薄，又少不更事，却极为热衷地想要澄清这些问题；而提出这些问题，即构成了人的智慧所能达到的最高水平。

春天的一个早晨，他帮助仆人卸下窗框，感受到了突如其来的欣喜，为基督的自我牺牲大受感动：

> 为了帮助尼古拉，我愿意受苦。"以前我多愚蠢啊，我将来能变得善良而幸福，本来就能！"我心里说，"一定要快一点，快一点，现在就变成另外一个人，开始另一种生活。"

改正全人类，消灭人类的全部罪恶和不幸，在他当时看起来是"轻而易举的事"。于是他决定"编制一生完成的义务与任务的时间表，在纸上详述自己的生活目的，列出毫不退缩地执行的行动准则"。他立即上楼回到自己房间，取出一张书写纸，画出格子，分列出对自己、对周围的人和对上帝的义务，开始记述。

他露出忧郁的、几乎让人害怕的但依然是太过表面的嘲弄笑意，似乎并不怀疑他身上发生的情况之全部深刻性与病态，开始讲述当时的，用使徒雅各的话来说，"双重的"思想。由此造成了一种奇异的印象：似乎在他身上有两个心脏，两个人。其中之一，遵循着基督教的死亡观念，为了教会自己忍受痛苦，"不顾剧痛，伸着手臂举着塔齐谢夫词典（лексиконы Татищева）保持五分钟，或者走进储藏室，用绳子鞭打自己赤裸的后背，"疼得泪珠不由自主地涌上眼眶；其中之二，遵循着同样的死亡观念，忽然记起死亡时时刻刻在等着他，便决定放弃功课，大约在三天内"只躺在床上，津津有味地读一本小说，品尝涂了蜂蜜的小番饼，这是他用仅有的一点余钱买来的"。一个托尔斯泰有自我意识、善良、软弱、平和、悔过、厌恶自己和自己的罪恶；另一个托尔斯泰则无自我意识、凶狠、强有力，"把自己想象为为全人类的幸福而发现了新的真理的伟人，骄傲地认识到了自己的价值，凝视着其他的人"，甚至在厌恶自己、贬低自己、自我鞭笞之时也细致地、近似激情地享受到了自豪之感。

通过叙述自己少年时代的思想，他得出结论，即这些思想的基础包含四种情感：第一种是"对想象中女人的爱"，亦即肉体的情欲；第二种是人类之"爱的爱"，亦即自豪感，精神之激情；第三种是"对非同寻常的、虚荣之幸福的期望，这种期望十分强盛、坚定，能转变成为疯狂"；第四种是对自己的厌恶和悔过。

但是，从本质上看，这不是四种，而只是两种情感，因为前三种可以合成一种，即对于自己、自己的肉体、自己的肉体生活或者"自我"的爱；第二种是对自己的厌恶、愤恨，不是对他人或对上帝的爱，而只是对自己的恨。无论在这里还是那里，两种表面上如此对立的情感的首要基础和结合体都是"我",无论这个"我"是得到了极度的肯定还是被极度否定。一切都在"我"之中开始和完结:爱和恨都不能够打破这个圈子。

问题就在这里:在两个互相渗透又汇合的托尔斯泰之中,哪一个是最真实、诚挚、始终如一的呢?是那个用苦行僧之绳鞭打自己赤裸脊背的人呢,还是品尝加蜂蜜的享乐主义番饼、慢慢思忖死亡、想到阳光之下世事纷乱、精神受到折磨、认定苟活着也比死了的狮子强的人呢?是爱自己的那个人,还是恨自己的那个人呢?是哪一个按基督教开启了自己的思想、情感、愿望,或者,是哪一个按异教总结了这一切的呢?或者,也许——这对他来说也许是最可怕的——双方最后都是一样诚挚、一样真实、一样始终如一的?

无论如何,在这第一部作品中;他对自己和自己所说是"推论"的少年思想的评审是极严格、极真诚的;以后,甚至在《忏悔录》那些著名的、充满灼热忏悔之情和自谴自责的段落中也没有这样地评审自己:

> 这种沉重的精神劳作中,我一无所获,只不过形成了削弱我意志力量的思维的随机应变性,养成了不断地精神分析的习惯,从而损害了感觉的敏锐性和判断的明确性。进行抽象思考的倾向在我身上极不自然地发展出一种意识,因此,常常地,我一开始考虑一件最简单的事,就陷入分析自己思想的死胡同,我已经不是在思考困扰着我的问题,而是在思考我正在思考什么。我问自己:我在思考什么?回答是:我正在思考正在思考什么。而现在我正在思考什么?我正在思考,认定我正在思考我正在思考什么,依此类推。智慧沉落在推理之后。

"生活准则"遭到了第一次挫折:他想要在纸上画线,没有找到尺子,便用拉丁文辞典代替,因而把墨水碰洒,长长地流成一行。他悲哀地写道:

> 为什么我灵魂中的一切都是这样美好、明晰,可是我一旦要把我考虑到的东西应用到生活之中,在纸上和生活中就变得杂乱起来?

但是,也许这不过是儿童智慧和儿童意识不健全的表现吧。这种不健全随年龄增长,在意识发育、精神成熟之时,会消失的。其实未必。至少在他身为二十四岁青年写作《童年与少年》时,他常常意识到,这种儿童特征是与年龄无关的,这种特征的不可磨灭的痕迹终生都陪伴着他:

> 我深信,假如我能活到高龄,而且我的写作能够赶上我的年龄,我即使成了七十岁的老头子,也还必定像现在这样不可救药地像儿童一样常常幻想。

如果概括性地谈论托尔斯泰的基督式顺从的话,那么,在这些朴实而平静的话里,不是比在他以后十分响亮和激情的忏悔中包含着更多的基督式顺从精神吗?面对全世界谈论自己,像他后来那样地说"我是寄生虫,是虱子,是放荡分子,是小偷,是杀人犯",大概是比在意识的平静中承认自己力量的实际尺度更容易些的:

> 在我年迈之时的思想中,我到目前依然是一个婴儿,就如同在我少年的思考中一样;虽然在我的艺术天才中包含着无限的力量,但是在我对上帝的多方寻求中,我不是领袖,不是先知,不是新宗教的创建者,而是一个柔弱的、迷途的、病态双重人格的人,像我同时的一切人一样。

《一个地主的早晨》完全符合托尔斯泰生活的实际顺序,在他全部作品的次序上似乎是他巨大日记的下一章和延续。德米特里·聂赫留道夫公爵——正如《童年、少年、青年》的主要人物尼古拉·

伊尔琴耶夫一样,没有读完大学课程而离校,因为他领悟到全部人类知识是无用的,便以地主身份在农村定居,以便帮助百姓。聂赫留道夫身上完成的道德的和宗教的转变,和伊尔琴耶夫一样:

"我知道的、相信的、喜爱的一切,都是愚蠢,"他告诉自己,"爱,自我牺牲,这才是真正的、独立于任何机遇的幸福。"

然而,现实满足不了他。他想着:"这些理想在哪里?在这条路上,我寻找幸福,找了一年多了,可是我找到了什么?的确,有时候我觉得,我可以对自己满意,但是这是一种枯燥的、理性的满足感。"

聂赫留道夫渐渐相信,自己尽管有良好的愿望,却不善于做有益于百姓的事。而且农民们公然表示不信任老爷的基督教情感。从这个把地主之善与福音之善结合起来的不成功而且本质上是幼稚的实验中得出的惟一结论,是对青年农民伊柳什卡的病态的、毫无结果的羡慕,甚至不是对他的精神力量,而仅仅是对他的体力、健康、爽朗以及他思想与意识平淡宁静的梦境般的羡慕。

从托尔斯泰的生平记述中我们知道,在对雅斯纳雅·波里雅纳农民做过不成功的、聂赫留道夫式的实验之后,他对自己的地主能力痛感失望,于是便离开这个乡村前往高加索,以士官生资格加入炮兵队,全心沉醉于有关军事荣耀和山民俭朴生活之美的浪漫幻想,就像《哥萨克》中的人物奥列宁一样。

像伊尔琴耶夫和聂赫留道夫一样,奥列宁也认为自己是无限自由的。这是四十年代富有的青年老爷的特殊的俄国式的自由,对于他来说:

> 不存在任何物质和精神的限制;他可以为所欲为,他什么也不需要,不受任何束缚。他没有家庭,没有祖国,没有信仰,没有需求。他什么也不信,什么也不承认。迄今为止,他只爱他自己,也不能不爱,因为他只期望万事如意,还未对自己感到失望。

但是，虽然他什么也不信，什么也不承认，虽然他只以单纯的、幼稚却又玩世不恭的爱来爱自己，这个辍学的大学生，炮兵队士官生，却已经拿自己的"哲学发现"、自己在哥萨克村镇上的简朴生活和全人类的文化生活来对比。

他渐渐识别出那种虚伪，他以往一直生活在其中；这种虚伪当时就令他厌烦，现在则变得丑陋又可笑，不可容忍。

他给在莫斯科的朋友们写信说：

我觉得你们又丑陋、又可怜！你们不懂得什么是幸福，什么是生活！你们应该体验一次生活本来面目的美，应该观看、赏识我每日之所见：山顶永久的、不可企及的白雪，保持本源之美的端庄妇女，造物主创造的第一个女人必定是以这种美出世的；只有这样才能看清，谁正在毁灭自己，谁生活在真实或者虚伪之中，是你们，还是我。但愿你们知道，你们那样自鸣得意，在我看来是何等地讨厌、何等地可怜！

人的生活和自然的存在一样：世人诞生、交媾、死亡，又诞生、争斗、酗酒、大吃、享乐、死去；除了大自然给予太阳、野草、野兽、树木的那亘古不变的条件以外，一无所有。他们没有其他的法则……幸福，就是与大自然同在。

体现出这种朴素智慧的是小说的真实人物老哥萨克叶罗什卡叔叔；他是托尔斯泰创造的最伟大、最完美的形象之一，这个形象可以让我们窥视也许永远不会展现在他自己意识面前的、他的实质的最黑暗、最秘密的深层。在这里第一次而且可能也是最后一次，以完美的艺术清晰性，出现了在他身上始终争论的两位人士之一：这是永远讲求行动，但很少谈论自己、更少认识自己的一个人。托尔斯泰本人这副如此熟悉却依然不为人所知、迄今未被释读、未被照明的面目，似乎在这个巨人的面目中透露出来、闪烁出来；这个巨人长着儿童般的眼睛，长着粗重的饱经辛劳的老年人的皱纹，保持着青年人的肌肉，散发出高加索红葡萄酒、俄国烧酒、罪恶和浓稠血液的强烈混合气息——这一切都汇集在叶罗什卡的面容之中。

他的生活，像半野蛮的车臣人一样，也充满了"对自由、闲散、抢劫和战争的热爱"。他自己直率而自豪地谈到自己："我是壮小伙子、酒鬼、小偷、猎人……我生性欢快，我喜爱一切人，我就是叶罗什卡！"

这是无意识的俄罗斯犬儒派哲学家。他觉得自己无限自由，和俄罗斯老爷奥列宁一样。也是什么也不承认，什么也不相信。他生活在人类准则之外，善与恶之外。鞑靼人的阿訇和旧教派教堂执事同样引起他平静而不屑一顾的冷笑：

> 依我看都是一个样。上帝为取悦于人才创造了一切。什么也不是罪。就拿野兽来说吧，既生活在鞑靼人的芦苇丛里，也生活在我们的芦苇丛里。上帝给它什么，都要吃光。但我们有些人说，因此我们只好舔炒菜锅了。我认为这都是瞎话。你一咽气，青草就长出来，如此而已。

他具有远古的前人类的智慧，和半神半兽山林之神无限明朗同时又阴暗的灵魂。他具有独特的善良和温柔，爱一切生命、上帝的一切造物。这种爱似乎很像基督教，也许是因为在异教最后的无意识的深层中已有未来转向基督教的端倪，狄俄尼索斯的酒神祭礼之端倪——克己、自我毁灭，人与潘神，即一切造物之父合一的端倪。然而，不仅不应该忘记把这第一种野蛮的——如果可以这样说的话——异端基督教和第二种文化的基督教意识分离开来的历史深渊，也不应该忘记其心理深渊。如果说两者可能接触，那也是两种最为对立的极端偶然的接触。

叶罗什卡驱赶夜间的飞蛾，因为飞蛾在摇曳的烛光上旋转，时时掉在火里：

"傻瓜，傻瓜！瞧你往哪儿飞？傻瓜，傻瓜！"
他欠起身来，用粗壮的手指驱赶飞蛾。

叶罗什卡叔叔此时轻轻的微笑不是很像阿西西的方济各的微笑吗？

他身上也散发出浓稠血液的气味，也许不仅是野兽的而且也是人的血液，因为在老年"小偷"的意识中不是只存在着谋杀。像大自然一样，他是同时既慈悲又残忍的。他自己没有感受到，没有理解这一矛盾。后来分解成为恶与善的东西，在他身上还以原初的统一状态、以无意识的和谐状态汇合为一。

奥列宁在自己十分枉然地希求皈依基督教的心灵里，也找到了叶罗什卡叔叔这种犬儒派智慧的反响。在空气凝滞之中午的寂静中，在南方森林的深处，在极度富足的生活里，他忽然认识到了非基督式的虚伪和大自然半兽半神的合一——半人半羊神的神圣而野蛮的智慧；这种智慧充满了狂喜和古人所说的潘神，即万物之神造成的恐怖，在常人看来是疯狂。

"突然，奥列宁在对一切的爱之中体会到了一种无缘无故幸福的奇异感，于是他按旧日的儿童习惯开始画十字，默念着感谢某某。"在侧耳倾听蚊子的嗡嗡声之时，奥列宁想："每一个蚊子也是一个独立的德米特里·奥列宁，就像我一样。"

他开始领悟到，他绝对不是一名俄国贵族、莫斯科社会一员、某某的朋友和亲属，而只不过是同样的一个蚊子，或者同样的一只雉鸡，或者一只鹿，和现在生活在他周围的一切活物一样，像它们，像叶罗什卡叔叔一样，也是活一辈子，要死的。
他说得对：只有青草，春风吹又生。

但是，在他身上也存在着两个人，这第二个奥列宁，像伊尔琴耶夫和聂赫留道夫一样，也念念不忘地说："要爱，自我牺牲！为自己活着不值得，活着是为了别人。"他试图协调山林之神和半人半羊神的非人智慧和适中、有益、理智的"基督教"之善。为了哥萨克人卢卡什卡，他牺牲了对玛丽雅娜的爱情。但是，这一做法毫无成果，和伊尔琴耶夫的"生活准则"、聂赫留道夫的地主基督教一样。

在绝望的时刻，他突然令人惊异地承认：

因为爱，我是无罪的；我在自我牺牲中解脱了爱，在哥萨克人卢卡什卡和玛丽雅娜的爱情里，我感到欣喜，只不过挑起了自己的爱和嫉妒心……我没有自己的意志，是某种自发力量，上帝的整个世界，通过我来爱她的，是整个大自然把这种爱输入了我的灵魂，说：你爱吧。以前，我动笔谈论过我的新信仰（即基督教信仰）。谁也想不出这些信仰在我身上出现有多么困难，我认识到这些信仰、看到生活中新开辟的道路有多么欣喜。在我心里，什么也不如这些信仰宝贵。可是……爱情一来，现在那些信念没有了，甚至不觉得惋惜！我甚至弄不明白，我以**那么一心一意、冷静、理智的心思所珍惜的是什么**。美色一来，就令艰辛获取的半生内心建树化为灰烬，而且对那消失殆尽的一切，也毫不惋惜！什么自我牺牲，全是胡说，瞎话。这全是因为傲慢，逃避应得的不幸，避开对他人幸福的嫉恨。什么为了他人而生活，行善！为什么？须知我心里**只有对自己的爱**。

只有对自己的爱——这是一切的起点，一切的终点。对自己，仅仅对自己的爱或者恨，才是两条主要的、仅有的、有时隐蔽有时公开的轴线；托尔斯泰初期的、也许是最真诚的作品里的一切都是凭借这两条轴线而旋转、运动的。

仅仅初期作品如此吗？

第二章

　　士官生奥列宁一心想当侍从武官。我们知道，炮兵队士官生托尔斯泰伯爵也一心想当准尉并向往格奥尔基十字勋章。"在高加索服役期间，"别尔斯记述说，"托尔斯泰强烈向往格奥尔基十字勋章。"在克里米亚战役开始之时，他先在西里斯特里亚驻守，后来调往塞瓦斯托波尔，在第四炮台度过炮火连天的三昼夜，参加了突袭，表现得十分勇敢。

　　这种军事虚荣心，后来被他以一如既往的坦率表达出来——在他最喜爱的自己笔下人物之一的隐蔽思想中；这个人物是《战争与和平》中的安德列·包尔康斯基公爵，他一心想当俄国的拿破仑。

　　安德列公爵在奥斯特里茨战役之前自忖：

　　　　如果我渴望这个，渴望荣誉、渴望天下闻名、渴望人们的爱戴，那么，也不因为我渴望这个，只渴望这个，只为这个而生活，我就有罪。这话我对谁也不会说的，可是，我的上帝！如果除了荣誉、人们的爱戴之外，我什么都不喜欢，那我该怎么办呢？死亡，创伤，失去家庭等等，我是不怕的。许多人，父亲、姊妹、妻子等我最亲的亲人，无论对我是多么珍贵、亲切，但是，这话说出来无论有多可怕、多不自然，为了荣誉和战胜世人的那个时刻，为争取世人对自己的爱戴，我也会立即把他们全数贡献出来的。

托尔斯泰虽然强烈渴望获得格奥尔基勋章,却没有得到,因为,据别尔斯说,"因为没有得到一位长官的欢心"。这一失败令他十分不快,但同时却"改变了他对勇敢的看法",别尔斯叙述的语气一成不变地平和。有一次,托尔斯泰向他承认了"他的骄傲与虚荣:在青年时代的失败,亦即军队中的失败之后,他获得了作家的巨大荣誉;这时候他告诉我,这种荣誉对于他来说是最大的愉快,是巨大的幸福。用他自己的话来说,他本来是愉快地意识到他就是作家和贵族的"。有时候他冷笑一下,说他"不配当炮兵队将军,但是却变成了文学将军"。

这一表白中的某种粗野和放肆未必出自托尔斯泰,但是,可信的是,甚至在开玩笑时,他也会当面说出更含蓄、更粗俗的话来。然而,另一方面,应该看到别尔斯对这位伟大亲戚之天真的、可以说是不言自明的崇敬态度,才会领悟到他是完全不会恶语中伤、讽刺诽谤的。他写作的是自己笔下的托尔斯泰生平,心地是纯洁的,就像古代传说的作者一样。虽然,的确,别尔斯的纯洁有时候比盗窃更坏,然而对于学者来说,也许比一切智慧更好。

无论如何,在他对战争和军队的勇敢精神痛感失望(作为报复,他在以后的作品中加以不朽和无情的描写)之余,他以炮兵中尉身份复员,先去了彼得堡,后来又出国。别尔斯评论道:"他一直不喜欢彼得堡。在彼得堡上流社会中,他无以显达;他自然没有强求官运,却也没有多少钱财;作家的响亮名气当时也还没有形成。"

在农奴解放那一年,托尔斯泰从国外返回之后,便从事和平调解工作和在雅斯纳雅·波里雅纳兴办乡村学校。他曾一度考虑把一生献给这一活动,在这活动中最后稳定下来。但是他渐渐对学校感到失望,正如在以往对百姓行善尝试中感到失望那样。最后,竟发展到这样的程度,用他自己的话说,他在自己对儿童的态度中看到某种"罪恶":

> 我觉得我腐化了农民子弟纯洁天真的灵魂。我觉得后悔,

亵渎了某种神圣,很郁闷。我不由想到,有些百无聊赖又春心不死的老头子怂恿孩子们胡来,作出淫荡场面,以便刺激他们自己疲软、枯竭的想象。

他的陈述虽然真诚,但总是缺乏收敛,病态地夸张。从他当时的学校日记中只能看出,他对儿童的关怀确实不如对自己的关怀。他让费季卡和仙卡写作文,然后在自办教育刊物上宣称这些作文比托尔斯泰、普希金、歌德的作品还要完美,也许他是在以自己的心灵,在孩子们的心灵上做着对自己来说十分重大对孩子们却并不安全的实验。他,像长生的纳尔西斯(Нарцисс)一样,欣赏自己在儿童心灵中的影像,有如在深邃而纯净之泉水中的影像。他这位对孩子们来说事实上也许是决定命运的和可怕的教师,是凭借孩子们来爱自己、只爱自己的。

他在《忏悔录》中承认:"情况似乎不错,不过我觉得,我在精神上不完全健康,这种情况不会延续很久。"

在他身上又酝酿着精神转变。他说:"我病了,主要是在精神上,而不是肉体上。我抛弃了一切,到了草原上的巴什基尔人那里,去喝酸马奶,去过动物的生活。"

回来之后,他娶了索菲娅·安德列耶夫娜·别尔斯(Софья Андреевна Берс)。

以往安排生活的全部尝试——聂赫留道夫式的地主善举、哥萨克村镇上的简朴生活、战争、办学,都不过是一种爱好、玩票,是最宽泛而古老意义上的"狩猎",因为,像叶罗什卡叔叔一样,他一生都首先是一个伟大的、具有无限多样性的猎人。

但是婚姻已经不是狩猎,不是游戏,而是他生活中更新一切、改造一切的神圣而严肃的大事,他为此不仅想要献身,而且事实上正在献身。

他三十四岁,她十八岁。他们婚后立即来到雅斯纳雅·波里雅纳,在那里度过了近二十年,几乎没有外出,完全是离群索居,从不寂寞，不需要别人。这是托尔斯泰的最佳岁月，在此期间他创作了《战争与和平》和《安娜·卡列尼娜》，他的才华无比旺盛，成果累累。索菲娅的兄弟写道："她对丈夫的爱是无限的；这对夫妇的亲近、情谊和互爱，在我看来，永远是伉俪之福的楷模和理想。"她父母说得对："再不能梦想更大的福分了。"

在费特（Фет）的《回忆录》里，我们看到了这个娜塔莎，或者基蒂，这是俄罗斯地主文化最为无可指摘和完美的典型之一，"全身着白色服装，腰带上挂着一大串沉重的钥匙"，朴实，不多说话，总是高高兴兴，大部分时间都有身孕，因为她生养过十三个孩子。别尔斯说："她誊写过《战争与和平》，多达七次，在做这种苦活儿和完成包括厨房琐事在内的家庭主妇工作的同时，她还独自哺育、教导子女们，并且为他们缝制衣服，直到他们长到十岁。"第二个女儿出生后，这位母亲患病，几乎死去，虽经数次尝试，还是不能哺乳；看着另一个女人给孩子吃奶，她忌妒得痛苦，立即辞退了奶母，亲自用奶瓶喂养。"托尔斯泰认为这种忌妒心理理所当然，很欣赏妻子爱子心切。"

爱子心切，爱子心切——旧约的这句话在这里不显得十分庄重，却令人追忆起圣经中古代的族长亚伯拉罕、以撒和雅各，他们得到了以色列上帝的训导：你们要生育，繁衍，布满这大地。对于托尔斯泰的家庭幸福，无论我们怎样看，都不能不同意，这种幸福中包含有某种完整、稳定、谐调，即使不是十全十美，至少也是有头有尾，因而是美妙的，像一般人所说的宏丽，亦即当今俄罗斯生活中最罕见的东西。俄罗斯的生活，既没有朝气，又没有死寂，没有被最后摧毁，仅仅是被像一种不体面恶病一样的、令家庭解体的卡拉马佐夫式毒品腐蚀、扭曲而已。

我们，能力很差，却又胆大鲁莽，过分地渴望、向往未来，早就习惯于低度评价过往的既成模式，即这种"宏丽""完备"，人类一切文化的这些坚韧的借以成长之根，这些根深深扎入地下、故土、活生生的成长之奥秘与温暖之中。尽管有五花八门的"灰色理论"，

"生命的黄金之树"依然仅仅是用这样的根才汲取营养而常青。在我们看来,《战争与和平》尾声中尼古拉·罗斯托夫极为坦率的话可能竟显得漠视一切、粗俗、小市民气十足:

> 这一切都是诗,都是老婆婆的老故事,这一切都是亲人的恩惠。我不能让我们的子孙后代去乞讨,只要我活着,就要创造我们的财富,如此而已。

彼埃尔·别祖霍夫高傲地看待罗斯托夫,心里想着自己的使命似乎是依靠自己的"谋略""给整个俄国社会和全世界指出新的方向"。还有列文,也像小伊尔琴耶夫一样,认为拯救人类"轻而易举"。列文忙于料理家业,也就是罗斯托夫更坦率地说的"创造自己的财富",同时还议论说:"这不是我个人的事,这是有关总体福利的问题。全体国民的全部经济,主导的状况完全应该改变。要用整个财富来取代贫穷,以和谐取代敌意……总之,这是不流血的革命,但是是最伟大的革命,先在我们县的小环境里实现,再扩大到全省、俄罗斯、全世界去。"列文也好,别祖霍夫也好,虽然不说,但是其行动和生活方式,却正是罗斯托夫所讲述的。在《忏悔录》中,托尔斯泰也以托尔斯泰、罗斯托夫和列文特有的坦率揭示了自己喜爱的几位人物的最终的犬儒主义秘密:

> 这一段时间,我的生活全部集中在家庭、妻子和孩子身上,因而也全部是为扩大生计而操劳。争取精神完善的努力直接被使我和我家状况尽可能好些的努力取代。

他甚至断言,在此期间,亦即创作《战争与和平》与《安娜·卡列尼娜》期间,他之所以"献身写作",也是专门把写作看成是"改善自己物质状况的手段",还教导说,对他而言,"惟一的真理就是要让自己和全家状况尽可能地好"。

别尔斯记述说,他出去打猎或者不得已出去短期办事回来,每次都要感叹:"家里一切平安就好!"

这不是小市民心理,这包含着无限深刻和基本的意义;这是大自然永恒的声音,生命的不可摧毁的敏觉,这种敏觉令野兽营造窝穴,令鸟雀筑巢,令人点燃家园的炊烟。

托尔斯泰在致费特的书信中说:"我结婚两个星期了,很幸福,是一个新人,全新的人……现在怎么写作?现在我在无形地,甚至是有形地努力,而且经济上的事又忙得不可开交。索菲娅跟我一起干。我们没有管家,她一个人又管仓库又管账目。我又养蜂,又养羊,还有个新果园,一个酒坊。"

他奔走,操劳,要购买雅斯纳雅·波里雅纳和平札的地产和萨马拉的六千俄亩地产,在那里建立种马场;买了近一百匹巴什基尔种牝马,为获得大量马奶,又用善跑的、供人骑的、英国的和其他的品种给这些马配种。雅斯纳雅·波里雅纳看守仓库的老婆婆谈论他对极肥、无毛、短腿品种猪的热情专注:

> 他养了近三百头猪,每两头圈在一个不大的猪圈里边,他特别欣赏。伯爵不能容忍一星半点的污秽:我和助手们每天都要刷洗这些猪,清扫猪圈地面和墙壁;伯爵早晨察看猪舍的时候都很满意,总是大声说:"管理得好!管得多好啊!"可是,上帝保佑,如果他发现了一点泥污,就马上大发脾气,大叫大嚷。伯爵是火气大的老爷。

安娜·塞伦曾在托尔斯泰家任家庭教师,写了一部札记(《在托尔斯泰家的六年》,圣彼得堡,1895)。札记虽有意挖苦讽刺,事实上却相当轻浮、平淡。她嘲笑着说,伯爵对这些尊贵猪崽的照料,"像对孩子一样"。这句俏皮话不一定是成功的。我们知道,这位好主人的孩子有瑞士保姆、德国女人、英国女人围着转,如果他还有时间既照料孩子又照料小猪,那又怎么样?这里是没有高低之分、贵贱之分的：在经济中和在生命体中一样，一切完整有序，彼此之间相辅相成，人、动物、植物，莫不如此。

即使像列文那样，他关心自己又暗又暖的窝，照料猪崽，想到他似乎是在关注人类的幸福而感到快慰，这一切都是"不流血的革命，但是是最伟大的革命，先在我们县的小环境里实现，再扩大到全省、俄罗斯、全世界去"。事实上他也仅仅是在关注动物生活深刻而实在的需求：猪圈、幼儿园、种马场、养蜂场、酒坊、索菲娅的账本等等，全部这些"不可见与可见的努力"都是在遵从大自然的意志，都是营造窝穴，营造宏伟的家园。

首先，这是对生活伟大而纯朴的热爱，是对生活的永在的儿童式的欣喜，歌德也曾如此。别尔斯说：

> 托尔斯泰每天都赞美那天的美，而且常常完全以"伟大异教徒"的精神补充说："上帝的财富真是不计其数！在他那里，每一天都和另外一天有所不同。"

他在给费特的信中说：

> 美妙的炎热，游泳，浆果把我带进了我喜欢的精神享受状态。我已经两个月没有动笔，没有苦思冥想地累心了。我已经很久没有像今年这样愉快地欣赏上帝的世界。我伫立着，张着嘴，尽情欣赏，不敢移动一步，怕忽略了什么。

而这却是他最沉重、最可怕的岁月，他在构思《忏悔录》，想到了自杀。

也许，别尔斯对于他在巴什基尔人节庆日的叙述，显示出了他最自然、最本来的面貌，值得伟大艺术家画笔的描绘，这也正是上帝创造的他的面貌。穆罕默德·沙赫·罗曼诺维奇宣布，托尔斯泰伯爵安排在萨马拉庄园举办五十俄里赛马，准备好的奖品有公牛、马、猎枪、钟表、长外衣等等。挑选出了一块平地，翻耕平整，丈量出一个周长五俄里的大圆圈，设置了标记。为款待客人备好了羊只，甚至还有一匹马。在指定好的那天，从各处汇集了好几千人：乌拉尔的哥萨克和俄罗斯的农夫，巴什基尔人和吉尔吉斯人，后两种客人带着游牧用具、酸马奶、大锅，甚至肉羊。长满羽茅草的荒野草原很快搭起游牧帐篷，有五颜六色的人群，活跃了起来。在当地称作松果的锥形高地上铺上了毛毯和毡子，巴什基尔人围成小圈子盘腿坐下。在圆圈中间，一个巴什基尔青年从一个大皮囊里往外倒酸马奶，把一碗奶按次序传递给坐着的亲朋。这是传碗轮饮式。盛宴延续两天，欢乐畅快，却又庄严，合乎礼仪。别尔斯说，这是因为托尔斯泰"即使在人群中，也注重礼仪"。

在草原苍天之下，草原羽茅草波浪之上庆祝这个节日，洋溢着多么古老的、游牧式的田园气氛！

托尔斯泰已经七十岁，他的面容严厉而富于感性，虽然粗糙像农夫，却依然温和慈祥；他自己和其他人都力求把这面容变得具有现代精神，表情顺服、悔过、毫无实体性。然而，即使现在我也能在这面容中辨认出另外一种并非无实体性的神圣内涵——古代族长之一的那种绚丽的宽宏；那些族长曾经在荒漠水井之间驱赶畜群，向往比海滩沙粒更多的子孙后代而无比欣喜。

在《忏悔录》中，他借用了《传道书》中的话：

> 我为自己动大工程，建造房屋，栽种葡萄，修造园囿，在其中栽种各样果木树；挖造水池，用以浇灌嫩小的树木。我买了仆婢，也有生在家中的仆婢；又有许多牛群羊群，胜过以前在耶路撒冷众人所有的……这样，我就日见昌盛……我的智慧仍然存留。凡我眼所求的，我没有留下不给他的；我心所乐的，我没有禁止不享受的。（传，2：1－10）。

有一次，索洛古勃（Соллогуб）伯爵对托尔斯泰说：

> 亲爱的朋友，您是多么福气！您想什么，命运就给了您什么：美好的家庭、贤惠的爱妻、名扬天下、身体健康——应有尽有。

事实上，如果不看内里，只看外部，这的确是当代最幸福的人生。

"如果有魔术师来，"他自己也承认，"说可以实现我的愿望，我大概也说不出什么愿望了。"

于是，在达到人生可能达到的幸福之顶峰的时候，他窥视了反向的"黄昏山谷"，似乎众神最后忌妒起这太过幸福之人，因而不是用灾祸或者损害的震撼之声，而是用命运女神的低声细语提醒他，他也要受定数的控制。

他"似乎活也是活着，走呀走的，走到了深渊前面；看得很清楚，除了死亡，前面一无所有"。像所罗门王一样，他终于明白，一切都是空虚，都是精神劳顿，贤者和愚者都一样要死亡：

> 我常常在等待着我的前景面前感到恐惧；我知道，这种恐怖比这一前景更为恐怖，但是我不能耐心地等待终结……黑暗的恐怖过于沉重，我想要尽快地摆脱，或者投缳，或者饮弹。

在谈论生活的这最后一次转折，从此开始下山走入"黄昏山谷"的隘口之前，应该谈一谈在他身上一向非常强烈——像对生活的热爱那样强烈——的一种感觉，也许是因为这是这种热爱之情的反面——对死亡的恐惧。

第三章

我为那些十分看重一切存在物之必将死亡,因而一心观照世间一切存在物之毫无价值之处的人惋惜;我们之所以活着,就是要使须臾即逝的一切变得长存,只有我们善于充分评价一方和另一方,亦即必死和不死两者,才能够做到这一点。

这是歌德的话。(《格言与感想集》,Ⅱ)

在《浮士德》的末尾,歌德也谈到这一点,话几乎相同,但更简洁,更明确:

"一切无常者,皆仅为类比",都仅仅是形象,仅仅是象征。我们应该结合(歌德说:要充分评价一方和另一方),我们应该结合(συμβαλλειν,从该词派生出 Συμβολον,即"象征",意指:使汇合,使联结、结合),我们应该把关于非永存和永存的观念结合起来;在不贬低无常、死的同时,我们应该在无常与死之中来观察不死与永存;我们除非彻底地理解和热爱尘世,直至其最终界限,而且不蔑视、不惧怕尘世间一切的微不足道,否则是不能够企及非世间的一切的;我们应该牢记,除了包裹在最有活力的血肉之中的"类比""显现""象征",我们是没有接近上帝的其他上升之路和阶梯的。

因为我们的上帝的秘密不仅是灵魂与道的秘密,而且也是血与肉的秘密，因为我们的道已成肉身。"吃我肉喝我血的人就有永生。"因此，不是不要肉体，而是通过肉体达到隐匿在肉体背后之物：这就是最伟大的象征、最伟大的结合，唉，可惜这一点还不为多人所知！

歌德论一切世间无常之物、论可朽者之不朽的话，是对绝望与恐怖、对释迦牟尼和《传道书》关于万物可朽、关于涅槃、关于万事皆空之言论的最好回答；而托尔斯泰在《忏悔录》中引用了这些说辞，最深刻地表现了他自己的绝望。

不足为奇的是，古代希腊人，和新的希腊人歌德，当然，对大地、对世间欢乐的喜爱不亚于所罗门王和列夫·托尔斯泰。但是，对死亡的恐惧，对于他们来说，并没有消除这种欢乐，相反，最深沉的黑暗和对深渊的惧怕却增加了生命的魅力，正如颜色最黑的天鹅绒反衬并增加了金刚石的光辉一样。他们从不躲避这种黑暗，反而似乎故意寻求这种黑暗，目的是战胜它。悲剧，即对于人类命运中最为黑暗而注定的一切事物所做的最勇敢而深刻的观察，创作于希腊生活最为光辉的时代，绝非偶然。没有猜出斯芬克斯之谜的俄狄浦斯的绝望，比释迦牟尼和所罗门王的绝望更深广。与此同时，正是在这里，面对着帕台农神庙，在人们以往建造的最令人愉快的大厅里，在美酒与欢乐之神狄俄尼索斯神剧院中，世人中最幸运者正在欣赏这种极端的恐怖和绝望。尼采问道："难道不是存在着心灵对于生活中存在的一切残酷、谜一般事物的特殊爱好吗？这种爱好不是来源于对享乐的渴望、来源于过度的健康、来源于生命的充沛吗？最为严厉的目光的特殊的、诱惑人的勇敢精神，是需要仇敌——可怕而尊严的仇敌的，因为在这种仇敌斗争中才可以做力量的较量。"

意志悲剧《普罗米修斯》，思想悲剧《浮士德》之对于死的恐怖、生的秘密，就是这种充满了"诱惑人的勇敢精神"（ver‐sucherische Tapferkeit）的挑战。只有强者中的最强者、镇静者中的最镇静者，才能够不受惩罚地感受对于恐怖的这种陶醉；俄罗斯人中之最强者与最有智慧的一员，普希金，也谈到过这种陶醉：

> 黑暗深渊边缘的战斗，
> 狂暴的汪洋，汹涌的波涛
> 和暴风雨沉重的黑暗，
> 阿拉伯的漫天狂风
> 鼠疫瘴气的浓重——
> 都令人陶醉其中。
> ……
> 那么，应该赞美你，鼠疫！
> 我们不怕你黑暗的坟墓，
> 听你呼唤，我们也不会惊慌失措！

对于这"坟墓"中黑暗的过度恐惧——对于肉体生命短促、尘世间一切一文不值的过分清晰明确的意识之出现，首次表明，正是某一文化的神性源泉已经枯竭，或者败坏，生命的活力在这一文化之中正走向衰颓。

显然，索福克勒斯在《俄狄浦斯王》中表现出的绝望很像所罗门在《传道书》中表现出的绝望。事实上，这是对立的两极。一为上升，一为下降；一为开始，一为终结。在佛的《普曜经》中，在所罗门的《传道书》中所能听到的不是正在复活之灵魂的，而只是正在死亡之肉体的声音。在饱食终日的伊壁鸠鲁派人士的忧愁中，在罗马帝国衰落时期的厌世情绪中，在落座于布满玫瑰花与酒杯欢宴餐桌旁的哲学家的头脑中，有一种与希腊灵肉精神格格不入的、粗俗的欲望，即一种没有灵魂，不信神明文化的、老年人式的唯物主义。须知，最纯洁的、完美的基督教对生命充满信心，对死亡毫不惧怕，善于把须臾即逝者变为永不消逝者，像完美的希腊精神那样。让田野的百合花明天枯萎、被投入火里吧，上帝王国的儿子们今天依然高兴的是："就是所罗门极荣华的时候，他所穿戴的，还不如这一朵花呢。"阿西西的方济各在阿维尼幻景十字架之痛苦后依然对太阳唱出赞歌，露出微笑，就像索福克勒斯的微笑一样，因为这位悲剧作家在俄狄浦斯王悲剧之血腥恐怖之后依然对酒与欢乐之神——狄俄尼索斯唱出赞歌。在这里和在那里，都是青春少年般的明朗，都是智慧极致的静谧。只有在半途中停步的人——既非前驱者，也非后来者，而是已离开一岸却尚未达到另一岸的人，按歌德的话说，才不可救药地"沉湎于观察尘世之微末"。对于死亡的极度恐惧几乎永远都是宗教的软弱无力和宗教的平庸无能的标记。

托尔斯泰在《童年》中描述了一个儿童对于母亲之死的印象。她躺在棺木中，他望着她：

> 我不能相信，这还是她的那张脸。我开始更真切地观望，才慢慢地辨认出那熟悉、亲切的特征。我确信这就是她的那一瞬间，惊恐地抖动了一下。可是为什么她紧闭的眼睛深陷下去了呢？为什么苍白得可怕，为什么在一侧面颊上透明皮肤下有一个发黑色的点？
>
> ……哀悼结束了，死者脸部露着，在场的人，包括我们，开始鱼贯地走向棺木，鞠躬行礼……最后走来与死者识别的人中间有一个农家妇女，双手还抱着一个长得不错的五岁的小姑娘——上帝才知道那女人为什么带她到这儿来。这时候我一失手把湿湿的手帕掉在地上，我很想把它拾起来，但是，我刚刚弯下腰去，就有一个可怕的、刺人骨髓的尖叫声令我惊愕万分；那尖叫声中充满的恐怖，就是活上一百岁，我也不会忘记；而且，我每次回忆起来，全身都不寒而栗。我抬起头来，看见那农家妇女正站在棺木旁边的小方凳上，挺费劲地用双手抱住那女孩；那小女孩挥动着一双小手，把一张惊骇万分的小脸向后仰着，突出的双眼盯着死者的脸，发出可怕的、疯狂的叫声。我也惊叫起来，我想那声音比令我惊愕的尖叫声更令人惊恐。我飞奔出房间。

可以说，自那一时刻起，这疯狂的叫声在托尔斯泰的作品里一直没有沉寂下去。他以自己的恐惧令整整一代人心灵惊骇。如果说在当代人们以空前可鄙的态度怕死怕得全身抽搐，如果说在我们大家身上，在内心里，在血肉里，都会有这"冷噤"，这种直入骨髓的寒战（但丁谈到在地狱湖水中冻僵的罪人时提及这种寒战："当时一股寒战掠过我全身，现在我一想起他们，那寒战依然袭来。"）的话，那么，在很大程度上，这要归因于托尔斯泰。

然而，他是借用了关于尼古拉·伊尔琴耶夫母亲逝世的叙述，不是依自己的回忆；托尔斯泰母亲去世时，他才三岁，不可能记忆清晰，况且他当时不在场。但是，显然，在《童年》主角的叙述中，他是以如此令人惊心动魄的、几乎是不顾一切的、令人厌恶的真实来描述死亡之恐怖的；这种恐怖扎根在他身上，为他一人所独有，在他的意识刚刚闪现光亮时便在他心中苏醒，而且自那以后从来没有舍弃过他。

多年以后，他已经成人，意识完全成熟，但是在他灵魂里，依然经常显现那同一种恐怖，束手无策，情况甚至比在童年时还严重。

1860年10月17日，他从尼斯附近的吉耶尔给费特写信，谈他兄弟尼古拉的死亡：

> 9月20日，他确确实实地是在我怀抱中死去的。生活中任何事物也没有给我留下这样的印象。他说得对：没有比死亡更坏的事了；如果想到，归根结底，死亡是一切活物的不可避免之终结，那就不能不悟出这个道理，即没有比生命本身更坏的东西了。如果说归根结底尼古拉什么都没有留下，那么这种种操劳又有什么用？他从来没说过他感觉到死亡的临近，但是我知道，他是步步监视着死神的，而且明确知道自己还能活多少时间。死亡前几分钟他昏昏睡着。突然间他惊醒，惊骇地小声问："这是什么？"他看到了自己正步入虚无。但是，如果连他也不知道应该抓住什么，那么我又能发现什么？当然更无能为力了。

在这封坦诚得令人惊奇、令人惧怕的信里,最令人震惊的是纯真、无意、揭示到终极、不知羞耻的唯物主义,即没有灵魂肉体关注。对于这死亡是"步入虚无"之说,毫不犹疑,绝无任何可能提出的问题和怀疑,甚至没有神秘感。这种恐怖毫无出路、毫无结果,无谓地消灭着、干涸着生命之源泉。这就像十五世纪那些异教徒——犹太化的俄国虚无主义者们常说的:"那天国是什么?耶稣二次降临又是什么?还有死人复活,是什么?根本就没有这回事。人死了——活了一辈子,挺好。"或者,像叶罗什卡叔叔所说:"我死了——青草照样生长。"厚重的大墙,俄罗斯的"厚重的虚无"。

过了二十五年,在皈依基督教之后很久,他在《伊万·伊里奇之死》之中仍然表现了这种动物性的、毫无意义的恐怖的感觉:

> 他又是一个人和她在一起:和她面对面,对她毫无办法,只能望着她,全身发冷。

我们知道,在一生中,在许多现实危险情况下,托尔斯泰都表现出可观可感的勇气,甚至大无畏精神。塞瓦斯托波尔可怕的第四炮台上炮弹的嗖嗖声,在他听起来甚至是悦耳的;他常常感到欣慰的是,他以生命的力量一次次战胜了恐怖。在下列场合下,他也几乎没想到死亡:在五山哥萨克村,他用枪顶住一匹疯狂的狼射击;还有一次,他打猎时匍匐在一匹母熊身下,那熊几乎把他压碎,几乎把他头皮撕下来,让那"血肉像破布片一样挂在眼睛前面",而雪地上有一大堆鲜血,"像是屠宰了一匹羊一样",而他呢,从野兽身下爬出来,忘了伤口,没有感觉到剧痛,只是全身颤抖,以猎人式的、酷似叶罗什卡叔叔那样的怒火嚷道:"熊在哪儿?跑哪儿去了?"

不,对死亡的恐惧完全不是出自他肉体的怯懦:这种恐惧有时候也许发展成为畏怯——是更为内在、深刻的,是在其初始源头的,而且,尽管有动物性,却依然是抽象的,可以说,是形而上学的。

这些突如其来的黑陷坑之所以让人害怕,是因为常常见于他的灵魂和作品，与对生活的最伟大的爱并列：这很像那些引人入胜的沼泽之"窗"，这些窗口上面盖满极为翠嫩鲜绿的芳草，极为明丽的花朵，从远处招引着旅途上的人，但是，他的脚刚一踏在这些窗口上，它们便塌陷下去，无底烂泥就把他吸吮下去。

一部机器的全部轮子因为一根几乎看不见的细丝而突然从机轴上脱落，和谐骤变为混乱——那根细丝到底是什么？毒化了他心灵、让最甜的蜜变成苦艾的那滴毒药是从哪儿来的？

他时常回忆起自己幼年时代的"推论"，他说，这些"推论"摧毁了他"感觉的敏锐和判断的明晰"；这些"推论"在当时就已经造成他对死亡的病态惧怕，因而他时而按佛教悔过法用绳子鞭打赤裸脊背，时而沉入所罗门式的绝望，放下功课，吃抹了暗黄色蜂蜜的番饼。每当他回忆这一切时，他就认定这些"推论"原因在于"发展不正常的意识"。的确，如果研究托尔斯泰一生全部的内心生活，就不能不得出如下的结论：在他精神发展的有意识方面和无意识方面之间存在着不协调、不均衡的情况。然而，这种不协调未必就在于过多的意识力量。我们至少有机会观察到，例如，虽然在歌德身上有比在托尔斯泰身上大得多的意识力量，但这一力量并没有破坏灵魂生活与智慧生活的和谐，甚至反而加强了这种和谐。不是的，托尔斯泰道德观发展和宗教观成长过程中沮丧、病态之最重要原因不在于过度的意识，而是相反，在于意识的不足、不完善。他的意识过于敏锐，或者说，无论如何，过于细腻、紧张，却不是无所不包、洞察一切的。这种意识光辉明亮，但光辉不是出自内部，像被阳光穿透的、透明空气后面的太阳，而是从外部，像灯塔照耀着海洋黑暗的水面。这个灯塔式意识的光芒无论有多亮和多长，它身上的无意识自然生命也是深邃无底的，其中总要保留着最终的、水下的黑暗，而且，任何光线也照射不透。重要的是，他的意识不仅仅是从外部单独地在另外一个方向发展，而且也在与他无意识生命完全相反的方向上发展，因此，在他身上似乎永远都存在着两个人，其中之一永远想要做其中之二不想做的事。这种内在的分歧、分裂，就像起初几乎不可见却一点点加深的大钟上的裂纹，使钟发出虚假的声响：钟声越响、越强，那挥之不去的、吱吱的刺耳声就变得越不堪忍受、越具病态。

我们已经知道，七十年代末那次死亡恐怖发作几乎使他走向自杀，但这次发作不是第一次，看来，也不是最后一次，而且无论如何，不是惟一的一次。十五年前，他兄弟尼古拉去世时，他就有过类似的感受。当时他觉得自己有病，而且认为是他兄弟曾得过并因之死亡的病——肺结核。胸部一侧有持续性痛感。他必须到草原上去喝酸马奶治疗；后来的确治好了。

在以往，精神上或肉体上的这类病症都能随时治好，靠的不是某种智慧或者道德的转变，而明明白白地是生命的力量，生命力的旺盛和陶醉。奥列宁在想到死亡之时，也像托尔斯泰在塞瓦斯托波尔战场炮弹之下时一样，意识到自己身上"有青春活力、强壮神性存在"。

为什么恰恰是七十年代末的这次转变对他具有决定性的、似乎是独一无二的意义呢？他以精神的原因作出解释。但是，在这里，像在以往的转折中那样，难道就没有肉体上的原因吗？难道没有即将步入老年的人们特有的那种独特情感吗？——这些人不仅在全部精神方面，而且在肉体方面也感受到，自己以往一直是在上山，而现在却已开始下山了。

他在关于自己这一时期，即他六十多岁时写的《忏悔录》中说："我身上一切停止生长的时候来了，我觉得，我不会再生长了，而正在干枯下去，肌肉萎缩，开始掉牙。"

这时候可以听到完全是肉体方面的诉苦，虽近阿纳克列昂式，却并无这一式诗歌之明朗性：

> 我浓密的发卷秀丽，
> 现在却变白变稀，
> 牙齿在牙床上松动，

眼睛里的光辉熄灭。

列文也完全如此：他兄弟尼古拉正在一家下等旅馆客房里死去（列文的尼古拉之死极像托尔斯泰的尼古拉之死），列文在这房间里孤单单地骤然痛感老年来临，痛感这动物性的恐惧，像直透骨髓的冷噤一样的恐惧；骤然间在全部躯体上领悟到："一切即将终结，只有死亡。"

他点着一根蜡烛，轻轻站起，走近镜子，开始审视自己的脸和头发……是啊，鬓角已生华发。他张开嘴。后牙已开始腐蚀。他看着自己厚壮的双手。对啊，很有力气。但是，尼古拉虽然在那里用残存的肺呼吸，身体也还是蛮健壮的呀。

托尔斯泰在1894年写道："活着，这是什么意思？活着，意思就是：头发在不断地掉，牙变黑变烂，脸上长皱纹，嘴里冒臭味。甚至在一切都结束之前，一切就已变得又可怕又讨厌，胡擦乱抹的胭脂、铅粉、汗味、臭味到处都是，乱七八糟。我为之效力的那个对象如今在哪里？美在哪里？美才是一切呢。没有美，就什么都没有。没有生命。"

在1881年那封信里，索菲娅·安德列耶夫娜告诉兄弟说，列文完全变了，"变成了最真诚而坚定的基督徒"，同时她还写道，说列文"头发白了，健康下降，变得比以前话更少，更阴郁"。

贯穿他一生的精神转折都和身体健康与否、力量的消长、得失联系在一起，而今这种联系则表现为变白的头发、皱纹、坏牙、口臭、枯干的肌肉。

"青春活力、强壮神性"也一去不返。对生活的陶醉消失了。他承认："只有在陶醉于生活的时候才能生活；你一旦清醒过来，就不可能看不到这一切都是欺骗，而且是愚蠢的欺骗。疾病、死亡今天不来，明天也一定来到心爱的人头上，来到我头上；除了臭气和蛆以外，什么也剩不下。"

他的意识生活与无意识生活的分歧和分裂，起初只是隐隐约约的裂缝，逐渐加深，最后变化成为他在《忏悔录》中谈到的那张开巨口的"深渊"；等他来到这"深渊"边缘，便"清楚地看到，除了死亡，前面一无所有"。

"而最恶劣的是，她，死神，把他（伊万·伊里奇）拉走，不是因为他做了什么事，而只不过是因为他看了看她，盯住了她的眼睛，看了看，什么也没做，就说不出来地难受起来。"于是他"一个人和她在一起。和她面对面；对她毫无办法。只能望着她，全身发冷"。

"为了逃避这种状况，他寻找安慰，寻找其他的屏障，其他的屏障出现了，短时间地保护了他，可是立刻与其说屏障坏了，不如说透了风，她似乎穿透了一切，什么也遮挡不住她。"

于是那最后一种恐怖来临，十分巨大，所以"他想尽快摆脱，或者投缳，或者饮弹"。

德尔图良断定，人的灵魂"就本性看是基督徒"。但是全部的灵魂都是基督徒吗？其中有一些不会生来而成为异教徒吗？看来，托尔斯泰的灵魂就是这样的，"生来的异教徒"。

如果他意识的深度符合他自然生活的深度，那么，他到最后就会明白，他不必惧怕自己的异教徒灵魂并感到可耻，这灵魂是上帝给他的，他会在对自身的无畏又无限的爱中找到自己的上帝，自己的信仰，就像从本性上有着基督徒灵魂的人们在无限的自我牺牲和虚己中寻找上帝一样。

但是，由于在他的意识和无意识本性之间存在着深刻的不协调、不均衡，他只能于二者中居其一：或者令自己的意识服从本性，这就是他前半生的所作所为；或者，相反，令自己的本性服从于意识，这是他后半生的行为目标。在最后，他必定会得出结论，即对自己的任何的爱、一己的任何生命和独特个性的发展，都不过是某种肉体的、动物性的，因而也是罪恶的、恶劣的、恶魔般的东西，某种不该存在的东西，所以将其消灭就是最高的、惟一的善。他的确得出了这一结论，下定决心痛恨和摧毁自己的灵魂，目的还是为了拯救它。在他写作《忏悔录》期间，他觉得他已经最终地达到这一目的,他发现了完美的真理,再也找不到什么东西了。在最末几页,他已经不揭发和评审自己,而只揭发和评审他人,说全部人类文化是"胡作非为",而生活于这种文化中的人都是"寄生虫"。他直言不讳:"我开始痛恨自己……现在我一切都清楚了。"

可是,在《忏悔录》之后三四年,这种"清楚"就渐渐地变得混浊、模糊起来。

早在1882年,在莫斯科户口登记期间和察看里亚平收容所之后,他劝说自己的熟人——富人联合起来,用基督徒个人的善行先拯救莫斯科,再拯救俄罗斯,最后拯救全人类——他的内心是不平静的。在这个呼吁中可以听出紧张、缺乏信心,像有裂纹的大钟吱吱刺耳的、假冒的声响;这呼吁书不朴实,不是用托尔斯泰风格的语言写出的;这语言像是1812年拉斯托钦海报上的话:"让我们像傻瓜那样,像乡下佬那样,像农民那样,像基督徒那样,靠众人一起使劲,还怕抬不起来吗?伙计们,一起干吧。"

在为穷人募捐的同时,他还在友人家中宣讲他自己的新的救世计划;他觉得听众们有些不安:"他们似乎感到害羞,主要是为我,为我所说的蠢话;但是这些蠢话,无论如何是不应该一口咬定就是蠢话的。似乎是有某种外在的原因令听众姑息了我这种愚蠢的行径。"在杜马发表讲话之后,他在和户口登记主管人员谈话的同时,又一次感觉到他们以目光向他示意:"出自对你的尊敬,大家不提你做的蠢事,可是你怎么又胡诌起来!"

最后,按照他的看法,最伟大的、新的真理——个人的慈善一文不值——是从最简单的算术计算中向他展现的。有一天傍晚,星期六,托尔斯泰和木匠谢苗恩一起劈木柴。木匠走近多罗戈米罗夫桥,给了乞丐老头一枚3戈比的硬币,又让他找回2戈比。老头用手托出两个3戈比硬币和一个1戈比硬币。木匠看了看,想拿走那1戈比的,但后来又想了一想,便摘下帽子,划了十字,把那枚3戈比硬币留给老头,走了。

托尔斯泰知道,谢苗恩的储蓄是6卢布50戈比,而他自己则有

60万卢布。他心里想:"谢苗恩给了3个戈比,我给了20个。究竟他给了多少,我给了多少呢?按照谢苗恩的给法,我应该给多少呢?他一共有600戈比,先给了1个,又加了2个。我有60万卢布。按照谢苗恩的给法,我得先给3000卢布,再让他找回2000卢布,如果找不出来,就连这2000也留给老头,画个十字,走开,平心静气地聊天,议论议论工厂里的人怎么生活,斯摩棱斯克的牛肝多少钱一斤。"

以这个计算为凭,不可能不得出一个极端惊人的结论:

> 我就是拿出10万来,也不够做善事的资格,因为我还有50万呢。只有当我一钱不剩的时候,我才有资格行点小善。在第一次看到里亚平收容所饥寒交迫的穷人那一刻,我就悟出一个道理,那就是:这情况的罪责在我,像我这样生活是不行、不行、不行的——真理仅此一条。

凭借极大劳苦、极度努力建造的整座大厦一下子呼啦啦倒塌、崩溃——他又不得不重新揭发自己,当众忏悔:

> 我是个软弱无力、毫无用处的寄生虫。我是条毛虫,专吃树叶子,却还想帮助这棵树长大,保持健康,还想为它治病。

他觉得,只有现在他才明白基督的话:凡是不能把家园、孩子、田地全放弃而跟他走的人,都不是他的门徒。

在他身上完成了新的转变、新的再生。

他渐渐明了,他不仅没有"痛恨自己",没有像他在写作《忏悔录》时认为的那样找到了真理,而且根本就没有开始去寻找。同时他还深信,这一次他已经一劳永逸地明确了一切,新的真理,在他看来,实现很容易:"人只要不想占有土地和金钱",就能进入上帝之国。他确信,给世界带来灭亡的恶——财产——"不是命运法则、不是上帝意志或者历史必然性,而是迷信。这迷信一点也不强大、不可怕,相反,是软弱的、无足轻重的";要摆脱这种迷信、摧毁这种迷信也很容易,像"扯掉一个极轻的蜘蛛网一样"。

于是,他决定执行基督的遗嘱,放弃一切——家园、孩子、田地,把60万卢布散发出去,自己也当一名乞丐,以求享有行善的权利。

第四章

索菲娅·安德列耶夫娜·托尔斯泰伯爵夫人的兄弟在《回忆录》中说："许多人都会认为，对于托尔斯泰不利的事，我当然是只字不提的。但是这种看法不对，因为甚至没有什么事情是必须对旁人隐瞒的。"

真是豪言壮语。我们都知道，就连最伟大的圣徒和隐修者，也有堕落和软弱的时刻。主的门徒中那最忠诚的，心灵上也有过叛逆。不过，别尔斯先生手里有书：他写的不是生活，而是生平。

类似的表白在托尔斯泰本人嘴里就更惊人。据一位亲耳恭听者证明，他近来常常说："我在这世界上对谁也没有什么秘密！我做什么，是谁都知道的！"

这话不同凡响。能够斗胆声言"我对什么也不害羞"的人，是谁？是极端蔑视世人的人呢，还是真正的圣徒？

每个人一生中都有具有特殊意义的一些时刻，这些时刻把他生活的全部意义都聚拢起来，展现出来，一劳永逸地确定他将是什么人，有什么价值——似乎是要和盘托出他人格的内在横断面，并且把一切深入到其人格之意识与无意识的最深层；在这些时刻里，人以后的命运似乎在剑刃上摇摆，要作出决定，作出降落到这一侧或那一侧去的准备。

托尔斯泰一生中的这一时刻就是散发财产的决定。然而，情况有奇怪之处。一直到这一时刻之前，他的日记都是最详尽的，他的忏悔、悔过、表白，都可让人看到他意识和良知的每一次活动。但是，在这里，日记突然背离了我们，中断了。他过去曾大谈自己，现在却突然地——永远地——沉默了。当然，如果他做的事——而并非他说的话——对他的谈论足够清晰的话，我们或许就不需要他的什么表白了。但是，正是他外在的生活，是他的行为比他的言语更让我们困惑。关于他生活的内在方面，我们只能够从一些暗示中略知一二。这些暗示为数不多，像是无意中从他嘴里流露出来，无意中被人听到，却又几乎不能理解，或者来源于听话人自己肤浅的转述。我们得知的内容都是未曾预料到的、前后矛盾的，因而我们的困惑有增无减。

别尔斯记述道：

> 关于对待自己财产的态度，列夫·尼古拉耶维奇对我说，他想摆脱它，像摆脱因为他有这些信念而令他痛感沉重的恶一样。但是他起初的做法不对，因为他想把这恶推给别人，也就是说，一定要把财产散发出去，因此招致另外一种恶，这就是：自己妻子强烈的抗议和极度的不满。因为这一抗议，他就提议把全部财产转至她的名下；她拒绝了，于是他又向孩子们提议，也没有成功。

另一位见证人（谢尔盖银科《托尔斯泰是如何生活和工作的》）叙述说，有一次他在街上遇到一位熟人，便谈了几句。"原来那个人是一个鳏夫，随意在什么地方就餐，任何时候都可能在莫斯科离群索居，像在没人住的孤岛上一样。"谈完这次邂逅之后，托尔斯泰微笑着补充说：

> 我十分羡慕他，这是心里话。您想，一个人可以由着自己高兴活着，又不给别人造成麻烦。对嘛，这就是——幸福！

这是什么？是什么玩笑话？什么"微笑"？这里面有什么没说出

来的痛苦？

还有更奇怪甚至显得可怕的表白呢：

> 我要在男人中间找朋友。什么女人对于我来说也代替不了朋友。我们为什么要对我们的妻子说谎话，说我们认定她们是我们真正的朋友呢？这根本不是实情嘛！

难道他说这话时也面带微笑吗？这也是玩笑话？这位最幸福的有妇之夫，在当今就像圣经古代家长亚伯拉罕、以撒、雅各一样，和夫人心心相印地度过了三十七年之后，在暮年，忽然羡慕起鳏夫的自由来，好像他自己的家庭生活是一种秘密的奴役，让陌生人意会到他认为妻子不配"友人"这一称谓。

这位刚刚赞扬了托尔斯泰家庭幸福的见证人，在这里马上又信口开河、极不严肃、毫不含糊地评论道："然而，在世界观上，他们（托尔斯泰和夫人索菲娅）是有分歧的。"而"世界观"对他来说是最为神圣的。如果他们俩在这一点上有分歧，又在什么地方有共同之处？这样的玩笑难道可以轻率放过吗？

但是，别尔斯谈到了"转变"后之托尔斯泰对夫人的情感问题，更令人吃惊：

> 现在，列夫·尼古拉耶维奇对夫人的态度带有要求高、指责甚至不满的色彩，责备她妨碍自己散发财产和继续按以往的精神教育子女。而他夫人则认为自己正确无误，抱怨丈夫对自己态度不好。在她心里不由自主地形成了对（托尔斯泰）主义及其后果的恐惧和反感。他俩之间甚至形成了互相矛盾的话音，可以听出彼此的抱怨。把财产散发给不相识的人，让孩子们去四处流浪——谁也不愿意这么办，而她作为母亲要阻挡这个计划。她认为阻挡不仅必要，而且也是自己的义务。她对我说完这番话之后，满眼热泪，补充说：

"我现在挺难,什么都得我一个人做,而原来不过是个助手。家务和抚养孩子的事,全都靠我了。还有人责备我,说我还干这些事,而不去讨饭!要是我没这些小孩子,难道我不跟他去吗?可是他,为了他那个主义,就什么都不顾了。"

终于有了最后的、最不可置信的表述:

列夫·尼古拉耶维奇的妻子为了给子女保存财产,准备请求政府监管他的资产。

索菲娅·安德列耶夫娜伯爵夫人主持的,对托尔斯泰的监管!这是悲剧,也许,是当代俄罗斯生活中,无论如何是他生活中的最大悲剧。这也就是那剑的刃,人类的整个命运在决定之时都要在上面摆动。关于这一点,我们是偶尔从懒散而好奇心重的人士那里得知的。这一可怕事件发生在他生活中那最阴暗、隐秘的角落里,默无声息。却没有他自己说的一句话;他一生只按自己说的话做,我们现在依然可以断定,他无须对凹人隐瞒什么。

但是,他究竟是怎样走出这一悲剧的呢?他是否又感觉到,在衡量自己力量的准确尺度方面他又犯了错误?是否又感觉到,表面上看着容易而简单的事,实际上都是无限困难和复杂的?"对财产的迷信"——不是"轻细的蜘蛛网",而是生活锁链中最粗重者,这条大锁链的最后一环是在人的心里、血里、肉里,要把它从心里抽出来,必定会撕扯血肉的。他是否明白了伟大导师意味深长却又可怕的话:人的仇敌即其家人?

过往世纪基督教隐修者们在类似的情况下怎么办,我们是知道的。阿西西的圣方济各之父亲,佩德罗·贝纳多尼,曾向主教提出申诉,谴责儿子挥霍家产、想把家产散发给穷人;就在这时候,方济各把衣服都脱下来,直到最后一件衬衫,并且把衣服连同金钱都放在父亲脚下,说:"一直到现在,我都是称佩德罗·贝纳多尼为父亲的。但是，现在，我要侍奉上帝，我把从这个人那里拿的东西都还给他；从今以后，我要说，佩德罗·贝纳多尼不是我父亲，主是我天上的圣父。"按照传说的叙述，他像从母腹中出生时那样赤裸裸地投入基督怀抱。

俄罗斯人民所喜爱的圣人，神职人员阿列克塞，也从父母家里秘密出走。时至今日，俄罗斯全部隐修者想实现基督的教诲，都是这样做的，那教诲是：谁不以我的名义丢弃家园、田地和子女，就不配从我。

> 弗拉斯散尽了自己的财产，
> 自己变得赤脚又赤身，
> 于是又去筹建
> 上帝的圣殿……
> 灵魂全部伟大的力量，
> 都已投入上帝的事业。
> 从那一个时刻起，
> 这农夫漂泊了近三十年，
> 全靠他人施舍为生，
> 严格恪守着自己的誓言。

因此，应该完成的事是：俄罗斯大地的伟大作家应该成为俄罗斯人民的隐修士——这是史无前例的只见于俄国文化的现象，越过彼得大帝的改革在我们和人民之间挖掘出的深渊而重新找到的宗教途径。

世人目光渴望地倾注于他，绝非偶然；世人不仅注意他写的一切，还更多地注意他所做的一切和他最人性的、内心的、家庭的、家务的生活。不，这不仅仅是懒散之人的好奇心。这里面包含着对于我们大家、对于俄罗斯文化整个前途都极其重要的内容。在这里，对于言行不够谦虚的担心不应该妨碍我们。他不是说过吗："我在这世界上对谁都没有什么秘密;我做什么,是谁都知道的!"

他究竟在做什么?

别尔斯说:"他不愿意以强力反对妻子,于是对财产采取了这样的态度,即似乎那财产不存在,他拒绝自己的财产,忽视财产状况,也不再加以使用,如果不算他仍然在雅斯纳雅·波里雅纳的住宅里生活这一事实的话。"但是,"如果不算",又怎么算?这是什么意思?他实行了基督的教导:舍弃了家园、田地和子女——"如果不算"他照旧保有着这一切这一事实吗?他变成了乞丐、无家可归者,把自己的财产都散尽,如果不算这一事实的话——因为担心令妻子伤心,他同意保存自己的庄园。还有,这里谈的是什么恶?对他妻子有什么"强力"?当然,基督是不宣扬强力的。他没有要求人从妻子、儿女那里收取财产,然后散发给穷人,但是确实明确无误地要求,如果人不能够以其他方式摆脱财产,则必须连同土地、房屋、庄园一起,抛弃妻子、儿女,背起十字架,跟着他走,这样,人就至少明白了这句话的意义:人的仇敌即其家人。

但这是超出人的能力范围的,这是不是对自己血肉的背叛呢?基督的全部义理,像托尔斯泰那样从一个方面加以理解的,难道至少不是对自己血肉的背叛吗?连主也认为这样做不容易,他没说放弃财产等于扯掉一张"轻细的蜘蛛网"。他预见到,这对于人来说是最粗重的锁链,要把它的最后一个环节从人心里扯出,这必然连带血、肉,要摆脱这锁链就只能废除最具生活力的、情爱的人际血缘关系,在抛弃财产时离弃父母和妻子儿女。正因为如此,他才以如此无限悲哀和无限慈爱的微笑说:我实话告诉你们:骆驼穿过针的眼,比财主进神的国还容易呢。

基督是这样说的。托尔斯泰又说了什么?他保持着沉默,似乎是他做的事替他言说了,或者这里似乎没有什么矛盾——没有悲剧,似乎对他来说一切都和以前一样轻易、明了和简单。只有奇异的传说,这位当代圣徒的传记为他作出回答:"他竭力闭紧眼睛,全心投入地去完成他一生的计划。他不想看到钱,甚至尽可能避免用手拿钱，而且，身上从来不带钱。"（安娜·塞伦）别尔斯记述说，他竟成功地把妻子的意志和上帝的意志协调了起来，所以"近来，索菲娅·安德列耶夫娜已经开始平心静气地对待自己丈夫的学说——她习惯了"。这是一种新方法：既可依然当骆驼，又可穿过针的眼——"避免用手拿钱"，"身上从来不带钱"和"闭紧眼睛"。

够了，够了。这难道还不是对他、对我们和对基督义理的讽刺和最恶劣的冷笑吗？如果说面对人的法庭这还有某种意思的话，那么，面对上帝法庭，怎么样，他到底实行了基督的教导呢，还是没有？散发了财产呢，还是没有？在这里不可能有两种回答，不能骑墙：或"是"或"否"，二者必居其一。

我们不知道他对这一点是怎么想的，有什么感觉，我们无法看到他生活的内在方面；但是外在的方面我们是连最小的细节也知道的，因为不计其数的报刊撰稿人的一双双大山猫一样的贼眼睛，使他住宅的围墙已经变得透明如玻璃。我们看到他吃饭、喝水、睡觉、穿衣、工作、缝皮靴、读书。这些琐事有时候也很有意思，也许会给我们提供打开他内心秘密的钥匙？然而，尽管我们观察、钻研，我们的困惑不仅没有消失，反而越来越大了。

目击者们特别细心地描述了托尔斯泰家里的融洽和富足，经济上的佳境，或者，像他们之中某人所说，"旧式贵族的持重和殷实"。我们看到了这幢不大的两层楼，就坐落在多尔戈哈莫夫尼克胡同，是单独的建筑；冬天夜里，在老式花园中覆盖厚雪而低垂的树木之间，从房里发出亮光，在远处都可看到。在住宅之内，则是一片礼让、舒适、欢乐的气氛，"有一种难以捕捉的高贵的简朴"：宽阔的楼梯，屋顶很高，十分明亮，有些空荡的大厅完全没有可有可无的装饰品，旧式平直家具是红木的，一名"文质彬彬的听差"穿着燕尾服，打着白色领带迎接客人；不过，关于这位听差，我们应该记得，托尔斯泰是不需要他的效劳的，因为托尔斯泰自己收拾房间，甚至用大桶为自己提水，不用马匹，自己动手。书房"简朴得像帕斯卡尔的书房"。房间不大，屋顶不高，天花板下伸展着铁管子。谢尔盖银科说:"在八十年代初改建整个住宅时,托尔斯泰不愿意为了奢侈而牺牲这间书房,告诉伯爵夫人说,有很多极有成就的'事业家'生活和工作所在的处所,不知比他这里差多少。"但是,他可能还有更大的把握说,为数不多的"事业家"生活和工作的房间是比他的更好的。他的房间里没有多余的东西:没有画,没有地毯,没有装饰品。但是,有工作经验的人都知道,一切不必要的东西都只能分散人的注意力,妨碍人集中思考。天花板下的铁管子看着不雅观,但是这大铁管子是他一位熟人按最新卫生要求专门为他安装的:"该管道之特点在于,借助于一盏灯,可以发挥良好通风作用,还可给书房供暖。"新鲜空气常有,温度保持均衡。再好不过了。但是,这间屋子的主要优点是宁静。住宅改建之后,托尔斯泰的书房依然保持原样,"似乎出现在天与地之间"。这一情况破坏了住宅侧面外观。"但是从安静怡人方面看,书房毫无损失。"窗户都对着花园。街道上的声音一点也渗透不进来。这间房子远离各起居室,"永远充满宁静,有利于思考"。只有一生都在沉思冥想的人,才善于评估这样的房间的最为突出的优点:全然的隔离与寂静,不可损害的、有保证的寂静。为此可以付出人的代价。这对于思想家们来说,乃是至福,是深厚的慰藉,是仅有的、不可替代的奢侈。在现代大城市里,这样的宁静很少能求得,很难求得。和这种真正的奢华比较起来,我们娇弱和因娇弱而粗俗的、因学美国方式而变粗野的趣味,以及因此而显现出的小市民蝇营狗苟的劲头是何等的野蛮啊!

托尔斯泰还有一间工作室,更为舒适,更为安静,在他雅斯纳雅·波里雅纳的住宅中,在长着百年老树——白桦树和菩提树的林荫路大公园的寂静中,在世袭的贵族领地中,在俄罗斯中部最为优美的一个角落之中。这间屋子原来是储藏室,地板没涂颜色,屋顶是拱形的,墙很厚。在夏天最炎热的日子里,这里"像地下室一样凉爽"。各种各样的工具——铲子、大镰刀、锯、钳子、锉——给这间屋子的面貌增添了像鲁滨逊住所那样的朴素的、让人想到童年的清新优美情趣。冬用和夏用各一间工作室是伊壁鸠鲁之现代学生真正宁静、华丽而朴素的禅房，这位学生比任何人都善于从肉体生命与精神生活中汲取最纯洁、最直率、永远不变的喜悦。

这所住宅里的一切，在力量和可能所及程度上，都符合其主人高雅、细腻的趣味和他对华美之简朴的爱好。索菲娅·安德列耶夫娜十分注意，不让任何居室细节令他不快和烦恼。"经济和家务的全部复杂和费力的事都由她料理。她没有助手。"而整个住宅中，事事井井有条。托尔斯泰家的车夫对谢尔盖银科所言不无道理：伯爵夫人"酷爱条理"。"她不知疲倦，处处都奉献出她活跃的精力、理家才能和调度才干。只要她因事离开雅斯纳雅·波里雅纳一两天，这架被称作'家'的复杂机器就要咯吱咯吱发出不和谐音，出现停顿。她是出类拔萃的女主人，细心、和蔼、好客，让大家在雅斯纳雅·波里雅纳逗留像在自己家里一样。"

在永远丰盛、适度简单却又华美的餐桌上，给托尔斯泰提供的是特制素餐。他的素食习惯给索菲娅造成许多麻烦："她对这素食习惯持否定态度，在家里容忍它，像容忍着一个特殊的十字架"——它是困难和复杂的，但是她不埋怨。她有时候亲自到厨房监管新菜式的烹调，最后达到目的：雅斯纳雅·波里雅纳的素菜像荤菜一样味美、有营养，甚至几乎同样地种类繁多。托尔斯泰也许永远不会去打听一下，她费了多大周折。他享用的这些素菜，虽然简单，但是却比肉菜更为奢华、精细，因为素菜要求女主人付出大得多的创造能力、创造性艺术、爱、关注和耐心。当然，如果他也像弗拉斯叔叔那样沿大道走遍天下，或者像他建议大儿子那样地去给农民当雇工，他也就不可能如此准确地保持这种素食忌戒了，也许甚至不得不吃禁忌的"畜肉"、某种青鱼，或者斯摩棱斯克的牛肝。然而，现在有他喜欢的燕麦粥，大概是比成百上千名厨师烹调的最昂贵、最见功夫的汤味道更好的；大麦咖啡加杏仁牛奶，虽然不像纯摩卡咖啡那样芳香，却是更为保健的。而且，全身困乏和饥渴是菜肴最好的作料。他还记得那铁罐里装的水，有一次割草之后，一位老农民就是用这样的水招待列文的：

"嘿，我这特制克瓦斯！怎么样，还好喝吗？"那农夫眨着眼睛问。

的确，列文从来没喝过这种饮料：有绿草叶子漂浮其中的热水，因为用铁皮罐子盛着，有股铁锈味。——老人把撕碎的面包放在碗里，用勺柄把面包块碾细，从铁皮罐里把水倒在碗里，又切了面包，撒上盐，面向东方祷告。

"好啦，老爷，我做的面包渣汤。"

面包渣汤味道好得很，列文改变了主意，不回家吃中饭了。

这就是会吃又会喝。特里马尔希昂酒足饭饱的客人，或者现代美食家们，是做梦也得不到这位十足的伊壁鸠鲁派人士天天体验到的享受的。

他的衣服也和饮食一样简朴、舒适、大方，远远胜过我们的时装：这种时装不好看，令人羞辱地束缚着躯体，不是俄罗斯式的，人民大众看着不顺眼——本质上是阴郁的、苦行僧式的装束。托尔斯泰冬天穿灰色法兰绒的、很暖和又很柔软的半长衫，夏天则穿肥大、凉爽的半长衫，剪裁式样很特别。这些衣服他穿着十分方便、宽大，除了雅斯纳雅·波里雅纳村的老太太瓦尔瓦拉——当然，也许还有索菲娅·安德列耶夫娜——以外，是谁也缝不出这样的衣服的，很可能巴黎和伦敦手艺最好的裁缝也不行呢。上衣是长襟衫、长襟皮外套和短皮外套，羊皮帽，高筒皮靴——样式都不是随意的，而是精心设计的，适用于干热夏季和雨季。这些衣物十分方便和舒适，客人和家里人也很喜爱，不由得要时时享用的。这是一位农村的而且是北方的享乐主义者的真正服装。

穿上这样的衣服，他甚至还让人意想不到地，以他特有的方式出出风头哩。在少年时代他感到心烦的是他的脸"完全像普通庄稼汉"，而现在却以此来夸耀了。他喜欢告诉别人，在街上和在朋友家里，有人把他当成真正的农夫，甚至流浪汉。

"也就是说，贵族身份，不是写在脸上的！"他总结说。

有一次，彼埃尔·别祖霍夫也穿上农夫服装，像儿童那样自豪地欣赏起自己一双赤脚来，"满心欢喜地以各种姿势走动，不断地扭动着十个又脏、又粗、又大的脚指头。而且，他每一次凝望着自己一双赤脚的时候，脸上都闪现出活跃与满意的微笑"。托尔斯泰在少年时代强烈向往格奥尔基十字勋章和皇帝侍从武官绶带。现在令他入迷的则是另一类更有现代色彩的地位征记。然而，归根结底，无论什么样的征记——用破的包脚布或者光闪闪的绶带，不都是一样的吗？他感到满意的是：贵族身份依然刻在他脸上，那特征是无法磨灭的；他穿上农民的半长皮衣，也能看出原来那无可指摘的贵族身份；而且，在这外部的粗糙包装下，那贵族特征很可能变得更为明显、更为诱人。所以，有时候，最华丽的东方绸缎的面底故意做得粗糙、不光滑，而让这面底上金色和丝质图案的闪光细线显得更为华美。

柔软的被褥，鸭绒的枕头，是他所不能容忍的：睡在上面，他觉得疲倦和窒息。他喜欢摸着清凉的皮革枕头。但是，躺在令人厌恶的玫瑰花床上因失眠而苦恼，因花瓣乱翻乱动而烦恼的花花公子，该是多么羡慕托尔斯泰躺在给人以聪明享受，虽然坚硬却很舒适的床上安然入梦啊！

富有田园特质的厩肥气味，几乎把十八世纪情欲最盛又最为敏感的娇养公子哥之一感动得流出眼泪，此人即让-雅克·卢梭。托尔斯泰也喜欢厩肥气味。安娜·塞伦记述道：

> 一天早晨，他直接从施过肥的田地回来吃早饭。当时，在雅斯纳雅·波里雅纳还有几位来客逗留着，他们是自愿和伯爵一起给田地施肥的。房间的窗、门都大开着，不然是没办法呼吸的。伯爵看了看我们大家，很高兴，满意地微笑着。

他自然也喜欢芳香。别尔斯说，割完草之后从草地上回来之时，他总是要从草垛上捏一根草茎，很欣赏那芬芳，不断地闻它。

在夏天,他身边总有鲜花,只一朵,但香味大。他把这一朵花放在桌子上,或者拿在手里,或者插在皮腰带上。

应该看到,他是多么欣喜地把这朵花送到鼻孔下嗅着,"同时在他环视周围的人的目光中有一种温柔得令人奇异的表情。"他还特别喜欢法国香水,和洒过香水的内衣。"伯爵夫人总是注意,看他的衬衣柜里有没有香包。"因此,托尔斯泰发明了一种享受芳香的新方法:在做完施肥工作之后,鲜花和香水的芬芳更令人迷醉。这就是象征,是结合:在农夫式基督徒的半长衫下,是喷了芳草液或者帕尔玛紫罗兰香精的衬衣。

在阿提卡曾经有一位快乐的智者,用自己的双手耕耘一小块地,教导人们满足于少量物品,不相信天上地下的一切,只相信阳光、花朵,冬天里燃烧的一把干树枝,夏天里泥瓦罐里一些清凉泉水所带来的快乐;这位智者是可能把托尔斯泰认作自己在这野蛮世纪里也许是惟一的忠实门徒的;在这野蛮世纪,我们身处精细柔弱却又贫乏粗糙、野蛮化的美国式"享乐"中,我们早就忘了什么是真正的快乐。

而伯爵夫人索菲娅·安德列耶夫娜已经不再就散发财产争吵,而是悄悄地,以温柔而狡黠的、母亲式的微笑,在托尔斯泰的衬衣中藏好他所喜欢的芬芳的香包;作为忠实而隐蔽的合作人,在这种新的,困难非同一般的享乐中为他服务,帮助他。一位观察者提示道:"她盯着他的双眼。"另外一位写道:

> 她像永不懈怠的保姆一样照料他,即使离开他,也是极短的时间。在多年的过程中,她详细地品味出丈夫的种种习惯:在托尔斯泰走出书房之后,从他的样子她就看出来,他工作得如何,情绪怎么样。他如果有什么稿件要誊清的话,她就立即放下手里那些永远做不完的事;虽然这一天太阳可能没有出来,但是,在设定好的钟点以前,凡是要誊清的东西都必定抄得十

分清秀，放在书桌上。

让他显出不懂报恩的神气，让他说什么妻子对于他不是朋友，让他甚至感受不出来像他呼吸的空气那样的、她对他的爱——她本来也是不需要什么奖掖的，除了这样一种意识：如果没有她，他大概一天也生活不了，是她造就了他。这"永不懈怠的保姆"以关怀和爱护——像目不可见的、柔软却又坚韧的网——"轻细的蜘蛛网"，宠爱、娇纵、轻拍、哄骗这个永远不听话，让人没办法对付的七十岁的幼儿。

但是，也许仍然有隐秘的小虫咬噬着他的心？也许，紧追和折磨他意识的问题是他没有完成基督的圣训，他的肉体虽然得到享受，但灵魂却极为痛苦？索菲娅·安德列耶夫娜伯爵夫人在述说他身上完成的基督教转变的信中，不是也提及他"头发变白，健康下降，变得比以往更寡言、忧郁"吗？别尔斯似乎是在说服他人相信，在分别数年之后来看望他，立即感觉到，"托尔斯泰身上本来经常保持着的欢乐的并能感染他人的心情，现在已消失得无影无踪"。"见面时他温和而严肃的语调似乎是让我明白，他现在的喜悦很大，但是这些完全不是真正的喜悦。"

不过，假如深入了解托尔斯泰的生活的话，则不能不得出结论，即他这种"忧郁"也没有什么特殊意义。他的忧郁几乎都是和健康临时性欠佳联系在一起的；这种欠佳状况为他所特有：属于他体力周期性重复的波动和盈亏，与他身上周期性出现的精神转变相对应。至少，据别尔斯说，在他来访那天，托尔斯泰就已经忍受不了自己"严肃的声调"，自己新的、隐修士般的寡言少语："他必定是猜出我因为他给我的印象而不悦，于是，令大家开心的是，他和我开起玩笑来，趁我在大厅漫步时，突然跳到我后背上来。"一个人想以自己的面目向人表明"这些不是真正的喜悦"，的确难以期待这样的人会做出淘气动作；所以他这样一淘气，这位来客立即就又看到了原来的托尔斯泰。

其实，在他那里，生活的喜悦直到今天也没有枯竭：也许，正是在现在，在老年，这种永葆童心之喜悦的、取之不尽的源泉，才在他身上以比在少年时期更为强大的力量沸腾和跳跃着。

一位目击者说：

> 很难充分表达出雅斯纳雅·波里雅纳的那种欢乐和有感染力的情绪，而这一切的源泉永远是托尔斯泰。那门球游戏现在还历历在目。是大人、小孩——大家都参加的，游戏一般是午饭以后开始，点着蜡烛收场。现在我也要把那游戏看做是**赌博性**的，因为是我和托尔斯泰对阵。孩子们尤其珍重他的参与，争先恐后地要和他在一个队里玩耍；他给他们设计一些练习动作，他们很高兴。对我，他又使眼色、又用手势、又做体操动作，赛跑，玩跳背和打棒游戏。

这是几年前的事。但是，谢尔盖银科谈了他近些年的生活，说他现在仍然一如既往地整天整天地打网球，"和半大小子们一起奔跑"。永恒的节日，似乎是新的黄金世纪。谢尔盖银科说：

> 托尔斯泰一家人的住宅总是给人这样的印象，好像那里有业余剧团要开戏，一大群青年人正为此做准备，整座住宅充满喧闹活跃的气氛；托尔斯泰也是热心投入的。尤其是在开始某种要求既需耐力又需灵活的游戏的时候，托尔斯泰就长时间不停地观望着场上比赛的人，为他们的成功与失利动感情；他常常忍不住亲自加入比赛，显露出青年人的朝气和肌肉的弹性；看着他那般活跃，常常令人不由得羡慕不已。

是啊，永恒的节日，永恒的游戏。这节日和游戏有时在田野上木犁之中，有时在网球场上，有时在草地上和割草人一起之时，有时在清扫溜冰场积雪之时，有时在为一位贫困女人建造炉灶之时。

从托尔斯泰的年龄看，三十俄里的自行车漫游对他是否有益——索菲娅·安德列耶夫娜的这类忧虑，都是徒劳的。无论医生说什么，他都觉得，这种对筋骨和肌肉的经常的、似乎过度的紧张使用，这种永恒的体操或者游戏，如果被称作"工作"，则是更为有趣、更为令人高兴的——而且，对于他的健康、对于他的生活，都是必不可少的。

"这种工作加强我的体格，"他自己承认，"让我睡得好，情绪饱满，像一匹吃草的马一样。只要你让它休息好，把它喂饱，它就又能够工作了。"

别尔斯谈到，托尔斯泰发明了一种游戏，引起孩子们特别强烈和喧哗的喜悦。这种游戏叫做"努米迪亚骑兵队"，办法是："托尔斯泰突然从一个地方跳起来，向上举起一只手，从手腕处摆动那只手，在各房间里轻轻地慢跑。全部的孩子，有时候还有大人，都学他的样子，动作迅速。"这位老人像小男孩一样，突然精神十足地在各间房里串着小跑，甚至还把成年人也招引进来；在这位老人身上，我明白了他面带青少年式笑容谈论自己的话："我生性快乐，喜欢一切人，我是叶罗什卡叔叔！"

在追述对于最遥远的童年——他三四岁的时候宛如梦幻的、魔幻的、朦朦胧胧的回忆之时，他描写了最愉快最强烈的印象之一，即在洗衣盆中洗澡：

> 我是第一次注意到并且立即喜爱上自己肋骨明显可见的小躯体和光滑灰暗的洗衣盆，还有奶娘干枯的手，还有热气腾腾让人害怕的水和水声，还有尤其是我一双小手摸洗衣盆边缘时那种湿而滑的感觉。

可以说，从他作为三岁幼儿首次注意到并且喜爱自己小裸体那一瞬间起，他一生都没有停止喜爱和怜惜它。他全部情感和思想的最为深刻的自然基础，正是对于肉体生命这首次的、纯洁的、毫无杂质的感触——对肉体的喜爱。他表达过这种感觉，见于他对有一次在和安娜·卡列尼娜会见之前，控制了渥伦斯基的那种关于肉体生命的欣喜意识的描述：

> 这一感觉十分强烈，他不由自主地微笑着。他放下双脚，把一只脚放在另一只的膝头，把在手里，抚摸着昨天坠落时碰伤的小腿肚子，向后仰了仰身，深深地呼吸了几口气："好，很好！"他自言自语地说。在以前他也常常感受到对自己肉体的欣悦的意识，但是他从来还没有这样地喜爱自己，自己的肉体。

看来，对肉体生命这种纯洁的、感性的愉快，虽然古代人十分熟悉，而现在只保存在儿童那里；这种愉快在谁那里也不如在托尔斯泰那里表现得坦率——以初始的天真无邪不知羞涩的裸露形式表现出来。随着岁月的积累，这种愉快不仅没有降低，反而加强，似乎得到了维护，不断清除掉了一切其他杂质。在他身上，这种愉快像酒一样——"越陈越醇"。和这明丽宁静的金色秋天相比，他一生的春天显得阴暗和充满暴风雨。正如一位意大利十六世纪外交家对另一位伟大的热爱生活和享乐的人士——教皇亚历山大·波齐亚的形容那样，托尔斯泰是"越老越年轻"。在考虑到死亡的时候，他似乎是在只为尘世的永恒做好准备：

> 造物主如果用尘世的生命
> 来限定我们飞逝的天年，
> 而在坟墓与棺木之后
> 在现象世界之后我们无所期待——
> 则造物主的坟墓为他说明理由。

谢尔盖银科动情地记述：

这座涂了赭石色的不大的木房子，还有谁没有来访过吗？有形形色色的各国各界的学者和作家、美术家和演员、国务活动家和企业家、省长、教派分子、地方自治主义者、议员、大学生、军人、工厂主、工人、农民、记者等等。在冬季，在多尔戈哈莫夫尼克胡同里，没有一天不出现一个生人，想要求见这位俄罗斯名作家。凡是来访的人，不是都向他表示问候、表示敬爱、提出令人不快的质问和指责吗？他们是俄国青年和法国青年，美国人、荷兰人、波兰人、英国人，贝尔塔·苏特纳夫人，印度虔敬的婆罗门，不久于人世的屠格涅夫和像受伤野兽一样到处乱窜的强盗丘尔金。

"知道能对别人有影响，是件高兴的事，"有一次托尔斯泰说，"因为这样你才能放心，你身上的火如果能点着别人，才是真正的，真正的火。"

这句话很像几年以前他对另外一位对谈者的表白：

我没有获得炮兵将军称号，可是我变成了文学将军。

现在他也许可以说，他获得的不仅是文学将军，而且还有新的、在全世界正出现的社会民主主义宗教将军的称号。而且第二个比第一个更为有益。

所以，他善于把最细微精致的享受即肉体的舒适与灵魂的终极享受和渴望——荣誉结合起来。

但是，基督关于放弃财产、关于完全顺从和完全守贫作为走进天国之惟一途径的圣训到底在哪里呢？彼得大帝的改革在我们的信仰和俄罗斯人民的信仰之间挖出一道鸿沟，而像架设在这一鸿沟上的桥梁一样的这一联结路途又在哪里？具有伟大隐修士形象的、俄罗斯大地上的伟大作家在哪里？我们对俄罗斯文化史上出现奇迹机会的希望又怎么样了呢？这希望就是：世人中这位最为富有者不仅以肉体的还以精神的财富汗流满面地挣得自己的面包,或者,像弗拉斯叔叔一样,"穿着粗呢衣,敞着领口,光着头",伸出手来,为建造人尚不知的俄罗斯的和全世界的圣殿而乞求施舍。在这位"愉快的猎人"、老年异教徒叶罗什卡叔叔之前,在这位更新的享乐主义者、豪华有度、十分简朴的老爷之前,伟大的作为不属于美国新教贵格派,不属于"形形色色各国各地的记者",不属于贝尔塔·苏特纳男爵夫人和保罗·德鲁莱德,不属于省长、大学生、议员、国务活动家和商业家等等,而是属于那不仅在口头上——

> 精神全部伟大的力量
> 都已贡献给上帝的事业

那不仅在口头上"散发财产"——

> 自己赤身又赤脚

而且至今仍然沿着"以奴仆形象走遍至爱大地的天上的王"之足迹流浪的人吗?

> 满怀悲伤,不得慰藉,
> 他修长、挺直,面色黝黑,
> 沿一处处乡村、一座座城市
> 缓步行走,不躁不急。
> 他走着,捧着圣像和圣经,
> 自己和自己言说不停,
> 而那铁制的锁链
> 随脚步发出轻细的声响。

奇怪的是,对于托尔斯泰和索菲娅营造的这个家园的舒适、温暖和富足,全部传记作家都很一致地感到无论怎么欣喜也不为过。但愿他们之中有谁能有一闪念,想到这个揭示了人类全部文化之矛盾的人的言与行之间的矛盾。但是,显然,他们难以想到,谈论这一情况是要更小心些、收敛些,他们所歌颂的这种满足感,和"体面、善良家庭"的老爷式甚至小市民式的饱足,是可能对于偶然想起下面一席话的人发生意想不到的影响的:

> 一个所谓体面、善良的家庭所吃掉的巨量劳动成果,足以养活与这一家庭并存的、生活在贫困之中的几千个人;这样一个家庭在仪礼严格范围内的豪华生活对人的腐化,比几千次狂欢聚会更严重——参加那狂欢的有粗俗的商人、军官、工人。他们沉湎于酗酒和享乐,一高兴就打碎镜子、酒杯等等。

托尔斯泰说这话是不是指他自己在雅斯纳雅·波里雅纳那种严格节制的豪华生活呢?从这几句话里是否应该得出结论,即:他觉得在自己家里就像逗留在一个强盗窝里一样?或者,上面一席话虽然属实,却也不过是说说而已?

关于托尔斯泰的传说之天真传播者之一记述说,伯爵虽然没有散发财产,却已停止使用,"如果不计他还生活在雅斯纳雅·波里雅纳住宅之中"的话;接着,似乎为了消除读者心里的一切怀疑和惊恐,也补充道:"他俩(托尔斯泰夫妇)每年把两三千卢布散发给穷人。"按照在八十年代曾对托尔斯泰良心发挥过这种作用的数学计算,在十五年前,这两三千卢布等于木匠谢苗恩的两三个戈比,而在现在,也许等于一个戈比,或者甚至四分之一戈比了,因为,由于索菲娅·安德列耶夫娜伯爵夫人理财有方,托尔斯泰的财产正是在最近这些年里大大增长了,正如安娜·塞伦说的,伯爵夫人"按一位女友的建议,开始亲自收取伯爵作品的版税"。

> 她的事办得都十分顺利,所以以往的出版商现在都嫉妒得

设法制造麻烦,但是她和他们斗争得十分坚决。而伯爵的情况现在却变得莫名其妙。他的信念告诉他,金钱是恶,是万恶之源。"谁给钱,就是作恶。"而现在却忽然又在自己作品中出现了新的金矿。起初,他不想听有关金钱和出版方面的谈论,他的脸上露出难堪和痛苦的表情。但是,为了维护孩子们的前途,伯爵夫人坚持自己的做法。像以前那样的情况,由于家里人口增加,花费增长,是难以为继的。

在这种情况下,正是托尔斯泰"竭力视而不见","全心全意地去实现自己的生活纲领",自己的"四驾马车"。但是,他越是无情地揭露现代资产阶级社会的矛盾,越是真诚地宣扬实施基督圣训和放弃财产,索菲娅·安德列耶夫娜推出的版本就卖得越好,她的收益也越大。而那看样子要威胁家庭富裕的因素,事实上促进了家庭的富足。

谢尔盖银科叙述说:

> 1813年,托尔斯泰的父亲在围困爱尔富特城之后被派遣赴彼得堡去送情报,在返回的路上,在圣奥比小镇和自己的农奴勤务兵一起被俘。勤务兵把老爷的全部金子都秘密藏在皮靴里,在以后几个月的被俘期间,他一次也没有脱下皮靴。他的脚被磨破,受了伤,但是他一直没有显露出因受伤而疼痛的表情。因此,在返回巴黎后,尼古拉·伊里奇伯爵生活正常,什么也不缺,心里一直牢记着忠实的勤务兵。

宗法制家族的幸福,"所谓的体面家庭严格而有节制的生活",都是建立在像这位勤务兵一类"人"的忠诚之上,像建立在花岗岩地基上一样。关于这件事,雅斯纳雅·波里雅纳的百岁女管家阿加菲娅还记得吗?至少,有一件事,她当然是记得的:老老爷尼古拉·伊里奇·托尔斯泰,尼古拉·伊里奇·罗斯托夫,"握紧了发红的拳头"，常常说："要控制农民，就得这个样子！"就是那个阿加菲娅，一说起托尔斯泰的幼年，就断定他是一个"好孩子，就是性情软弱"。一听说他新添的怪脾气，她就轻轻地微笑，怪模怪样的。更为狡黠的、细微的笑容我还在瓦西里·修塔耶夫脸上见过；他是特维尔的一个农民，也宣扬福音书中的守贫精神；他是最聪明的俄罗斯人之一，我曾和他谈过一次话，谈托尔斯泰，因为托尔斯泰不久以前到过他家。所以，现在，我总觉得，类似于这种微笑的表情有时候也必定闪现在早已认命、"习惯于丈夫的学说"的索菲娅·安德列耶夫娜伯爵夫人的脸上。

是啊，祖父和曾祖父、祖母和曾祖母的古老肖像，都从雅斯纳雅·波里雅纳各个房间令人欣喜的墙上向下注视着，眼睛里充满列祖列宗眼里特有的关注表情："愿家里一切平安！"——他们可以放心了：家里一切平安，一切按老规矩办，和他们在世时一样，现在、将来也都和过去一样。有名的"四驾马车"不像最初设想得那么可怕。在托尔斯泰骑自行车野游回来、干农活回来、打网球回来之后，或者为贫苦妇女砌火炉之后休息的同时，索菲娅·安德列耶夫娜通宵不眠，校订新版清样，"新的金矿"；那忠实的勤务兵就曾经为老爷在皮靴里有效地保存过黄金嘛。

一个个色泽灰暗的画框里列祖列宗的脸也慈祥地微笑了。

别尔斯记述道，有一次：

> 当着我的面，生病又遭火灾的一个农民来见托尔斯泰，请求他给一些木料盖个棚子。他邀请我去，我们取了斧子，在雅斯纳雅·波里雅纳森林里，两个人很快就砍倒几棵树，砍去树枝，把木料捆在农民大车上。我应该承认，我对这次活动很感兴趣，我体会到了从未有过的欣喜，也许是受到了托尔斯泰的影响，也许是因为做这件事是为了帮助一位不幸的、事实上生病受苦和一无所有的穷人。在这段时间内，那农民在稍远处站着，表情十分顺从。托尔斯泰当然注意到了我的喜悦，有意地

把工作让给了我,那几棵树几乎全部都是我砍的;他这样做,似乎是要以此来向我展现出新的感觉。送走农民之后,托尔斯泰对我说:

"这种帮助必不可少,助人为乐,难道还能怀疑吗?"

的确,还能怀疑吗?可是,为什么总是觉得,在主人们为行善而欣喜的同时,那农民站在那里,表情不仅驯顺,而且也悲哀呢?他还需要什么吗?他还指望着什么?是不是指望着得到金钱的施舍呢?可是,托尔斯泰身上一般是不带钱的。或许,那病人只是感觉冷、无聊,等老爷们砍树等得疲累了?其实,又有谁能猜想到,在老爷们以特殊的喜悦感帮助那农民之时,那农民头脑里有什么样的嘲讽和知恩不报的想法呢——因为,从天性上看,人,尤其是雅斯纳雅·波里雅纳的农民们,是要嘲笑他人,而且知恩不报的。

托尔斯泰自己也承认:

> 其实,大部分农民,只不过把我看成一个大财主罢了。还能够要求他们抱有别的态度吗?须知,他们的生活和观点都是在许多无法克服的条件下,在千百年里形成的。难道说某一个人能够改变这一切吗?

然而,这一点,也就是伯爵夫人就散发财产提出的反对意见:"既然谁也不想让儿女们到处流浪,我也做不到!"那么,托尔斯泰和她到底有什么特殊的分歧呢?这也是那"这世界的王"、伟大的行道者的主要的、似乎是不可推翻的矛盾;他哄着我们安心于我们异教的悲惨处境,因此,基督教在近两千年间在任何地方也没有取得"成功":如果一个人不能够改变全部这一切,那就让一切保持原样吧。这也就是那庸俗,即世界——至少是我们民主小市民世界的依存基础,这种庸俗为这个世界把"财产的轻细蜘蛛网"变成了大铁锁链。这也就是向我们全部的基督教情感提供了高尚、安全"温水"

的那种东西,在《启示录》中对老底嘉教会的天使所说的:"你既如温水,也不冷也不热,所以我必从我口中把你吐出去。"

"我能给你们的都给了,不能再多给了。"托尔斯泰对团团围住他的求助者们"有几分痛苦地"说。

> 我们要穿过花园走开。但是有一个矮小的农夫和一个生瘰病病的小男孩挡住了我们的去路。托尔斯泰停了下来。
> "你要干什么?"
> 那农夫向前推那男孩。那男孩犹犹豫豫地、难为情地对托尔斯泰拉着长声说:
> "给……一——匹——小——马……"
> 我感到很不自在,不知道眼睛该往哪里看。
> 托尔斯泰耸了耸肩。
> "什么小马?愚蠢!我什么小马也没有。"
> "有,有,"那小个子农民郑重说着,快捷地向前迈步。
> "我不知道,一点也不知道。上帝保佑你!"托尔斯泰说,走出几步,轻快地跳过了沟渠。

但是,他是不是确信无疑他的确没有任何小马呢?

在《童年与少年》中,托尔斯泰叙述说,有一次在忏悔时他忘了对神父坦白一件罪过,便又跑回去向他忏悔。从修道院乘马车回家时,因为意识到自己这一良好行动,他感到十分欣慰和相当地自豪,他很想找个人谈谈,分享一下这良好的情感。但是,因为除了车夫之外,身边再没有他人,所以向车夫说了那经过,描述了自己全部美好的感觉:

> "是啊。"车夫将信将疑地说。
> 然后他长时间沉默着,一动不动地坐着。我心里想,他也像神父那样看待我,就是说,像我这样优秀的青年人在世界上

是没有第二个的；但是，他忽然对我说：
"老爷，老爷您那是怎么回事呀？"
"什么？"我问。
"那是，老爷，是怎么回事呀？"他撇着掉光了牙的嘴，嘟嘟哝哝地重复。
"没有，他没有理解我的话。"我领悟了，在一直到家这段路上再没有跟他说话。

托尔斯泰开始感到羞耻。
"甚至到现在，我还一想起这件事就脸红呢。"他补充说。
我认为，那个以顺从和忧郁面貌看着善心老爷们亲手为他砍树的生病农民也好，那个要求托尔斯泰给一匹根本不存在的小马的荒唐小个子农夫也好，都是可能说出这车夫的话来的：
"老爷，老爷您那是怎么回事呀？"
所以，他完成基督的圣训，就和清除掉一个轻细的蜘蛛网一样："我不知道，我一点也不知道。上帝保佑你！"
见证人之一想说服我们，似乎托尔斯泰无论做什么事，"都永远不显得可笑"。我倒也想信服这句话。可是心里总是想，托尔斯泰摆脱那荒唐小个子农夫，以在七十岁老翁身上罕见的速度和轻捷跳过水沟——在那一刻，他是有点可笑的。唉，我强烈地感觉到，对他和我们大家来说，这不光是可笑，还可悲和可怕呢。在现代生活中，几乎永远是这样的：越可笑的，就越可怕。
这位如此无止境地渴望真理，如此空前不留情面地揭露自己和他人的人，也竟把这种极显然的谎言、这种有失体面的矛盾暗藏在自己的良知里。事实上，这不是可怕吗？在众多魔鬼中那最小的同时也是最强有力的魔鬼——财产、小市民满足感、庸俗、所谓的"灵魂之温暖"的现代魔鬼，不是在他身上取得了最后的和最伟大的胜利了吗？
如果托尔斯泰的传说是在中世纪晚期形成，那么则可以设想，在乞求世上不存在的小马之荒唐小个子农夫的形象中是体现了这个魔鬼的。在托尔斯泰摆脱他的时候——感到耻辱也好,感到恐怖也好,完全无所顾忌也好——那试探者必定是得到了胜利的,因为他不断地笑着,重复着自己所喜爱的可怕的玩笑之一:

"难道你不知道,我也是逻辑学家吗?"

第五章

"你是国王,就得孤独地生活。"普希金告诫自己;但是,尽管这种内在的孤独是巨大的,他一生在自己周围都比任何人有更多的"朋友"。他迅速,甚至似乎草率地建立友谊,和他人平易近人的往来能力令人惊奇,和他交往的有大人物,也有小人物:果戈理和阿丽娜·罗吉昂诺夫娜、尼古拉皇帝、巴拉登斯基、德尔维格、雅泽科夫——天知道还有谁,而且几乎一见面就热乎起来。

你没有诅咒我们……你喜欢从高处下来隐藏
在小小平原的绿荫之中,
你喜欢天上的雷鸣,你也倾听
蜜蜂在大红玫瑰花上的嗡嗡之声。

在他身上有对小人物高度自然的、非意识的基督徒的谅解、宽宏的态度。而对于伟人,则毫无嫉妒、自私和怨恨之情。他向人交心,十分从容,十分慷慨大方,甚至有浪费之感。对于一切人来说,他都是"善良的少年"普希金。而且,在"朋友"之中,没有人怀疑他的极度大度,和不可救药的孤独。这种孤独只有在他逝世之前才突然显现出来,他轻轻地、以最后的苦涩告诉自己:"你是国王,就得孤独地死去!"

歌德虽然比普希金更为孤独,却能够从自己那些居住着可怕母亲们的冰冷、沉寂的峰峦上降临"隐藏在小小平原的绿荫之中",不顾自己的"上天特质",和热情奔放又讲求实际的席勒建立友谊。

托尔斯泰生平中令人震惊的那种特殊的孤独,不是天才们特有的那种,而是另外的一种,是尘世的、生活的、人性的。他获得了尘世间人所能获得的几乎一切,唯独没有获得朋友。他与费特的关系不能叫做友谊:他以过分居高临下的态度看待了费特。那么,费特能够成为托尔斯泰的朋友吗?这不过是两家贵族地主家庭的友好关系而已。他一生之中,包围着他的只有亲人、崇拜者、观察者或被观察者,最后,还有学生——学生似乎比一切人离他更远。随岁月逝去,心灵这种过度谨慎、计算精细的封闭性、警惕性、对友谊的全然冷漠日益增长。只有一次,命运似乎想要考验他,给他送来了一位尊贵而伟大的朋友,而他自己却把他推开了,或者说,没有把他拉近。我指的是屠格涅夫。

他们二人的关系,是俄罗斯文学史上最为难解、最为奇异的心理学之谜之一。有某种神秘的力量把他们彼此逐渐拉近,但是在他们互相接近到一定程度之时,又把他们互相推开,目的是以后再度把双方拉近。他们彼此不友善,几乎互不容忍,但与此同时,却又性情投合,彼此需要。他们二人从来没有最终地分道扬镳,也没有志同道合。

是屠格涅夫首先理解并欢迎作为俄罗斯伟大作家的托尔斯泰的:"等到这新酒发酵充分之时,得出的佳酿是可以供给众神的。"早在1856年他就在给德鲁日宁的信里这样说。二十多年后,他对费特说:"托尔斯泰的名字开始赢得全欧洲的声誉;我们,俄罗斯人,早已知道,他是没有竞争对手的。"

托尔斯泰承认:"他这个人我不喜欢,可是他的见解,随着我年龄的增长,对我就越加珍贵——他是屠格涅夫。"

"说来也奇怪,在这远处,"他在给屠格涅夫的信中写道,"我的心是向着您的,一如向往着一位长兄,总之,我喜欢您,这毫无疑问。"

格里戈罗维奇讲述了五十年代在涅克拉索夫住宅举办的《当代

人》杂志的晚会：

> 托尔斯泰在中间过道房间的山羊皮长沙发上躺着，正在生气，而屠格涅夫则拉开短上衣衣襟，两只手插在衣袋中，来来回回不断地在三间房子里走动。为避免闹事，格里戈罗维奇走近托尔斯泰。
>
> "小鸽子托尔斯泰，您别激动。您知道，他对您评价很高，喜欢您。"
>
> "我不许他做伤害我的事，"托尔斯泰说，鼻孔呼呼地大大张开，"你看他故意在我眼前走过来，走过去，还摇摆那两条民主主义的大腿！……"

格里戈罗维奇有理由担心的那"闹事"场面，在1861年，在位于斯捷潘诺夫卡的费特的家里终于出现——那是由鸡毛蒜皮小事引发的争吵，可是却几乎弄到二人决斗的地步。过错在屠格涅夫。他犯了急脾气，说了不该说的话。托尔斯泰是有理的——在所有方面，他都无可指摘，还有，他虽然外表显得火急火燎，在内心却是镇静、封闭和克制的。然而，奇怪的是，屠格涅夫虽然有过错，在这次争吵中给人的印象却不如有理说不清的托尔斯泰给人的印象那样不良。屠格涅夫立即清醒了，勇敢、直接并大度地引咎自责；而托尔斯泰则认定，或者只是想要认定他的道歉是懦弱。

"这个人，我是蔑视的。"他信告费特，明知这话会传到那仇敌耳朵里去。

"我常常觉得他是恨我的"，屠格涅夫承认：

> 我不明白，他为什么还常常要对我说话。我应该像以往那样躲着他；我的确试着接近他来的，但结果差点没弄到决斗的下场。我是压根儿不喜欢他的。这个情况我以前怎么不明白啊！

他们二人之间的一切，似乎都已断绝，无法挽回。可是，十七年之后，托尔斯泰重又向屠格涅夫迈出第一步，向他"说话"，提议和解。屠格涅夫立即作答，欣然同意，好像是他本人也愿意、也期待着这一和解似的，欢迎他，像在被迫分别多年之后欢迎一位最近、最亲的人一样。

而且，弥留之际的屠格涅夫还把最后的思念转向"朋友"托尔斯泰：

> 我的朋友，请您回归到文学事业吧！因为您这种才能和其他全部才能都是同源的。啊，如果我能认定我的请求能对您发挥作用，那我是多么幸福啊……我的朋友，俄罗斯大地的伟大作家，请接受我的请求吧！

在这些话里含有他对托尔斯泰言犹未尽的担心和对于他的基督教感悟再生不言自明的不信任。托尔斯泰没有回信——至少，没有像屠格涅夫对待他那样，当着俄国人民的面，给他回信。原因何在呢？是不是这封信刺痛了他，刺得比他们以往全部冲突中任何因素都厉害，因为这封信充满了只有行将就木之人才肯道出的真实事实的无限力量？在他心灵深处，大概他又以重新苏醒的不可遏制的愤恨、又以徒劳的欲望重复了他的蔑视态度：这个人，我是蔑视的。正像以往在似乎可以指望他说出最伟大、真实、决定一切的话的场合中一样，他沉默了起来，对于这位正在死亡的、不配得到他回音的朋友与仇敌的这一个最后的请求，充耳不闻。

有一次，屠格涅夫说出了关于托尔斯泰的可能说出的最深刻和精辟的话：他的主要缺点在于缺乏精神自由。

屠格涅夫很清楚，列文是托尔斯泰的孪生兄弟；他在一封信中对友人谈到了列文：

> 难道你能作出暂时的假设……认定列文，一般地说，是有

能力去爱某一个人的吗？不能。所谓爱，就是那种时时消除我们的'我'之激情之一……而列文呢，在得知他自己很可爱、很幸运之后，便不停地专注于一己的自'我'，不停地关照自己……列文是货真价实的利己主义者。

聂赫留道夫对伊尔琴耶夫说："您具有一种令人惊奇的、罕见的品格：坦率。"

伊尔琴耶夫同意，颇有自我陶醉之感，他说："是啊，我永远都把我羞于承认的事说出来。"

然而，如果深入观察托尔斯泰的"坦率"，则这种"坦率"就产生出奇异的印象：让人开始感觉到的是：他用这种坦率更多地掩盖自己最深的内里和秘密，因而，越坦率就越隐蔽。他不断谈论他自己羞于承认的事，但有一件主要的、最令人羞耻和可怕的事除外。关于这件事，他从来不和别人——甚至自己提及。他既不能像对众人那样对其持以沉默，又不能公开而坦率以待的人，就是——屠格涅夫。屠格涅夫极为熟知列文是什么人，看得极为清楚：他除了自己是永远不能够爱任何人的，而这一点正是他终极的羞耻，终极的恐惧，他没有力量承认。那种一生都在奇妙地摆弄他们的、时而使之亲近时而使之疏远的、谜一般的力量，很可能就是屠格涅夫不同一般的洞察力。他们二人像是两块对立竖放的镜子，无限地反射出对方、深化着对方；他们二人都害怕这种过于透明和阴暗的无限性。

托尔斯泰对陀思妥耶夫斯基的态度十分引人注目。

他们从来没有见过面。托尔斯泰多年内都打算和他结识："我一向认为他是我的朋友，没有别的想法，一定会见面的，现在还没机会见，但机会是有的。"他一直在打算着，但是没打算好，抽不出时间。直至陀思妥耶夫斯基轰动一时的葬礼之后，在一切人都一下子谈论起、大声议论起他、忙乱起来、好像第一次发现了他的时候，托尔斯泰终于加入了这大合唱，赶紧迎合举国上下对他的承认，回忆起自己原本没有的、姗姗来迟的爱慕。而且，他突然之间感觉到，这是他"最亲近、最珍贵、最为必不可少的"人。"某种依靠骤然间抛弃了我。我惊慌失措……我哭了,现在还在哭……在他去世前那几天里,我读了《被侮辱与被损害的》,心里感动得很呀。"

但是,令人惊奇的是,他怎么直到最后也没有理顺与陀思妥耶夫斯基的关系:既然"又哭泣又感动得很",那为什么不选一本更值得看的作品,比如《罪与罚》《白痴》《卡拉马佐夫兄弟》呢?他为什么单单选中了陀思妥耶夫斯基为数不多的、平庸的、青年时期的、过时的、没有前途的作品之一——《被侮辱与被损害的》呢?这又是令人扫兴的偶然性、又是"没有到来"、又是没有时间吗?

然而,在这封"葬礼"书信中,还有更为令人诧异的事呢:

"我从来没有想到要跟他比,"托尔斯泰断言,"他所做的一切(他所做的一切好的、真的)……"但是,那前后的括号是不是表示,陀思妥耶夫斯基所做的不是好的、不是真实的,而他,托尔斯泰,在这里,面对着他的灵柩,以为还是持以缄默为好?"他所做的一切,是这样的:即他做得越多,对我就越好。艺术在我身上引发出羡慕之情,还有智慧,但是,心灵的事——只有喜悦。"

这是什么?该怎么理解?在这里他是过度地隐蔽呢,还是过度地坦率?他是一般地承认羡慕之情,而绝对不是对于最伟大竞争对手的羡慕。据说,在陀思妥耶夫斯基的作品里只有"心灵的事",别无其他。但是,难道真的别无其他了吗?难道说在陀思妥耶夫斯基全部作品中除了"心灵的事"的的确确别无其他——没有也许偶尔令托尔斯泰羡慕一阵子的智慧和艺术吗?还是如果和"心灵的事"比较的话,则陀思妥耶夫斯基的艺术和智慧就不重要,就卑微低下,连谈一谈都不值得?得记住,这种表扬不会有什么好结果的。托尔斯泰哭了,当然,为陀思妥耶夫斯基真诚地哭泣和感动……整座迷宫就在这寥寥数语之中吗?那你们就试试看能不能弄明白这几句话吧。外表的简单,一如内里的复杂。他的思想似乎直勾勾地盯着我的眼睛,天真无邪,一览无余,但是,只要我一想把握住它,它就摇身一变,从我手里溜走,消失了,于是我就没办法知道这是什么

——只觉得发冷和心有余悸。

在这封信里和在其他地方、其他时间一样,他只字不谈最重要的、最令人感兴趣的、涉及不可避免的终极坦诚的,他对陀思妥耶夫斯基的态度和陀思妥耶夫斯基对他的态度。正是陀思妥耶夫斯基在去世前不久谈到了托尔斯泰的学说,他的基督教的再生,比任何人在任何时候谈得都更直率和真诚。是不是托尔斯泰又"不得"、又"未能"浏览一下《作家日记》,或者根本就不感兴趣呢?关于万圣之圣者,他这位"最亲近、最珍贵、最为必不可少的人",他全部精神生活的这一内在"依靠"有什么看法——怎么竟能不引起兴趣,不想知道呢?话该由谁说,说些什么呢?不正是该由托尔斯泰与陀思妥耶夫斯基谈谈这个问题吗?尤其是在这样的庄严时刻:他突然觉得,自己未在朋友生前目睹其风采,而只能对已去世的朋友潸然泪下。

陀思妥耶夫斯基第一次预言性地指出托尔斯泰文学作品未来的、世界性的意义——尽管这一意义当时几乎没有人理解,而且,时至今日也未必完全得到理解。他看到了他的力量,也同样清晰地看到了他的弱点。关于列文,陀思妥耶夫斯基说的话和屠格涅夫说的"列文是货真价实的利己主义者"几乎一样,不过措辞不同而已。他自问:"列文身上为什么出现了如此阴暗的孤立和如此阴郁的自我封闭?"他不止一次地返回到这个问题上来,考虑列文和托尔斯泰的所谓"简朴化",他们"回归人民"的尝试。陀思妥耶夫斯基意识到,他自己比俄国文学界任何人都更有权利就这一话题道出自己的见解:"我看到了我们的人民,知道他们,和他们一起生活过多年,同吃、同睡,自己也被'认为属于强盗一伙',和他们一起干活,的的确确是含辛茹苦的活儿……用不着对我说我不了解人民!我是了解他们的。"

陀思妥耶夫斯基认为,把像列文和托尔斯泰这样的人士和人民分开的鸿沟,是比他们所设想的更为深阔、更难以越过的:

不能在自己的环境里生活，没有比这更可怕的事了。从塔干罗格迁居到彼得罗帕夫洛夫港的农民，在新地方立即就能找到完全一样的俄罗斯农民，立即就能深入谈话，建立起友善关系。但是，'上等人'就不是这样，他们被一道最深的深渊和普通人民分隔开来，这一点尤其见于这样的时候：由于外界情况的作用，**上等人突然之间丧失了以往的权利，不得不求助于普通人民**。不是这样的；即使你一辈子和人民交朋友，每天和他们见面，一连四十年……一团和气，以恩人或者某种意义上父亲的面貌出现，你也永远理解不了事物的本质。这一切不过是错觉而已。我当然知道，所有的人，绝对是所有的人，看到我这句话都会说，我在夸张。但是我深信，我的话是可信的……也许大家终归有一天会明白，这话是何等的公正。

……应该只做心灵吩咐的事：吩咐散发财产——就散发；吩咐为一切人工作——就去；但是，即使在这里，也不能像有些幻想家那样做，他们名符其实地推起独轮车来，还说：我不是老爷，我要像农民一样工作。独轮车又是像制服一样。——散财不是必不可少的，穿粗呢外衣也并非必要条件：这不过都是讲究形式罢了；必不可少而又重要的仅仅是你们**为了积极的爱而做一切事的决心**，做你们能够做、你们真诚地承认自己能做到的一切事的决心。全部那些"简朴化"的努力，不过是更换服装而已，甚至对人民也是不礼貌的，又降低了自己的人格。

……困惑渐渐结束，列文也渐渐信服了。但是信什么呢？这一点他还没有严格确定，但是他已经相信。然而，这是信仰吗？——应该承认，还不是。不仅如此，像列文这样的人，是未必有最终的信仰的。列文喜欢自称是人民一分子，但是**他是少爷**，莫斯科中上层社会的少爷，这个阶层的历史学家首先就是托尔斯泰伯爵。——我只想说，这些人，像列文一样，无论和人民一起或者靠近人民生活多长时间，也完全不会变成人民，而且，在许多方面也永远不能完全理解人民。如果想要成为人民之一员，光有自作聪明或意志决断，而且还是如此莫明其妙的决断，是不够的。即使他是有地产者，而且是亲自劳动的有地产者，会农活，亲自收割，会套车，那么，无论他怎样努力，也要留下我认为可以称为**游手好闲**之特点的色彩；这种肉体上与精神上的游手好闲，无论他怎样加强体魄，都会传输给他，而且，无论如何，人民在一切老爷少爷身上都看到了这种特质。——他自己的信仰，他又要摧毁，亲自摧毁，因为他不能长时期坚守。一旦出现某种新情况，则一切都一起崩溃。——一言以蔽之，这一纯洁的灵魂是最闲荡而混乱的灵魂，不然他就不是当代俄罗斯知识分子少爷，而且还属于中上层贵族集团了。

在对于列文和托尔斯泰的评论中，两位十分独特、互相陌生甚至对立的大智者——"西方派"的屠格涅夫和"斯拉夫派"的陀思妥耶夫斯基二人的共同之处，不是很显然的吗？"除了自己，他是永远不能够爱任何人的"，"货真价实的利己主义者"，"莫斯科中上层社会的少爷"，"闲荡而混乱的灵魂"，"游手好闲"。然而，这难道是最后的判决吗？

看来，屠格涅夫和陀思妥耶夫斯基是公正的，但是没有公正到底；在过于靠近、过于急躁的斗争的热火中，他们不愿意，或者不善于讲述出他们在作为新宗教寻求者的列文和托尔斯泰身上朦胧之中嗅觉出的一切。而现在，对于我们这些距离时况稍远些，也更为平静些的人而言，看来是能够更多地深入这个依然是独特而伟大的人类之心灵的，因为我们可能具有更大的善心。因为只有最终的善心同时才是最终的公正。

如果说托尔斯泰生活和行为中有些情况我称之为"享乐至上"或者叶罗什卡叔叔的"狩猎"，则陀思妥耶夫斯基极为严厉地称为

"莫斯科少爷的游手好闲"，即使如此，在外在生活的、创作的观察中和无意识的自然能力方面，他仍然是比享乐至上主义更为深刻的。他的灵魂的首要根基，正如我们时代一切人一样，是深邃的、无底的、悲剧性的。只要看一眼他那张脸，那张坚强得粗野的脸，还处于盲目状态中的地下巨人的脸，就能感觉到，这不仅仅是"享乐主义者"，不仅仅是"中上等贵族少爷"，而且，无论如何，这已经不是平常的、安静的、肆无忌惮的享乐主义者——像我们俄国十八世纪那些贵族老爷那样，而是不无道理地凭着乞丐拉撒路的形象，掩蔽着自身的富人，是一位心事重重、担惊受怕、痛感羞愧的享乐至上主义者。透过生活的最为光明、灿烂的喜悦，我不是在他有生气的、开朗的、日常的脸上，而是在他阴暗的、封闭的，还有茫然的、低下的和神秘的面貌中，辨认出了我们时代的罪恶烙印，无法消除的悲哀和傲慢的烙印。巴拉登斯基说有些人是：

诗歌不可言状之悲哀
强壮而又阴郁的子女

而这些人有时候可能会把他当作自己的一分子而欢迎的：

你和我们共同饮尽同一杯酒
像我们一样伟大却也已中毒

他没有抵达未来，但又已经没有返回过去的归路。他没有游到彼岸，没有飞到深渊的另一个边缘——他正在灭亡，但是他的伟大就在于他的灭亡之中。

他从来没有爱过任何人，甚至没有斗胆以最终冷静而无畏的情感爱过自己。然而，世上又有谁比他更痛苦地渴望爱呢？他一向什么都不相信。世上又有谁比他更不屈不挠地渴望信仰呢？这两点不是一切，但是这还少吗？

他在《忏悔录》中说：

让我这只从鸟窝里掉下来的雏鸟，让我仰面躺着，在茂密草丛中吱吱尖叫几声吧；我之所以尖叫，是因为我知道，母亲曾孕育我、孵化我、温暖我、喂养我、爱我。这位母亲，她如今在哪里？如果说他们抛弃了我，那到底是谁抛弃的？我不能对自己掩盖这一事实，即有人因为爱，才生养了我。但是，这个"有人"是谁，是谁呢？

他断言说他似乎已经找到了真理，而且永远会安宁下来，现在他"一切都明白"了——我不信他这些话。显然，他说这话的时候，是比任何人都更加远离上帝和真理的。但是，在他说自己像一只从窝里坠落出来的可怜小鸟的时候，我又不能不相信他。是啊，无论怎样可怕，情况正是如此。而他，这位具有强大力量的巨人，不过是一只从窝里掉下来的小鸟，仰面躺着，在草丛中吱吱尖叫，像我、像你、像我们全部的人一样啊！没有，他什么也没有找到——没找到信仰，没找到上帝。而他的全部辩白，不过在于这种毫无希望的请求之中，在这种无限孤独与恐惧的具有穿透性的悲哀叫声之中。是啊，他也好，我们也好，都仅仅模模糊糊地感觉到，但是还不知道，在事实上我们是何等可怜的、被抛弃的小鸟，丧失了我们惟一的、全人类的母亲——教会，——我指的不是过去的，也不是现在的，而是未来的耶路撒冷的教会，这个教会永远在对一切人言说：我多次想要像母亲把小鸟收拢到翅膀之下那样把你们聚拢起来，但是你们总是不愿意。

他已经十分接近他寻求的东西了！看起来，只要他再走一步，再努一把力，一切就都展现在他眼前了。他为什么没有迈出这一步呢？是一条什么界线把他与未来的边缘隔离开了呢？在他无限的力量中有一种什么无限的虚弱妨碍了他扯下最后一道"像轻细的蜘蛛网"一样的已经透明的纤细的帷幕，并且看到光明呢？

还有，到现在为止，他是否完成了他应该在尘世间完成的一切？他是否结束了他精神发展的圆圈？他是已经止步、僵化了呢，还是那最终的、的的确确最后的再生会重新在他身上萌发并且完成？

这样的人的前途，有谁可以预言呢？我们大家或者觉得，他一生的言与行对于我们，已经没有兴趣、没有意义，我们早就知道，除了他已经说的和做的事之外，他再也不会说什么和做什么了，但他将会像往常一样生活下去的。然而，他将会如何地死去呢？

歌德说："那善于把自己生命的终结与其开端联结起来的人，是幸运的。"这就是说，把自己老年的"蛇一样的智慧"和自己童年的"鸽子式的率真"联结起来。托尔斯泰是否善于把这二者联结起来呢？在他身上，如果说不在生前，那么，至少在死亡之中，会出现我所谈论的最终的复活吗？这位巨人眼睛上的障目一叶会不会脱落，他会不会在"死亡的白光"下最终地看清一切呢？

在他第一部作品中有对暴风雨过后大自然春色的描写，这是一个幼儿眼里的大自然：

> ……我从四轮马车中探出身子，贪婪地吸吮着湿润而芳香的空气……一切都是湿润的，在阳光下闪闪发亮，像涂了一层漆一样。在道路的一侧，是一望无际的秋播麦田，田地有些地方被很浅的沟谷切割，到处都有潮湿的土壤和绿色泛出光芒，像绿荫铺开的毯子一样一直伸展到地平线尽头；路的另外一侧则是杨树林，树下长满了榛子和稠李的幼树树苗；那杨树伫立着，幸福极了，纹丝不动，从淋洗过的枝条上慢慢地落下闪亮亮的雨水滴，落到去年的枯叶上，长着冠毛的百灵鸟唱着欢乐的歌在四处翱翔，又急速落下；在湿淋淋的灌木丛中可以听见很小的雏鸟艰难急躁的活动声，从丛林深处清晰地传来杜鹃的鸣啭。春季暴风雨之后森林的奇妙气息，那白桦、铃兰花、腐烂树叶、羊肚菌、稠李的气息诱惑力极大，我在马车里再也坐不住了，便从车踏板上跳下来，直奔那些灌木，也不管雨水滴

淋在我身上，扯下几枝开花的稠李，用这几枝花拂过脸，陶醉在那奇妙的芳香之中。我甚至没注意到皮靴上沾满了大块大块的泥，袜子早已湿透，还吧嗒吧嗒地踏着湿泥，跑向车窗。

"柳芭奇卡！卡琴卡！"我喊着把几枝稠李递了过去，"看，多好呀！"

小女孩们尖叫着，哼哼哎哟的；迷迷大叫让我走开，不然要把我轧烂的。

"你也闻闻，多香啊！"我也大叫。

在他弥留时模糊意识中会闪现出对童年的这一段回忆吗？他会重又感受到稠李那令人陶醉的芳香和清润如儿童之吻的、那湿润树枝对脸的接触吗？在这一时刻，他会不会感觉到，在这种无限的尘世欢乐中，在这种对于尘世事物——甚至仅仅是尘世事物的爱中，也已包含了非尘世事物的开端？他是否将会领悟到，他对肉体的不可克服的、非人性的、动物性的同时又是神性的爱（他一生都在与肉体斗争，却归于徒劳），很可能依然也是天真无邪的，正如在更遥远的、记忆模糊的幼儿时期那样：当时，他在木盆中洗澡，第一次注意到并且爱上了"自己肋骨明显可见的小躯体"；是否将会领悟到，他对自己、对一己的这种爱，也可能是神圣的，如果他爱自己爱到底——亦即不是为了自己而是为了上帝而爱自己——的话，因为上帝已吩咐他人不是为了他们自身而是为了他——上帝——去爱的？最后，他是否将会领悟到，所谓高低是没有分别的，这是导向一个事物的两条对立而同等真实的道路；而且，在本质上，这甚至不是两条，而是一条道路，不过在时候到来之前显得是两条而已，走向非尘世不是要反对尘世或以其为出发点，而是要通过尘世，走向超乎肉体者，不是要反对或抛弃肉体，而只有通过肉体才行？主说："我的血真的是酒，我的肉真的是面包。"我们的上帝已"道成肉身"，我们，孩子们，我们还怕主的肉体吗？

有一点对于我们大家很可能是必要的和重要的：托尔斯泰，在当今俄罗斯人当中依然是最伟大、最有力者,应该看到我们在生,亦在死亡中以我们刚刚能看清楚的,因光明而眩眩的眼睛来看到东西——最终的光明,最终的联结;让他也看到这一点,即使不在生中,在死亡中也好;让他来得及即使写不下来,也要告诉我们这一点,——啊,要知道,我们是一定会听到,并且理解他甚至在弥留昏迷中说出的、对其他人模糊不清的话的,因为对于我们而言,言说的比笔写的更为重要、更为必要。凡现有和将有者,都会得到言说,而笔写者仅为曾有者与业已不存在者;我们最后的一项真理还不可以书写——只能言说和完成。

然而,他是否来得及呢?让上帝保佑他和我们:让他及时做完这件事吧。

第六章

和托尔斯泰相反，陀思妥耶夫斯基不喜欢谈论自己。

这位显然有些不谦虚甚至似乎残酷和玩世不恭地揭示他人内心隐私的人之重大特点，是在涉及自己心灵之时保持着纯真。丘特切夫（Тютчев）在北方人性格中见出这一特征，即如他所说：

> 理智人士身上这一特征
> 堪称对痛苦的有尊严的羞耻之感。

斯特拉霍夫（Страхов）说：

> 在他——陀思妥耶夫斯基身上，是永远也发现不了因为遭受许多苦难而表现出的悲伤或者冷酷的，永远也发现不了他要扮演苦命之人的角色欲望的。——费多尔·米哈伊洛维奇保持的样子似乎表明，在他身上过去并没有发生过什么特别的事，表现得既不失望，心里又没有创伤，相反，只要健康允许就显得情绪良好，精神饱满。我记得，有一位女士，第一次参加米哈伊尔·米哈伊洛维奇（陀思妥耶夫斯基的兄弟）处的编辑部晚会，她凝望费多尔许久，最后说：
> "望着您，在您的脸上我似乎就看到了您以前忍受过的那些痛苦。"
> 这句话显然令他不快。

> "什么痛苦呀！"他惊叫一声，便马上就完全不相关的事开起玩笑来。

陀思妥耶夫斯基不善于让自己的私生活引起普遍关注。他的自我揭示和对他人的谴责都一向很少。只不过是在晚年，在《作家日记》中，他才偶尔回忆起童年；但是，即使在这里，他也不仅对谁都没有怨言，而且，相反，还一向努力在自己的想象中为他从中走出的那个环境辩护，并且加以美化，好像是在说服自己和其他人，他的生活是比事实上更为幸福的。

> 我也许是这样一些人中的一员；对他们而言，回归到民族之根，回归到对俄罗斯心灵的感知、对人民精神的承认，是极为容易的。我出生于一个俄罗斯的笃信宗教的家庭。从我记事之时起，我就记得父母对我的爱。在我们家，几乎是从童年早期就熟知福音书的。早在我十岁的时候，就几乎已经记住了俄国历史上的重大事件，因为父亲天天晚上为我们朗读卡拉姆津（Карамзин）写的历史书。对克里姆林宫和莫斯科各修道院的每次参观，对于我来说，都是件大事。

有一次，在和兄弟谈话中，他提到了已故的双亲之后，便兴奋起来，激情地说：

> 你知道吧，他们都是进步的人，即使在今天，也是进步的！……像这样顾及家庭的人、这样的父亲，你和我都是注定做不到的，兄弟！

但是，很难说，陀思妥耶夫斯基这些幸福的回忆究竟有几分可信。据他兄弟说，他们的父亲"特别苛求、特别没有耐心，主要是十分急躁"。据其他记载，他这个人"忧郁、神经质、疑神疑鬼"。

陀思妥耶夫斯基在1838年，他十六岁的时候，就写道："我很同情可怜的父亲，脾气多奇怪啊！唉，他忍受了多少不幸的事。没有办法安慰他，真让人难过得要落泪了。"

根据其他一些十分模糊的暗示，在这位看来的确"奇怪"的人士的命运或者个性本身中，是有某种谜一般的、悲剧性的东西存在着。无论如何，极为可能的是，父亲的沉重心态，他的忧郁、急躁和多疑性格，都对费多尔产生了深刻的影响；虽然，很遗憾，由于证据不足，这种影响是无法深入调查的。只有一位传记作者把这一家庭秘密上面的覆盖物掀起来一点，但马上就又放下了。在谈到陀思妥耶夫斯基的癫痫病起源时，这位传记作家十分保留，语焉不详："关于费多尔的疾病，还有一件十分特殊的证明，把他的病与他童年早期联系起来，和他们家庭生活中一件悲剧性事件联系了起来。但是，虽然这是和费多尔十分亲密的人口头上向我传达的，然而，我却在任何地方也没有得到对这一传言的证实，因此也就不想再对事件进行详细而精确的叙述。"

如果说这一事件能造成孩子的癫痫病，如果说传记作家即使可以依靠甚至和"费多尔十分亲密的人"的见证也不愿意记述这一传闻的话，那么，在陀思妥耶夫斯基自己所说的"俄罗斯的笃信宗教的家庭"生活中，这一事件就势必是十分可怕的。即使这仅仅是"传闻"，那么，难道从这一传闻的悲剧性质就不能得出结论，在陀思妥耶夫斯基的"童年和少年"时代，并非一切都像在他以后的回忆中呈现得那么光明和欣悦吗？陀思妥耶夫斯基在比较托尔斯泰的生活时候，称长篇小说《少年》的主要人物为偶然性家庭境遇的成员。"和不久前的我们能够提供如此良好童年与少年时代的家族类型相反"，在这里，他指的未必不是自己的生平。他借同一人物所说的更为苦涩的话所谈论的也未必不是自己——自己的童年和少年时代：

> 我有这样一种意识，无论我显得多么可笑、多么低下，在我身上总是具有强迫他们在某一天必定改变对我的看法的宝贵

力量；这一种意识，从我童年那些颇多屈侮的岁月起，就构成了我生活的惟一源泉，我的光明和我的安慰——若非如此，那么，我很可能在儿时就已自杀了。

托尔斯泰，就母亲方面看，是在金帐汗国遭受磨难的圣米哈伊尔·切尔尼戈夫斯基大公爵的后代，就父亲方面看，又是彼得大帝宠臣、枢密官厅长官、皇储阿列克塞监护人——彼得·安德列耶维奇·托尔斯泰的后代；而陀思妥耶夫斯基则是一位军医和一位商人女儿的儿子，出生在莫斯科波热多姆卡区、玛利亚丛林旁边的穷人的医院里，实际上是"偶然性家庭境遇"成员。他对童年的首要回忆，即使不是贫困，也是极度拥挤。他父亲有五个孩子，租了一套房子；除了前厅和厨房，只有两个房间。前厅只有一个窗户，靠后的部分有一道木板隔开，形成了一个半黑暗的角落，是老大、老二这两兄弟——米哈伊尔和费多尔的游艺室。他们的另一位弟弟安德列记述道："父亲喜欢重复地说，他是穷人，他的孩子们，特别是男孩子，应该做好准备自己去闯路子，因为他一死，他们马上就会变成乞丐。"1838 年，陀思妥耶夫斯基从工程学校写信说："我亲爱的、好心的父亲大人，难道您竟认为，您的儿子向您要钱，是要得多余吗？"

他下决心说："考虑到您的困难，我以后不喝茶了。"他几乎同时还告诫兄弟："你抱怨穷，有什么可说的，我也不富。信不信由你：我从露营地出发时连一分钱也没有；路上冻得难受（雨下了一天，我们都淋着）又饿，生了病，连喝口热茶润润嗓子的钱都没有。"

就这样，陀思妥耶夫斯基的生活是在贫穷中开始的；注定几乎到他去世也依然贫穷；与其说这贫穷取决于外部境遇，不如说取决于他本性的内在特征。有些人不善于花钱，却不由自主地、自然而然地善于攒钱；另外一些人不善于守财，却自然而然地大手大脚。

据兄弟见证，陀思妥耶夫斯基从来不知道"自己有多少"金钱、外衣、衬衣。应这位兄弟的请求，德国人医生里岑坎普夫于1843年在彼得堡与陀思妥耶夫斯基共处，并努力教导这位邻居学会德国式的精确习惯。这位医生遇到陀思妥耶夫斯基时，"发现他身无分文，只吃牛奶和面包，而且是从小店里赊来的"。里岑坎普夫说：

> 陀思妥耶夫斯基属于这样一类人：他们周围的人生活得都很好，但是他们自己却常常贫苦不堪。他们偷他的东西十分凶狠，但是他十分轻信，心地又好，不愿意管这种事，不愿意揭露仆人和仆人的食客，他们都大肆利用他的疏忽。

传记作者还补充说："费多尔·米哈伊洛维奇和医生共处这件事本身，对于他来说，也变成了一个新花销的无底洞。凡是来让医生看病的穷人，他都接待，像款待贵重的客人一样。"

托尔斯泰在一篇谈论通信的文章中谈到，他曾在里亚平夜晚收容所寻找十分穷困、需要现金救济的人，而且他可以把莫斯科富翁慈善家托付给他的、手头还剩下的三十七卢布分发给这样的人——但是没有找到。可以有把握地说，在相同情况下，陀思妥耶夫斯基是用不着费这种周折的。

从总体上把陀思妥耶夫斯基这种自然的慷慨、胡乱花钱的倾向，和托尔斯泰的同样自然的——如果说不是谨慎，那么至少也是绝不挥霍浪费的——倾向加以比较，是很有意思的。二者各有自己的特点，不以其意志与意识为转移。一切全是与生俱来：一个是收集者，住宅建造者；另一个是挥霍无度者，永远无家可归的流浪汉。

陀思妥耶夫斯基不需要证明金钱是邪恶，因而应该放弃财产。他自己常受穷困之苦，至少在自己的意识中，对金钱是十分看重的。但是，一旦金钱到了他手里，他对金钱的态度就好像是他认为金钱甚至连邪恶也不是，而完全是一文不值的无聊玩意了。他喜欢，或者想象着自己喜欢金钱，但是金钱不喜欢他。托尔斯泰痛恨，或者自认为自己痛恨金钱，但是金钱喜欢他，向他滚滚而来。一个一生都在梦想着发财,活下来了,而且,很可能,如果不是因为夫人能干,早已像乞丐一样死去。另一个一生都在追求清贫,不仅没有散尽自己的资财,反而大大地发了财。也许这一切对于这样的人们全是小事;然而,值得注意的是,即使在这种生活小事上,他们也是如此地对立。

但是,不仅在金钱方面,而且在其他一切世俗事务方面,在托尔斯泰的境遇中似乎总是有一种吸引的力量,而在陀思妥耶夫斯基的境遇中,总是有一种排斥性的力量。陀思妥耶夫斯基显然是部分地意识到了这种命定的力量招惹灾祸,而且存在于自己的生活之中,但是,与此同时,他又倾向于把自己灾祸的肇因归结于自身,归结于自己的"罪恶"。他对他的兄弟表白:"我有可怕的罪恶,无限的自尊心和虚荣心。""我很虚荣,就像有人撕去了我的皮肤一样,就连空气都令我痛苦,"《地下室手记》的主角说,他有许多特点都像陀思妥耶夫斯基自身。"这几天,屠格涅夫和别林斯基严厉谴责我生活杂乱无章。"——"我的神经有病,我怕发烧,或者神经性热病。我不能够规规矩矩地过日子,我放荡得很呐。"然而,在类似的表白中,未必包含有确实的悔过。这种表白更可以说是多多少少有几分忧郁、几分惊奇的自我观感。他又说:"鬼知道,如果给我点什么好待遇,我自己是必定要按自己的脾气做出最坏的事来的。"多年以后,由于他在巴登玩旋盘赌输,他又一次说:"所到之处,在一切方面,我都要走到最后的极限,我一生都在不断越过极限。"也许,对于如此惧怕"最后极限"的我们的世纪预见,没有原谅陀思妥耶夫斯基的一点就在于此,正因此才如此可笑、如此无情地报复了他。在这方面,和在其他许多方面一样,他是一个高度的非现代的和不适时的人。至于托尔斯泰,很明显的是,虽然对于观察世界的爱好具有可观的热情,但是在生活本身,在自己的行为上,他永远也没有达到"最后的界限",没有"越过极限"。

陀思妥耶夫斯基事业一开始就大获成功。"难道我真的那么伟大吗,我虽然欣喜,却又诚惶诚恐,想到自己时不禁羞愧难当。"在涉

及《穷人》给涅克拉索夫和格里戈罗维奇造成的印象时,他这样陈述自己的感受:

> 对呀,这样的赞扬,我将来定是当之无愧的——他们是大名鼎鼎的人,大名鼎鼎!我应该、我要努力成为像他们一样的名人——我有这个"信心"!唉,我是多么浅薄啊,别林斯基大概会猜想到我脑子里充塞着多么低劣、可耻的念头。

他的小说《双重人格》遭到失败,朋友们都背离了他,觉得把他当成文坛新星是犯了大错误。命运似乎是故意先给了他昙花一现般的成功,以便更为病态地制造接连不断的打击和失败。从那一时刻起,陀思妥耶夫斯基的全部文学活动就变成了与所谓的"俄罗斯社会舆论"和与批评界的一场残酷斗争。在他逝世前不久方才得到的那一份光荣,特别是和托尔斯泰终生享有的光荣比较起来,在我们看来是多么不相称、多么随意啊——因为我们已经开始理解他的丰功伟绩的尺度。

"如果给我点什么好待遇,我自己是必定按自己的脾气做出最坏的事来的"——这一自我观感的正确性似乎特别鲜明地在彼特拉舍夫斯基一案中得到证实,而陀思妥耶夫斯基为这一案付出了残酷的代价。

很难想象,究竟是什么迫使他卷入了此案。社会主义者们的理想对于他的天性不仅是陌生的,而且是敌对的。一位传记作者说:"他说过,伊卡鲁斯式公社或者傅立叶式公社里的生活,在他看来比一切苦役更为可怕、更令人反感。"如果比较他当时在法庭上的供词和他后来在没有任何外在强迫条件下的表白,那么,就难以怀疑他的断言的真诚性,他说:

> 他不属于任何社会体系,因为他确信,如果把这种社会制度——不必说用于俄国,就是用于法国,也必定造成不可避免的毁灭。

在当时就已经使他厌恶社会主义，而且同时迫使他顽强地思考当今人类在地上建立没有上帝、没有宗教之生活的尝试的主要因素，是这种学说的道德唯物主义。据一位见证人证实，彼特拉舍夫斯基给费多尔·米哈伊洛维奇的印象是恶劣的，因为他是"无神论者，还嘲笑信仰"。别林斯基对宗教的完全同样的轻浮态度在陀思妥耶夫斯基那里激起无法遏制、淹没一切的愤恨；多年之内，他一提及别林斯基这个似乎是"俄罗斯生活中最恶臭、死板、可耻的现象"（1871 年 5 月 18 日至 30 日自德累斯顿致 H. H. 斯特拉霍夫的书信），这种愤恨便会在他身上变本加厉地爆发出来。在 1873 年《日记》中，他恶意十足，又很精确地记述了别林斯基关于他们哲学谈话的言论，这些言词似乎也是嘲笑性的，但在事实上都是高度化了的，这一定语已经足够：这位俄罗斯批评家正在努力说服未来《穷人》创作者相信无神论。别林斯基说："每当我提及基督的时候，他的一张脸就大变样，好像是要哭似的。"陀思妥耶夫斯基回忆道：

> 他又攻击我了：请您相信吧，您是一位天真的人；请相信吧，您的基督如果诞生在现代，大概会成为一个最为默默无闻和平凡的人的；目睹现今的科学和人类的推动者们也会惊慌失措的。

"此人竟对着我谩骂基督！"陀思妥耶夫斯基在三十年后突然怒不可遏，好像那场谈话是在前一天晚上进行的，竟大发雷霆痛骂起来：

> 此人竟对着我谩骂基督，但是，他永远也没有能力把自己和全世界一切推动者们和基督来比较。他没有能够看到，在他自己身上和那些推动者身上有多少卑微的虚荣心、丑恶、缺乏耐心、动辄发火、下流，主要的是——虚荣。他从来没有说过：我们用什么来取代基督呢？难道用我们自己吗，那么，我们为什么这样丑恶呢？不不，他从来就没有想到过他自己是丑恶的；

他对自己是高度满意的，而这已经是他个人散发着臭味的、可耻的愚蠢了。(1871 年 5 月 18 日致 H. H. 斯特拉霍夫书信；参见：《陀思妥耶夫斯基全集》，第一卷，第 312 页，圣彼得堡，1883)

可见，如果说有人曾一度因相信社会主义问题而无罪——至少所涉及的是俄国政府当时长期迫害其信仰者的那种社会主义——那么，当然，这就是陀思妥耶夫斯基。因为他不仅连一分钟也不相信，而且还打心里痛恨的这种东西，他却为之大大地受苦，几乎丢掉了生命。是什么把他吸引到这类人身边的？是不是那强迫他一生都在寻找最困难、最具灾难性、最残酷和可怕的经验的因素呢？他似乎感觉到，为了促成自身力量的充分成长，他需要"受苦"？或者，他因为在政治密谋者当中冒险而越过极限，就像他后来时时处处在玩纸牌、在谈情说爱、在神秘的恐怖中冒险一样？

他在彼得罗帕夫洛夫斯克要塞中度过了八个月。他的一个同伴在被监禁后发疯。陀思妥耶夫斯基在这里读完了两部圣地游记和圣德米特里·罗斯托夫斯基的著作。他写道："这些书用去了我全部时间。"他等候了判决，也的确听到了这判决。

斯别什涅夫记述道：

> 被判决的犯人被拉到谢苗诺夫操练场，其中三人被捆在柱子上之后，费多尔·米哈伊洛维奇尽管颤抖不止，却没有惊慌失措。他满面苍白，但是脚步相当迅速地走上绞刑架；与其说受到了压抑，不如说有些匆忙。只要"开枪！"一声令下，一切就都终结。此刻有人摇起手帕——行刑终止。但是，在要塞里就已经开始失常的格里高里耶夫，在被从柱子上松绑解下之时，像死一样苍白。他的思维能力已经全然丧失。

据受判决者之一说："对他们许多人来说，关于特赦的消息并不令人欣喜，甚至觉得是一种侮辱。"陀思妥耶夫斯基后来记述："像一种不体面的，没有必要的咒骂。"

陀思妥耶夫斯基不是怀着侥幸心理，而是怀着对于"五分钟"之后来临的死亡确信无疑的心理度过这几个时刻的。这给他以后的全部精神生活留下了无法磨灭的印象。这几个时刻似乎挪动了他对整个世界的视角：他所理解的事，是没有体验过、等待过必定之死亡的人所无法理解的。命运给他送来某种伟大的认识、罕见的经历，像是对于一切现存事物的一种新的衡量尺度。这些因素没有化为乌有，后来，他利用这些因素进行了令人叹为观止的发现。

陀思妥耶夫斯基借《白痴》之口说：

> 请您想一想，想一想，比如说，拷打；在这种情况下，痛苦和创伤，肉体的剧痛，自然，这一切都让人脱离了灵魂的痛苦，所以，在你死亡之时，一直只受到伤痛的折磨。可是，要知道，主要的、最强烈的疼痛，也许不是在创伤之中，而是，而是你的的确确地知道，再经过一小时，然后是十分钟，然后是半分钟，然后是现在——此时此刻——灵魂就要飞出肉体，你就已经不再是一个人了，而且这是确定无疑的；主要的是，这已确定无疑。于是你把头放在屠刀正下方，耳朵里听见它在头上往下滑动，这四分之一秒钟才是比一切都更加可怕的呢。谁说人性能够忍受这个而不发疯？这种谩骂的话丑陋、毫无必要、徒劳无功，为什么还要说出来？也许会有一个这样的人，已经向他宣判，让他痛苦一番，然后又对他说："赦免你一死，滚开吧。"也许正是这样的人，才能说出这样的故事。关于这种痛苦和这种恐怖，基督也述说过。

他顺从地接受了苦役。他自己没有怨言，而且不喜欢别人怜悯他。他力求把对于苦役的回忆，像对于童年的回忆那样地提高，高尚化，把苦役看做是命运严酷的但又是拯救性的功课，舍此他便没有走向生活新道路的出口。他从西伯利亚信告兄弟："我没有怨言，这是我的十字架，我理应背负它。"但是，如果他的确没有怨言的话，那也不该忘记，他为这种顺从付出了何等的代价：

> 我几乎是处于绝望状态之中。很难表达我受了多少苦。这四年之内，我认为我一直是被活埋着，被封闭在棺材里。这是何等可怕的岁月啊，我没有办法向你描述，我的朋友。这痛苦是无法形容的，没有尽头的，因为每一个小时、每一分钟，都像石块一样重重地压在我的灵魂上。在这整整的四年之内，没有一刻我不痛感到自己是在服苦役。但是，该述说些什么呢？即使我给你写一百张十六开印刷页，你对于我当时的生活也是理解不了的。没有亲自目睹，更不用说体验了。

因此，即使可以设想苦役对陀思妥耶夫斯基有好处而聊以自慰，那么，当然，这也不是在他自己喜欢说的这种好处的直接生活的意义上，而只是在这种好处的超生命的意义上。在这里，我们是不是又遇到了那种神秘的力量——这些力量似乎在冥冥中鼓舞着陀思妥耶夫斯基超越世间的种种命运，并把他引向特殊的目标？从这一意义上看，苦役有时候的确是他自己似乎有意寻求的那种打击之一；这种打击可能会压垮和摧毁任何一位身处他所在位置上的任何一个人，但是，无论如何，例如，和托尔斯泰那十足地超生命的、命中注定的幸福相比，他则需要这种打击——因为这些打击锻造了陀思妥耶夫斯基的心灵，为创作他已创作的一切所必不可少的心灵：

沉重的锤子
砸碎玻璃，锻造出宝剑。

托尔斯泰所向往、所追求的一切，有时候在他的观察中可能是深刻的事物，一旦化为行动，就变得像是娱乐一样——抛弃财产啦，体力劳动啦，和人民打成一片啦等等这一切，陀思妥耶夫斯基就不得不去亲身体验，而且是在一种极度严酷的条件下去体验。

对于他来说，囚犯的半长衫和镣铐绝对不是抽象的象征物，而是终生褫夺公民权和与社会隔离的实实在在的标记。托尔斯泰无论为贫苦村民砍多少棵树，无论汗流满面地耕了多少地，所花费的劳动也比狩猎、比苦修般的体育训练、比体操少。体力劳动也好，脑力劳动也好，其本质都在于不仅对于精神需要也对于肉体需要的意识，在于实际的危险、确实的恐惧，在于生活需要带来的屈辱和无奈：我今天如果不工作，那么，一天，一个月或者一年以后，我就没有米下锅。这其中的道理似乎人人皆知，但是，对于具有像托尔斯泰那种教养和经历的人来说，就这一道理最终的生活深刻性而言，事实上并不是容易理解的。正如从来没有遭受过某种肉体疼痛的人，无论怎么设法想象疼痛，也不可能有个概念一样，那种从来没有遭受过贫穷的人，无论怎样设想和高谈阔论，都不能理解贫穷。

在这个方面，陀思妥耶夫斯基是比托尔斯泰幸运的：命运给了他机会在苦役中体会普通人的劳动和贫困，正如他不是在关于死亡的抽象思索中，而是站在绞刑架上、死亡近在咫尺之时认识到了死亡是恐怖的。

他服役第一年夏天，有大约两个月，他们做搬砖工作：把砖从额尔齐斯河河岸搬到营房工地，距离有七十俄丈，要经过要塞的围墙。陀思妥耶夫斯基说："这项工作，我甚至还喜欢做，虽然用来背砖的绳子常常擦破我的肩膀。可是，由于干活我的体力明显增长了，我感到高兴。"这和托尔斯泰耕地，或者为穷苦女人送砌炉灶的砖头，有多么大的区别啊。

如果说因感觉到体力增长而愉快，那么，这依然不是抽象的、比喻意义上的劳动，不是"四驾马车"之一驾，不是享乐性的运动或者体操。他深知，他的生命、拯救都取决于体力，这是他是否能够忍受住苦役磨难的关键。他还深知，虽然他甚至喜欢运砖，但是，如果他竟想要放手不干，那么，等着他的就是押送人的痛骂和揪打，是苦役地上司的笞打。劳动的严酷性和必要性给他带来了生死存亡的内涵。

陀思妥耶夫斯基不必凭借抽象议论抛弃财产和有教养社会的条件，因为他自己就已被抛弃。托尔斯泰所做的数学计算十分确切和精细，但是在本质上对于他的生活显得毫无裨益。他应该给老乞丐两千卢布，这样，他的施舍才能等于木匠谢苗恩的两个戈比。他心中生出疑问：他到底是否有权利帮助穷人；这个疑问看来至今尚未得到解决。而在苦役犯陀思妥耶夫斯基那里，类似的疑问完全不可能存在：生活本身已经为他扫除了这类疑问，因为已经把他置于不是给予而是接受施舍的境地。陀思妥耶夫斯基记述道：

> 这是在我来到监狱后不久：我一个人下早班回来，有看守监视。我遇到了一个母亲和她女儿——一个大约十岁的女孩，挺可爱的，像一个小天使。我已经看见过她俩一次了。这位母亲原是一位士兵的妻子，现在是寡妇。她丈夫，一个年轻的士兵，曾经受审，死在医院里，还穿着囚服，就是在我生病住院那段时间。妻子和女儿来向他诀别；母女哭得很厉害。看见我之后，那女孩的脸红了起来，向她母亲轻轻说了几句话，她母亲立即停止行走，在钱包里翻找出一个四分之一戈比的硬币，交给了她小女儿。小姑娘立即追着我跑来。"喂，你这不幸的人，看在基督的分上，收下这小戈比吧！"她大声说，跑到我前面来，把这枚硬币塞在我手里。我接住了她这枚小硬币。那小女孩回到母亲身旁，心里十分快慰。以后很长一段时间，我都把这枚硬币保存在身边。

无论托尔斯泰生平的描述者们怎样说服我们，声言他虽然没有散发自己的财产，可是也等于散发了，因为他已停止"享用"这份财产，我们也始终觉得，陀思妥耶夫斯基在接受小姑娘施舍时刻所感受到的惭愧和自豪、痛苦和欣慰，是托尔斯泰一生中一次也没有感受过的。我们觉得，正是在这里，重大的区别，如果说不是在思想和意图的真实性之中,也是在于行为和感觉的真实性之中的。

陀思妥耶夫斯基记述道,"在教堂里"领圣餐的时候:

> 我们在门口,在最靠后的地方,化作拥挤的一团。我常常回忆起,小时候,我常站在教堂里,有时候看到普通人拥挤在教堂入口处,低眉顺眼地为佩戴大肩章的人、为大腹便便的老爷们、为穿戴过度花哨但也极为笃信上帝的太太让路;这些上等人必定要坐前排,而且,为了第一个座位必定要时时争吵。当时我还觉得,在那里,在入口处,他们连祷告也不像我们那样,他们顺服地、认认真真地、深深地低下头,似乎充分意识到了自己的卑微。如今,我也不得不站在这类地方;甚至连这些地方我们也不配:我们戴着镣铐,备受侮辱,人人都躲着我们,好像怕我们似的,却又每每给我们施舍,于是,我还记得,我甚至觉得这种场面有点可喜,在这种满足感中每一次都还表现出某种微妙的、独特的感觉。我心里领悟到:"既然该当如此,那就照办吧!"囚徒们很诚恳地祷告,每个人每一次都把收到的一个戈比用来买一小支蜡烛,或者捐给教会。他捐款时也许心想,或者感觉到:"我也是一个人嘛;在上帝面前,一切人都是平等的。"做完早晨弥撒之后,我们都领圣餐。神父双手捧着圣盘朗读:"但是就当我是强盗,请接纳我吧。"这一刻内,几乎每个人都匍匐在地上,镣铐发出叮当响声;他们似乎是从字面意义上针对自己的情况接受了这句话的。

这种经验使得陀思妥耶夫斯基有权利在以后断言他曾和人民一起生活,并且理解人民。当他和其他苦役犯一起默默地在心里重复"就当我是强盗,请接纳我吧"之时,他不是抽象地观察,而是实实在在地、全身心地感受和测度着把人民和上流社会隔绝开的深渊的;而托尔斯泰呢,一辈子都在这深渊边缘上做艺术的和道德上的观察。

陀思妥耶夫斯基把自己患癫痫病的原因归咎于苦役。据另外一种证明，我们知道，他在童年时期就已经罹患癫痫病。很可能是，疾病的主要原因一直隐藏在被不同寻常地提高并十分细致的敏感之中，而疾病不过是在苦役期间发展并加重了而已。在"前帝国罪犯"陀思妥耶夫斯基致沙皇亚历山大二世的书信中，他断言他的病是在服苦役的第一年开始的。他还补充说："我的病日益严重。每次发作，显然都让我丧失记忆力、想象力、精神力量和肉体力量。我这种病的下场是——羸弱、死亡，或者疯狂。"我们知道，在他一生中的确有许多时刻那癫痫病可能完全破坏掉他的智力，据斯特拉霍夫记载："大约每月发病一次，通常是这样。但是有时候——虽然很少见——次数多些；甚至一周内发作两次。"

斯特拉霍夫继续生动讲述：

> 我有一次亲自目睹了费多尔·米哈伊洛维奇一般性的发病。大概是在1863年，正好在复活节前夕，大约在十一点钟，他到我房间里来，我们兴致盎然地谈起话来。话题我已经不记得，但是我知道，这是一个十分重要而抽象的主题。费多尔·米哈伊洛维奇兴致很好，在房间里踱来踱去，而我则坐在桌子旁边。他正在谈论某种崇高和令人愉快的事；当我说了一句什么话支持他的看法的时候，他转身面对着我，脸上充满备受鼓舞的表情，表明他的灵感已达到最高的程度。他又伫立了一分钟，好像是在寻找表达思想的词语，已经张开了嘴。我紧张地注视着他，觉得他即将道出不同寻常的话语，我即将听到某种表白。突然，从他那大大张开的嘴里迸发出一种奇怪、延续而又毫无内容的叫声，接着便倒在房间中部的地板上，失去了知觉。

陀思妥耶夫斯基自己在《白痴》中的描写是：

> 在这一瞬间，面容，尤其是目光，突然变得非常扭曲。痉挛和抽搐控制了整个身体和面容的全部特征。从胸膛里迸发出

一种可怕的、无法想象的、与什么都毫不相似的嚎叫声；在这种嚎叫声中，全部的人性似乎突然之间消失，观察者无论如何不能够，至少也非常难于想象和猜测，这是这同一个人发出的嚎叫声。甚至令人想到，好像是隐藏在这个人身内的另外一个什么人在狂吼。至少已有许多人是这样解释这一现象的；而发癫痫病的人的形象给同样许多人留下了决定性的、不可忍受的、包含了甚至某种神秘色彩的恐怖。

古代人称癫痫病为神圣之病。东方各民族在该病中也见出如陀思妥耶夫斯基所说的"某种神秘"；这种"神秘"，无论是神性的也好、魔鬼性的也好，都是和预言与洞察的才能联系在一起的。在各伟大宗教运动的历史上，我们有时候能够遇到这种很少得到研究，或者，至少也是得到很少解释的疾病，特别是在这些运动的初期，在其最阴暗的、地下的源泉之中。在自己最具深刻性的作品之一《群魔》中，陀思妥耶夫斯基有好几次深沉思考着返回到关于癫痫患者穆罕默德之著名水罐的传说；当这位先知乘着安拉的马飞遍天堂与地狱之时，那水罐似乎没把水洒尽。值得注意的是，即使在斯特拉霍夫的故事里，也指出了与某种"崇高与令人愉快的"、显然是宗教性的、某种"表白"的这一联系；为了这种"表白"，陀思妥耶夫斯基曾寻找却没有找到词语，旋即病就发作。

无论如何，这"神圣之病"对他的生活——不仅肉体的，还有精神的生活，对他全部的艺术创作，甚至对于他抽象的哲学思考，都产生了令人惊异的作用。在自己的作品中，他谈到这种疾病的时候总有某种特殊的、含蓄的激动心情，像是某种神秘的恐惧感。他小说里最重要的和对立的人物——恶棍斯麦尔加科夫、"神圣"公爵梅什金、"人神"先知、虚无主义者基里洛夫——都是癫痫患者。癫痫的发作对于陀思妥耶夫斯基就像是可怕的深坑、彩色光芒线条，就像是突然打开窗户，透过这些窗口他看到了彼岸的世界。他在自己的一段描写文章中说："接着，突然之间，似乎有什么东西在他面前爆裂开来：一种非同寻常的、内在的光明照遍了他的灵魂。"斯特拉霍夫回忆道：

> 费多尔·米哈伊洛维奇对我多次说过，每逢他发病之前，都有短暂的喜悦状态。他说："在几秒钟之内，我体验到了平常状态下绝不可能有的幸福；这种幸福，其他人毫无概念。我感受到自身和整个世界中存在着完全的和谐，这一感觉十分甜蜜，为了这几秒钟的幸福，可以贡献出十年的生命，甚至一生。"但是，在发病之后，他的精神状态十分沉重；他几乎对付不了自己的阴郁和敏感性。这种阴郁的性质，用他的话来说，就在于：他觉得自己是一个什么罪人；他觉得，有不可知的罪、严重的邪恶沉沉地压在他头上。

伟大的神圣、严重的邪恶，彼岸的欢乐、彼岸的悲哀——这两种情感突然之间，在最后的"四分之一秒"，在像闪电一样令人目眩的、瞬间的一个点结合为一。与此同时，"穆罕默德之水罐"还未及洒尽，而从"着魔者"胸膛中已经迸发出令人惊骇的号叫，这叫声令人以为，号叫声不是他发出的，而是另外某物——隐藏在他身体里的——非人。

在这里，我们是否触及了陀思妥耶夫斯基本质之中、他肉体和精神组成之中的最深邃的原初与尚未得到破译之因素？线团中全部的线头，是否都纠缠在这个结子之中？有时候令人觉得，正是这些发作——某种为我们的研究工作所不及，但很可能在我们大家身上于沉默中沸腾着的、等待时机的力量像是突如其来的暴风雨，把陀思妥耶夫斯基的躯壳——把灵魂与血肉背后之物隔离开来的血与肉之覆盖物变得比其他人更薄、更透明些，因而他可以透过它看到其他人永远也看不到的东西。

我们不由自主地又要和托尔斯泰比较一番：陀思妥耶夫斯基神圣的、恶魔般的疾病也许完全不是生命力量的虚弱、贫乏，而相反，正是过盛的生命力量的聚积,预示着暴风雨的来临,是灵魂精神被导致极限的精致化、敏锐化和集中;而在托尔斯泰那里,则是肉体性,坚实和健康的同样神圣而又恶魔般地过盛,归根结底,和陀思妥耶夫斯基一样,是同一种预示着暴风雨的和欢宴的,只不过表现形式不同的激荡的生命力量之过盛。以后我们还会看到,托尔斯泰是从对于这一肉体性、这一神性的动物性的奥秘之无限深入探索中来汲取自己并非似是而非、并非假基督教的,而是真正的异教的宗教特征的;我之所以用神性的一语,是为要说明,从一定的宗教观点来看,人身上的动物性特征是和灵魂精神一样神圣和佳善的,因此,肉体和精神只是在外表上,只是在现象中才是对立的,而在终极的、彼岸的本质上,则是一致的。假基督教,或者说得更确切些,保罗派的根深蒂固恶习迫使几乎全部当代人,甚至包括那些弃绝宗教的人,为了精神的、抽象的、理性的、无血无肉的某种东西,来贬低肉体,将其视为某种低级、罪恶,或者,至少也是粗俗、可耻、畜生类的东西。然而,宗教默想的深刻性是联合性的、象征性的(我要再次提醒,"象征"这个词在希腊语中意为"联合"),对于它来说,肉体像精神一样,也是彼岸的;对于它来说,貌似黑暗、低劣的动物性之深渊一定会变得等同于精神性之深渊,表现得光明、崇高;天体的黑夜半球是等于白昼之半球。作为思想家和艺术家,托尔斯泰在深入探索这动物性的深渊之时,在其最终界限处遇到了与其对应和似乎否定它的另一个本质——对动物性个体备受摧毁之威胁的意识,对死亡的意识。他的悲剧大约也就由此开始;在这里首次显露出那种"寒冷的白光",这种光在他看来就是新的基督"复活"之光,这种光在奥斯特里茨战役之前夜令安德列公爵惊异:

> 从这一想象的高度——亦即关于死亡的想象的高度上,以往折磨他、吸引他的一切,都于突然之间被一道寒冷的白光照亮,没有阴影、没有透视、没有轮廓条理。全部的生活突然显得是一盏魔灯;透过玻璃,借助于人工照明,他长时间地凝望

着它。现在，骤然间，没有了玻璃，在明亮的日光下，他看到了这些胡乱勾勒的图画。"是啊，是啊，就是这些，这些曾经令我激动，令我狂喜和折磨过我的、虚假的图画，"他对自己说，在想象中翻阅自己生活之魔灯的主要画面，在这白昼寒冷的白光——关于死亡的清醒思想的寒冷白光照明下，现在他翻看着！

可见，对于托尔斯泰而言，死亡之光是从外部照耀着生活，分解并且消灭生活的诸种色彩和形象；而对于陀思妥耶夫斯基而言，则是从内部照耀。对于他来说，死亡之光与生命之光都是同一种火的光芒，这光芒是在现象之"魔灯"内部点燃的。对于托尔斯泰而言，生活的全部宗教涵义在于从生命到死亡的过渡——在另外一个世界上。而对于陀思妥耶夫斯基而言，则这一过渡似乎完全是没有的，似乎在他活着的全部时间内，他都在死亡。"神圣之症"经常大大敞开的深渊、微光、发作，使他动物性生命的肌质变得细致、透明起来，使这种肌质被内在的光明变得罕见，具有穿透性，把一切照明。对于托尔斯泰来说，死亡的秘密在生命的背后；对于陀思妥耶夫斯基来说，生命本身就是像死亡一样的奥秘。对他而言，彼得堡平日清晨的寒冷之光同时也是恐怖的"死亡之白光"。对于托尔斯泰来说，只存在着生命与死亡的永恒的对立；对于陀思妥耶夫斯基来说，只存着二者永恒的统一。托尔斯泰从生命之内里，以此岸的目光看待死亡；陀思妥耶夫斯基从那对于活着的人显得似乎是死亡之物的内部，以彼岸的目光看待生命。

他们二人之中，谁更接近真理？这两种生命之中，哪一种更美妙？

我已认识到，从本著作第一章起，读者就可能怀疑我为了陀思妥耶夫斯基而挑动对托尔斯泰的不满。而实际上呢，我不过是想矫枉过正：对于被托尔斯泰的、总体上是现代欧洲的、过度狭隘、单方面、特别禁欲主义地和理性地理解的基督教过度弯向相反方向的弓予以过正之矫枉。但是，如果说我有片面甚至貌似不公正之处，那么这也是事先设定和有意安排的；我不会停留在这一研究水平上；

我会尽一切努力向前进的，会深入探索这两位作家之艺术方面、哲学方面和宗教方面的创作的。到目前为止，我比较的是这两位作家其人，以基督教观点或者貌似基督教的观点，这一观点囊括了现代人所谓的基督教。但是，即使我从相反的观点，亦即异教的或者也是貌似异教的观点为出发点比较了这两位作家的生平，我也不会得出结论，说什么托尔斯泰的生平及其永不枯萎的清新、劲力、取之不竭的、尘世的、此岸的欢乐，要比陀思妥耶夫斯基的生平更加完善、更加美丽。最后，第三种——象征主义的观点把两种对立的宗教极端联结了起来；从这一观点看，托尔斯泰的生平和陀思妥耶夫斯基的生平也不会显得虽然又对立又不完善，但是一样地美丽——之所以不完善，是因为二者都缺乏由普希金在俄罗斯文化中表达出的那种程度的和谐：在托尔斯泰那里，是因为肉的重量超过灵，而在陀思妥耶夫斯基那里，则是灵的重量超过肉。然而，这两个人的生平是同样伟大，具有同样的俄罗斯性格，是彼此完成和补充着的，彼此互相需要的，似乎是有意被创造出来以资拿来作预言性对比和比较的。

这就像是一个尚未合拢但是能够而且必定合拢的圆圈之从一点出发向不同方向伸延的两条线，而我们现在已经知道，这两条线将重新汇合，在第二个、相对立的和更高的一点上组成一个完全的圆周。这是现在还不可得知但可预期的俄罗斯天才的暂时还显得充满矛盾但事实上已相互一致的两种预言，这种天才十分自然、富有人民性，像造就了托尔斯泰和陀思妥耶夫斯基的普希金一样，但这是更有自觉意识，因而更有世界意义的第二个和最后一个、联结一切的、象征性的普希金之天才。这是圣殿门前的两根巨大石柱，彼此分离、尚未联合；这是已经开工但尚不可见其全貌的大厦——俄罗斯的同时也是世界宗教文化大厦的互相倾心却又互相对立的两个部分。

第七章

普希金逝世的时候,陀思妥耶夫斯基十六岁。
他的弟弟安德列·米哈伊洛维奇回忆道:

> 我不知道,出于什么原因,关于普希金去世的消息是在母亲葬礼之后才传到我们家。大概造成这一情况的原因是我们家庭自己的悲哀和全家深居简出吧。我还记得,在听到这一死讯及其全部细节之后,兄弟们几乎都精神失常。费多尔在和哥哥谈话中重复数次,说要不是因丧母才穿丧服,他就要请求父亲同意他为普希金穿丧服。

因而,母亲的去世未能淹没陀思妥耶夫斯基因普希金横死而感到的悲痛。如果说他在十六岁时还没有像以后——在六十岁时那样意识到,那么,他也是感觉到了自己与他的活生生的、血的联系,他不仅像对伟大导师那样崇拜他,而且把他当作最亲、最近的人来热爱。

托尔斯泰在《少年》中承认,在那些年,普希金和俄罗斯其他作家对于他来说不过是"他在儿童时期读过、念过的封皮发黄的小书而已"。他很惭愧地比较了自己当时平庸的趣味和自己的同伴——莫斯科大学学生们的趣味。

> 普希金和茹科夫斯基对于他们,才是文学。他们不加区别

地蔑视大仲马、欧仁·苏和费瓦尔（Феваль），对于文学的……见解比我出色、明确。

当时刚刚开始出版《基督山伯爵》和各种"秘密"，我着了迷一样地阅读欧仁·苏、大仲马和保罗·德·科克（Поль-де-Кок）的小说。一切最荒诞不经的人物和事件，当时我都认为和现实一样真实。我不敢怀疑作者说谎。以这些小说内容为依据，我头脑里甚至形成了我向往达到的道德品格的新理想。在我以往就想要做的事情和行动中，我都追求尽可能做得……得体（comme it faut）。我甚至努力在穿着和习惯上都摹仿这些小说里的人物。

托尔斯泰和陀思妥耶夫斯基所受的艺术教育就是这样的。当然，早在十六岁之时，陀思妥耶夫斯基就已理解大仲马和保罗·德·科克的粗俗和平庸。作为一个少年，他的文学趣味和审美判断力都细腻、成熟和独立得惊人。俄罗斯文学和西欧文学他都同样熟悉。他在从工程技校发给兄弟的几封充满少年喜悦的书信之一中写道："我们常常谈论荷马、莎士比亚、席勒、霍夫曼。""我背诵诗人席勒，言必称他，梦话里也谈他。""席勒的名字对我开始变得亲切。"但是，他不仅善于评价莎士比亚和席勒（对于当时热衷于浪漫主义和哥特式文学的俄罗斯青年人来说比较易解），而且也善于评价十七世纪伟大的法国古典主义剧作家拉辛和高乃依（后来，别林斯基对他们的评论就十分肤浅）。陀思妥耶夫斯基当时就很不赞成在俄国十分流行的、由德国批评界鼓吹的对所谓"伪古典主义文学"的教条式的轻蔑态度。对于最为遥远的、陌生的文化的如此深刻的嗅觉恰恰表现在：在承认法国古典主义作家的内在局限性和模仿习惯的同时，这位"莫斯科笃信宗教人家"出身的俄罗斯男孩、军医的儿子，竟对路易十四宫廷诗人们内在形式的完美和彻底的和谐大为赞扬：

还有《费得拉》（*Phédre*），兄弟！你竟说这不是最高级和最纯洁的自然和诗歌，哎呀，上帝才知道你要怎么样。要知道，这是莎士比亚的轮廓，虽然塑像不是大理石而是石膏的。

也许，在全部俄罗斯文学中，对于《费得拉》的评论没有比这句话更加简洁和准确的了。在另外一封信里，他反对兄弟攻击高乃依：

你读过《熙德》（*Le Cid*）吗？你这可怜虫，快读吧，读完了就拜倒在高乃依的脚下。

陀思妥耶夫斯基深厚的宗教信仰从童年时代起就已有所表现，后来他因为别林斯基说了几句未加思考的关于宗教的话而一生都在痛恨他。考虑到这一点，对基督和荷马的下列比较，虽然有天真和少年得意之嫌，却依然是意味深长的：

荷马（神话传说中的人，也许是上帝自己的化身，被派到我们这里来，像基督那样）只能和基督而不能和歌德相提并论。兄弟，你要深入了解他，要读《伊利亚特》，要好好地读（你得承认你没读过）。要知道，在《伊利亚特》里，荷马给整个古代世界送来了精神生活和尘世生活的组织，其力量完全像基督对新世界的赠予。现在你明白我的话了吗？

陀思妥耶夫斯基一生都保持了对全世界——用他自己的话说，"全人类的"——文化的敏感，这种能力使他感觉到可以四海为家，可以深入体察一切时代和民族的内心的、精神的生活；他永远认为这种能力——正如他在论普希金的讲演中所说的——是普希金的首要能力，而且一般地说是俄罗斯天才们的能力；和欧洲其他民族相比，这是世界性的天才。

1863年夏天,在他第一次到国外旅行期间,他信告斯特拉霍夫:

> 我从罗马写信,但只字不提罗马:奇怪不奇怪!可是,我究竟能给你们写什么呢?我的上帝!在信里难道能够描写这一切吗?是前天夜里到达的。昨天上午参观了圣彼得教堂。印象很深刻,真是倒吸一口凉气。今天参观了**议事堂**(Forum)及其全部废墟。然后还有斗兽场!可是,到底我能告诉你们什么呢?

在以后,他有权利说,欧洲对于他来说是"神圣和可怕"的某种东西,他有"两个祖国——俄罗斯和欧洲","威尼斯、罗马、巴黎及其科学与艺术的宝库,其全部历史"对于他有时候是"比俄罗斯更可爱"的。在这一层意义上,继普希金之后,陀思妥耶夫斯基是俄罗斯作家中最具俄罗斯气质的,而与此同时,又是俄罗斯欧洲派人士中最伟大的。他以自身表明,十足的俄罗斯人应高度地成为欧洲人,成为世界公民。

托尔斯泰作为艺术家,自身虽然享有世界意义,具有另外一种同样强烈的俄罗斯气质——民族自发性的不可计量的力量;但是,与此同时,却缺乏在陀思妥耶夫斯基看来是优秀的俄罗斯特性的那种接受世界文化的能力。托尔斯泰虽然鼓吹理性的、假基督教的世界主义,但是,在俄罗斯伟大作家中间,似乎没有人在自己的创作中比托尔斯泰更多地受到地方与时间条件、自己民族性和时代界限的限制。一切非俄罗斯的、非当代的东西并不是和他敌对的,简单地说,对他是陌生、不解和没有兴趣的。《战争与和平》这部作品想要反映历史,其作者也凭智慧承认,或者甚至部分地了解历史,但是他从来没有以心灵去感受历史,从来没有深入或者没有努力、没有屈尊深入探索其他世纪和民族的内在的、精神的生活。对于他来说,根本不存在探索远方的喜悦这种历史给予我们的激荡心灵的感觉——遑论过往世代带有的活生生的悲哀和活生生的欢愉。他的全部身心,一直到自己最最深邃的根底——都是关注当今,关注当代俄国的现实、俄国劳动人民和俄国贵族的。我们都知道，托尔斯泰在青年时代曾去过意大利，但是他对那里没有任何印象。如果我们不是从他的传记确知他的确去过阿尔卑斯山那边，那么对此意大利之旅可能是要怀疑的。"神圣奇迹的碎片"没有在他心里激起任何波澜。"外国古代石块"对于他依然是死寂的。有一次，像年迈的俄罗斯虚无主义者 B. 斯塔索夫（Стасов）那样，他随随便便不假思索地说米开朗基罗的《最后的审判》是"愚不可及"的作品，他说这话不是凭自己的回忆，而是凭一张偶尔见到的照片。

一切文化中看起来似乎是有条件的，而事实上，从某种历史观点来看，可能是像自然本身一样自然而然的事物，对于托尔斯泰来说，永远是人工的，因而是虚假的。对于一切"有条件物"的这种被夸大的惧怕在他那里最终转变为对一切与文化有关物的惧怕。因此，在他看来，散文比诗歌自然。托尔斯泰不考虑，押韵的言语更为原始，人正是在最激动亦即最为自然的精神状态中，才倾向于像儿童和较为年轻的民族那样，用诗用歌来表达自己的感情；他认定，一切诗作都受条件制约，因而是骗人的。托尔斯泰的德国传记作者说，远在青年时代：

> 他就经常嘲笑俄罗斯文学中最伟大的作品，仅仅是因为这些作品用诗写成；在他看来，精致的形式没有任何意义，因为，依据他的见解——这里要强调指出，他是永远忠诚于这一见解的——这样的形式总要把镣铐强加给思想。

对世界文化缺乏嗅觉这一事实最为明显地表现在托尔斯泰近期著作中，他在这一著作中总结了他一生的艺术见解和艺术思想，这就是《什么是艺术?》一文。

关于新的、所谓的"颓废主义"流派，他作出保持谦虚的许诺，但是没有能履行诺言：

> 我是受本世纪上半期教育的人，不理解新艺术，所以我没有权利、也不能对它加以评判；我只能说，这种艺术我理解不了。面对颓废派艺术，我所承认的艺术的惟一优点是，我所承认的这种艺术，比现今的艺术，为更为大多数的人理解。

然而，因为不满足于承认自己不理解，他进而评审并且不加区别地胡乱责备一切人，把他们混为一谈，这些人包括：贝克林（Беклин）和克林格（Клингер）、易卜生和波德莱尔、尼采和瓦格纳。关于梅特林克和霍普特曼的神秘风格，他的考语是：两个人都是瞎子，坐在海边上，唠唠叨叨不知为了什么说话没完；或者，是一口大钟飞到湖水里，在那里鸣响。尼采对于他，就像对于那些最粗心大意的办报人一样，不过是个疯子。

对于一位在十九世纪前半期受教育的人来说，至少，并非特别珍贵和易解的似乎只应该是"颓废派"艺术家和过往世纪的诗人们。然而，他却变本加厉地无情推翻已有定论的古代名人，比对新近的、未有定论者们更加严厉。因此，他咬定说：

> 以借用题材为基础的作品，比如歌德的《浮士德》，可能写得不错，充满了智慧和各种各样的美点，但是，它不会给人留下真正的艺术印象，因为它缺少艺术作品的主要特性——目的性，有机性。说这种作品好，因为它有诗意，就等于说因为一枚钱币像真的，所以就好。（第XV卷，第124页）

他认为《浮士德》是一枚伪硬币，因为这是一部太多受到文化制约的作品。薄伽丘的短篇小说，他又从另外一种苦行主义基督教观点出发，认为不过是"对下流性爱细节的胡乱描写"。埃斯库罗斯、索福克勒斯、欧里庇得斯、但丁、莎士比亚的作品，瓦格纳的和贝多芬后期的音乐，他原来说是"太过理性的、凭空捏造的"，后来又说是"粗糙的、野蛮的，常常是毫无思想内容的"（第XV卷，第 136–137 页)。在《哈姆雷特》上演过程中,他一直感受着"虚假作品给人带来的特殊的痛苦",与此同时,仅仅根据对于沃古洛夫剧院的一出猎人戏剧的描写,他就下结论说,"这是真正艺术的作品"(第 XV 卷,第 167–168 页)。

这种明目张胆的亵渎言论,可能显得就是"俄罗斯的野蛮",但在事实上却是全欧洲的野蛮,因为它来源于当代民主与假基督教的把趣味的庸俗野蛮化,这种亵渎言论对于西欧文化界人士必定造成野蛮人卡利班行为狂暴的印象,因为这个蛮子砸烂了爱琴海地区的大理石雕像,把蒙娜丽莎肖像撕成碎块。

其实,鬼不像画的那么可怕。这个赫罗斯特拉特(Герострот,为了要出名,于公元前 356 年焚烧了古代艺术优秀作品——译者注)虽然向埃斯库罗斯和但丁扬起手来,虽然认为,在现在,普希金如果不是"黄皮"教科书,也是一个"写不体面情诗"的淫荡分子,但是却天真地崇拜贝霍尔德·奥尔巴赫(Бергольд Ауэрбах)、艾略特(Эллиот)和《汤姆叔叔的小屋》。说到底,与其说是因为他否定一切,不如说他在承认,——读者定会同意:托尔斯泰在对于自己陌生的艺术领域所发表的有意识的评论中,在这老迈之年,并没有远离他着迷阅读费瓦尔、大仲马与保罗·德·科克小说的青少年时代。但是,最令人忧伤的也许是在这幅卡利班可怕面具之下,显露出来的是六十年代俄罗斯地主民主主义者、贵族实证主义者十分熟悉,一点也不可怕的面容。

托尔斯泰对自己的创作所具有的文化意识更为令人无可奈何。他在《忏悔录》中深信不疑地说:

> 我是由于爱虚荣、自私自利和骄傲自大才开始写作的。我是艺术家、诗人;我写了什么,教了什么,自己也不知道。因为我写作,有人就付给我钱,我吃得精美,住得好,高朋满座,名气大。看来,我那些教训人的书很好。

> 我们真正注重的是盘算怎么样尽可能多挣钱，扩大名气。为了达到这一目的，我们其他一概不会，只会写书，写报刊文章。干的就是这事。

在八十年代宗教转变之后，他回忆道：

> 被称作艺术活动，而且我以前为其献出了自己全部力量的这一活动，对我来说，不仅已经丧失了以往赋予它的重要性，而且，因为它在我的生活中曾经占有、至今仍然在富有阶级人士概念中占有的不自然的地位，让我直接地感到不愉快。

别尔斯证明，以自己现在的"基督教"观点为出发点，托尔斯泰"认为自己以往的全部创作都是有害的，因为其中描写了性之引力与暴力意义上的爱情"。——这一证明之所以更为可信，是因为这一判断与托尔斯泰关于艺术的其他判断之间有完全确实的逻辑联系。归根结底，还是他自己总结了自己全部的艺术活动，以他特有的混合了无意识的装腔作势和有意识的真诚的态度断定："还要指出，我把自己的艺术作品列入低劣艺术之类，而例外则是短篇小说《上帝目睹真理》和《高加索俘虏》。"也就是说，好像故意似的，以两篇最差的满纸说教的短篇小说为例外！

不仅仅在近年来，即创作精力相对减弱的时候，而且在早得多的时候——在这种力量大大高涨的年代里，他就认为，或者，至少努力认为，并且说服自己和他人，他对自己作品的看法在当时就几乎和现在一样。他在 1875 年信告费特："我现在正为无聊而庸俗的安娜·卡列尼娜忙碌，好尽快腾出空来做其他的事。"

他的确认为安娜·卡列尼娜"无聊而庸俗"吗？难道甚至在他写作小说的时候他也不喜欢她吗？如果说喜欢，那么，无论如何也不是自觉地，或者，不像歌德爱自己的《浮士德》、普希金爱《叶甫根尼·奥涅金》那么自觉。

托尔斯泰与陀思妥耶夫斯基的主要区别之一在于文化意识的这些等级之中。作为伟大的作家,托尔斯泰不是一位伟大的文学工作者,像普希金、歌德、陀思妥耶夫斯基那样:他们不仅认为自己是语言的统帅,而且是语言工作者;语言对于他们不仅是精神的而且也是日常需要的粮食。我在这里使用这一意义上的文学概念,这一意义上的文学与诗歌的自发性的也是同样自然的创作相比,是更有人工特征,更受条件制约却更为有意识的活动——正如,一般地说,文化并不是与人的意识世界中前人类本性相矛盾,而只不过是将这本性延续了而已。以这一最终的统一性的观点来看,文化和自然是统一体,而反对文化之条件性的人,也就要反对人的本性,反对自然界最富神性的和永恒的力量之一。

在托尔斯泰对自己艺术活动的蔑视态度中,有某种阴暗和复杂的因素;对这一因素,他自己似乎从来没有彻底地解释过。至少,在他的文学自尊心中,可以看到十分奇怪的动摇和前后矛盾之处。他有一次告诉费特:"从来还没有像我一样对自己的成就如此漠不关心的作家。"然而,在(《战争与和平》)出版之后,他以感人的坦率请求费特:

> 请务必信告,在您所熟悉的不同的地方,有什么评论,主要的是看大众怎么看。肯定是毫无反响。这情况我是预料到并且十分情愿的——只要没有人大骂就好,因为骂人的话让人心烦意乱。

据他自己说(至少,他最纯朴和真实的传记作家之一如此断言),他头脑里总是"愉快地意识到,他是作家和贵族",仅只是作家,即古代所说的"自由艺术家",而不是像普希金和歌德那样的文学工作者。托尔斯泰一生都因文学而惭愧,并且,从有意识的、似乎是人民大众的观点出发,也是从无意识的、贵族的观点出发,他蔑视文学,认为文学是某种庸俗的、小市民的、不神圣的和不高尚的东西。但是，在这种惭愧和蔑视中几乎没有表露出天才的坦率的贵族作风；表露出来的是等级贵族主义，这一主义隐藏得虽然细心，却也还不错，而且，这一主义在他那里扎的根子比乍看上去更深——这就是自我否定、痛感羞怯，但是有时候依然要向外冒出的贵族老爷作风。

斯特拉霍夫说：

> 陀思妥耶夫斯基喜欢文学。他从文学的本来面目及其全部条件上来感受文学，从来没有躲避过它，也没有高傲地看待过它。丝毫的文学贵族主义也不保留——是他优美的甚至感人至深的特点。俄罗斯文学曾经是……土壤，费多尔·米哈伊洛维奇就是在这块土壤上成长起来的，他从来没有脱离这块土壤，对它保持着亲缘之爱与忠诚。他很明白，对公众和对文学界讲话，到市场、广场去，他是毫不会因为自己的行业或者这一行业的同伙而感到耻辱的。相反，他为这一事业感到自豪，认为文学事业伟大、神圣。

像过去具有贵族傲气的人认为凭干体力活挣钱买每日面包一事屈尊那样，托尔斯泰也认为因脑力劳动领取报酬可耻，虽然他的出发点是新的，却不一定不高傲和不讲求面子。像少年因娇养而不懂得什么是贫穷和劳动那样，他一听说真正的艺术家可以为了金钱而创作就鄙夷地连连耸肩。

陀思妥耶夫斯基说："一生中，我一次也没有不收订金就出售作品。我是无产阶级文学工作者，谁想要我的作品，就应该事先交给我保证金。"这个人十分自豪，用他自己的话来说，十分虚荣，"若把这层皮从他身上撕去，他会因为只剩下空气而生病"，这个人对于艺术家的自由的珍重，可能不亚于托尔斯泰——然而，这个人不因"为金钱而创作"，不因像普通打工者为劳动接受工钱而感到耻辱。他称自己是"拉邮车的瘦马"。在两天两夜里，他按时写出三个半印张来。他很坦率;这种坦率在托尔斯泰看来,必定是他所蔑视的"文学工作者们"的最大极限的市场经济的厚颜无耻。陀思妥耶夫斯基承认:"在我的文学生活中常常出现的情况是:一本长篇或者中篇小说的开端已进入印刷厂排字车间,而结尾却还在我头脑里,但必须在明天以前写出来。""因为贫困,因为为金钱而工作,这种工作压垮了我,摧毁了我。""我的苦难到底有完没有啊?唉,好像金钱就是保险啊!"这是他一生都没有停息的痛苦和呻吟。有时候他因为与贫困斗争疲惫不堪,而咒骂贫困,但是从来没有引以为耻。当代资产阶级社会中脑力工作者的处境特征是外在的卑微,然而,他在这种卑微中保持了特有的、内在的自豪感。有一次,在这种自豪感上扬之时,他大声说:"我的名字就值一百万。"

服完四年苦役,受到了基督教的启蒙之后,他几乎立即陷入似乎是最深重和玩世不恭的嫉妒这一罪恶之中:

> 我很清楚,我写得比屠格涅夫差,但是,要知道,差得不很多,而且,说到底,我有希望写得完全不比他差。我贫困不堪,为什么只收取100卢布,而屠格涅夫,家里有2000名农奴,却收400卢布?因为穷,我被迫赶工和为了稿酬写作,当然也就必定写糟了。

在附记中说,他要给卡特科夫寄去15个印张,每张100卢布,共1500卢布。

> 我已经收过他500,而且,在寄去3/4的小说之后,又向他索取了200卢布的路费,一共取了700。我到达特维尔的时候会身无分文的,但是,在很快的时间内,我还会从卡特科夫那里再收700或者800卢布的。这没有什么。可以周转过来的。

反反复复,千篇一律的话。陀思妥耶夫斯基全部书信都充塞着没有穷尽的一串一串的数字和计算，数字和计算又被绝望的求助话打断。"看在基督的分上，救救我吧"，有一次他给兄弟信中就这么说。这是名符其实的殉教士传记，是关于脑力劳动受苦人最伟大的记述之一。

1865—1869年这四年对于他特别沉重，几乎等同于四年的苦役。就像在第一次不幸事件之前那样，好运先来光顾他。他发行的杂志《时代》获得成功，带来收入，他已经幻想终于摆脱了贫困，可以喘息一下了，可是书报审查局突如其来的毫无根据的惩罚从天而降。因为无辜的、只不过被愚蠢误解的关于波兰问题的文章，《时代》被取缔。审查造成的误解，也和当时调查彼特拉舍夫斯基案一样。两次的误解都很重大，第一次以死刑判决和苦役，第二次以破产威胁，都几乎置之于死地。当权者们没有能够看出他是同盟者。但是，事实上，这可能不完全是误解，忠诚的嗅觉是否反复提醒过他们："大法官"的未来的创造者对于他们来说不是在他们眼里出现——或者至少想要出现——的那种可靠的同盟者？

陀思妥耶夫斯基没有绝望，在《时代》遭受厄运之后，他立即创办《世纪》，但是往日的成功已经不再出现。幸运时刻永不再来。《世纪》受到的惩罚不是来自政府的书报审查，而是俄罗斯十分严格的"自由派"审查。在俄国，这种审查过去永远是、以后也必定是政府审查活动的寸步不离的旅伴，是其在水中或者镜中的最精确的忠实的、虽然是反面的映像，因此，这两种审查在这一不动的、极端的极限上，在同一个地平线上，汇合为一。

陀思妥耶夫斯基在一切方面都喜欢走到最后的地平线，最后的极限，于是就处在两团火堆的中间，直到生命最后也注定脱离不了的境地——他不仅仅是政府的敌人，也是政府敌人的敌人。他自己常说，《世纪》比自己的对手弱得多：那些对手多得不可胜数，他们不仅肆无忌惮乱骂人，例如，骂对手们是无赖、臭包儿、骚货等等，而且还含沙射影地说我们不老实，专门拍政府马屁，是告密分子，等等。我还记得，可怜的米哈伊尔·米哈伊洛维奇有一次十分沮丧，因为他"'与订户的结账'受到严厉批评,原因是他处处克扣订户"。他后来在《日记》中回忆道:"他们,'自由派'对手们,扬言说我是警察局专职密探作家。"

就在这段时间,他的亲朋好友接连去世:哥哥米哈伊尔·米哈伊洛维奇,批评家阿波罗·格利高利耶夫——他最亲密的朋友,《时代》合作人,以及第一位妻子玛利亚·德米特里耶夫娜·陀思妥耶夫斯卡娅。

他在致 A. E. 弗兰格尔的信中写道:

我骤然变成了然一人,感到恐怖起来。全部生活变得支离破碎了……名符其实地,我生活中已没有什么寄托。建立新的关系,设想新的生活吗?连想到这种事都觉得反感……哥哥一家人一文莫名——就等去当乞丐了。我成了他们惟一的希望,他们全部的人,孤儿寡母的,都在我身边团成一堆,等着接济。我无限热爱我的哥哥,难道能放下他们不管吗?

(凭着继续出版《世纪》)我也许能够养活他们和我自己,当然我得一辈子从早忙到晚……而且,还得替哥哥还债:我不愿意让坏名声留在他的名字上……我开始印刷(《世纪》最后几本小书),同时,在三个印刷所里,不惜金钱、健康和精力。我一个人又当编辑,又看清样,又要对付作者、书报审查官,改文章,取钱,一坐就坐到清晨六点钟,一昼夜只睡五小时,虽然给刊物理出了头绪,却已经晚了。

杂志最后还是垮了。陀思妥耶夫斯基不得不宣布他所说的"临时破产"。除了对订户的债务,他还有 10000 卢布的票据债务和君子协定的 5000 卢布的债务。他信告弗兰格尔:

啊,我的朋友,为了还清债务和重新感受自由,我甚至愿意再去服那么多年的苦役。现在，在大棒之下，也就是说，迫于贫困，我又开始写小说，急急忙忙的……从我全部精神和力量的储存中，在我心里只剩下了某种令人惊恐和模模糊糊的东西，颇为近似绝望。惊恐、苦涩、最寒冷的烦乱，对我来说最不正常的状态，除此之外——就是我孤身一人；故交和以往的，四十岁的自我，都不复存在。

债主之中最凶狠的是出版商斯捷洛夫斯基，是个锋芒毕露的恶棍，扬言要把他关进监狱，"区警察署助手已经面告我监禁警告"。其他人也做出同样威胁，讨取欠款。他的前途有二：或者进债务拘留所，或者逃走。他选择后者，跑到国外。

在国外度过四年，苦不堪言。

他当时已经是《罪与罚》的作者，一位伟大的俄罗斯人，而对于最为敏感的鉴赏家来说，他也可能是一位世界级作家。然而，他在1869年从德累斯顿写给马伊科夫（А. Н. Майкоъ）的书信，谈到了他那些几乎不可置信的极度贫困。在这里，全都仅仅是最平凡的生活琐事，但是我不能绕过这些事：如果不深入这些琐事，就不可能感受到他的贫困，正如如果没有听到呻吟声、没有看见病人的脸，就不能体会到病人的痛苦一样。在这里，任何关于普通人民辛劳和贫穷、关于脑力工作者的享乐与奢侈的不着边际的高谈阔论，都不能说明任何问题。

陀思妥耶夫斯基信告马伊科夫："这半年来，我和夫人实在太困苦了，连我们最后的一张床单现在都拿去典当了（此事请勿告他人）。"用括号补加这半句话，他又羞怯、又苦恼。"如果他的答复令人满意，但是太迟，我也会被迫立即卖掉最后的和最为必不可少的东西，而且，值100塔勒的东西，只能卖20；这种吃亏事当然也不能不作，因为要救三条命啊。"这里提到的他——最后的希望，像落水之人抓住的一根稻草——是一位什么卡什皮列夫先生，《曙光》的出版者，他一点也不了解的人。可是他"按基督徒的方式"，亦即为了基督,恳求他救急,寄来200卢布。

但是,现在也许难以做到这一步,于是我就求他立即先寄75卢布(这是为了解燃眉之急,不至于完全垮台)……因为完全不了解卡什皮列夫人品,我在措辞语调上是毕恭毕敬的,虽然也有几分坚定(我又担心说话过了头,因为过分强烈的恭敬,文字上必定显得愚蠢得很)。

大约一个月后,他又信告马伊科夫:

到目前为止,从卡什皮列夫那里连一分钱也没有收到——全是些许愿的话!您真没有办法知道我们的现状。我们是三口人:我,妻子(陀思妥耶夫斯基第二任妻子安娜·戈里高里耶夫娜),她给我做饭,她自己也得吃,还有小孩(刚生下不久的女儿柳芭),因为我们穷,这孩子也许会生病,甚至病死!……应该给柳芭洗礼,到现在还没洗,洗不起啊。

以下还是诸如此类的琐事;只有自己感受过贫困的人,才能理解这类小事的震撼性力量。例如,在1864年4月给兄弟写的另一封信中说:

夏天用的套鞋我不准备买,就穿冬天的……难道他(卡什皮列夫)认为,我给他写信谈自己贫困是为了语言美吗?我挨着饿,我为了发电报用的两个塔勒而把裤子典当了,我怎么还能写小说?让我的问题和我挨饿的事先见鬼去吧!但是,要知道,她(安娜·戈里高里耶夫娜)要喂孩子,如果她自己去典当她最后一条羊毛暖长裙,那怎么办?这儿下雪已是第二天了(我不瞎说,您看看报就知道了!)她是会给冻坏的!他难道不明白,我向他谈这些事心里感到多羞耻吗?

> 但是,这还不是一切,还有更让人感到耻辱的呢:时至今日,接生婆的接生费和房东的房租都还没有付,她生孩子之后第一个月之内就出现了这种情况!他难道不明白,他不仅羞辱了我,而且还羞辱了我的妻子吗?——在我写信告诉他我妻子的困境和需要之后,竟这样随随便便地对待我。他侮辱了我,侮辱了我!……他亲自许诺作出保证的!所以,他没有权利说,他对我的挨饿状况可以不闻不问,我不可以催促他。他当然会说,我挨饿他管不着,我不能催他……

诸如此类的话,没有必要,千篇一律,像毫无意义的痛苦带来的呻吟,没完没了。这已经不是业务公文,而是呓语;不是哀怨,而是绝望的吼叫。这里,甚至对于卡什皮列夫也缺乏公正。后来情况表明,他是无辜的,拖延不是由于他不经心,而是由于银行里接受转账的一个职员的迟钝造成的。在这里,我们听到的是陀思妥耶夫斯基嘶哑呼吼的声音,是他不可遏制的、几乎疯狂的激动——像在癫痫病发作之前那样。

"可现在,现在他们要求我写出文学作品!"他怒气冲天地总结说:

> 难道说此时此刻我能写作吗?我不停地走来走去,揪着头发,夜里总是睡不着觉!我一想起来就气得死去活来!我干等着!啊,我的上帝!的的确确,千真万确,我没办法描写出我这贫困的全部细节啊!我羞于描写!……在这种情况下,他们还要求我保持什么艺术性、诗的纯洁、没有火气,还拿屠格涅夫、冈察洛夫当榜样!让他们看看,我是在什么情况下工作的!

他的一生,或者几乎一生,都是如此。
"我是艺术家、诗人;我写了什么,教了什么,自己也不知道。"托尔斯泰说。

因为我写作，有人就付给我钱，我吃得精美、住得好，男女宾客，高朋满座，名气大。

文学，就像种种包销行为一样，不过是一种巧妙的剥削，只对参与者有利，无利于人民。

任何一种劳动也不像文学劳动这样容易得到补偿。

托尔斯泰总是认定陀思妥耶夫斯基是真正的艺术家，甚至是"自己最需要的、亲近的人"。如果他现在亲眼看到他为了发一封电报的两个塔勒尔而去典当裤子，那么，在他听说甚至真正的艺术家有时也"为金钱而创作"，在脑力劳动和体力劳动分工之中，正如在一切类似的思辨抽象活动中那样，存在着某种摧毁生活、与生活格格不入的某种狭隘的东西之时，他是不是还要不屑一顾地耸耸肩膀呢？不过，我认为，表现在托尔斯泰关于文学、劳动和贫困之如此浅薄的感觉和思想中的，不是不了解挨饿的人的那些饱食终日者特有的粗俗和冷漠，而是对现实生活没有经验、完全无知。从一个方面说，现实生活对于道德判断十分重要。

追求无限的完美、满足自己的艺术良心，对于陀思妥耶夫斯基来说，是生死存亡的大问题。还是在那可怕的1869年，他信告马伊科夫："您不要以为我在烙煎饼：我写的东西无论显得多么低下、丑陋，但是，小说的思想和小说的写作，对于我这个穷人（也就是说，作者）来说，比世上一切都珍贵！这不是煎饼，而是我最珍贵的、一向如此的理想。当然，我没有弄好，但是有什么办法呢？"——"信不信由您吧：有一章已写了三年，写了一次，我把它作废了，又重新写，又重新写。"在完成他最优美而深刻作品之一《白痴》之时，他抱怨道："我不满意这小说，甚至厌恶……现在，正最后竭尽全力写完第三部。我如果修改小说，那也是修改我自己；如不修改，我也就完了。"在写作《罪与罚》期间，在出国之前："十一月底写了很多，也整理出来了；但我把它全烧了，现在可以承认，连我自己也不喜欢。新的形式，新的计划吸引了我，我又从头开始。"

"我一般工作起来都有些神经质,又痛苦又操劳。"陀思妥耶夫斯基说,"工作努力时,甚至肉体上也患病。"他在发自日内瓦的一封信中说:"要努力,十分努力地工作。同时,最终也引起了病的发作;每次发作之后,我四天四夜都恢复不了理智。"——他在回忆在彼得堡的最后岁月时写道:

> 病已经是每周都发作一次,而第一次清晰感受和认识神经和大脑的这种紊乱是不堪忍受的。理智的确紊乱了——这是真的。我感觉到了,而神经的紊乱有时让我发疯发狂。
> 某种内热、恶寒、灼热每天夜里都煎烤我,我瘦得可怕。
> 发病之后的每十天中,有大约五天头脑不清。真是不可救药了啊!

"然而,一切都对我表明,我就是要活下去的,"在一封最感绝望的信中,他承认道,"可笑吗?猫一般的旺盛生命力啊!"斯特拉霍夫说:

> 在刊物被取缔,他哥哥去世后最沉重的时刻里,在债主无情威逼之下,我见到了他。他从来也没有彻底消沉,我觉得,是想象不出什么可能把他压倒的情况的。考虑到他极端敏感,而且一般对自己的情绪波动不加限制、完全听之任之的情况,上述的一点特别值得一提。仿佛一种情况不仅不妨碍另一种,反而甚至相辅相成。

"我身上储存了大量生命力,是取之不尽的!"陀思妥耶夫斯基在少年时期一封书信中说。而在行将就木之际,他也可能用德米特里·卡拉马佐夫的话对自己重复同样的看法:

> 我战胜了一切,一切艰难困苦,就是为了能够说,并且时

时告诉自己:我活着!在含辛茹苦之时——我活着!在受拷打弯下身躯之时——我依然活着!在监狱塔楼里坐着,但我还是在生活着,我看见了太阳;即使我看不见太阳,我也知道太阳存在着。知道太阳存在着——这已经就是全部生活。

正是在这四年里,他虽然遭受了朋友、哥哥、妻子的去世,被债主催逼,被政府和政府的敌人迫害,得不到读者的理解,但是,在孤独、贫困和疾病中,他创作了一部又一部伟大的作品:1866年,《罪与罚》;1868年,《白痴》;1870年,《群魔》,并构思了《卡拉马佐夫兄弟》。不仅如此,从他所创作的一切来看——不管这种创作多么宽广——很难想象,他会愿意并大概能够在其他文化环境中创作这一切。斯特拉霍夫熟知他的创作历史:

> 当然,他只写出了他思想过的、有时是酝酿多年的小说的十分之一;有一些他叙述得很详细,很感兴趣;而他没有来得及描写的题材,是数不胜数的。

斯特拉霍夫的断言:"这不是一位普通的文学家,而是文学领域中一位真正的英雄。"看来并不是一句友好的夸张话、不是普通墓碑上的赞扬,而是对于作为文学家的陀思妥耶夫斯基真实本质的一种冷静、精确的表达。是啊,在陀思妥耶夫斯基一生中,他无论可能有什么错误和缺点,但至少在某些时刻的确是有英雄式功绩和神圣气质之光环围绕着他的。

托尔斯泰在青年时代曾与一些俄罗斯文学家邂逅,其中可能也有陀思妥耶夫斯基。他在谈到他们的时候说:

> 我深信,我确信,几乎全部的作家都是不讲道德的人;品格都很卑微……但是又很自信,十分自满,就像完全神圣的人,或者那些对于神圣一无所知的人那样自满一样……现在,在回

忆这一段时期，自己当时的情绪和那些人的情绪之时……感到又可怜又可耻——不禁产生出那种在疯人院中感受到的情感。

托尔斯泰一生都忠诚于看待俄罗斯文学像看待疯人院这一观点。他一生都在弃绝文化社会，在奔向人民、在摧毁肉体、在体力劳动——似乎除了在上帝对他的召唤之中——在一切方面寻求对自己和自己神圣性的辩护。

陀思妥耶夫斯基以自己的一生表明，正如过往世代皇帝、立法者、战士、先知、苦行僧能够成为英雄那样，在现代文化中，近期英雄之一是文学英雄——文学家。

未来将会决定，他们两人中谁正确，是否恰恰在文学英雄中间，正如在艺术与哲学以及其他英雄们中间那样，必定会出现那些在圣灵第三个和最后一个王国中享有主宰人民之权力的当选人。

第八章

有人只承认基督教的神圣,而且还强制性地承认灵魂优越于肉体——这对肉体和灵魂都是有害的。在这些人眼里,托尔斯泰对自己生活的判断显得正确无误:

> 我靠吃农夫劳动的果实生活,还惩罚他们、伤害他们、欺骗他们。种种说谎、盗窃、奸淫、酗酒、强暴、凶杀……没有一种罪是我没犯过的。

但是,如果除了灵魂的神圣性我们也承认肉体的神圣性,除了基督教的神圣性也承认同样永恒的异教的神圣性——至少是圣子并未废弃而只是改造了的旧约的神圣性的话,那么,从这一观点来看,托尔斯泰的生活在现代的、文化的、不仅俄罗斯的而且全欧洲的社会中,依然是最为谐调、健全而完美的,从人民角度看是有气魄的;依这一观点可以看出,他不是"强盗",而是谨慎细心的家主和家产创建者;不是"乱施暴力者",而是自己仆人和家人的善良主人;不是"凶杀者",而是勇敢的战士;不是"酗酒分子",而是英明和清醒的享乐主义者,陶醉于最率真的乐趣;不是淫荡分子,而是忠实的丈夫,保持了婚床丝毫未受污秽之纯洁,是家庭中的慈父,像旧约中的族长和父亲亚伯拉罕、以撒和雅各一样。他的全部生活都散发出虽非处子的、即使是在情爱中也保持住的纯真的洁净和清新,就像从一株古老绿树、从清凉透明的地下泉水发出的一样。在托尔斯泰的生活、处世甚至情感中，是没有病态的矛盾和欺瞒的。只是在我们比较他全然异教的生活和他不完全的基督教意识之时，矛盾和谎言才开始显露出来。他的作为不是以事实，而是以话语和思想表现出来的。因此，如果要令托尔斯泰的生活显现得优美和无懈可击，就不要忘记他的作为和感受，而只该忘记他就自己的作为和情感的所言和所思。他践行了旧的律法，而他全部的悲剧仅仅在于他没有用自己的信仰、自己的意识来维护自己的作为。一部旧约中全部的人、信教的以色列的悲剧是否就在于，在已实行之律法的最后界限之内，他们对律法感到不满足，便等待着解救者——但是，在弥赛亚来临之时，他们又因过度受到律法枷锁的奴役而没有力量承认他和他全部不可知的、可怕的自由，于是将其推翻，而又重新永恒地等待，而他们的神圣性就寓于这种等待之中。这种神圣是古代的，同时对于我们又是永恒的、不会枯萎的，也许包含在基督教中（因为圣父和圣子是一），但在基督教界没有被理解，没有被意识到。只有从这一神圣性观点出发，托尔斯泰才有权利无畏而自豪地谈论自己："我没有对人们隐瞒什么——让一切人知道我做什么吧。"他的生活的确经受住了这种考验：最后的遮盖物都已揭去，他的生活赤裸地展现在全世界的目光之前。但是他仍然没有什么引以为羞耻的：他全部生活都是纯洁的、神圣的，虽然这不是他可能需求的——但是对于他本身和大多数当代人而言显得是基督教式的——神圣性。如果他应该把什么引以为羞耻的话，那也并不是自己的行为和情感，而仅仅是言语和思想。但是，这位七十岁的老人灵魂的赤裸像婴儿之赤裸一样清白，这难道还不够吗？在我们现代社会中，究竟有谁的生活能够经受住这样的检验呢？

无论如何，看来不是陀思妥耶夫斯基的生活。

在比较托尔斯泰的生活和陀思妥耶夫斯基的生活时，很容易陷入错误和不公正，因为关于前者我们知道一切，而关于后者，我们不仅不知道一切，而且，很可能也不知道十分重要的方面。我们仅仅凭借他书信中的提示、口头传说，最后，尤其凭着他的个性在作品中的反映就能猜想到,他生活的全貌对我们是掩遮起来的。也应该公正对待费多尔·米哈伊洛维奇最亲近的友人们,因为他们费心为我们留下他的生平记事:这些人对故去者报以高度的礼貌和尊敬,因为甚至过于尊敬,而最没有能力理解《启示录》所说的撒旦式的深刻,没有能力理解这一点为陀思妥耶夫斯基所特有。甚至像斯特拉霍夫这样细致而具洞察力的智者,虽然没有美化陀思妥耶夫斯基的人格,却过多地将其简单化、软化、钝化、拉平,使之趋于一般的、平均的水平。

无论如何,在考察作为一个人的陀思妥耶夫斯基的个性时,应该考虑到他作为一位艺术家的不可摆脱的需要:探索人心最凶险和罪恶的深渊,首先是情欲的深渊及其种种表现。从"天使"阿辽沙·卡拉马佐夫最高级的、感受灵气的、近似于宗教狂喜的情欲,到凶恶昆虫——"吃掉雄性配偶的雌蜘蛛"的欲望,这就是人类需求中最富神秘性者在其最极端和病态变形扭曲中全部形形色色的表现。不仅恶魔般的斯麦尔加科夫,不仅"和上帝斗争的"伊万,还有残酷的似乎"被巨大毒蜘蛛咬过的"淫荡分子德米特里,而且还有纯洁无瑕的天使阿辽沙与其生父——"恶棍"费多尔·帕甫洛维奇·卡拉马佐夫的必要的、血缘的联系,是与他们的灵魂之父——陀思妥耶夫斯基的联系同样鲜明的。事实上,这首先是他的家庭,在世人面前他可能要背离它,但不是在自己的良心、不是在上帝的面前。

在手稿中,有《群魔》中未印行的一章,是斯塔夫罗金的忏悔,他在其中叙述了对少女的强暴。这是陀思妥耶夫斯基最强而又最有力的创作之一,在这里可以听到那种令人震撼的真诚之声音,所以我们可以理解那些甚至在陀思妥耶夫斯基已经去世之后也不想印行这一章的人士:这里的确存在着某种超过艺术之"界限"的东西,这是过度地生动的。

但是,在斯塔夫罗金的暴行中,甚至在他堕落的极端卑鄙之中,都至少存在着原来的美的尚未熄灭的、恶魔的闪烁,存在着恶的伟大。然而,陀思妥耶夫斯基并未止步而不去描写毫无伟大可言的最平凡而猥琐的腐化。《地下室手记》的人物或"反人物"是立身于陀思妥耶夫斯基最伟大、最贴心的人物的智慧高度的。在这本忏悔录中，有时可以感受到他的自我揭露、自我鞭笞比托尔斯泰的《忏悔录》更为无情，多少更为令人震撼。这就是这位"人物"的表白：

> 我常常……突如其来地沉湎于黑暗的、地下的、丑恶的，不是淫荡而是小淫荡中。在我身上，卑微的情欲是猛烈的，由于经常性病态的轻易激动而变得灼热。发作是歇斯底里式的，伴随着眼泪和痉挛……除此之外，还生出悲哀；开始歇斯底里地渴望矛盾、对比，于是我就下手淫荡起来……我淫荡着，单独地，每逢夜间，隐蔽地，担惊受怕，十分污秽，满心羞耻，这种羞耻感就是在那最造孽的瞬间也不放开我，在这种时刻甚至演变成为诅咒。在那时候，我在灵魂里还有地下隐蔽所。我极度害怕，怕有人看见、遇到、认出我来……

在陀思妥耶夫斯基全部这些描写中，都包含着这样的力量和勇气，这样新颖的发现和揭示，所以有时不禁出现这样一个令人困惑的问题：他是否仅仅依据外界的经验，仅仅依据对于他人的观察，就能知道这一切呢？这仅仅是艺术家的好奇心吗？当然，为了体验拉斯科利尼科夫的感受，他自己不必去杀死那老太婆。当然，在这里，有许多成果应归功于天才的洞察力：当然是许多——但是不是全部呢？然而，即使在陀思妥耶夫斯基行为和生活中没有与艺术家这种罪恶的，或者至少超越"极限"的好奇心相应的东西，但是在这里值得注意的已经是：在他的想象中能够产生类似的形象。托尔斯泰的想象力可能永远达不到这一点，虽然他的想象力所及深度不亚于此，但是探索的是情欲的其他种种深渊。陀思妥耶夫斯基对"大毒蜘蛛的咬伤"——对少女的强暴、对费多尔·卡拉马佐夫和骚货丽莎维塔的情事等的艺术好奇心，托尔斯泰也许永远理解不了。在他看来，这种好奇心可能没有意义，或者令人厌恶。性的感受有时候在他那里表现得残酷、粗野,甚至是兽性的,但是从来不是反自然,不是反常的。人类罪恶中之最大者,按摩西第二条律法"伸冤在我;我必报应"(罗,12:19)的精神受到不宽恕的上帝公义之惩罚,对于《安娜·卡列尼娜》和《克莱采奏鸣曲》的作者来说,这最大者乃是破坏夫妇配偶之忠实。他自己用以衡量性生活全部现象的尺度,是自然纯朴的、健康的、家长制家族的、纯洁的感觉,像上帝给人的律法一样:"要生养众多,遍满地面。"列文有一次承认,他一生都不能想象除了婚配形式的与女人的欢乐,而对于他——基蒂的所有者来说,诱引他人的妻子是十分荒唐的,就像一个人吃完昂贵而丰盛的午餐之后从街头女小贩货摊上偷一个面包一样。无论托尔斯泰对于他莫须有的通奸行为作出怎样的悔恨,我们都感觉到,和陀思妥耶夫斯基比较起来,在这个领域之内,他的天真有如列文,或者十六岁的伊尔琴耶夫,这个少年爱上了女仆萨莎,但是野性的羞涩妨碍了他去亲吻她。

但是,我要重复一句,陀思妥耶夫斯基生平的研究者们在这里只能在黑暗中摸索。没有明晰而准确的证明可资依靠,只有暗示。我已经引用过其中之一:陀思妥耶夫斯基二十五岁时,向兄弟讲述了自己对"敏奴什卡、克拉拉、玛利亚娜们"的兴趣和屠格涅夫与别林斯基"痛骂他生活无序"之后,他总结说:"我的神经有病,最怕热病,或者神经热病。我不能够有序地生活,所以我很杂乱。"备受尊敬和公正的传记作家 О. Ф. 米勒(Миллер)提出的见解是,这里所说的"杂乱",仅仅是指费多尔·米哈伊洛维奇在金钱管理上的杂乱无序。但是这一仓促的辩护断言却在读者心里投下疑团。

还有一个暗示,虽然出自另一个方面,却也指出陀思妥耶夫斯基不仅在想象中,而且在现实中也可能达到的那些极端作法的尺度。他在1867年从国外给马伊科夫写信说:

> 阿波罗·尼古拉耶维奇,小鸽子,我觉得,我可以把您当作我的审判员。您是有情有义的人……对您忏悔,我不感到痛

苦。但是，我这信是写给您一个人的。请您不要让众人评审我。经过巴登之后不远，我又想起要折回那里去。一个引诱我的念头折磨了我：花 10 个路易，说不定我会赢 2000 个法郎呢……最糟的是，我以前还几次赢过钱的。比一切都恶劣的是，我的本性卑微，太容易上瘾……于是魔鬼立即和我开了玩笑：大约两天之内，我赢了 4000 法郎，极为轻而易举……主要的是——游戏本身。您不知道那骰子吸引力有多大！不，我向您发誓，这不光涉及赚钱……我继续冒险，输了。进而开始输掉最后的钱，被刺激得像发热病一样——还是输了。我开始典当衣服。安娜·戈里高里耶夫娜把她所有的东西都当了，最后几件物品（真是个天使啊！尽力地安慰我呢）。

接着便是借钱的恳求，显得太过谦卑，甚至如果考虑到陀思妥耶夫斯基和马伊科夫的亲密友情，就谦卑过分了：

我知道，阿波罗·尼古拉耶维奇，您自己是没有**余钱**的。我从来也并不想请求您帮助。可是，要知道，我正在下沉，完全沉下去了。再过两三周，我就要一文不名，落水下沉的人是要伸出手来的，已经讲不了什么体面了……除了您，我**谁**也没有，您要是不帮忙，我就完了，彻底完了！……小鸽子，救救我吧！我没齿不忘，忠实于对您的友谊和爱戴。您如果没有，就为了我向别人借一借吧。请原谅我竟这样开口……请不要撇下我不管！上帝会奖赏您的善心的。请用水滴灌溉在沙漠里干涸的灵魂吧！看在上帝的分上！

在最后这句话中，"水滴"和"沙漠里干涸的灵魂"这样低三下四的华丽字眼十分显然。在他的小说里，那些丧失了自尊心的滑稽人物就用这类字眼描写自己的贫穷，比如"醉鬼"马尔梅拉多夫和恶棍列比亚德金。显然，陀思妥耶夫斯基当时自己也不记得都说了些什么，他控制不了自己；马伊科夫对他有什么看法，也都一样；他已着魔，他正发热病，几乎歇斯底里；他仍然迷醉于赌博的欲望。我们不由得预感到，如果在那里，在巴登，他得到了信中求借的钱，他也必定又控制不住自己，又立即输得一干二净的。

托尔斯泰在青年时代有一次也输得一干二净。但是他没有"着魔"，而是善于及时地以其特有的、即使不是在思想方面至少也是在行为方面的自控力和冷静，就此止步。他停止要钱，前往高加索，住在哥萨克村镇上，靠5个卢布生活一个月，极度谨慎，还攒够了钱还清赌债。在这里，虽然只是一件生活琐事，但也表现出了托尔斯泰的真实的力量：尺度感、自控力、节制。因而，从某种观点上看，这是他在精神上高超于陀思妥耶夫斯基之处。

这都是小事。但是我们知道，在更为重要的场合，陀思妥耶夫斯基也常常"着魔"。比如，在青年人特有虚荣的支配下，他想象，在小说《双重人格》中，他会超过《死魂灵》。于是，他对别林斯基盲目不满，指责这位也许洞察力不足，但是具有高度善意的人"下流歹毒""迟钝得叫人作呕"。在他向马伊科夫苦诉赌输的信里，他对自己全部精神个性作出了这一有名的概括："所到之处，在一切方面，我都要走到最后的极限，一生都在不断越过极限。"应该补充一句，他不仅仅是因为有力量，而且还因为虚弱、自控力不足而"越过界限"。

"请您不要让众人评审我。"他请求马伊科夫。这很像是《地下室手记》中的主角说的："我极度害怕，怕有人看见、遇到、认出我来。"也许，他对他所说的自己"本性卑微，太容易上瘾"既不感到懊悔，也不感到可耻，但是他又没有力量面对"众人评审"从思想上来为使其神圣而加以辩护。这已经是软弱，是对恶的羞耻感，因为恶不在于他的所做，而在于他为自己的所做感到羞耻。归根结底，在他的生活和作为中，有或者没有符合他想象力的罪恶好奇心的东西，是不是都一样？重要的是，他的想法和感觉是：只要他想做，似乎他就敢做。像托尔斯泰那样宣称，"我对世人无所隐瞒，我做什么，是谁都知道的"，并且把自己生活的最后遮盖物揭下，把生活全然展现给全部世人——陀思妥耶夫斯基也许是不敢的。他的生活恐怕承担不了如此的赤裸。他向我们隐瞒了什么或者想要隐瞒什么，我们也感觉到这是他生活的阴暗面——不神圣，不"壮观"，或者，至少在他自己看来不够神圣和不够壮观。

如果说托尔斯泰的生活宛如地下涌泉般纯洁的清水，那么，陀思妥耶夫斯基的生活就像火一样——这一股火焰从原始地下深处喷射出来，却混合着岩浆、灰烬、令人窒息的恶臭和浓烟。

托尔斯泰要爱自己周围的人之真诚努力，是不能不信的。能够怀疑的只是，他是否像基督徒那样的确爱过什么人。渗透并涤荡着陀思妥耶夫斯基全部生活的爱之火焰，甚至在他生活最平淡无奇的细节中也闪闪发光。在一封信里，他把前妻之子托付给马伊科夫："巴沙是个好孩子，小亲亲小小子，就是没人疼爱……我要和他分享最后一件衬衫，而且分享一辈子！"谁自己爱过他人，都会感觉到，这不是空话，他的确是准备和自己这小儿分享"最后一件衬衫"的，而不高谈阔论什么他是否有权利帮助穷人。

在女儿索尼娅死后，他写道：

> ……有人安慰我说，我以后还会有小孩子的。可是索尼娅在哪里？这个小小人物如今在哪里？为了她，我敢说，只要她能活下来，我宁愿接受十字架的苦难……时间越向前推移，回忆就越清晰，因而死去的索尼娅的形象对我就越鲜明。有些时刻，真是不堪忍受啊。她已经认识我了。在她死去的那天，我离开家去看报纸，根本没想到过两个小时她会死去。她那两只小眼睛注视着我，目送着我，那样地凝望着我。一直到现在，她那样子都越来越清楚。我永远也忘不了啊，永远也摆脱不了这一痛苦哟！就算会有另外一个孩子，我也不知道该怎么去爱他，在哪去找到这份爱；我要的是索尼娅。

他爱她，他自己的骨肉，不仅在肉体上，还在精神上，亦即，按基督徒的方式，不是为了自己，而是为了她，把她当作一个独立的、永恒的、不可取代的人。这就是以其他的、新的孩子也不能安慰自己因那死去的孩子而痛苦的人，像《旧约》中的约伯一样："索尼娅在哪里？我要的是索尼娅。"在托尔斯泰所做、所说、所想和所感的一切之中，绝无与此类纯朴之爱之纯朴言辞相近似者。

我们不禁想起，有一次，在谈到自己友人中最忠实者，那位为他献出一生，不仅爱他还怜惜他、像对婴儿那样以慈母的温柔关怀了他三十年之久的他的妻子索菲娅·安得列耶夫娜时，托尔斯泰对旁边的人说：

> 我要在男人中间找朋友，什么女人对于我来说也代替不了朋友。我们为什么要欺骗我们的妻子，说我们认为她们是我们真正的朋友呢？

这哪里是实话呀？多么寒冷和残酷的字眼！残酷，但是，可能是无恶意，无邪的，即使从基督教来看也不是，那么，从异教方面看，也是美妙的字眼。须知，这是他一生的冰冷——地下泉水的冰凉。但愿他自己不惧怕这种冰冷，不引以为耻，且保留到底。不过，反正是一样的，冷泉永远不会变成热泉，只能变温、变混。所以，最好还是让他保持原样吧，即上帝造他的样子。我所惧怕的不是高度的利己，不是他最终的和高度纯洁的异教式冰冷，而是想要成为基督教式的温暖的或不冷不热的温度。

这样，从本质上看，托尔斯泰也好，陀思妥耶夫斯基也好，在各自生活中都是正直的，但是他们不完美，没有正直到底，因为，除了地下之冷之外，还有蔚蓝高空之冷，除了地下之火之外，还有太阳之火。他们两人谁也没有达到这一崇高的合一的境界。在这里，永恒的晴空洒满了永恒的阳光，二合为一。

无论如何，陀思妥耶夫斯基的火之神圣，有如托尔斯泰之冷。

对我来说，关于陀思妥耶夫斯基的行为和生活，无论我听说了什么愚蠢、罪恶的内容——如果的确有类似的事的话，那么，他的形象也不会褪色，围绕着他的神圣光环也不会熄灭，因为我觉得，在他心中燃烧的火焰战胜了一切，并且净化了一切。连他自己也感觉到了这一净化之火的力量。他以此为生活寄托，并因它而走向死亡。"某种内热、恶寒、灼热每天夜里都煎烤我，我瘦得可怕"，早在他去世以前数年，他就这样写道。据斯特拉霍夫回忆，在1880年后半年完成了《卡拉马佐夫兄弟》时，他消瘦、憔悴得不同寻常。显然，他只是靠坚韧的神经活着呢，他余下的全部肉体已经十分羸弱，轻轻地猛推一下就能把它摧毁。最令人感佩的是，在这种情况下，他还不懈地完成脑力工作。他一年写25到30印张，而工作对于他变得更为"困难"了，这是他亲自告诉我的。1881年初，他患了严重的肺气肿，是由肺气管黏膜炎引发的，他生前最后九年受尽此疾之苦。1月26日，咽喉出血。他感到死亡已临近，便想要忏悔和领圣餐。斯特拉霍夫说：

> 据安娜·戈里高里耶夫娜说，费多尔·米哈伊洛维奇在一生中所有具有决定意义的时刻，都习惯地随意翻开他服苦役时一直带在身边的那本福音书，并朗读被打开之页上部几行。他这样做了，交给妻子朗读。这是《马太福音》3：14-15："约翰想要拦住他，说：'我当受你的洗，你反倒上我这里来吗？'耶稣回答说：'你暂且许我，因为我们理当这样尽诸般的义。'"安娜·戈里高里耶夫娜读完这一段之后，费多尔·米哈伊洛维奇说："你听见啦？'你暂且许我'，就是说，我要死了。"于是把书合上。几个小时之后，他的确于顷刻间由于肺动脉破裂而死去。

他在临终时想到的"诸般的义"，就是他全部生活的真。可以认为，他在死亡中实现了真，而这真在最后审判之前会最终维护着他。

陀思妥耶夫斯基在文学晚会上喜欢朗读普希金的《先知》。凡听过他朗读的人，都终生不忘。他以颤抖、低沉而轻细的似乎是受压抑的声音开始。在场众人屏气凝神，因而他的每一个声音都十分清晰。他的声音越来越洪亮，似乎是获得了超人的力量，最后的一行，他已经不是在朗诵，而是以震撼人心的叫声大吼：

用语言把世人的灵魂点燃！

彼得堡那灰色的、可怜的、保守又自由主义的听众，似乎是全世界最冷漠和平庸的听众，因这可怕的叫声震动了，正像在四百年前，在玛利亚·德尔·菲奥莱广场上，在叶罗尼姆·萨沃纳罗拉（Савонарола）讲道之时那样。在这一瞬间，让人蓦地觉得，陀思妥耶夫斯基比一位伟大作家更丰富，在身上燃烧着火。由于他这火种，世界历史上宗教大火陆续烧起。

有一次，斯特拉霍夫向他念了自己的一首诗，其中有一行是给当代俄罗斯人的：

你们一定理解，你们具有何等的力量！

陀思妥耶夫斯基高喊起来：

是啊，是啊，你们一定理解！但愿，但愿能够理解！唉，不行，他们理解不了……

斯特拉霍夫记述说：

在公开朗诵会上获得了欢呼、掌声和花环之后，他总要说："是啊，是啊，这一切都很好，不过，他们还是不理解主要内容。"

陀思妥耶夫斯基自己说：

> 不论在谁的头脑里，总是会留下一点东西，是无论怎样也无法传递给别人的，即使您写了几十本书，把您的思想讲解了三十五年，也做不到；永远都有某种东西无论如何不愿意走出您的大脑，要永远与您同在；您不能把也许是您思想中最主要的东西传达给任何人，只好带着它死去。

这一预感没有实现吗？他是否没有向我们说出他想说的主要内容，就去世了？现在，在他去世二十年之后，他如果知道世人是如何理解他的，恐怕就没有权利感叹"他们还是不理解主要内容"了吧？特别是现在，面对着一位伟大竞争者越发上升、越发令人目眩的荣誉，他的荣誉已开始暗淡。但是，如果托尔斯泰身上的"主要"因素得到了更多的感知、承认，那么，是否得到比对陀思妥耶夫斯基更多的思索和理解呢？无论如何，现时似乎是属于托尔斯泰，而不是陀思妥耶夫斯基。果真如此，托尔斯泰果真是现时的君主的话，那么，未来不是会属于陀思妥耶夫斯基吗？我这样说，不是要贬低托尔斯泰。我认为，现在并不次于未来。今天的事已经是明天的了，只是尚未得到赏识，但它是如此深刻，甚至更为深刻，因为它是无言的和隐秘的。我只想说，我们已经预感到有一个尚不可知的第三者随他们身后而来，这第三个人比他们还伟大，将把现在与将来连接起来，将现在变为未来。最终胜利的花环是不是属于他呢？是不是他将认识到并发现托尔斯泰与陀思妥耶夫斯基身上的主要之点呢？于是，在那个时刻，一切人才明确，他就在他们之中。

托尔斯泰说：

> 普希金、果戈理、屠格涅夫、杰尔查文（Державин）等人的作品……对于人民来说，都闻所未闻，根本不需要……我们的文学是不能生硬嫁接给人民的……这些作品，我们虽然珍重，

但是对于人民来说，不过是一堆废物。

有一次，他和车夫闲谈，车夫请求他送自己一本《童年与少年》，托尔斯泰回答说：

> 不必啦，这是一本空洞无物的书。我年轻时候写过很多愚蠢的东西。我给你一本《趁光明在，走进光明》，比《童年与少年》好多了。

陀思妥耶夫斯基说："我像保罗一样，没有人赞扬我，那我就自我赞扬一番吧。"去世前不久，他在记事文"我"这一小标题下写道：

> 我，当然是属于人民的（因为我的取向来自人民的基督教精神深层），虽然现今的俄罗斯人民还不知道我，将来的人一定会知道我的。

这些观点虽然有其对立之处，但各有各的道理。

当然，他们两个人在下列意义上都属于人民：他们都在俄罗斯文化中延续了俄罗斯人民的精神，追求把一切做得既有人民性，同时又有世界文化性。他们追求了，但是达到目的了吗？看来，他们只意识到，或者，至少，彻底感受到了把文化和人民分隔开的深渊，他们想要成为人民之一员。但是，就连对这一深渊的认识少得多的普希金，也比他们更是人民之一员。无论是托尔斯泰，还是陀思妥耶夫斯基，都不具备完满的纯朴性。这种纯朴性使艺术作品——如荷马的《伊利亚特》、埃斯库罗斯的《普罗米修斯》、但丁的《神曲》——成为对于作为世界精神的人民精神的完美表现。他们两人都太复杂，甚至太讲求等级，也许正因为他们太过急切地要脱离等级和"朴实化"吧。谁想"朴实化"，就还不朴实；谁想成为人民之一员，就还不是人民之一员。如果情况还像迄今那样发展下去，那么，普希金、托尔斯泰和陀思妥耶夫斯基在以后很长时期，都依然还是"一堆废物"。

一个自称"正教基督徒教会"的新"派别"之创建者，原来的苦役犯，现住萨哈林岛（库页岛）的农民吉洪·别洛诺日金，自认为是也被其追随者认作是基督；不久以前，他告诉一位所谓的"有教养"的俄罗斯人士，一位民俗研究者：

您收集灯油吗？我明白了……您给灯添了很多油。您把灯点着，让火照着人。不然，油又有什么用？

我们都是有文化和信仰的人——不是没有火的油吧？人民——具有自发力量和信仰的人们——不是没有油的火吧？油若不和火结合，就会废掉，而火也会熄灭。我认为，托尔斯泰和陀思妥耶夫斯基是那些把引火柴投入油中并点燃火焰的人们之伟大先驱者。

两种俄罗斯生活，两张俄罗斯人的脸，就是这样的。

如果我分别地看两者，我还能够评论，并比较他们，还能够更为倾心于其中之一，但是，如果我同时观察他们两人，就不知道谁对我更为亲近，我更喜欢谁了。

一位目击者描写托尔斯泰的外貌：

他的一张脸是农民的、普通的、乡村式的，鼻子横宽，皮肤风吹日晒过，眉毛浓密下垂，下面露出两只机警、灰色、目光锐利的小眼睛。

有时候，他突然激动起来，情绪高涨，这一双眼睛便以一种似乎要钻透一切、深入一切的目光凝望着对话人。那目击者又补充说，尽管这张脸有普通人的面貌，但是，"在列夫·尼古拉耶维奇身上，依然立即可以感到，他是上层社会的人"，上流社会的、俄罗斯的贵族。

在俄罗斯文化伟人的面目中,例如,在老年的屠格涅夫的面貌中,一般都显现出这种结合:"农村的""农民的"普通人特点与最高度贵族性、俄罗斯门第最高的"贵族"、欧洲的上流社会的结合,而且,这种结合显得自然而然,似乎互不妨碍;相反,正是在那里,在普通人特点的深处,甚至包含了极度的贵族特征,不是在粗俗的、等级制意义上,而是在最高意义上的主人气质:威严、优异,同时又细腻、文雅,富有世界文化内涵。

在上文引用的对托尔斯泰的外形的描写中缺乏一项特点:这是享受了漫长的、也许充满风雨的面容,却又少见的幸福、"高贵",是合乎自然之生活的人之面容,是一位长老或者老年"异教徒"——巨人涅姆夫罗德·叶罗什卡叔叔的面容。虽然他脸上有七十岁老翁的皱纹,但是,他依然散发出永不枯竭的青春清新气息,还有那种有几分高傲、无动于衷的冷漠——这是一般异教伟人所特有的面目。

与此并列的是——陀思妥耶夫斯基的面容。这面容甚至在青年时代"都不显得年轻":塌陷的双颊上布满受苦难者的阴影和皱纹;前额广阔而光秃,让人感到其中包容的智慧的清明和恢宏;嘴唇偏平,似乎是被"神圣疾病"的震颤发作歪曲了似的;先知或着魔者的、多少有点斜的眼睛,目光暗淡,似乎凝望着内心,深重得难以形容。在这张脸上,最为令人痛苦的似乎是在运动本身之中的停滞性,和在极度奋力中突然停止并且僵凝了的追求。

这两张脸虽然互不相同,但是有时候又很奇怪地相似——是不是因为陀思妥耶夫斯基也像托尔斯泰那样,有同样一张农民的、普通人的脸呢?斯特拉霍夫说:"费多尔·米哈伊洛维奇有十足的、士兵的风貌,也就是说,普通人的脸型特征。"但是,问题也就在这里:如果说,对于我们"文化人"来说,这两张脸显得高度具有普通人特征,那么,人民自己是否承认他们具有这种特征呢?他们也许发现这两个人自身具有那种俄罗斯"贵族"身上存在的、对俄罗斯农夫而言是最好的品质，但是依然觉得他们陌生、不易接近——可能来源于上流的却依然是另外的一个世界？

如果说成年天才者的面容首先是人民的面容，那么，无论是在托尔斯泰那里，还是在陀思妥耶夫斯基那里，我们都找不到这种俄罗斯人的面容。他们两人还是过度复杂、激荡、多具反叛精神。他们身上没有那种终极的宁静和明晰，没有那种"端庄"——而人民，在几个世纪之内，都一直是无意识地在自己的和拜占廷的艺术中、在自己圣徒和苦修者的古老圣像中寻找这种端庄的。而且，这两张脸都不英俊。在我们这里似乎还没有过英俊的人民气概的和具有世界特征的面容，例如，荷马、少年拉斐尔、老年列奥纳多·达·芬奇那种面容。甚至普希金的外貌（给我们留下来的风采）：这位三十年代的彼得堡花花公子，披着恰尔德·哈罗德式的斗篷，像拿破仑那样把双手交叉在胸前，目光中含有拜伦式的思考，长着黑人或者萨蒂尔的卷毛发和性感的厚嘴唇——都未必符合俄罗斯人眼中最亲切者、最具俄罗斯人气质的内在形象。然而，这是普希金真正的面貌吗？他同时代人说，在有些时刻，他于突然之间改变了形象，变得难以辨认。在这些时刻完成的是不是就是柏拉图著作中阿尔喀比亚德说的关于苏格拉底的面容的话呢：神不是从萨蒂尔丑陋的皮囊中出现了吗？在普希金的全部生存中，在他的外表中，正如在他的诗中那样，存在着某种过分轻易、瞬时、难以捕捉地滑动、未及触地即已飞逝的东西，它不可能在外部形象中固着。朋友们叫他火花，是有道理的。作为光源，他的确没有实现自己对俄罗斯文化的取向，而仅仅闪烁一下，便熄灭了，像流星，像陨星，像可能的却连他自己也未能实现的俄罗斯和谐——俄罗斯之"端庄"的预兆。就这样，在他飞逝而去之时，只给我们留下了自己阴暗的、不透明的躯壳，其中没有燃烧闪亮的核心，没有自己内在的形象。现在有谁还能重新找到普希金这真正的面目呢？

但是，也许，正是在俄罗斯人民至今尚未发现自己面貌这一事实中，才蕴藏着我们的伟大希望，因为，这难道不是说，俄罗斯人民的尺度不是在过去,不在于普希金,甚至不在于彼得大帝,而是依然寓于未来,依然寓于未知、辉煌之中吗?这未来的、第三个和最后一个、终极"端庄"的、终极俄罗斯式和有世界特征的面容,是不是不应该就在这里,在两个最伟大的俄罗斯面容——托尔斯泰和陀思妥耶夫斯基之间寻找呢?

我们之所以把他们两人联系起来,是因为我们在暗中等待:在他们之间,正如在对立两极之间那样,会不会爆发出那火、那闪电的火花,而这火花必引起大火,并且成为人神之为西方世界的显现,神人之为东方世界的显现。对于联合两个世界者,一就寓于二之中。

下篇
作为艺术家的托尔斯泰和陀思妥耶夫斯基

第一章

我们从《战争与和平》最初几页就已知道，安德列公爵的夫人，保尔康斯卡娅公爵夫人：

那很好看的、长着微微发黑短须的上唇比牙齿短，但是在上唇张开的时候反而因此更可爱，而且，它有时更可爱地向前伸出，又盖在下唇上。

经过二十章后，这上唇又出现了。从小说开始，时间过去了几个月：

娇小的公爵夫人在此期间怀了孕，发胖了，但是一双眼睛和长短须又带微笑的短上唇依然高兴而可爱地向上扬起。

两页以后：

公爵夫人滔滔不绝地说着话；长短须的短上唇时时于瞬间内飞落，必要时就轻轻触及着绯红色下唇，于是闪亮的牙齿，还有眼睛又微笑开来。

公爵夫人对小姑——安德列公爵的妹妹，女公爵玛利亚·保尔康斯卡娅谈论丈夫要去作战之事。玛利亚女公爵温柔的双眼指向她的腹部，说："真的吗？"伯爵夫人脸上表情骤然变了。她叹息了，说："是的，是真的。唉！这很可怕啊"……矮小公爵夫人的上唇向下降了。在一百五十页之内我们见过有不同形容词的这个上唇四次。在二百页之后又见：

> 因为有了娇小公爵夫人的细声和长有小须的上唇上扬，露出雪白牙齿，谈话很和谐，很活跃。

在小说第二部中，她因分娩困难而死去。安德列公爵步入妻子房间；她已死去，那姿势和他五分钟以前见到她时一样；虽然目光已凝滞，双颊苍白，但在这张长着布满小黑须上唇的俊美娃娃脸上依然是那同一种表情："我爱你们大家，对谁也没做过错事；你们对我都做了些什么呢？"这是在 1805 年。"战争正激烈进行，战场正向俄国边境推进。"在描写战争的同时，作者仍不忘插叙，在娇小公爵夫人坟墓上方竖立了大理石纪念碑，上面刻有一个天使，

> 她的上唇有些上扬，这上唇给她的脸上添加的表情，正是安德列在自己死去的妻子脸上看到的那种："唉，你们为什么要对我这样做呀？"

许多年过去了。拿破仑完成了在欧洲的征战。他已经越过俄罗斯的边境。在秃顶山的寂静中，已故伯爵夫人的儿子：

> 长大，变了样，脸上透出绯红，长满深色的卷发，而且，自己也不知道，在高兴欢笑之时，总要抬起好看的小嘴的上唇，就像已故的娇小公爵夫人一样。

在娇小公爵夫人生前、死后，在她墓碑的天使的脸上，最后在她儿子脸上，被反反复复地记述和强调的同一面部特征——她的

"上唇",刻印在我们记忆之中,不可磨灭地、清晰地留存在那里,因此,我们一回忆这位娇小公爵夫人,便会想到她那上扬的长小须的上唇。

安德列公爵的妹妹,女公爵玛利亚·保尔康斯卡娅长着"两只沉重的大脚",在远处就能听到声音。"这是女公爵玛利亚的脚步声。"她"以沉重的步子"走进房间,"脚后跟先着地"。她的脸"因斑点而发红"。在和哥哥安德列公爵正正经经谈他妻子时,她的脸"红得出现斑点"。因为未婚夫要来,家里人要为她梳妆一番,她觉得自己受到侮辱:"她着急了,脸上布满斑点。"在下一卷里,在和彼埃尔谈长老和香客等"笃信上帝的人"时候,她给弄糊涂了,"斑点发红起来"。在这最后两次提及玛利亚女公爵的红斑之间,是对奥斯特里茨战役、拿破仑胜利、各民族巨大规模的斗争、决定世界命运事件等的描写——但是,艺术家没有忘记,而且直到最后也忘不了他感到好奇的那种肉体特征。这样,他有意或无意地就也迫使我们记住了玛利亚女公爵明亮的眼睛,沉重的脚步和红斑点。的确,这些特征,无论显得多么外在和没有价值,但是事实上是和出场人物十分深厚与重大的内在精神特性联系在一起的:时而愉快地上扬、时而可怜地下降的上唇,表现了娇小的公爵夫人孩子般的无忧无虑和无可奈何之情;而玛利亚女公爵笨重的步态表现出她整个外貌中缺乏女性的柔媚,但是她一对亮亮的眼睛和发红的斑点——是和她内在的女性的柔媚、健全的心灵的纯洁联系在一起的。有时候,这些个别特征突然引发出完整、复杂、巨大的画面,给这画面带来惊人的鲜明和立体性。

在荒凉的莫斯科发生人民暴动时候,在拿破仑进入莫斯科之前,罗斯托普钦伯爵为了平息群众强烈的怒火,指出了政治罪犯维列夏金;他被顺手指出,其实是完全无罪的;他被指责为间谍和"下流坯",似乎是因为他莫斯科才沦陷的;他细而长的脖颈,和全身的细小、单薄、脆弱都表现出这个牺牲品面对群众粗横、野兽般力量的艰难处境。

"他在哪儿?"伯爵说;就在他问这话的时候,他看见从房屋角落后面由两名龙骑兵押送着走出一个年轻人,脖子又长又细。

他的一双"皮靴不干净,穿歪了,细长。在细而无力的脚上挂着脚镣"……

"把他带到这儿来!"罗斯托普钦指着最下一级台阶,说。那青年人……笨重地踏上指定的那级台阶,叹了一口气,以顺服的姿势把两只细长的没干过活的手放在肚子上……"孩子们!"罗斯托普钦说,发出有金属声的嗓音,"这个人,维列夏金,就是因为这个下流坯,莫斯科才遭殃的。"维列夏金抬起头来,想要捕捉住罗斯托普钦的目光。但是后者没有看他一眼。在青年人又细又长的脖子上,耳朵后面的血管涨了起来,发出青色,像细绳子一样。——人们沉默着,互相推挤着,越来越厉害……——"打他!让叛徒偿命,不能让他污辱俄罗斯人的名誉!"罗斯托普钦大叫……

"伯爵……"在又降临的寂静中,维列夏金怯懦的同时又像在剧院里的声音传来。"伯爵,我们头上只有一位上帝……"

他那细脖子上粗血管又充满了血。有一个当兵的用他粗重的双刃刀打了他的头部……维列夏金惊恐地大叫着,用双手捂住头,向人群奔去。他撞在一个高身材男人身上,那男人用双手掐住维列夏金的细脖子,发出野性的吼叫,和他一起倒在向前涌来、呼号声冲天的人们脚底下。

刚刚犯过杀人之罪的这些人"面带病态而惋惜的表情,看着那具尸体,那一张脸发青色,沾满鲜血和尘土,又细又长的脖子已被折断"。

关于牺牲者内在的精神状态,只字未提,但是,在五页之内细长的这个词组成不同词组出现了八次之多:细长的脖子,细长的腿脚,细长的皮靴,细长的手——这一外在特征完全地表露了维列夏金的内心状态以及他与群众的关系。

托尔斯泰惯常的艺术手段就是如此:从可见到不可见,从外在到内在,从肉体到灵魂,或者,至少,到"精神"。

有时候,出场人物外貌中这些重复描写的特征,仅仅是和整个作品最深刻的基本思想以及其活动主轴联系在一起的。例如,库图佐夫虚胖身体的沉重、老年的懒散的福态和动作缺乏灵活等特征,表现出了他智慧的冷静的、观察入微的稳定性。他的基督徒式,或者,说得更准确些,佛教徒式排除一己意志的态度,是对命运或上帝意志的忠诚。这位英雄,在托尔斯泰看来,首先是俄罗斯的、民族的英雄,是不行动的或者无为的英雄;与其对立的是西方文化中的虽然活动,却徒劳无功、轻率、勇猛、过于自信的英雄——拿破仑。

安德列公爵在第一次于查列沃耶—查伊米谢检阅军队时观察过总司令:"从那时起,安德列公爵没有见到他;在此期间,库图佐夫更加发胖、臃肿,全身长着肥油。"他脸上和身上都显出疲倦。"他沉重地伸展腿脚,乘着自己那匹结实的矮马。"检阅之后,他走到场外:

> 脸上显出计划在出场之后可得到休息的人士之满足的喜悦。他把左脚从镫子中拉出,全身倾倒,因费力气而皱起脸皮,困难地把左脚放在马鞍上,用膝盖撑着,嗨哟地叫了一声,落到哥萨克们和副官手上,他们都扶住了他……他向前踱去,步态前倾,沉重地走上台阶,那台阶在他的重压下吱吱发响。

从安德列公爵那里得知他父亲去世的消息后,他"沉重地,从胸膛底部发出一声叹息,沉默了"。然后:

他拥抱了安德列公爵,把他紧贴在自己肥厚厚的胸膛上,很长时间没放开。在放开时,安德列看到,库图佐夫肥而厚的双唇抖动着,热泪满眶。他叹息了,用双手扶着凳子,要站起来。

在下一章里,库图佐夫"笨重地站起来,拉平了肿胀脖子上的皱纹"。

另外一位俄罗斯英雄——普拉东·卡拉塔耶夫的体态给人留下的"圆形"印象,具有同样深刻的,似乎甚至是神秘的意味。这一圆形形象体现了一切普通的、合乎自然的事物的永恒不动的环境,封闭的、完成的和自满的环境——在艺术家看来,这是俄罗斯民族精神的首要本质。

普拉东·卡拉塔耶夫在彼埃尔心里留下了对一切俄罗斯的善的和圆形事物的永恒的最强烈和最珍贵的回忆和体现。另一天,在黎明之时,彼埃尔望见了自己的邻居,完全证实了对某种圆形事物的第一印象:普拉东穿着用细绳束起来的法国式外套,戴着无檐帽,穿着树皮鞋——整个形体是圆形的,头是完完全全圆形的,后背、胸膛、双肩,甚至似乎时时准备拥抱什么的双手是圆形的,愉快地微笑着的一双栗色的、温柔的大眼睛是圆形的。彼埃尔觉得,"甚至在这个人的气息中,都有某种圆形的东西"。

在这里,外在的躯体特征被发展到了似乎是最高程度的几何图形的简洁与鲜明,仅凭这一特征就表达了一种巨大的和最抽象的综合,这种综合和全部托尔斯泰的、不仅艺术上的还有形而上学和宗教上的创作之最基本的内在基础联系在一起。

在他的笔下,人体的个别部分也具有这样令人难忘的综合性表现力,如拿破仑和斯佩兰斯基的手,这是有权势者的手。面对联军,皇帝们会见之时，拿破仑把荣誉军团奖章送给了俄国士兵。他"从小白手上摘下手套，把他撕碎，扔了"。几行以后："拿破仑向后收回自己的肥软小手"。尼古拉·罗斯托夫回忆起了"独断专行的波拿巴及其白白的小手"。在下一卷里，在和俄国外交家巴拉舍夫谈话时，拿破仑用"自己又小、又白、又肥软的手"做出一个有力的提问姿势。

艺术家不满足于对手的描写，还向我们展示主角的赤裸肉体，令其脱离人类权力与荣誉诸多令人迷乱的标志，使其返回我们共同的原初状态——动物性特征，并且让我们深信，这位"半神"也有像我们大家一样的脆弱肉体，这样的"死亡的躯体"，用使徒保罗的话说，这样的"灰烬"，正如"炮灰"一样，因为其余的人在拿破仑看来，就是炮灰。

在鲍罗金诺战役前一天清晨，皇帝在帐篷里洗澡：

> 他用鼻子出出气，用嗓子哼哼着，一会儿转过肥厚的后背，一会转过长满黑毛的肥软前胸，让近侍用刷子轻轻地刷。另外一名近侍则用手指头捏着一个小瓶子，往皇帝那精心保养的身体上洒香水，那幅表情是说，只有他一个人才可能知道应该往什么地方、洒多少香水。拿破仑的短发湿淋淋的，乱乱地贴在前额上。但是，他的脸虽然臃肿、发黄，却表露出肉体的舒适。"喂，再来一次，喂，劲儿大点"，他一面凑过身去，一面哼哼着，对给他擦澡的近侍说，不断地弯下腰去，把肥圆的肩膀凑过去。

拿破仑的肥软小白手，像他精心保养的肥胖躯体一样，在艺术家的想象中，看来是要说明他缺乏体力劳动，这暴发户"主角"属于"坐在劳动人民肩上"的"游手好闲"之辈。而这些手上有污泥的"平民"，他们是那样冷漠地，在小白手一挥之下去送死，像"炮灰"一样。

斯佩兰斯基也长着"白皙肥软的双手",在描写这两只手时,托尔斯泰似乎有些滥用了重复与强调这些他偏爱的手法:

> 安德列公爵观察了斯佩兰斯基的全部活动。这个前不久的卑微不足道的神学院学生,现在,手里——那一双白皙而肥软的手——却掌握着俄罗斯的命运——包尔康斯基就这样看。

> 安德列公爵在其他任何人那里也没有见过如此细嫩白皙的面容,还有双手——手有点大,但是不同寻常地肥软、细致、白皙。脸色的这种白皙和细嫩,安德列只在长期住医院的士兵脸上见过。

不久以后,他又:

> 不由自主地望着斯佩兰斯基又白、又嫩的手,就像一般人望着有权有势的人之手一样。那冰冷的目光和这细嫩的手不知为什么,令安德列公爵恼怒。

似乎该告一段落了。不管读者怎样健忘,他也永远不会忘记,斯佩兰斯基有一双白而肥软的手。但是,艺术家还嫌不够,几个场景过后,这个细节又不知疲倦地、顽强地卷土重来:

> 斯佩兰斯基向安德列公爵伸出自己一只又白又嫩的手。

紧接着还有:

> 斯佩兰斯基用自己雪白的手抚摸了女儿。

到最后,这只白手开始像妖魔一样追随我们。它似乎脱离了身体其他部分——像公爵夫人的上唇一样——自作主张行动起来，享有自己特殊的、奇怪的、几乎是超自然的生命，就像幻想中的人物，有如果戈理的《鼻子》一样。

有一次，托尔斯泰把作为艺术家的自己和普希金加以比较，并告诉别尔斯说，他们的区别之中有一项是：

> 普希金描绘一个艺术细节是随随便便的，他不关心读者是否注意到、是否理解。而他自己呢，则似乎要用这个艺术细节紧紧抓住读者，非向读者说个明白透彻。

这个比较比乍看上去更意味深长。的确，托尔斯泰是"紧紧抓住读者"的，不怕令读者生厌，定要加深描写，反反复复、坚持不懈、层层着色、涂了又涂，把色彩弄得浓重又浓重。而普希金，则轻轻触及、用笔一带，看似不经意，不够小心，而事实上，那笔触是有无限信心的、忠诚的。我们总觉得，特别是在散文中，普希金是吝啬的，甚至是枯燥的，给得太少，让人想得到更多。而托尔斯泰给得多上加多，我们再也不想多要——我们即使没有撑坏，也已经饱上加饱了。

普希金的描写技法像是古代佛罗伦萨大师的薄层水色颜料，或者庞贝城的壁画及其均匀的、暗淡的、透明有如空气的色彩，这色彩宛如清晨雾霭一样，连画稿线条也压不住。而托尔斯泰具有伟大的北方大师们那种更浓重、粗厚，但也同样更为强力的油画色彩：与深厚、不可穿越的种种黑暗却依然生气勃勃的阴影并列的是——突如其来、令人目眩、似乎穿透一切的光线的条条光芒，这光线突然从黑暗中搬出并照亮某一个别形体——赤裸的躯体，运动极其迅速中多样的衣褶，或者被热情或痛苦扭曲的面容之一部分。这光线还赋予这一切惊人的、几乎是排斥性和令人惊骇的生命力，似乎艺术家在被引导向最后界限的自然中寻找超自然物，在被引导向最后界限的肉体中寻找超肉体之物。

似乎可以说，在世界文学中，在用语言描绘人体方面，没有可以与托尔斯泰相比的作家。他虽然滥用重复手法，但并不多见，因为他用这个方法时大部分是要满足他的需要。他从来没有滥用其他甚至是强而有力又经验丰富的大师那里常见的，在描写出场人物时关于各种复杂躯体特征的冗长堆积。他追求准确、朴实和简明，只选择为数不多的细小的、难以为人所发现的个人的特殊之处，却又不是一下子，而是慢慢地、一个接一个地对待，分布在叙事全过程中，将其纳入事件的展开、场景的有机组织之中。

例如，在保尔康斯基老公爵第一次出现时，我们开始只见其一般性速写，才四五行：

> 老人身材不高，假发着粉，两只手小而干燥，灰白的眉毛悬垂下来，所以当他皱眉时，就挡住了显出聪明的、青年人式的明亮眼睛的光芒。

这里可能有一个重复的措词："明亮眼睛的光芒。"他在镟床后面坐下之时：

> 凭着那不大的脚的动作，凭着那肥厚又干燥的手（我们已经知道，他的手是干燥的，但是托尔斯泰喜欢重提自己人物的手）的强有力按压，可以看出公爵身上刚刚步入老年时依然顽强的还能经受多种遭遇的力量。

在他与女儿——女公爵玛利亚谈话的时候，"那冷冷的微笑露出了发黄的却还坚固的牙齿"。当他坐在桌旁，靠近她，给她开始上几何学课时，她"觉得父亲那股烟草味混合着老年人特有的刺鼻味从四面八方把自己团团包围住了"，这股气味她早就熟悉了。于是，完完整整的他，就活生生地出现在我们面前：身高、体态、双手、双足、双眼、眉毛、目光状态、牙齿、牙齿颜色、微笑，甚至还有每个人所特有的那种特殊气味。

依据渥伦斯基的印象,在他第一次看见安娜·卡列尼娜的时候,我们得知,在她的外貌中立即就能看出她属于上流社会,她很美丽,长着绯红的嘴唇,明亮的灰色眼睛因为睫毛浓密而显得发黑,"有某种过盛的东西充满了她的全身,不以她的意志为转移地一会儿表现在目光光芒中,一会儿在微笑之中"。于是,随着故事的发展,渐渐地、不知不觉地增加了一种又一种的线条,一件又一件的特征:她把手伸给渥伦斯基时,他"对于这有点特殊的、有力的握手很高兴,她正是这样坚定而大胆地摇了一下他的手的"。在和多丽谈话时,安娜用自己"有劲的小手"拉住她的手。这只手的骨节"纤细,娇小",我们甚至能看见手指的样式:奥勃伦斯基的女儿丹妮亚玩着"从白色的、在指尖处变细的手指上脱下的轻易滑动的戒指"。

在安娜·卡列尼娜的手上,正如在其他人物的手上那样(也许是因为手是人体惟一经常裸露、接近大自然的、没有意识的活动部分),比在脸上具有更大的表现力:在安娜的双手上有她全部生存的华美,有强力与温柔的结合。在舞会上她站在人群之中时,我们知道,"她总是把腰挺得特别直的";她下马车或者在房间里走动时,她的"步态迅速而果断,那步态能轻易承担她相当丰满的躯体,令人诧异";她跳舞时,表现出"舞姿清晰的优雅、准确和轻盈";她去访多丽,摘下帽子——呀,多么黑的、被梳成团的头发,"到处打卷";另一次,"那波纹形头发的我行我素的小卷卷不断地在后脑勺和鬓角处向外跳出"。在容易散乱的发型中这些刚强的卷发里,包含着某种张力,某种准备迎接激情的"过盛的东西",正如在过度明亮的目光中,在那"于双眼与双唇之间波动"、不由自主地游戏的微笑中一样。最后,在她乘车前赴舞会之时,我们瞥见了她半赤裸的肉体:"黑色、开口很低的天鹅绒连衣裙,展现出轮廓分明的、旧象牙色的丰满的双肩和酥胸,以及圆润的双手。"和普拉东·卡拉塔耶夫一样,肉体的这种轮廓分明、强健、"圆润"对于托尔斯泰来说,是十分重要、深刻和神秘的特征——是俄罗斯人美质之特征。

全部这些散见的、单独的特征都互相补充,互相配合——就像在优美的雕刻作品中,一个部分的形状永远要配合另外一部分的形状那样——例如,近指甲处变细的手指,轮廓分明的、象牙般质地的脖子,眼睛不可遏制的目光,动作的轻快自如,到处打卷、永远纷扬的、我行我素的发缕——全部这些最细小的、单个的特征配合巧妙,自然而然地、不期然地在读者的想象中联合起来构成某种完整、生动、统一、特殊、个人性和不可遗忘的东西,因此,在我们读毕掩卷之时,我们似乎亲眼看见了安娜·卡列尼娜,而且,如果偶然相遇,也会立即辨识出她来。

这种托尔斯泰特有的高度才能,可以称作对肉体的洞察力吧,这一才能有时却要把托尔斯泰推上滥用无度之途。

他描写活的肉体和肉体的运动时轻易而愉快,所以有时候似乎游戏起来,滥用这轻易描写。我们不是要责备他描写受到马刺刺激的马匹如何开始蹬腿:"查尔科夫用马刺触动那匹马,那马三次蹬蹄,不知怎样起步,等对付好了,便奔跑起来。"或者,从《安娜·卡列尼娜》开始的几行,他便急急忙忙谈论我们还一点也不认识的斯捷潘·阿尔卡季耶维奇·奥勃伦斯基"丰满肥软的躯体",又以解剖学的精确性描写,"他尽兴地把空气吸入宽阔的胸腔",他走路时"那双轻易承担他丰满躯体的八字脚,迈出习惯的、矫健的步子"。这最后一个特点甚至很重要,因为在其中显露出一家人的相像之处,哥哥斯捷潘·阿尔卡季耶维奇、妹妹安娜·阿尔卡季耶芙娜。妹妹也是步态矫健,"承受着她丰满的躯体,轻易得出奇"。如果说一切似乎是奢侈,那么,要知道,艺术中的奢侈不总是多余的,其实甚至常常是最为必不可少的。但是,有个三流人物,刚出现就消失了,某一个无名的团长(《战争与和平》中):他刚刚在我们面前闪现一下,我们就看出来他"从前胸到后背的厚度,比从左肩到右肩的宽度还大",还有,在前线附近,他走来走去,"每迈一步,步态都抖动,还轻轻地欠着身"。这一抖动的步态在五页之内重复了四次。刻画也许是忠实而生动的,但是这的确是不需要的,不是奢侈,不过是多余而已。对于我们来说，知道安娜·卡列尼娜手指"指尖处变细"也是重要的。但是，我们会失去某种东西的，如果他不告诉我们说，给列文和奥勃伦斯基送来午餐的鞑靼人仆人骨盆太大。如果不是因为有时候最显然地发现艺术家最具个人风格的特殊的东西不在于无度，而在于过度的话，那么，关于托尔斯泰的这一个缺点倒也是不值一提的。

人体动作这种语言，虽然多样性小，却更为直接和更富表现力，比词汇具有更大的提示力量。用言语比用身体动作和面部表情更容易说谎。但是后二者比言语更快地显露出人的真实的、隐秘的天性。一道目光，一个皱纹，脸上肌肉的一个抖动，能够表达出任何词语也表述不出来的内容。这些无意识的、不随意动作的序列在脸上和躯体整个外貌上留下印记，层层积累，形成了我们所说的面部表情，其实也可称作躯体表情，因为不仅在人的脸上，而且在全身也都有自己的表情、自己心灵的透明性——就像自己的脸一样。某些情感促使我们作出相应的动作，相反，某些习惯性的动作又使我们接近相应的内在心态。祷告的人双手合十，屈膝；但是，把双手合十又屈膝的人却又使自己接近祷告状态。因此，不仅存在着由内向外，也存在着由外向内的、不间断的流动。

托尔斯泰以其不可模仿的艺术使用了这种外与内的反向联系。普遍的，甚至机械的感应规律迫使不动的、拉紧的弦颤抖，以回应旁边发声之弦；无意识模仿的规律在我们目睹痛哭或者大笑者时也唤醒了我们或哭或笑的欲望——因为这一条规律，在阅读类似的描写之时，在控制我们自身躯体的表达性动作的神经和肌肉中，我们便感受到了艺术家在其人物外貌描写的那些动作的源头；借助于在我们自身体内自动完成的这种同情经验，亦即按照最忠诚的、直接的和简短的途径，我们就进入了他们的内心世界，和他们一起生活，体验到他们的生活。

我们得知，伊万·伊里奇"嗷！嗷嗷！嗷！"地因为疼痛吼叫了三天，因为他开始时大叫"我不要！"，接着便依"嗷"这个音叫起来；我们不仅容易想象，并且容易亲自体会到从人类语言向没有意义的动物性号叫的可怕的过渡，不仅在思想和想象上，而且在我们肉体感受的经验上，在我们于自己体内经常感受到的对遭受苦难的心理准备经验上，来衡量这一等级的疼痛：这种疼痛也可能迫使我们这样"嗷，嗷嗷，嗷"地可怕而毫无意义地吼叫起来。不动的弦回应发声的弦。读者的灵魂通过他的躯体动物性地、不随意地模仿被描写的人物之躯体来深入他们的灵魂，似乎得到重新体现。

有的时候，人体某一部分的一个动作、一个状态，在他笔下都获得了无限复杂的、各种各样的意味。

在鲍罗金诺战役之后，在伤病员帐篷中，医生围裙沾满鲜血，双手沾满鲜血，"用一只手的大拇指和小指捏着雪茄，这样可以避免让它也沾上血"。手指的这一状态表明：可怕的工作没有中断，没有厌恶感，对创伤和鲜血无动于衷——这都是长年习惯的结果，还有疲倦，还有忘记一切——愿望。全部这些复杂的内心状态都集中在一个细小的躯体的细节：两个手指的状态——描写才用了半行文字。

当安德列公爵得知库图佐夫派巴格拉齐昂部队去送死时，便大大怀疑这位总司令是否有权利如此自信地去牺牲几千人的生命——他：

> 望了望库图佐夫，距离他有半俄尺，不由自主地看到的是库图佐夫鬓角处洗得十分清晰的伤痕：伊斯马伊尔式子弹擦过他的头，投入眼帘的还有他凸出的眼睛。

"是的，他有权利如此平心静气地谈论这些人的死亡！"安德列公爵想。这里，又是一个微不足道的肉体上的细节：库图佐夫的伤痕和凸出的眼睛——决定了关于引导民族命运者之责任，关于国家军事制度与某些人生命价值关系的复杂而抽象的道德问题。

科学通过各位医生的嘴向伊万·伊里奇谈论他的疾病，他自己也有许多习惯性的关于死亡的设想，但是，他在镜子里对自己头发的偶然的一瞥向他展现了比上述情况更多的、关于他状况的真实惊惧:"伊万·伊里奇开始梳理,对着镜子观看:他感到惊惧、特别恐惧的是,他的头发平平地贴在苍白的前额上。"任何词语也不像在镜中所见的头发状况这样地表现出对于死亡的动物性恐惧。健康人对病人,生者对正在死亡者的冷漠,在伊万·伊里奇看来,并不在于人们的言谈之中,而只是在他女儿未婚夫"费多尔·彼得罗维奇紧紧裹着小白领子、青筋裸露的脖子中,在他紧紧套上细瘦黑色长裤的强健粗壮的大腿中"。

彼埃尔和瓦西里公爵之间的关系复杂而棘手。瓦西里公爵想把女儿爱伦嫁给彼埃尔,迫不及待地等着彼埃尔向她求婚。而他则犹疑不决。有一次,和他们父女独处片刻之后,他起身,准备离去,说天色已晚。

> 瓦西里公爵看着他,好像严肃地问他,他说的话为什么十分奇怪,没办法听明白。但是,接着,那严肃的表情变了,瓦西里公爵拉住彼埃尔的手,让他坐下,还温柔地微笑一下。"喂,莱丽雅呢?"(爱伦的爱称)他立即招呼女儿。

然后又对彼埃尔说话,不合时宜地向他说起关于一个什么谢尔盖·库兹米奇的愚蠢轶事。

> 彼埃尔微笑一下,但是从他的微笑可以看出:他已明白,并不是关于谢尔盖·库兹米奇的笑话在这时候令瓦西里公爵感兴趣;而瓦西里公爵也已清楚彼埃尔是明白这一点的。瓦西里公爵突然咕哝一句什么,就出去了。彼埃尔觉得,甚至连瓦西里公爵也感困窘……他望一眼爱伦——连她也显得十分困窘,好像在用目光说:"怎么样呢,是您自己的错误嘛。"

可见,一个微笑,一张脸的表情在托尔斯泰笔下具有多么复杂、多么重要的意义:这种表情以一系列几乎难以捕捉的半有意识的思想和感触,像镜中光辉、回声之声一样,重复反映在周围人的脸上和心灵里。

彼埃尔遇见娜塔莎是在久别之后,在她第一个未婚夫安德列公爵死后。她变化很大,他已辨认不出她来。

> 但是,不,这是不可能的,他想。——这张严厉的、干瘦的和苍白、变老的脸?这不可能是她。这只是对那过去时光的回忆。

但是,此时,玛利亚女公爵说:"娜塔莎。"——

> 带有专注目光的这一张脸——像长了锈的门困难而费力地打开那样——微笑了一次,而从这扇打开的门里,突然有那一股早已被遗忘的幸福——尤其在此时此刻他已不再考虑的幸福——突然发出气息,向他团团袭来。发出气息,把他抓住,把他全然淹没。她微笑了,疑问立即扫除:这就是娜塔莎,他以前爱过她。

这是整部小说情节中最重大和最有决定意义的场景之一;在这里,玛利亚女公爵只说出了九个字:"您难道认不出来了吗?"但是我们觉得,娜塔莎在沉默中的微笑是比语言更有力的,而且,这个微笑的确能够、应该决定彼埃尔的命运。

在他的笔下,不仅活人的脸,而且死者的脸也会"说话"。娇小伯爵夫人的脸,在棺木中也像在她活着的时候:"唉,你们到底对我做了什么事呀?"那脸只问这么一句。

连动物的眼睛也会"说话"。在跑跳之时,渥伦斯基的马扭断了脊椎骨,倒在地上;他想拉它起来,用鞋后跟轻拍它的肚子,"那马一动不动,只把鼻子触地,用它会说话的目光望着主人。"动物的这一目光比人的全部词语更富表现力。

他还用躯体的动作描述那不可捕捉的感觉之特点，像音乐、歌曲的调子：

> 领唱鼓手严厉地扫视一下士兵歌手，皱了皱眉头。然后，确信所有的眼睛都凝望着他之后，他好像用双手小心翼翼地托起某种虽不可见，却十分珍重的东西，直捧到头上，静止了几秒钟，又突然绝望地把它投下：啊，我的宝盖，宝盖！"我的新宝盖"——有二十个声音共同接着他唱。

以同样的方法，他把离开躯体最远的、内在的心态，转化为明显的、外在的、躯体的动作，来表现在鲍罗金诺战役之后控制了拿破仑的那种精神虚弱无力的感觉：

> 这就像在梦中一样，人梦见了坏人向自己扑来，便扑腾起来，并且极度奋力打击那坏人；他知道，凭自己的力量可以消灭他，但又觉得他的手软弱无力，打下去时像一块破布一样掉下来。

同样地听从他的，既有原初创造的自然庞然大物，也有散布在我们内在空气中的、像尘埃一样的、感觉最为轻细的分子、原子。那移动大山的手，也控制着这些分子。而且，也许后者比前者更为引人入胜。他把全部总体的、文学特有的、艺术的东西都搁置一旁，而在全部感觉之中寻找最特殊、最具个人性、最具体的东西，似乎在寻找这些东西最微细的刺针，并且把这些刺针磨得锋利，尖细得几近病态，所以这些刺针就像锥尖一样潜入、沉入我们肌肤，我们已经没有办法从中解脱：他的感觉之特征会永远地变成我们的特征，我们的感觉将会和他一样，不仅在我们阅读他作品之时，而且也在阅读之后返回现实生活之时。可以说，读过托尔斯泰作品的人的精神敏感性，一定会变得不同于阅读之前。

他的感染力之秘密在于，他能发现不明显的、过于平凡的事物，但在意识的照明下，正是由于这种平凡性，那平凡事物才显得不同凡响。例如，看来，是他首次取得了如此简单、轻易而且在几千年之间都从一切观察者的注意力中漏掉的情况：微笑不仅反映在脸上，而且在说话声音中，声音也像面容一样，可能"微笑"。普拉东·卡拉塔耶夫在深夜，在黑暗中，在彼埃尔看不见他的脸时，以"因为微笑而起着变化的声音"对他说了几句话。

他全部作品的根本，其全部有生命的经纬就是由这种细微、惊人的观察和发现组成的，就像由原初的细胞组成一样。

善良的女主人安妮西亚·费多罗夫娜微笑起来十分令人愉快，常常亲自下厨烹调，招待客人："这一切都散发出安妮西亚·费多罗夫娜的气息、气味和味道。一切都泛出鲜丽、整洁、洁白和宜人的微笑。"对于彼埃尔来说，"即使在普拉东·卡拉塔耶夫的气息中，也含有某种圆形"。这样，面部表情、躯体表现不仅可能在说话声音之中，而且还可能在菜肴味道、在人的气息之中。这种不期而至的发现也在于听觉之中：他首次注意到，马蹄的声响显得"透明"。

他的语言一般都很简明、适中，没有过多的形容词；只是在传达某种感觉特征时，才毫不吝惜地使用："突然，他（伊万·伊里奇）感觉到了一阵熟悉的、多年的、沉闷的、突然发作的疼痛，它又顽强、又寂静、又严重。"七个形容词用于一个名词——但是没有堆积之感，没有一个是多余的——伊万·伊里奇的疼痛，在其每个最细小的细节下都令我们感兴趣。

在感觉微妙而新颖，用任何词语搭配也无法表现的时候，他使用个别声音的组合，即为儿童和原始人服务的语言创造法——拟声法。在梦境中：

> 安德列公爵听到某种轻轻的、耳语般的声音，连续不断地发出重复的节拍："伊皮唧——皮唧——皮唧"，接着又是"伊

唧唧",又重复地"伊皮唧——皮唧——皮唧",又是"伊唧唧"。与此同时,在这耳语般音乐声响伴奏下,安德列公爵觉得,在他脸的上方,正中央上方,正建造出某种奇异的空中建筑物,全由细针叶和火柴杆构成。他觉得(虽然这对他很困难),他必须努力保持平衡,那正在拔起的建筑物才不致坍塌;但是,它还是坍塌了下来,但在平和低语音乐伴奏下又慢慢升起。"伸长!伸长!拉长之后再伸长!"安德列公爵自忖……伊皮唧——皮唧——皮唧,伊唧——唧,伊皮唧——皮唧——叭!——一只大苍蝇撞在脸上。

伊万·伊里奇在逝世前回忆"如今给他吃的"水煮黑李的同时,也回忆起"童年时那种未加工的皱皮法国黑李"。这是一个细节,看起来还十分具体。但是艺术家对它挖掘得更深刻,找到其中更大的特点:伊万·伊里奇回忆起黑李的"特殊味道"和"咬到果核时的大量口水"。与对黑李果核的口水感相联系起来的,对于伊万·伊里奇来说,是一系列的回忆内容:奶娘,兄弟,玩具——全部的童年时代,而这些回忆反过来又在他心里引发出对于那个时候生活乐趣与这个时刻的绝望和死亡恐怖的比较。"伊万·伊里奇自忖:'不必想这些了……太伤神呀。'"一个微不足道的细节——因尝到黑李果核滋味而涎水满嘴——竟带动出这么多的情况。如果读者自身对童年的回忆中有某种相似情况,那么,它会以何等不可征服的魔力把他引入这主角人物的内在精神悲剧啊。

索妮亚爱上了尼古拉·罗斯托夫,亲吻了……他。如果是普希金,则大概只提一笔了事。但是托尔斯泰不满足于概括的表述:他要寻找最确定的、特殊的和精确的特征。故事发生在圣诞节期间:索妮亚化装成骠骑兵,嘴唇上用烧黑的软木塞画了胡子。因此而造成了奇异的、复杂的、真真正正托尔斯泰式的感觉:尼古拉回忆起"混杂着亲吻之感的软木塞味"。

感觉的最为难以捕捉的色彩和特点各不相同,其依据是感觉者的个性、性别、年龄、教育程度、社会等级等。看来，在这一领域之内，对于他来说，道路都没有封闭。他的感觉经验是不可穷尽的，似乎他在人和动物各种不同躯体内生活过几百次了。

他精确理解赴舞会之前少女裸露躯体的感觉："在赤裸的双肩和双臂上，基蒂感觉到一种触摸大理石的那种清凉。"还有因生孩子而疲惫不堪、渐入老境的女人的感觉，她"一想到喂每个孩子时都感觉到的嘶嘶裂开的乳头之疼痛，便打起惊颤来"；哺乳的母亲，还没有中断自己肉体和婴儿肉体的神秘联系，她"从奶水出现情况便确知而不是猜测婴儿奶不够吃"；还有动物的感觉和思想，例如，列文的猎狗觉得主人的脸"很熟悉"，眼睛总是"很可怕"，于是又想到："我不能去。我往哪里去呢？在这儿我就能嗅出它们（大鹬鸟）的气味，如果我往前走，就什么也找不到，不知它们在哪里，是些什么东西。"

不仅古希腊人和罗马人，而且，很可能连十八世纪的人士也都未必理解，什么是马蹄的"透明"声响，"软木塞味"怎么能"混杂着亲吻之感"，或者，菜肴——竟"回应"了人脸的表情——愉快的微笑，还有"人的气味中的某种圆形"。如果我们的批评家们，对于新潮的、所谓的"颓废"艺术的铁面无情的判官们，是彻底真诚和始终如一的，那么，他们难道不应该指责托尔斯泰"病态反常"吗？然而，在这里，确定艺术中健康与病态之间的明确界线，也是比古典主义遗嘱保护者们想象的难得多的。他们所说的"反常"，难道不仅仅是精致化——即健全的感受的自然的不可避免的发展、敏锐化和深入——吗？也许，我们的孩子们，以其敏锐、新颖的感受能力，能够理解我们的批评家所不理解的东西，并为托尔斯泰提出辩护，因为孩子们已经理解了其父辈尚未梦见的事物——其中有一件是：所谓"五种感觉"的各个区域并不是截然分开的，事实上，这些区域是互相汇合、交结，彼此覆盖、重合的，因此，声音能够显得明亮、色彩绚丽（普希金："夜莺亮丽的鸣啭"），动作、色彩甚至气味的组合可能产生音乐的印象（所谓"声韵谐调"：绘画中运动的良好音韵，色彩的谐调）。一般都认为，人肉体的感受力与精神感受力不同，在时间上、在人类的历史发展上是一个常数。但事实上，前者完全像后者一样，是变化的。我们能够看见和听见我们祖先所看不见和听不见的东西。对古典古代的崇拜者们无论怎样地抱怨现代人类肉体的衰落，也未必能够怀疑，我们比《伊利亚特》和《奥德赛》中的英雄们看得更清晰、感觉更敏锐、躯体更具透明性。科学不是已经认定，某些感觉，例如，光谱最后几种颜色，只是在人类生活相对较近的历史时期内，才成为人们的共同成果，还有，可能荷马都混淆了绿色和天蓝色，因为他说海水是"绿蓝色"（γλαυχòs）的？在人类感觉的其他区域里，不是已经发生，并且还在发生着类似的、自然的增长和精致化吗？我们孩子们的孩子们难道看不到和听不到我们还未见、未闻的事物吗？那未知的，不仅我们的父辈、我们的批评家、感受力老化之人士，而且我们之中最勇敢、最新潮的分子也没有梦想到的事物，难道一定不向他们展现吗？而且，吓坏了当今艺术中老派人士的、我们现代的"颓废派"精致性，在将来不是也会显得类同于荷马式的健壮甚至粗犷吗？在这不可遏制的发展、运动、潮流之中，区分合法与非法、健康与病态、自然与反常的标准是恒定的吗？昨天的例外，不会成为今天的常规吗？有谁敢告诉有生命的肉体，有生命的精神："就此止步，不准前进"？

无论如何，托尔斯泰的光荣恰恰在于，是他第一次表现了——何等勇敢和真诚地——我们日益精致的肉体—灵魂感受性这一新的、任何人也没有穷尽的、不可穷尽的领域；可以说，也正是在这个意义上，他给予了我们新的肉体，可谓盛新酒的新瓶。

使徒保罗把人的本质分为三个组成部分，但他是从亚历山大城学派哲学家们那里借用的这个三分法：肉体部分、灵魂部分和精神部分。第三者是前两者的联系环节，是某种中间性的、双重的、过渡性的和阴暗不明的，已经不是肉体，却也不是精神，肉体以其终结，灵魂以其开始，是半动物的，半神的；用现代科学的语言来说，属于生理—心理学——肉体—灵魂现象领域。

托尔斯泰是这样的人的最伟大的描述者：这样的人既非肉体的，亦非灵魂的，而是肉体兼灵魂的，"有精神的人"——转向灵魂的肉体之部分和转向肉体的灵魂部分的人——这是一个隐秘的领域，兽与神在人身上、在这里进行着斗争；这就是他一生的斗争和悲剧，因为他自己首先是"精神的"人：既不是彻底的异教徒，也不是彻底的基督徒；他不断地复活、转变，却不能够复活和转变成为基督徒，只落得个半异教徒，半基督徒。

从这一中间区，他可能走向脱离人和动物本质的前动物自然的领域：这种自然没有生命，或者不过是显得没有生命，没有激情，不受苦难，是"物质的"（屠格涅夫和普希金十分善于描写这种自然的可怕而完满的平静）；或者可能走入相反的区域，这一区域脱离肉体，脱离动物自然、人的灵魂、纯粹的思想（陀思妥耶夫斯基和丘特切夫十分善于体现这一区域的情欲震荡）；无论他走向哪个方面，都是一样的：托尔斯泰的艺术塑造力量都要缩小，甚至最后完全变化，因为存在着他最终的、永恒不可企及的界限。但是，在精神的人的范围之内，他是一个力量无限的巨人。

在艺术的其他领域，例如，在意大利文艺复兴时期的绘画、古希腊的雕刻中，有些艺术家们比托尔斯泰更完美地刻画了肉体的人；现代音乐和文学（部分地）更深入地潜入精神的、思想着的人的内心世界；但是，在任何地方都从来没有像在托尔斯泰作品中那样震撼人心地、真实而赤裸地出现过"精神的人"：在这里，在世界诗歌中，甚至在世界艺术中，他都没有对手；无人可与他匹敌。

第二章

屠格涅夫就《战争与和平》写道：

　　托尔斯泰的小说是令人惊异的，但是其最弱的方面恰恰在于读者大加欣赏的一点：历史层面和心理描写。它的历史是以纤巧的细节引人注目……时代的特征在哪里？历史的色彩在哪里？杰尼索夫的形象描绘得很好，但恐怕只好在可以当做背景上的阿拉伯式图案装饰，然而，这样的背景却不存在。

　　这一出乎意料的评定，乍看上去甚至显得颇不公正。托尔斯泰史诗的巨大的无限多样性的洪流一路上起初给予我们许多东西，以致从最初起我们就没有想到这样一个问题：这条路在多大程度上将把我们引向他所设想的最终的和主要的目标。但是，归根结底，是无法避开这个如此自然而容易被忘记的问题的：《战争与和平》这部首先和最终依然是历史小说的小说，在多大程度上的的确确地是历史呢？熟悉的人物肖像——库图佐夫、亚历山大一世、拿破仑、斯佩兰斯基在我们面前走了过去，熟悉的事件一个一个地完成了：奥斯特里茨战役和鲍罗金诺战役，莫斯科大火，法国人的溃退。我们看到了动又不动、起伏却在起伏中凝固、"像在波浪翻滚过程中突然僵滞的"历史面貌，历史的骨架；但是这些曾有生命的骨骸能够再度披上依然有生命的肉体吗，活的精神会吹入其中吗？

　　历史精神，时代精神，屠格涅夫所说的"历史色彩"很难，几乎不可能界定，而这一精神也正好是在于此！我们仅仅知道，每个世纪都有自己特殊的气息，惟一的、在任何地方任何时候也不会重复的气味，就像每一种花和每个人的气息一样。薄伽丘的《十日谈》散发着早期文艺复兴时期意大利的气息，密茨凯维奇的《塔杜施先生》散发着十九世纪初期立陶宛的气息，《叶甫盖尼·奥涅金》散发着十九世纪三十年代俄罗斯的气息。这种色彩、历史时刻的特殊反光不仅映射在大物上，也映射在小物上；正如清晨和黄昏的反光不仅映射在山峦上，也映射在山岭被霞光照耀的每粒尘埃上；不仅映射在圣贤的金玉之言、英雄的丰功伟绩上，也映射在服装时髦样式、妇女头饰样式、家具的每个细小部分上。

某一文化越强有力、越有生命力，则浸染该文化中之一切的这种历史气息越顽强、越不易逃避。随着我们对这一文化的研究的深入，这一气息从中吹拂而来，把我们包围住，像封闭多年的、老太爷的一个小匣子中冒出的、强烈细腻又沉重的芳香一样；这种芳香又陌生又熟悉，在我们灵魂里唤醒整串整串的回忆、反响，而这一切又像是奇异的、轻悠悠的、扣人心弦的音乐一样。所以，拿破仑时代的帝国（empire）风格的反响不仅可感于这位伟大皇帝面对埃及众金字塔向军队演说的气度非凡的辞章中，或者在法典的条文之中，而且也在皇后约瑟芬白披肩外长衣上罗马式绛红色装饰图案的设计中，在沙发和扶手椅上——这些家具类似古代执政官的椅子，用光滑白木制作，有直靠背，配有金色小圈和古典式胜利棕榈的小枝图案。

在阅读《战争与和平》时，很难避免虽不惊人但细思之后更显得出人意表的印象，似乎所描写的全部事件，尽管有熟悉的历史外貌，却发生在我们当代，被描写的全部的人物，虽然有肖像特征，却是我们同时代人。读者的想象力和记忆必须做出不间断的努力，尤其是在情节由世界大事转移到私人的、家庭的、内心的生活之时，以防忘记，情节发生在上个世纪——在1805年到1815年之间，而不是六十年代和七十年代，而且，把他——读者，和这些人物、这些事件隔离开的是差不多整整一百年的历史深渊；那又是怎么样的一百年啊：有六七十年并非暴风骤雨般的时代。我们在《战争与和平》和《安娜·卡列尼娜》中所呼吸的空气是一样的；两部史诗中的历史气息是一样的；在两部书里——是一模一样的，我们如此熟悉的十九世纪后半期的气氛。情况是一样的，不是在事件的外貌中，而是在"历史色彩"的各种内在色度上，在奥斯特里茨战役、鲍罗金诺战役和《塞瓦斯托波尔故事》中的战役之间，是否存在着本质的差别呢？除了某些历史名称之外，前者的几乎全部细节都可以轻易移植到后者之中，反之亦然。描写的不是具有某一历史时代特征的战役，而是一般性战役。在彼埃尔·别祖霍夫的共济会精神和列文的民粹派精神之间，在罗斯托夫家和谢尔巴茨基家的家庭生活之间，在历史色彩上，也同样是区别甚少的。在十八世纪五十年代或者七十年代出生和受教育的人们，受杰尔查文、苏马罗科夫、诺维科夫、伏尔泰、狄德罗和赫尔维修等人影响，不仅说着我们现代的语言，而且，其所思所感也是最隐蔽的、新颖的、似乎昨天方才产生还没有被任何人表达出来的，我们的思想和感觉。安德列公爵具有一种无情的敏锐的、精确的和冷静的、已经过度细腻的、已经病态的、已经和我们一样的感受能力：因而几乎不可能想象他是《可怜的丽莎》《瓦季姆》《战雷者》和《俄军阵营中的歌手》的同时代人。看来，他不是不仅熟读而且钟情于拜伦、莱蒙托夫，而且也熟读并钟情于司汤达、梅里美，甚至福楼拜和叔本华了吗？列文没有一种宗教的疑问对彼埃尔·别祖霍夫可能是陌生和不解的。他们不仅是精神上的孪生兄弟，而且年龄相同，而且是历史的同龄人。他们全部的外在文化的包装，他们全部的衣着——即 costumi 这个词的最广泛的意义上的包装——都是我们时代的包装和衣着。想象一下叶甫盖尼·奥涅金不穿"恰尔德·哈罗德的斗篷"，不穿半俄国式半英国式花花公子——夏多布里昂和拜伦同时代人的时装；想象一下塔吉娅娜不穿二十年代县城小姐的衣装，其困难有如想象彼埃尔·别祖霍夫穿上长袜子和带纽扣的鞋，穿上扣子闪闪发亮的颜色鲜艳的燕尾服，娜塔莎·罗斯托娃穿上我们在亚历山大时期的色彩已暗淡的肖像画上看到的、我们的曾祖母的服装。其实，我们也是不考虑这些人的文化包装——他们的"衣着"的，因为我们十分熟悉他们的外貌，他们的躯体和趋向于肉体的他们的灵魂，他们的"灵魂的人"。随着我们和他们相处日益融洽，我们与他们之间对远方的折射三棱镜就渐渐消失，不是因为我们置身于他们的时代，而是因为他们迁入了我们的时代。

有时候，似乎不仅读者，而且连艺术家本人也忘记了这个三棱镜，而仅仅偶尔地，像是忽然察觉到了似的，才引入某种历史上的生活细节，这细节却又含含糊糊、空而虚、无济于事：什么地方闪现了撒粉的假发、麋鹿皮跨、近卫军陆军中尉瘦军裤紧紧包住的粗壮大腿；包尔康斯基老公爵称女儿为"夫人"，有一次罗斯托娃伯爵夫人很欣赏儿子尼古卢什卡写的字，惊叫道："风格（щтилъ）多好啊！"但是，这些暗淡无光、零零星星的历史的点点滴滴，和活生生的现代风格主要特征——鲜明和突出得多——相比，就变得苍白，消失得踪迹皆无，或者，甚至造成恰恰违背作者期望的效果——像种种旧时代残余物一样，因突如其来而令人诧异，在画面总体现代背景上格外显眼，反而提醒作品缺乏历史色彩。在《战争与和平》全书中，关于亚历山大时期俄罗斯达官贵人之家内部陈设只有一处半行的描述：在别祖霍夫老伯爵莫斯科公馆"有玻璃门厅和两排摆在壁龛中的塑像"。因而，他就是不像荷马那样浪费笔墨地没完没了地描写阿尔基诺斯国王的厅堂，他没有去描述居室的里里外外：房间的布局、墙壁、屋顶、天花板、柱子、橡子、横梁，还有家具应有尽有的细节。对于《伊利亚特》的创作者来说，人的双手所创造的东西之神圣与高贵，有如上帝双手的创造物。他以描写大地、海洋、天空的爱来描写自己英雄人物们的日常生活器物，在他笔下，器物都被赋予人可同感的生命，如佩涅洛佩的布，阿喀琉斯的盾，奥德赛的木筏，装香料的两耳瓶，装衣服的篮子——瑙西卡常带这些衣服到河边去清洗。在位于大自然世界之上的人类文化全部上层建筑中，在人们——不仅艺术家，还有匠人和手工业者制造的一切之中，在一切他永远不觉得为"人造的"精巧之物中，——我们这位老诗人都似乎看到某种超人的、神性地优美的制造物，聪明机智的铁匠赫淮斯托斯的发明，某种燃烧着普罗米修斯盗自天上之火的东西。连十分理解野性自然之美的普希金，同时也十分欣赏陀思妥耶夫斯基所说的"一切城市中最具内涵者"彼得大帝创造的美——彼得堡诸花园"隔栅"中的"生铁装饰图案"，在白夜没有月亮的光明背景下闪闪发光的"海军部大楼尖顶"，甚至奥涅金的时髦癖好：他梳妆室里各种各样的小钳子啦，小刷子啦，修指甲小锉啦什么的；又抱怨敖德萨输水管道不足——用音韵优美的诗句！——还欣赏尼日尼·诺甫哥罗德集市的喧闹和鲜丽的色彩。一切文化的、一切人类的、一切精巧的东西对于普希金都是意义重大的，而且，从某种观点看，也是自然的，是原始的自然生成的。在密茨凯维奇的《塔杜施先生》中，立陶宛地主们舒适的旧式生活特点和自然的特点汇合成为一个生动的存在整体，汇合成立陶宛这神圣祖国的有灵气的形象。泼留希金或者奥勃洛摩夫的家宅陈设是他们内在存在的延续；他们已经扎根于这种环境，结为一体，像蜗牛长进外壳一样。

尽管托尔斯泰在其他方面无限丰富，但是这尤其突出了他作品中不仅历史色彩还有一般文化生活色彩的贫乏。所谓的"器物"，人类生活顺从而无言的旅伴，虽没有灵气，却很容易活跃起来并反映出人的形象；这些器物在托尔斯泰笔下却没有生命，不发生作用。只是在《童年与少年》中有一段对俄罗斯地主家庭陈设有感情的描写；但是，后来，对于他出身的那个等级的生活的赏识在他身上受到压抑，被道德批判和与普通老百姓生活的执意比较所毒化。但是，就连这老百姓的生活到《黑暗的势力》，也都被撒上了越来越浓的阴影，不是完整的、庄严匀称的、高雅的（像在科利卓夫［Кольцов］和普希金笔下那样），而是被城市文化半摧毁、病态地歪曲和弄得面目皆非。因而，到最后，对于全部生活、人类全部文化的描写，对于他来说，不再是独立的艺术活动的手段，而只是作出抽象道德结论、评判和辩护的前提而已。

托尔斯泰现实的、从来没有背叛过他的艺术阐明的力量，我们已经看到，全部是集中于肉体面貌、外在活动和内部状态，出场人物的感觉——集中在他们的"精神的人"。随着离开这种聚光，光线即减弱，因而，我们越来越不能够分辨他们的服装、家庭生活的细节、房舍内部的陈设、所居住的城市的街道面貌，最不能够分辨出那种精神的和道德的气氛，那种文化——历史的空气，这种气氛和空气不仅靠一切真实的、永恒的东西，也靠每个时代特有的偏见的、有条件的、人工的一切来形成。彼埃尔·别祖霍夫的共济会精神，是不成功的一个尝试，后来，托尔斯泰再也没有做过这类尝试。普希金的塔吉亚娜听着奶娘的童话故事，思考着心地朴实的马丁·查杰卡和感觉敏锐的马蒙特尔。我们都知道，达尔文和莫列肖特怎样影响了巴札罗夫，他应该怎样地对待普希金和西斯廷教堂的圣母。我们都很熟悉包法利夫人（Madame Bovary）读过的那些描写激烈爱情的书，熟悉这些书怎样地影响了她自己情欲的萌发和成长。但是，即使我们努力，也无法猜透，安娜·卡列尼娜更喜欢谁：是莱蒙托夫呢，还是普希金，是丘特切夫，还是巴拉丁斯基。实际上，她和书籍无缘。她那双眼睛虽然会哭、会笑、会闪烁出爱与恨，却完全不会阅读和欣赏艺术作品。

而在实际上，现代人的精神，不仅仅在抽象的思想方面，而且在与生活关系最为密切的感觉方面，也都是由过往世代和文化的无数影响、积淀和诱惑造成。我们之中，有谁不是过着二重的——现实的和被反映出来的——生活呢？研究现代人精神的人，不可能不因为忽视这两种生活间的联系而不受惩罚。托尔斯泰忽视了这一联系；任何人也没有像他那样把人内在的、自然动物性的"精神核心"从外在的文化——历史皮壳中剥离出来、裸露出来。人在自然之上构建的一切，一切文化的东西对于他，都不过是有条件的，不过是人工的，因而是虚假的、没有意思的、无足轻重的。他以轻快的心情走过并赶快摆脱在他看来被人的呼吸污染和破坏的这种空气,进入作为惟一配得上艺术想象之物,作为永恒真理和自然的、全部自发性肉体性的、自然事物的新鲜空气。

自发性的最后阶段,是前人类和前动物的,与人、与似乎是有灵魂的另外的非人的生命的宇宙本性分离——在这里,和在人和精神与意识最后阶段上一样,存在着人所永远不及的界限。

普希金把人的意识与自然的自发性无意识之间的对立,化为一种完全明晰的尽管也是不可靠的和谐:

> 也让年轻的生命
> 在坟墓的门口嬉戏,
> 也让冷漠的自然
> 发出永恒色彩的光辉

在莱蒙托夫笔下这一对立变得更为痛苦和更为无法解决:

> 天上的一切宏伟又神奇!
> 大地在蔚蓝色光辉中沉睡。
> 是什么令我痛苦,心情恶劣
> ……
> 在天上一望无际的田野
> 那不可捉摸的行云
> 变化不定的羊群
> 消失得杳无踪影。
> ……
> 在充满不幸的痛苦时日
> 你只需回忆起它们:
> 请你对地上的一切不闻不问
> 像它们那样,漠不关心。

似乎他已不再指望与自然的完全合一,他不说"变为它们",只说"像它们"。

在丘特切夫笔下,这一矛盾变得更为尖锐,变成不可容忍的"纷争":

> 纷争怎样,在哪里形成?
> 为什么在共同的大合唱中
> 灵魂不唱大海唱的歌
> 会思想的芦苇也牢骚满腹?

最后,"会思想的芦苇"的牢骚与大自然的无思想的明丽之间被引导到最后极限的这种纷争,构成了屠格涅夫与大自然关系的本质。

托尔斯泰对自然的态度是双重的:对于他要做基督徒的意识来说,大自然是某种黑暗、凶恶、野兽般的或者甚至魔鬼般的东西,是"基督徒在上帝之国中应该在自身中战胜和改造的东西"。对于他无意识的异教自发性来说,人与自然融合,在自然中消失,像一滴水在大海中一样。奥列宁充满了叶罗什卡叔叔的智慧,在森林中感觉到是昆虫当中的一个昆虫,各种叶子中的一片叶子、野兽当中的一匹野兽。他不会像莱蒙托夫那样"像它们",因为他已经"是它们"了。在《三死》中,即将死去的贵妇人,虽然有一层上流社会文化性外壳,却很少思想,在这里是想不到什么比较"会思想的芦苇"的牢骚和正在死去的树木的无怨无悔的。在托尔斯泰那里,无论是在前一种还是在后一种情况中,无论在基督教的意识中,还是在异教的自发性中,都没有人与自然的对立:在第一种情况中,自然被人吞没;在第二种情况下,人被自然吞没。

在夜深人静之时,普希金听到了

> 命运发出的妇人的絮语

对于丘特切夫来说，暮色苍茫之际，是"世界沉默的某种时刻"。

  ……像混沌一样，在水面上。
  缺乏记忆，像阿特拉斯山压着陆地。
  众神只在预言式的梦境之中
  才唤醒缪斯少女的灵魂。

而在寂寥的七月之夜，在他那里

  只有远处忽明忽暗的火光
  像是又聋又哑的魔鬼，
  互相不断地谈话。

在屠格涅夫笔下，空旷的浅绿色天空中的劳斯特—阿尔贡冰山山峰和施莱贡冰山山峰，像魔鬼一样，谈论着人类，即地球表面这种可怜的霉菌。

众神也好，自然界的魔鬼也好，都永远没有在"预言式的"梦境中惊动托尔斯泰的缪斯；在夜深人静之时，他从来没有听见过"命运发出的妇人的絮语"；天空对于他，也不像对莱蒙托夫那样，显得如此清澈深广：

  以致凝望的目光
  都可能追踪天使的翱翔。

溪水也不向他婉婉讲述：

  ……奇异国度的神秘传说。

他正是从那里飞驰而来。

还有,晚间的和风也不对他——像对丘特切夫那样地——念叨"百思不解的痛苦":

> 用心灵可解的语言
> ……
> 关于古代的、关于亲切的混沌。

他是否爱大自然呢?也许,他对大自然的感情比一般人所谓的"对大自然的爱"更强烈、更深刻。如果说他爱大自然,那也不是把大自然当做独立的、人所陌生却依然与人相似的、充满了神与魔鬼力量的、全宇宙的存在物,而是将其当做作为"精神的人"的、自我自身存在的动物性自发性之延续。他爱大自然中的自身和自身中的大自然,没有狂热欣喜的颤抖,没有陶醉,而是凭着那种伟大而清醒的爱:古代人是这样爱的,当今世人中已经没有人这样爱大自然了。托尔斯泰的力量和弱点恰恰在于他从来没能够彻底地、完全清晰地把文化与自然自发分开,把人从自然中提取出来。

彼岸的昏暗、彼岸的秘密,对于他来说,也是在自然之中;但是,这是只充满了排斥性恐怖的昏暗和秘密。有时候,即使对于他来说,现象之遮盖、日光之"金毯"也稍微掀起一点来;丘特切夫是这样谈论这日光的:

> 神圣之夜爬上了穹隆,
> 像金毯一样,把欢乐的白昼,
> 可爱的白昼展延铺就,
> 把这金毯投放在深渊之上。

但是,在这半掀起的遮盖后面,托尔斯泰没有看见"公开地奔向上天神殿的、活生生的世界创造之轮,没有看见"天使的翱翔",而只看到了一个黑暗、可怕的无底洞——一个"口袋";而伊万·伊里奇正被吸进这口袋,却依然不能苏醒,还发出非人的吼叫:"我不要——嗷——嗷!"还有,在"夜晚和风"的声音中,托尔斯泰也仅仅听到了千里雪原上旋风下干枯艾蒿绝望的沙沙声,这声音又吓坏了《主人与工人》中那冻得发僵的勃列胡诺夫。在白昼遮盖放下之时,一切都很清晰,一切都历历在目:他看到的是自然的本来面目,而这"金毯"对于他,却永远也不会变得透明、透光、透视。

或梦或醒,或完全的黑暗或完全的光明:二者只居其一。而且,黑暗和光明永不汇合,梦与醒永不汇合;根本就没有对于丘特切夫和莱蒙托夫来说以"预言家的力量"笼罩起大自然的什么黎明之雾霭或者黄昏之雾霭。在托尔斯泰对待自然的态度中,正如在他全部多彩、多声的天才中那样——没有任何透明、黄昏之星、闪烁的东西,没有类似于莱蒙托夫"神秘传说"或者普希金的命运女神女巫式絮语的东西——一点神话般、魔术般奇妙之物也没有。

以后我们会看到,在他大量的创作活动中,他只有一次接触了这些本来似乎对他永远不可企及的领域——在这里,超自然和自然连接起来,不是在他身上,而是在他背后,通过他出现的。

但是,在这里,他似乎战胜了自己,似乎"超脱了自己"。这恰恰就是那种超凡绝伦之境界,那种对自身本性的最后胜利,那种显得绝不可能的奇迹——这一切都正是最伟大的天才的特征。

第三章

福楼拜曾就《战争与和平》前几卷信告屠格涅夫：

> 谢谢您恳请我阅读托尔斯泰的长篇小说。这真是一流的杰作！他多么擅长描写，是何等高超的心理专家！前两卷精妙绝伦，但第三卷则一落千丈。他说话重复，哲学议论太多！最后，这位先生——作者和俄罗斯人才露出真面目，而在此以前，满目所见只是大自然和人类一般特征而已。

这一评论有些急躁和肤浅。福楼拜对自己所得印象的深入探索程度不如他的惊奇感，他似乎也不太相信自己的印象：他似乎并没有期望在半野蛮的、人所不知的俄国能够出现这样的杰作，这匹特殊的艺术巨兽。"在阅读过程中，我时时拍案叫绝，"他承认，"这部作品很长啊！是啊，很有力量，十分有力量！"

然而，无论如何，令人诧异的是：福楼拜从第一眼就发现了托尔斯泰创作中令人惊骇的优劣并存，"一落千丈"，滑坡，坍塌的现象。的确，即使肤浅地读一读《战争与和平》和《安娜·卡列尼娜》，也不可能不痛感这是两种言语资质、两种语言、两种流派；二者并驾齐驱，相互偶有接触，但是绝不化合为一，有如油与水。

凡是在他描写现实的尤其是肉体的——自发性的、"精神的"——人之处，语言就表现出高度的朴实、力度和精确性——这是俄语在别人手里也许从未达到的。如果说他有时候似乎过度地努力、强调、坚持"靠近读者",如果说和普希金散文如乘翅膀轻盈无比、几乎没有触及对象、却又在对象上方拂动之特点相比时托尔斯泰的语言显得沉重,那么,这是巨人的沉重和顽强,他要把大石块垒在大石块上。而与这些巨大的石块建筑相并列,那些感情观察的敏锐、细致有如金刚石针的精确,又显得多么令人叹为观止。

但是,只要非"精神的",而是灵魂的人之抽象心理活动、思索——福楼拜所说的"哲理议论",托尔斯泰自己所说的"推论"一开始,只要话题涉及别祖霍夫、聂赫留道夫、波兹得内舍夫、列文等的道德转变,就差不多要出现怪事:"他一落千丈";他的语言似乎立即枯竭、干涸、败落、苍白、乏力,欲为而不能,痉挛着去抓被描写的对象,却依然把它放走,就像瘫痪者的双手一样。

例子很多,我仅信手拈来几个。

彼埃尔说:

> 我想要……做点好事,这可能又包含了某种谬误……这样的事我做得虽然不好,虽然不多;但是为此还是做了点事的呢,而且,您不仅不劝阻我做那个什么,那种我做的事,好,而且也不防备您自己不产生这种想法。

关于娜塔莎父亲罗斯托夫伯爵和姐妹索妮亚对她疾病的态度:

> 似乎伯爵在忍受着自己心爱的女儿的疾病;如果他不知道,如果她竟治不好,那么他不惜再花几千卢布把她送到国外去……索妮亚能做什么呢,如果他没有愉快地认识到这一点,即她已三天没有脱去外衣,以便做好准备准确地完成医生的全部嘱咐,还有,他现在夜里不睡觉,为的是不错过服药丸的钟点……甚至令她高兴的是,她,因为忽视医生的嘱咐,可以表明,她,是不相信什么医疗的。

关于伊万·伊里奇夫人假惺惺的关怀爱护：

> 她对他所做的一切都仅仅是为了她自己，还对他说，她为自己做的，恰恰是为自己做了，像那种不可置信的事，他应该反过来理解。

这是名副其实的谜语。需要发挥多大的想象力，才能解开这个语法乱麻线团——其实里面包含的思想再简单不过！

另外一个谜也一样，只不过更为复杂，把人搅得更糊涂罢了：

> 他对妻子感到恼火的是，那渐渐实现的事，正是他所期待的，也正是，在到来的时刻，他的心由于激动而惊悸不已，皆因想到因为和兄弟在一起，他必须关心她，而无须立即跑到兄弟那里去，——列文把夫人引入给他们准备好的房间。

这种在同一个地点无济于事的踏步，对同样一些虚词的毫无必要的重复——"为了""不需""而要""就在于"——就像说话又多又结结巴巴的长老阿基姆吐字发音不清的唠叨。在形式同样混乱而东倒西歪的句子中，包含着呓语般的沉重。这位伟大的艺术家，刚刚以震撼人心的力量、精确而朴实的言语，描写了战争、人民的运动、儿童的游戏、打猎、疾病、分娩、死亡，看来是不大会用另外一种语言说话的；这从总体上说完全是另外一个人，有时候奇怪地像是托尔斯泰，正如双胞胎彼此相像一样，但是在本质上这个人是和他对立的、要摧毁他的——这是和善的长老阿基姆在"伟大异教徒"叶罗什卡叔叔之后开始说话。

这种对语法规则的违反，可以认为是偶然的笔误，但是，出现得太顽强、太频繁了——不能是笔误。例如，在《战争与和平》第四卷中：

他根本没想到，对于他来说这样愉快地度过时光对于某个人来说也许是不愉快的。

在这里，这个"Чтобы, могло - бы"错误（在俄语中是大错，但在汉语译文中无法表述——译者），连中学三年级学生也不会犯，而托尔斯泰类似的其他语法疏忽，是每位俄语语法老师毫不费力即可予以改正的。因为本来就打算不多加小心，所以他似乎也不注意这些疏忽之处。

像一切语言大师一样，对于言语的音韵构造，即尼采所说的双耳的意识，他一般也很敏感，要求很高；但是连这种敏感性也违背了他。他笔下竟出现了，例如，声音的这样的"无意识的搭配"："Мужъ ужъ жалокъ"（"丈夫已经很可怜了"，句中有三个ж，这个辅音字母略似汉语普通话中的"日"——译者）。很难想象，在索菲亚·安德列耶夫娜抄写过七次之后，还有，当然，在托尔斯泰本人审阅过至少四十或五十次之后，他仍然没有发现《战争与和平》中这三个ж丑陋的嗞嗞嘶嘶的噪音。大概这个音对于他来说听起来是"天籁"，难道说在实际谈话中人还关心什么语音的优雅结合吗？

似乎是他的语言——这匹虽然被驯服了却依然自由和野性不改的巨兽，仍然凝望着森林，有时候突然恼怒，最后则拒绝为他服务。艺术家与它进行猛烈的斗争，让它服从生疏的思想与情感体系，折断它、肢解它，使它破相，硬是把它放在基督教"推理"的普罗克拉斯特斯之床上。没有什么场面比伟大作家与自己的语言进行的这场斗争更为悲惨和富于教训意义了。

把它平定之后，他还很久不能原谅它，虽然已没有必要，但出于强横癖性、复仇心理来强行支配它，的的确确是以自己的疏忽、自己对它的蔑视来自我炫耀。其实，不仅在语言方面，他本来就具有一种苦行主义者所特有的癖好：张扬玩世不恭主义，对外在礼仪和整齐规则的破坏。他好像是在告诉读者：

你们觉得我的音节不够雅致吗？倒好像我还关心什么音节似的！我是怎么想就怎么说——我的思想自己会保护自己的。

但是，正是因为对简朴、对谈话自然性的这种过度的追求，他才陷入了他最害怕的那种缺点——一种特殊的精美，也许是最细腻的，"简朴的精美"，或者可以说，无艺术可言的艺术性。

屠格涅夫觉得《战争与和平》的心理描写平庸。福楼拜却因同一部《战争与和平》惊叹："何等高超的心理学家！"这两种评价，虽然显得如此对立，但是却可以协调起来。

托尔斯泰越是接近肉体——或者把肉体与精神联系起来的因素——动物性——自发性的"精神的人"，则他的心理学，或者，更确切地说，他的心理生理学，也越确实和深刻。但是，随着他逐渐抛弃他脚下这坚实而丰饶的土壤，把自己的研究引入独立的、从肉体中抽象出来的精神、意识性——并非心之激情，而是智慧的激荡（因为人的智慧，也像人的心一样，是有其激情的，而且复杂与深刻程度绝不低下：陀思妥耶夫斯基即这些智慧的激荡的伟大描写者）——托尔斯泰的"心理学"变得可疑。

不能不相信的是，尼古拉·罗斯托夫看见几条狗在水洼子里和一头被擒的狼一起乱蹬乱踹、一条狗还咬住那匹狼的喉咙这一分钟，的确是罗斯托夫"一生中最为幸福的一分钟"。但是，基督教的感情，尤其是伊尔琴耶夫、奥列宁、别祖霍夫、列文、波兹得内舍夫、聂赫留道夫的基督教思想，要引发出许多疑问。对宗教和道德转变的全部这些描写，不仅是用另外一种语言，而且，甚至似乎是另外一个人写成的；所以，在作品的基本神韵上，像补丁一样显眼。这些补丁块——抽象的"推论"，像巨大的、浮飘的雾点时时打断史诗的清晰脉络；这些推论不是由于内在不可动摇的必要性，从活的行动中出生、成长，对活的行动毫无补益。把这些东西压缩甚至完全剔除，对于整部作品的建构完整性不仅无害，反而有益。

正是在这些地方，托尔斯泰的"心理学"就令人想起一则关于一个少年的古老东方故事。这位少年想要知道，葱头内到底包藏着什么东西，便开始把叶片从球茎上一层一层、一个一个地剥了下去；但是等他剥去最后一枚之时，那葱头几乎或者干脆什么也没剩下了。托尔斯泰也正是这样，为了寻求永恒真理，人情感的最后自然核心，便从这些情感上一层一层地剥下一种又一种的俗套，一个又一个的谎言；但是，到最后，从那对于人的情感——这无疑存在过的"葱头"可以理解的那某种可能原是不洁、双重、无辜而有罪的、基督教——异教的、但依然不失为真正有生命的东西中，什么或者几乎什么也剩不下来了：我们甚至已经不相信，这里是否还有什么情感——因为在全部这些心理挖掘、剥离和揭示之后，我们对情感的了解比原来更少了。

《童年与少年》主角伊尔琴耶夫，我们一直都能看见，对于我们来说，他很鲜明，是个容易接近的人，是我们童年和少年时期不可忘怀的亲切同伴。我们也看得见彼埃尔·别祖霍夫——虽然清晰度减少——这位有农夫气质的强壮的俄罗斯贵族，表情坦然，眼睛近视，目光专注，富沉思神态，却并不显得聪明。彼埃尔即使个性不活跃，但全少脸色——当然还有躯体——是活跃的。清晰度更加减少的是，我们见到列文，这"纤夫般的哲学家"，但是我们已经没有十足的把握知道他是完全自在地生存，还是为了自己而生存。从列文身上越来越频繁地显露出托尔斯泰这位"先生与作者"（le monsieur et l'auteur）。但是，《克莱采奏鸣曲》中的波兹得内舍夫和《复活》中的聂赫留道夫，我们则完全看不见了。波兹得内舍夫好像故意似的，在黑暗的车厢里讲述他那可怕的故事，他的脸是无法看清的。托尔斯泰说："在黎明半明半暗中，我完全看不清波兹得内舍夫。只能听见他越来越激动的忍受着痛苦的声音。"他整个的人似乎就是这饱含痛苦的一个声音，或许还有发出灼热，半疯狂火光的"闪烁的双眼"。他的智慧、灵魂和肉体的全部生命都集中在这双眼睛和这个声音里了。但是，我们连《复活》主角聂赫留道夫的声音也听不见。这已经是——结晶体般整齐的、透明的、没有生命的抽象,是做出道德——宗教结论的道德——宗教之前提。这个人是永远不会反叛自己的创造者的,不会做出也不会说出其不意的事来。这是没有个性也没有面孔的东西,是基督教"推理"灰色阴郁蜘蛛网上的灰色阴郁的蜘蛛。这是加强和集中声响的机械地服从的音乐仪器,像共鸣器或者传声筒一样;而站在它后面的"作者先生"正是用它来大声宣扬自己的道德原理的。

托尔斯泰是人之肉体的伟大创造者,部分地是人的灵魂——即其转向肉体、转向生命无意识的、动物性自发性之根的那方面的灵魂的创造者。但是,他是不是活的人的个性,那被称作"人物"的创造者呢?

人物无疑在他笔下孕育、成长和逐渐形成,但是,这些人物能否分娩出生、逐渐长大,成为独立、个别、惟一和完整的、有生命的存在物呢?

托尔斯泰对人的个性的描写很像高浮雕的半凸出人体,这些人体有时候似乎马上就要脱离塑造并把握着它们的平面,最后跳出来,站在我们面前,像可从四周观看、可及可感的圆雕一样;然而,这是视觉的欺瞒:它们永远也不会分离出来,永远不会从半圆变为全圆;我们永远也不会从另一面看到它们。

在普拉东·卡拉塔耶夫的形象中,艺术家似乎使不可能之事成为可能:他能够描写出有生命的,或者,至少,暂时显得有生命的个性,恰恰就凭着没有个性、没有任何确定的特征和棱角,凭着特殊的"圆形特征";这种圆形惊人明显,甚至似乎几何形的印象,却不是产生于内在的、灵魂的面貌——而是产生于外在的、肉体的面貌:卡拉塔耶夫有"滚圆的躯体""圆的头""圆形的动作""自圆其说的言语",甚至连他的气息里都有"某种圆的东西"。他是一个分子;他是为首的和最后的,最小的和最大的,是开始与终结。他自身并不依自己而生存;他只是万有的一部分,全民、全人类、全宇宙的生命的一部分。他以自己的个性或者无个性再生这一生命,就像一滴水珠以其完满的圆再现世界之圆周一样。无论如何,艺的奇迹，或者视觉的最为天才的欺瞒正在完成，几乎已经完成。普拉东·卡拉塔耶夫虽然没有个性，却似乎是有个性的、特殊的、惟一的。但是我们也许想要彻底地了解他，从另外一个方面看看他。他很善良；但是，也许，他一生都连一次也没有触犯谁吗？他很纯洁，但是，也许，他连一次也没有与众不同地瞥过某一个女人一眼吗？他说话爱用成语，但是，也许，他有一次还是把自己的一个词儿塞进了这些短语了吧？只需要一个词，一条事先看不见的细线就会破坏了这个过度正确的、在数学上完美无缺的"圆形"——我们也就可能相信，他是一个有血有肉的人，他存在。

但是，在我们最凝神注目之时，普拉东·卡拉塔耶夫好像故意似的，死去了，消失了，溶解了——像一个小水珠落入大洋中一样。如果说他在死亡时得到更多确认的话，那么，在他活着的时候，在人类情感、思想和行为诸方面，我们就承认，他是难以确认的：他连生活也没生活过，只是存在过，亦即显现为"完美的圆形"，并以此完成了全部使命，所以他只剩下等死了。在我们的记忆中，正如在彼埃尔·别祖霍夫的记忆中那样，普拉东·卡拉塔耶夫给人留下的印象永远不是一张活生生的脸，而只是对全部俄罗斯事物、善和圆的事物的生动体现而已，也就是说，是巨大的、全世界历史宗教的和道德的象征。

安德列公爵的个性也出现了类似的情况。

我们已经看到，或者猜想到；对于我们来说，他变得越来越可理解，这在于他自己生动的矛盾，冷漠的智慧和炽热的幻想倾向的结合，对人的蔑视和对荣誉——"对人之爱"的不可满足的渴望的结合，贵族的外在残酷性与隐秘的温柔——有如儿童没有防卫的心灵感受性的结合。

但是，在这里，好像故意似的，正是在雕塑家再敲几锤则人的形象即最终雕刻成形之时刻——安德列公爵开始死亡。和卡拉塔耶夫相反，安德列死亡得缓慢而困难，因为他全部的个性是由一些确定的特征，由一些棱角构成的，所以死亡要许多时间，才能磨去这些活的棱角,达到原初分子——时刻准备与海洋汇合的小水球的"圆形"特征。死亡姗姗来迟,缓慢地磨圆着他,像海浪磨圆着多棱角的石块一样。

在缓慢而似无终结的死亡期间,在梦境和痛苦之中,在绝望和清醒之时,他的脸由活生生变得全新、陌生、可怕。这第二张脸遮盖、吞没了第一张,以致安德列公爵的全部生活,他全部活的思想、情感和行为就显得十分微不足道;所以,在我们的记忆中就永远地留下的不是安德列公爵的生命,而只是"安德列公爵的死亡",不是活的、特殊的个人,而只是这无法理解的、非人的、彼岸的第二张脸。

但是,还有娜塔莎·罗斯托娃呢:她,似乎是富生命力的、亲切的、此地的、近在眼前的、特殊的和惟一的。她的人之个性之结结得多么有情,多么牢固。这个"优雅的最纯洁的榜样"之组成依据是灵魂——肉体生活之何等精细、难以捉摸和多种多样。和普希金的塔吉亚娜一样,她似乎是诗人缪斯的化身,在"永恒女性"之镜中,反映出诗人自己的内在面貌。

但是,就在这里,在娜塔莎的形象趋于完成,达到最高级的优雅之时,艺术家画了瞬时的、但是深刻得惊人的、令人难忘的一笔。情景发生在打猎之时:几条猎狗刚刚捕捉到一只兔子,一个猎人割去兔子前腿和后腿的前半截,用力抖动着,让血流净。所有人都兴奋了,脸发红,喘着气,异常激动地说着大话,讲述狗捉兔子的经过:

> 这时候,娜塔莎连气都不换一口,兴奋而狂热地尖声吼叫,以致听她吼的人耳朵里嗡嗡作响。她用这一长声吼叫表达了其他猎人们用抢说抢答的谈话所表达的内容。这一声长吼十分奇怪;对于这种野声野调的吼叫,她应该感到羞耻;如果发生在其他时候,众人也要对这声吼叫感到吃惊的。

在这位上流社会青年姑娘野性的狩猎呼吼中,表现出了那种史前古老的、自发性动物性的、捕兽时用的、林莽中的、林妖般的手段;这种手段,在经历过文化的几千年发展之后,有时候为我们之中感情最为细腻者,至今仍然使看来如此没有意义、没有人性的娱乐——如猎兔——变得引人入胜。娜塔莎的优美外貌,由于被这原始性的狂热而扭曲,在这一瞬间不是化解得难以辨认了吗?从她这张可爱的、熟悉的、亲切的面容之后不是正在出现另外一张陌生的、奇怪的、几乎是令人触目惊心的第二张脸吗;而这第二张脸可能很像托尔斯泰全部创作中最深刻的和首创形象的脸——叶罗什卡叔叔的脸——他是"主面前的伟大猎人",他,很可能在捕获一头野猪之后,也恰恰是因为兴奋而这样狂呼号叫的。这个小小特点是稍纵即逝的,似乎会消失得无踪无影——然而,它消失不了,以后一定回来,而且常常回来,附加在同类的但已经是更为强烈、深刻和长期的特征上。

与这一野性长吼相类似的叫声,彼埃尔·别祖霍夫不是在娜塔莎分娩时更令人胆战心惊、毫无意义的、动物性的吼叫声中听到了吗?列文不是在基蒂分娩时非人的呼号嚎叫声中听到了吗?正是在那里,在《战争与和平》的尾声中,娜塔莎正变成一位贤妻良母,"怀孕、生养、哺乳",她的形象贯穿了整部史诗,按艺术家的设想,应该最终地完成了。也的确正在完成——然而是何等地出人意料!

结婚七年之后,娜塔莎:

> 发福又发胖,在这位强壮的母亲身上已经很难辨认出以往那位细长柔美、活动轻便的娜塔莎。……她完全衰颓了:她的服装、她的发式、她很不得体的言谈、她的嫉妒——她嫉妒索妮亚、家庭女教师、一切漂亮与不漂亮的女人——这一切都变成了她周围的人笑谈的日常话题。

现在她不关心自己的风度,不关心言谈文雅与否,不关心以最吸引人的姿势出现在丈夫面前,不关心梳妆,根本不考虑是否因为自己要求太高而令丈夫困窘。她的所作所为,都违背了这些规矩,"除了不整洁和颓衰之外,她还悭吝。"在她和丈夫之间,没有任何精神上的联系。对于他的"科学活动,她一点也不理解"。——"她没有自己的话,"尼古拉·罗斯托夫很惊奇,其实他本人也说不出有神采和丰富内容的"自己的话"来。除了照料丈夫和孩子们之外,人间其他一切事务,对她都变得生疏了。在家里,她似乎变粗野了——她躲避生人,只愿意和"亲近的人在一起;她可以披头散发,穿着罩衫,迈着大步从婴儿室中出来和他们见面,满脸高兴,举着有黄斑点而不是绿斑点的尿布片,听众人说孩子现在好多了的安慰话"。作者评述道:

> 现在常常看到的只是她的脸和躯体,灵魂是看不到的。看到的是一个强壮、美丽和会生孩子的妇人。

艺术家对娜塔莎形象的态度到底发生了什么情况?这一形象,对于他来说,违背原有的意义了吗?缩小、暗淡了吗?是不是存在某种事先未曾料到的,没有纳入最初设想二者之间的矛盾呢?——矛盾一方是少女娜塔莎,她充满了那种亲切的、神秘的魅力,是普希金笔下塔吉亚娜的姊妹,托尔斯泰的预言的缪斯,"最纯洁优雅的最纯洁榜样";另一方则是这个只会怀孕、生养、哺乳,甚至非人的、仅仅是自发性动物性的母亲,"会生孩子的妇人","看到的只是她的脸和躯体,灵魂是看不到的"。

看来,至少在艺术家眼里,在这两个形象之间,不仅没有任何矛盾,反而甚至存在着有机的连贯性与发展的必然联系。他通过整部巨大的史诗,把娜塔莎引向这一状况,亦即把她变成"妇人",把全部人性的个性,还有有条件、有局限的一切变为自发的、无个性的、无条件的、无限的东西,正如大自然把花朵的子房化为果实一样——正因为这一点,他才喜爱大自然的。她的形象没有缩小,也没有变得暗淡，而是相反，只有现在才长到应有的高度，只有现在在她身上才展现出托尔斯泰观点中的那种"永恒的女性"，亦即永恒多产、生养之母性。那"不断燃烧的欣悦之火"曾构成了少女娜塔莎的优美，但是在作为母亲的娜塔莎身上并没有熄灭，而仅仅是更深入其中，依然是神性的——不过不是神性的精神的，而是保持以往的面貌，是神性的肉体的；但后者不亚于前者，而仅仅是从另外一个方面观看的前者。在我们看来构成娜塔莎之人的个性内在核心的东西——她全部的魅力、全部神秘的音乐和芳香——仅仅是临时的外壳，是光彩夺目的春季盛装，这是大自然赋予她的，正如大自然在花鸟鱼虫享有性生活期间赋予百花芬芳、百鸟歌喉和彩羽、赋予鱼类和水兽魔幻般的色彩一样。但是，要知道，这种瞬时的优雅同时也是永恒的，因为只有在这里，在花之怒放之中，在性的完成之中，在爱之中，在长了翅膀的和又令一切飞翔的爱欲渴望中，最深刻、最鲜明地时时现出各种各样生灵获有灵性的惟一的、上帝的构想，和一切有生命能呼吸造物与全宇宙生命之灵魂的预言性的联系。娜塔莎的第一形象在第二个中没有被歪曲，只不过是变化并加深了而已。托尔斯泰说：

> 她感觉到，本能教会她在以往使用过的那些妩媚，现在在她丈夫眼里也许只不过是可笑的；而她，从第一分钟起，就全部献身于他，亦即全心全意，把每一个角落都向他敞开。她觉得，她和丈夫的联系不是靠把他吸引到她身边的那些诗意感情来维持的，而是靠别的——某种不确定的但是像她自己的灵魂与肉体的联系那样牢固的因素。

在这里，正如时时处处在托尔斯泰笔下那样，一切都归结到这"灵与肉的联系"，归结到这自发性动物性的、联结了肉体与精神的"精神的人"，归结到爱欲渴望的这一"黄金链条"：按照荷马的话，众神把这"黄金链条"从上天悬挂，延展到地上，用它联系起地与天，女性与男性，世界的一半与另外一半，联结成一个统一的"圆形"整体，统一的活的、动物性的万有。

娜塔莎的诗意妩媚似乎消失得无影无踪，像花的色、鱼的鳞、鸟的羽一样褪了色似的，而这些花、鸟、鱼已经完结了春天的性生活，已经怀胎，安宁下来，现在正默默地积蓄内在的力量准备生养、孵化和哺育。与此同时，这种妩媚曾一度给予她的对丈夫的控制权不仅没有减少，反而增加了："娜塔莎在家里把丈夫当成奴隶。"尼古拉·罗斯托夫评论说："娜塔莎可笑得很，虽然把丈夫踩在脚下，可是一旦要说理的时候，她便没有自己的话了，她会用他的词句来说话。"托尔斯泰用自己的话补充说："公论是：彼埃尔在自己妻子脚下。的确如此。"

彼埃尔可以尽情地推理，追求基督式的"复活"，为亲朋好友福利设想，为人民利益着想。但是，如果要实现理想，要实地散发财产的话，那么，娜塔莎则宁愿"把他监护起来"，也不能同意他胡来。于是，"丈夫的女奴隶"，这女人，为了保护小崽子们（"她认为有义务，像母亲一样地制止这种事，即散发田产"，别尔斯这样评论索菲亚·安德列耶夫娜·托尔斯塔娅），会向老公张开爪子，当然是能制止他的，因为她依靠的是本性。

不过，情况从来没有发展到这样的极端。娜塔莎是放心的：

> 彼埃尔永远不过是空想、"推论"，不停地"复活"罢了——他的日子也就是这样平平静静地过去的。他实际上比外表更中庸、更理智。让他讲大道理吧，这小孩子就高兴这么办；娜塔莎想着，脸上露出权威者的、动物性的聪明微笑。

女伯爵玛利亚和尼古拉·罗斯托夫之间、基蒂和列文之间的关系也同样是这样的吗？

"女伯爵玛利亚的灵魂永远奔向那无限的、永恒的和完美的事物，因而永远也不能够平静下来。"她"灵魂受肉体拖累，忍受着隐

秘而高尚的痛苦"。但是,对于彼埃尔要散发财产的基督教理想,她以直截了当的玩世不恭态度说:

> 他忘了,我们还有其他的、更临近的义务,这是上帝指给我们的:我们可以以自身,但不可以以孩子们去冒险。

"如果我没有小孩子的话,难道我能不跟他走吗?"索菲亚·安德列耶夫娜几乎是用玛利亚的话说话的;而玛利亚,尽管心向"永恒和无限",尽管"灵魂受肉体拖累,忍受着隐秘而高尚的痛苦",却完全同意丈夫尼古拉·罗斯托夫的见解:他在最粗野和敞开的赤裸中,体现着男人的动物性的精明,正如娜塔莎体现了女人的精明一样。

托尔斯泰的全部人物或者正在死亡,或者在走向死亡——他们是没有其他出路的。

彼埃尔和列文——这两部作品中的哲理智慧和基督教的良知——全被踩在各自夫人,基蒂和娜塔莎的脚下;这两位会生养的妇人,对于他们的"推理"报以无言又不可反驳的结论——新生儿诞生于世。"这就是福;永远都是这样,应该这样,"对肉体的伟大洞见者,似乎在用这些形象这样说,一反自己的意志和意识。

娜塔莎"没有自己的词语"。但是,那些高高地站在巨大复杂建筑物尖顶上的雕像,是统领、完成和美化着这些高楼大厦的;像这些雕像一样,出现在《战争与和平》尾声中的做母亲的娜塔莎的形象,无言地和自发地统领着整部巨大的史诗,而世界史上的悲剧的活动——战争、各民族的运动、英雄人物的伟大与死亡,只不过是这位母亲——妇人的底座而已;这位母亲正洋洋得意地展示有黄斑点而不是有绿斑点的尿布。奥斯特里茨、鲍罗金诺、莫斯科大火、拿破仑、至福的亚历山大存在不存在,无所谓——但是一切都会成为过去,一切都会被忘记,被下一次浪潮从世界史牌匾上抹掉,就像写在海边沙滩上的文字一样。但是,在任何时候,在任何文化中,在全世界任何历史性风暴之后，母亲们也不会停止因尿布上有黄斑点而不是绿斑点而欢欣雀跃。在自己作品——人类创建的最伟大大厦之一——的顶峰，《战争与和平》的创造者竖起这样一面不登大雅之堂的旗帜——"有黄斑点的尿布"，作为人类的引路之旗。

安德列公爵彼岸的、非人的第二张脸在死亡中展现，娜塔莎的第二张脸在分娩时展现，被分娩遮盖、吞噬的第一张脸，她个性的、个别的、人的、特殊的第一张脸，我们已经看不见，而且永远也不会再看见了。现在，娜塔莎只是一位一般的母亲，或者妇人，即女性这一半，半个世界。小水球在达到完全的、卡拉塔耶夫式的"圆形"之后，便在全宇宙动物性生活的大海中消解。一切个别的人的面目在没有面目、非人的面目中的这一消解，正是托尔斯泰创作的主导旋律之一。

正如大自然吞噬了叶罗什卡叔叔（"我死了，青草会长起来"）、死亡吞噬了普拉东·卡拉塔耶夫和安德列公爵、分娩吞噬了娜塔莎那样，托尔斯泰观点中的不事生育、婚外、纵乐、破坏性、罪恶和恶劣之爱情的"致死之情爱"的自发势力吞噬了安娜·卡列尼娜。

从第一次出现，几乎从默默中投向渥伦斯基的第一眼，到最后一息，安娜都在爱着，只有爱。我们几乎不知道，她原来有什么感觉、什么想法，怎么生活的——似乎在她陷入情网之前完全不存在；无法想象不在恋爱的安娜。她的全部都是爱，似乎她全部的存在、灵魂与肉体都是由爱编织的，就像火精萨拉曼德拉的躯体由火构成，水精温迪娜的躯体由水构成。

在她和渥伦斯基之间，正如在娜塔莎和彼埃尔之间、基蒂和列文之间那样，是不存在什么意识的和总体精神的联系的。只有昏暗的和坚固的、肉体与灵魂的联系——"灵与肉的联系"。她和他从来不谈别的，只谈爱情。然而，即使是他们的情话，也是索然无味的：

"……在莫斯科，我在您家的一次舞会上跳舞，跳得比在彼得堡——冬天跳得还多。上路以前得休息一下。"

"您明天一定要走吗?"渥伦斯基问。

"是啊,我想。"安娜回答,似乎对他提出问题的勇气感到惊奇;但是,她这样回答的时候,眼睛和微笑的不可遏制的、颤抖着的闪光烧灼了他。

在上流社会这种无聊闲话中,语言什么也没说出,但是"眼睛和微笑……颤抖着的闪光"说出了欲言又止的话——和这决定性的激情一刻。

渥伦斯基向安娜表白爱情时,语言又是索然无味的:

"难道您不知道,您对于我就是全部的生命……对于我,您和我是一个……对于自己也好,对于您也好,我看不到今后保持安宁的可能性。我看到了绝望、不幸的可能……或者,我是能看到幸福的可能性的,何等的幸福啊!……难道这不可能吗?"他只用双唇补充说,可是她听见了。

她调动了自己智慧的全部力量,想要说出该说的话,但是,她说不出来,而只是把充满爱意的目光停留在他身上。

如果比较一下渥伦斯基这种无济于事、平淡得几近粗俗、结结巴巴吐字不清的表白,和沙恭达罗、所罗门与书拉密女、罗密欧与朱丽叶的"奔放的爱情之歌"——那么,他的表白显得多么贫乏啊!但是安娜和渥伦斯基谈话不是用词语,而只是用"眼睛和微笑的闪光"、种种的发声、躯体的种种表现和动作,像相爱的野兽一样。爱情的这种自发性动物性,没有词语的语言——是比全部的人类词语深刻得多的!

然而,应该指出的是,从总体上说,在托尔斯泰的作品里,艺术的中心和重心,描写的力量,并不在于戏剧性的部分,而在于叙述性的部分,不在于出场人物的对话之中,不在于他们所说的话,而仅仅在于关于他们说了些什么话。人物的言语是混乱或者没有思想内容的——但是他们的沉默却是无比深刻和充满智慧的。托尔斯泰就渥伦斯基叫福禄福禄的一匹马议论道："它属于这样一类动物：这些动物之所以不说话，似乎仅仅是因为它们嘴部构造不允许它们这样做。"关于托尔斯泰笔下的某些人物，例如，渥伦斯基和尼古拉·罗斯托夫，我们可以断言，他们之所以会说话，仅仅是因为他们嘴部的机械构造允许他们这样。

像只重复自己丈夫的话的娜塔莎一样，安娜也"没有自己的话"，而普拉东·卡拉塔耶夫也没有自己的话，他说话全用民众的词语，还有成语和谚语。在我们的记忆中无论保存下来安娜·卡列尼娜的多少不能忘却的、个人的特殊感情和感触，但是，却没有留下有人的意识的、个人的、特殊的、只属于她的、哪怕是谈爱情的——一种思想一个词。然而，她并不显得笨；相反，我们可以推测到，在智力上，她要比多丽、基蒂、渥伦斯基复杂而又高超，——谁能说得准呢？——也许，甚至似乎比——嗨！——说话很多、太多的列文还要高超。但是，他在小说情节中的地位，使她完全沉溺于自发的激情，正是从这个方面把她从我们面前遮盖住了——从智慧、意识、高级的无私到无欲的精神生活之方面。除了爱情之外，她是谁，做什么的？我们只知道，她是彼得堡上流社会的一个女人。但是，除了已知的等级之外，她出自什么历史背景，出身自哪种文化？扎入俄罗斯土壤的她的存在之根又在哪里？如果有这些根，则她的存在是相当深厚的和首要的。不仅关于自己的而且还有一般意义上的爱情，不仅关于自己的而且还有一般意义上的家庭，关于孩子，关于义务，关于自然，关于艺术，关于生活，关于死亡，关于上帝——她都想些什么？这一点我们不知道；或者几乎不知道。但是我们知道，她那打卷儿的头发如何在后脑勺和两鬓上攀附又往外冒，细长的手指在指尖处如何变得更细，她的脖子如何滚圆、结实，好像经过打磨似的——她脸上的每种表情、身体的每个动作，我们都知道。她的躯体和部分的自发性动物性方面的灵魂——"夜的灵魂"（丘特切夫语），我们能极为清晰地看到。但是，要知道，也许，我们也同样清晰地看到福禄福禄的躯体和灵魂,甚至"个性",因为渥伦斯基的这匹马也有自己的"夜的灵魂",自己的天然的动物的脸,而这张脸,是悲剧中活跃出现的许多张脸之一。有人说,渥伦斯基像是穿了侍从武官制服的公马,如果这是真的,那么,他的那匹母马就像是一名姿色不错的女人。在福禄福禄和安娜·卡列尼娜的美丽中有相似的"永恒的女性",这一相似性起初几乎不可捕捉,后来渐渐渐渐地加深,充满了神秘的征兆。

"就身段而言",福禄福禄"不是无可指摘的"。但是,正是这些仅有的、貌似不整齐的"个体"特征,让渥伦斯基对它着了迷。他第一次向安娜投以一瞥之时,令他惊喜的是她外貌中的——"纯种""血质"。同样,福禄福禄"在很高程度上也有令人忘记其一切缺点的品质":这品质就是"血质""纯种",也就是肉体的贵族气派。在这二者——这匹马和这个女人身上,肉体外貌有一种一致的、确定的表现;这种表现把力量与温柔、纤细与坚韧联合了起来。安娜的小手"手指靠指尖处变细",又"有劲",又"柔软"。福禄福禄的腿骨:

> 在膝关节以下,从前面看,不比一根指头粗,但是若从侧面看去,则是异常地粗壮。……网状的血管在细薄、活动和平滑的皮肤上展延,像地图一样,肌肉从血管下强劲地拱出,显得十分坚固,像骨骼一样……在整个躯体,尤其是在头部,都有一种确定的、有力的又是温柔的表情。

这二者都有同一种勇往直前的轻快和坚定性,似乎是飞翔的运动,同时,又有过度激荡的、紧张的、严厉的、暴风雨般的、狂喜的剩余生命力。"福禄福禄瘦而窄的,长着两只突出、闪亮、快乐眼睛的头脸(安娜的眼睛'明亮而愉快'),在鼻头处扩展成为突出的鼻孔,里面是充血的膜。"它也像安娜一样,虽然"没有话",却理解主人。"渥伦斯基至少觉得,它理解现在他凝望着它之时的全部感触。"在他们之间,有一种奇异的,不仅是肉体的、自发的动物性的联系,而且也是"精神上的"联系。它理解并喜欢他的爱,既想得到又害怕这种爱:

> 渥伦斯基一进来看它,它就深深地吸一口气,斜转着突出的眼睛,眼白里都充了血,从对面望着进来的人,抖动着辔头,富有弹性地踏着马蹄(安娜也有"弹性的步子")。
> "啊,亲爱的!啊!"渥伦斯基向它走近,劝诱着它,说。
> 但是,他越走近它,它越激动不安。只有在他走近它的头部,它才立即安静下来,身上的肌肉在又软又细小的毛下抖动着。渥伦斯基抚摸了它**强健**的脖子,梳理了后颈部倒向另外一侧的一缕鬃毛,又把脸凑近它张开的,像飞鼠翅膀一样**薄**的鼻孔。它呼呼地吸气,又从紧张的鼻孔里呼出气来,抖动一下之后,把一只耳朵耳尖压下,向渥伦斯基伸出**强壮**的黑色下唇,好像是要抓住他的衣袖似的。但是,想到辔头之后,它抖动了它一下,复又开始一左一右地踏着纤细的小蹄。

像"修长的""细小的""健壮的"这些词汇也同样出现在对福禄福禄和安娜外貌的描写之中。

渥伦斯基喜欢马,不把它当做动物,而是当做几乎有理性的存在物,像一个女人,似乎他已爱上了它。

"别激动,亲爱的,别激动。"他说着,又用手抚摸它。马的激动感染了渥伦斯基:"他觉得血涌上心头,他也像那匹马一样,想要踏踏脚、咬咬嘴唇;感到又害怕,又高兴。"安娜身上有某种"魔鬼般的""残酷的"东西,但是她的秀美也令他"又害怕,又高兴"。会见完福禄福禄之后,他前去会见安娜。他刚才在自己身上和优美的"上帝造物"——那匹马身上感到的动物性生命之凶猛、暴风雨般、狂喜的过盛,把他和另外一个同样优美的上帝造物——安娜联系了起来。

福禄福禄像女人一样喜欢自己主人的专权,也像安娜一样,要服从于这一可怕而又甜蜜的权力——甚至一直到死,到最后一息,到最后一瞥。因而,爱的不可避免的恶作剧,致死爱神的永恒悲剧、儿戏发生在他俩身上。

　　在赛马时,渥伦斯基已经超过了一切人,在快要达到目标之时,福禄福禄竭尽最后的力量在他身下飞奔,像一只鸟一样——"啊,你真美啊!"他想到这匹马,怀着无限的柔情。这匹马能猜透这位骑手的每一个动作,每一个念头,每一种情感;他俩有一个意志、一个躯体、一个灵魂,他俩之间有"灵与肉的联系";他俩合二为一。在超自然般鼓舞的狂喜中,在飞驰的激昂陶醉中,人和动物融合为一。啊,在这一瞬间,他对福禄福禄的爱胜过对安娜的爱;此刻的爱更为奇妙,更富神秘感。然而,骤然间,一个不够灵活的动作,

　　　　又可恶,又不能原谅:由于未能及时配合马的运动,他一下子坐在马鞍上,他的姿势突然变化,他明白,极可怕的事发生了……渥伦斯基一只脚着了地,他这匹马也瘫倒在这条腿上。他刚刚来得及把腿伸直,它就侧身倒下来,沉重地喘息着,为站起身而用细长的淌着汗水的脖子做出徒劳的努力;它在地上,在他脚边挣扎着,像一只中弹坠落的鸟。渥伦斯基那个不灵活的动作,折断了它的腰。但是这一点他是以后相当久才明白的……现在,他摇摇晃晃地站在泥泞的地上,在他面前,福禄福禄沉重地喘着气,躺着,向他转过头来,那优雅的眼睛望着他。渥伦斯基依然没有明白到底出了什么事,还用缰绳拉这匹马。那马又像一条鱼似的挣扎,令鞍子吱吱咯咯地响,蹬直了前腿,却没有办法抬起上半身,于是疲劳不堪,重又侧身倒下。渥伦斯基脸被情绪扭曲,苍白,下巴直哆嗦,用靴后跟踢马的腹部,又拉缰绳。但是,它一动也不动,只把鼻子顶在地上,用会说话的目光望着主人。

　　"唉——!"渥伦斯基深深地叹息,双手抱住了头,"唉

——！我干的什么事啊！"他吼叫着。"比赛输了！全是自己的过错，惭愧啊，不可原谅！还有这匹马，多不幸，多可爱，给毁了！……唉——！我干的什么事嘛。"

……有生以来，他第一次感受到最沉重的不幸，无法弥补的不幸，而且，造成这不幸的罪责就在他自己。

是啊，在这只动物最后的、"会说话的"、人一般的目光中，他看出了、理解了那可怕的谴责；他明白了，是他自己犯下了的的确确无法弥补的罪行，为了自己虚荣的癖好，在这残酷的游戏中牺牲了他喜爱的这活泼泼的、优美的上帝之造物。

怎么知道命运就没有向他发出防止福禄福禄死亡的警告呢？他不会也一样在一场残酷的游戏中毁掉安娜吧？无论在这里，还是在那里，都是"一个不够灵活的动作，又可恶，又不能原谅"，然而，这动作是不由自主的，不经意的呀——于是，这过度紧张的造物在力所不能承受的重压之下折断了脊梁骨，倒下，"在他脚边挣扎着，像一只中弹坠落的鸟"。

玩弄着死亡与破坏的这盲目少年之神——爱神的这条牢不可破的法则，使爱情变得类似仇恨，肉体占有变得像谋杀的情欲之残酷性质，甚至表现在情人最激荡的抚爱温存中。

向安娜投以一瞥之后，渥伦斯基：

感觉到了杀人犯看到被自己所杀的人的躯体时感到的体验……一想到付出如此奇耻大辱代价是为了什么，便感到了可怕和厌恶。而对自己灵魂赤裸感到的耻辱压迫了她，也感染了他。但是，尽管存在着杀人者面对被杀者遗体时感受到的恐怖，还是要把这遗体割成碎块，隐藏起来，要利用杀人者用谋杀获得的东西。于是，杀人者像怀着情欲一样地怀着痛恨之情扑向这遗体，又拽它，又切割它；而他，则也连连亲吻她的脸和双肩。

安娜自杀身亡之后,这同一个躯体,他又看到了:

> 在太平间大桌子上,不知羞耻地躺在其他遗体中间,血淋淋的,还充满不久以前的生命;头还完整,向后仰去,还保留着沉重的发辫和两鬓上的卷发;美丽的脸上,绯红的嘴半张着,表情在双唇上是凝固的、奇异的、可怜的,但是在突然静止的、半睁着的双眼里,那表情是恐怖的;这表情似乎正在说出那句可怕的话来——他必定后悔的——是他俩吵架时她冲他说的。

在这已经死去的眼睛"会说话的目光"中,他没有释读出在被他害死的动物的"人的"目光中释读出的谴责吗?他没有又一次理解——像那时一样地——他的生活中发生了"最沉重的不幸,无法弥补的不幸,而且,造成这不幸的罪责就在他自己"吗?

在人的死亡中,在动物的死亡中,完成了一个悲剧——强者对弱者的永恒强力,欲望强烈的爱神反对那无欲者的罪行;反对说出下面这句话的人:"使他们都合而为一。正如你父在我里面,我在你里面,使他们也在我们里面"(约,17:21)。

在体验并把人性深化到动物性、把动物性深化到人性的同时,在二者的最深层里,托尔斯泰寻找着首先的、共同的、惟一的、合一的象征。

但是,在他挖掘到这些地下深层之前,他必须穿过何等的坚厚石墙,穿过血与肉的何等的深渊啊!从充满了狂喜的却是不由自主的、无辜的过盛生命力的安娜(她倾国倾城,燃烧着,恋爱着,皆因她不能不爱他人。这是她全部的罪过吗?),到"太平间大桌子上,不知羞耻地躺在其他遗体中间,血淋淋的"肉体——这是何等可怕的历程!

看来,是否托尔斯泰以情欲、疾病、分娩、死亡等把人从一切人性中最终地赤裸出来,把上帝的肖像和形象归结到动物性、畜生性这种做法,有时候要和毫无目的的和幸灾乐祸的残酷性联结起来呢？他不满足于恐怖：他穷追到底地寻求赤裸化、玩世不恭、那种滑稽加恐怖——这二者的结合存在于但丁笔下的魔鬼的欢乐之中和罪人的绝望之中。

鲍罗金诺战役之后，在一个战地救护点的伤员帐篷里：

> 桌子上坐着一个鞑靼人，大概是哥萨克——从扔在旁边的军服来看，有四名大兵拉住了他。戴眼镜的医生在他肌肉发达的褐色后背部切除了什么。
> "唉哟，唉哟，唉哟！……"这鞑靼人像猪一样号叫；突然扬起高颧骨、黑乎乎、鼻孔上倾的脸，露出满嘴白牙，开始挣扎，乱扭动，发出穿透性的、响亮的、长长地拖延的呼吼。

这张露出白牙、鼻孔朝天的脸——难道不是"地狱"或者"最后的审判"的景象吗？在某一个可诅咒的"圈层"的裂缝中，受到魔鬼折磨的罪人不也可能完全这样像猪似的号叫吗？

在另外一个桌子上，躺着一个身材高大、健壮的人。

> 几个助理医生扑在这个人胸膛上，用力按住他。一条白皙、颀长、粗壮的腿快速地、频繁地、不停地发热病似的抖动着。这个人痉挛地大哭，哭得一再喘不上气来。两位医生，一语不发——有一位满脸苍白，颤抖不停——正在对这个人另一条通红的腿操作着。

这个不幸的人——美男子阿纳多里，女人们的心肝宝贝，娜塔莎的未婚夫，安德列公爵的对手——正在被抬起，正在受到安抚。

> "给我看看……呜呜呜！呜！呜呜！呜！"传来了他的呻吟声，这声音不断地被嚎哭声打断，充满了恐惧，忍受着剧痛——他们给这位伤员看的是靴子里的一条已沾满凝固血污的截

肢下来的腿。

"呜！呜呜呜！"他号啕大哭，像女人一样。

在这位娇生惯养长大的美男子这只发热病般经常快速痉挛的白嫩大腿中，在这位伤员动物般毫无意义和儿童诉苦般的癖好——要看一看自己躯体被截去的部分，好像要和它永别似的这一做法中，有某种可怕又可笑——隐藏在可怕中的可笑的东西，就像在那鞑靼人作猪"嚎叫声"中的可笑因素一样。

在《主人与工人》中，冻死了的商人勃列胡诺夫"僵硬得像一扇子冻肉，因为他的两只腿是分开的，所以，只向外一撇，便把他从尼基塔身旁拉倒了"。看来，一切都已经完结。托尔斯泰，行善的长老阿基姆，对这位不幸的勃列胡诺夫做了一切能做的事——"断送了"他，让这位顽固的人通过无限的恐怖和肉体的痛苦达到基督的软化、复活，磨去了他个性的全部棱角，把他磨得达到了卡拉塔耶夫那样的完美的"圆形"。勃列胡诺夫为兄弟牺牲了生命，在上帝里死了。似乎也可以牺牲最后的、天才性的、生动的、活泼的，同时也是动物性的、玩世不恭的特点，用那迷信遮羞的覆盖物把它遮盖起来，让我们看不见：古代悲剧作家就是把这样的遮盖物抛在正在死亡的英雄们扭曲的脸上的。但是，在这里，似乎从基督教长老阿基姆的背后突然有一个不可救药的异教徒在探头探脑，这就是老森林之妖——叶罗什卡叔叔，他面带貌似清白、无意，而事实上却是狡猾的嘲笑，以已死肉体这种低下、屈辱状态报复自己孪生兄弟的基督式复活；这个肉体在以后某一时刻会在喇叭声下复活并得永生，投入上帝的怀抱，但是现在暂时还是这样不雅观地、愚蠢地叉着腿，"向外一撇"，僵硬得像"一扇子冻肉"。对于即使处于病弱和腐朽状态中也依然保持"上帝形象"的人体之圣殿，这是最后的、显得毫无必要又很亵渎的一击；对于这一圣殿，无论是活的还是死的，异教徒希腊人都十分器重，这是与野蛮人异教徒正好相反的。

在伊万·伊里奇病历中有多少可怕又可笑的东西啊。在这里，艺术家似乎故意嘲笑人类欺骗自己、对自己肉体终极动物性闭目不见这种克服不了的习惯；这种动物性也许是我们超动物性的精神不值一提但依然根深蒂固的、令人感动的标记。例如，我们知道：

> 为了让伊万·伊里奇大解，制作了特别的装置，但是这也依然是件难堪的事。因为不洁、不体面和恶臭，因为知道需要另外一个人参与而感到难堪：他完事之后，由厨房的一位农夫格拉西姆去倒掉。——有一次，伊万·伊里奇从便盆上抬起身来，却没有力气把长裤子提起来，便一下子倒在软椅上，惊骇地望着赤裸的、肌肉十分分明的、软弱无力的大腿。

艺术家不留情面、顽强地描写了对立的场面：一方面是年轻、健康、朝气、清洁、灵活、有力、善良、朴实的农夫格拉西姆，一方面是肮脏、又腰又臭、被疾病折磨、羞辱到丧尽人的尊严的贵族老爷伊万·伊里奇。

> 为了减轻痛苦，他强迫格拉西姆扛着他高举的双腿。
> "就这样，把腿再给我抬高一点，行吗？"
> "那有什么，行啊。"格拉西姆把腿扛得更高了一点。

在这里，在人体这些有失体统的姿势中，在对自己赤裸大腿这样的观望中，在格拉西姆肩上扛着的这两只脚中，也会有那同一种似乎是幸灾乐祸、玩世不恭的东西——既可笑又可怕，就像商人勃列胡诺夫向旁边撇一下脚的冻僵的躯体一样。

应该注意到，这些折磨的形象性、准确性，极为多样的肉体的和精神的痛苦：撕咬、懊悔、恐怖的"火刑"、"直立"、"倒悬之刑"，托尔斯泰是令伊万·伊里奇这一人物——或者说得更好些，牺牲品——经受了一番苦难，尽管以高尚的基督教目的为依据。但是这一切苦难还是很像"神圣宗教裁判所"或者我们的普列奥布拉任斯基命令的拷打；而主持执行这道命令的，正是托尔斯泰祖先之一，"彼得大帝家中小鸟"，机要处首长，著名的彼得·安德列耶维奇·托尔斯泰。

伊万·伊里奇应该不应该有自己的性格，自己生动的面孔，自己特殊的、惟一的、不可替代的人之个性呢？情况是，到最后，从他身上所剩下甚至不是"吼叫的"、好战的、痛得"嗷嗷嗷地叫"的野兽，甚至不是躯体，而只不过是一块被痛苦撕裂、咬遍的半腐烂的肉。

因此，在托尔斯泰的作品里，没有典型，没有个性，甚至没有出场人物，只有观察者、受难者；没有主人公，只有牺牲品：这些人不斗争、不反抗，只是在自发性动物性的生活中随波逐流。这些人的面容刚刚上升，浮出水面，便又立即为自发势力吞没，永久地沉入其中。

因为没有主人公，也就没有悲剧：虽然到处都纠集起个别的悲剧情节，但是，因为不是在人的个性中得到展开，所以，这些情节重又化作无个性、无意义、无意志、非人之物；连古代人所说的悲剧收尾前之大转折这种包揽性的结尾都没有。在无边无岸史诗之海洋中，一切都在波荡、运动，像浪花个别的闪光和抖动一样，一切都在诞生、活动、死亡，重又诞生——没有开始、没有终结。

正如没有解救性的恐怖那样，解救性的欢笑也是没有的。阅读托尔斯泰作品之时，你不仅一次也不会开怀大笑，而且连微笑也不会。似乎高悬在一切之上的是沉重、低矮、"青铜"的天空，被这乌云密布的天空压迫着，结果，因为忧郁，心脏紧缩，而且，似乎已无法呼吸，因为没有空气。

托尔斯泰的主要"主人公"——或者牺牲品——都是聪明、正直、善良的，至少也是心肠好、朴实的，至少也是天真烂漫的；但是，我们若和他们共处，则感到不很自在：他们身上有某种令人不安、沉重、浑浊甚至可怕的东西。有时候，他们，他们全部的人，甚至"最纯洁典型的最纯洁妩媚"之最最天真无邪的姑娘——都散发出同一种森林的、野兽性的、老"林妖"叶罗什卡叔叔特有的气息。这一情况无论是源于人物自身，还是他们的创造者艺术家，姑且不论，但是我们永远不能断言，从他们熟悉的人脸后面不会探头探脑地出现另一张陌生的、自发性动物性的脸，而且，像伏尔泰嘲笑卢梭的"自然状态"时所说的，"不会四肢着地，也不跑回森林"；不会发出奇怪的、野性的号叫，像打猎时的娜塔莎；不会"哼哼哼地"呻吟，像那背部被刀割的鞑靼人；不会吼叫，像伊万·伊里奇发出"嗷嗷嗷"的可怕野嚎。

屠格涅夫早就感觉到，在托尔斯泰的作品中包含有这种窘迫性，缺乏某种高度的自由，缺乏某种山间的空气、令人舒畅的呼吸、精神和灵魂性，而且试图将这种缺点解释为知识不足。但是，是否把屠格涅夫的理解的"知识"称作为意识，才更准确些呢？有一次他信告托尔斯泰，"希望您享有自由——精神上的自由"。屠格涅夫认为《战争与和平》是世界诗歌最伟大的作品之一，但同时也是"因为缺乏真正知识造成的缺乏自由之最悲哀事例"。他提示说："不行啊！没有最广泛意义上的自由，真正的艺术家就是不可设想的；没有这种空气，就无法呼吸。"

在鲍罗金诺战役之前，安德列公爵注视着斯摩棱斯克大道上的部队，看到了在水坝附近不大水池中游水的士兵。那是八月里沉闷的一天，午后二时正。

> 透过灰尘，太阳像是一个通红的火球，照射着、灼烤着，令人难以忍受……一点风也没有。水坝走道上可闻出水池水草味和潮湿气味。他不由得想跳进水里去——无论水有多脏。他望望水池，从那里传来呼叫声和大笑声。水池不大，浑浊，泛出绿色，水面看样子升高了一半，浸过水坝，因为里面挤满了士兵，他们正在里面扑腾，全是赤裸、白皙的肉体，而双手、脸部和脖子却是红砖色的。全部这些赤裸的、白皙的人的肉，都又笑又叫地在这个泥水洼里闹腾，像挤到出水口的鲫鱼一样。

这场欢闹洋溢着欣喜,因而也是特别忧伤的……传来了互相拍打的声音,尖叫声,哎哟声。在岸边、在水坝上、在水池里,到处都是白皙、健壮、条条隆起的人肉……

"挺舒服的,大人,请您也下来吧!"一个游水的人提议。

"水太脏,"安德列公爵皱皱眉,说……他想,还是到棚子里去淋浴一番好些。

"肉,肉体,炮灰(chair à canon)!"看到了自己赤裸的肉体,他想到;他又连连颤抖起来,不完全是因为清凉,而更多的是因为在看到浑水池中戏水的大量肉体而感受到他无法索解的反感和恐怖。

这些肉体,"肉",他后来又在救护站伤员帐篷里看到了:

> 他在四周看到的一切,对于他来说,都化作为人体的一个总体印象,这个肉体似乎充满了这低矮的帐篷,正如几个星期以前,在这炎热的八月的一天,这同样的肉体也充塞了斯摩棱斯克大道上那脏水池一样。是啊,就是这同一些肉体,"炮灰",当时的景象似乎预示了如今的场景,在他心里引起阵阵恐惧。

对于人的肉体——人肉的恐惧时时飘荡在托尔斯泰全部作品之中。有时候令人觉得,对于他来说,整个世界都是这样一个浑浊水池,里面是无数扑腾打闹的赤裸肉体,上面是低垂的天空和热不可挡的太阳,灰尘后面的红火球——或者都是这低矮的伤员帐篷,里面躺着同样一些受尽折磨、鲜血淋淋的肉体。

正因为如此,才憋闷;正因为如此,才令人觉得在托尔斯泰作品里"没有空气,无法呼吸",这是屠格涅夫的话;憋闷——是由于肉与血,由于"人肉"。一切都显得过度地肉感、肉体感、血液感、肉质感。或者是娜塔莎婴儿室里、肮脏的人窝里的尿布气味,或者是伤兵帐篷里的血污气味。像在暴风雨之前那样憋闷,那样燥热,然而暴风雨是没有的——只不过向前逼进，向前翻滚，却不能畅快来临。只有等待的疲惫。"一切都在延展、延展，拖延"——像在安德列公爵的梦境中一样。没有暴风雨的袭击，没有恐怖的闪电，没有笑声的闪电。只有预感，只有可怕的"死之白光"的恶意闪烁，寂无雷声的远方闪电——

像又聋又哑的魔鬼
彼此之间在谈话。

有时候，连人物——牺牲品也似乎愤怒了，痉挛着与这种对肉与血的扼杀作斗争，跑到无肉无血的境界——抽象的基督教"推理"中去。但是，这种逃跑是可怜的，飞翔不起来的！"灵与肉的联系"不放过他们，这是正在分娩的肉体与被生的肉体的联系——家庭的联系，即："我们可以用自身但不可以用孩子们冒险"，这是女伯爵玛利亚的话。他们刚刚站起身来，就又更沉重、更深地让他们乱闹乱动的赤裸肉体倒在污水池中，倒在池底烂泥中。肉体——他们的开端与结尾——在死亡中毁灭，在分娩中延续。或者在痛苦中死亡，或者在痛苦中为了新的痛苦而生育——别无其他出路。

难道说对于艺术家自己也没有出路了吗？这是他创作的最后界限，最后的一个台阶吗？似乎还有一级台阶。但是，他上这个台阶，不是凭着反对肉体、走向无肉体的意识，而只是凭着通过肉体走向肉体背后之物的明辨洞察力。

也只有在这里，在这最后一个台阶上，在这最后的、地下的深层中，对于他来说，才有一条通向另外一半世界、另一个天空的出路。

第四章

"这野兽，我已经认识它了。"叶罗什卡叔叔说。

托尔斯泰大概也可以用这老异教徒的这句话评论自己，并且把这句话当做自己全部作品的题词：

"这野兽，我已经认识它了。"

"你是怎么想的？"叶罗什卡叔叔总结关于野母猪的故事，那头野母猪"用鼻子拱了猪崽们一下"告诉它们："不好了，崽子们，人在那儿等着呢。"——

"你是怎么想的？你以为，它是一头愚蠢野兽。不对了，它比人聪明，被叫成蠢猪也是白叫。它什么都知道。随便举个例子：人要是凭痕迹走，就看不到痕迹，可是猪马上能碰上你的痕迹，立即拔腿跑开；就是说，它脑子里有聪明智慧，你闻不出自己的气味，它能觉出来。话可以这么说：你想打死它，它呢，想在树林子里活泼泼地蹓跶着玩。你有这样的规矩，它有这样的规律。它是头野猪，可是比你不差，它是上帝的这种造物嘛。哎呀，依我说吧！人是蠢的，蠢呀，蠢呀，蠢！"这老头连连重复几次之后，低下头，思索了起来。

"上帝造物"，不仅仅是"上帝的人"，而且还是"上帝的野兽"，在这人民群众的、朴实的文字组合——如此平常、自然的词组中，不是可以感觉到某种还没有被感受到的奥秘、某种奇怪的依然没有得到解决的谜吗？

人也是"上帝造物"，上帝的野兽。全世界都是一个活的、动物性的整体，是神性—生命的也许还是神性—动物性的整体——神—兽。

"你们要热爱上帝的全部创造，全部，包括每一小粒沙子，"陀思妥耶夫斯基的圣长老佐西马说，"每一片叶子，上帝的每一道光明，都要热爱。要热爱动物，热爱植物，热爱一切东西。只要你爱一切东西，你就能在万物之中见出上帝的秘密……最后，你会以完整的、世界性的爱而爱上整个世界的。——人啊，不要高居于动物之上！"

"上帝造物"这个词语是基督教的、"农民的"、高尚的，几乎是教会的，但是，其中不也是包含有某种基督之前甚至史前的、印欧的、雅利安人总体的东西呢？

古代希腊人、最纯洁的雅利安人，是多么轻易而无忧地把神—人变成神—兽的啊。具有神性之美、通明清新人体的肢体，是和动物的肢体甚至植物的枝干联结、交织在一起的：伟大的潘神和山羊，帕齐菲伊和公牛，丽达和天鹅，达芙妮和月桂树，所以有时候难以断定，在人身上，到底在什么地方人性和神性的因素终结，什么地方野兽性的、动物性的甚至植物性的因素开始：一个向另一个转化、一个融入另一个，像彩虹中的颜色一样。希腊人不仅把这些变形当做激荡和欢乐的寓言故事用以思考和娱乐，而且，还像儿童那样，以儿童那种执着心情来玩耍这些神圣的、可怕的宗教器皿，这些结合、象征；这些象征等是从古代遥远东方流传到他们那里的，但其神秘意义他们几乎是不明了的。

但是，曾经有过像希腊人一样爽朗、朴实乐观，同时却又更为深沉、宁静的民族——埃及人，可以说，他们因为一下子认定了神性和兽性在人身上的结合，认定了"上帝造物"的秘密，所以从那时候起就再也没有脱离这种认识，因而在这其中耗尽了自己全部的千年文化。用乌亮而不可摧毁的花岗岩雕刻这些奇异的神，这些半人,半神——长着猫、狗、鳄鱼、青鹰等之头的人体,或者斯芬克斯野兽之体长着人脸,面带曾在某时出现在人脸上的最细腻、最富灵性的微笑——这一切对于我们欧洲人近视的目光来说只像是迷信中的怪物偶像,但是,这一切证明了他们这种寂然不动的、千百年来依然未进行完的、可怕却又明朗的思考。

另外一个弱小部落,一群流浪的闪族人,游牧民,不为人知,却受到一切人的驱赶、仇恨和蔑视,不断在沙漠中流浪,几千年间在自己上方只看见了天空,在自己周围只看见了赤裸而死寂的土地,但是,在前方,却看到了全部大自然中惟一的、最简单的和伟大的、连接了天与地的一线——地平线;于是,他们想到了外在的和自发性的世界与内在的和精神的世界、前动物与腾动物世界的统一。这个凄惨的部落以不可思议的自豪感和激情承认自己是一切"异教"部落与民族中惟一的"上帝的选民","以色列";称自己的神是惟一的真神:"我是你的神,除了我,你没有其他的神。"在全部各种各样异教肉体中,他们只看到了没有灵魂的、只配给以色列的上帝做血祭和燔祭的"肉"。他们还把人的面目——作为上帝的面目和上帝映像,以一道不可逾越的深渊从全部动物性的异教造物中分离出来。在这种威严统一、分离的思想中,在关于有如食火般嫉妒成性的上帝之观念中,具有那火一般沙漠的精神和气息——这个部落就来自这个沙漠而且永不能忘——这一气息会瞬时地灼热通红,因而有时极具创造力,但是,与此同时,又是致死的、令一切焦灼干枯的。

犹太国在自己的生命末期,即在和"希腊化传播"多神教和多种异教的斗争中,把自己宗教分离、独立的思想,明确、尖锐化到了无以复加的、令人惊骇的迷狂极端,和晚期希腊文明发生冲突;在亚历山大城的新柏拉图主义者、新毕达哥拉斯主义者、诺斯替教派的学校中,在这个熔炉中,形成了被称做基督教智慧的合金,就像由许多金属做成的哥林斯铜币一样。在这里,闪族人的精神——沙漠和荒野的精神第一次向印欧世界壮观而野性十足地蔓延的、多形式的、多枝叶的、童话般的森林吹气,而且,虽然用自己的毒气只毒坏了一棵依然幼小嫩绿的雅利安人之树的一根本来已经枯干的枝条,但是那毒是剧毒,一滴就足以传染刚刚从亚洲步入欧洲的雅利安人诸部落,因为他们还极为年轻,没有防备一切文化之毒的能力。是老人感染了小儿。

刚刚离开林莽栖息地的北方半野蛮人,以儿童的朴实、野蛮人的粗鲁,接受了两种互相结合的、已经枯竭的、业已千百年的文化之最精致和最危险的果实。在基督教里,令他们震惊的,像恐怖感诱惑人那样地诱惑他们的,像深渊吸引人那样地吸引他们的,正是基督教中最陌生、与他们自己天性最为对立的那个方面——专门的闪族人的方面:善行即损伤肉体,即拒绝世界,在可怕的精神沙漠中独居,在令柱头苦行者周身麻木的那些柱头上独处,把自己的肉体看成为某种不可赎罪的罪恶的、野兽般的、畜生般的东西,把他们自己刚刚摆脱的、仍然喜爱的全部动物性、自发性本性看做是魔鬼的产物。

已复活犹太教的这一精神,以色列在其中流浪的沙漠之精神,在中世纪日益强化,像烈火旋风一样掠过全部欧洲文化,令希腊—罗马古代古典文化最后的花朵和果实枯萎,直到文艺复兴,这一精神才似乎衰竭。

但是,这一精神甚至在我们的时代也可以说最终地衰竭了吗?在现代欧洲人中间,闪族人古老的宗教酵母——正在熄灭却未完全熄灭的传染病的种子难道没有保存着吗?我们不是感受过种种破坏、种种解放吗?不是感受过已进入我们血肉的对精神的崇拜吗?这精神是"纯洁的",惟一的、独立的(即使是在死寂沙漠之中)、全然抽象的、没有血没有肉的,至少是不结果的;不是持有把活的自然即使不看做某种罪恶、魔鬼,也要视为低下的、畜生般的东西的观点吗?不是感受到了面对被视为某种可耻的、通奸用的、有损尊严之物的未着衣肉体、赤裸之体时的纯粹闪族式的恐怖吗?

但是,带来干旱的闪族人暴风只是吹过了雅利安森林的树梢:

在林荫深处，靠近地面、靠近人民、靠近地下泉水和根系的地方，依然还保留着相当多古代西部雅利安人的水汽和湿润，足以与东部沙漠干风摧毁一切的苦热抗衡；在那里，在神话般的绿荫下，在舒适的幽暗中，有多种语言、多神的造物依然在繁衍、活跃、延续；这些造物，从闪族的观点看是"类同野兽的、魔鬼般的蠢物"，但从雅利安人的观点看则是依然天真烂漫的，也许还是沉默的"上帝造物"。在十分近似印欧史诗的民族的、雅利安人的、中世纪的教会传说中，经常出现这种"上帝造物"，上帝的野兽，神圣的动物；猎人圣胡伯特的神秘之鹿，有十字在其两角之间发光；走进教堂，在献圣祭时发出祝福的咩咩之声，弯曲下前腿——这是羔羊前的羔羊，似乎基督也是为了它而受难的；帕都亚的圣安东尼向鱼祝福；阿西西的圣方济各向鸟布道；我们俄罗斯的隐士，拉多涅日的圣谢尔盖，用十字旗驯养暴烈的熊；圣弗拉西、圣弗罗尔和劳尔——都是家畜保护者；关于俄罗斯人民至今依然崇敬的圣受难者赫里斯托佛尔，在十七世纪一本"原文"圣像记中记述道："该奇异之受难者，长有犬之首，来自食人国"，亦即埃塞俄比亚，下埃及。

"难道它们（野兽）也有基督？"《卡拉马佐夫兄弟》中佐西马长老故事中的少年问道。

> 我告诉他："怎么能不是这样呢，因为道是给一切造物的；一切造物，一切活动，每一片树叶子都奔向道，都歌颂上帝，为基督哭泣，在不知不觉中完成自己无罪生活的秘密。你看，我告诉他，熊在森林里游荡，又可怕、又残暴、又凶猛，可是即便如此，也是无罪的。"我还说给他听，有一次，熊来到了在森林中隐居的大圣徒家——一间小小的木房子里；那大圣徒对它很慈爱，出来走近它，一点也不害怕，还给了它一块面包："你走吧，基督与你同在。"于是这头凶猛的野兽顺从安静地走开了，一点坏事也没做。那少年听了故事很感动，一点坏事也没做，基督是和他在一起的。他说："啊，这多好啊，上帝的一

切都很好、很妙啊！"他坐着，思索着，静静的，感到很甜美。

是的，就在这里，存在着人类不可克服的宗教思索，这一思索极为古老，却至今没有终结，而且经常再现：思索所及，不仅有没有肉体的神圣，而且还有神圣的肉体，有人性不仅通过灵魂因素而且通过动物性因素向神性的过渡——这种思索虽然十分古老，但同时也是最具少年气质的、新颖的、充满威严恐怖和极大渴望的预言式的思索：人似乎在回忆自己天性中的"兽性"、亦即那尚未完成的、运动中的、变化中的因素（因为动物首先也是活生生的、没有僵死的、没有停滞的、轻易而自然地演变着的、从一种体形化为另一种的——这一点，已为关于动物变形的现代科学所证实）的同时，也预感到，他——人自身，并不是自然的最后达到的目标，不是自然的最后环节，而只是从前人性到超人性、从兽到神过渡的一条道路、一种转变，在深渊上临时架起的桥梁。

野兽混沌的面貌向着土地，但是它也有翅膀，这是人所没有的。圣约翰的天启，在世界之末日和基督第二次降临之前，预示了从"海中上来"的野兽之出现。一切野兽中最聪明的，住在天堂中的第一兽——"古代的龙"、有翼之蛇，用智慧树上的果实诱惑了人——"你们吃的日子眼睛就明亮了，你们便如神"（创，3：5），给这第二匹兽"自己的能力、座位和大权柄"——

> 全地的人都希奇跟从那兽，又拜那龙……说："谁能比这兽，谁能与它交战呢？"……兽就开口向神说亵渎的话……又任凭它与圣徒争战，并且得胜。也把权柄赐给它，制服各族、各民、各方、各国……又行大奇事，甚至在人面前，叫火从天降在地上。（启，13：4－13）

对上天造反的普罗米修斯——"有洞见能力者"，长着动物躯体的地下巨人的兄弟，也"叫火从天降在地上"。

在任何地方，大概都不像在这里，在《启示录》中，这样有力地表现出了古代闪族人对野兽的恐惧。

但要知道，这匹兽有某种不可穷尽之力量，如果允许它像反基督那样去对基督造反，并且和那"战胜世界"者作战。这匹兽具有某种可怕的、尚未揭示出来的智慧和知识。

"野兽知道一切。"叶罗什卡叔叔说。如果不是一切，那么，它至少也是知道人所不知道的东西的；野兽记得人已经忘记并且无论如何也回忆不起来的某种事物；野兽有某种直接的知识——率真的，"超越了善恶"，某种夜视明力，洞察力；我们用我们人类粗野又高傲的语言称之为"野兽的嗅觉"，本能。

人身中的兽沉睡了，但是它也许在什么时候苏醒，也许事实上还有一场人与兽的最后决斗发生呢。是神人与神兽的决斗吗？

"兽知一切。人是蠢的，蠢呀，蠢呀，蠢！"叶罗什卡总结说，然后"低头思索"——完全像佐西马长老故事里的少年那样。

这一思索难道不是人类最初的、摇篮中的同时又是最终的、死亡之前的思索吗？

无论如何，这是托尔斯泰最为珍贵的思考——关于"神兽"、关于人的样式中的"兽的样式"、关于"神的样式和形象中"的"兽的样式"——关于第一和最后之兽的思索。他的创作的全部巨人般的深夜的根、全部地下的源泉都可归结：这一威严而依然明确的思索。正是在这里，才应该寻找这些源泉——通向另外某种深渊、某种天空的光亮和出口就在于此。

"你杀过人吗？"奥列宁问叶罗什卡叔叔。

老人用两肘支撑着抬起头来，把自己的脸向奥列宁的脸凑近。

"魔鬼！"他冲他大叫。"你问什么？*不能说的嘛。摧毁灵魂是应该的，唉，应该的！*"

早些时候，同样在这次谈话中：

叶罗什卡从思索状态中惊醒过来，抬起头，开始凝望在摇摇曳曳蜡烛火光上打旋、时时掉在火里的夜蛾。
"傻瓜，傻瓜！"他开口了，"往哪儿飞呀？傻瓜！傻瓜！"他欠起身来，用粗大的手指头驱赶蛾子。
"你要烧死的，小傻瓜，飞过来嘛，这儿地方大的是，"他又用温和的声音劝说，竭力用自己粗壮的手指小心谨慎地捏住蛾子的小翅膀，把它放走，"你自己在找死，可我是心疼你的。"

理所当然的是，此时此刻，在杀兽者和杀人者、老守林人叶罗什卡叔叔脸上，是掠过了神圣长老佐西马式的微笑的；这是一种不为人知、没有被意识到、没有名称的慈爱的微笑；这微笑即使不是基督式的，但是也比那有意识地自称为"基督教徒的"慈爱心的情感更为接近基督（虽然也许是近到相互触及）。

是啊，叶罗什卡叔叔不仅"认识"而且"心疼""喜爱"动物。所以也知道喜爱什么。他也喜爱他在芦苇中狩猎、并且要打死的那头野猪。这是纯雅利安人式的矛盾；这是雅利安人林莽中交错纠结树枝生动而自然的弯曲，这种弯曲是闪族人简单的、正直得像地平线一样的、极严格的直线的沙漠精神痛感陌生和不解的。

托尔斯泰像叶罗什卡一样，也"认识野兽"，因而喜爱它。

在闪族人冷漠和独居的几千年之后，这位伟大的雅利安人以无畏的合——象征比较、统一了兽与人的悲剧；安娜·卡列尼娜死去后眼睛的"失声的目光"和被渥伦斯基杀死的马之"说话的目光"恳求神的统一审判，恳求在人的面目中被隐遮的神的面目。

在《战争与和平》中，猎人看着刚刚捕获的大狼："它垂着额部很宽的头，嘴里被塞进一根小棍子，睁着玻璃珠似的大眼睛，凝望着团团围住它的一大群狗和人。如果碰它一下，它被捆住的爪子就抖动几下，同时野性而直接地望着周围的一切。"野兽没有思索、没有恶意,"直视"着人,自己的杀手——和自己的死亡。

同样"直视"死亡的,还有普拉东·卡拉塔耶夫。每天早晨,每天晚上,他都总说同样的话:"上帝叫你睡就好好睡,起来就好好吃,"——"躺下——就蜷曲腿,起来——就抖抖身。"他躺下了,蜷起了腿,死了——上帝让他"好好"睡下,也许,上帝也会让他起来"好好吃"的。卡拉塔耶夫认识、看到了某种圆圈,某种像他那样"完美圆形"的最后一个点,这个圆形给了他生命与死亡这一直捷性——这不就像一般所说的"要像鸽子那样直率朴实"吗?那匹狼也躺下,蜷曲腿,死去了。

可怜、聪明、爱"推理"的安德列公爵要经历何等的痛苦和恐怖,才能够达到这种非人的、神性的和动物性的、"蛇的"智慧,对生命和死亡观点这种卡拉塔耶夫式"鸽子般的"直率,这种"完美的圆形"啊。

在托尔斯泰一篇甚为平庸又缺乏证明的宣扬素食和不杀生的文章《第一阶段》(13节)中,有几页描写动物死亡的文字属于他最伟大的创作篇章。

有一次,在莫斯科附近,托尔斯泰和一位运货马车车夫一起乘车经过一个村子,看到了杀猪的场面:

> 一个人用刀乱砍它的脖子。它吼叫起来,挣脱了,往前奔跑,一面流着血。我因为近视没有把一切看清楚,只望见了像人体一样粉红色的猪的躯体,听见了疯狂的吼叫声。但那车夫看到了全部细节,目不转睛地朝那边凝望。他们抓住了猪,把它撂倒,把它宰完。那吼叫声平息下来之时,车夫沉重地叹了一口气。
>
> "这么干,他们也用不着负什么责任吧?"他不由地说了一句。

几天以后,在图拉,托尔斯泰去了一家屠场。

是酷暑难当的七月的一天……工作正进行得热火朝天。车间里是温热鲜血浓重的气味，地板全是褐色的，发出光亮，地板缝里全是凝固的黑血……我要进车间，却站在门口。我在这儿停步，因为车间里由于挂着的胴体在移动而显得拥挤，还因为鲜血向下流，从上往下滴，而且，这儿的工人身上都沾满了血，我要是走进去，也必定弄一身。他们把一个胴体取下，把另一个搬到门前，第三个是一头已屠宰的犍牛，四腿朝天躺着，一个工人正用有力的拳头垫着撕下拉开的牛皮。从我所在门口对面的那扇门，这时候正拉进来一头硕大、红色、喂饱了的犍牛。有两个人拉它。还没有完全进来，我就瞧见一个工人用短刀对着它脖子猛地一扎。那牛好像被人一下子砍去了四条腿一样，轰然一声腹部落地，马上又倾倒在一侧，四脚和整个后身都挣扎着。就在此刻，一个工人扑向牛前面，从它挣扎的四腿对面方向，一下子抓住犄角，把牛头按在地上，另外一名则用刀割断了牛的喉管，于是一股黑红色血液从它头下喷出；一个满身血污的男孩子把一个铁皮盆放在流血处。在他们这样一步步地干的同时，那牛不断地用头挣扎，好像是要努力抬起头来，还用四个蹄子在空中乱蹬。铁皮盆很快盛满了，但是牛还活着，沉重地拖着肚子，用前蹄和后蹄乱蹬，几名工人都躲着它。一盆接满之后，男孩子用头顶着送往血蛋白车间，另外一个男孩子又放下一个盆子，盆子也渐渐盛满。但是牛依然拖着肚皮四脚乱动。血流尽时，一个工人搬起牛头，开始从脖子处扒皮。牛依然在动。牛头皮剥去，变成红颜色，露出白条纹，牛头听从工人们摆布；牛皮从头两边垂下来。牛一直不停地抖动。然后，另外一名工人抓住一个牛蹄，把它折断，砍下来。牛肚子和其余的蹄子还时时抖动。剩下的蹄子也已砍下，扔在属于一个主人的牛蹄堆里。然后把整个牛体拉向绞车，吊了起来，已经一点也不动了。——后来我又从往进拉牛那个门进来看看。看到的情况是一样的，不过近一些，所以更清楚一些。在这里，我看到了从第一个门那里看不到的情况：他们强令牛进这道门的方法。每当从牛圈里牵牛用绳子向前拉它的时候，被捆住犄角的牛，一嗅到血腥气，便驻足不前，有时还哞哞地叫，并向后退。两个人凭力气是拉不进来它的；因此，每一次，都有一名工人到牛后面去，握紧它的尾巴转着拧，拧断尾椎骨，软骨都咯咯地断裂，牛才向前挪动。

他们拉来一头公牛。这是"纯种的、美丽的、配有白色前额和白蹄腿的黑牛，年轻、肌肉发达、充满力量的动物"。它长时间地挣扎，从屠场工人手中脱离。最后，它的头才被拉到横杠之下。

  屠宰工人瞄准，猛然重击下去，于是这优美、充满生命力的家畜就地倒下，在放血和剥皮的同时，头和四腿扭动着。五分钟以后，剩下的已经是被剥去皮的、红色而不是黑色的头，剩下玻璃珠般的眼睛；这双眼睛在五分钟以前还闪耀着美丽的光芒。

在太平间桌子上的已去世的安娜·卡列尼娜，也是一具鲜血淋淋的躯体，美丽，还"充满不久前还有的生命力"，还有"日光凝滞的半闭上的眼睛"，这双眼睛不久前还"闪耀着美丽的光芒"。
  然后，托尔斯泰来到屠宰幼畜、羊和小牛的车间。这里的工作已经结束，只剩下两名工人。

  一个往一只已宰杀的羊的腿里吹气，还用手掌拍那涨起的肚子；另一个年轻人，裹着沾满血污的围裙，正在抽纸烟，那根烟卷是弯的。——一个模样像退伍士兵的人扛来一头四腿被捆住的黑毛小羊，放在一张桌子上，就像放在一张床上似的。这当兵的显然是个熟人，寒暄一下之后，便谈论着主人什么时候准假。抽纸烟的小子拿着刀走了过来，把羊摆在桌子边上，又顺口回答说过节才放假。这只活羊也安静地躺着,好像死了、憋了气一样,只是迅速地摇着短尾巴,比平时更频繁地蹭着肋侧。那当兵的轻轻地毫不费劲地扶住它向上抬的头;那小子继续谈着话,用左手扳住羊头,用右手割它喉管。羊挣扎一阵,翘起了小尾巴,便不再乱动。小子等着它流完血,又开始抽那根快要熄灭的烟。血快流尽,羊又颤抖挣扎。谈话一直进行着,没有一点儿间断。

还有那些母鸡、小鸡,每一天,在成千上万的厨房里,被砍去了头,流着血,到处乱跳,抖动着翅膀,不是又可笑又可怕吗?(又同时出现了可笑又可怕的事,可怕中的可笑)

"这么干,他们也用不着负什么责任吧?"读者心里不禁又重复了这个问题。

"人啊,你是万兽之王(re delle bestie)——因为你的兽性的的确确是最大的。"列奥纳多·达·芬奇在日志中写道。他也是一位伟大的雅利安人,爱惜一切生灵,不食荤腥。十六世纪的一位佛罗伦萨旅行家,在印度内地,因为佛教隐修者之故而回忆起自己的同乡列奥纳多,说他完完全全像他们一样,"不允许在他在场的时候伤害任何动物,甚至植物"。

有一则古代印度传说:有一次,为了考验世人救主,佛,恶鬼变成了一只鹰,追扑一只鸽子,那鸽子隐藏在佛的胸襟里,佛要保护它,但是鹰说:"你有什么权力拿走我的猎物?我们二者之中必有一个死去,或者是它死在我利爪下,或者我饿死。你为什么怜恤它,不管我?你要是有善心,不想让我或者它死,就从你自己身体上割下一块重量和鸽子相同的肉下来。"天平的两个秤盘出现。鸽子伏在一个秤盘上。佛从自己身上割下一块肉,放到另外一个秤盘上。可是那个秤盘一点也不动。他又放上一块,又一块,又一块,把身上的肉都割光了,血流如注,露出了骨头,可是秤盘依然不动。于是,他靠最后一点力气走进那秤盘,把自身放了上去。这时候这秤盘才下降，有鸽子的那个才上升。

从现代欧洲观点来看，这个传说显得骇人听闻，几乎是一件疯狂的极端行为。但是它的涵义很深：可以救人，但不能只贡献出自己的一部分，而是全身。

从古代雅利安人对有生命动物这种无限的怜惜中产生了佛教，它像洪水一样，冲垮了堤坝，摧毁了世上曾存在过的文化建筑物当中最坚固、最僵死的一种：设置了种种无情隔阂的种姓制度——这种制度隔离婆罗门和不可接触的贱民之距离，有如隔离上帝与野兽。

杀戮数不胜数的动物，像"血往下流，从上往下滴的"屠场——这就是服务，适用于"嫉妒的""像食火的"闪族人的上帝，这是"主所喜欢的香气"。世界全部部落、种族和人民都只是祭礼的"肉"。"我将走进酿榨房，像践踏葡萄那样地践踏各族民众，鲜血要染红我的外衣。"这一宗教令人生畏的终极刀刃，是等待乘云而来的怀有大力和大荣耀以审判生者与死者的弥赛亚；他是以色列的王；他因为上帝选民被驱赶和遭受苦难而报复各种人民，奴役或者彻底消灭他们，并在锡安永远统治下去。

弥赛亚来了。——但是他的王国、力量和荣耀在哪里？他在这儿；他是拿撒勒一个贫苦木匠的儿子，在贝厄特莱山洞里，在马槽里，在最温和的人和动物中间。在他的面前，"世人因恐惧而奔逃，山峦像蜡一样融化"，神的灵也以鸽子的样式到他身旁。在"永世赞美"的欢呼声伴随下，王来到锡安——不可怕，很温和，"骑着母驴和驯顺母驴之子"，——说过的话通过先知将要实现。于是野兽有了自己的洞穴，鸟雀有了窝巢，而以色列的王却连俯首致敬的地方都没有。他传授给人们动物和植物的朴实和智慧："你们要像蛇一样聪明，像鸽子一样率真。看看天上的飞鸟吧：它们不播种、不收割、不入谷仓，但你们的天父养育它们。看看野百合是怎么生长的：它们不劳动，不纺织，但是我要告诉你们，有大荣耀的所罗门也不像它们那样着装。"他不需要牺牲，只需要慈善。而他自己是像牺牲、像羔羊一样地死去的，被抓去受难，在刽子手里保持沉默。

在这里，在闪族精神最后的深处，发生了向雅利安人精神的转折、过渡：从只有牺牲物遗骸冒烟的、那以色列死寂干燥的沙漠，向上帝百花盛开的花园、新天堂的过渡；在这里有葡萄藤和飞鸟，有麦穗，有白百合，有白鸽，同时还有聪明的蛇——多种多样、多种语言的"上帝造物"——都是有生命的动物和植物——这是从损伤肉体到复活肉体的多么难以相信的过渡啊！

闪族精神似乎达到极限和尖端之后要折断、要克服自身和返回自己的开端；似乎世界文化两种对立的天才——闪族和雅利安人的精神，死与生的精神，通过许多世纪和民族，一直在相互寻求、奔赴，直到最后，突然相逢；像世界的两极、两半、两性，为了某种最终的汇合、合一这样的象征，为了最后一场大火的准备点燃的火花——而相逢。

反基督者的野兽"叫火从天降到地上"。

"我叫火降到地上，让它按我的愿望燃烧起来！"基督说。

但是，即使是在世界必定燃起的、在其中烧尽的火焰和大火中，加利利百合的尘世—非尘世的清新也会保持不败。在白百合的芳香中，在像百合一样的、复活的洁白肉体的芬芳中，存在着什么秘密呢？

任何一个雅利安人都不像他那样走近灵与肉这最后合一的秘密，尽管他是无意识地、在暗地里、只靠自己夜间的视力、只靠洞察力走近。——他便是托尔斯泰。

在《三死》中，一位农夫在一天清早正在砍一棵树。在宁静中：

> 一股奇怪的、自然界中少见的声音传开，又在森林边缘寂灭了。——有一片树梢颤抖起来，很不平常，它肥厚的叶子絮絮述说着什么。——下斧声越来越重，白色多汁的横截木片飞落在有露水的草地上；随斧声可听到细微的断裂声。整个树身抖动一下，又马上伸直，惊骇中连根动摇起来。刹那之间，一切都寂静下来，但是树重又倾斜一下，树干里传出断裂声，于

是，大枝裂下，小枝下垂，整棵树轰然倒下，树梢落在湿漉漉的地面上。一只知更鸟鸣叫一声，向上窜得更高了。它的翅膀碰到的树枝摇摆了一会儿，便连同树叶一起又隐住了，像其他枝条一样。而其他一棵一棵的树，在新的空间，用自己寂然不动的枝叶，更高兴得意地梳妆起来。

安德列公爵濒临死亡时无穷尽的思索与痛苦，伊万·伊里奇的臭味、泥泞、可怕的吼叫声："我不要——嗷嗷嗷——！"还有这被砍倒的树木枝条默默的摇摆和静息。这是从高到低的逐渐地平静——从人到动物、从动物到植物，从植物到在天空中渐渐消失的云朵——越来越静、越静、越静——走向最后的寂静。然而，即使在那里，也不是虚无，而是存在的开始，在那里有通向另一重天的出口，按照普罗丁（Плотин）的说法，那里有"无名的黑暗，是比一切光明更美的"。"也许，在你的'虚无'之中，我能够找到'一切'。"浮士德对梅菲斯特说，同时拿着母亲王国的钥匙步入地下的深渊。

天上的飞鸟，田野的百合"知道"、记得人已忘却的某种事物。百合花不劳动、不纺织；但是，所罗门凭自己全部的荣耀，不像它们那样穿衣服。树木不思索，也不感觉痛苦；但是所罗门凭自己的智慧，不像它们那样死亡。

托尔斯泰叙述说：

> 五年以前，我们的花园荒芜了。我雇了几名工人，自己也开始和他们一起在园子里干活，用斧子和铲子。我们砍断、铲走枯枝野草，还有多余的灌木和树木。蔓延和压制其他树木最厉害的是杨树和稠李树。杨树是从根子上长出来的，拔是拔不死的，得刨出地下的根。水池对面长着一棵巨大的杨树，树干有两抱粗。大树周围是一小片空地，地上却全长满了杨树树苗。我吩咐把这些苗子砍去：我想要这块地方更爽快些，主要是想

减轻老杨树的负担,因为我以为这些小树全从它那里冒出,吸它的汁水。我们砍这些小杨树的时候,我看到工人们反复砍地下多汁的树根,然后我们四个人又一起拉,却不能拔出上面已遭砍伐的小杨树——此时此刻我心疼起来。这棵小树竭尽全力挺住,不愿意死去。我蓦地想到,既然为了活下去而如此强劲地反抗,显然它们是应该活下去的。但是,必须砍倒,于是我又砍。后来我才明白,根本不需要消灭它们,但为时已晚。我原来以为,这些幼树正在吸老树的汁水,其实正好相反。我砍幼树之时,那老杨树已经开始死亡。后来发芽长叶的时候,我看到(这棵大树分两个大杈),它的一个枝子是光的,就在这年夏天,这棵大杨树死了。它早开始慢慢死亡了,而且自己也知道,所以把自己的生命全部转交给了幼树。正是因为如此,这些小树才在四处迅速生长,而我呢,还想要减轻老树的负担——谁知却砍杀了它全部的孩子。

植物比人聪明。"是啊,人是蠢的,蠢呀,蠢呀,蠢!"老守林人叶罗什卡叔叔重复说,低下头深深思索。"要热爱动物,热爱植物,"佐西马长老说,"每一小片叶子都面向着道,歌颂上帝的荣耀,为基督哭泣,以自己无罪生命之秘密完善了自己的。"

一棵稠李树长在榛树林间小路上,挡住了榛子灌木丛。我考虑了很久:是砍掉它呢,还是不砍;我感到惋惜。这棵稠李已不是小树,而是大树,直径有三俄寸(约14厘米),高约四俄丈(约8米),有很多分支,十分繁茂,整整一棵树开遍了鲜明、雪白的花朵,异常芬芳。从远处就能嗅到它的香馥。我本来也不一定会砍掉它,可是一名工人(我告诉过他砍掉全部稠李树)也没问我就开始砍它了。我走到跟前时候,他已砍进大约两俄寸;斧子再落到原来砍出的缺口时,那树液汁发出吱吱的声响。"命里该当如此,没有办法哟,"我想了一下,自己也提起斧头，和那工人一起砍树。干什么工作都是愉快的；砍树也愉快。愉快的是斜着深深地下斧，然后再对树干垂直砍下上面削开的部分，逐渐地往深里砍下去。我完全忘记了这棵稠李树，只想着怎么砍倒它。我累得接不上气，便放下斧子，和农夫一起抓住树，要把它推倒。我们先摇它，树叶子抖动，露水珠落在我们身上，雪白的芳香花瓣纷纷落下。就在这时候，这棵树的内部好像有什么东西尖叫了一声；我们又使了一下劲，那树的内部好像又哭了起来，接着颤抖了，慢慢倒下。它从砍伐斧口以上折断，摇摇摆摆地，树枝和繁花落在草地上。树倒下之后，树枝和花又颤抖了一阵，才安宁下来。

"唉！多好的树啊！"农夫说。"让人心疼哟！"——我当时心里也不是滋味，赶快跑到另外两名工人那里去了。

珍惜人，珍惜兽，珍惜树木，珍惜一切，因为一切都一样是有生命的活的整体——都是上帝的造物。那该怎么办呢？吃荤腥有罪；吃素的托尔斯泰说"慈善与牛排势不两立"，只能吃植物性食物。然而，在这里，对植物也惋惜了起来："这棵树内部好像有什么东西尖叫了一声，又哭了起来。""让人心疼哟！""对这件事，难道他们不负责任吗？""不，不必负责的。"素食主义者说。这是不明智的、过分的、佛教的怜恤心。然而，在过往世代，对动物的怜悯不也显得不明智、过分了吗？

也许，有朝一日，所有的人都不吃荤腥，不杀生，但是，即使在那个时候，怜悯心情也不会不令人感到内疚：正是在那时候，怜悯的烈火才以空前的力量炽燃起来。对于外在义务的完成，任何的道德行为，任何的牺牲，都不会熄灭这一烈火（"我叫火降到地上，让它按我的愿望燃烧起来！"），这是最后的烈火，世界应该在这场烈火中烧成灰烬。

生活下去就意味着给某物造成死亡。列奥纳多·达·芬奇说："我们从他物的死亡中谋生（facciamo la nostra vita delle altcui morte）。"爱的界限，就是生命本身的界限，世界的终结。世界正在走向这一结局。

"慈爱与牛排势不两立"——这就是涉及奴役与肉体的法规，正如那份嘱咐用血腥牺牲来安抚暴怒贪吃的上帝之法规。"我不要牺牲，我要慈悲"，亦即慈爱之心，主在基督第一先驱者——先知以赛亚那里说。上帝不要求牺牲，而只需要慈悲。这已经不是法规，而是自由了。

如果说有朝一日世人停止食用荤腥，那也并不是因为理应如此，而是想要如此，心灵不由自主地、不可遏止地向这一目标靠近；不是因为有这样的法规，而是因为有这样的自由。而世界正在走向这种自由——这一归宿。

不然。从托尔斯泰对一切的"上帝造物"的无限的佛教式怜惜中演化出来的不是某种道德行为，不是某种貌似新颖实为老旧的契约，不是某种把义务和法规联系起来的外在的契约（如"四驾马车"，或者"无为"，或者"戒荤腥"，或者戒烟），而仅仅是确实新颖的、最深刻的、悲剧的、宗教的观照。

"我是什么时候成人的呢？"他在《早期回忆》片断中说：

> 什么时候开始生活的？难道说在我学习观察、听音、理解、说话的时候，在我睡觉、吃奶、笑，让我母亲高兴的时候，我没有活着吗？我是活着的，活得很幸福。难道当时我没有获得我现在生活的全部依靠吗，而且得到的是那么多，那么迅速，以致我以后一生所得也不及其百分之一？从五岁幼儿到我现在，只有一步。从新生儿到五岁幼儿则有一段可怕的距离。从胎儿到新生儿是一个深渊。而从非存在到胎儿则已经不是深渊，而是一种不可思议。

全部有生命物，动物与植物（"看看地里的百合花，是怎么生长的"）的这种"不可思议性"，这种深夜般的、无底的深渊，人之前的"深渊",一直都在牵引着、吸引着托尔斯泰。从来还没有任何人像他这样深入、这样大胆地洞察过肉与血的这个深渊,这最后的秘密。

肉与血的秘密、圣礼。在主向门徒们揭示这一秘密时,它既惊骇了又诱惑了他们:

"凡吃我肉和喝我血的,都得永生,我定在末日让他复活,因为我的肉真真地是面包,我的血真真地是酒。吃我的,将因我而活。"

"多么奇怪的话!有谁会听这话呢?这不是耶稣吗?他是约瑟的儿子,我们都认识耶稣的父母。他怎么能够让我们吃他的肉呢?"

从这时候起,他的许多门徒都离开了他,不再追随他。

但是,那受到这"奇怪的话"最大震惊的人,却留在他身边了。"我不是挑选了你们十二个人了吗?但是你们当中有一个是魔鬼。"耶稣在这里说的是犹大,因为犹大虽然是十二人之一,却想要出卖耶稣。

犹大从一开始就是魔鬼吗?如果是,那主为什么还挑选了他?秘密就在这里,但是解密的钥匙丢了。我们只能够猜测,犹大是闪族古代纯粹精神的体现,律法保存者;对此,教师说:"我来不是要破坏律法,而是执行它。"他是旧约宝库的保存者。他期待着在力量和荣耀中来临的以色列的王,上帝的儿子;而对于上帝来说,一切部落和民族都只是像要食火的愤怒之神的血腥牺牲品。当他听说上帝自己也要成为牺牲品,以色列的王是刽子手手里的沉默的羔羊,他的肉和血是一切种族和部落,一切"造物"的面包和酒之时,这一切对于他来说,必定显得是莫大的圣物亵渎!不需要三十个银币就可以作出决定:宁可一个人死去,也不让上帝的全体人民、整个以色列乃至世界的赎罪毁灭。于是,为了拯救世界,犹大背叛了人子。

他没有接受肉与血的圣礼,因为他不理解灵与道可能是肉与血。其他人接受了,但是也不理解,肉与血可能是灵与道。主把水变成酒,把酒变成血。在以后的苦行基督教世纪中,难道不会有相反方向的变化吗?——血变为酒,酒变为水,圣体变为无体的神圣,有灵的肉变为无肉的灵,肉的复活变成对肉的损害?在这里不是正在完成等同于第一次的第二次背叛吗?由于这次背叛,至今隐藏在可见面目下面的那个面目不是黑暗的吗?有谁能够彻底地理解,在各各他正在来临的阴影中,在最后的晚餐上,这已不是加利利百合而是他肉体的芳香,已不是葡萄枝条的树汁而是他的血液的芳香意味着什么?"多么奇怪的话,有谁会听这话呢?"门徒们不是至今仍然报怨,却又受到诱惑吗?"不因我而受诱惑的人有福了。"——"这句话对于他们是奥秘的,他们不明白自己说的话。"在过去、现在和将来人类所具有的一切象征中之最伟大者的最终的、可怕的和"诱惑性的"奥秘——灵与道和肉与血的合一之奥秘,不是至今也没有被猜透吗?

如果人的宗教渴望在某一时候会返回到这惟一令人满足的源泉的话,那么,世人很可能回忆起,托尔斯泰,虽然不是有意识地,甚至经常是在反抗着自己的意识过程中,也走过这条道路,去走向这一象征。

在我们这个普遍崇拜无肉之灵或者无灵之肉的世纪,他虽然是模糊地却依然预感到了宗教观照的深刻性;在这种观照中,在宗教里,正如对于古代人来说在艺术中那样,展现出了一切肉体的神圣性,一切肉体的灵性。

正因为如此,他才以这样在表面上显得如此玩世不恭的残酷性,事实上是如此不体面的怜悯态度,把人身上一切的人的东西都剥去:他寻找人身上的兽性,目的是要把兽性变为神性。在这最终的地下深处,在他自己所说的全部有生命物、动物、生长之物、植物的"深渊"和"不可思议性"中——他已经看到了那把他引向另一半世界、另一天空的出口之光明。

　　看来，再上一个台阶，再作一番努力，那地上的出口就会最终对他敞开，他也许就会明白，"下面的天和上面的天"——都是一个天，肉的秘密和灵的秘密——都是同一个秘密。

　　但是，他没有迈出这一步——他疲倦了，惊骇了，思念起了地上的天，向后退却了；他脱离了他眼里的"异教"，奔赴他眼里的"基督教"，脱离了"有灵的肉体"，奔赴无肉体的灵性，脱离了神圣的肉体，奔赴无肉体的神圣，脱离了肉体的复活，奔赴对肉体的损伤。以他创作精神的洞察力写作的一切，他都想要用自己的意识销毁。

　　但是，如果说他自己看不见，那么，我们会替他看见，而在我们之后的人，会看得更清楚：他真正接近基督奥秘，不是在他自认为是基督徒的时候，而是在他最少考虑到基督教的时候——不是在阿基姆长老结结巴巴的话里，而是在叶罗什卡叔叔对于"上帝的造物"、对于"知道一切"的野兽、对于天上飞鸟和地里百合的智慧的默默思索之中。只有通过兽性中的神性，他才接触到了人性中的神性——通过神兽接触了神人。

　　托尔斯泰说：

　　　　每一位真正的艺术家，都会遇到巴兰的经历：他想赞颂，却诅咒起应该诅咒的东西；他想诅咒，却开始赞颂应该赞颂的东西；他无意中做的不是想做的，而是应该做的事。

　　托尔斯泰的情况也正是这样。作为艺术家，他一生都在诅咒，同时却想要赞颂；一生都在赞颂，同时却想要诅咒——他所做的，不是想要做的，却是应该做的。

　　在他看到了自己耻辱与罪恶的地方，正存在着他永恒的荣耀和对他的辩护。

第五章

如果我们想要在一切时代和民族的文学中找到一位与托尔斯泰最为对立的艺术家的话，那么，我们可能不得不提出陀思妥耶夫斯基。

我说"对立"，但不是遥远，不是生疏，因为他们经常接触，而且，按照相向靠近物的某一种力量两极互相吸引的规律，他们甚至是相互完全符合的。

正如我们所看到的，托尔斯泰的"人物"，与其说是人物，不如说是牺牲品：在他们身上，人的个性还没有完全形成，就已被自发力量吞没。而且，因为这里没有统一的统率一切的英雄式意志，所以也就没有统一的整合性的悲剧情节——有的只是个别的悲剧剧情，伏笔，个别的激情；而这一切都是在无边无岸的运动中沉浮，不是由内在潜流而是由外在自然力量主导。作品的肌质，似乎也是像生活本身的肌质一样，既无开端，也无终结。

在陀思妥耶夫斯基那里，到处都是人的个性，这种个性被引向其最后的极限，从阴暗中的、自发性的、动物性的根中成长，发展到灵魂性的终极光辉顶峰，到处都是英雄般意志的斗争：在拉斯科列尼科夫身上是和道德义务与良心的自发力量斗；在斯维德里盖洛夫和维尔西洛夫身上是和精致的、有意识的情欲自发力斗；在罗戈仁身上是和原始的、无意识的情欲自发力斗；在彼得·维尔霍文斯基、斯塔夫罗金、沙托夫身上，是和人民的、国家的、政治的自发力斗；最后，在伊万·卡拉马佐夫、梅什金公爵、基里洛夫身上，是和形而上学的和宗教的奥秘之自发力斗。经过这种斗争的熔炉，经过炽热激情和更为炽热意识的烈火，人之个性的核心、内在的"我"依然是牢不可破的，而且全然赤裸出来。"我必须宣布自我意志"，《群魔》中的基里洛夫说。对于他而言，自我否定的表面上的极限——自杀，事实上是自我肯定个性的最高极限，"自我意志"的极限——陀思妥耶夫斯基笔下的全部人物都是可能说出同样的话来的：他们最后一次和要吞噬他们的自发势力对抗，要肯定自己这个"我"、自己的个性，要"宣告自我意志"——在自己的死亡中宣告。从这一意义上看，白痴、阿辽沙、佐西马长老的基督徒顺从态度，也是对于包围着他们的异教的、非基督教的、反基督的世界的反抗，是对于上帝的而并非人的意志的顺从，亦即反向形式的"自我意志"，因为，要知道，为自己的信仰、为自己的真理、为自己的上帝而死亡的受难者，也是英雄：他们反对外在压力，肯定内在的自由——他们"宣告自我意志"。

按照英勇—斗争所占的主导地位，陀思妥耶夫斯基的主要作品，本质上完全不是小说，不是史诗，而是悲剧。

《战争与和平》《安娜·卡列尼娜》的确是小说，是真正的"史诗"。在这里，我们看到，艺术重心不在出场人物的对话之中，而在叙事之中；不在于人物说什么，而在于关于人物有何言说；不在于我们的耳闻，而在于我们的目睹。

而在陀思妥耶夫斯基这里却相反：叙事部分在整部作品的建筑结构中是第二等的、服务性的。这一点是一目了然的：凡是叙述部分，永远用同一种急切的、有时候显然不够在意的语言写成，有时候被许多细节拉长、弄乱、堆积起来，有时候又过度压缩、折褶。叙述还不是正文，好像是括号中的小号字母，是戏剧的解说，述明剧情地点、时间、剧前概况，出场人物的状态和外貌；这是场景，必不可少的舞台建造；只有在人物出场和开始说话之时，戏才开始。陀思妥耶夫斯基的对话集中了他描述的全部艺术力量。在对话中形成矛盾，并得到解决。因此，在全部现代文学中，就对话技巧而言，没有别的作家能望陀思妥耶夫斯基之项背。

列文说话的言语同于彼埃尔·别祖霍夫或者安德列公爵,同于渥伦斯基或者波兹得内舍夫;安娜·卡列尼娜的言语同于多丽、基蒂、娜塔莎。如果我们不知道是谁在谈什么事,那么,比如说,我们闭起眼睛,光凭言语、话声就也许分辨不清楚是谁在说话。的确,老百姓和贵族的语言是有区别的,但这不是内在的、个性的差别,而只是外在的、等级的差别。实际上,托尔斯泰笔下全部人物的言语,都是一种,或者几乎是一种:这就是或者穿贵族服装或者穿农夫服装的托尔斯泰本人的谈话言语,甚至是他声音。这一点之所以较不明显,仅仅是因为,在他的作品里,重要的不是人物说什么,而是他们如何因为疼痛、激情而保持沉默,或者呐喊、呻吟、咆哮、狂吼、尖叫、"哼哼";重要的不是人的词语,而是半动物性的、不分成分的声响或声音模仿,如安德列公爵的呓语:"伊皮唧—皮唧—皮唧,伊—唧—唧—唧!"或者渥伦斯基对被毁马匹的"呜咽":"啊—啊—啊!啊—啊—啊!"或者阿纳多里对自己被截去的脚的号哭:"嗷嗷嗷嗷嗷!嗷!嗷嗷嗷!"或者伊万·伊里奇死亡之前的叫声:"呜—呜!"对 a,o,y(啊,噢,呜)等元音的重复,对于表现最复杂、恐怖、震撼灵与肉的情感和感觉来说,似乎已经足够。

在陀思妥耶夫斯基那里,从第一第二个词,不凭言语意思,只凭声音,便可知道这是谁在说话,是费多尔·帕甫洛维奇·卡拉马佐夫还是佐西马长老,是拉斯科利尼科夫还是斯维德里盖洛夫,是梅什金公爵还是罗戈仁,是斯塔夫罗金还是基里洛夫。在虚无主义者基里洛夫奇异的、好像不是俄国话的、含糊不清的言语中,可以感觉出某种特殊、可怕、预言般的,同时又是病态的、紧张的、像是癫痫病要发作似的东西——这样的东西也存在于"神圣的"梅什金公爵朴实、具有深刻的民族性的俄语之中。费多尔·帕甫洛维奇·卡拉马佐夫突然活跃起来,吐字不清,对几个儿子说:

喂,你们,孩子们,小宝宝们,你们这窝小小猪崽儿,对我……甚至我一辈子,也没有坏包儿,没有赖货,你就是找,也只找出个想不到的……光脚丫的坏包儿,一打头儿就得先让她高兴——照这个法子拿住她……让她高兴得惊奇、叫唤、不知耻辱——这样的贵族老爷竟爱上了像她那样的黑蛋女人。

这时候,我们不仅看到了这位老人的灵魂,而且也看到了他粗肥抖动的喉结,还有溅出唾沫星子的又湿又薄的嘴唇,细小的、不知羞耻地探望的小豆儿眼睛,和他整个的凶恶面貌——"衰落时期老罗马人"的面貌。我们得知,在已经封口和用细带捆起来的钱包上,费多尔·帕甫洛维奇亲自写上了:"给我的小天使格鲁申卡,如果来的话。"后来,大约过了三天,又加了几个字,"和小绒鸡儿"——这时候,他就活生生地整个突兀出现在我们面前。我们也许说不明白原因,但是我们感觉到,在这个后来追加的"和小绒鸡儿"中,我们捕捉到了他脸上的某一条最纤细的、震荡人心的皱纹。因为这一条皱纹,我们在肉体上感到恐怖,就好像摸到了虫子——大蜘蛛或者大毒蜘蛛一样。这只是词语而已,但是其中包含着——肉与血。这——当然是"设想",但是几乎不可相信的是这仅仅是设想。这正是那种最后的一点,由于这样的一点,一幅肖像会变得过于生动,似乎艺术家超越了艺术的界限,在画布和色彩中添加了某种魔幻的、超自然物——被画者的灵魂,因而,凝望这肖像几乎是可怕的:似乎它已跃跃欲试,像幽灵一样从画框中跳下来。

因此,陀思妥耶夫斯基不必描写人物的外貌;他们自己就用语言的特点、自己的说话声音,不仅描绘自己的思想和感觉,还描写自己的面容和躯体。在托尔斯泰那里,躯体外貌的运动和表情,在传达灵魂的内在状态的同时,常常使人物最为微不足道的言语,甚至不分成分的叫声,还有沉默,都变得深刻和含有多重意义:托尔斯泰从肉体走向灵魂,从外部走向内心。陀思妥耶夫斯基以相反的途径所取得的躯体外貌的明晰性也同样显然:他从内心走向外貌,从意识和人性走向自发的动物性。在托尔斯泰那里,因为我们看得见，我们才听得到；在陀思妥耶夫斯基那里，因为我们听得到，我们才看得见。

不仅对话技巧，而且创作的其他特征，也使陀思妥耶夫斯基接近伟大悲剧艺术的体系。有时令人感到，他之所以没有写悲剧，是因为史诗叙事——小说的外在形式是他所在时代文学的主导形式，还因为，对他来说，没有威严的悲剧场面，而主要是没有适当的观众，因为一切悲剧都是艺术家与观众共同的创造性努力创作的：要使悲剧确实诞生，则人民心里应该具有感受悲剧的能力。

陀思妥耶夫斯基不由自主地、自然而然地遵从了舞台的不可动摇的规律；而新戏剧在莎士比亚的影响下，竟不假思索地推翻了这一规律，因而从根本上破坏了自己的悲剧情节；这一规律把那种依然是惟一的、现代诗歌中无以比拟的力量给予了希腊戏剧的创造——它遵从了所谓的"三一律"：时间、地点、情节的三统一。

在托尔斯泰的作品中，读者最后忘记小说主要情节、主要人物命运的那个时刻，迟早是要到来的。安德列公爵是怎样死去的，尼古拉·罗斯托夫怎样捕捉兔子，基蒂怎样分娩，列文怎样割草——对于我们来说变得十分重要，非弄明白不可，因而我们忘记了拿破仑和亚历山大一世，安娜和渥伦斯基。在这一时刻，我们更感好奇、更觉重要的是尼古拉·罗斯托夫是否捉到了兔子，而不是拿破仑是否在鲍罗金诺战役中打败。无论如何，我们不感到要失去耐心，不急切地欲知人物以后的命运如何。我们准备等待和娱乐，一切遵作者之便。我们看不到岸边，不考虑游泳的目的。实际上，在这里，像在一切真正的史诗中一样，完全不分重要与不重要。一切都毫无区别地重要，同样地主要。每一滴水都有同样的盐味，同样的化学成分，像整个海洋一样。生活的每一个原子都像整个宇宙、像所有星座一样依同样的规律运动。

拉斯科利尼科夫杀死老太婆，要向自己证明，自己已经"超越善与恶"，自己不是"颤抖的造物"，而是"君主"。但是，按照陀思妥耶夫斯基的设想，拉斯科利尼科夫应该明白，他错了，他杀死的不是"原则",而只是一个老太婆,他没有"犯规",而只不过想要超越而已。等他明白了这个道理之时,他必定颓唐下来,惊骇万状,跑到广场上,双腿下跪,向人群忏悔起来。正是向着这一极点,小说情节的这最后一刻,一切都奔赴、聚积、集结而来,为了这最后的一击,一切都像长剑剑刃一样变薄、变利、变快起来;朝着这悲剧的"坠落"——崩溃,一切都在奔驰,就像有巨石从两侧压挤的河水,直奔最后的一个悬崖,从那上面飞流而下,形成万丈瀑布。

在这里,不可能、不应该,事实上也没有旁枝的、绪论性的、遏制性的、分散对主要情节注意力的东西。事件一个接着一个,越来越快,无法阻挡,互相驱赶、推挤,像要堆积起来——而事实上则遵循着严格和整齐的秩序,服从于主要的、惟一的目标,在尽可能少的时间里,以尽可能大的数量聚集起来。在悲剧情节的这种逐渐紧张、积累、奋力和威吓集中之艺术方面,如果说陀思妥耶夫斯基有对手的话,那也不是在现代文学里,而是在古代文学之中——《奥瑞斯忒亚》的作者和《俄狄浦斯王》的作者。

"我一回忆起这不幸的一天","少年"感叹道:

> 就总是觉得,这些奇事、意外的事都好像就在当时共同商定,一起撒在我头上,好像从某一个可诅咒的丰收之角倒出来一样。

"这是挤满了意外事件的一天,"《群魔》的叙事人提醒道,"是解开以往之谜却提出新谜及锐利的解释从而把事情搅得更乱的一天……总之,这是许多偶然事务奇异巧合的一天。"陀思妥耶夫斯基的全部小说都是这样:这个"可诅咒的丰收之角"无处不在,悲剧的不期而至事件频频坠落到人物头上。我们读完了《白痴》第一部,即十五章,或九个印刷页之时,已经发生了众多事件,发现了众多伏笔,在这一切之中又团团纠缠着极为多种多样的人之命运的线索,显露出种种深层的人的激情和良知,使人觉得,从小说开始已过去了许多年——而其实只过去了一个白天,从早到晚,半昼夜。在《卡拉马佐夫兄弟》中展现的无限的、世界史的画面,如果不计行动中间的间隔的话,是集中在几天之内的。但是,在一天、一小时之内,而且几乎是在同一个地点,或者,在极端的程度上,在帕夫洛夫公园那么一个椅子和火车站之间,在花园街和门厅广场之间的一块又窄又小的空间中,陀思妥耶夫斯基的人物经历了的事物,是一般人许多年甚至一辈子,从地球一端游览到另一端也经历不完的。

拉斯科利尼科夫站在放高利贷老太婆门前楼梯上。他:

> 最后一次扫了一眼四周,偷偷向前靠近,抻了抻衣服,又一次从纽扣眼里摸了摸斧子。——"要不要再等片刻……让心别跳得这么厉害?"但是心不停地跳。不仅如此,还好像故意似的,跳得更厉害、更厉害、更厉害了。——而自己的肉体,他却几乎没感觉到还在自己身上。

对于陀思妥耶夫斯基的全部人物来说,他们不再"在自己身上感觉到自己的肉体"的时刻是要来临的。他们不是没有肉和血的、透明的存在物。我们都很清楚,在他们还在自己身上感受到自己肉体之时,他们曾有什么样的肉体。但是,精神生活的极度上扬,极度紧张,不是感情和感觉,而是智慧、意识、良知的最为炽热的激荡,使他们脱离了肉体,似乎感受到了肉体的超自然轻盈、轻快和精神性质。他们所具有的正是使徒保罗所谈到的有精神的肉体。正是他,并不因为肉和血,因为"人肉"而感到喘不上气来。他们的肉体变得十分透明,所以,似乎有时候完全看不见了,只看到了灵魂;这正和托尔斯泰的人物相反,在他们身上只见"肉体"而"完全不见灵魂"。

"他看着她,说:她的脸像好姐姐的。""白痴"描写一个女人的美丽。比较这些时刻,陀思妥耶夫斯基的似乎超感觉的描写和托尔斯泰的,例如,对于安娜·卡列尼娜充满无限深刻感受性的描写;

还有，比较陀思妥耶夫斯基总体的"精神的肉体"、活的灵魂，和托尔斯泰笔下活的，有时甚至太活的、充血的、多肉的躯体——这些躯体如果不是死的，那么有时也像是僵凝、萎缩、挂上了肌肉的"肉"一样；这样比较一下，很有意思。由于有了高度的精神，陀思妥耶夫斯基的全部人物都过着一种不可置信地加速了的、内容增加了十倍的生活；他们都像拉斯科利尼科夫一样，"心跳得更厉害、更厉害、更厉害了"，而且，看来，他们都不是像普通人那样行走，而是飞翔，并且在死亡本身中感受这一可怕飞翔的欣喜，因为他们终究是要飞入深渊的。

在波浪的汹涌中可感觉到深渊的临近；在悲剧情节不可遏制的发展中，可感觉到毁灭的临近。

在希腊悲剧中，在毁灭之前，有时候会响起歌队突如其来欢乐的歌，颂扬美酒与鲜血、欢乐与恐怖之神——狄俄尼索斯。在这样的赞歌中，正在铸成的、几乎已经完成的悲剧，人生中一切最紧要和奥秘的东西，都表现为众神的无忧无虑的游戏。这种恐怖中的欢乐、这种悲剧般的游戏——宛如瀑布高悬深渊之上发出水花中冉冉生出的彩虹之游戏。

在现代文学中，几乎没有另外一位艺术家像陀思妥耶夫斯基这样地接近希腊悲剧最为内在、深刻的情绪：在他对毁灭的描写中，难道没有表现出某种类似歌队这种恐怖中的欢乐的东西吗？

似乎是在托尔斯泰那里积累养成的暴风雨在这里才终于倾泻下来，而且，雷声多么巨大，闪电多么可怕啊！再也没有等待的枯燥、疲惫和烦恼，再也没有似乎让人透不过气来的凝滞而无踪影的酷热，再也没有日常生活中压在人心上的那种造成缓慢死亡的沉重压力。这里，一切都不是"在延展、延展、拖延"的，像在安德列公爵呓语中那样，像在托尔斯泰的全部作品中那样，遗憾的是，还像现实本身中大部分的情况。陀思妥耶夫斯基的作品，有时也有让人透不过气的地方，但这已经是由于运动的快速、旋风般的成串事件，向深渊中的飞翔。在暴风雨的这样的呼吸中，包含着何等舒解的清新感，何等的解放！只有人类生活中才有的那些猥琐、丑陋、平庸，在这里都变得欢快、可怕和令人振奋，像在闪电的光亮中一样！

彼埃尔·别祖霍夫有一次说娜塔莎的话，大概也适用于托尔斯泰的缪斯：

> "她聪明吗？"女伯爵玛利亚问道。彼埃尔思考起来。
> "我认为，不，"他说，"其实呢，也可以说是。她还达不到十分聪明……不过嘛，她挺迷人的，仅此而已。"

托尔斯泰的缪斯之迷人之处，就在于她似乎"达不到十分聪明"，在她面前，有时候你会完全忘记人的智慧，只记得前人类的智慧，天上飞鸟、地里百合的智慧。

至于陀思妥耶夫斯基的缪斯，虽然可以随便怀疑她的各方面品质——却不可怀疑其智慧。有一次，他提示说，作家应该有一把锥子；他解释说："这把锥子，就是深刻感受的利刃。"看来，除了普希金，在俄国作家中还没有其他人与陀思妥耶夫斯基同等地具有这种感受力的智慧锥尖。

和托尔斯泰喜爱的与其说聪明不如说善"推理的"心爱人物相反，陀思妥耶夫斯基的主要人物——拉斯科利尼科夫、维尔西洛夫、斯塔夫罗金、梅什金公爵、伊万·卡拉马佐夫——都首先是有智慧的人；而且，看起来，一般都是最聪明、有意识、有文化的人，俄罗斯人中最具欧洲气质的人；正因为是"高度的欧洲人"，所以才是俄罗斯人。

我们一般都认定，思想越是抽象，则越冰冷，没有热情。但是，情况并非如此，或者，至少对于我们来说，已经并非如此。在陀思妥耶夫斯基的人物身上可以看出，抽象的思想可能引发激情，形而上学的前提和结论不仅根植于我们的智慧，还扎根于心灵、感觉、意志。

有些思想是要给激情之火火上加油的，比最无法制止的情欲更强烈地点燃人的肉和血。有激情的逻辑,但是也有逻辑的激情。而这首先是我们的、特殊的、属于以往文化的人所不熟悉的、新颖的激情。赤裸的躯体对最寒冷躯体的接触有时会造成烧灼的感觉;心灵与最为抽象的、形而上学物的接触有时会促发出激情火热迸发的行动。

拉斯科利尼科夫"像磨剃刀那样磨快了自己的是非决断论"。但是,在实际生活中,他受损于这抽象推论剃刀,几乎致死。用法院调查员波尔菲利的话说,他的罪过乃是"在理论上受到激发之心灵"的果实。此话也许可以用于陀思妥耶夫斯基的全部人物:他们"因良心"而完成或者只得到"解决的"激情和罪过,都是他们的辩证法的不可避免的结论。这辩证法冰冷,磨得像剃刀一样锋利,它不是要扑灭,而是要点燃、扇旺激情。火和冰并存其中。他们感受深刻,是因为思考深刻;他们感到无限痛苦,是因为认识得无限;他们敢于渴望,是因为敢于思想。而且,看来,思想越远离生活、越抽象,它就越炽热、越深入到生活中去,它的印记就越加不可磨灭地烙在活的人的肉和血中。

还有,最抽象的思想同时也是关于上帝的最激情的、最灼热的思考。"上帝折磨了我一辈子!"虚无主义者基里洛夫承认。"上帝也折磨着"陀思妥耶夫斯基的全部人物。并不是托尔斯泰那里的肉体的生命——其结尾与开端、死亡与诞生,而是陀思妥耶夫斯基笔下的精神的生命、对上帝的否定和肯定,才是人类一切激情与痛苦的永远沸腾的源泉。最活跃的、最"生动的生活"的激流,只有从形而上学和宗教的这些最高冰峰上奔下之时,才为人获得那种激情的力量、行动的力量、勇往直前的精神。这种精神要把人引向悲剧般的毁灭或者赦罪,坠入深渊或者腾空飞翔。

过往世代的伟大诗人在描写心灵激情之时,都不注意智慧的激情,似乎认定这类激情无法成为艺术描写的对象。如果说浮士德和哈姆雷特因为比一切人更多地思考,所以比一切人物都更接近我们的话,那么,正因为他们较多思考,所以较少感受、较少行动,所以哈姆雷特、浮士德的悲剧仍然在于对他们来说是那激情心灵与无激情思想无法解决的矛盾。但是，有思想的激情和有激情的思想的悲剧，难道是不可能的吗？这种悲剧不是正大有前途吗？无论如何，陀思妥耶夫斯基是第一批走近这种悲剧的人之一。

他战胜了新艺术家们特有的面对智慧的迷信式的怯懦心理。他看到了，并且向我们展示了存在于我们心灵的悲剧和我们的智慧、我们的哲学和宗教意识的悲剧之间的联系。对于他来说，这首先是现代俄罗斯悲剧。他指出，有教养的俄罗斯人应该怀着某种心情或者像梅什金公爵的听众那样聚集在豪门大客厅里，或者像少年和维尔西洛夫、伊万·卡拉马佐夫和阿辽沙那样聚集在摆着无声夜莺的肮脏小酒店里，就貌似最为抽象的题目——欧洲文化的前途，灵魂不死、上帝的存在等争论争论。事实上，就连从十五世纪"犹太教鼓吹者"到现代阉割派和正教仪礼否定派的我们的教派史都能证明，不仅有教养的俄罗斯人，而且全体俄国人民，都在思考上帝、基督和反基督、世界末日。约瑟夫·沃洛茨基就报怨过："如今人人自作聪明，在大小道路上和市场上奢谈信仰。"陀思妥耶夫斯基认为，正是凭着这种与生俱来的哲学的和宗教的敏感性，俄罗斯人才"在很高程度上是欧洲人"——即使不是现代的，也必定是未来的欧洲人。正是在这一难以制止的渴望中，他常常看到俄罗斯精神、俄罗斯文学不可避免地加入未来全世界历史文化的迹象。

正如在阅读托尔斯泰时在我们的肉体感受性中要发生什么变化那样，在阅读陀思妥耶夫斯基时，在我们的精神的、智慧的感受性（如果可以这样说的话）也有什么要发生变化。在他那里，经常可以遇到辩证法的那些冰冷的针和灼热的针，主要是俄罗斯的抽象而具激情的思想。读者已感觉到，这些思想是无法忘记的，要推翻、要接受都不能不受惩罚。这些思想不仅进入了我们的智慧，也进入了我们的心灵、意志、现实生活。也许，正像新的、注定的事件一样，必定是有后果的。我们在将来某个时刻一定会回忆起这些思想，而且，也许恰恰是在生活最具决定意义、最为感情激荡的时刻。正如陀思妥耶夫斯基自己所说的："这一旦刺入心灵，创伤就永远留存。"或者，正如使徒保罗说的，这"是有生命和活动的，比一切双刃剑都更锋利，他直扎下去，把灵魂与精神分开，把四肢与大脑分开，还要审判心灵的思考和企望"。

有些纯朴的读者怀有一种温和、脆弱的现代敏感性，对于他们来说，陀思妥耶夫斯基总是显得"残酷"，不过是个"残酷的天才"。

事实上也是：他把自己的人物投放在多么无法忍受、没有出路、难以置信的状况中啊！对于他们，他戏弄得真是无以复加了。他令这些人物的道德坠落深渊，其精神折磨的恐怖程度不亚于对伊万·伊里奇的肉体折磨。他把他们推向罪恶、自杀、低能、震颤谵妄、疯狂。在人类灵魂这些可怕而低劣的处境中，在陀思妥耶夫斯基那里是否流露出同样的玩世不恭的幸灾乐祸态度呢，像在人类肉体可怕而低劣的处境中在托尔斯泰那里所流露出来的一样？有时候是不是显得，陀思妥耶夫斯基折磨自己的"小牺牲品"没有任何目的，只不过是要享受他们的痛苦？是的，这的确是刽子手、虐待狂、人类灵魂的大法官——"残酷的天才"。

这一切难道都是自然的、可能的、现实的吗？难道存在于现实的生活中吗？在哪里可以看到？如果存在的话，那么，我们作为思维健全的人，与这些事件又有何关系？——这些罕见中之罕见、例外中之例外的事件，这些精神上与理智上有如昏热呓语中幻景的怪诞、丑陋和愚痴？

这就是对陀思妥耶夫斯基的主要的、一切人都理解的指责：违反自然、怪异、编造、缺乏所谓的"健全的现实主义"。

"有人称我为心理学家，"他自己说，"不对的，我不过是高度意义上的现实主义作者，也就是说，我描写人类灵魂全部的深层。"

自然实验者，当时也是"高度意义上的现实主义者"——新的、尚不为人知的、从未存在过的现实的现实主义者——做科学实验，在机器和仪器中复现自然现象，并强加人为的、特殊的、少见的、不一般的条件,再观察,在这样的条件的影响下,自然现象有什么变化。也许可以说,一切科学实验的本质都恰恰在于事先对周围环境的人工设定。例如,化学家在我们所知的自然条件下不能把空气压缩得很多,便在人工条件下渐渐地压缩空气,使其从气态变为液态。这种液体不是显得"不现实"、不自然、超自然、奇妙吗?——它是深蓝色的,像最纯洁的天空,透明、沸腾、寒冷,比冰、比我们能够想象到的一切都要寒冷。液态空气是没有的,至少在我们的研究所及的地球上的自然界是不存在的。我们觉得它是奇迹,但是,它实际上是最真实的科学现实。它"不存在",但是它是有的。

"高度意义上的现实主义作家"陀思妥耶夫斯基,在自己对人之灵魂所做的种种实验中,不是也做了某种类似的事吗?他也把他们放在罕见、奇异、特殊、人造的环境之中,自己也不知道,也要等着看看,会有什么结果,会出现什么情况。为了使隐藏在"人的灵魂深层"中尚未显现出的方面和力量显露出来,他需要对道德的大气加以某种程度的压力,这种压力在现在的"现实"生活中从来没有或者几乎没有遇到过;他或者需要抽象辩证法的稀释的、冰冷的空气,或者自发的动物性的激情烈火、白热的烈火。在这类实验中,他有时得到的人之灵魂的状态是新颖的,显得不可能、"不自然"、超自然,像液态空气一样。灵魂的类似状态是不存在的;至少在我们的研究所及的文化历史和生活条件中不存在;但是,这种状态可能存在,因为精神世界,像物质世界一样,用列奥纳多·达·芬奇的话来说,"也充满了迄今尚未体现出来的、数不胜数的潜在状况"。这种状况不存在,但是,是比自然状况更多的;它是有的。

所谓的陀思妥耶夫斯基"心理学",像是一间巨大的实验室,实验室装配有最精密、最准确的仪器或机器,用以测量、研究、实验人的灵魂。很容易想象,这所实验室对于尚未开窍者来说,必定显得像是中世纪炼金术士的"魔鬼厨房"。

然而,他的某些科学实验,对于研究者本人来说,确实可能也并不是完全没有危险的。我们至少有时候是为他担心的。要知道,他的眼睛首先看见了似乎不许人的眼睛看到的东西。他往下走进了从未有人走进的"深层"。他能不能回来呢？他能对付那些他引发出来的势力吗？如果这些势力打断他画出的魔圈，该怎么办？对于这位天不怕地不怕的人，我们为他感到害怕。在这在一切面前都不会止步的研究的勇气中，在这要在一切方面都要走到终点，到"最后限度"的需求中，超越极限的做法是高度现代性的，即使不为全部欧洲文化至少也已经为欧洲科学所特有；这一做法也是高度的俄罗斯式的，亦即为托尔斯泰所特有的：托尔斯泰不是以陀思妥耶夫斯基深入"人类灵魂深层"精神的深渊的勇气和兴趣，洞察了相反的、深度不亚于灵魂的肉体的深渊吗？以后我们会看到，他们好像事先约好似的，互相答应——这两种深渊从他们的作品中以互不熟悉却又亲切的声音互相喊话。

在陀思妥耶夫斯基的小说中，有不少地方反映了他作为艺术家的特点，但是，这些地方，正如歌德的某些诗歌和列奥纳多·达·芬奇的素描一样，很难判断是艺术还是科学。无论如何，这不是"纯艺术"，也不是"纯科学"。在这里，知识的精确性和创作的洞察力合而为一。这是新的合一，早已为最伟大的艺术家和学者所预见，却至今还没有名称。

但依然免不了的是——"残酷的天才"。这个指责，似乎是对某种不明确的、个人的委屈的感觉，依然留在读者的心里；这些读者怀有所谓的"精神温暖"，但这种温暖有时也可以称作"精神解冻"。为什么有这些尖锐的"锥子"，这些极端做法，这种"冰与火"？为什么不善良一点，不温暖一点或者凉爽一点？——也许，他们也是对的，也许，陀思妥耶夫斯基的确是"残酷的"，甚至比他们能够想象到的更残酷，当然，还有就是更慈善。如果说他残酷的目的甚至是——知识，那么，在具有温暖的——不冷也不热——恰恰只是温暖的灵魂的人之眼里，这个目标则不能为手段提出辩解。但是，是否就不能怀疑这样一点：他，事实上，正像他们证实的那样，对他们也是"残酷的天才"呢？有些剧毒可以杀死人，但是对动物不起作用。也许,正是对于以为陀思妥耶夫斯基残酷、仅仅是"残酷的天才"的那些人来说,他最大的残酷、最致命的锥子和剧毒才永远是无害的。

  有一个问题更值得注意,这就是关于陀思妥耶夫斯基并非对他人而是对自己残酷,关于作为艺术家的他的疾病,或者至少也是病态的问题。

  的确,这是一位多么奇特的作家:他以永不枯竭的兴趣只去绵密分析疾病——人类灵魂的最可怕和最可耻的溃疡,不断地揭开这些疮口,好像除此之外不能也不想去论说其他。这都是些什么光怪陆离的人物啊——这些"享大福大寿的人":歇斯底里的女人,淫荡成性份子,魔鬼般的男女,神圣愚痴们,白痴们,精神错乱者。也许,与其说这是艺术家,不如说是精神病医生,而且是这样的医生,我们倒可以先问问他:医生,你能治好自己吗?也许,与其说这是人物,不如说这是一伙儿多少有点意思的"临床医疗"病人?归根结底,我们这些健康的、思维健全的人,和这"西罗亚池子"(约,9:7)有什么关系?我们这些健康正常的人和这些身受百害的人,有什么关系?

  但是,要知道,我们知道,最下流的折磨手段的最耻辱的创伤是由荣耀和神圣而变得荣耀而可怕的,这创伤过去和今后乃要证明是永恒健康的惟一源泉,受创伤世界得以康复的惟一希望,因为的的确确"我们以他的创伤保全了自己"。我们得到了这种全世界历史意义的警告,我们既然是名义上的"基督徒",难道我们不应该以较少放纵的"临床性"自信心,却以较多的细致的文化观察对待人类灵与肉的一切创伤、疾病吗?假定我们比医生和女巫对疾病了解得更多;但是,可能,我们知道的依然不是全部的。

  我们都十分熟悉,例如,健康与力量、与生命的旺盛之间的显然的联系,这是一方面;另一方面,还十分熟悉疾病与衰弱、与生命的衰减之间显然的联系。但是,不太显然,作用却不亚于上述者的联系,不是存在于疾病与力量之间、表面上的疾病和事实上的力量之间吗？如果种子不忍受痛苦、不死亡、不腐烂，那它也不会结实，在果实中复活。如果没有翅膀的昆虫在蛹里不忍受痛苦，就永远长不出翅膀来。"女人分娩时感到剧痛，因为生死关头到来；但是生了婴儿之后，由于欣喜而不记得剧痛，因为一个人诞生于世。"这不是走向死亡而是走向生命的疾病，从健康走向健康的疾病，是必不可少的、自然的、健康的疾病。世世代代的人，全部的世界历史文化和民族似乎都因病痛而死亡；但是这也是"生的痛苦"，这病不是引向死亡，而是引向生命，是自然的、健康的疾病。但是，在这里，要区分表面的和真实的疾病，坠落和复兴，已经不可计量地更为困难得多了。在这里，我们依然在黑暗中摸索徘徊。我们只是模模糊糊地预感到，某些复杂和危险的文化疾病之存在，不是由于缺乏未曾显现的生命和内部积蓄的、没有找到释放出口的内在力量，而是由于这二者过多、健康过盛。我们俄罗斯的勇士们有时候"由于有力量"、由于"有负担"而变得沉重，他们显得患病，因为他们过度健康。我们的战士们只是些野蛮人。但是，要知道，即使是古代希腊人——人中最清醒、最有理智的人，在面包变为肉的狄俄尼索斯的奥秘中，在酒变成血的狄俄尼索斯的奥秘中，也是由于狂欢中健康的过盛，由于酒神的智慧而显得如同醉酒、"忘乎所以"，发狂发疯。

情况也常常相反：生命力暂时的、表面的过盛，自然能力的磨炼，取决于事实上的疾病。过度拉紧的弦在断裂之前声音最响。火焰在熄灭之前烧得更亮。

是啊，思索得越深刻，关于文化疾病的总体问题，关于陀思妥耶夫斯基个体的"神圣"抑或不神圣的疾病的问题，就变得越困难、越难找出谜底。其实，甚至从第一眼似乎就能看出，不管他是伟大，还是渺小——无论如何，他是不像伟大作家之家族的任何一员的。这是否意味着丑儿家家有呢？是因为有病，才谁也不像，还是因为谁也不像才有病呢？他的力量来源于疾病呢，还是疾病来源于力量？如果说不是陀思妥耶夫斯基本人的确实的神圣性（但是接近他的人肯定地说，在有些时刻里，他显得"神圣"），那么，即使是"白痴"的神圣性势必来源于表面的疾病，还是不可置疑的疾病来源于大可置疑的神圣性呢？

我不是要提前做出决断，我只想指出，也许现在不可能轻易摆脱这个问题，而从科学上看，从临床医疗的观点看，这是轻而易举的。

"找大夫看看吧，"拉斯科利尼科夫向斯维德里盖洛夫建议，因为他谈到了自己的"幻影"。

"这个办法，您不说我也知道，"斯维德里盖洛夫回答，"我知道自己不够健康，可是，我不知道因为什么；让我自己说，我大概，比您健康五倍吧。我问您的不是您是否相信幽灵会出现；我问您的是您是否相信有鬼。"

"绝对不信，无论如何不信！"拉斯科利尼科夫甚至恶狠狠地吼叫一声。

"可是一般人怎么说呢？"斯维德里盖洛夫看着侧面，微微低下了头，似乎自言自语地嘟哝着。一般人都说："你病了，当然你看到的只不过是并不存在的幻影。"而这话里是没有逻辑的。我同意，幽灵只出现在病人眼前；但是，这只能证明，幽灵只出现在病人那里，却证明不了幽灵不存在。

"当然是不存在的！"拉斯科利尼科夫坚持，怒气冲冲。

"不存在？您认为不存在？"斯维德里盖洛夫继续说，慢慢地看了他一眼。"那么，像这样说行不行（这儿还得请您帮忙）：幽灵嘛，可以说是其他的世界的碎片和片段，是这些世界的源头。健康的人理所当然是看不见幽灵的，因为健康人是最为世俗的人，当然，也就应该过这样儿的生活，既为了充实，也为了秩序。因此，有机体内正常的尘世秩序稍微一病，稍微受到破坏，则另外一种世界的面目就要开始显现出来，而且，病得越厉害，则与另外一种世界的接触也就越多。"

拉斯科利尼科夫怒气上升是有道理的：他指望、依靠的那一套辩证法，虽然"锐利得像剃刀"一样，但他却感觉到，被他看作有目共睹的"下流坯"而瞧不起的斯维德里盖洛夫的辩证法大概是更锐利有力的。斯维德里盖洛夫不是干脆就在嘲笑他吗？不是用自己的幽灵挑逗他吗？或者，斯维德里盖洛夫目的不在于嘲笑？这样看，即使他信教，也只是因为最后他是怀疑一切的——甚至怀疑非信仰。无论如何，对于他来说，和另外一种世界的"接触"不表示什么慰藉。他自己却也立即承认，永恒有时候在他看来像是"一个房间，像乡下的浴室，熏得黑乎乎，各个角落里全是蜘蛛网"。"信教的"斯维德里盖洛夫也许会不惜一切地引诱出拉斯科利尼科夫的儿童式天真来，他的幼稚允许他极轻率地做出回答：

"我不信什么来世生活！——您呀，您一定有病，找大夫看看吧。"

有趣的是，陀思妥耶夫斯基在去世前一段时间的日记中，在道出自己关于基督教的遗嘱性的思想之同时，几乎逐字地重复了斯维德里盖洛夫的言辞：

> 人类由于接触而确信另外的世界，这种确信是顽强的、经常性的，同时也是极为重要的。

不仅如此，在《卡拉马佐夫兄弟》中，"神圣的"佐西马长老也重复了斯维德里盖洛夫的这些话："已成长之物生存和活跃，仅仅是凭借对神秘的其他世界的接触感。"

视疾病为更高的，或者，至少，不是一切人都可企及的一种生存方式的源泉——在这种观念上与"下流坯"和"淫棍"斯维德里盖洛夫见解一致，还有"神圣"的"白痴"（"圣愚"）——梅什金公爵：

> 接着他又想到，在癫痫发作之前有一个时刻，突然，在忧

郁、精神阴暗和压力之中，似乎他的大脑不断地有光明照彻，他全部的生命力也一下子由于非同寻常的奔放而紧张起来。在这延续短暂须臾即逝的瞬间，对生命、对自我意识的感受几乎增加十倍。后来．在健康状况下，他考虑这一切的时候，他常常告诉自己，全部这些闪电和最高级的自我感触与自我意识，因而也应是"最高生存"的闪光，都恰恰是疾病，是对正常状态的破坏；果真如此，则这完全不是最高级的存在，恰恰相反，应该列入最低级之列。然而，他也还是最后得出了极具悖论性的结论："这是疾病，又怎么样？"他最后论断："如果结果本身，如果健康状态下追忆和研讨的那感受时刻显现得是高级的和谐、美丽，提供出迄今尚未听闻、尚未言及的完满、量度、与生活最高级综合调解并欢欣地祈祷般的汇合之感觉，那么，说这种紧张不正常，又有何妨？"如果在这一秒钟，亦即，在疾病发作前的有意识的最后一刻，他能清晰而有意识地告诉自己："是啊，为了这一瞬间，是可以献出一生的！"那么，当然，这一瞬间的价值也就等同于一生了。何况，对于自己结论的辩证部分，他并没有维护：昏聩、精神阴暗、愚痴在他面前，正是这些最为高级瞬间的明显后果。

很可惜，梅什金公爵没有保卫自己结论的辩证部分：要知道，这个问题——为了"最高级存在的时刻"是否可以不仅献出人的而且还有全人类的生命？——不仅具有宗教上的，而且还有哲学的、科学的、文化历史的巨大意义。换句话说，世界历史的发展之目的，是在时间上、在各种文化的继承性上、在世世代代的交接上的无限延续呢，还是全部历史命运、全部"时代与时期"在"最高存在"之瞬间、在基督教神秘论所说的"世界之终结"中的某种最终的完结？这个问题显得神秘、抽象，远离现代人类现实的与事业的、社会的、政治和道德的生活：事实上，无论有意识还是无意识，但是这一问题不可避免地要进入生活。正如关于尘世间终结——死亡的思虑不可能不影响每一个单独的人的抽象的、静观的、现实的生活那样，这同样的思虑也或早或迟不可能不影响全人类真实的、事业的、文化——历史生活。

在基督教之前，人类生活得像今天的动物——超越了对死亡的意识，具有动物性不死的感觉。迄今，认识到，或者至少感受到关于不仅涉及单独的人，而且涉及全人类的终结、死亡的思虑之不可避免性的惟一的宗教，是基督教。也许，正是在这里包含了基督教文化历史影响的主要特点，这些对欧洲世界现实社会的、道德的、政治的和命运的影响，至今尚未完结。

关于世界终结，关于在启示录天使"向世世代代活的人宣布，时间没有了"之时刻，在最高级和谐、"最高级存在"之时刻人类尘世命运终极完成的观念，关于全部人类文化之山峦最后山岭和悬崖的观念，关于作为神人宗教的那一基本观念——朝着这些观念，从反面，迎着走来的是人神之宗教。这一宗教的鼓吹者在陀思妥耶夫斯基的《群魔》之中，是虚无主义者基里洛夫，即受"上帝折磨了"一辈子的那个人，在遣词造句上、用语上、思想最细微的内在色彩上，都因为这个结论而完完全全吻合地重复了梅什金公爵的"特殊悖论"：

> 沙托夫，您体验过永恒和谐的时刻吗？……有几秒钟，一共也不过五六秒吧，——您突然会感受到永恒和谐的存在。这不是尘世间的存在，我不是说这是天上的，我的意思是，人凭自己在世间这种模样是体会不到的。得发生躯体的变化或者死去，才行。这种感觉是清晰的，不可争议的。您似乎突然感受到了整个的大自然，您突然说：是啊，这是真的。上帝在创世之时，在每件造物完成之际都说："是啊，这是真的，这很好。"这……这不是感动，而只是这样的、欢欣。您不再原谅什么，因为已经没有什么需要原谅了。您也不是在爱什么，啊，就是说，已超越了爱！最令人惊奇的是，一切都如此清晰，是这样

的欢欣。如果超过五秒钟,那么,灵魂就支持不住,就得消失了。在这五秒钟内,我度过了一生,**为这五秒钟,我要献出我的一生,因为值得**。为了能经受十秒钟,躯体方面必须变化一番。——我认为,人应该停止生育。孩子有什么用,发展有什么用,既然目的已经达到?福音书里说,在安息日是不生育的,都像上帝的天使一样。

在这里,实际上,基里洛夫只是把梅什金公爵的辩证法推向了终极的结论:梅什金公爵说:"为了这一瞬间,人可以贡献出一生。"基里洛夫继续把话说完:"为了这一瞬间,可以贡献出全人类的生命。"

其实,梅什金公爵有时候也是显然接近着对于他来说是辩证法之可怕却似乎又不可避免的锐利之刃的。有一次,在莫斯科,他们聚会之时,他对罗戈仁说:"在这一瞬间,我似乎一下子明白了'不再有时间了'(启,10:6)这不同寻常的话。"

陀思妥耶夫斯基突如其来地、怯生生地下结论说:"当然,他不会认真地辩论。在他的结论中,也就是说,在对于这一分钟的评价中,毫无疑问是包含着错误的。"究竟是什么错误?"昏聩、精神阴暗、白痴行径,对于他就是这些至高无上时刻的明显后果。"但是,是否仅仅对于他这个天生的"白痴"是这样,还是对于每一个人乃至全人类亦然?还有,这个"结论中的错误"是否最终消除了全部辩证法的意义了呢?这个问题,陀思妥耶夫斯基是不愿意或者不能回答的。而这个问题是根植于他自己的还有全部基督宗教的核心中的。

"这情况常出现吗?"沙托夫在基里洛夫承认永恒和谐时刻之后问他。

"三天一次,一星期一次吧。"

"您有癫痫病吗?"

"没有。"

"这就等于说,有。您要小心,基里洛夫,我听说,癫痫病就是这么开始的。有一个癫痫病人对我很详细地讲述了发病前的感受,和您一模一样;他也定了五秒钟,还说,多了就受不了。"

总之,对基里洛夫和梅什金(他的灵魂之美在陀思妥耶夫斯基看来绝对不可置疑,同样来自"永恒和谐"之光明),沙托夫都是可能提出拉斯科利尼科夫那种玩世不恭的建议的:"找大夫看看。"

作为"低级生存"的疾病的问题令白痴困惑,迫使他在自己的结论、在对"最高级存在时刻"的评价中犯了致命错误,而基里洛夫对这个问题的解决称之为"人的生理变化"。而且,在这里,奇异而不可置信地出现了启示录先知言论的回声:"我造的都是新的——将有新天新地。"使徒保罗说:"古代成为过去,如今一切皆新。""在耶稣基督里——是新的造物。""人的生理变化"——即肉的转化——是"肉的复活"。"我如今把一件奥秘的事告诉你们,我们不是都要睡觉,乃是都要改变,就在霎时,眨眼之间,号筒末次吹响的时候。"(林前,15:51—52)

"那时候有新的生命,"基里洛夫对斯塔夫罗金说,"那时候有新的人,那时候一切都是新的……那时候将把历史分为两个部分:从大猩猩到上帝消亡,又从上帝的消亡到……"

"到大猩猩?……"斯塔夫罗金接过他的话来,还冷冷地嘲笑一下。

"……到大地的和人生理上的变化,"基里洛夫依然镇静地继续说,"人将成为神,生理上也要变化。世界要变,万事要变,思想及一切感觉都要变。"

关于人在生理上变化的思想令基里洛夫不得安宁,像"不可动摇的理念"一样追随着他。

"我开始，又终结，我打开了门。我得救"，在自杀之前，他以预言家的、同时也是令人惊骇的狂喜对彼得·维尔霍文斯基说：

> 只有这一办法可拯救一切人，并在下一代让人在生理上再生；我认为，以现在的生理模样，没有以前的上帝，是无论如何不能成为人的。我寻找我的神性的属性，找了三年，找到了：我的神性的属性是——自我意志！我就用这一点，在主要之点上表现出不屈服和新的、可怕的自由。

对于陀思妥耶夫斯基来说，基里洛夫是"被魔鬼控制的"狂人；这是普希金在俄罗斯天性中早就预感到的群魔之一：

> 这是两种魔鬼的图形。
> 无法无天，面目丑恶
> 在月光混浊荡漾之中
> 种种魔鬼团团乱舞
> 像十一月的落叶旋转飘浮。

理所当然的是，陀思妥耶夫斯基要取普希金这几行诗来当作自己的小说《群魔》的题词。他以基里洛夫为例，研究在俄罗斯人天性中，在俄罗斯性格中，无神论的、始终如一的辩证法会走向何等骇人听闻的极端。

但是，还有梅什金公爵——当然只是在"这个世界"的眼里才是着魔的狂人，他的聪明才是"面对主的疯狂"，而陀思妥耶夫斯基自己却不这样看。以非尘世优美和神圣这种光明照亮"白痴"形象的"永恒和谐时刻"，按他自己的表白，也产生于"神圣"或魔鬼式的疾病，如基里洛夫便是。如果说基里洛夫对于陀思妥耶夫斯基而言只是狂人，那么，基里洛夫和梅什金公爵最深刻的主要思想的这些惊人的相同情况究竟意味着什么呢？——他们都认为"永恒和谐的时刻"，即"最高存在"的源泉——这又是和启示录天使的预言"时间不复存在"相关的，亦即世界历史发展的目标不是大地无尽的延续，而是人类的终结——道的第二次出现，主的第二次降临。显然，在这里，陀思妥耶夫斯基有没说完的事——对最可怕又重要的事，他不能说出，或者不愿意说出，面临某种深渊他退却了，闭住了眼睛——思想家隐藏在艺术家的身后了。在基里洛夫的疯狂呓语中，事实上难道没有预言性的呓语吗？有时候不是令人觉得，陀思妥耶夫斯基是凭着梅什金公爵来疼爱自己并为自己辩护，凭着基里洛夫来痛恨自己和揭露自己，却又凭着二者来描述自己，而且二者都同样贴近他吗？白痴和基里洛夫是他自身存在的两个方面，他的两幅面容——一幅明显，另一幅隐蔽？基里洛夫是白痴的孪生兄弟吗？这个谜语，陀思妥耶夫斯基这位勇敢者中之最勇敢者不仅不敢猜解，而且连思索也几乎不敢，虽然，与此同时，他又不能够思索任何其他事理。

"意识到没有上帝，同时却意识不到自己变成了上帝——这是荒唐的；若非如此，你必定会杀死自己的。"这是基里洛夫的话。"如果说有上帝，那么我怎么能够忍受这上帝不是我这一思想呢。"（在这里，和在其他几处尼采著作中的引文里，我使用了舍斯托夫的俄语译文《托尔斯泰和尼采学说中的善》——原著者）这是弗里德里希·尼采说的。"上帝没有了，上帝死了。而且是我们把他杀死的。——我们自己不是应该变成神吗？——以往从来没有完成过更加伟大的事业，而且，凡是在我们以后出生的人，只凭这一点就将属于比以往全部历史更高级的历史。"这是谁说的？又是基里洛夫吗？不是，是弗里德里希·尼采。但是，基里洛夫几乎是逐字重复的："那时候有新的人，那时候一切都是新的。那时候将把历史分为两个部分：从大猩猩到上帝消亡，又从上帝的消亡到大地的和人生理上的变化。"换句话说，也就是到"人神"——"超人"的出现。

尼采虽然称陀思妥耶夫斯基为"伟大的导师"，但是，我们知道，尼采的主导思想是独立于陀思妥耶夫斯基而形成的，他所受到的影响来自希腊世界，首先来自代希腊悲剧。另外，一方面是康德和叔本华的哲学，另一方面是当代实验科学的精确结论，达尔文、斯宾塞、海克尔关于物种生物学变化、关于世界发展、关于自然变形、关于所谓的进化的思想。尼采仅仅延续了这些科学结论，并将其应用于文化的、世界历史的问题探索。对于他来说，人不是终结，不是最后一个环节，而仅仅是宇宙发展链条中的环节之一：正如人来源于动物物种的变化，新的存在物也将来源于人的、文化历史的形态变化。这一新存在物是——"新造物"，即超人；或者，像俄国虚无主义者天真而玩世不恭地说的："从大猩猩到人，从人到上帝消亡"——到人神。

然而，在这里，只是尼采那易为人知的鲜明、外在的一面，这个方面后来在他自己看来是一个粗厚的外壳；他还有另外一个更为深刻、神秘、内在的方面。有一次他承认：

> 至于我的疾病，毫无疑问，我对它的感激大于对我的健康的感激。我感激它给予了我更高级的健康，有了这种健康，人将因为一切杀不死自己的事物而健壮起来。我还为我全部的哲学而感激它。只有伟大的痛楚，才是精神的终极解放者。只有伟大的痛楚，长时间的慢性的痛楚（因此痛楚我们似乎坐在潮湿的柴火上被烧烤，那疼痛是毫不急于结束的）——只有这样的痛楚才能迫使我们，哲学家们，向下深入我们最终的深底，并且全然抛弃我们以往把我们人性置入其中的那全部的轻信、善良、掩遮、柔软、间接性的东西。

因而，尼采像白痴和基里洛夫一样，在分娩痛苦中，在自己的疾病中，找到了"永恒和谐的时刻"，"最高存在"的源泉；在人的死亡之中找到了"超人"的初始闪电、闪光。

"人就是那应该战胜的物。"扎拉图斯特拉说。只有在自己的精神上和肉体上克服、消灭了全部"人性、过于人性的东西"之后，只有像脱去老的死皮那样抛弃具有野兽般、毒蛇般智慧的"旧人"之肉体，人才能达到神性的存在，才有"新天新地"；只有在死亡、腐烂之后，人才能复活并转入不朽。但是，应该知道，关于"人的生理变化"，生理与精神的同时变化，关于这种复生——"肉"之肉体转入灵之肉体之情况，有一位最健康、清醒的俄罗斯人，即普希金，已经深入思考过：

> 他贴在我的嘴上
> 拔掉我罪恶的舌头
> 他废话多，又狡猾，
> 又用血淋淋的手
> 把蛇的智慧之锥
> 插入我僵硬的嘴里
> 他还用剑劈开我的胸膛
> 挖出我跳动着的心脏，
> 又把冒出火苗的煤炭
> 塞进我打开的胸膛，
> 我像尸体一样躺在沙漠之中，
> 于是向我传来了上帝的话声：
> 起来吧，先知啊！

躺在沙漠里的人的尸体，只不过是蛇蜕下来的老皮；凡是应上帝语声而复活的，都已经不再是人。

柏拉图在自己一则寓言中说，在神性爱欲——爱神的影响下，在人的灵魂开始长出翅膀之时，灵魂感受到某种类似儿童长牙时的那种病状。这位希腊哲学家以令我们惊异的解剖学的精确性描写了灵魂这一疾病怎样始于一种"搔痒感""发痒感"，似乎有什么东西在乱闯，要化脓，要发胀，想要冲破从四面压制自己的一层外壳，却办不到,后来,发炎的肿块,还有最后可怕的发烂脓肿怎样出现在应该冲出翅膀的地方,灵魂怎样时而热得发火发热,时而冷得发抖,好像马上要死似的。

种子如果不死,也就不会复生。分娩的生育痛苦等同于死亡的摧毁性痛苦。

托尔斯泰在《上帝之国》中说:

> 由于内在状况——向现代人类感受到的新生活方式的转变,而出现了似乎是没有必要的、毫无益处的痛苦。——出现了某种类似分娩的情况。一切都做好了新生命的准备,但这个生命还迟迟不来。情况似乎是没有出路的。

但是,几行文字之后,他就谈到了飞翔、翅膀、新人;这新人"会觉得自己完全自由,就像被关在一个四周受隔离的地方的鸟要展翅飞翔之时可能感觉自己自由那样"。

有谁知道呢,也许托尔斯泰不仅在他人身上,而且在自己身上有时候也会感受到现代人类的这一疾病——分娩之疾,待要展开的翅膀的疼痛。他是否像外表那样、像他所向往的那样健康呢?还是他不过比他人更巧妙地掩蔽了自己的疾病,同时却大力揭露他人的疾病?

"如果深入了解我们时代人的慧识和生活,就会发现,每个人都处于绝望状态。"他又照例只谈别人,谈"这个世界"的人,谈一切人,就是不谈自己。但是,关于他自己,他是否说不出这样的话来呢?是否有另外一个"我们时代的人",其意识与生活处于比托尔斯泰更大的矛盾之中呢?对于自己的"绝望状况"他是缄口不语的。但是,正如我们已经看到的,他永远对己、对人都力求隐瞒住不是发生在他的意识之中,而是发生在他无意识的、自发性的生活中的斗争:老守林人叶罗什卡及其野兽般、"毒蛇般"的智慧,与善良长老阿基姆、普拉东·卡拉塔耶夫二人鸽子般的纯朴之间的斗争;神兽与神人、活兽与死去之上帝之间的斗争。我们现在已经看不到这种斗争了。但是，即使在现在斗争也在继续——证实这一点的是那些地下的颤抖、回声，像地震闷混的轰鸣一样。这些颤抖和回声还依然从他心灵最深处传播到我们耳朵里，因为已死的上帝在他心里正在扼死活兽。在《复活》中，阿基姆长老庆幸自己的复活和野兽的死亡——这似乎是他对野兽的最终的胜利。然而，如果说这也是胜利的话，那么，这胜利是何等的可怜！在自己艺术良心隐蔽之处，托尔斯泰不可能没有感觉到，正是在这里，在这最重要的有决定意义的时刻，有某种东西断裂、背叛了他，向他做出报复。在这种"复活"中，肉体的毁灭导致了这种毁灭几乎永远要导致的——灵魂的毁灭，于是，看来，就在我们眼前，完成了一切自杀之中最可怕的——天才的自杀。像那害怕野兽、为了哄骗野兽而把衣服投给它的人一样，托尔斯泰向自己的野兽投去了自己认为最不需要、最为外在的灵魂的那一部分——自己的艺术天才。但是他欺骗了自己，不是欺骗了野兽：他应该连同自己的天才把自己全部灵魂都给它。

我们从他那里期待了这样的"复活"呢，还是他期待于自己？他弃绝的正是那些给他带来"世界性声誉"的作品，这不是没有理由的。有时候，他是应该如何地痛恨这不可争议的艺术家、持怀疑态度的"预言家"的声誉啊！他是对的：事实上，他不仅仅是艺术家。在他身上也曾经或者可能存在过预言家，尽管这完全不是他自我想象的那种预言家。现在，他感觉自己并不比自身声誉更多，而只不过刚好等于这一声誉——这对他是何等的屈辱！

托尔斯泰享有人的荣誉，却没有上帝的荣耀——没有人的非荣耀、没有预言家受到的迫害。那些奴仆式的赞扬、"无数小人物"的承认，一定严重刺伤了他的自豪感。荣誉的这种彻底降低很像是对一些不幸者的刑罚：有人把他们身上衣服脱光，捆绑起来，全身涂上蜂蜜，拉到太阳光下，任凭昆虫螫咬。昆虫像乌云似的团团飞来，盘旋，嗡嗡叫，趴在那不幸者身上，肆无忌惮地咬螫，因为每只虫子都想要尝到哪怕一滴蜜水——这种甜蜜的荣誉。——或者，现在对他已经都一样了,他再也感觉不到这些昆虫了,因为他自己像是在自己的纪念碑下被活活地埋葬了?

但是,关于他——现在的他,我们知道些什么?他总是沉默着——似乎沉默是他最后的避难所。他不愿意对世人提出关于自己苦闷的说明。但是他知道,神向他索取说明,他不能不给的时刻正在来临。

真是为托尔斯泰感到恐惧,有时候觉得,我们时代这个处于最为绝望状态中的人值得同情。他尽管享有各种荣耀,却是最孤独、被抛弃、不为人理解的。但有时候又相反,似乎他伟大得根本不值得因受苦而得到同情。

无论如何,让那些不喜欢他的人相信他的——托尔斯泰的健康、平安、幸福、"复活"吧。

他的疾病表现得不是像陀思妥耶夫斯基和弗里德里希·尼采那样的痛苦吼叫、发高烧和呓语,而只是表现为心灵——曾几何时还是全部人类心灵中最具活力的心灵——逐渐出现的沉默、缺乏感觉、凝滞、骨质化和石质化。但是,正因为这种疾病是隐蔽的、秘密的,全然沉入深处却只以健康外貌出现,正因为连他自己也对其未必知晓——所以这种疾病比陀思妥耶夫斯基的疾病、比尼采的疯狂更为可怕。

无论如何,托尔斯泰似乎是永远地离开了我们,隐蔽了起来,抛弃了我们,正如我们正在抛弃他一样。

普希金把自己的伟大健康之谜带入了坟墓。陀思妥耶夫斯基带走了自己伟大疾病的秘密。而尼采超人的或者常人的尸体,离开了我们,把自己的智慧之谜带入了疯狂。

只剩下我们自己,而人在世界上还大概从来没有过只剩下自己的时候。我们成为被抛弃的、怯懦的、病态的,有时甚至可笑的。我们不仅在他人眼里,而且在自己眼里也都应该解开众神和巨人没有解开的谜,应该划出也许能够分开我们的健康和我们的疾病、我们的生命和我们的死亡、我们的复兴和我们的衰败的界线。这个谜,我们是绕不过去的:它已迫不及待,盯着我们的眼睛——希求被猜破。然而，难道我们能做到吗？难道我们有这个胆量吗？

这就是落在我们这一代人身上的那几乎无法忍受的责任之重量，关于这种责任，我在本研究著作开端处已经谈到了。

也许，世界的命运从来还没有像现在这样似乎在剑刃上、在两个深渊之间摇摆，系于如此纤细一发，却不为人所见。也许，人的精神还从来没有预感到，即使不是终结，也是终结的开始，已近在眼前，立在门外，开始敲门，却又是在背着一切人。

在坟墓中过早醒来者是悲哀的，因为其他人还在酣睡。但是，如果我们愿意的话，则我们已经不可能再欺骗自己，重新睡着——我们只能佯装睡着。我们还没有全然睁开的、半睡状态的、视力尚弱的眼睛已经看见了那道光明，即人类眼睛中最锐利、最勇猛者也未曾察觉到的光明。我们为躲避它，应该到哪里去呢？我们怎样才能遮住自己的赤裸？——而在这为数甚少的人醒来之后已经目睹光明之时，其他的人则像在"洪水之前的挪亚时代"里一样，只知道吃、喝、买、卖、娶、嫁。

对于这些人而言，我们的这些话，在坟墓中抖动身体者依稀可辨的沙沙声、细语声就显得是疯狂的呓语之声！

只有在那里，在人民的深层之中，才可能有像我们这样的觉醒的人。但是，有鸿沟把他们和我们隔离了开来，我们的声音传达不到他们那里去：他们和我们一样，都各自在自己的坟墓里。

有谁能第一个站起来说他已经苏醒了？有谁有权利说这个话？有谁战胜了我们时代最后的魔鬼试探？——这个时代不仅混入我们每个人的意识，也混入生活、行为、肉与血，把种子的腐烂与复活、分娩之痛与死亡之痛、复兴之疾与退化之疾——所谓的"象征主义"和所谓的"颓废派"混淆起来。——开始时需要先做好这一点，只有在做好这一点，或者，至少，开始做这件事，才能够谈论它。

那么，在这里，我们明显的，我们的话，我们的观察就先告一段落。这里即将开始的是我们的秘密，我们的沉默，我们的行动。

第六章

1863 年,莫斯科朴实的斯拉夫派成员之一,И. С. 阿克萨科夫写信给陀思妥耶夫斯基:

……解放自身中被压抑的民族性感情的首要条件——就是痛恨彼得堡,要全心全意地、凭自己全部理念去痛恨。而且,概括地说,一个人如果不抛弃、不唾弃、不与撒旦断绝关系,就不能皈依基督教信仰(其实,斯拉夫派理论不是别的,正是最高级基督教宣教)。

阿克萨科夫当然认为"撒旦"是彼得堡,甚至是彼得大帝本人。从这有气无力的凶狠和无关痛痒的恐怖之混合来看,这很像是《青铜骑士》中那个狂人的威胁:

善举,你奇迹的建树者,
你等着瞧吧!……

托尔斯泰没有拂袖而去,没有唾弃彼得堡。他干脆是忘记了它,没有注意到它,蔑视它,把它看得不重要,没必要,几乎不存在。他不仅离开了彼得堡,甚至离开了斯拉夫派钟爱的莫斯科,下乡了,深入了农村,深入了俄罗斯的躯体。如果说在农村他也见到了以俄罗斯新的工厂"文化"及其手风琴、伏特加和梅毒为形象的彼得堡

——"彼得创造物"的影子的话，那么，这对于他来说就是黑暗的精神，"黑暗的势力"、"教育的后果"。《战争与和平》《安娜·卡列尼娜》的部分事件发生在彼得堡，但是在这里没有彼得堡和彼得大帝的精神。对于托尔斯泰来说，首都大"光明"的精神，也是——黑暗的精神，"黑暗的势力"。在他全部作品里，只有俄罗斯农村、土地，只有肉体和俄罗斯黑暗的、自发存在的灵魂。但是，作为光明威力，作为新文化的和民族意识的精神，对于彼得堡背后的未来俄罗斯城市——尚未展现的俄罗斯的面容和头部的寻求，在托尔斯泰那里付之阙如。

虽然和托尔斯泰的敏锐有所不同，但是程度并不稍差，陀思妥耶夫斯基理解前彼得堡的，甚至前莫斯科的、古代的、农奴的、基督教的俄罗斯大地："这些贫穷的村庄，这贫瘠的自然。"

在《卡拉马佐夫兄弟》中，阿辽沙在修道院中，在佐西马长老棺木旁，因为做了一个梦：于加利利的迦拿的预言性之梦而醒来，便走出房间，来到花园，他举头仰望：

> 天空布满寂静地闪烁着光芒的繁星，宽阔而望不到边地罩在他的头上。从天顶到地平线，还不很清晰的银河化成两道。清新而万籁俱寂的黑夜覆盖在大地上，教堂的白色尖塔和金黄色圆顶在青玉色的夜空中闪光。屋旁花坛里美丽的秋花沉睡着等待天明。大地的寂静似乎和天上的寂静互相融合，地上的秘密同群星的秘密彼此相通。

在青玉色夜空中闪光的这些教堂的白色尖塔和金黄色圆顶，不是很像古老圣像已褪色的背景深处，以魔幻但是精确而坚硬的笔触勾勒的神秘山峦和"城市"吗？

还有宛如圣像描绘的大自然呢。在《群魔》中，瘸腿丽莎维塔，一个神圣的痴愚者（"圣愚"），向过去的虚无上义者沙托夫讲述自己在隐修院的生活：

> 我常常到湖岸去:一面是我们的修道院,另一面则是我们直上直下的山,大家都叫它尖山。我上了这座山,脸转向东方,便趴在地上,现在也不记得我哭了多长时间,不记得那段时间,当时也什么都不知道。然后,我站起来,向后一转,太阳正在落山,又大,又亮,又美。你喜欢看太阳吗,沙杜什卡?很好啊,但也让人心里悲哀。我又转身面向东方,那影子,我们这座山的影子,像箭一样,在湖面上远远地奔驰着,又细又长——长得很呐,延长了好几里地,一直到湖里的那个小岛。那是个石岛,而这细长影子似乎把一切都劈成了两半,就在劈成两半的时候,太阳完全下沉了,一切都突然熄灭。我立即也感到十分悲哀,而且,记忆也突然间恢复——我是害怕黑暗的,沙杜什卡。

这里有壮士歌的自由音韵,而这些歌的歌曲特质和沉默、黑暗修道院中的传说汇合为一,成为前所未有的俄罗斯音乐。

有一种见解认为陀思妥耶夫斯基不喜欢大自然。但是,如果说他的确很少、很不经常描写自然,那么,这很可能正是因为他对自然的热爱十分深厚,以致这种爱不可能不是羞怯的、隐蔽的、含蓄的。他不是随便把大自然给每个人看的,但是,在这罕见的描写中所具有的力量,就连托尔斯泰也不能与之相比拟。

不,陀思妥耶夫斯基对俄罗斯大地、"躯体"的爱不亚于他;但是他热爱的不是"肉的""血的""地上的""戒指般的"俄罗斯躯体,而是受到灵感的、"有灵魂的"、渗透着挥发出神性之芳香的俄罗斯神圣的躯体,俄罗斯神圣的土地,这片土地,"从边疆到边疆",

> 天上之王以奴隶的样式
> 放出,并发出祝福。

对于陀思妥耶夫斯基来说,神圣的俄罗斯还依然遥远——即使不是斯拉夫派眼里的遥远的过去，也是遥远的未来。他不忘记近旁的、近在眼前的、当代的、俄罗斯的、彼得堡的现实，既不是为了未来，也不是为了过去；而且，当然，他在这现实中对于那吓坏了莫斯科天真的幻想者的因素之感受，不亚于阿克萨科夫，并且由此认为，像对待撒旦那样将其"摆脱、唾弃"，就可得救。

陀思妥耶夫斯基比任何人都更理解，很大的"不幸就是生活在彼得堡这座最为抽象和蓄意（城市一般为蓄意和非蓄意两种）的、最为奇幻的城市里。而且，这奇幻的城市还有地球上一切城市中最为奇幻的历史"，就是生活在彼得大帝这备受称颂的"天堂"里。"天堂"的设计，好像故意似的，带有"撒旦的思想"，对人和自然的嘲笑，不仅对自然生命是这样，而且对人的非自然死亡也是这样。

在谋杀之后，有一次，拉斯科利尼科夫于夏日里走过尼古拉耶夫桥，在桥上停步，面向涅瓦河水，朝着宫殿方向。"天上没有一丝云，水几乎是蓝色的，这在涅瓦河上是很少见的。教堂的圆顶，从哪里观看也不如从这里，从这桥上观望显得形象更好，那圆顶金光闪闪，透过清澄的空气，可以清清楚楚地分辨出它每一个装饰。从这一壮观的景色中总是有一股无法解释的寒意向他吹拂而来；这一壮丽的图画对于他来说是充满了又聋又哑的灵魂的。"

这是不是那类似于幽灵的坟墓的"寒意"呢？是不是普希金的"可怜狂人"所要逃脱的那"又聋又哑的'灵魂'"呢？——那"可怜狂人"听得自己背后：

> 沉重的青铜的奔驰之声
> 像连连不断传来的雷鸣
> 震撼着已经颤抖的大路

拉斯科利尼科夫走出了这可怕的精神，这貌似域外的、西方的精神，实际上是彼得大帝和普希金的本土的、古代俄国的、前于基督教的壮士的精神——在相当大的程度上，陀思妥耶夫斯基也从中走出。

"彼得格勒"（即"彼得之城"——译者）不仅是地球上一切城市中"最奇幻的"，而且也是最庸俗的。与呓语之恐怖并列存在的是现实之恐怖：

> 街上热得可怕，又闷又拥挤，到处是石灰、脚手架、砖块、尘土和夏天所特有的臭味，这是每个彼得堡人都极为熟悉的臭味。——酒馆里的恶味，还有酗酒的人。——一种最最深刻的轻蔑痛恨的表情于瞬时之内闪过这青年人清癯的面庞。

《罪与罚》的开场白就是这样的。这就是彼得堡的空气，画面的深层。在"犯罪"之后，拉斯科利尼科夫即将去藏匿沾满鲜血的衣服之时：

> 街上又是热得无法忍受。这些日子里，哪怕下一滴雨水也好啊。又是灰尘、砖块和石灰，又是酒馆和小店里的臭气，又是连续不断的芬兰人外卖送货人和东倒西歪的车夫们。太阳明晃晃地刺着他眼睛，令他看东西都觉得眼痛，他的头完全昏眩起来——这是身患热病突然上街走进明亮耀眼大太阳地里的通常的感觉。

有谁比陀思妥耶夫斯基更了解彼得堡，比他更痛恨彼得堡，比他对该城的"轻蔑"更厉害？当然不是 И. С. 阿克萨科夫，他不过是"气愤"和"唾弃"而已；也不是托尔斯泰，他已忘记了该城。但是，其实，在有些时刻里，陀思妥耶夫斯基会突然原谅一切，不知为什么喜欢起这座城市来，就像彼得大帝喜欢自己怪异的天堂、普希金喜欢"彼得大帝之造物"一样。连居民也暗地里为其感到羞耻的众城之中最受遗弃者，这"自然的继子"，陀思妥耶夫斯基善于用爱的力量将其变得令人感动、令人怜惜，几乎可爱可亲，几乎美不胜收，虽然变为无限病态的却又绝非人人可企及的、"非一般性的"、用如今用语可说是"颓废"之丽人。

"在彼得堡，"少年承认：

> 我有几个幸福的地方，也就是说，过去我因某些原因在那里感到幸福——那又怎么样呢，我保护这些地点，不重返其中，故意尽量远离开它们，以便在日后我已经感到完全孑然一身、十分不幸之时，再重返其中以咀嚼悲哀和往事。

拉斯科利尼科夫说：

> 我很喜欢有人在寒冷、漆黑、潮湿的深秋之夜拉着手风琴唱歌，必须是潮湿的夜，因为一切行人脸色都苍白得发绿，显出病态；或者，说得更好些，在下湿雪的时候，雪片垂直落下，一丝儿风也没有，您明白吗？透过这样的大雪，那煤气灯都闪闪发亮。

另外一个人物说：

> 他把我引进运河上的一家小酒店，在下面。没有几个人，一个心不在焉、声音沙哑的手风琴手演奏着，到处都是沾满油污的餐巾味。我们在一个角落里落座。
>
> 你也许还不知道吧？我有时候喜欢寂寞……可怕的灵魂的寂寞……喜欢到这些形形色色的脏地方来。这种场面，"露琪亚"中这结结巴巴的咏叹调，这些穿着极不体面俄国式衣服的跑堂的伙计，这种烟草味，台球室里传来的呼吼叫声——这一切都十分下流，十分庸俗，几乎接近了奇幻。

恰恰是这种"肮脏的"酒馆，"脏地方"——即彼得堡式"欧洲"和"俄国深处"的痕迹，见于陀思妥耶夫斯基的全部小说。在这些地方，他的小说人物进行着最重要、最神秘、抽象和热烈的谈话，议论俄罗斯历史和世界史的近期命运。无论怎样奇怪，但是，正是这种"欧洲式的"、奴仆式的、"斯麦尔加科夫式的"状况的下流，正是现实性和"几乎接近奇幻"的庸俗不堪，才给这些谈话添加了特殊的、现代的、俄罗斯的，也许是独一无二的俄罗斯的、暴风雨的和凶兆的、启示的闪光——像万钧雷霆爆发之前的天空，充满了尘土般的、死尸般的苍白色。令人感到，在这里，我们俄罗斯的思想才第一次登上台——全欧洲的、世界文化的讲坛。尽管有"沙哑的手风琴手，台球室和无声夜莺的叫声"，但在这里，"人和天使"倾听着俄罗斯的"力量、始端和强权"。所以，看起来，如果同样的谈话在较少下流较多外在、诗意的、壮观的环境下进行，那么，谈话必将丧失一部分内在的宏伟——自己特殊的、独一无二的俄罗斯的，因而也许是世界性的诗意。

青铜骑士的花岗岩石座，貌似坚不可摧，但是实际上却是放置在松软的烂泥沼泽地上，从这样的地上不断地冒出透明的雾气。

    清晨很冷，潮湿的、牛奶色的薄雾笼罩了一切。我不知道为什么，但是清晨的忙碌的彼得堡早晨，虽然面目极为可憎，我却总是很喜欢，而且，全部这些各自忙于自己事务的、利己主义的、永远思考问题的人们，在早晨八点钟，对于我来说，都有某种特殊的魅力。一切的清晨，包括彼得堡的，对人的本性都有一种清醒镇定的作用。另外一类的火热的深夜幻想，和清晨的光线与寒冷一起甚至完全消逝，但我自己有时候却在早晨时常回忆起自己另一番刚刚成为过去的夜之梦幻，有时还有夜之行动，无不引起自责和耻辱感。然而，有时我顺便注意到，我是把彼得堡的清晨看成几乎是世界上最为奇幻的，尽管它显得是世界上最庸俗平凡的。这是我个人的见解，或者，更可以说是印象，但是我要维护它。在彼得堡这样烂泥气息的、潮湿的和雾蒙蒙的早晨，关于《黑桃皇后》中普希金笔下的一个叫盖尔曼的人（脸盘宽大，颇不寻常，完全是彼得堡类型——彼得堡时期的类型）的狂想，我觉得，还应该更为加强。在这薄雾之中，有一种幻觉，奇异，但纠缠不休地出现在我面前，有一百次了，如果这片云雾飞散并且向上飘去，和它一起走的是不是也有这整个烂泥味的又脏又滑的城市，它是否会和云雾上升，又像烟一样消失得踪影皆无，而只剩下原来的芬兰沼泽；在这片沼泽中，为了装饰，可能还保留下骑着被驱赶得大汗淋漓气喘吁吁马匹的青铜骑士？——在这里，它们都在奔驰，飞跑，由此可以得知，**也许，这一切都是某一个人的梦幻，这里连一个真实的真正的人、一项真实的行为都没有？凡在梦幻中目睹这一切的人，在突然醒来之时，这一切便也骤然消失。**

令人诧异的是，"真实的"托尔斯泰起步和长成巨人身材同时，似乎完全不存在"俄国历史上的彼得堡时期"——彼得大帝和普希金都不曾存在过。他甚至没有否定他们，只不过是绕着躲避他们。与此并列的是，"奇幻的"陀思妥耶夫斯基则与俄罗斯文化全部历史传统、彼得大帝与普希金——彼得堡的普希金、"大块头"盖尔曼创造者（他当然预兆着"块头不亚于"此的拉斯科利尼科夫）——保持着最有生命力的、活跃的、真实的和有意识的联系。陀思妥耶夫斯基不正是从"彼得之城"歌唱者的终结之处——从普希金关于"奇迹般创建者"最深刻的、行将就木时的思想开始其事业的吗？是的，他出生于彼得堡，他不应该以此为耻辱，因为，归根结底，彼得堡依然是俄罗斯的——如果说不是永恒的，那么，至少也是迄今最具俄罗斯特性同时也最具世界精神的俄罗斯人物的创造物。彼得堡，这座反自然的、"预先设想的"城市，没有肉没有血的人和有肉有血幽灵的城市，首先是陀思妥耶夫斯基的城市，而陀思妥耶夫斯基也首先是彼得堡的艺术家。

然而，他已经说不出普希金那样的话：

彼得之城，你炫耀吧，
像俄罗斯一样屹立，毫不动摇。

在俄罗斯人当中，陀思妥耶夫斯基首先感受到并且理解到，正是在这里，在彼得堡，彼得大帝的俄国"被铁辔头拉得直立起来"，像"被驱赶的马"，已经走到了某种"终结之点"，现在"面临深渊，全身颤抖"。——"也许，这一切都是某一个人的梦幻？凡在梦幻中目睹这一切的人，在突然醒来之时，这一切便也骤然消失？"他甚至大概知道，是什么在消失，还知道，俄国将永远不会返回莫斯科去，尽管斯拉夫派往那里呼吁它；而且，更不会回到更远的雅斯纳雅·波里雅纳式的、似乎是农民们的、事实上是地主们的"上帝之国"中去，尽管托尔斯泰们往那里呼吁它；但是，与此同时，他深知，俄国不会在彼得堡停步。

在他的晚年，在俄土战争期间，他幻想君士坦丁堡，幻想我们古代的皇城，是俄国新的、最终的首都。他仅仅幻想过真实的、历史的皇城，但是已经完全准确而明晰地意识到，俄国第二大城市彼得堡不是它的界限和目标，而只不过是过渡之途，只不过是反自然地架设在某种历史深渊上的一座桥梁——只是俄国第一大城市通向第三亦即最后一个俄国的也是世界的"第三罗马"的途径。关于"第三罗马"的思想，曾是古代以莫斯科为中心的"神圣"俄罗斯的临终前的思想，现在却是新的、非现代的——的确是新的、未来的、后彼得堡的、后彼得大帝的——也是神圣俄罗斯首要的、几乎尚未苏醒过来的思想。在我国整个文化界中，只有陀思妥耶夫斯基是那世界的人，这样的人使徒保罗曾谈论过，俄罗斯人民也早就是理解的，这是"没有真实之城，而正在寻求未来之城"的人。在彼得堡摇曳不停的云雾背后，他已经在明净、坚实的用于绘画圣像的"教堂的白色尖塔和金黄色圆顶在青玉色的夜空中闪光"，这是俄罗斯的、普世的圣索菲亚，上帝睿智的教堂。这是在第三个和最后一个罗马,在这"未来之城",这是比"真实的"甚至普希金的"彼得之城"、比彼得堡全部透明的现实更为实在而"坚不可摧的"。而那种透明的现实,"在梦幻中目睹这一切的人在突然醒来之时","便也骤然消失"。

但是,如果连彼得堡也是梦幻的话,那么,花岗岩石座上的青铜骑士做了这样的梦就不是徒劳的,因为他凭着有如黄铜和花岗岩的非人的意志使超自然物——或者,至少,反自然物——变得合乎自然,使不存在物变得似乎存在。任何人也没有比陀思妥耶夫斯基更多地注意到了"创造奇迹之巨人"的这种意志,任何人也不如他那样深刻地感受到和意识到全部现实的不可克服性,"俄罗斯历史上彼得堡时期"这种梦幻的全部可怕的真实性——这一时期,时至今日,在西方派看来还是"天堂",而在斯拉夫派看来,是"魔鬼的蛊惑"。

陀思妥耶夫斯基就彼得堡,"众城之中最为奇幻者",彼得大帝的这一创造物所说的话,他也几乎用来论述自己的创造物,全部自己的艺术创作:"我极为热爱艺术中的现实主义,即一般人说的达到奇幻程度的现实主义。"——"对于我来说,有什么比现实更为奇幻,更为不可预期?有什么可能有时候比现实甚至更不可置信?"——"多数人称为几乎奇幻和例外的事,对于我来说,永远构成现实存在的本质本身。"

陀思妥耶夫斯基的全部人物似乎是分为相互对立却又有许多接触点的两个家族:或者是像阿辽沙、白痴、佐西马,这是"未来之城"——太古老同时又太年轻的尚未存在的俄罗斯的人们;或者是像伊万·卡拉马佐夫、罗戈仁、拉斯科利尼科夫、维尔西洛夫、斯塔夫罗金、斯维德里盖洛夫,这是"真实之城",当代的、真实的、彼得堡的、彼得大帝的俄罗斯的人们。前者显得鬼气,但他们是现实的;后者显得真实,但他们是鬼气的。他们不过是"梦中之梦幻",处在无情地真实的和奇幻的梦境中,青铜骑士作这样的梦已两个世纪。

在梦境中，拉斯科利尼科夫看到了他在其中杀死老太婆的那个房间：

> 巨大的、滚圆的、红得像铜锈似的月亮照射着窗户。"因为有这月亮，才这么宁静。"他想到。他伫立着，等待着，等了很久，月亮越寂静，他的心跳得就越猛——甚至变得疼痛起来。万籁俱寂。忽然听到短促的干燥的断裂声，好像有人折断木片，接着一切又归于寂静。睡醒的苍蝇突然飞着撞在窗玻璃上，嗡嗡响了起来。

拉斯科利尼科夫看见了放印子钱的老太婆。他用斧子猛打她的头顶，一下，又一下，但是她依然发出无声的、听不到的笑声。他越打这老太婆，她越哈哈大笑，前仰后合的。

> 他想叫一声，但突然醒了。——他深深地吁了一口气，——可是很奇怪，梦似乎依然在继续做着：他的门被完全拉开，门槛上站着一个他一点也不认识的人，死死地盯着他看着。"梦是不是还在做着呢？"他想。——十分钟过去了。天色虽然还亮，却已经是黄昏。房间里一片寂静。甚至没有声响从楼梯上传来。只有一只大苍蝇嗡嗡地乱飞乱窜，时时猛撞在玻璃上。

这一真实的、联系性的、象征的小点——在两个房间里嗡嗡飞的苍蝇（"您这里有什么，我们那里也有什么。"那鬼对伊万·卡拉马佐夫说。也就是说，现象世界里有的，在本质的世界里也有——"在两个房间里"），把梦与醒联结了起来，以至于连读者也几乎不能分清透明在哪里结束，真实从哪里开始。

这情况终于变得不堪忍受了：拉斯科利尼科夫突然欠起身

来，坐在长椅上。

"喂，您说，您需要什么？"

"就因为我知道，您现在没睡觉，只是做做样子，"陌生人回答得阴阳怪气，无声地笑了一下，"阿尔卡季·伊万诺维奇·斯维德里盖洛夫，请允许自我介绍。"

《罪与罚》第三章以此结束。

"难道还在做梦吗？"拉斯科利尼科夫又想道。

第四章这样开始。

他仔细而又怀疑地端详着这个不速之客。

"斯维德里盖洛夫？胡说！绝不可能！"末了，他在困惑之余大声说。

经过一番长时间的、有一部分甚至是业务性的谈话之后，客人走了。拉斯科利尼科夫问自己的同伴，大学生拉祖米辛：

"你看见他了？"

"是呀，注意到了，肯定注意到了。"

"你准确地看见他了吗？看清楚了吗？"拉斯科利尼科夫追问。

"是呀，我记得很清楚。有一千个人我也认得出来，我记得长相。"

又是一阵沉默。

"嗯……这……这……"拉斯科利尼科夫嘟囔着。"你知道……我心里想……一切都惚惚恍恍的……这也许是我的幻想……也许,我是的的确确精神错乱了,只看得见幽灵。"

斯维德里盖洛夫从梦幻中走出来,而他自己全然像一场梦,像彼得堡浓重、肮脏的黄雾。但是,如果说这也是"幽灵"的话,则是有肉有血的幽灵。他主要的恐怖就在于此。他身上没有任何浪漫的、不明确的、不确定的、抽象的东西。在小说事件中,斯维德里盖洛夫越来越多地得到体现,所以,到最后,他显得比托尔斯泰"血淋淋的"、"松软的"、被血和肉淹没的人物真实得多——无论托尔斯泰的人物是列文还是彼埃尔·别祖霍夫。那些人物仅仅由几何学意义上正确的、简单的、直的、平行的线条组成,而组成这个人物的线条则是活生生的、无限复杂的、曲折的,似乎矛盾而事实上只是相互对立、纠结、交叉在一起,像一切活的东西一样。是的,我们都知道,这个"世人中罪孽最深者"、"下流坯",也有骑士的大度,有细腻和无私的情操:斯维德里盖洛夫把拉斯科利尼科夫的妹妹杜尼娅——一个天真的姑娘——骗进圈套,受到他完全控制,他要强奸她的时候,却又突然把她放走,一点也没有侵犯她。她知道,对自己的强暴将让他付出生命的代价,他正在杀死自己。在临死时,他朴实而自我牺牲地像关怀亲生女儿一样关心他几乎不认识的女孤儿,给她生活保障,虽然他起初想要奸污她。同时,在斯维德里盖洛夫心里有一件刑事案,"混杂着野兽般的所谓奇幻杀人事件,为此,他极有、极有可能被送到西伯利亚去"。这样,我们怎么能够不相信他是存在的呢?我们耳闻其声,眼观其面,一下子就"从千人中辨认出"他来。对于我们来说,他比我们每天在所谓的"生活"和"现实"中所遇到的许许多多的人更生动、更真实。难道说我们在彼得堡的大街上不常遇到斯维德里盖洛夫吗?在最厌烦的日子里,在下着"潮湿又的确温暖的大雪"时,在化雪时一切都蒸腾起来,令人窒息时——他不是又把"奇幻的"城市充实了起来吗?彼得堡肮脏的黄雾不是从他身上发出的吗?无论有多奇怪、多可怕,这个"幽灵"的血与肉在相当大程度上是我们自己的血与肉。

但是,在我们最终相信了斯维德里盖洛夫之时,他像从云雾中浮出那样又沉入其中,像从梦境中出现那样,又消失在梦境之中。就是在他的死亡中,也没有什么虚礼与浪漫的地方,和在他生前一样:这是最可怕又最平常的彼得堡式的死亡——警察局备忘录的内容,彼得堡小报中小字体排印的一条短讯:

> 清晨。牛奶色的浓雾笼罩了全城。斯维德里盖洛夫沿着湿滑、泥泞、铺了木板的街道走着,向着小涅瓦河的方向。在大街上既无行人,也无车夫。浅黄色小木房子关闭了百叶窗,显得又丧气又肮脏。寒冷和潮湿沁透了他全身。他身旁是一座高大石结构住宅。高高的望楼在他左边闪烁。——"也罢,"他想,"就这个地方……至少,有衙门里人作证……"对这一新念头,他差一点没发出冷笑。在这座住宅紧紧关闭的大门旁,有一身材不高的人站着,用肩靠着门,他裹着士兵穿的灰大衣,头戴阿喀琉斯式铜制头盔。他以有几分睡意的眼光冷冷地斜着瞥了走过来的斯维德里盖洛夫。他脸上显出那种世代相传的要诉苦般的悲哀,这种悲哀酸味十足地刻印在全部犹太民族人脸上,无一例外。这两个人,斯维德里盖洛夫和阿喀琉斯,互相观望对方片刻。最后,阿喀琉斯觉得不自在了,因为这个人不是醉鬼,站在他面前三步远,盯着凝望他,又不说话。
>
> "喂,我说,你要干什么?"他开口了,却依然一动不动,不改变一点姿势。
>
> "没什么,兄弟,你好。"斯维德里盖洛夫回答道。
>
> "这儿不是地方。"
>
> "我呀,兄弟,要出国呐。"
>
> "出国?"
>
> "去美国。"
>
> "去美国?"

斯维德里盖洛夫掏出手枪，拉起扳机。阿喀琉斯扬了一下眉毛。

　　"喂，我说，这儿不是开心解闷的地方！"
　　"为什么不是地方？"
　　"因为不是地方。"
　　"哈，兄弟，这不都一样吧。地方不错。他们要是问你，你就回答说，走了，他说，去美国了。"
　　他把手枪对准右太阳穴。
　　"喂，这儿不行，这儿不是地方！"阿喀琉斯全然惊醒，瞪大了眼睛。
　　斯维德里盖洛夫拉下扳机。

　　困惑之余，读者会像拉斯科利尼科夫那样地问自己："我看见斯维德里盖洛夫了吗？看清楚了吗？这也许是我的幻想？也许，我是的的确确精神错乱了，只看得见幽灵？"但是，如果斯维德里盖洛夫的血和肉的确是鬼气的，那么，我们是不是还有十足的信心，认定我们自己的肉和血不是鬼气的呢？

　　……我们自己虽是物质的，却像梦幻。

　　如果我们当今彼得堡的白昼，也和我们历史的彼得堡的梦幻一样由同一种"物质"构成，那该如何？如果保护"有望楼大住宅"的犹太人阿喀琉斯的铜像花岗岩底座上那巨像的铜一样鬼气，那该如何？"如果这片云雾飞散并且向上飘去，和它一起走的是不是也有这整个烂泥味的又脏又滑的城市，它是否会和云雾上升，又像烟一样消失得踪影皆无，而只剩下原来的芬兰沼泽，在这片沼泽中，为了装饰装饰还保留下……青铜骑士？"

　　"顺便问问，您相信鬼吗？"

"什么鬼?"

"当然是普通的鬼!"

"您相信吗?"

"也许不相信,pour vous plaire(法语:为了讨您喜欢)……也就是说,我不是完全不相信……"

"常常出现,还是怎的?"

斯维德里盖洛夫极其朴实地,甚至似乎还以几分自嘲的口气,讲述他已故去的妻子玛尔法·彼得罗夫娜怎样出现过三次。

"这都是胡说!"拉斯科利尼科夫恼怒地大叫一声,但是紧接着便好奇地问:"她来的时候,对您说了些什么?"

"她?您想想看,她只说了些最无聊的话。可是人真是奇怪的东西,这竟然使我恼火了。她头一次走进来(要知道,举行葬仪啦,祭魂啦,接着望弥撒啦,办回丧饭啦——这些事情弄得我精疲力竭了。末了,我独个儿坐在书斋里,点了根雪茄抽起来,边抽雪茄,边沉思默想),走进门里来了,说:'阿尔卡季·伊万诺维奇,今天您辛苦了,饭厅里的钟您忘记开了'。真的,七年来,我每星期亲自开这架钟。如果我忘了,她常常提醒我。第二天我动身上这儿来了。天蒙蒙亮的时候,我进了车站,因为夜里只合了一下眼,精神疲惫,睡眼惺忪。我叫了一杯咖啡,睁开眼一看:玛尔法·彼得罗夫娜竟然坐在我的身边,手里拿着一副纸牌:'阿尔卡季·伊万诺维奇,要不要告诉您旅途的凶吉?'她精通占卦之术。我简直不能原谅自己:事先不占一个卦!我吓得魂不附体,逃跑了。这当儿,的确,铃也响起来了。今天我在一家小饭馆里吃了一顿粗劣的饭后,肚子饱饱的坐着抽烟,玛尔法·彼得罗夫娜忽然又进来了,全身打扮得很漂亮,穿着一件簇新的绿色的绸连衫裙,裙裾长得拖在地上。她说:'阿尔卡季·伊万诺维奇,您好!我这件连衫裙您喜欢吗？阿尼西卡做得没有这么好……'我在胡说八道吗，啊？"

"您说的也许全是谎言？"拉斯科利尼科夫回答道。

"我难得撒谎。"斯维德里盖洛夫若有所思地回答着，仿佛根本没有注意到他问得那么无礼。

"在这以前，您从来没见过鬼吗？"

"没……没有，我生平只见过一次，这是六年以前的事了。菲尔卡是我家的一个农奴；我忘了他刚埋葬，叫道：'菲尔卡，把烟斗拿来！'他进来了，径直地向放着我的烟斗的玻璃橱走去，我坐着，心里想：'这是他向我报复'，因为在他死以前，我们大吵过一场。我说：'你衣服的肘部破了，你怎么敢这样进来见我，滚出去，坏蛋！'他转身就走，再也没有来过。当时我没有告诉玛尔法·彼得罗夫娜。我想追荐他，我觉得对不起他。"

在哈姆雷特面前，父亲的幽灵是在庄严、浪漫的环境中，伴随雷声和地震的情况下出现的。在浮士德面前，梅菲斯特是在地狱之火或者蓝色火光照耀下出现的。但是，这里出现的是穿破了肘部衣服的菲尔卡：他身上的的确确没有丝毫的庄严和浪漫。因此，我们觉得，可能他带来的恐怖比莎士比亚和歌德笔下的鬼魂更大。父亲的幽灵对哈姆雷特谈论阴间的秘密、上帝、复仇与流血。玛尔法·彼得罗夫娜没有谈什么秘密，只谈到餐厅里的时钟。可是我们重又觉得，在她这句话里有的确可怕的、重大的秘密。——是的，陀思妥耶夫斯基笔下的鬼魂，这些卑微的、当代的、俄罗斯的、彼得堡的鬼魂——斯维德里盖洛夫所说的"平凡之鬼"，在有桌椅房间的什么地方出现，在白昼晦暗光线下出现，在小饭馆或者"小维舍拉车站"吃一餐下等午饭之后出现——比埃尔齐诺尔城堡里那些血淋淋的鬼更可怕、神秘、沉重，可能比人见过的一切鬼魂都更可怕。

"平凡之鬼"的可怕还在于，他们自己似乎意识到了自己在当代的卑微和荒诞，但是，他们正是用这种荒诞来嘲弄活人，似乎从他们自己特殊的、阴间的观点出发，幸灾乐祸，嘲笑尘世间人的健康思路；他们也意识到，我们这有铁路、电报、电话、心理医疗诊所等等的文明世纪的人会如何反驳他们：嘿，当然没有什么鬼嘛，至少现在已经没有了，这全是病态、呓语、幻觉——这不是外在的、客观的而仅仅是内在的、主观的世界的表象。——但是，有一种观点，难道不能成立吗？这就是：恰恰是在疾病之中，在肉体变敏感、变透明，在它接近自己自然的开端与终结之时，才展现出虽然显得超自然却依然是真实的"与另外世界的接触"？科学的回答是："这个问题涉及不到我。是超过了我的研究范围的。我不知道，也不想知道这种事。"但是，在这里又产生了另外一个问题：科学能够穷尽人类生存的全部现实可能的现象吗？科学还是回答：不知道。然而，正是因为有了这一系列的"不知道"而开始了全部现象的恐怖——而且，这些"不知道"越是深刻（还有什么时候比现在更深刻？），则宗教的恐怖就越不可反驳。我们都曾希望，在科学光明照耀下，科学之外的全部幽灵都将消失。然而，这些幽灵不仅不想消失，而且相反，光明越强，幽灵则变得越黑暗、准确、强烈、更确定，更神秘。幽灵模仿起自己的躯体——人来：人变成了讲科学的人。而他们的幽灵也赶紧追随他们——也变得讲起科学来：鬼自己不相信，或者，至少，装作不相信自身的真实性，自己称自己为呓语、幻象，自己嘲笑自己，于是，当然，并没有因此而变得不如往昔美好的没有科学根据的幽灵可怕。

　　陀思妥耶夫斯基的鬼并不抵触我们的"打磨得像刀刃"一样锋利的辩证法，我们对认识的批判、"纯粹理性批判"——我们智慧中一切坚实、精确、清醒、经验、数学、"欧几里得式"的东西。相反，由此可知，它们还没有用完自己主要的力量——自己行动的可能性：如果它们只是真实的，那就可能是更易接近、更有人性、更为虚弱、更为可解的；但是，正是由于自身现实意义的这种值得怀疑的可能性，由于它们向我们提出的这一未得解决也无法解决的问题，因而造成了它们新的、世上尚未有过的恐惧。

在《白痴》中，生肺结核的少年伊波利特，在死前的一次梦中看到了一只怪异的虫子，钻进房间向他爬来：

> 它是属于蝎子一类，却又不是蝎子，要丑陋些，可怕得多，而且，偏偏是在自然没有这种动物的地方，它**故意**出现在我面前。——我对它做了十分细致的观察：它是褐色的，有皮壳，是爬虫，长有十七八厘米，头的厚度有两指，近尾部身子渐渐变细，所以尾巴顶端不多于四五毫米。从身子躯干中长出两个爪子，离开头部四五厘米，和身子的角度有四十五度；爪子是一侧一个，长约九厘米，因此，如果自上俯视，这动物的样子像一把三叉戟。它的头我没看清楚，但是看见了两根胡子，不长，像两根结实的针，也是褐色的。同样的两根胡子也长在尾巴末梢，和每根爪子顶端，所以，一共有八根胡子。这个动物在房间里跑得很快，用爪子和尾巴支撑着，跑的时候，躯干和爪子都像蛇一样弯曲起来，快得很，虽然长着皮壳。看着这些动作，心里恶心得很呢。——它藏在五屉柜下，橱柜下，往角落里钻。我坐在椅子上，把腿盘在身下。我希望它别爬到椅子上来。突然，我听见，在我背后，几乎紧靠近我的头，有某种断续的沙沙声。我回过头来，看到那爬虫正在墙上往上爬，几乎到了我头部的高度，它的尾巴甚至触及了我的头发，它不断扭动着，弯曲着，速度极快。

"十七八厘米长""两指厚""八根胡子""四十五度角"——这是何等的几何精确性，幽灵的何等的"欧几里得式"构造！用数字表达的呓语恐怖。正如《启示录》中所说："有智慧的，数一数造物的数目。"数学不仅没有减少恐怖和奥秘感，反而增加了。这个小兽很像列奥纳多·达·芬奇科学日记里十分奇异同时又十分自然的怪物，"给动物画的漫画"。陀思妥耶夫斯基从来没有以这样的感性细节描绘自己真实的人物。我们看到了这个奇幻昆虫的躯体，清楚得不亚于看到福禄福禄或者安娜·卡列尼娜的躯体。

伊波利特说："我预感到，在这个野兽里包含着某种命定的东西，某种秘密。"而对于叶罗什卡叔叔来说，在"神的造物"，在野兽里，存在着秘密，存在着人所不及的上帝的智慧。叶罗什卡叔叔说："野兽知道一切。"但是，也许，陀思妥耶夫斯基的野兽，"新野兽"，也知道一切？以后我们会看到，在这二者之间的确存在着最为深刻的联系，这二者即：陀思妥耶夫斯基的野兽魔鬼（像他自己说的，他所喜爱的人物——维尔西洛夫、斯塔夫罗金、斯维德里盖洛夫、罗戈仁、德米特里和费多尔·卡拉马佐夫——有时候像是披着人皮的"昆虫"、"淫荡而凶狠的蜘蛛"、"大毒蜘蛛"）和托尔斯泰的神的造物，野兽。

在伊波利特的噩梦中，他的那只大黑狗诺尔马跑进房间，扑向这爬虫，想要把它撕咬成两半，但是那虫子却刺了它的舌头，所以那只狗汪汪直叫，这时候我们似乎瞬间感觉到：在这梦呓中并非一切都是梦呓，在这里我们自己的某种现实的，虽然是前世界的——命运正在被决定，某种实在的秘密正在显露出来，而我们与这一秘密的联系不仅在现象的那一个方面，也在这一个方面："凡你们有的，我们也有。"

我们不知道，而且暂时也不可能知道，恶兽与善兽的决斗如何告终。——"这时我醒了，公爵走进来。"伊波利特最后说。但是，那在梦中开始了的，将在醒时继续——在"神圣"公爵梅什金与"残酷、淫荡的昆虫"——现实中最现实者，商人儿子罗戈仁之间的决斗之中：梦被醒深入，正如镜被镜照得更深。

在陀思妥耶夫斯基笔下，不仅幽灵追迫活人，而且活人自己也彼此迫害和威吓，像幽灵，像自己的影子，像双生者一样。斯维德里盖洛夫对拉斯科利尼科夫说："您和我是一棵藤上的两个瓜。"后者虽然对前者心怀反感、轻蔑，却也觉得这是实话，他俩是有某种"共同之点"，可能还是最主要最深刻之点；他们个性的中心点是共同的。斯维德里盖洛夫不过是在这条路上走得很远，而拉斯科利尼科夫则刚刚踏上这条路。斯维德里盖洛夫把从他关于善与恶的科学辩证法得出的不可避免的、超科学的结论拿出来给他看，用一块有实质的镜子为他服务。即使在拉斯科列尼科夫最后确信斯维德里盖洛夫不是梦呓、不是鬼，而是活生生的人之时，他也还是害怕——正是在现在更变本加厉地怕他，视其为自己的影子，自己的双生体。拉斯科列尼科夫说："我怕这个人。"——伊万·卡拉马佐夫说对听差斯麦尔加科夫说："你知道吧，我担心，你是梦，是鬼，还坐在我面前。"

斯麦尔加科夫回答他说："这儿什么鬼也没有，除了您和我两个人，还有一个第三个。现在，这第三个，毫无疑问，就在我们二人之间。"

"他是谁？谁在我们之间？第三个什么人？"伊万·费多罗维奇惊慌地嚷道，环顾四周，用眼睛急速在四个角落里搜寻。

这"第三者"，按斯麦尔加科夫的意见，是起联系作用的，是天启，是上帝，而对于伊万·费多罗维奇来说，后来则显出是斯麦尔加科夫之精神的世俗体现——魔鬼。

斯麦尔加科夫对伊万说："是您杀的，您是主要杀人者；我不过是您的从犯，是忠实的仆人利恰尔达，是听您的吩咐干这件事的。"

彼得·维尔霍文斯基也是"从犯"，是自己的主人、自己的半神、自己童话般的"伊万王储"——斯塔夫罗金的"忠实仆人"。而主人却直截了当地称他为自己的"猴子"——当然，其涵义是和上帝可能称魔鬼为自己的猴子一样的："我笑我的猴子呐。"这面镜子，相当阴暗，极尽歪曲之能事，不断做出猴脸，却依然无底深邃又忠实——这面镜子之对于斯塔夫罗金不仅可笑，而且可怕。有一

次,他叫彼得·维尔霍文斯基"小丑",彼得以某种骇人的灵悟和似乎正当的怒火反驳他:

我,就算是小丑吧,但是我不愿意让您,我主要的另外一半,也成为小丑!您明白我的意思吗?

陀思妥耶夫斯基意在言外地补充说:"斯塔夫罗金明白了,也许,只有他……"只有斯塔夫罗金明白彼得·维尔霍文斯基,像只有上帝理解魔鬼,自己永恒的"猴子"那样。

这样,在陀思妥耶夫斯基笔下,那些在自己和他人看来都是一致的、完整实体的、最为活生生真实的人的悲剧般斗争的对手——事实上不过是某种"第三个"被劈开实体的两半,是互相寻找的两半,互相追逐的孪生子。拉斯科利尼科夫、斯塔夫罗金、伊万·卡拉马佐夫也许至少是愿意对自己可诅咒的"另一半"——斯麦德里盖洛夫、彼得·维尔霍文斯基、斯麦尔加科夫——说出伊万如此无力、如此"义愤"地对那魔鬼说的话的:

"连一分钟我也不能认可你是真实的存在。你是谎言,你是我的疾病,你是幽灵。我只不过不知道用什么才能消灭你……你是我的幻觉,你是我本身的体现,但是只体现了我的一个方面——我的思想和感觉,而且只是那些最丑陋和最愚蠢的……我天性中一切愚蠢的,"伊万愤恨地说道,"早已经历过的、磨烂的、像死肉一样抛弃的东西,你也都为我拾了起来,当新鲜事送来!你——就是我,我本人,不过长着另一张脸罢了。你说的全是我想的,连一点新鲜事也不能告诉我!"

但是,问题就在这里:魔鬼的确不能够告诉他任何新事吗?对于伊万,可能还有陀思妥耶夫斯基自己,这个幽灵的全部可怕之处恰恰就在于这二者都想要确信却又无法确信它不能。然而,如果它能，又该如何？

毫无疑问，无论如何，伊万·卡拉马佐夫的魔鬼是陀思妥耶夫斯基最伟大、最具谜语特征，同时又是最有个性的、特殊的、俄罗斯的、与世界文学中其他作者毫不相像的创造，其根子深深扎入他的意识和他无意识的深层之中。他用魔鬼的嘴道出自己最内心的、神圣的思想，就不足为奇了。似乎可以探索出来，陀思妥耶夫斯基是如何通过自己全部创作走近这一魔鬼的。魔鬼谈自己本质时几乎用了陀思妥耶夫斯基谈论自己艺术创作——全部作品的起始源头和生成的力量时的语言。

"我极为热爱艺术中的现实主义；即一般人说的达到奇幻程度的现实主义。多数人称为几乎奇幻和例外的事，对于我来说，永远构成现实存在的本质本身。"陀思妥耶夫斯基说。

> "我呢，也像你一样，因为奇幻之物而苦恼，"魔鬼说，"因此，我喜欢你们尘世间的现实主义。在你们这里，一切都勾勒了出来，这儿有公式，有几何，可是在我们那里，只有一些不确定的等式。我在这里行走，有幻想。我喜欢幻想。而且，在这地上，我正变得迷信起来——请你不要笑：这正是我所喜欢的——我要变得迷信。在这里，你们的习惯我都接受，我喜欢去商业澡堂，你可以想象，我是喜欢和商人们、神父们一起享受蒸汽浴的。我的理想就是变化，最后一去不返地，化身为一个肥胖的、七普特重的女商人，而且相信她所相信的一切。"

这显得粗俗，可笑——但同时却是折磨了陀思妥耶夫斯基的最锋利、尖锐的疼痛，它隐藏在这卑微的面目之下：魔鬼在反对幽灵奇幻、反对一切"不确定的等式"中感受到的疲倦和烦恼，正是陀思妥耶夫斯基的疲倦和烦恼；这是他自己对于"脚踏实地的现实主义"、对"变化"、对已经丧失的健康、对灵与肉之间被破坏的平衡的怀念。正是因为这种世间的"几何"，清晰、精确的公式，肉体的

"不可动摇的"坚固,陀思妥耶夫斯基才喜欢普希金:因为常常被从大地拉走,被自己幽灵般幻影的飓风带走,所以他不断地在普希金身上寻找支撑点,把他当作亲切的、"神圣的"大地,神经质地抓住。陀思妥耶夫斯基走得更远:在他倾心于"乡土派"和莫斯科斯拉夫派(也是一种"七普特女商人"吧)——阿克萨科夫和卡特科夫,倾心于一切历史地终结的、坚实的、永恒的尽管是僵化的事物这种情况下,在他的"复古策略"中,他恰恰和魔鬼一样,是喜欢"迷信""为上帝秉烛""和商人与神父洗蒸汽浴"的。在这里,他可以脱离开自己,自己可怕的、真实的、非人性本质,得到休息。魔鬼在和伊万的谈话中继续说:

> 人们把全部这个喜剧(也就是现象的世界)看做是某种严肃的东西,虽然他们的智慧不可争议。这也正是他们的悲剧。当然啦,他们也遭受苦难,但是也还是**生活着,现实地而并非奇幻地生活着**,因为忍受痛苦也是生活。没有痛苦,生活中哪还可能有满足?一切都可能化为一次有始无终的祷告,虽然神圣,但很枯燥。至于我吗?我受苦,不能算是活着。我是不确定等式中的 X。我是生活的某种幽灵,正在丧失全部的开始与终结,最后,甚至自己也忘了自己叫什么。

后来,在和阿辽沙的谈话中,伊万竭力安慰自己:

> 他不是撒旦,他这是在撒谎。他是冒名顶替者。他干脆是魔鬼,低贱、微卑的魔鬼。他去澡堂。把他的衣服脱下来,你一定会发现尾巴,又长又难看,像丹麦狗一样。那尾巴有二尺多长,褐色的……
> "不,我从来就不是那样的听差!"他很不满意地告诉魔鬼。"我的灵魂怎么能够生出像你这样的听差来呢?"

但是，魔鬼是当之无愧的"二者之间的第三者"，要把俄罗斯的，而且，也许还是全欧洲的"贵族公子"伊万和俄罗斯的，而且，也许还是全欧洲的听差斯麦尔加科夫联系起来；除了斯麦尔加科夫的气味，他身上还散发着最真实的、最现代的俄罗斯和全欧洲的鄙陋的其他形形色色的气味；他有时候显得是赫列斯塔科夫和乞乞科夫，是旧式地主家的食客（外表体面，囊中极为羞涩），又像新潮世界主义末流小报上写的可疑的"绅士"。连鬼也似乎要炫示这"人性，极度的人性"，这"人类之不死的庸俗"——他用这一点来刺激伊万：

的确，你对我恼怒，是因为我出现在你面前，没有身披红色光辉，"发出雷鸣，闪出金光"，扑打着烧焦的翅膀，而是以这么一副寒酸相。你受到了羞辱，第一，是在审美趣味感受上，第二，在自尊心上：这么一个寒酸的魔鬼怎么竟能够来见这样伟大的一位人物？什么伟大？你身上不过有一小股浪漫主义气质，还是受到别林斯基嘲笑的呐。

只是偶然地，似乎不经意地，在两种"仆人"狂妄行为中间，他才露出一句话来，突然提醒伊万，他面前的是谁。于是，从"人脸"的后面，露出另一张脸：

你们具有的一切，我们也有。凭着友谊，我向你展现了我们的一个秘密，虽然这是被禁止的。

在这里，这是对思维领域的未得详述的展现，这是人类目光所能企及的最终、最远、最暗的领域。这是最为抽象的辩证法，"认识的批判"，它要化为血与肉、笑与恐怖。这种名义上的思想，或者仅只思想的影子，在歌德创造《浮士德》第二部的"母亲们"之时，必定令他困惑过，在康德考虑自己"超验美学"之时，必定困惑过他。

伊万有时候觉得支持不下去了——突然忘记,魔鬼"不能告诉他任何新事物"——却依然好奇心盛。

"到底有上帝,还是没有?"伊万大叫一声,又生气,又不善罢甘休。

"哎哟,你还怪认真的?我的小鸽子,天啊,我不知道。这句重要的话,我可说了。"

"你不知道,那你看见上帝啦?不,你不光是你自己,你——就是我,你是我,其他什么也没有了!你是废物,你是我的幻想!"

伊万之所以气恼,是因为暗暗地觉得自己没理:因为,虽然是一句平庸的双关语,魔鬼却是用这玩世不恭的"我不知道"来回答了他有关上帝的问题,用科学的终极语言回答了这空泛而"不科学的"问题。这个"我不知道"是知识树上不可避免的、死的、有害的果实,因为该树没有和生命树结合起来。

弗里德里希·尼采,甚至在已经克服——至少他觉得已经克服——全部其他的形而上学"感受"之时,也还是不能摆脱其中之一,它是最古老、最顽强的,一生都在追逐他的。他很惧怕它,而且,他承认自己几乎从来没有谈到过它。有一次,在扎拉图斯特拉面前出现了一个侏儒,一个令人厌恶的"驼背","大地重力"之鬼。这背锅子向他提示了这不可战胜的、形而上学的呓语,谈到了"永恒的复归"。扎拉图斯特拉没有反驳他,因为他早已被恐惧和憎恶心情所俘获,像死了一样倒在地上。

值得注意的是,甚至在对于任何形而上学都极感生疏的人(例如 A. H. 托尔斯泰,狄更斯)那里,有时候也会出现这种奇异、阴暗却依然令人震惊的、某种确定的感觉。这种感觉突然突出了生活中显然完全无足轻重的偶然事件的某种结合(A. H. 托尔斯泰;

"一个大胡子犹太人这么走着,水也这样哗哗地流着",尼采:"蜘蛛网中的蜘蛛"),并且明确地警告:"这一切以前都已经有过。"凡是熟悉这种高度真实同时又是幻觉的感受的人,都会立即理解我说的话,——而对于其他的人,是用什么话语也说不明白的。看来,尼采的这种感受是特殊地、病态地发展了的,而且,是和他宗教创作的最后根源联系在一起的。

"……你只要想想我们现在的大地,"魔鬼对伊万说,"现在大地的本身也许就重复过十亿次了,衰亡、冷却、破裂、粉碎、分化为构成它的各个元素,然后又是'穹苍上面的水',又是彗星,又是太阳,以后又从太阳化出大地,——这种发展也许已经重复了无数次,而且老是一个样子,分毫不爽。真是难堪到极点的乏味事……"

"我要坦率地告诉您,"有一次,斯维德里盖洛夫带着"极为诚实的表情"对拉斯科利尼科夫承认,"十分寂寞!"

在维尔西洛夫有时候因为"寂寞,可怕的灵魂的寂寞"而前去那家肮脏的"运河上的配有沙哑的手风琴声的酒馆"的时候,他对少年说:"点一支露琪娅。我喜欢寂寞的庄严。"

这种形而上学的寂寞——是比全部的人类不幸和痛苦更为可怕的。在这"尘世的沉重"中,在这此岸的寂寞中,有某种非尘世的、非此岸的、似乎是首批创造的东西,它还和——例如——关于永恒的同样的"形而上学呓语"联系在一起:

我们一向把永恒想象成为某种思想,无法理解的思想,某种巨大而又巨大的东西!为什么一定要巨大?突然之间,不管这一切,您想象一下:有一间小房子,像乡下洗澡间一样,熏得发黑,四角落里全是蜘蛛——这也就是全部的永恒了。您知道，我有时候就有这种幻觉。

斯维德里盖洛夫当然和实证主义者一样，十分理解，"蜘蛛"和"澡堂"只是"现象"，不可能存在于不可认识者——本体的范围。但是，在这里，"凡是你们具有的，我们也有"。现象只是象征，只是其背后者的符号。

"难道说，难道你们想象不出来比这更能够安慰人、更正义的东西吗！"拉斯科利尼科夫以痛苦的情感呼吁。

"更正义？凭什么知道这可能就是正义，您知道，我可能是故意这么做的。"斯维德里盖洛夫回答，莫明其妙地微笑着。

听了这样无理的回答，拉斯科利尼科夫突然觉得全身发冷。

回答当然无理，不过，就其本身而言，却是本体的、无比深邃的。

而且，也许，俘获了拉斯科列尼科夫的冷意不是此岸的，正如世界上大而空旷之境的凉意一样：

> 在陌生的大平原之中
> 可怕，十分可怕的不由自主

这是魔鬼对伊万、侏儒对扎拉图斯特拉谈论过的"永恒的复归"与重复的恐怖，这是"熏得发黑、四角落里全是蜘蛛的澡堂"的寂寞，是宇宙现象多样性——日出和日落、涨潮和退潮、太阳照耀与熄灭——中的无限单调的寂寞，这是沙哑小手风琴演奏的忧郁的"露琪娅"，"寂寞的庄严"，这有时候可以在海浪呼啸、在夜风沙沙声中听到：

> 你在呼吁什么，夜间的微风？

> 为什么忧伤得如痴如狂?
> ……
> 你用心灵可以理解的语言
> 道叙着无法索解的痛苦,
> 你歌唱,在心灵里有时
> 引发出激荡的声响。
> 啊,请不要唱这些可怕的歌,
> 因为歌声把古代和我们的混沌诉说!
>
> 夜间灵魂的世界极为渴望、
> 贪婪地聆听可爱的故事的。
> 它要从死寂的胸膛中冲出,
> 渴望与无限的世界汇合。
> 啊,你不要唤醒熟睡的暴风雨,
> 在它下面,混沌正向上冲击!

伊万无论怎样努力蔑视"仆人""食客",有时候却依然受他的话语的影响,尽管这些话语外表有斯麦尔加科夫式的平庸,有"激荡的声音",有"冲击的混沌"。恶魔不是展现出自己"烧焦的翅膀"吗,在伊万眼里,他不是长大,到不可忍受的尺度和恐怖样式,还"发出雷鸣,发出闪光"来吗,虽然也还是在这样似乎不由自主地表白:

> 当在十字架上死去的"人子"怀中带着被钉死的悔悟的强盗的灵魂升到天上的时候,我正在那里。我听见小天使们欢欣呼喊,唱着和喊着"和散那!"还有上级天使们雷动的欢呼声,使上天和整个宇宙都为之震动。我可以用一切神圣的事物的名义赌咒,我想加入这合唱队,和大家一起高喊"和散那!"话音眼看就要出口,眼看就要发自肺腑……

但是，在这里，好像是要提前原谅自己的牺牲品似的，他重又隐藏在"人性的、过度地人性的"面具之后，以貌似的平庸说了下去：

……你知道，我是易动情感，并且富于艺术感受力的。但是常识——我的天性中最不幸的本质——却在这种情况下也仍旧使我保持着分寸，于是我就错过了时机！我当时心里想：在我喊出了"和散那"以后，将得到什么结果呢？世界上的一切会立即消失，再也不会发生任何事件。因此单单出于职责，并且根据我的社会地位，我也不能不压下自己心里善良的因素，仍旧为非作歹。别人把善良的荣誉全都抢走，留给我干的全是坏事……

于是，在嘲弄与庸俗的外在薄层和透明的皮壳下，思想重又深入到了本体的深渊：

我知道其中大有秘密，但是他们无论如何不肯把这秘密对我公开，因为一旦我猜到怎么回事，也许就会大声喊出"和散那"来，那个必要的负数就将马上消灭，明智就将在全世界出现，不用说，随之而来的也就是一切的完结……但是，在没有揭开秘密以前，对于我存在着两种真理：一种是他们的，我暂时毫不理解的，另一种就是我的。现在还不知道到底哪一种干净些哩……

"伟大而智慧的沙漠之灵"，光明传播者，也许能够告诉伊万比这些关于两种现存的被永恒联系在一起的又不可联系的真理的话更加可怕、更加突如其来的事情——正如魔鬼接着所做的解释，以此来结束自己的谈话：关于神人与人神、基督与反基督之权利的谈话。由于这"两种真理的"接触和冲突，而产生了冶炼"怀疑之熔炉"之火，而陀思妥耶夫斯基自己的"和散那"也经历了这熔炉。他也直截了当地比较了自己的"和散那"和魔鬼的"和散那"。在去世前不久的一篇日记中，陀思妥耶夫斯基对俄罗斯自由派和西方派的代表 К. Д. 卡维林说：

> ……您对待我，虽然也讲科学，但是可能不会这样傲慢。在哲学方面——虽然哲学不是我的专业——即使在欧洲，现在和过去也都没有这样的无神论言论的力量。所以，我信仰和宣扬基督不是像小孩子一样，我的"和散那"是经过了怀疑的大熔炉的，正像在我的小说里魔鬼所说的那样。

这"两种真理"对于托尔斯泰来说，也是永远存在的，但是不在他的意识里，而只是在洞察力之中。但是，他从来没有像陀思妥耶夫斯基那样的力量和勇气直面正视这二者。

然而，在陀思妥耶夫斯基那里，即使最强有力的人物，也不能容忍把这两种真理放在一起来观察：伊万"像女人那样"把茶杯扔在魔鬼身上，似乎是害怕他最后的确又对他说出某种"新的"、新得过分的事物。看来，就连陀思妥耶夫斯基自身也忍受不了这种观察，他没有说出，至少对我们没有说出他自己关于这"两种真理"的最后的、有决定意义的话来。无论如何，对于他来说，比这更大的秘密是没有的。而且，对于我们和对于整个世界来说，从总体上看，难道还存在更大的秘密吗？

阿辽沙跑来通知，刚才，在魔鬼和伊万谈话时候，斯麦尔加科夫已经上吊，伊万几乎不感惊奇，只是平静地说：

"……我已经知道他上吊了。"
"谁告诉你的？"
"不知道是谁。但是我知道。我真知道吗？是的，他对我说了。是刚才对我说的。"

"他怕你,怕你这鸽子,"伊万继续说,沉思着,不连贯,像在说梦话,"你是'纯洁的小天使'。小天使……六翼天使们雷动的欢呼声!六翼天使是什么?也许是整个星座的名字。也许整个星座全是某种化学分子……"

阿辽沙倾听着,不仅害怕伊万的呓语、疾病,而且也害怕某种真实、现实、新的事物。这种事物,他感觉就在伊万身上,在现在的环境之中——好像伊万刚刚经历过的那世界空旷天地中的星际严寒、寒冷向阿辽沙拂来。在这一分钟,和他,和他"超越善与恶"向外显露的"深刻良知"相比,"神圣"长老佐西马的学生显得多么幼小啊——他整个的都是那么善良,那么亲热,那么活泼、踏实,充满家乡情谊、此岸精神!他对伊万说的话,几乎也带着那种玩世不恭的同情口气,就像拉斯科利尼科夫对待斯维德里盖洛夫一样:

哥哥,你大概病得厉害……坐下来,坐下来,看在上帝的分上,你坐到沙发上。你在那里说胡话。依靠在枕头上。就这样。要不要用湿手巾敷敷头?也许会好一些。

就是阿辽沙不说,伊万也知道,他在说胡话;但是他现在说话那种信心就只与这胡话有关;他说:

这不是梦!不是,我发誓,这不是梦,——以前也发生过这类事!

然而,对于陀思妥耶夫斯基,对于读者自身究竟怎么样呢:这是梦呢,抑或不是?发生过呢,抑或未发生过?

其实,我自己也几乎想要承认我这个问题的荒唐,不合时宜,甚至可以说,极不得体。在二十世纪初,值不值得活着——为了出自这一原因而提出"与其他世界接触"的问题,为了提出哪怕有

"万分之一"成分的这样一种可能性:即使不是在"有烧焦翅膀""发出雷鸣和闪光"的撒旦的出现中,那么,也是在"长着像丹麦种的光滑尾巴"的最平庸、最老朽的魔鬼的出现中,也包含某种现实的东西呢?胡话就胡话吧,——"用湿手巾敷敷头",就可了事。

但是,魔鬼难道不可能像他反驳伊万那样地反驳我吗?

"从你否认我时这副激动的神气看来,"绅士笑着说,"我确信你总还是相信我的。"

"一点也不!连百分之一都不信!"

"但总还有千分之一的相信,'顺势疗法'医派的极微剂量也许是最强烈的。你应该老实承认你是相信的,即使是一万分之一的相信……""决不!"伊万愤恨地叫道。"不过,我倒是很愿意相信你的!"他忽然又奇怪地补充了一句。

"哎!这才是老实的承认!不过我是心善的,在这个问题上也愿意帮你的忙。你听着:是我把你抓住了,不是你把我抓住!我是故意把你自己已经忘了的故事讲给你听,好让你彻底不相信我。"

"你这是胡说!你出现的目的就是要我相信你是存在的。"

"就是呀。但是游移,不安,信仰和不信仰间的斗争,有时成为像你这样有良心的人的一种磨难,简直到了宁可上吊的地步。我正因为知道你有一点相信我,所以讲出这个故事,让你根本不相信我。我轮流地一会儿把你引向信仰,一会儿引向不信仰,我这样自有我的目的。这是一种新的方法。如果你真完全不信我了,你就一定会立刻当面向我保证说我不是梦,是实有其人。我知道你的。这样我就能达到目的了,我的目的是正直的。我只要把一小粒的信仰撒到你身上,就会长出一棵橡树……"

这个魔鬼,虽然长着狗尾巴,虽然"哲学不是他的专业",但是读了《纯粹理性批判》，这对他自己不无益处，看来不正是这样吗？十八世纪的伏尔泰主义者们（因为在我们这个世纪此派分子也不少，虽然采用了其他名称），这些像牛顿的朋友哈雷所说的"没有数学的哲学家们"，当然战胜了类似的魔鬼的，没遇到特殊的困难。但是，也许，比"伏尔泰分子"或多或少更为精确、更富批判性的智者，像帕斯卡尔和康德这样的智者，不得不这样地和这个幽灵斗争，"奋勇战斗"，为求得消灭他所宣扬的怀疑论或者信仰的"万分之一"。

姑且不谈浪漫派，就连现实事物爱好者，例如歌德，有时也因为觉得现代欧洲的鄙陋对于他来说变得不可容忍，于是，在寻求如果不是满足，那么至少也是欺瞒宗教渴望的超自然物过程中，要屡屡回到中世纪或者古典古代去。陀思妥耶夫斯基，在近代伟大作家中首先而且迄今是惟一的一位，滞留在现实之中，有力量克服现实，并将其变化为比过往世代一切传说更富神秘性的某种东西；他首次明白，貌似最鄙陋、平庸和肉体的事物是和最富灵魂的——用他的话来说，最"奇幻的"，意即与宗教的——事物联结的；是他第一次善于寻找超自然物，但不是在远方，而是在于彻底深入最终现实之做法、深入他所说的"现实之物之本质本身"中去的做法之中。

陀思妥耶夫斯基指出，从文艺复兴和宗教改革开始的世界史工作，特殊的、科学的、批判性的、分解的思想之工作，如果说尚未完成，那么，也是正在完成的；不是在抽象的思辨中，而是在精确的、与现代科学相称的、对人的灵魂的实验中。而且，这条"路已经走到终点，再远已无处可去"，不仅俄国，而且还有整个欧洲，"都已走到某种终点，现在已在深渊之上摇摆"。同时，他还以几乎已经完成的，几乎属于我们的明确意识指出了走向新思想工作——创造性的宗教的工作的不可避免的转变。

僵死的、神学的和形而上学的教条的全部覆盖物都已经被对认识的批判掀开，或者撕烂。但是，在这些覆盖物下，并不像十八世纪怀疑论者以其轻率的否定态度认为的那样，是死寂的空旷，是没有差别的平庸，而是一个活生生的延续性的深渊，在人的目光之前揭示出来的全部深渊中的最有生命的、延续性的深渊。对教条的摧毁不仅无害于,而且比任何事物都更有利于求真宗教的建立。迷信、神话的幽灵正在丧失其现实性;但是现实性本身变得已经不是神话般的,而只是有条件的,不是迷信的,而只是不确定的,因此,正因为如此,才比以往任何时候,都更具幽灵特点。宗教的和形而上学的梦幻失去了其实体性,但是清醒本身正在变得"像梦一样有实体性"。这些不因任何宗教而变神圣的、杂乱无章的"醒时之梦"——扎拉图斯特拉关于"永恒复归"的如此奇幻却又如此真实的呓语,斯维德里盖洛夫关于"布满蜘蛛熏得发黑的澡堂"的呓语,比但丁的地狱可怕得多、杂乱得多:因为在这地狱里还依然有某种正义,亦即宗教的崇高。事实上,难道能够凭这种呓语、心里怀着这种又聋又瞎、毫无意义的恐怖生活吗?——科学对它的回答是很玩世不恭的一句"找大夫看看",或者是那一句又死、又干、又短,好像脑门子撞墙似的"我不知道"。不,在批判性思维进行了四百年之后,世界并没有保持像以往那样可怕和难以猜测,而是变得更可怕、更难以猜测了。尽管外表平庸、鄙陋(的确,正如陀思妥耶夫斯基所说,"几乎与奇幻接近",古希腊人也可能对中等水平的现代欧洲人说出伊万对仆人斯麦尔加科夫说出的话来:"我觉得,你是梦幻,是幽灵"),尽管这样庸俗,正如陀思妥耶夫斯基表明的,世界即使不是如此富有宗教心理,那么也是如此成熟的、准备好接受宗教的,正像在当代这样,而且,要接受的宗教已经是终极的,完成了全世界历史发展的,部分地完成于主的第一次降临——又预告于主的二次降临之中。

事实上,现代欧洲人面临着不可避免的选择,三者必居其一:第一条路是最后治好人们称之为"上帝"的疾病,在较现今更大的鄙陋中得到治疗,因为现在他们依然感到痛苦,要知道,连像斯麦尔加科夫这样的仆人最后都忍受不下去而上吊了——医治"上帝"病,最终地完全康复,只有在全人类"蚁垤"——社会巴别塔的已经完成现今只被模糊预感到的鄙陋中才属可能;第二条路是在最后的衰落、退化、"颓废",在尼采和基里洛夫这些似乎可消灭神人的人神的推崇者的疯狂中,由于这种病而毁灭;第三条路是伟大的最终统一、伟大的象征的宗教,已经不像第一次来临那样秘密、隐蔽,而是在力量和荣誉上都是明显的第二次降临的宗教——末日的宗教。

然而,在这里,应该先做一说明:陀思妥耶夫斯基或者的确没有意识到,或者只是装作没有认识到基督教最珍贵、最深刻的思想对于自己宗教思想的意义;基督教的思想就是关于末日、第一次来临将完成和予以充实的第二次来临,关于在圣子之国之后来临的圣灵之国的:

> 我还有好些事要告诉你们,但你们现在担当不了。只等真理的圣灵来了,他要引导你们明白一切的真理,因为他不是凭自己说的,乃是把他所听见的都说出来,并要把将来的事告诉你们。他要荣耀我,因为他要将受于我的告诉你们。(约,16:12–14)

如果说陀思妥耶夫斯基也考虑过第二次来临,那么,他对第一次的考虑依然多于对第二次,他对圣子之国的考虑多于对圣灵之国,对那过去和现在都存在着的信仰多于对那过去、现在和将来都存在着的信仰。人民已经担当起来的,对于陀思妥耶夫斯基来说,掩遮了他们"现在担当不了"的。

他用自己全部的火烧成不可忍受之痛苦的新的宗教渴望,他想予以满足,不是用新瓶中的新酒,而是用没变成血的酒,没变成酒的水。

他只是给我们拿出了自己的谜语,而猜破这些谜语的必要性,他自己也是一分一毫避开不得的。现在,任何东西也同样不能令我们脱离这一必要性。我们与这一必要性直面相对:我们或者猜透谜语,或者毁灭。

第七章

在所谓的"美学家"对美的看法中,在他们对"为艺术而艺术"的宣扬中,也许有某种诚实而又不足以令人羞怯的东西。

美就是喜欢大家看到它,而不喜欢对它指手画脚。我要说,美是羞怯的;这似乎是世间最为羞怯的,这似乎是上帝的羞怯;上帝用现象的半透明覆盖物遮掩着自己最后的秘密和赤裸。

在美学家对美的看法中也有某种不足以令人自豪的东西。

美喜欢大家为它服务,但它自己也喜欢为大家服务。最伟大的艺术家有时候强迫美——甚至似乎命令美或准备强令美——为某种最高的东西牺牲,因为他们知道,在那祭祀牺牲之前的最后一分钟,像伊菲格妮在她父亲阿伽门农的刀下那样,美会变得达到极点;的确,在这最后一分钟内,在大部分情况下,众神都以奇迹来挽救她,如伊菲格妮,并且把她送到不可企及的海岸,在那里,她就变成他们不死的女儿。

希腊精神最为完美的创造之一,正是比一切都更深刻而鲜明地反映出这一精神的——悲剧;悲剧产生于宗教的奥秘,并且,在其全部发展的持续过程中,都保存了和宗教的活生生的联系,所以,悲剧表演就半是礼拜仪式,而剧场就半是寺庙。同样,繁荣时期的全部希腊艺术也是为宗教服务的。由于和更为粗野和外在的罗马文化的接触,艺术与宗教的这种联系被破坏;因为生命精神已经飞离了众神,人们把他们收入神殿、博物馆、主宰世界君主的宫廷,当作奢侈和享乐用品,优雅的现象枯竭——只有在这个时候,人们才开始谈论美,才开始了亚历山大城的"唯美主义","为艺术而艺术"——艺术像是宗教。贫瘠所造成的和造成贫瘠的这种宣教,是罗马衰败、退化、"颓废"的标志。

在基督徒墓窖壁画十分粗糙、幼稚但已具有象征、联合意义的低声絮语中,重新恢复了艺术与宗教已经中断的联系;这种联系变得越来越有活力,越可观可感——从首批地下长方形教堂,从加利利地方关于善良牧人的故事,到中世纪教堂高耸入云的哥特式尖顶,到产生出新戏剧的"神圣演出"、神秘剧。

意大利文艺复兴似乎重又毁坏——但是在事实上只是重新造就了这一联系。达·芬奇《最后的晚餐》中基督的面目,已不是由罗马教皇——格里高里·吉尔德布兰特或者亚历山大·波吉亚充当自己全权代理人的那个基督的面目;西斯廷教堂天花板上的"先知和女先知"是旧约的先父和先母们,不属于在天主教会中已经存在过或者可能存在的新约。文艺复兴时代宗教精神的两位伟大体现者——达·芬奇和米开朗基罗更接近我们,而且,极为可能的是,如果要和他们的同时代人比较,则更接近我们的后代。他们二人都加深和巩固了艺术与宗教的联系,但不是现在的宗教,而是未来的宗教。

无论如何,他们二人都没有自我封闭于"为艺术而艺术"之中;他们不仅仅是艺术家。米开朗基罗是雕刻家,画家,绘画中的雕刻家,圣彼得教堂的建筑家,佛罗伦萨军事工事的建造者,维多利娅·科隆纳的情人,诗人,学者,思想家,预言家。但是,和达·芬奇比较起来,连他也显得几乎是片面的天才。达·芬奇的艺术创作和内容无限丰富的科学日记,一直到现在也没有得到充分研究,没有得到正确评价,因为缺乏同样无所不包的科学智慧;他的创作和日记却仅仅提供了关于他聪明才智的实际尺度的模糊概念。看来,任何人都没有把包含在人的存在和超人潜力中的这样的秘密带入坟墓之中,有如达·芬奇。

拉斐尔似乎对这一不可置信的遗产望而生畏,只从他那里接受并掌握了最小最容易的一部分。他无限制地缩小、集中了自己的观察范围;他只努力取得力所能及者,而且达到目的;他只想成为艺术家,确实也成了艺术家,而且比达·芬奇和米开朗基罗更为完美。但是,与此同时,在拉斐尔这"幸运的小伙子"(fortunate garzon)身上,照弗朗琪亚的说法,完成了对于文艺复兴之伟大世界史分水岭的跨越:上升结束,下降开始。拉斐尔促成了这种"唯美主义者"以及我们现代审美饱足和庸俗之心理先驱者的形成,如彼埃罗·阿莱蒂诺;阿莱蒂诺忽略了达·芬奇,嘲笑了米开朗基罗,却崇敬提香,认为他体现了"纯净之美",体现了并非为宗教的艺术,而是作为宗教的艺术,即供享乐之用的惟一正面的、积极的、享乐主义的、无神的宗教——"为艺术的艺术"。

托尔斯泰和陀思妥耶夫斯基有两方面的特点,使他们接近一切"复兴"的伟大创始者们。

第一,他们二人的艺术都和宗教——不是和现在的,而是和未来的宗教——联系了起来。第二,这一艺术没有封闭在作为独立存在的宗教,即所谓"纯粹艺术"的界限之内。这一艺术自然而然地、不由自主地超越了这些界限。

托尔斯泰的弱点和错误不在于他想高过艺术家,而仅仅在于他虽然努力超过艺术家,有时候却变得不如艺术家;不在于他想要用艺术为上帝服务,而仅仅在于他有时候不是为自己的而是为他人的上帝服务。但是,即使如此,在他身上也已经可以感受到现实的尽管是尚未实现的可能性,进行比纯粹艺术的更为深刻的宗教观察与表现的可能性。在这一永恒的内在斗争和痛苦中,在这种只对艺术家荣誉的不疲倦、不可遏止的追求中,在天才的这种前所未有的自我损害、自杀行为中,不是包含着托尔斯泰真正的、悲剧性的伟大和荣誉吗?要知道,甚至只具有愿望——有时候也是伟大之处的标记;如果一个人起初只具有愿望,那么,另外一个人才能既有愿望,也实现这一愿望。

那么,至于陀思妥耶夫斯基,可以说,已经完全明确,他的创作既很少能满足"唯美主义者"、"纯粹之美"的崇拜者、"为艺术而艺术"的崇拜者,也不能满足反对这些人的在美中寻求益与善的人——这些人觉得陀思妥耶夫斯基是一个"残酷的天才"。他已经不仅仅怀有而且在相当大程度上实现了我们时代的伟大宗教潜力之一——虽不是托尔斯泰所可能具有的那种,却也并不亚于那种;他不仅想要,而且确实是一种新宗教的预告者,虽然在程度上不及他的期望——他的确是一位预言者。

笃信宗教的众教皇中的一位,对西斯廷教堂天花板上和主祭坛后面大墙上无数的裸体感到困惑,这是可以理解的。这位教皇不明白,这些人体是神圣的,有灵魂的,至少应该是有灵魂的。也许他所体验到的感觉有些类似安德列公爵在斯摩棱斯克大道旁污泥水池中看到"大量扑腾的赤裸躯体"时的感受——对人体、对"人肉"的恐惧和厌恶。

实际上,正是在这里,在西斯廷教堂,米开朗基罗首次以这种空前的勇敢使肉体脱去了基督教千年的遮盖物,在古典时代之后,首次重新窥视肉的深渊,即托尔斯泰所说的"深海"和"深不可测"之物。即使在赤裸的、如醉如狂舞蹈的近侍少年——自然恶魔(西斯廷教堂中间旧约图画周围)的脸上,在圣彼得教堂中摩西的脸上,在这张可怕、非人、长在没有圣光却生出怪异犄角的头的脸上,有某种像萨蒂尔的东西,也首次重新唤醒了久远古代雅利安人永恒青春少年式的对神与兽、"神之造物"、神—兽的思考。这些半神半兽,在他们身上自然特性被引向超自然程度,这些造物都长着巨人式的肌肉,在他们那里"只见脸面和躯体,而灵魂有时候几乎完全不可见":他们都是过于肉体性强,肉感、多血、多肉,似乎被肉和血窒息,承受着动物生命猛烈欢宴的过度强力,像美迪奇墓上的《夜》与《晨》、《利比亚女先知》《被俘的奴隶》一样;他们都无一例外地似乎想要却不能够从梦境中苏醒,他们都以难以置信却又归徒劳地努力从肉体中、从顽石中、从缚束他们的物质中去追求思想、意识、灵性、解放。没有什么比这更缺乏基督教精神却又更渴望享有基督教精神的了。

正像米开朗基罗探索肉体的深渊那样,达·芬奇探索了对立之灵魂的同样的深渊。他似乎从米开朗基罗奔赴的事物中走了出来。

达·芬奇的全部创作中都有"有灵的肉体",这些肉体被绘画得极为细腻、透明,似乎其中燃烧着的灵魂从中透出光辉;——躯体几乎完全不见,只见出灵魂,——"他们几乎感受不到自己的躯体"。达·芬奇画的人和动物的漫画,这些充满恶魔式丑陋的脸,就像他素描中其他的脸一样,都充满了天使的优雅;用陀思妥耶夫斯基的话来说,在这些脸里,"尘世间的秘密与星际之秘密接触";它们都像梦境,像幽灵;但是,这是具有像数学一样明晰而准确结构的幽灵,有血有肉的幽灵,最为奇幻,同时也最为真实。陀思妥耶夫斯基说过:"我喜欢发展到奇幻程度的现实主义。"他似乎可以像达·芬奇一样,以更大的权利说:"我喜欢发展到现实主义程度的奇幻。"对于他们二人来说,"奇幻有时候构成了现实的本质"。他们二人都在真实、现实事物的最后范围之内寻找,并且找到了"像梦境一样的实在"。《蒙娜丽莎》的创作者是伟大的"心理学家","高度意义上的现实主义者",因为他"研究了人类灵魂的全部深层"。他对人的灵魂做过残酷的甚至似乎是罪恶的实验。在这些实验中,他已经具有我们现代的、在任何方面也不逊色的、大无畏的科学探索精神,几何的准确性与预言者洞察力的结合;达·芬奇最抽象的思想同时也是最热烈的:关于上帝、关于神性机械第一发动机的思想。机械与宗教,认识与爱情——这是冰与火,是在一起的:"爱是认识的女儿"——"认识得越精确,爱得越热烈"。他首先刻画了伟大的新悲剧,不仅是心的而且还是理智的悲剧——在他的《最后的晚餐》、在恶之诞生之中;上帝在人里因恶而死——死在犹大那热望的、"人的、过度的人性和主的没有热情的、超人的面孔对立"之中。有谁比列奥那多更为接近已成肉身之道的第一次可贵的出现,更为接近圣子之国呢?在《最后的晚餐》中把基督面貌创造者与肉身之道第二次降临、与圣灵之国分开的不是只有一步吗?但是达·

芬奇没有完成这一步：他没有在 Maria delle Grazie（恩典之玛利亚教堂）墙上完成基督之面容。达·芬奇的理想——"一劳永逸地最终地体现"，依然是一个理想而已。虽然他热爱欧几里得公式，"尘世现实主义"，但是他在大地上走过，依然没有留下痕迹，像影子，像幽灵，像没有躯体没有家园的鬼魂，口不出声，面不露相。

由于灵魂、敏锐、细致、意识等因素的过度（陀思妥耶夫斯基说："过度地意识是病。"），在达·芬奇那里，实际上表现出了这样的病态、消沉，办事半途而废，正如在米开朗基罗那里，由于肉体、肉感、原始自发性、动物性因素过多，而形成"萦回浮现的混乱"一样。

文艺复兴时期的这两位神，或者两位恶魔就是如此，处于永恒的矛盾和永恒的一致之中。

> 这是这两个魔鬼的肖像：
> 一个是德尔斐的偶像，青春少年，
> 愤怒，充满不可一世的傲慢，
> 全身散发出非尘世的力量；
> 另外一个酷似少女，染指淫荡，
> 怀疑一切，虚假的理想形象，
> 有魅惑力的恶魔，虚伪，却十分漂亮。

拉斐尔不仅没有解决，而且，看来，也完全不理解这一矛盾。他只缓和了两个极端的最尖锐的锋芒，剪去这两个怪异巨兽的牙齿、爪尖、翅膀，制服了他们，软化和弱化到了这样一个程度，即，最后，二者在他身上结合了起来。但是这一结合、调和或者仅仅是休战，是过度轻易、外在、表面的，以过度廉价购买的、安全的、慎重的——"也是我们的，也是你们的"。正是对"基督教"和"异教"、对预言者的"以西结景观"和列奥十世教皇预言景观的这种女人式的温顺态度，"幸福男孩子"的这种献媚取宠的温柔（如果这里谈的不是像拉斐尔这样的依然强烈和细腻的现象，那么，也许可以回忆起一个粗俗的谚语:"温顺的牛崽吃两头母牛的奶"),在十七世纪风格主义中为一切伪善、学究气、冷漠、小市民作风和庸俗的东西打开了大门,扼杀了文艺复兴,令它没有放完光芒,没有取得最后成功,因此,至今它还在等待自己的完成者。

但是,这个矛盾是回避不开的。

在我们的时代,这个矛盾重又展现、出现在欧洲文化面前,而且,似乎带有新的、空前的力量。这个矛盾或多或少地反映在一切受到文艺复兴精神启发的人身上——从歌德到尼采。它也不可能不反映在俄罗斯和世界文艺复兴的最近的两位预言者——托尔斯泰和陀思妥耶夫斯基身上。

我们看到,托尔斯泰是用语言描绘人体的最伟大作家,正如米开朗基罗是用颜料和大理石刻画人体的最伟大的艺术家一样。托尔斯泰是重又勇敢地揭去人体上的全部的文化——历史遮盖物的第一个人,重又拾起雅利安人关于在人的形象中有神的形象和野兽形象结合为一——关于神—兽的观念。我们也同样看到,在托尔斯泰全部作品中,还带有闪族人对这一"野兽"的恐惧,对赤裸躯体,对人"肉"的厌恶与恐惧。但是,与此同时,托尔斯泰虽然也还模糊地却首先预感到了最后战胜这种恐惧的可能性,已经不是无肉体的神圣,而是神圣的肉体,不是无肉体的灵魂性,而是有灵魂的肉体的存在之可能性——而且,这种肉体甚至比迄今对肉体最完美的崇拜——古希腊的普拉克西特尔(Пркситель)和菲迪亚斯(Фидий)时代的崇拜更具有灵魂、更为神圣。

像托尔斯泰洞察肉之深渊那样,陀思妥耶夫斯基洞察了灵之深渊,并且指出,深渊上层等同于下层,把人的意识之一级与另一级分开、把一种思想和另一种思想分离开来的,有时候也恰恰是这样的"深渊","不可企及性",就像分开"人的胚胎和虚无"一样。他也和不亚于对肉体的恐惧之对灵魂的恐惧进行了斗争——这是对于过于鲜明、敏锐的意识的恐惧,对于一切抽象、幽灵、奇幻,同时又是无情的现实、实在的恐惧。世人担心,或者希望,理智能在某时令心灵之源泉干涸，意识能杀死情感，尤其是宗教情感，意识能光明彻底地、直到尽头地照亮不可认识物与无意识之全部奥秘，这样，就再也剩不下信仰所需要的任何晦暗。陀思妥耶夫斯基表明，这是错误的，因为人的意识就像射向夜空中最明亮的光线一样：只要地球上的云雾布满天空，光线就被挡住，于是人们就觉得天是有底的，意识之光就再也无处可去；但是，在云雾散尽、深邃而清明的天空展现开来之时，则控制光线的人会看见，光越亮光线越长，则天上的幽暗也越深邃，而且，这深广是没有底的。陀思妥耶夫斯基是第一批最终地理解如下一点的人士之一，即理智与心灵之间存在着和谐、合一，只有最高级的科学意识才能把最高级的宗教情感给予世人。

他们就是这样地处于永恒的矛盾和永恒的统一之中，——俄罗斯文艺复兴的这两个恶魔——肉的洞见者托尔斯泰和灵的洞见者陀思妥耶夫斯基；一位追求肉的灵魂化，另一位追求灵魂的肉体化。也正是在这一点上，即：他们是两个人，他们又在一起（虽然他们自己意识不到他们是在一起的，彼此缺一不可），这一情况中，蕴藏了我们最后的、最伟大的希望。

拉斐尔是连接者，或者想要充当意大利文艺复兴两极的连接者，他追随了列奥纳多和米开朗基罗。俄罗斯文艺复兴中这种三合一现象完全是反向的：我们的拉斐尔是普希金，他是托尔斯泰和陀思妥耶夫斯基的先驱者；这两个人在自己的意识中二分并加深了在普希金身上自发地和无意识地合一了的事物。如果说托尔斯泰对肉的宗教观察是俄罗斯文化的正题，陀思妥耶夫斯基对灵的宗教观察是反题的话，那么，按照"辩证发展"的规律，不是也应该对俄罗斯正题的不可避免性作出结论（而这一正题，就其意义而言，同时是具有世界意义的）吗？不是也应该就最后和终极的合一、象征的不可避免性作出结论吗？这一不可避免性比在普希金那里更高，因为具有更深刻、更具宗教性、更有意识的和谐。

这第二次文艺复兴能够解决第一次文艺复兴未解决的矛盾吗？

第一次文艺复兴就是因为这一矛盾而衰亡的。

但是，在考虑到未来之时，也不能不回顾一下俄罗斯文化的现在。于是，在这里也就开始了我们的怀疑，我们的克制。

事实上，我们未必能够视而不见的是，这个现状不仅仅是悲哀的——它几乎是绝望的。难以相信的是，现代俄罗斯文化在一百五十年之内曾给世界带来两个有如彼得大帝和普希金这样的现象，而在紧接着的半个世纪，带来了托尔斯泰和陀思妥耶夫斯基。难以相信的是，在几乎不到四分之一世纪之内，几乎就在现今这一代人的记忆之中，俄罗斯产生了整个现代欧洲文学中最伟大的两部作品——《安娜·卡列尼娜》和《卡拉马佐夫兄弟》。在俄罗斯灵魂达到这两个最高点之后是何等突如其来的断层！何等的塌方！有意识的文化—历史继承性何在？能够把我们的今天和这样的昨天联系起来的活生生的血的联系何在？而且，这的确是我们的昨天、我们的祖先吗？我们承认他们是我们的祖先，但是，他们是否也愿意承认我们，像今天这个样子的我们，不仅是他们的后代，而且也是他们的继承人呢？他们不会拒绝这份荣耀吧？我们有这样的祖先——如果这不是我们的证实，而是判断呢？俄罗斯可以为自己的天才人物自豪，但是，这些天才能不能够为自己的俄罗斯——他们可能在我们身上看到的俄罗斯——而感到自豪呢？

打在我们新精神全部现象——从退化的、变粗野的、倒退的斯拉夫派到马克思主义，从颓废派到民粹派——上的是何等的印记啊！这是哲学和宗教的无力、贫瘠的印记，还不是俄国的，不是欧洲的，而只是彼得堡的、斯麦尔加科夫式的庸俗的印记。是何等的幽灵式的抽象、孤寂，多么脱离人民灵魂全部有生命力的根啊！——是啊，陷入绝望，皆因如此。

有时候的确显得在当今俄罗斯文化中正在发生着类似于彼得堡的解冻现象：原来虽然死寂，却至少很坚硬、很纯洁的地面，突然一下子变软、变松，化为稀泥。可有谁知道，这稀泥也许绝对不是春天的，而只不过是彼得堡暂时性的雨雪交加，这现象常发生在最为严寒的隆冬,这时候从海岸上吹过来腥臭的西风,而大地刚刚冻得十分结实,地面一片干冷。

我们,至少在我们文化上层中,是经历着衰落的,这是欧洲谁也没有经历的——我们还能谈论文艺复兴吗?我们这些穷人中的穷人,饥饿者中的饥饿者(尽管我们似乎没有感受到精神的饥饿:这种饥饿,在上面被肉体的饱食所淹没,在下面,也被肉体的饥饿所淹没),我们也能考虑所面临的"全人类的"精神宴会吗?

如果要举行这一盛宴,那么,给予我们赴会权利的俄罗斯婚礼礼服又在哪里?

在承认陀思妥耶夫斯基前不久关于俄罗斯精神不可避免的世界意义几乎并未止息的预言不过是"神圣的"疾病——也许甚至完全不神圣的疾病之呓语、爱国主义狂热的呓语之后,事实上不是到了应该放谦虚些和最终清醒过来的时候了吗?如果说以往曾有一度俄罗斯精神也能够企求这样的意义,那么,现在,它不正是应该看看自己,再想一想这种精神"原来如何,又变得如何"了吗?即使预言家在看到预言是如何正在实现之后,也大概不会再拒绝自己的预言了吧?他大概不会重复旧话了,像他的斯拉夫派友人一样,这位友人也曾独立自主地热烈相信俄罗斯的世界性前途,但是,似乎,间或地,最终地失去了这一信念:

于是主坚定不移
要把我的俄罗斯抛弃。

如果凭借现在来预测未来,那么,事实上,可能是真的要"抛弃"吗?

也许,即使到现在,也还有俄罗斯人(啊,当然,只是一小撮),他们如饥如渴地、空前地、不懈地欲求新的宗教信仰,觉得正是在这里某处,在托尔斯泰和陀思妥耶夫斯基之间,在对于伟大的象征及伟大的合一的期待中,蕴藏着源泉,有标记的纯净水源——

还觉得，为了拆掉这个源泉上的封印，让活水涌出以解除世人之干渴，只需儿童式的手费一把力气就已足矣。然而，这些忍受干渴之苦的人已走过那样死寂的沙漠，已经十分虚弱，现在在手里连儿童般的力量也已没有，他们只能爬到他们知道必有清泉的地方，趴在地上，贴在地面上，倾听虽近在咫尺却不可得的泉水在地下的汩汩流动之声，依然因干渴而慢慢死去。

或者，也许，说得更确切些，是另外一个形象，另外一个符号？因为我们现在注定要不用语言，而用符号来说话，像聋哑人一样。

陀思妥耶夫斯基说：

欧洲还从来没有像我们的时代这样被充塞了这样的敌对因素。好像一切的下面都被挖开，塞进了炸药，就等着第一颗火花了。

托尔斯泰也谈到过这颗"火花"，那是在他的上帝之国中谈到似乎应该摧毁现代欧洲文化的大火时说的：

自燃的情况还很少，但是，它们燃烧是由火引起的，火始于火花，不到把一切烧光之时，火不会熄灭。——为了使这貌似十分强大的、千百年来逐步建立起来的力量垮台，所缺少的因素是很小的。情况已经发展得过于遥远了。

现代文化"感觉到了自己防卫能力差、软弱，从睡眠中正在苏醒的具有基督教信仰的人们已经开始感觉到自己的力量。基督说，我把火带到了地上，在我受难之际，火将燃起。——这火正在开始燃烧"。托尔斯泰自己得出结论。

在这里，他们两人谈的仅仅是现代西欧文化外在的、社会的和政治的穷途末路。但是，我们刚刚还有机会也看到这一文化内在的穷途末路的尺度："反基督"尼采的出现不仅仅是重大的、显著的，而且也是终结性的、极端的现象，是某种"终结的开始"，某种终点。走过这一点之后"便再也无处可走"，就是某种峭壁和悬崖。具有像尼采那样难以置信的文化与宗教力量的人，都没有解决得了西欧文化主要矛盾，没有能飞越深渊，又有谁比他的翅膀更坚强？有谁跟随他？有谁有这种勇气？

啊，但愿我们能够像在最近两个世纪中多次做过的那样，再一次把对俄罗斯文化的责任推给西欧，但愿我们还可寄希望于欧洲，让那里的什么人为我们作出决定，为我们周到考虑，提出忠告，从那里来再次帮助我们、教导我们。然而，事与愿违哟！——现在我们日益相信，现在任何人也不会为我们拿定主意，谁也不会提出什么见解，在欧洲，该说的话都已说尽，就是这样一句：我们是孤独的。不是我们的爱国主义自豪感和欢欣，而是我们的恐惧和绝望就在于：恰恰在这可怕的时刻，我们孤独无援，我们在西欧没有盼望，而那里却向我们这些束手无策的人伸过手来请求帮助，人们从那里对我们寄以的期望超过我们曾经对他们的期望，等待着我们的忠告或者聋哑人的手势——这一时刻正在到来。

陀思妥耶夫斯基说："在欧洲，好像一切的下面都被挖开，塞进了炸药，就等着第一颗火花了。"托尔斯泰说："火始于火花，不到把一切都烧光之时，火不会熄灭。"在关于火花的这些话上，肉之洞见者和灵之洞见者托尔斯泰和陀思妥耶夫斯基见解异常相似，这难道首先不是我们俄罗斯的忠告，我们俄罗斯的手势吗？

有谁敢说，数量微不足道（在文化界上层，因为人民大众的生活对于我们暂时还是秘密）、微不足道的一小伙俄罗斯人因为有了新的宗教信仰就一定不会是这一颗火花？炸药惧怕火花，安抚自己说：这没什么，这只是火花，它才一颗，我们却数不胜数，虽然都一样，都渺小，灰色，但我们能够窒息它、扑灭它。——然而，火花更怕火药：火花周围是死寂、黑暗、宁静的。值不值得斗争一番呢？它，火花，能不能掀起并摧毁这火药地窖的沉重、这些钳铁、这些石造拱顶呢？连它也准备死去的。但是，在这里，在绝望之中诞生了希望。一切都取决于希望与绝望的这一场斗争，取决于原子、化学分子某种不可捉摸的、最后的运动。火花的死亡仅仅是死亡呢，还是新的、可畏的生命？为了实现爆炸，则火花中必须含有某种最细小又最伟大的、最弱的和最强的东西，它可以对自己说：

  非我莫属。

  具有新宗教信仰的俄罗斯人应该牢记，欧洲世界的命运可能将取决于他们每个人意志的某种不可把握的最后的运动——原子的运动；应该牢记，无论他们自己觉得自己多么渺小，无论俄罗斯文化正在经历的衰落显得多么令人痛感羞耻，他们依然不会因为放弃彼得大帝和普希金、托尔斯泰和陀思妥耶夫斯基的遗产而受惩罚。尤其是在现在，因为在现在，最需要这一遗产的不仅有他们，而且还有他们无力偿还其债务的那些人，也许，他们如果现在就放弃，那么：

  于是主坚定不移
  要把我的俄罗斯抛弃

而且是永远地、无法挽回地抛弃。

  他们应该牢记，也许，他们逃避不了清算的那一天，到那时候他们不再可能把自己的责任推卸给任何人，到那时候，他们应该说出这句最后的、最可怕的，因而似乎又是最可笑、最狂妄，然而又是不可避免的、惟一有理性的话来：

  非我莫属。

卷二

宗教思想

译自俄文版1914年24卷本《梅列日科夫斯基全集》
第11卷、第12卷（根据德国安东·海因出版社缩印影印本）

序　言

　　坦率地说，一直到最近，托尔斯泰都从来不是我们的精神领袖、十足意义上的"导师"。原因何在呢？——问题就是这样。

　　以无意识的创作力量，即我们所说的"天才"为一方，以意识、智慧的力量为另一方，在这两方面之间，存在着不同程度的相应性、相互适合性，正如在人的体重、身高与其肌肉力量之间的关系那样。在普希金、歌德身上，可以看到这种高度的相应性。他们的精神建构类似于最优美人体的建构：身体各部分和四肢都令人艳羡地互相适应，比例恰当，因此，他们的活动轻快自如。他们能完美地控制身体各部分，行动轻便自在，行走"如飞"。这种相应性，托尔斯泰是没有的，即使有，也仅仅是水平很低的。对于自己的天才而言，他不够智慧，或者，对于他的智慧而言，他的天才又过分了。能够轻易支撑中等身材之人的肌肉力量，对于巨人而言，就可能显得不够：爱发议论的托尔斯泰就是这样的虚弱的巨人；是歌利亚，小大卫迟早会用投石器中的石块杀死他。

　　托尔斯泰这种缺乏快速、轻易运动能力的状况，智慧的这种不易转动的沉重性、笨重性，像他其他没有被他人发现的许多特点一样，是首先被陀思妥耶夫斯基发现的。陀思妥耶夫斯基说，托尔斯泰"虽然享有巨大的艺术天才，却属于这样的一类俄罗斯智士：他们只能看清楚眼睛正前方的东西，因而便死死抠住这一个点。把脖子向右或向左转一下，看看立在侧面的东西，他们显然是办不到的：为此，他们必须转动整个躯体，从头到脚。只有在这个时候，他们大概才能说出完全相反的话来,因为,无论如何,他们永远是严格地真诚的"。后来,他称这种直线心理为"痴狂"(1877 年《作家日记》)。在另外一个场合下,关于不仅为托尔斯泰,而且也为一般的俄罗斯心智所特有的把一切过度简单化、"粗线条化"的倾向,陀思妥耶夫斯基又说:"简单化是直线性的,而且是傲慢的。简单化是分析的仇敌。分析往往在您因为简单化而开始不理解事物对象之时告终;您甚至完全看不到对象,就已经发生了逆反的过程,亦即,您的目光自动地、不由自主地从简单过渡到了奇幻。"

在托尔斯泰证明"经验的知识一文不值"(文集,1898,XV,第 230 页)之时;在他断言从牛顿到赫尔姆霍兹的近代科学的全部发现——用他的话来说——这些"对原生质、原子形式的研究,对恒星的光谱分析"全是彻底的"雕虫小技"(XV,224)之时;在他口出下列言论之时:和"关于人民福利""用什么斧子砍树更好""哪些蘑菇可以吃"(XIII,175)的真实科学相比,上述的科学全是"完全无用的鸡毛蒜皮"(XII,193),"给人民的废料"(XIII,181);"我们全部的科学、艺术——不过是一个巨大的肥皂泡罢了"(VI,264);"在任何时代,任何民族那里,科学的水平都从来不像今天那样低下"(XV,256);科学就像犹太教律法一样,为研究这本书现代人"绞尽了脑汁"(XIII,168);——在托尔斯泰作出这一切断言之时,他恰恰是"死死抠住一点",因为不会"向右或向左"转动一下脖子。这一切当中当然包含着简单化和直线性,但这简单化是"奇幻的",直线性是"痴狂的"。在听完关于科学的这些狂言之后,莎士比亚变成"俗不可耐的才子"(《雷文费尔德论托尔斯泰》,113),这样就不再可能令任何人吓一跳了;农民小儿费季卡在自己的写作中不仅超过了托尔斯泰,也超过了歌德(IV,205);薄伽丘的作品中"除了乱描乱画下流性行为之外"一无所有(XV,89);拿破仑是个小傻瓜,古代希腊人是"半野蛮奴隶主阶级蕞尔小民,长于描绘一丝不挂之人体,建造悦目之房屋","但是道德水平不高";一切的女人裸体,连维纳斯在内,都"不堪入目"(XV,

192）；全部"描绘女人裸体的绘画、雕塑都是形形色色丑陋不堪之物"（此话并不字字准确，但是我并没有夸大，请参见原文：XV，205），一切"只有一个明确目标——尽可能广泛传播淫乱的现存艺术"，都应该"消灭干净"，——"最好什么艺术也不要"（XV，206），因为，最后，应该在某一个时候摆脱将会淹没我们的"这淫荡、令人误入歧途之艺术的混浊泥流"（XV，211）。受过教育的俄罗斯人一般都是相当宽容的，对一切都容易习惯——在四十多年间已经听惯了托尔斯泰这种评论，已经善于泰然处之。只有他那些过分天真和自控力差的对手，才依然争论、发火；而其他的人则早已明白，争论有没有托尔斯泰所说的"制造愚昧最强有力之武器"（XIII，第二部，第150页）的图书出版业，是否可以把贝多芬的音乐拿来和农村老大娘的小曲儿比较，是没有益处的。

看来，生气最少的，恰恰是受托尔斯泰否定一切式攻击的那些人：大家强烈地觉得，他虽然否定文化世界的全部基础——科学、艺术、财产、国家、教会，而且凭着这样的"狂放的直线"精神，似乎世界就要毁灭——但是，这种否定的全部力量依然绕过了生活，远离了生活。如果说法国人革命由于十八世纪勇猛程度低得多的自由思想而爆发，那么，从托尔斯泰式的无政府主义中是什么革命也出现不了的；一切都在他那里以佛教的"无为""不反抗"告终，是有其道理的：吼得凶，睡得稳。震耳欲聋的空弹射击——好大的苍蝇拍子。

托尔斯泰式的一个十分年轻又诚恳的人物说：

> 我大大地恼怒了，原因就在于那种沸腾的愤懑之怒火，我喜欢把这怒火藏在心里，甚至还刺激它，只要它挑拨起我来；因为这种怒火对我起一种安抚的作用，在短时间内给予我全部身体和精神潜能的某种不同寻常的弹性、能力和力量。

这位少年人物像让 - 雅克・卢梭一样，天真之极，同时又怀有托尔斯泰式无政府主义的造反精神。

　　我想，如果招待员和门童（这里谈的是在国外一家旅馆里）不是那么彬彬有礼的话，我就会高高兴兴地跟他们搏斗一番，或者用棍子打毫无还手之力的英国小姐一顿。这时候我如果是在塞瓦斯托波尔的话，我会高高兴兴地扑进英国人的战壕，把他们赶尽杀绝。

不久以前，因为有人对他近期的一篇文章作出强烈反驳，七十岁的托尔斯泰直率而诚恳地承认："这篇文章给我带来了满足。你感觉到，正好踩在一群蚂蚁中间，于是它们大发雷霆，乱跑乱窜。"不过，有时候他自己也回过味来，"死死盯住一个点"盯得累了，最后，"便用整个身躯、整个身体"转过来，突然发现面前不是原来设想的人们的满脸怒火，而是善意的微笑，于是便以甚为感人的坦率承认："他们都觉得难为情，好像用目光告诉我：因为出自对你的尊敬，我们才擦去了你的愚蠢，可是你又凭那股蠢劲儿乱窜！"（XIII，60）是啊，在这位伟大的老人能够成为永恒赤子之能力中，有某种令人极为感动的东西：就其无意识的睿智、就其对无理性生命的秘密之最为深刻的观察而言，他似乎不是七十岁，而是已经七百岁；就其聪明、就其意识而言——才十七岁，或者甚至七岁；似乎时至今日他仍然是那个列乌什卡（托尔斯泰名为列夫，此为爱称）；他想飞翔，于是从教室窗口跳了出去，几乎摔断了脖子。

　　于是，一切都蓦地骤变：游戏变成了悲剧性的；他的夙愿得以实现：他是先知和导师，即使不是全体俄罗斯人民的，至少也是文化界的。

　　情况是这样的：俄罗斯有教养的人士在托尔斯泰的旗帜下联合了起来，以思想自由和良知的名义反抗僵死的教条和经院哲学，但是，似乎表现在圣宗教会议的、被一切人所接受的定义中的黑暗与愚昧精神，正如托尔斯泰自己所说的，至少不是为了单纯地"证实堕落"，而是为了真正地，虽然是隐蔽地"脱离教会"，为了一种特殊的"革除教籍"。

为了使这一事态证明是不受怀疑、是确实的，必须遵守一个条件：师生在理解为什么在共同旗帜下联合起来方面思想见解必须一致，也就是说这是对真正的教育的理解。按照《托尔斯泰答圣宗教会议》中的一条的确是模棱两可的提示，似乎可以认为，类似的统一的思想现在就存在，而且，以往是一直存在的。托尔斯泰说："圣宗教会议的决定是武断的，因为它只谴责我不相信决议中列举的要点，但是，实际上不仅很多，而且几乎全部受过教育的人都持有（应该理解为：与我共同持有）同样不相信的态度，而且在谈话中，在阅读中，在手册中，在著作中过去和现在都在不停地表现出这一态度。"（《托尔斯泰答圣宗教会议》，《自由言论报》，第22期，第2页）为了让这几句话在我们眼里产生精诚所至的重大力量，或者是我们必须完全忘记托尔斯泰全部四十年的文学活动和说教，或者是他自己必须放弃全部这些活动的主旨。因为我们知道，直到现在，对他来说，我们全部的教养、科学、艺术，都仅仅是"肥皂泡""没人需要的雕虫小技"，而我们这些受过教育的人，"科学和艺术的卫士"本身，在他看来永远都是"下三烂的骗子，比那些最最滑头和淫荡的术士所可能支配、享有的权利要少得多"（XIII，198）。果真如此的话——而托尔斯泰是不否认这一点的——那么他为什么不讨厌他们，却要和我们联合起来去反对教会，和一些骗子一起去反对另外一些骗子呢？在托尔斯泰思想总体脉络上，对于作为基督教文化——历史形态的东正教的否定，是可以理解的：这一否定，只是他对全部现代欧洲文化否定性结论整条链条上的一环；在这里，教会不是作为外在于文化并与其对立之物，而正是作为这一虚伪文化的组成部分遭到反对的；这一虚伪文化的其他部分是科学、艺术、财产、国家。

俄罗斯文化界如果一去不返地和反对文化本质的人联合起来，不是要面临脱离自身本质、脱离自己生存权利的危险吗？

人们只可以以某种肯定、某种确认而结成牢固的、内在的同盟，但是，以某种否定的、没有任何肯定而结成的同盟——永远是外在的、权宜的、临时性的：从一物皆无中一物也产生不出。从某种共同的确认中可产生共同的否定，但是，从否定中不可能产生共同的确认。人们如果喜爱一事，就会憎恨一事；但是，如果喜爱各种事，就可能也憎恨各种事，虽然他们有时候会觉得只憎恨一件事。在俄罗斯人和托尔斯泰的同盟中，只有共同的否定——否认正教，而没有任何的肯定——对基督教新形态的肯定；这是在没有肯定的一致见解情况下的否定的联合。因此，连这个同盟本身，也只是外在的、权宜的和临时性的，与其说是同盟，不如说是聚会。似乎连托尔斯泰自己也意识到，至少是感觉到了这一点，甚至似乎泄露出了这一点。在《答圣宗教会议》中，有一句话真诚至极，在这句话里突然又出现了全部以往的、真正的托尔斯泰，又可"从爪子"辨认出"狮子"、那伟大的异教徒、叶罗什卡叔叔来："我要独自一个人生活，独自一个人死去。"（第11页）越思量这句话，这句话就越难以置信。他是基督徒，至少自认为是"基督徒"，对于他而言，基督教的本质就是爱人：爱人就意味着生、死和人们在一起——为他们而生、而死。而在这里却表明，他不需要这样；他不必和人们一起生活，而是"独自"——"独自一个人活着，独自一个人死去"。"你是王；一人活着"——他完成了这一遗嘱。他过去是一个人活着，也将会独自死去；"这个人从来没爱过任何人"，所以也没有人爱他。不是对人的爱，不是与人联合，而是独处，"强力与孤独"，这就是他的生活的真正含义。要知道，他为这一表白所选择的时刻是不可能更不恰当的：因为在现在，包围着他的荣耀和人们对他的爱是他以往没有享受过的，不仅俄罗斯，而且全世界的受过教育的人都拥挤在他周围，像小学生团团围住教师，像羊群团团围住牧人——偏偏在现在他突然感觉到，他是独自一人，他想要独处。啊，这已经不是游戏，不是佯装，这是他全部生命的终极真实，对己对人的终极严酷，是他真正的伟大之处。他知道，全部的爱，世人的赞誉，都只是欺瞒与幻影;他知道,谁也不爱他本人,没有人关心他本人、他真正的生与死、他永恒的拯救或者永恒的堕落、他的基督教或者非基督教或者总体基督教——谁也不关心任何事与任何人,谁也不喜欢任何人或任何东西,因为任何人都不会和任何别人一起喜欢单一的东西。在共同的空虚与孤独中,在托尔斯泰对教会的反抗中,在恍惚之中,我们眼前出现了某种被忘记的、遥远的东西,某种交谊的幻影,某种影子的影子——而我们则趋之若鹜,追赶这个影子;但是,这影子很快消散,因为,从虚无中什么也产生不出来;从总体的否定中产生不出来总体的肯定——因而,我们依然留在大的空虚、大的孤独之中。这里没有真正的否定,没有真正的肯定,没有信仰,没有无信仰,——只有狡黠的冷漠、无精打采的摇摆,不稳定,放肆,可怕的全欧保守——自由中间派,既非驴,又非马,或者,有更可怕的、俄罗斯的"唾弃一切"——俄罗斯虚无主义。正是在这里,并非在七十年代的虚无主义中,而是在我们当今的托尔斯泰式的虚无主义中,正在完成一种伟大的分裂,即俄国文化界脱离人民。始于彼得大帝改革的俄罗斯文化的历史道路已经走尽,正如陀思妥耶夫斯基所说的"不可能再往前走,也无处可走;路已经没有,路已走尽","在这里,彼得大帝的改革终于走到自己最后的界限",走向自我否定。俄罗斯文化界,因为追随托尔斯泰反对作为俄罗斯和世界文化组成部分的教会,而且追随到底,就可能不可避免地要否定自己俄罗斯的和文化的本质;这一文化界如果置身俄罗斯和欧洲之外,就会反对俄罗斯人民和欧洲文化;如果不是俄罗斯的和文化的,那就什么也不是。在托尔斯泰的虚无主义中,彼得大帝以后的全部俄罗斯,从文化上看,还是按陀思妥耶夫斯基的说法,"是站在某种终点上,在深渊的上方摇摆"。这个俄罗斯以为它是在为了自己的拯救才和教会,亦即和历史、和人民作斗争的——实际上,它是在为自己的死亡而斗争:这是可怕的斗争,就像自杀的人和阻拦他对自己下手的人搏斗一样。

最可怕的是,这场斗争进行得无声无息,在寂静中发展。教会已发表见解，托尔斯泰也发表了见解。但是，两个主要的对手——俄罗斯人民和俄罗斯文化界，却都保持沉默。人民保持沉默，一贯如此；文化界的沉默含有特殊意义：这是一种特殊的"沉默之密谋"。不能说赞成托尔斯泰的话，也不能说反对他的话，甚至不能谈论他。只好沉默。但是，"沉默之时，即高呼之日。"在俄罗斯，情况总是这样：总要形成比第一种审查更活跃、更严厉的第二种审查——"社会舆论"的审查，这是对于第一种审查的完全准确的反映，虽然是像在镜子中那样返回式的反映。俄罗斯思想就出现在像两个火堆一样的两种审查之间——而托尔斯泰就正好给关在一个怪圈里。现在，在俄罗斯，人们提及托尔斯泰的基督教的时候，就等于提及上吊者所在房屋中的绳子。

最后证明，虽然可能性只有"万分之一"（但是，在这种疑症中，最有顺势疗法特征的比例，就是最强有力的），面对"几乎全部"有教养的俄罗斯人，不赞成托尔斯泰就意味着反对他。处境不仅毫无出路，而且也毫无意义，像在梦幻中一样：四面八方来的是怪异幽灵，必须逃避、自救，可是腿动不了，一步也迈不出去。托尔斯泰的基督教是不能谈论的，但是也不能保持沉默。我们之中的每一个人是否都有权利像他一样，当然，是在另一层更谦卑的意义上说：

> 我要独自一个人生活，独自一个人死去；我的信仰是否引诱了谁、妨碍了谁，我是没办法改变的，我不能换一个与我现在信仰不同的信仰方式，因为我准备走向我的上帝，即我从他那里出发的上帝。

如果存在着某种东西，面对着它我的生与死都具有像托尔斯泰的生与死所具有的永恒意义，那我是不能够沉默的。

我有两个主要的问题，两项疑问。眼下这些文字将充当一本书的序言——这本书全书仅仅是凭借生动的、对于我们而言最亲近最明显的例证,论证这些问题之一的经验——这是关于基督神圣性对立两极——灵之神圣与肉之神圣之可能合一的抽象而神秘的问题。我意识到了我的陈述中全部的缺点,支吾、语焉不详,但是我不打算在这里予以修正和讲解:这会把我拉得太远,因为,就是想要明晰、精确地提出类似的问题本身之作法,都是一件不仅超出我的,而且,一般来说,是超出一个人的任何力量的劳作:这里需要的是整整几代人连续不断的工作。在这里,我只是要简要地重复我的立论、正题,并提出一项总体依据;而我立论的要旨,也还是希望从这部著作本身十分鲜明地展现出来。

历史上的基督教强化了神圣性之两个神秘之极之一,而损害了之二——强化负极而损害正极——强化灵之神圣而有损肉之神圣;灵被理解为并非是肉的对立一极,所以是肯定性的,而被理解为完全否定肉的、没有实体性之物。非实体对于历史上的基督教就是灵的,同时也是"净洁的""善的""神圣的""神性的",而肉的则是"不洁的""恶的""罪恶的""恶魔般的"。这样就形成了无限的二分法,肉与灵之间没有出路的矛盾(因为这个矛盾导致前基督教世界的消亡),区别仅仅在于:在那里,在异教中,宗教企图通过肯定肉、损害灵来走出这一矛盾,而在这里,在基督教里,正好相反,要肯定灵而损害肉。

既然如此,我就要问:按基督的教导,禁欲主义,对肉的压制,仅仅是一种手段,其目的不就在于对肉的净洁、照亮和最后的复活吗?历史上的基督教难道没有用手段取代目的,而且程度无以复加,最后,手段变成了惟一的、包揽一切的、自满自足的目的了吗?肉的复活被推向不可企及的、神秘的远方,这远方与基督教的真实的、尘世间的、历史的和有机的实在几乎毫无联系。肉的复活、肉的神圣是被抽象地、教条地、冷漠地、凝滞地接受的;而压制却接受得确实活生生地、火热地,以致到最后压制完全凌驾于复活之上。历史上的基督教似乎在对肉的压制和复活之间划了等号。在基督的义理里是没有这个等号的:在那里,对肉的低下状态的否定,因为只和对肉的最高状态的肯定联合为一,所以,是一条通向复活之道路:a ×b = c。在历史的基督教中,a = c;压制即复活,死即生,生即死;死为死,生亦为死——除死之外,别无其他。对生的否定即不死;对肉的否定即灵;为否定而否定;只有单纯的否定,毫无肯定。在基督的义理中有辩证的发展:正题是肉,反题是灵,综合是"有灵之肉",与此不同的是,在历史的基督教中得到的只是僵死的逻辑同一:无肉的神圣取代神圣的肉,无肉的灵性取代有灵之肉。在基督义理中,生活的全部彩虹在达到最高级光明之时,化为单一的复活的白光,亦即对肉与灵的最高级肯定;而在历史基督教中,这些彩虹逐渐变弱、熄灭,最后完全消灭在死亡、损害、对肉与灵的最终否定等的单一黑色之中:斋戒、悲哀、痛苦、恐怖——这就是逐渐浓重起来的阴影,这些阴影正在汇聚成为历史基督教的一种确确实实的修道制的颜色。整个古代绚烂多彩、多语言的世界,及其科学、艺术、社会形态、智慧的全部宝库——全部的"异教",如果说没有找到,那也还是绝非徒劳地寻找过"神圣的肉体"的——全部"异教"虽然都被历史的基督教自发地、无意识地接受、吸收,却又被基督教的意识、推理、逻各斯视为"沉沦于恶的世界"——过于光明、过于"世俗"而推翻。因此,在基督教里,人类似乎自己起来反对自己,至少是有意识地在自己已经成就的最高宗教珍宝的整整一半之中否定了自己。不仅在每一个个人,而且在全人类的生活之中,都发生了无尽的两分现象,没有出路的、悲剧性的矛盾。

这样,我的问题又来了:在基督义理中没有指出这一矛盾的出路吗?在此世两极对立情况中,这一义理没有肯定灵与肉在彼岸的神秘的合一吗?换句话说,基督没有肯定灵与肉的同等价值、同等神圣性吗?如果是这样的话,则灵即"肉"——另一样的、改变了的、更高级的,但依然是"肉",甚至比以往任何时候都更是——灵是肉之肉,是肉中的最坚实、最不朽、最真实,同时又最神秘者,是全部的肉所借以巩固和维持者。灵不仅是对肉的低级状态的否定,也是对其高级状态的肯定;灵是肉从低级状态向高级状态,"从光明向光明",向变容、复活之最后白光的不间断的运动,因为在复活中生命的各种不同颜色的彩虹将化合为一。灵并非无肉体的神圣,而是神圣的肉体。实际上,基督的义理,即使没有彻底展示("但你们现在担当不了"),却也相当清晰地指出了圣灵和圣体在生存三个主要完整时刻中走向这一合一的三条途径:在开始的时刻,是通过诞生的秘密,即显现——"道成肉身"的秘密;在延续的时刻,通过圣餐式的、肉与血的奥秘;在终结时刻,通过肉体复活的奥秘。在存在的全部这三个时刻,指出的不是非肉体的神圣性,而是神圣的肉体。历史的基督教没有推翻这三条隐秘的途径,但是也没有沿着三条路走,至少没有生动地、确实地沿着走;历史的基督教在这三条途径面前止步,封闭在抽象的教条、没有行动的圣礼之中;关于神圣肉体全部这三个奥秘都还依然是奥秘,亦即没有展现的真理,而圣礼的全部含义就在于展现尚未展现的真理,将圣礼变为天启。"我的言你们担当不了。"最少地置入我们心中的正是他关于神圣肉体的这句话,我们听而不闻;还说:肉体神圣,但是从未将其变为神圣,而过去和现在做的,都好像是肉体永远不可能也不会成为神圣的,似乎"无肉"的就是属圣的,而"肉体的"则是无灵的。在言语上我们接受和赞颂,在行动上我们则诅咒、惧怕、痛恨、损害、不去复活肉体,并以它为耻。欧洲人全部现实的、活生生的肉体——他们全部的文化、艺术、科学、社会结构——都依然是不神圣的,或者,非基督教的。肉体从来没有比在我们现在经历的历史基督教这一时刻里更为罪恶、粗野、没有灵魂。甚至在异教中,肉体也是更现实地神圣、光明、"有灵的";因此,不足为奇的是,从拉斐尔到歌德的一切人,即那些不是在口头上,而是在行动上寻找神圣肉体的人,都从基督教滑进了异教。

在这一切之中,我所看到的不是基督教的某种偶然的,或者命定的、不可改正的错误、"失利",而仅仅是它发展的历史的(正因为仅仅是历史的,所以绝对不是神秘主义的)必然性;为了成长为独立的和可等同于希腊—罗马异教的现象,基督教必须首先以全部可用的力量来脱离异教，正像起航的船只要离开海岸一样，而且要把自己和异教对立到最后可能的极端；在单方面的吞噬一切的禁欲主义、损害肉体、无实体神圣性等的理想中，它也找到了脱离、否定、抛弃异教的这种必需的力量。"如果你不死，就不会再生。"人类已经"死了"几乎两千年了，为的是"再生"。理应如此，岂有他哉。主已预见到这一点："不因我而受诱惑的人有福了。"禁欲主义之最伟大的"试探"，当然，也见于基督的真正义理，但这是"拯救"中的试探。禁欲主义是一把刀，它以流血、以生命危险把基督教和异教分开、割开，好像把新生儿从母亲的脐带上割开一样。

现在，人类遇到的情况类似于被抛入宇宙空间，从地球飞向某一天体，如月球，这样的物体的情况：这飞行的物体达到了地球引力结束的一点，当然排斥力就变得没有必要了，甚至这种力量会直接阻挡飞行，因为在这里已经开始有月球引力的反向力量。在我们所感受到的基督教的时刻，人类也正好达到了这样一个点：即自己的开端与终结之间、第一次与第二次降临之间的宇宙空间的一点；这个点是令人畏惧的，因为显得是死点：包含在第一次来临中脱离、否定、排斥异教的力量几乎已经结束，而包含在第二次来临中反向的吸引力几乎还没有开始。于是我们觉得，运动完全终止了，我们已经永远地滞留在这中间的死点上，基督教的全部力量已经不再影响我们，而且，一般来说，"也影响不了"。然而，事实并非如此。对于力量的计算是由数学的精确性完成，并且由永远不犯错误者完成，在飞行一瞬间，反向吸引力已开始，而且在不停地、无限地增长的行进过程中将要加大，我们身上和我们周围的一切突然要发生变化，一切都将取得相反的状态：上方变作下方，下方变作上方，我们突然觉得，我们已经不是在飞翔，而是以令人惊骇的速度下降。否定、死亡、损害终结；肯定、复苏、复活开始。基督教从主的第一个——悲哀的、阴暗的、奥秘的——面目，转向第二个——高兴的、光明的、荣耀的——面目。这个最伟大的宇宙性的转变，今天正在完成，几乎不可目击，不可感觉，正像同类的宇宙性巨变发生之际那样。

按照果戈理的比较,西派的罗马天主教会就是"活跃的马大":她完成了必不可少的行为——脱离异教,最终地巩固、构建了作为一个特殊的、惟一的、包罗万象的、世界历史整体的基督教。它的妹妹,东部教会,迄今似乎一直处于一切作为之外:像静观的玛利亚一样,她生在主的脚下,一言不发地听着主的话。现在是不是也该轮到她了?她难道不会应召去完成某种伟大的业绩,而在这业绩中则加入了没有被任何人担当的主关于圣灵和圣体的话:"真理的灵必要到来,它要引导你们走向一切真理。"真理之灵,圣灵,难道不引导我们走向关于圣肉体的任何真理吗?不是西派的也不是东派的教会,而是普世的、未来的教会,从其最终的、尚未展示的使命来看,不正是圣肉体与圣灵的教会吗?

无论如何,关于圣灵对圣肉体关系的问题,虽然仅仅显得是静观的神秘论问题,现在却已经具有巨大的生命的、真实的意义,这一点可见于托尔斯泰。托尔斯泰的虚无主义,是席卷了整个基督教世界的一场疾病的许多症状之一,这是无实体之灵的疾病,它仅仅是没有灵魂之肉体的面具,是仅仅作为唯物主义面具的唯灵论的疾病。

托尔斯泰是为了什么反对教会呢?为了无实体的灵——反对灵和肉。他否定包含在基督教圣礼和教义中有关圣体的三个奥秘:道成肉身的奥秘、圣餐礼的奥秘、肉体复活的奥秘。他之所以反对这三者,是因为认定这三者是耸人听闻的宗教唯物主义,"妖术""魔法","对肉体的"亵渎神明式的"神化",这一切,他在《答圣宗教会议》中已高度明确地表述了。他反对教会,是因为反对肉体,他不愿意要任何的肉体,蔑视一切肉体,视其为某种粗野、罪恶、肮脏、僵死、没灵魂的东西,他不相信圣体,只相信没有实体的神圣。上帝是灵——这一点他理解,从全部历史的基督教中,他仅仅就理解了这一点;然而,在这一点上,他甚至似乎比历史的基督教本身更具历史精神和"基督教精神"。是的,无论这显得有多么奇怪，在反对教会的态度中，托尔斯泰，当然，在狭窄的、有限定的意义上，是比教会本身更具教会精神的。他把历史基督教的禁欲主义、对肉的否定、没有实体的灵推向了最后的逻辑的界限，到了自我否定、毫无意义的程度。上帝是对肉的完全否定；肉即世界，肉即一切；上帝是对世界的完全否定，对一切的否定，是纯粹的灵、纯粹的非物。正如酒经过特殊酿造后会变成醋一样，托尔斯泰的基督教也正在变成佛教的虚无主义，变成非存在的宗教，变成涅槃，变成被神化的某种非物。托尔斯泰畏惧的是，他极端的唯灵论只能充当无意识极度唯物主义和虚无主义的面具，这一唯灵论其实是历史基督教单方面禁欲主义不可避免的后果。席卷欧洲的佛教虚无主义的这一诱惑——没有实体之灵、纯粹之灵、作为纯粹"非物"和对此"非物"之意志（即尼采的天才的提法：Wille zum Nichts——非物意志）的诱惑，基督教是可以克服的，但是必须摆脱"纯粹灵魂""不洁肉体"与自己基本理念的禁欲主义式对立——即关于灵与肉神秘合一、同等价值、同等神圣的理念。

托尔斯泰的似是而非的基督教对教会否定地提出的问题，西欧全部文化的真正的反基督教也肯定地提出来了——这在我们时代具有特殊的力量，体现在这一反基督文化最后也是最完美的表现者——尼采身上。尼采及其关于新纵欲主义、"神圣肉与血"、复活的狄俄尼索斯的言论，是在西方；而在我们这里，在俄罗斯，发出几乎同样言论的，有俄罗斯的尼采——罗赞诺夫。我知道，这样的比拟会令许多人惊奇，但是，这位思想家虽然有许多弱点，但在另外许多观点上却像尼采一样具有天才，甚至超过了尼采。这位天生的、在自己反基督本质方面被首先造就的人，一旦被人理解，就会成为未必不如托尔斯泰那样有威慑力量的、要求教会密切注意的人，虽然这两位作家在社会影响方面，现在还有很大的区别。

就这样，生活本身从一切方面、以一切现象向教会直截了当地提出了这个问题；是不是也应该像提出问题那样直接地作出回答呢？避而不谈、回避，像以往多次那样重新回答这个问题都极容易：用语言——关于语言的语言——稳如泰山的教条、不予揭示的圣礼来回答关于事物的问题。然而，为了回答这个问题，需要的不是语言，而是行动——需要奇迹，需要神圣肉体的出现，圣灵的启示。大概不应该忘记，在对于这个问题的可能的回答中包含有类似于爆炸力量和奇迹力量的、巨大的改造性力量。把我和像我一样的人（我们人数少，但数量日益增多）与历史的基督教分开的界线，我认为不是不可逾越的；我准备越过它，但是我不愿意人们为了虚假的协议而抹去这条界限：这条线很细，"像一根头发"，但是很锋利，也许，不仅仅对我一个人是危险的。我承认，有时候我自己感到害怕：如果这一条界线是把火和火药分开、把正确的信仰和异教划分开来的呢？我承认，在我的问题中就包含着异教的危险；这种危险可以与禁欲主义对立而称为阿斯塔特女神异教（ересь астартизма），亦即，不是神圣的联合，而是用肉把灵亵渎地混合起来，加以糟蹋。果真如此的话，则恭请看守的人们予我以警告。因为，我要重复，我现在不是在施教，而是在学习；不是在宣教，而是在表白。我不愿意要异教，我不要爆炸；我只想要真正的火来点燃数盏灯；关于这些灯，经上说："基督的光照耀一切人。"

这就是我两个问题中的第一个了，静观多于现实；现在讨论与第一个有关的第二个问题，现实多于观照，这就是关于历史的基督教无意识地服从于非神圣肉体——异教的罗马帝国（Imperium Romanum）、关于教会与国家的关系的问题。

俄罗斯的"教会自从彼得大帝时代起就处于瘫痪状态。这真是可怕的时代"。说这话的人不是像托尔斯泰那样痛恨教会、脱离俄罗斯基督教历史的与民族的现实的人士，而是一位深信"正教之对于人民乃是一切"、俄罗斯的命运取决于教会的命运的人士，这就是陀思妥耶夫斯基（《陀思妥耶夫斯基札记》，1883 年版，第 356 页）。而且，他当然知道他说的是什么话，这种话他是不会随随便便说了就完事的：这话在他嘴里具有很大的分量。

这到底是什么意思呢？彼得大帝对俄罗斯教会做过些什么事呢？

我研读了教会法规，或者会议章程，最神圣宗教会议即按此章程依彼得之意旨建立，而俄罗斯教会也就以此宗教会议之声音证明了托尔斯泰的"堕落"：

> 平民百姓不知教会权力与国君权力之区别；但是，平民百姓因景慕伟大最高牧人（即牧首）之荣耀与美名，因而认定这一当权者即为第二君主，与国君无异，或者更高，教会之头衔是另一个更好的国家，人民当然欣然接受。然而，企望权力之教会人士的有害言谈又有何指，并进而怂恿无味之狂言？只有凡夫俗子能受此妖言之蛊惑，才不把自己的国君在形式上视为最高之牧人（意即牧首）。在听到双方之间偶有争执之时，世人皆更听从教会之长，而非世俗之长，盲目而不明智，并一致同意为他而争斗，大胆造反，并以可诅咒之行为自傲，自己在为上帝争斗，自己的双手并无玷污，反而在完成圣举，因他们是在渴望流血。——难以断定由此会造成何等的灾祸。在许多国家都出现过不止一次的此等事态：只需对君士坦丁堡历史、查士丁之时代投以一瞥，即会豁然开朗。即使教皇也别无他法：他把罗马国家分开（亦即分为两半），窃取荣耀，但是其他国家不止一次遭到极度破损。然而，在我们这里，却回忆不出过去有过如此的罪恶。在教会灵性政府中（亦即圣宗教会议中）不曾有过这等罪恶。

这就是彼得的作为，俄罗斯教会的"瘫痪"也就由此而来。

莫斯科，"第三罗马"，从第二罗马——拜占廷继承下来的，除了正教和独裁之外，还有关于"凯撒的"对"上帝的"、世上之国对"不属这世界"的国、国家对教会的关系问题，也就是说，虽换了一个领域，但依然是那灵与肉关系的永恒问题。在基督教的国君身上，关于罗马皇帝——世界统治者、奥古斯都、亚历山大大帝、基尔和更在远古神话时期——直到圣经中的王——尼布甲尼撒——一个自称上帝并且命令世人像对上帝那样对自己顶礼膜拜的人——的观念，人神的观念与神人的观念相逢。在俄罗斯的专制制度中也隐藏着这同一个矛盾，第二罗马没有解决这个矛盾，因为这一矛盾即灭亡。"然而，在我们这里，却回忆不出过去有过如此的罪恶"——教会教规中的这些话当然是指俄罗斯"教皇"尼康牧首为教会权力先于世俗权力而和沉静的阿列克谢沙皇的斗争。阿列克谢对尼康的胜利是纯粹外在的、政治上的。在这次斗争中提出的内在的宗教问题依然没有得到解决，沙皇的良知未得平静。俄罗斯的全部精神文化生活，即使在尼康失败以后，也还是归结于教会的——按治家格言组织，像教会一样。

"在1721年1月25日"，彼得在教会规则之下，大笔一挥，就割开了这个死结子，解决了这个世界历史问题，令教会服从国家，令正教服从独裁专制。他还一举"斩首"了俄罗斯教会，摧毁了牧首制，令俄罗斯国家"还俗"，揭掉了它的教会面目，破坏了古代俄罗斯的教会建造风格。从此以后，教会的活动，按规章所说，仅仅变成了"精神政治"，变成了更为广泛、更为重要的国家政治的一个部分；教会本身变成了一台巨大机器的车轮之一，一个钢铁巨人的"脚指头"。我们有矿工协会、律师协会、商会，其中也有教会协会；像在其他协会中一样，教会协会中也有官员、顾问、"陪审员"、"副总统"和"总统"。这一"教会管理机构"的真正领袖，当然不是圣宗教会议的主席、"牧首宝座保卫者"、一个叫什么斯捷潘·雅沃尔斯基的人，而是彼得本人。教会规章中说："教会协会做此事（其实是一切事）不应该没有我们的核准（亦即国家的允许）。"彼得在自己身上把俄罗斯沙皇的权力和俄罗斯牧首的权力——"凯撒的"和"上帝的"合而为一。

"在谁的规章里写着由沙皇管理教会？"司祭长阿瓦库姆问沙皇阿列克塞，其实他有更大的权力去问彼得·阿列克塞耶维奇。这是全部三个世纪的分裂得最深刻的、本质上是惟一的重大问题。当然，这里涉及的不是小事——不是涉及跟着太阳从东往西走,不是涉及两指符号,而是涉及某种确实重要的、世界历史的事物:分裂是俄罗斯历史上"彼得堡时期"俄罗斯基督教——"农民"反对对俄罗斯的异教和领主式"世俗化"的无意识暴动。——"喂,你,小亲亲,看看你怀里,基督教徒的沙皇!……你呢,米哈依洛维奇,是纯粹的俄罗斯人……就要说自己天然的语言,在教会里,在家里,都不要贬低它。就像基督教我们那样,应该那样说话。""彼得堡时期"的俄罗斯说的既不是基督教也不是农民的,也不是"天然的"语言。宗教分裂确实理解并说明了这一点——说得比斯拉夫派要早得多、有力得多,甚至也许比陀思妥耶夫斯基还要强烈。"基督徒的沙皇"彼得在签署规章,或者命令教会协会成员们签署对皇太子阿列克塞的死刑令的时刻,如果看一眼"怀里",会看到什么呢?在谈到尼康教会中诸沙皇非正教的伟大时,"让我们为强大、神圣的国君祈祷",——

  一百年来都未曾听说,总是那个狂妄的副司祭心怀不满,他想让人称他"神圣",自比巴比伦的尼布甲尼撒王!是的,就是要让他尝尝滋味,这个疯子!像公牛一样,在树林子里游荡了七年,吃着草、流着眼泪。好得很呐!赞美上帝……他是痴心妄想:上帝就是我!谁能跟我比?连天上的上帝也未必!他在天上当权,而我在地上就和他相等!这情况,到今天也差不多。

如果说在父亲时代就"差不多",那么,在儿子时代则差得更少。"他是你的神,你的神,啊,俄罗斯!"彼得死后数年,同样一位农民出身的人——罗蒙诺索夫这样歌颂过他。这一把沙皇比拟为上帝的做法是颂歌中平常的修辞手段,其实是来自真正异教的罗马帝国(Imperium Romanum):"神性的凯撒""皇帝即上帝"("divus imperator")。教会规章编写者费奥芳·普罗科波维奇,在彼得在世时，在自己的一次宣教中，对着他，当众称他为"基督"；当然，这也是第二基督教的罗马帝国——拜占廷的修辞手段："基督"在这里第一个字母是小写，意指"即位时被涂圣油者"。但是，在这一场让我们多少觉得有些畏惧的文字游戏中，不是隐藏着十分深刻的、对欧洲来说是古老的、对俄罗斯是新的宗教政治思想吗？——这一思想就是"神"服从"皇帝"，教会服从国家——就连教会规章也是渗透了这一思想的。十八世纪的分裂派回忆起罗蒙诺索夫关于"俄罗斯的上帝"这一行诗，便以骇人的真诚，以受折磨流血、在火柴堆上自焚而不惜的态度相信，似乎彼得的确像"沙皇中最为不渎神的尼布甲尼撒"一样，把自己变为上帝，还说："上帝就是我！"于是，当然，教会规章编写人在文字游戏中称之为"基督"的那个人，已经毫无文字游戏之意，而是在最严肃、精确的意义上，是反基督了。在关于反基督彼得这一怪异传说中，民众的神秘思维表达出了关于俄罗斯专制制度对俄罗斯正教——"人神"观念对"神人"观念之关系的最深入、最发人深思的疑问。

彼得给教会的打击是可怕的，他迫使教会陷入的境地的确是像"瘫痪"的状态。但是，在这里，也已经显示出了教会非历史的、而且是超历史的、神秘的坚强，这一打击对于教会是拯救性的，而彼得虽然想要变教会为自己的工具，但自己却变成了最高意志的工具而已。

宗教规章把尼康的"威胁"和教皇们对权力的渴求相比是有理的：按照尼康的理解，牧首的概念就是教皇权力概念，是与世俗独裁对立的教会独裁的概念，是要吞噬国家、自己变成国家的教会的概念。如果尼康能够如愿的话，那么，俄罗斯的牧首就可能会成为俄罗斯的教皇，东正教就可能背叛自己的内在本质，基督教世界的东半部就会走上西半部所走的道路。

主为教会指出两条道路。第一条是彼得的道路。

"约翰的儿子西门，你爱我比这些更深吗？"彼得说："主啊，是的，你知道我爱你。"耶稣对他说："你喂我的小

羊。"——又对他说:"你喂养我的羊。"(约,21:15-17)

"你喂养我的羊"(Passe oves meos)这几个字刻在罗马圣彼得大教堂圆顶上,是有道理的。"一个牧人,一个羊群",普天下的一致、团结的开端,也就是罗马教会、彼得的教会世世代代在各族人民中实现的那个开端。"你是彼得(石头),我要把我的教会建造在这磐石上,阴间的权柄不能胜过他。"(太,16:18)忠诚之不可动摇的、磐石般的坚强、牢固、踏实的开端,又首先是两派教会的开端。但是,彼得因为在此之前就领会了道成肉身的奥秘、第一次降临的奥秘,比众人更早地回答了主的问题:

"你们说我是谁?"
"你是基督,是永生,神的儿子。"

他没有及于复活的奥秘,第二次降临的奥秘。在耶稣向自己的门徒们宣告自己必将受苦、被杀和复活之时,

彼得就拉着他,劝他说:"主啊,万不可如此!这事必不临到你身上。"耶稣转过来,对彼得说:"撒旦,退我后边去吧!你是绊我脚的,因为你不体贴神的意思,只体贴人的意思。"(太,16:22-23)

连最坚强的也还显得软弱,而彼得——石头——是不够坚定的:

鸡叫以先,你要三次不认我。(太,26:34)

就连彼得的教会在过往世代和各族人民当中也曾多次拒否主,不考虑"神的事,只考虑人的事",嘲笑世界以外的国,不嘲笑这个世界的国。彼得最后的、最可怕的、迄今尚不为人知的拒否正是预

示在耶稣说完了"你喂养我的羊"之后在尘世间最后的话语之中那如此神秘的预言之中的:

> 我实实在在地告诉你:你年少的时候,自己束上带子,随意往来;但年老的时候,你要伸出手来,别人要把你束上,带你到不愿意去的地方。(约,21:18)

这是什么意思呢?这不正是陀思妥耶夫斯基的大法官说的话:"我们不是和你,而是和他在一起。"即和魔鬼、和反基督在一起。主在面对彼得时,重复他原在沙漠里受试探时对魔鬼说的话"撒旦退去吧"是有道理的。古老的西欧基督教世界也就是这"年老的彼得",他伸出双手,已经不是基督而是"另一个"把他捆起来,强行拉走。全部的西欧文化、科学、艺术、社会特征,甚至教会,从文艺复兴时期到法国大革命,从马基雅维利到拿破仑,从歌德到尼采,都渗透了非神圣肉体的精神,异教的精神——这一精神就是这"另一个",它把年迈的彼得束上带子,带他到他不愿意去的地方——离开基督、反对基督,走向最后的退却。陀思妥耶夫斯基认为这一退却不是暂时的,而是永恒的——他没有弄错吧。鸡叫了,彼得懊悔、痛哭,返回到主身边,依然跟着他走。"你跟从我吧"——这话在预言他要跟从"另一个"走之后说出,是理所当然的(约,21)。就这样,在使徒彼得的命运中已经预示了西派教会的世界历史命运。

但也有另一种命运,另一条道路。

"主啊,这人将来如何?"彼得转身看见约翰之后,问要永远离开的主。

> 耶稣对他说:"我若要他等到我来的时候,与你何干?你跟从我吧!"于是这话传在弟兄中间,说那门徒不死;其实耶稣不是说他不死,乃是说:"我若要他等到我来的时候,与你何干?"(约,21:21-23)

《约翰福音》即以此话结束。在约翰的命运里，不是预示了在第二次来临之前"生存的"教会的命运了吗？正如彼得及于体现——正在诞生之肉身的奥秘那样，约翰及于复活——复活之肉身的奥秘。就像彼得比一切人更早地宣告：你来了，你是基督，是永生神的儿子；约翰也比一切人更早地宣告：你要来的；"灵与女人都说：来吧！喂，看啊，主耶稣！"彼得的教会面向过去，面向第一次降临；而约翰的教会，则面向未来，面向第二次降临。约翰是主的得意门生，躺在主的胸膛上和许多门徒一起听到并向我们转达了教师最为奥秘的话，此话涉及了"担当不了"的真理和向我们展示这一真理的圣灵："我不能把你们变成孤儿，我要把自己的灵送给你们。"彼得的教会是"担当得了"真理的教会，约翰的教会是"担当不了的"真理的教会。在彼得的教会里，是神圣肉体的秘密；在约翰教会里，是神圣圣灵的启示。在彼得的教会里，是水的洗礼；在约翰的教会里，是火的洗礼。在彼得的教会里，是统一牧人的开端；在约翰的教会里，是教堂的开端。"凡在以我的名而聚集二三人的地方，我都在他们当中。"基督的教务长——可见的首领——教皇，是教会所不需要的，因为基督自己就是它不可见的首领，一直在那里驻留到世界的末了："我就常与你们同在，直到世界末了。"（太，28：20）彼得是磐石，彼得的教会里充满不可动摇的磐石般坚定、坚固、对已降临者的忠诚。约翰是"雷之子"，他本身全然像急速的雷、像闪电，这闪电发自东方，一直到西方都可见，他的教会也全然是运动、奔赴，从东方到西方的闪电，从已降临者到未来者，从神圣肉体奥秘到神圣圣灵启示的闪电。如果说彼得的教会是西派的，那么，东派的，或者更确切地说，西—东派的、普世的、非现在的、将来的，首先是"大教堂式的"教会，就其最终的、尚未展现的使命而言，则是约翰的教会，圣灵和第二次降临的教会。这一奥秘尚未揭示，因为时期未满。东派教会，与西派相反，似乎还没有找到自己的使徒，他还没出现，按主的话，他是在第二次降临之前来临的。这一教会在世界史上依然是无名称的，没有行动的，只是在彼得和保罗之间，在从约瑟夫·沃洛茨基到斯捷芳·雅沃尔斯基的天主教与从费奥芳·普罗科波维奇到另一人士的新教之间，因自己的偏差而摇摆；这另一人士即现代俄罗斯的"文化"神父，可能就是，例如，在哲学协会里反驳我的可尊敬的格里高里·彼得罗夫公民。但是，时间近了；奥秘正在展现：在第二次来临开始完成（已经开始完成，虽然不可见）之时，在排斥、否定、损害肉体之力量被肉体之引力、肯定和复活的力量取代之时，那未来的西—东教会最后也将获得自己历史的名称和作为——作为约翰的教会出现，与彼得和保罗的教会并列；于是，彼得的退却完结，彼得和约翰联合，约翰使彼得和保罗和解；作为基督之自由的正教以爱来使天主教与新教和解——信仰与理性和解。天启的闪电击中彼得的石头，击中忠诚的岩石，于是从石头中汩汩流出活水的源泉。这三位最高使徒——彼得、保罗和约翰——的教会最终联合成为一致的教众与使徒的、的确已经是全宇宙的教会；这是神圣圣智、上帝睿智的教会，它的首领和第一神父就是基督本身；在这一教会里将实现基督教世界的最后命运。

在西部，在"已经年老"、"被另一个"引导的彼得的教会保护下，已经完成了第一次预备性的文艺复兴，这次复兴被认为是"异教的"，因为从拉斐尔到歌德和尼采，它都是一直在异教中寻找"神圣的肉体"，因为在古老的基督教及其无实体神圣性中没有找到。在东方，是不是可以完成第二次，也是最后一次，不是异教的，而是基督教的复兴，这一复兴会找到神圣的肉体，因为它是在基督教自身中寻找它的呢？看来，这第二次的复兴正在开始。的确，如果不是在俄罗斯教会中，那也是在它周围靠近它的——正是在俄罗斯文学之中，因为俄罗斯文学已经充满了新的天启的"约翰基督教"的思潮，这是世界各国文学中所没有过的。

圣宗教会议对托尔斯泰的裁决之所以具有如此巨大但至今尚未必得到充分评价的意义，原因也就在此：面对全体人民，面对全世界，这的确是俄罗斯教会与俄罗斯文学的第一次已经不是静观的而的确是十分深刻的、历史性的接触。虽然这一接触暂时还是互相否定的,但是,现在已经似乎可以看到一种可能性,即另外一类更为深刻得多和真实得多的,双方互相肯定的接触。

我在多么大的程度上相信,教会对托尔斯泰作为思想家对基督教个体的活的天父上帝和独生的上帝之子的不信态度的证明,还有他脱离基督教的证明,是真实的,在圣宗教会议裁定以前写成的本著作许多篇章是对这一实情的证明。但是,问题是:托尔斯泰的宗教思想、意识是否穷尽了他真正的宗教本质的全部?

"可以无意识地知道许多事物。"陀思妥耶夫斯基说。看来,这句话在托尔斯泰身上比在任何人身上都在更高程度上得到了证实:是他"无意识地知道"无限多的事物。我不是以个别篇章,而是以全书,仅仅努力表明,作为思想家,托尔斯泰所意识到的、信仰的和不信仰的事物是何等的虚弱、枯燥、须臾即逝——和他"作为重要的肉体洞察者"所"无意识地知道"的一切相比较,的确如此。我以全书努力表明,在托尔斯泰身上现在生活着而且过去一直生活着两个不仅独立的,有时候还是完全相互对立、敌对的本质,"两个轮流变换的性格",就像两个人一样:渺小的思想家、虚假的基督徒"阿基姆长老",以及伟大的真正的异教徒叶罗什卡叔叔。托尔斯泰的欺瞒成性的"同胞兄弟",幽灵般的"人变兽"、"冒充者",与其说是"思想者",不如说是"推论者"的阿基姆长老,脱离了基督教,而且,在自己没有实体、没有灵魂、否定一切的"基督教"中几乎走到了完全的无神论的地步,走到了佛教的虚无主义。在这方面,我再重复一句,是毫无疑问的。但是,真正的托尔斯泰,伟大的异教徒,叶罗什卡叔叔,按照他从来不曾是基督徒这一原因,是没有脱离也不可能脱离基督教的。真实的托尔斯泰的异教是初生的、首创的,任何洗礼之水冲洗不掉的、溶解不了的,因为它过于自发,是无意识的。说得粗俗但是准确些,基督教"抓不住"托尔斯泰;洗礼之水对于他,是"他满不在乎的"。倒也并不是他不想要基督教;相反,他一生都在努力皈依基督教。然而,在他谈论基督教之时，总令人觉得，他谈的完全"不是那回事"——不管是确切还是不确切，反正主要的是"不是那回事"。这件事没有让他做。怎么、为什么没让，只没让他做这一件事？让小人物中最渺小的做，却拒绝了他吗？——我们不知道：这里有上帝的某一个伟大的秘密，有对另一者的某种神秘非使命或者使命，某种特殊的拯救道路，不过我们暂时还不知道。然而，如果确定，**托尔斯泰不是双生者**，不是人变兽，不是冒名顶替者，而是真正的列夫·尼古拉耶维奇·托尔斯泰伯爵，俄罗斯大地的伟大作家——不信仰"活的上帝"，则是一件盲目而严重的不公正事件。他不仅信仰上帝，而且甚至信仰的方式也是皈依基督教的少数人才有的。因为"上帝折磨"他一生，"只有这一事令他痛苦"，他就不信仰上帝吗？因为他全部的悲剧就在于他一生都努力不去信仰自己的"活的上帝"，要把他化为死的、抽象的教条，平衡道德利益的数学符号 X，却又从来做不到这一点——他就不信仰上帝吗？啊，当然，这不是基督教的上帝，不是独生子的父亲！这是古代异教的和旧约的恐怖的上帝，那在面对火焰中冒烟的西乃而推翻以色列的人的上帝。"伸冤在我，我必报应"这句话在托尔斯泰灵魂中响起，就在那里永远保留下来，而且，人类的任何话语也不能将其压过；这句话在他灵魂里响彻，像雷鸣一样，越来越响、越来越寂静不下来。这是亚多尼雅的上帝，是无名的，用人的语言念出他的名字是极可怕的事；这个上帝还没有道、意识、逻各斯，没有独生的子；对这位上帝来说，一切都是亲子：一切生物，动物，甚至是不能发出声音的，——叶罗什卡的全部"上帝造物"，全部的言语，"多眼的肉体"，用翅膀抬升起他的王位，并呼叫万军之主神圣、神圣、神圣。

在陀思妥耶夫斯基笔下，佐西马长老回答了一个少年的问题："难道它们（亦即野兽）也有基督吗？"——怎么可能没有呢，——因为道是给一切的物的，一切造物和一切牲灵（当然，也有托尔斯泰的叶罗什卡的"上帝造物"）：

> 每一片树叶都奔向道,都歌颂上帝的荣耀,都为基督哭泣,自己却不知道,以自己无罪的生存之秘密完成着自身。

托尔斯泰正是在最少考虑基督教之时,最少意识到自己是基督徒时,才最为接近了基督;在那里,在他最深刻的、首创的异教中,他也像全部"上帝造物"、全部还没有声音但已是多眼的肉体:

> 奔向道,歌颂上帝的荣耀,为基督哭泣,自己却不知道,以自己无罪的生存之秘密完成着自身。

应该永远理解并牢记:异教,至少是在其最后、最高的范围之中,例如,在希腊文化之中(索福克勒斯、苏格拉底、柏拉图),不是永远与基督教对立的东西,而只是前基督教的,而且,不可避免地导向基督教的;变化了的异教融入基督教,正如变化了的肉体融入灵魂中一样。这一观念对于正教是十分亲近的,所以我们古代莫斯科的圣像画家们,在教堂里,画圣徒时也并列画了荷马、赫西俄德、欧里庇得斯、柏拉图等人,"他们不信,却有圣灵之神恩"——《圣像绘画真迹》中说。

托尔斯泰接触的基督教者之一是普拉东·卡拉塔耶夫。在这里没有"道"、信仰、逻各斯,甚至没有基督的名字;但是那创造了如此形象的,也许没有走到、永远也走不到基督那里,然而,他毫无疑问地在走着;如果他走到,不是也比许许多多已经与他同在的人更为接近他了吗?

不足为奇的是,陀思妥耶夫斯基因为多少懂得一些基督教,而且证明了托尔斯泰"脱离""俄罗斯伟大的共同事业",亦即历史的、民族的基督教,所以同时也直接肯定,最深刻的,虽然,当然,无意识的基督教思想反映在渥沦斯基与卡列宁面对正在死亡的安娜时的和解之中。我在这部研究著作中力求表明,陀思妥耶夫斯基是托尔斯泰的"对立孪生兄弟",没有其一便不能理解其二,接近其一，别无他法，只有经过其二。托尔斯泰的异教是接近陀思妥耶夫斯基的基督教的直接和惟一的途径。其一对灵魂的秘密之洞见因其二对肉体的秘密之洞见而得到反映并加深，正如天之深渊之对水之深渊。他俩相互应答，以不同的声音谈论同一件事。如果没有叶罗什卡叔叔及其"上帝造物"，也就不可能有佐西马长老及其信仰，即"一切造物都与基督同在"，按福音书的话说："你们往普天下去，传福音给万民听。"（可，16：15）托尔斯泰觉得，陀思妥耶夫斯基是"他最亲近、最需要的人"，这一感觉得到了证实。他们一生都没有相逢，但是他们仍然是一起生活、一起创作、汲取从一个泉源中流出的两道背向的水的。让我们希望，他们就在那里相会，共同出场，共同在最高法庭之前证实：托尔斯泰的异教是得到陀思妥耶夫斯基的基督教的维护的。

不能要求俄罗斯教会做出艺术评论。然而，看来，在这里，完全没有批评也是不行的。在这里，对于最后的法庭来说，是需要最后的知识的；只有爱能够给予这种知识。批评也就是爱的这种最后的知识。没有批评，在这里，就极容易失手，打不中瞄准的对象物：瞄准了"双生子"，基督教的"人变兽"，"阿基姆长老"，思想家托尔斯泰，却打中了真正的、无罪的"叶罗什卡叔叔"，艺术家托尔斯泰。笨重的、盲目的巨人被击中，而机警的、瘦小的人变兽则溜走了——他一向都俟机溜走。

应该牢记的主要情况是，从托尔斯泰方面说，在他脱离基督教过程中是没有恶劣念头、恶劣意愿的：看来，他做了力所能及的一切：他斗争过，忍受痛苦，寻求过。在这里，在这世间，他是极为热切地寻求上帝的：如果不记取他的这种渴望，那简直不可置信。在我们当中，有谁还有更高的渴求？令人为他担心的是，他依然还不知满足。但是，应该知道，令人为我们担心，可能甚至比为他更担心的是：如果说像他这样的"大地之盐"（社会中坚）都显得是"不够咸的盐"，那么我们又该是什么样子呢？我们用"比宇宙更宽阔的"可怕标准去衡量他。我们如果用这同一标准衡量一下自己，按这个标准，我们会显得怎么样呢？是啊，你有时候谈到托尔斯泰（因为，我再说一遍，沉默是做不到的——连顽石也在高谈阔论），你要证明他不是基督徒——你会蓦地想到：嘿嘿，你到底是谁啊？你在自己的基督教信仰方面，就那么坚定吗？你是熟悉地知道某种道理的；但是有的知识要促使人行动，那么，你的行动在哪里？这是让人惊惧的。害怕啊，主！你不要审判我们大家，也不要审判他："请原谅，放过我，不要你的审判！"

在像托尔斯泰这样的作家和他全部的读者之间，存在着一种互相负责的感觉，像连环保一样：你为我们负责，我们为你负责；即使你抛弃我们，我们也不能抛弃你；对于我们来说，你实在是亲近的；你——我们自己就在你的终极精神实质之中；如果没有你，我们就不能够也不愿意拯救自己；我们或者一起得救，或者一起毁灭。我们感觉就是如此，因为我们热爱他。然而，如果我们对他的爱仍然不够，那又该如何呢？他自己却说："我需要独自一个人活着，独自一个人死去。"这对于我们，是何等残酷的话！我们曾料想，我们和他生死都在一起，而他却觉得，他独自一人好，他谁都不爱。这不是因为我们事实上爱他爱得太少，不会以应有的方式爱他，爱的不是他，而是取代了他的另外一个什么人吧？也许，这是在教会的方面；如果我们以更多的爱、以确实的祈求对他，为他祈求，并确实相信那不可能之事——让他转变的奇迹——来团团围住他，群集在他周围，那么，他也可能不固执己见，会感动一下，会理解，如果理解不了我们的祈求，那至少也会理解：他是有所不知的，一切都不像他所想象的那么简单，他不应该这样不近人情地把我们推开；他的舌头也就不会这样一卷，说出他独自一人好这样难以置信的话来；也不会抬起手，这样不顾一切地侮辱教会，谴责教会"诽谤"、"教唆"、谋杀。

教会是不能不证实作为思想家的托尔斯泰脱离了基督教的。但是，这可能并不是教会说的关于他的最后的话；也许，教会在某一时候也会证实，正像异教盲人"奥米尔"（在莫斯科报喜大教堂中，他的肖像被画在正教圣徒肖像中间)一样,基督教的这一新盲人教徒,在对全部"上帝造物"的清晰洞见中,也要涉及"圣灵","奔向道,歌颂上帝的荣耀,为基督哭泣,而自己并不知道,正在完成自己生存之奥秘。"

自彼得大帝以降,教会后面是国家,教会权标后面是公民之剑,按教会规章令人过目不忘的话:"若无我们的准许,协会不得做任何事。"对有教养的俄罗斯社会,应该从历史上持以公正的态度,不仅如此,还要从历史上持以慈爱的态度,不能因为提出了在头脑中回荡的这一极为自然的问题而指责这一有教养的社会:托尔斯泰对教会的反抗态度和反抗国家的态度不可分割地联系在一起,在这一情况下,涉及托尔斯泰的是:教会的自主行动在多大程度上是独立于国家的训导的呢?从总体上说,过去的教会协会在多大程度上是俄罗斯教会真正的,不仅是历史的,而且还是神秘的代表呢?但是,在这里也出现了我以前提出过的关于"瘫痪"的现实性的问题:陀思妥耶夫斯基认为,从彼得大帝开始,由于全部俄罗斯教会外在地、机械地服从国家,所以它一直处在瘫痪状态之中——是这样吗?到底发生了什么事呢?是不是那瘫痪的、按主的话得医治的,站了起来,为自卫而举起手来,或者还依然因瘫痪而躺着,而那站在他后面的另一个,则抬起了羸弱者的已僵死之手,用它来打击自己的敌人?这"另一个"不就是费奥芳·普罗科波维奇的"基督",以小写字母开头写的基督?"你年少的时候,自己束上带子,随意往来;但年老的时候,你要伸出手来,别人要把你束上,带你到不愿意去的地方。"(约,21:18)如果这一预言不仅仅针对西派教会,而且也针对东派教会,那又会如何?是啊,正是在这里,彼得大帝没有解决,只是拖延了的关于独裁制度与正教之关系的问题又一次出现,并且突然之间变得尖锐化起来,达到了尖锐得无以复加的程度。

第一章　托尔斯泰笔下的反基督

　　古代罗马第一个产生了对全世界的人实施大一统的理念，也是第一个考虑（而且相信）以世界君主制的形式来实现这个理念的。但是，面对基督教，这个设想归于失败——是设想，而不是理念。因为这个理念乃是欧洲的人类的理念，从这个理念中演化出来了欧洲人的文明，而欧洲人是仅仅为了这个理念而生活的。灭亡的仅仅是**罗马君临世界的理念**，这一理念被在基督里实现世界合一的理想所取代。

　　这样的话，陀思妥耶夫斯基在《作家日记》里也表述过。

　　虽然是从另外一个方面出发，尼采在自己的《反基督》中也探索了基督教和罗马帝国二者的统一世界的理念之间不可分割的似乎又是无法解决的矛盾。他说：

　　　　基督教摧毁了永恒铜人面前站立的那个罗马帝国的活生生的躯体，而那是在迄今为止最困难的条件下所取得的最伟大的联结形式；与这一形式相比，以往和以后的一切都只不过是碎片、残片、以失败告终的尝试而已；基督教摧毁了它，把一切夷为平地，让日耳曼人和其他的蛮子无法学会。罗马人难以置信的伟业，凭借伟大文化对大地的征服，本来应该保持千秋万代,但是,基督教在一夜之间,将其悉数毁灭。——难道他们至今还不理解这个事实吗?罗马一个领域的历史愈来愈多地让我们熟悉罗马帝国——最雄伟壮观的建筑艺术作品,只不过是一种开端、构建,指望保留千秋万代,证明其不朽。到现在为止,没有人这样建筑,没有人会想到以这样的规模进行建筑——要永世长存!

在这里,对基督教,尼采未必正确,甚至未必公正;基督教未必是毁灭的惟一原因,也未必不是造成由于内部原因而本来就摇摇欲坠的罗马帝国崩塌倾倒的最后一推。而且,无论如何,基督教没有消灭罗马的主要的宗教文化思想,亦即"统一世界"的思想;基督教从半死的罗马躯体里接受、摄入了——事实上是"吸收"了——这股活的血液、活的精神,而且基督教还给它带来新的肌体,新的生命。也只有在这个时候,在貌似"永恒青铜"的帝国庞大大厦被"夷为平地"的时候,在诗人的面前呈现出来它没有实现的设想,内在的筋脉;只有在这个时候,隐含在这种设想里的理念才获得了自己的全部的意义,才获得了自己的全部的力量,而且让世人看到。虽然不复存在,但是罗马不仅变成了过去,而且也变成了未来,变成"永恒的城市";虽然不再是物质的,却变成了精神的所在——它死亡,是为了在中世纪时常复活,追逐欧洲人,它就是幽灵,是最伟大的文化宗教理想。

"就这样",陀思妥耶夫斯基说:

> 世界的君主统治的尝试又开始了,完全依据古代罗马世界的精神,但是采取了另外的形式。

> 罗马教皇宣布,如果不是在精神上而是在国家权力上不能够统治全世界各国和各个民族,换言之,如果不能够在大地上实现罗马君权的新的世界统治——其领袖不是罗马皇帝,而是

教皇——则基督教及其理念是不可能实现的。

在这里显现出了被推向其最终极限的政治与宗教的一切联系：越过上帝，没有上帝，似乎根本不存在关于上帝的问题，人是"不能在世上立足的"——人只能追随上帝或者反对上帝。与此同时，这里显示出来基督教深处的某种没有完结的搏斗，某种无法解决的或者至少也是尚未解决的矛盾；这个矛盾，在公元早期，宗教思想在关于基督与反基督的论说之中就已经表达出来；这一斗争开始于福音书之前。

魔鬼又带他上了一座最高的山，将世上的万国与万国的荣华都指给他看，对他说："你若俯伏拜我，我就把这一切都赐给你。"耶稣说："撒旦退去吧！因为经上记着说：'当拜主你的神，单要侍奉他。'"（太：4：8-11）

陀思妥耶夫斯基笔下的大法官说：

我们不是和你而是**和他**在一起，这就是我们的秘密！我们很久以前就不和你而是和他在一起了，已经八百年了……我们从他那里接受了你很不满意的、拒绝的东西，那最后的赠礼，他在给你展示了地上全部的王国之后，向你提出这个赠礼：我们从他那里取得了罗马和凯撒的刀剑，宣布自己是世界的王。

我们将会称王，将要考虑人的普遍的幸福。

对于**统治全世界**的追求，乃是世人最严重的苦难。人类一向都是不遗余力地决断地统治世界。有很多伟大的民族都有伟大的历史，但是，这些民族越伟大，他们也就越不幸，因为他们比别人更强烈地念念不忘必须统治天下人民。伟大的征战豪杰，铁木尔们和成吉思汗们，都像狂风一样掠过大地，全力征服宇宙，但是也有人，虽然是无意识地，同样表达了同样的统治天下、极权治理的最大需求。你如果举起凯撒之剑，穿上凯撒的大红袍，也是可能建立对天下的统治以及给世界带来安宁的。如果不是那些把握了人们的良知，手里又拥有给他们面包的人来治理世人，那又是谁呢？我们也取得了凯撒的剑，有了这剑以后，当然，已经推翻了你，而去追随他。

在这里，陀思妥耶夫斯基毫无保留地把西部教会体制世界的理想和东部教会的理想对立了起来：他断言，在西部，实现这一违背了基督的统治是特别依靠了异教精神的，西部教会变成了国家，从天上的王国走向尘世的王国，从灵魂走向肉体；而在东部，不是教会力求变成国家，而是相反，国家力求成为教会；只有在这里，教会似乎才沿着基督指出的真理之路行进，从地上的王国走向天上的王国，从肉体走向灵魂。

然而，这样的对立未必能够得到历史现实的证实：可以回忆一下第二罗马——拜占廷的教会与国家的关系、大主教与皇帝们的关系；或者，更近期的事，我们俄罗斯圣徒尼尔·索尔斯基和约瑟夫·沃洛茨基的争论，争论涉及修道院财产、教会"拥有土地"的权利，亦即，靠近"地上王国"的问题；或者更近期的事，尼康主教和阿列克谢的争论，和教会权力遭受彻底的"污秽"，国家把它完全置入彼得大帝的宗教法规（陀思妥耶夫斯基自己就说过："从彼得时期起，俄国教会就蜕变成了寄生虫。"）；彼得取缔了牧首神圣头衔，得到了像普罗科波维奇这样的教会代表人物的支持，宣布自己是世俗和教会权力的惟一首领，并且，按照在这一现象之中看到反基督来临表象之一的分离派信徒的说法，他使俄国教会"失去首领"——回忆这一切和其他许多事实是值得的，让我们明白，"沙漠的强大和狡黠的灵魂"和基督灵魂的斗争不仅在西部完成，而且东部基督教的命运类似于西部基督教的命运，所以，把二者对立起来的做法，像陀思妥耶夫斯基这样的做法，不仅对于未来，而且对于过去，至少也是不合时宜的，是不合情理的、反历史的。事实上，两个王国的斗争——来自这个世界和"并非来自这个世界"——永远不会完结,无论在西部,还是在东部。在这里,和在那里,都一样,在基督教世界历史发展的全部进程中,过去和现在都在持续不断地继续着地上王国、凯撒之剑对基督的诱惑。大法官的灵魂告诉基督的话,很可能不仅代表了罗马天主教会:"我们纠正了你的功绩;我们抓住了凯撒的剑,抓住之后,就**推翻**了你,而跟随他前进。我们不是和你而是和他在一起,这就是我们的秘密。"

这个秘密行为至今依然在进行:吞噬教会的世界帝国,罗马帝国,得到"这个世界君主"("因为他对我忠实,我就随心所欲,把权力给他")的权力的第二罗马的理念,罗马凯撒、人神,或者人兽("他类似这个野兽,有谁会和他战斗呢?")的理念,这个理念没有被消灭,而只不过是基督教把它和神的国的理念、第三罗马和战胜国家的教会的理念、天上耶路撒冷的羔羊和第一圣徒的理念、神人的理念,对立了起来。无论在东部还是在西部,人每一次产生统一世界的思想的时候,都会出现陀思妥耶夫斯基所说的"大地上存在过的全部理念之中两个最伟大的"理念的新冲突。

陀思妥耶夫斯基继续说:

> 罗马君主的尝试向前发展,不断变化。随着这种尝试的发展,基督教原理最本质的部分几乎完全丧失。在最后从精神上推翻了基督教之后,古代罗马世界的继承人也推翻了教皇权力。可怕的法国大革命有如一阵惊雷;这场革命在本质上不过是原来古代罗马统治世界公式的最后一次变形和再现。

即使在这里,陀思妥耶夫斯基也没有把话说明白:法国大革命表现了罗马共和的一个方面,夸大了自由与破坏的否定的理念,损害了发挥统一作用和构建世界的理念。实际上,迄今这一古代罗马理念依然伟大,虽然尚未完结、不可完结的体现并不是革命本身,而是"被革命的汪洋大海抛倒海岸上的怪物"——拿破仑。

"啊，拿破仑，你身上没有一点现代的东西，你全然像是从普鲁塔克的著作中走来！"有一次，青年波拿巴的同伴，科西嘉人保利感叹道。泰纳在比较拿破仑的君主制和戴克里先与君士坦丁大帝的君主制的时候，称他为"古代帝王的继承人"。连拿破仑自己也不仅感觉到，而且也意识到了自己和古代罗马的联系。早在他任第一执行官的时候，同时代人就猜测他的设想："改变欧洲的面貌，复兴西罗马帝国。"拿破仑说："我要既统治海洋，也要统治陆地，控制东方和西方。"拿破仑战争的涵义就是建立世界君主制，以新颖的、更有自觉性的和宏伟的形式复兴古代罗马的文化，以求"最终确立崇尚理性的统治和人类力量的充分发挥与完全的胜利"。"通过俗人，皇帝控制灵魂；通过教皇，皇帝控制良知。""巴黎将会成为基督教世界的首都，我将会像治理政治世界那样治理宗教世界。"这不是很像大法官的话吗？

举起凯撒的剑，披上凯撒的红袍，你就可能统治世界，带来世界和平。因为，如果不是那些控制了人们的良知、手里拿着人民的面包的人来统治人民，那还有谁？

拿破仑继续说："教皇将进入巴黎，因为基督教会的首领如果不身处基督教世界的首都，不和国家首领并列，那他应该到哪里去呢？"

当然，这一切都是理想，但是他还是得以在最真实的行动中体现出来这些理想的某种因素；然而，评价作为前兆性的世界历史形象的拿破仑的文化意义，不是凭借他已经完成的事业，而是应该凭借他想要做的和在不同的条件下所能够做出的事情来进行。

在圣海伦娜岛上，他在回忆录里叙述了"自己的永恒梦幻之一"——自己的主要的理想，神圣的、秘密的、奇异的，甚至近乎疯狂的理想，就连他自己也不太敢承认这个理想，于是，可能就故意把它用那个时代所特有的浪漫主义的、在有如他这个人的伟大现实主义者嘴里显得滑稽可笑的夸张言语包装起来：

> 我一直在创造一种宗教。我看到自己走上前往亚洲的大路，坐骑是大象，头上缠着包头巾，手里拿着新的古兰经，是按照我的意志写的。

亚洲吸引拿破仑之处，除了"永恒的梦境之外"，就是对于历史现实的真实感触。早在意大利的时候，在果月18日，他就对布里昂说过："欧洲是鼹鼠的洞穴；除了东方及其六亿人口，任何别的地方都是没有伟大的帝国和伟大的转折的。"根据上面引述的关于创造新宗教的话，可以猜想，即使在这里，拿破仑指的也不仅是政治的，而且还有宗教的转折。卢梭以往的这位学生觉得，只有在那里，在东方，他才感觉到自己最终"摆脱了强制成性的文明的羁绊"；只有那里才有广阔无垠的原野，这是他为完成业已开始的宏伟建筑的力量所需要的用武之地。

在关于东方的这些遐想之中，拿破仑难道没有走近"人的终极痛苦"的隐秘的方面——统一世界的需求吗？即使是凭摸索，现在难道也还没有触及愈来愈多地向我们展现的终极的合一的必要性吗？这是两个精神对立却又一向互相吸引的世界：西方与东方、欧洲与亚洲的结合，是意识、理智、个性的白昼的文化半球和黑夜的、无意识的、自发的宗教创造二者的结合。

"归根结底，这一条漫长的道路是通往印度的道路"，在到达俄罗斯以前数月，他说：

> 马其顿的亚历山大从像莫斯科那么遥远的地方出发，想要到达恒河……而我，现在要从欧洲的一端来获取亚洲……我同意这是巨人的事业，但是，在十九世纪，是可行的……

1811年11月，他激情迸发，对普拉特说：

> 五年以后,我要称霸世界:只剩下了俄罗斯,但是我要把它砸成碎块。

然而,实际上,他权衡了这一"巨人的事业"的几率了吗?他是否清晰估量了不可置信的设想带来的重重困难:"把俄国砸成碎块",踏遍俄国进入亚洲?或者,受到在他人和他自己看来都是"命定的"力量的蛊惑,他是盲目地或者事先有意盲目地列队行进?他是否以值得"伟大的现实主义者"使用的准确性认识到,就像来自最深远的古代那样,在拜占廷传说的阴影之下,在莫斯科的历代大公和沙皇的专制之中,在地下,成长了世界君主、"第三罗马"的理念(早在十六世纪,萨瓦·斯皮里顿就写道:"莫斯科就是第三罗马,而第四罗马是永远不会存在的。");这个理念,虽然没有被充分意识到,但是在历史上更有生命力,在土地中扎下更坚韧的根系,因而很可能是比他自己的理念更为不可摧毁。

还有,拿破仑是否预感到,在东方和西方的凯撒的这一前所未有的决斗之中,他,拿破仑,注定不仅要面对亚历山大皇帝,而且还要面对更为隐蔽的敌人——俄罗斯人民?

世人虽然再三对我们谈论饥饿、大雪和严寒似乎是一支大军覆没的惟一的原因,但是问题依然存在:这次惨败的内在原因,惟独没有得到天才统帅的注意,这是俄罗斯大自然的本性呢,或者也是俄罗斯灵魂的本性?无论如何,我们都十分熟知的是,1812年的战争和俄罗斯以往的全部战争有某种本质的区别,这次战争确确实实地在全体人民的记忆和意识里扎下了根子——是人民战争,是彼得大帝时代以来的第一次和惟一的一次具有世界历史意义的行动。全部以往的战争,从波尔塔瓦到苏沃洛夫远征,都是领导人民的最高政权或多或少地光辉的、理智的或者独断的行为;只有在这里,第一次,政权和人民才一起前进,在某些情况下,政权甚至落在人民的后面;人民的思想和意志变成最高权力。在这里出现了某种现象,从我们俄罗斯内部观点看几乎不可置信,类似于奇迹:彼得大帝的改革挖掘的深渊,似乎在顷刻之间消失,全体俄罗斯人民站立起来,像一个人一样。俄罗斯这个东方的某种新的、依然朦胧未明的、几乎尚未苏醒的思想和意志,遇到了西方最伟大的英雄明亮清新的、成熟完整的思想和意志;这位英雄是古代罗马思想的复兴者,从这一古代罗马思想里,用陀思妥耶夫斯基的话来说,"形成了欧洲人类的全部文明","欧洲人正是为了这一文明而生活的"。这个思想看不见、隐蔽,像乌云里面的闪电,但是,同时,也像穿透整个俄罗斯的闪电一样,这就是:拿破仑是反基督;这个意志就是:起来反抗这个反基督,自救,防止遭受西欧文化的无情摧毁,不要像僵死的躯体一样,被"十二种语言"分割。

拿破仑是反基督。尼康牧首,虽然和沙皇阿列克塞斗争,也像来自世间教会政权的罗马教皇一样,是一个反基督。彼得大帝继承了莫斯科历代沙皇的事业,并且意识到自己是"古代凯撒们的继承人",就对自己使用了古代罗马人的头衔"皇帝"("沙皇"),他也像拿破仑一样,沿着亚历山大大帝的足迹,奔向印度,可能按照精神的规则重复拿破仑的话:"我要借用世俗来统治灵魂。"所以,对于最敏感的、最忠诚于宗教的俄罗斯人民来说,他也是反基督。俄罗斯人民对反基督的期待,对世界末日的期待,对耶稣再次来临的期待,从来没有这样强烈地出现在任何其他一个民族,而且,就其渊源而言,显得十分不真实,但是,就其现实作用而言,又是十分真实——这种期待的涵义到底是什么呢?这种紧张的、有如惊弓之鸟的警觉,这种和"从深渊里浮现的巨兽"以及对基督说"你若俯伏拜我,我就把这一切都赐给你"的魔鬼斗争的历来的、每时每刻的心态,有什么含义呢?这是否仅仅是"缺乏教育的昏蒙",俄罗斯直到今天也没有走出的中世纪的野蛮幽灵,或者是某种更大的、更为细腻的、复杂的谜团,某种依然嫩幼、思考不周的但是已经强而有力的思想——某种曙光初现之清晨的第一批幻影?

无论如何,在俄罗斯,这个"反基督"称号所给予拿破仑的特殊的荣誉,在欧洲是没有人给予的。但是,与此同时,俄罗斯人民

也正是在这里，在某一位人士的谋略中感受到了最后的宏伟，这个人在普希金看来是

> 天意的使者，
> 命定完成不为人知的宏伟。

俄罗斯人民感受到了拿破仑称霸世界、"统治世界"和宗教的不可避免的联系。是的，俄罗斯已经在这个"疯子"身上理解、猜测到某种东西（迪奥克拉·马默努说："皇上疯了，完全疯了。"），而这一点，在欧洲，还没有人明白；他的那个最秘密的、放肆的、疯狂的理想，似乎被人偷听到了："我一直在创造宗教。"

拿破仑没有"摧毁"俄罗斯：他自己被俄罗斯摧毁了，而且，用普希金的话来说：

> 他向俄罗斯人民
> 指出了崇高的命运。

彼得的锤打唤醒了俄罗斯的躯体，而拿破仑的锤打唤醒了俄罗斯的灵魂。对于这可怕的打击的回答，不仅仅有1812年具有世界历史意义的伟大行动，而且还有伟大的具有世界历史意义的观察，亦即从普希金到列夫·托尔斯泰的现代俄罗斯文学。正是在这个时候，也就是说，在1812年以后，诞生了普希金的诗神，这不是偶然的。拿破仑的形象吸引了青年普希金和莱蒙托夫，吸引了俄罗斯诗歌起初的尚未清晰的少年遐思。

还是这个形象，也变成了最终给俄罗斯文学带来世界意义的两部伟大作品的焦点：拿破仑，在托尔斯泰的《战争与和平》里是历史的、真实形象，在陀思妥耶夫斯基的《罪与罚》里，是道德理念的体现，是关于英雄和善与恶的关系之心理学研究的对象。

体现为拿破仑的西欧文化对俄罗斯人民提出了问题，俄罗斯作

出了两次回答,即具有世界历史意义的 1812 年战争,和具有世界历史意义的观察记录——《战争与和平》与《罪与罚》。

深刻而忠于人民精神的嗅觉指示托尔斯泰描写俄罗斯和拿破仑的斗争,作为现代俄罗斯艺术家的最伟大的任务。这一任务的困难一如其宏伟,主要是因为,这一困难是双重的,它要求两种同等的和对立的力量的互动,其中每一种都很少单独出现——这是哲学观察和艺术静观的两个方向:所要描写的不仅是全部广度上的人民天性的汪洋大海,一直到最后的地平线,而且还有比人的个性更为鲜明的、最为独特的个体的顶峰,人物全高度的意识和意志,到最后的最高之点,到被神圣化的自我,因为在被描写的悲剧中有两个主要的人物,两个互相斗争的敌人,即:俄罗斯和拿破仑。也只有出自对于这两个行动中的人物的透彻静观,才能得出对于最具悲剧性的事件的静观;只有根据打击的力量才能判断反抗的力量,根据高举起来准备"砸碎俄罗斯"的铁锤的幅度,才能判断石头的硬度(这可怕的铁锤在这石头上碰得粉碎),根据拿破仑的伟大来判断俄罗斯的伟大。没有其二就不能理解其一、描写其一。

与此同时,在外在的、现实的、历史的图景背后,藏匿着某种更深刻的、内在的、神秘的,但是依然是高度真实的——即使不是对于现在而言,那么对于未来而言也是真实的因素。在俄罗斯人民关于拿破仑的传说中,显示出来是东方和西方的文化斗争,"发生了大地上存在过的最伟大的两种思想的冲突"。首先是东方的思想——虽然在西方也出现了"在基督里的或者迄今呈现在人们面前的基督,即神人的第一次显现之中的世界的统一",然后是"西方的——虽然也同样出现在东方的——思想的斗争"。世界在凯撒、在人神、在迄今作为和基督对立的原理之中统一世界的思想的斗争,而这一点的最后的不曾料到的涵义,很可能就要展现在基督的第二次降临之中。

是的,托尔斯泰在《战争与和平》中面临了这一伟大的任务,像他这样的艺术家才能够承担的任务——甚至可以说,在现代俄罗斯文学之中再也没有更伟大的任务了。

他是如何完成这个任务的？首先，他是如何完成任务的一半的？这一悲剧的两个主要人物之一，拿破仑，在他的笔下，是怎样的？

两扇门迅速打开，一切都寂静下来，从办公室里传来了不同一般的坚定而果断的脚步声：这是拿破仑。他刚刚完成骑马出行的装束准备。他穿着蓝色的军装，敞开着，下面是低垂到滚圆肚子的白色背心，下身是驼鹿皮裤，仅仅裹住短腿粗肥的上部，脚踏骑兵长靴。他的短发显然刚刚梳好，但是有一绺头发向下落在他宽阔的前额中间。白皙而松弛的脖子明显地从军装的黑色领口后面挤出：他身上发出香水气味。他丰满的脸显得年轻，下巴颏前倾，露出安详而威武皇帝的问候众人的表情。他走进大厅，每一步都很迅速，头部向后微微扬起。他发胖的粗短体型，肥厚的肩膀，和有点突出的腹部和胸部具有那种有代表性的威严仪态，——受到无微不至照料的四十多岁的男人面貌就是这样。

实际上，拿破仑这次的出场是第一次，虽然竟是在《战争与和平》的倒数第二部分：在此之前，他都是在历史远方的迷雾中、在战斗的硝烟之中闪现，是"一个双手白皙、身材短小的人"。然而，在这里，就像在托尔斯泰惯常的类似描写中那样，我们看到了拿破仑的外貌，主要是躯体，活的躯体，而不是生动的面容，极其鲜明，带有不同一般的，甚至有几分过于丰富的感觉细节；如果描写面容，也是作为躯体的一个部分、一个延续，而不是躯体的给人以精神感染力的补充，不是个性的表达。和躯体外在的、所谓解剖学结构的"突出的圆肚子，短腿，肥胖的大腿，宽厚的肩膀"相适应的，是前倾的下巴颏，宽阔的前额——还有一个很巧妙的一笔，把这个形象和拿破仑适合历史的肖像的联系巩固起来：单独的一绺头发落在前额的中间！是的，除了内心的显露，整个外貌都很鲜明，清晰、准确，——一再地仅仅是外在的、有条件的、呆滞的"皇帝的问候"。

因为不满足于向我们展示拿破仑穿了衣服的躯体,托尔斯泰就脱去他的衣服,现出他的裸体。在鲍罗金诺战役前一天的早晨,皇帝梳洗完毕的时候,两个近侍之一用刷子为他按摩,另外一个给他洒香水,我们又看到了"得到无微不至照料的皇帝御体","肥厚的后背","长满细毛的肥胖胸部",又看到了"肥厚的肩膀",似乎看到了这个裸体肌肉和筋脉的起伏,宛如在最优秀的解剖学图画中那样。

其次,正如托尔斯泰的一贯做法,一笔加上一笔,细节加上细节,联结起来成为一个生动、鲜活的形象。在这里,我们已经感受到了这些细节的某种特殊的虽然还是难以捉摸的走向、趋向。我们还不知道,但是猜想,这些细节是有所指的。例如,"永不消失的香水芬芳"所指的不是皇帝对于自己"娇生惯养御体"的一成不变的,甚至在战争的全部悲剧遭遇之际仍然保持的爱护吗?"罗斯托夫的骑兵眼睛"注意到,拿破仑在"坐骑上坐得不正,也不稳"。骑马出行中的缺点、习惯性的慵懒和躯体缺少活动造成的笨重、四十岁的人发福的趋势、松弛面部的黄色,不是令人想到久坐不动、不健康的、四体不勤的、专门从事脑力活动的生活吗?例如,还有,耳熟能详的"左腿小腿哆嗦"。因而拿破仑后来说:"我左腿小腿的颤抖是一个重大的迹象!"这不是缺乏自控力、缺乏控制自己的情感甚至自己的神经,而且,还有受到娇养的人们所特有的把自己的弱点看成力量的那种习惯吗?所以,艺术家才密切关注"美丽的小白手",拿破仑的这只手把握着世界的命运,把千千万万的人当"炮灰"送死。就连拿破仑的伤风也有特别的意义。拉斯科利尼科夫谈到拿破仑时候说:"这些人不是肉体,而是青铜。"但是我们已经看到了这个人物的裸体,和一切人一样的肉体,别人的这样的"肉体",在他看来,不过是"炮灰"罢了。而且,又是这个伤风,在他一生这个最重大的时刻,在鲍罗金诺战役前夕,"由于晚间的潮气变得加重",这个微不足道的现实细节说明,"天意的使者""古代凯撒们的继承人""超人"也要"大声擤鼻涕";这不是提示说,"在这些人身上"也同样不是"青铜",而是肉体,"必有一死肉体",只要来一次伤风,就能够感觉自己"是凡人,十足的凡人"了吗?

但是,这个外在的形象无论多么鲜明、生动,至少像动物那样生动,它也还没有和内心连接起来,还不透明。我们只看到了躯体的活动:脸上还没有活动,没有表情;脸像是雕塑,"肌肉一条也不轻微抖动一下"。从奥斯特里茨战役到鲍罗金诺战役,我们只看到了拿破仑面容的一个变化:他的脸起初是"消瘦的,苍白的",后来则是"松弛的,黄色的"。这就是在这一震撼世界的历史悲剧的过程之中在他那里发生的全部变化。在这里又是这细小的、几乎捕捉不到的,但是具有重要意义的特征。在描写其他人物外貌的时候,托尔斯泰给我们展示他们的眼睛,那眼睛的神情。刻画躯体的艺术家深知,正是在眼睛的神情里集中了躯体的肉体性和灵魂:眼睛的光芒照亮躯体,躯体只有靠这一光明才变得透明。十分生动又令我们难忘的有安德列公爵和渥伦斯基"坚毅的"目光,玛利亚公主温柔而明亮的眼睛,卡列宁毫无光泽的鱼眼睛,安娜特别晶亮的、充满了"某种过剩之物"的眼睛;在《克莱采奏鸣曲》中昏暗的车厢内,波兹得内舍夫的面容和躯体几乎无法辨识:整个的他就剩下了"一双激荡燃烧眼睛的目光"。但是,在这里,关于拿破仑的眼睛,托尔斯泰似乎全忘记了。在《战争与和平》的全过程中,只有一次,而且还是顺便地、平心静气地提及,拿破仑有"一双大眼睛",他用"自己的一双大眼睛"向巴拉舍夫投以一瞥。但是,不仅关于这"一双大眼睛"的表情,而且连眼睛的颜色,我们也不得而知,所以也看不见普希金所说的"奇妙的目光",这目光:

　　……灵活,难以捉摸,
　　时而迷茫远望,时而不可抵挡,
　　像战斗的雷神,像闪电激荡。

这不真是很奇异吗?艺术家似乎故意不看自己笔下人物的眼睛,似乎在避开他的目光。在这个充满活力、雕塑得如此完美的躯体上,这张脸却没有完成——没有眼睛，没有目光，就像大理石雕像的脸那样，只有失明的、白色的瞳仁。

在小说前几部中，拿破仑的外貌有两次因为内心生活而少许活跃起来：第一次是在奥斯特里茨战役期间；但是，即使在这里，他的脸和眼睛也是静止不动的：

> 他脸上的肌肉一根也没有抖动：炯炯有神的眼睛一动不动地注视着一个地方。在他冷峻的脸上有颇含自信的、恰当得到的幸福带来的特殊表情，这种表情一般都出现在因恋爱而感到幸福的男孩脸上。

第二次是在拿破仑和亚历山大皇帝在提尔吉特会晤的时候，让尼古拉·罗斯托夫"突然感到诧异的是，亚历山大显出和拿破仑完全平等的仪态，拿破仑也是完全自如，和俄罗斯沙皇交往、和这位君主如此接近是理所当然的，无不习惯之感"。

> 拿破仑身材短小，抬起目光直视亚历山大的眼睛。

亚历山大"和悦地微笑"。拿破仑脸上是"不愉快的、勉强的微笑"。

> 他说话字斟句酌，那平静和自信的神态令罗斯托夫气愤。

但是，这也许不是托尔斯泰本人的印象，而是罗斯托夫的印象，这个人不聪明，不细腻，而且盲目爱戴自己的君主。

无论如何，"短小身材、长着一双白手的人"，对于我们，依然是一个谜：在世界历史漩涡和破坏性力量冲突焦点之中，他这样的完全的静止不动，有什么涵义？因为，归根结底，这种破坏性的力量来源于他，又返回他自身——对于这一点，我们的感觉是十分深刻的。

正是这张没有生气但是也不是僵死的静止不动的"冷峻的""一根肌肉也不抖动一下的"石头般的脸,和一双没有表情、没有视线、凝望远处"一个地方"的眼睛,雕像的眼睛——渐渐地、渐渐地变得激荡而威严起来。我们在惊恐中注视着这双眼睛,期待看这双眼睛里是否会燃烧起生命的火花,会"以其奇异的""不可抵御的""像闪电激荡的"目光直视我们的眼睛。

拿破仑的内在的形象,最后,终于第一次展现在我们面前,在《战争与和平》第三部,在有巴拉舍夫在场的时候。

拿破仑"点了一下头",算是回答巴拉舍夫大度数的和毕恭毕敬的鞠躬,走近他之后,立即开始说话,像珍惜自己每一分钟时间的人那样,也不理会言语的准备,确信永远把要说的话说得很好。他说:"您好,将军!我收到了您送来的亚历山大皇帝的书信,很高兴见到您。"他一双大眼睛瞥了一下巴拉舍夫的脸,就立即远望他身后的地方。显然,他对巴拉舍夫个人不感兴趣。可以看出,只有他①心灵里发生的事,对他才有意义。他身外的一切,对于他来说都没有意义,因为他觉得,世界上的一切都仅仅取决于他的意志。② 在巴拉舍夫提出俄罗斯皇帝方面的不可改变的和平条件:法军撤退到聂曼河以西的时候,"拿破仑的脸抖动了一下(终于抖动了!),同时左腿小腿肚开始颤抖"。他开始提高声音,小腿肚的颤抖"也更强烈,因而拿破仑也提高嗓门"。

> 他越多说话,就越不能够控制自己的言语。现在,他全部话语的目的显然在于抬高自己和侮辱亚历山大,也就是说,他所做的,正是在会晤之初他最不愿意做的。

---

① 托尔斯泰的加强符号。
② 这里和下文都是我的加强符号(作者)。

巴拉舍夫试图回答。

但是拿破仑不给他说话的机会。看样子他需要单独一个人说话，于是滔滔不绝地说了下去，而且激动得不能控制——受到娇惯纵容的人都倾向于激动。

他继续说，"词句几乎赶不上显示他的正确和力量（在他的观念里，这二者没有区别）。"巴拉舍夫艰难地追随着这一阵"说辞的焰火"。拿破仑说了老实话，在维斯瓦河彼岸他有53万法军，"却忘记了，他的老实话不可能有什么意义"。拿破仑受到一种精神状态的控制，在这样的状态下，他必须不断地说、说、说下去，为的是向自己证明自己正确。巴拉舍夫开始感到沉重；作为大使，他担心自己的尊严受损，觉得有必要提出反驳；但是，作为一个人，面对拿破仑所正在经受的无名怒火和忘乎所以，他在精神上忍让了。他知道，拿破仑现在所说的话都毫无意义，等他清醒过来，一定会感到羞耻的。

可以看出，很久以来，对于拿破仑来说，在他的信念里，自己是永不错谬的，在他的概念里，他所做的一切一律良好，这不是因为他的作为符合好坏的观念，而仅仅是因为这是他做的。

从拿破仑和巴拉舍夫的谈话首先可以看出，拿破仑不太聪明；他的行为方式表明，他不谙政治艺术，不谙自我控制、谦虚和必要的谎言，不谙更高妙的艺术：待人接物抛开政治，真实、诚挚、表现出激情；当然，仅仅是在有利的时候和有利的分寸上。拿破仑在这里显得不够聪明，不是因为他"无名火起"，忘乎所以——在政治里，激情有时候比冷漠有益——而是因为，在巴拉舍夫眼里，当然还有就是在亚历山大的眼里，他的愤怒没有目的，他自己削减了这愤怒的力量，把这火气弄得毫不可怕，而是差不多可笑、可怜。

后来，在午餐的时候和以后，喝咖啡的时候，拿破仑显得不仅缺乏高级的而且也缺乏最低级的智力能力，缺乏动物性的原始本能的狡黠，而这种本能甚至更多的是粗笨的而不是聪明的人所特有，是自我保护的意识在他们身上形成的；这种意识，托尔斯泰认为，是因为拿破仑处于危险处境，更加不受限制的自私心理在他那里是应该得到高度发展的。他不可救药的直爽、心直口快的饶舌，在俄罗斯皇帝的大使面前和盘托出他全部的弱点，可以说，对人家出卖了自己。拿破仑深信，"午餐之后，巴拉舍夫就变成了他的朋友，而且崇拜自己"，接着就对他说出有损于俄罗斯君主和俄罗斯的话语，"没有想到"他自己的话"在对方听起来可能刺耳，因为这些话足以证明，他，拿破仑，比亚历山大优越"。

> 巴拉舍夫低下头，以这一神态表明，他心里想要告辞，之所以听了下去，是因为别人对他说话，他不能不听。拿破仑根本就没有注意到这个情态；他依然对巴拉舍夫口若悬河，不是把他当作敌人的大使，而是当作了现在已经完全忠实于他的人，一听到贬低自己原来君主的话必定由衷欣喜。

"哎，您怎么什么也不说呀，您不是崇拜亚历山大皇帝，是他的忠臣吗？"他说，似乎在他面前还有人充当除了他之外的别人的大臣和崇敬者这样的事太可笑似的。

实际上，这个不聪明甚至干脆就是蠢笨的拿破仑的形象，一直到小说的末尾都没有变化。在第四部，在鲍罗金诺战役之后，在撤退之前的最要命的、决定一切的时刻，他被迫求和，"他深信，事情好，不是因为它本身好，而是因为是他想出来的；于是，他写给库图佐夫的词句，都是首先出现在脑海里的，没有什么意义"。托尔斯泰认为，甚至连一点政治目的也没有。但是应该记得，这种愚蠢是什么也没有掩蔽的：令人目眩的热情、很有深度的邪恶。他，简直就可以说,愚蠢得很清白,很原始。而关于最伟大的文化思想(按照陀思妥耶夫斯基的说法,这一文化思想"构成了欧洲人的文明,欧洲人是为了这一文明而生活的"),关于"世界统一"的理念,在这里当然是只字不提的。的确,托尔斯泰拒绝给予拿破仑陀思妥耶夫斯基所没有解决给予铁木尔与成吉思汗的东西。尼采谈到了作为以往和今后"不会有人建造的类似规模的永恒样式的(sub specie aeterni)大厦"的复兴者的拿破仑,这个问题,在《战争与和平》只字未提。在托尔斯泰笔下的拿破仑的命运和个性中,连一项引发遗憾和恐惧的悲剧特征也没有:拿破仑整个的人都是短小的、平淡无奇的、下作的、滑稽的,或者,按照艺术家的构思,他应该是滑稽可笑的。趾高气扬的空摆架子,或者借用低下的法国通俗喜剧的趣味,现出虚假的多愁善感,其实什么情感也没有。在进入莫斯科以前,他幻想怎样施惠于这个城市。"他想要在莫斯科行动所依凭的宽宏大度的语调,令他本人入迷。"除此之外,他得知莫斯科有很多慈善机构,

> 于是在想象中决定,要对全部这些机构施以大量恩惠。他想,就像在非洲要穿上有软帽的斗篷在清真寺里落座那样,在莫斯科要像帝王一样慈善。还有,为了最终打动俄罗斯人的心,他,就像每一个法国人一样(列夫·托尔斯泰忘了,拿破仑,就其本质最隐蔽的、无意识的深层而言,不是那个时代的法国人,而是科西嘉人,也就是说,是十五到十六世纪的意大利人),像每一个如果不回忆"我亲爱的、我慈祥的、我可怜的母亲"就不可能想到什么动情之事的法国人一样,他决定下令,在全部这些机构的大墙上都用大写字母书写:"这一机构敬献给我亲爱的母亲。"不必这样,干脆写上"我母亲之家"。他自己和自己商定。

拿破仑的单纯和粗鲁,连醉鬼哥萨克拉夫卢什卡的那一点心眼

[卷二：宗教思想] 第一章 托尔斯泰笔下的反基督

都足以加以评价、足以看透。

拉夫卢什卡喝酒喝得烂醉如泥，没有给老爷准备晚饭，在前一天挨了一顿鞭子，被派到村子里去捉母鸡，在村里他抢劫得很开心，被法国人抓住了。拉夫卢什卡是一个粗鲁、卑鄙的听差，见识过形形色色的仆役；这些仆役认为自己的任务就是干事要卑鄙而狡猾，时刻准备为老爷尽心效劳，他们善于狡猾地猜透老爷们的下流念头，尤其是虚荣和猥琐。遇到拿破仑之后，拉夫卢什卡轻而易举地看穿了他的个性，一点也不着急，只是全心全意开始为一群新的主子效劳。——他心里明白，这就是拿破仑本人，拿破仑在场吓不倒他，跟罗斯托夫或者拿着鞭子的司务长在场一样，因为司务长和拿破仑都没有办法夺走他的东西。

和拉夫卢什卡的仆役内心恰好相称的是拿破仑的毫不逊色的仆役心理：物以类聚。无意识的俄罗斯虚无主义者拉夫卢什卡，依靠自己内心的自由和对世人的蔑视，甚至觉得自己在道德和智慧上都比拿破仑优越：他和拿破仑谈论战争和政治，开尽玩笑，牵着他的鼻子，装扮成傻瓜来愚弄拿破仑，而欧洲的全部大智精英都被拿破仑彻底愚弄。

男仆拉夫卢什卡和他的老爷尼古拉·罗斯托夫对于拿破仑的议论是符合托尔斯泰在小说附录《关于1812年战役文集》中最后的判断的；艺术家在这里总结了世界历史的和哲学的观点，而他正是遵循了这些观点创作了《战争与和平》的：托尔斯泰说"他的（拿破仑的）全部行动都是低劣而丑陋的"。他只完成了"幸运的罪恶"。"他的一个什么举动、坏事或者鄙微的欺诈，他刚一完成，在他周围人的嘴里必定变成伟大的壮举。"他的"局限性是锋芒毕露的，充满信心的"。"顽童的调皮和自信给他带来天大的名望"。他的"愚蠢和无耻天下无双"。"终极等级的无耻、是每一个幼儿也要痛感羞耻的。"他就是"逍遥法外的强盗"。

这个"长着一双白手的矮小的人","眼睛凝望远方",在这引人注目的、威严的静止不动的背后,是十足的无耻,十足的愚蠢。

但是,在这两种特征的结合之中,难道没有矛盾吗?托尔斯泰不仅在解释性的文章中,而且也部分地在小说中,以这些特质来刻画拿破仑的个性。似乎是二者必居其一:或者是十足的愚蠢,或者是十足的无耻。实际上,是不是必定预先存在某种程度的邪恶意志呢?至少是一定程度的智慧、想象力、灵活性、一种动物性的狡猾,而这一切,例如,像拉夫卢什卡这样的恶棍都是拥有的。相反,一定程度的愚蠢不是又预示了某种不负责任的态度吗?如果拿破仑愚蠢得连左手和右手都分不清,像托尔斯泰设想得那样,那还能够谈到什么"罪恶行径"吗?

但是情况是,托尔斯泰在本质上完全没有确立、没有分析拿破仑的个性,而仅仅是消灭了它:十足的"无耻",是一把锤子;十足的"愚蠢",是一个铁砧。拿破仑的个性在这个锤子和铁砧之间被砸成平面。"这已经不是文学,而是感化性的惩罚!在这里故意收集了反英雄的全部特征。"陀思妥耶夫斯基的一个人物感叹道。是的,在这个拿破仑身上,正是故意地、巧妙地收集了"反英雄"的全部特征。托尔斯泰不调查,不描写,而是直截了当地给他脱了衣服,而是按照完全不是"青铜"的裸体,按照活生生的人体——"人的肉体",让这个"半神"遭受"感化性的惩罚":"看啊,这就是你们所信赖的,这就是他!"于是,到最后,从拿破仑身上剩下的,不是短小的而总还是一个能干的、现实的人,不是一张丑陋可怜的而总还是活生生的脸,空虚,空无一物,有着某种灰色、混浊、浮动的斑点:托尔斯泰碾碎了拿破仑,只剩下"一点湿气"。

然而,问题就在这里出现:这个小白痴,这个小东西,甚至似乎不存在的下流坯,是怎样取得差不多是神话般的权力的呢?或者,拿破仑的全部历史,都是匪夷所思的机遇之汇合?

"不是的",托尔斯泰回答,"这个情况的意义要深刻得多,隐蔽得多：不是偶然性，而是一只看不见的手引导了"拿破仑。"指挥"完成了戏剧和角色分配（不是像托尔斯泰本人一样吗？他在小说里完成了"看不见的手"的作用，给拿破仑"脱了衣服"），把他展示给我们看：

> ……看啊，这就是你们所信赖的，这就是他，现在你们看到了没有，推动了你们的不是他，是我！

这是什么意思呢？炽热的祈祷呢，还是最冷酷的亵渎？

上帝强迫世人，像没有灵魂的玩偶一样，跳舞，扭捏作势，胡作非为，互相攻打，血流成河，就是为了到演出的最后，把主要演员——被他提升到天神那么伟大的主要丑角的衣服扒掉，示众，还幸灾乐祸：

> 不是他，是我，推动了你们，也就是说，不是他，是我，我欺骗了你们，牵着你们的鼻子，愚弄了你们。看看，你们都相信了什么！

但是，如果是这样的话，如果没有任何秩序，原因与行动没有任何联系，在历史现象中没有任何理智、自然和必不可少的因素的话，如果每一分钟那"戏剧编写人"，即超自然的上帝的"看不见的手"都要干涉历史，强令二乘二得五，把控制现象的法则——他自己确立的法则这种的一切都推翻、都颠倒过来，那么，对真实的观察、对美的观察会变成什么？历史、科学、艺术会变成什么？那样一来，整个世界不就成了上帝对人的永恒的嘲笑、"空洞而愚蠢的笑话"、"魔鬼般的混乱"、"魔鬼的通俗喜剧"了吗？因为正是魔鬼而不是上帝，才是这种"戏剧"的"掌管人"。难道不是魔鬼从这出木偶戏幕布的后面抖动出来他的犄角吗？类似的原始拜物教，对极端偶然性亦即体现出来的专制和荒诞的极端崇拜，艺术家把这一切当作自己个人和整个人类智慧的最终结论推向社会！

够了，够了，还相信他吗？难道这个结论不就等于躲躲闪闪、破绽百出地承认完全技穷、面对世界历史现象对自己的智慧感到绝望吗？他是否真的消灭了、砸烂了拿破仑呢？

如果这里谈到的是远远隐藏在几千年以前的某一个神话般的人物，像把人活活烧死的法拉里斯，号召用四肢爬行的纳乌霍多诺索尔国王，那么，艺术家就可以按自己的意思阐释传说，就有可能在读者眼睛里保持冷静描述的艺术家的地位。但是，拿破仑的个人特性距离我们很近，可以确定，虽然因为超过人类自然尺度的尺度而引发出谜团，我们也是能够加以研究的：关于他的个性，我们拥有准确的和不可辩驳的历史证据。

先来谈谈有关拿破仑是否"愚蠢"的问题。

"如果我们想要在历史中寻找可以等同于拿破仑的智慧，我们可能必须返回到尤利乌斯·凯撒。"泰纳说。关于泰纳，我们现在是很难怀疑他偏袒或者甚至过度崇敬拿破仑的。"他的智慧，就其洞察力和充实的程度而言，在这方面，超越了我们所熟知的甚至大概可能的一切。"一位研究者引证目击者和同时代人之一的话说：

> 令他特别突出的是，专注的力量和持续。他可以一连18个小时研究一个或者几个事项。在他躯体最疲惫的状况中，最困倦的时候，甚至在热情奔放的时候，我也没有看到他智力懈怠或者迟慢。

另外一位同时代人证明说：

> 他的智慧灵活得惊人，允许他在一瞬间把全部精力、全部力量从一件事转移到另外一件，集中在此时此刻需要他注意的事情，无论这是一个蜜蜂，还是一头大象，是一个单独的人，还是一支大军。在他从事某一件事的时候，其他的一切对于他

而言，似乎全然不存在：这是最终特殊的狩猎，什么也不能转移他的注意。(引自德·普拉德 [De Pradt])

在罗德莱尔的回忆录中，拿破仑自己说："我永远都在工作，吃午饭的时候，在剧院里，都工作。夜里醒来，也是为了继续工作。"

在重担之下，他的同事都疲惫不堪，连连倒下，他把重担投放在他们身上，同时自己也承担起来，却好像感受不到重量似的。

在圣克鲁，他时常留住国民议会成员，从上午十点钟到下午五点，只有一次十五分钟的休息，在一天工作结束的时候，他不比开始的时候显得疲倦。

在夜间会议上，有些成员勉强坐在椅子上；国防大臣打起盹来；拿破仑叫醒他们，摇动他们，催促他们。他不太屈尊去注意他们的困倦，对他们大谈自己一天的种种公务，好像谈论还没有完全占领他的头脑的游戏一样。有时候，被他放走的大臣们回家之后，就看到他已经送来的几十封信，要求立即回复——回复起来，工作一整夜也不见得能完成。

"拿破仑的智慧所容纳和保存的信息的数量，他的智慧产生和加工的思想的数量，看来，是超过了常人的全部能力的，"泰纳总结道，"他的这个大脑不知满足、不可穷尽、永不疲弱，就这样地活动着，一连三十年，毫无停顿。"

托尔斯泰说：

他瞥了一眼巴拉舍夫的脸，立即就远望他身后的地方。显然，巴拉舍夫这个人他一点也不感兴趣。显而易见，只有他心里发生的事，他才感兴趣。他身外的一切，对他都毫无意义。

泰纳说：

> 加诸体力的数量和能力的总量上的，还有他精神的数量和能力的总数；就像他是一位伟大的战略家那样，他还是一位伟大的心理学家。在猜测一个人或者许多人的心理状态这一艺术方面，没有人能超过他；这是某一行动的必不可少的动机，或者持久，或者暂时，这种动机一般地驱动或者控制着人们，或者特殊地驱动或者控制某种某类的人；他善于猜测这些可以施加压力的弹簧和所施压力的种类和程度。

正是这种心理能力，这种测度人心、明察他人灵魂的才能，泰纳才认为是拿破仑的"核心能力"。有一次，拿破仑承认：

> 我一向喜欢分析，即使我什么时候陷入情网，那么，当然，我也要把激情用细线贯穿起来。**为什么和怎么样**——这是有益的问题，你知道得越多，就越好。

拿破仑的智慧完全是准确的、清晰的、数学性质的、"欧几里得式的"（所以他理所当然地把自己比拟为阿基米德），这是纯粹雅利安人的智慧；欧洲最近四百年的文化以其在人类历史上经验知识空前的发展倍感殊荣，全然归功于这一智慧。这个自学成才的人，骨子里几乎是"愚昧的，因为他读书很少，而且永远都处于匆忙之中"（据德·雷米萨夫人描述），凭直觉不可遏制地厌烦一切迷蒙的、讲条件的、不科学的东西，厌恶他所说的一切"意识形态"。然而，像现实事物的领域一样，抽象的、唯心主义的事物的领域，他也理解，而且可能更透彻。我们看到，任何人也不像他那样，在政治里体现出高度的哲学综合，现代欧洲正是从罗马帝国的"统治世界"的理念中继承了这一综合能力的。正是在这里，不仅仅是根据现实行动的宏伟，而且根据抽象观测的深度，根据"设想的超人恢宏"，泰纳把他和文艺复兴时代的伟人并列,如达·芬奇和米开朗基罗。我要再说一遍,不必怀疑泰纳偏向,因为,归根结底,他所作出的判断,虽然不像托尔斯泰那样玩世不恭,却也可能更为无情,甚至几乎是有意识地不够公正:托尔斯泰是在看不见、不知情,或者至少是不想看见、不想知情、似乎故意闭上双眼的情况下作出判断的;而泰纳则把一切能够看见和知道的事,都看得最清楚、理解得最准确。

泰纳在结束自己的研究著作的时候说:

> 拿破仑的政治事业就是这样,这是天才为之服务的利己主义的事业:在他的全欧大厦中,就像在法兰西大厦中那样,统管一切的利己主义毁坏了建筑。

对于这一命题,泰纳没有提出任何的附加说明,没有给我们解释,他说的"利己主义"到底是什么意思,就好像这对他来说完全是简单明了的;其实,这是人类词汇当中最模糊、最复杂、被用得最滥者之一。从哪种道德观点来看,拿破仑的"利己主义",在这位研究者眼里,显得是这样根本性的和远非复杂的现象呢?

无论如何,这一观点,属于率真的正面的、"利他主义的"道德也好,号召率真的"基督教"道德也好,都是和泰纳进行全部研究过程中所坚持的观点处于最为不可调和的矛盾之中;而且从这一观点看,当然,是完全不可能预见到这最后的作如此不可逆转的判断的。

于是,他以如下引人注目的话作为自己著作的开场白:

> 在一切方面,他都是无与伦比的,却又更是奇异的,他不仅跨越了一切特征,而且走出了一切框架;从他的气质、他的本能、他的能力、他的想象力、他的激情、他的道德来看,他似乎都是用不同于他的同胞和同时代人的另外一种金属以特殊格式铸造的。

这样，泰纳认为，拿破仑的道德乃是"以特殊格式铸造的"人的道德。拿破仑的这种似乎非常人的良知，他不由自主地完成的对全部人类价值观的评价或者"过度评价"，因为是"特殊的"秩序现象，就应该从特殊的观点出发受到调查吗？这里有两种情况，或者是泰纳关于拿破仑的特殊性的假设：他不仅是一个历史的，而且也是心理的、道德的现象，这是一个特殊的观点，依据这一观点，泰纳作出他以后全部的研究；或者，这些说辞都不过是毫无意义的语句，研究本身不过是这些词句的修辞学发展和传播。在第一种情况中，结论被前提破坏；在第二种情况中，前提内部遭到的破坏暴露在结论中。

在引用拿破仑的死敌之一，斯塔尔夫人的话的时候，看来泰纳是同意这一的确深刻的评论的。"拿破仑引发出来的恐惧"，斯塔尔夫人说：

> 来自他的个性的特殊作用；凡是接近过他的人，都感受到了这一作用。我一生遇到过值得尊敬的人，也遇到过令人蔑视的人；但是，拿破仑给我的印象和这二者迥然不同。很快我就注意到，他的个性是不能够用我们习惯上使用的词语来形容的。从我们所熟悉的人的角度看，他既不好，也不坏，也不仁慈，也不残酷。这样的没有类似者的人物，确实是不能够体验也不能够唤起同情的；超过常人，又不如常人：他的外貌、他的智慧、他的言语又带有某种奇异特性的印记。我和他会见的越频繁，我的恐惧就越增加。我隐约地感觉到，心灵的任何互动都不能感染他。他看待人像看待某种情况、某种物品，而不是类似于自己的人。对于他人，他没有爱也没有恨：他是独一的，一切为了自己，其他的一切都是数字。我心里觉得他似乎是冰冷而锐利的刀刃，在同一个时刻里把人冰冻起来，把人切割：在他的智慧里，我感受到深刻的反讽，任何伟大的和美丽的东

西,甚至他自己的荣誉,都不能避免这一反讽,因为他蔑视人民,所以不常常取悦于他们。对于他来说,一切都仅仅是手段或者目的;在善里也好,在恶里也好,都毫无不随意之感——真是毫无法则可言,毫无抽象的道德法则。

拿破仑不仅给对他毕恭毕敬的深思稳健之士带来不可抵御的"恐惧"之感,而且给在他面前走过的轻浮浅薄的人留下同样的恐惧。就这样,在阿尔贝格·奥若罗将军,一个粗鲁而无耻的人,对矮个子暴发户拿破仑——这个刚从巴黎被派来的"大街上的将军"抱有偏见而加以反对,准备给他来个下马威,但是,拿破仑一出现,奥若罗就惊呆了;只是在从他那里回来并且清醒过来之后,才破口谩骂一番,同时对马塞纳承认,"这个狗崽子,矬子将军,把他吓坏了";他解释不了"看见拿破仑第一眼"就被压垮的感觉。杜塞尔多夫的行政官告诉波尼奥,"这个人非同小可"。波尼奥回答说:"是啊,就是个魔鬼嘛。"甚至在他不在场的时候,这种"妖术效果"、这种"恐惧"还幽魂不散。

就像不聪明的奥若罗、像杜塞尔多夫的天真的官员那样,连同时代头脑最清醒的、最稳健的人士歌德,1808年10月2日在埃尔富特会见拿破仑的时候,也被他的个性镇住了:在他身上,歌德立即感觉有某种超自然的东西,或者,用他自己的话来说,某种"恶魔式的东西"。"在歌德的一生,没有比会见被称为拿破仑的这个最真实的存在物更重大的事件了。"尼采评论这件事的时候写道(1899)。

在所谓的"利己主义"和通常的自私中,虚荣、自以为是、自高自大——这是比较靠后的派生性的本能——局限于更为原始的和强有力的自我保护的本能,永远不越过一定的界限:因此,一般的利己主义最常见的不是把人引向伟大的悲剧式的毁灭,而是引向明智的和后果如意的下流无耻。而且,就其本性而言,利己主义是隐蔽的,因为这种自我保护的本能教导它在自我放弃、自我牺牲、热爱他人的假面具下面隐藏起来。这样的利己主义越强烈,就越善于使用这个假面具,不仅在他人面前,而且也同样对付自己。它永远不这样指称自己,在到达"最终等级的无耻"的时候永远也不会忘记,"每个婴儿都能学会为这种无耻感到羞怯"。

在拿破仑的利己主义中,或者在他的貌似"利己主义"中,首先令人震惊的是不可思议的坦率,无耻的,或者仅仅是不知羞耻的裸露。

他不由自主地(正是在这里包含着拿破仑本质中的不由自主的特征,斯塔尔夫人在他身上寻找过,可是没有找到)把自己看成——用梅特涅的话来说——"世界上独一无二的造物,生来就是为了统治"。有一次他自己对罗德莱尔说:"我没有荣誉感。"接着,他又以清晰的自我观察习惯补充说:"如果有的话,也是自然地与生俱来的,和我的存在联系起来的,就像在我的血管里流的血液、我呼吸的空气一样。""我有权利用永恒的'我'来反驳你们的一切怨言,"有一次他回答一位接近他的人的有道理的责备时候曾这样说,接着又补充道,"我谁也不像,我不接受任何人的条件。"在战场上,在危险的时刻,他对士兵演说,极度坦率和信心十足:"士兵们!我需要你们的生命,你们必须为了我牺牲生命。"在他独处的时候,在寂静沉思和深入自己的良知的时候,他平静地断言:"我和众人不一样,道德或者常规条件的法规对于我,不可能有什么意义。"

但是,最令人惊奇的是,这种自私,奇怪、与其他特性毫无共同之处、似乎自相矛盾、自我毁灭的自私,我要重复一句,没有被任何自我保存的本能刹住,甚至包括最深刻、最坚韧的传宗接代、延续自我、自我个性的本能:他是国君之一,却不关心自己的继承人。梅特涅说:"突出的是,拿破仑虽然不断改变整个欧洲的政治关系,但是迄今为止却没有采取任何的步骤保障自己继承人的生存。"约瑟夫·波拿巴在 1803 年说:"我弟弟想要让世人感到极度需要他,需要他的存在,让他的存在成为他们的福祉,以求在他离开这个世界以后,他们惶恐不堪、不能生活。"他的终结就是世界的终结。连他也常常在自身中、在自我心中感受这个终结,这个永恒的界限,这个最高顶点，超过这个顶点就已经一无所有：没有过去，没有未来，只有现在，只有永恒的瞬时，永恒的我，我，一个人为自己，"大家为我这个自己"。

类似的自私自利，也许是可怕的——妖魔般的、疯狂的，但是，无论如何，是不明智的，不守中庸之道，行不通的——这不是普通人的利己主义。平和而采取积极态度的泰纳承认："他是由理想，由不可思议之物构成的。在他的构思中，伟大变成了没有量度，没有量度蜕化成为疯狂。"有一次，多克莱对马尔蒙的耳朵轻轻说："皇上疯了，一疯到底；他要让大家去见鬼，而全部的情况都要以恐怖的大崩溃告终。"

拿破仑似乎预感到了"大崩溃"不可避免，因为这个终结向他走近，在催促他。

"想要保护自己灵魂的会失去它；失去它的却要保护它。"这种道德状况，作为似乎和拿破仑的直接相反的道德状况，有一点是相似的：他不保护，所以失去了自己的灵魂。他的自私超越了能够保护个性的一切自然界限：他知道必定灭亡，但是依然向这样的灭亡奔赴，没有恐惧，决不惋惜，决不后悔。

> 我当然是热爱权力的——但是我爱权力，就像艺术家，像乐师热爱自己的小提琴一样：我爱权力，因为权力包含音响、共鸣、和谐，我从权力之中抽取这一切。

多么奇特的表白！这似乎就是打开他的存在的最隐秘方面的一把钥匙。他不仅是观察的行家，像但丁和米开朗基罗，而且也是行为艺术家，像凯撒和亚历山大。他是他自己悲剧的行家和艺术家：他编写并且导演。他惟一的恐惧和不安在于，他也许来不及也不善于把悲剧演完，导演到底。

> 华丽的理想，请原谅，

> 我没有能够全部实现,
> 啊,像上帝,在创世的中途
> 我即将死亡!

"我是了不起的艺术家,却正在死亡!"

拿破仑的个性愈来愈多地吸引的正是艺术家们,真是事出有因啊。艺术家们都十分轻易地原谅拿破仑的一切,因为他们觉得拿破仑像他们。也像拿破仑那样,诗人都责备艺术家的"利己主义"。但是,这里已经极为明显,拜伦和莱蒙托夫的利己主义,不是"终极等级的无耻",不是粗鲁的、下流的、动物性的自我保护的本能,不是"为自己的一张皮担心"(有谁比他们更多地把生死置之度外?),而是某种更高级的、更复杂的、更富灵感的东西——是某种特殊秩序的利己主义。其实,对于自己的这种爱可能和对于他人的最伟大的爱,和毫无利己之心的宗教功绩、严于律己、自我牺牲,是连一丝一毫的区别也没有的,而且他们不能越过这一区别。我们知道,拜伦和莱蒙托夫确实没有"保卫",而是"丧失了自己的灵魂"——他们全部的痛苦在于,他们不知道到底为了什么才值得丧失它。"士兵们,我需要你们的生命,你们必须为我牺牲你们的生命",拿破仑以"有权人"的身份说话,而他的话也的确是"有权力的";士兵乐于为了这个"滑头""暴发户""逍遥法外的强盗"去死,因为他们不仅怕他、恨他,而且还爱他,很可能爱他胜过爱自己。"像我这样的人,是唾弃一百万人的生命的"这样的话,如果出现在任何别人的嘴里,都会引起愤怒,就是"人类最高程度的无耻",可是,在他的嘴里,听起来仅仅可怕,可怕是因为他恰恰就应该这样说话,不可能换别的样子,因为他说这话不是代表自己,而是作为"使者"、作为"不可知的命令的命定执行人"。他只服从于这一命令,这只"看不见的手",他知道,这只手会拉他本人去送死,当牺牲品。他的善、他的良知、他的神圣、他的让百姓不理解又害怕的"严格的指令",就是这一最终的服从态度。是的,从"正面"道德观点来看乃是疯狂的和动物性的拿破仑的"利己主义",这种不愿意又不敢不成为"基督教的"道德,但是,从另外一种观点看,这里又隐藏着某种更高级的、彼岸的、首创的、史前的——总之,宗教的因素:"我正在创造宗教。"他所爱的似乎不是他自己,而是他自己也不知道的东西。

如果他死了,那也不是因为他爱自己爱得过分,而是因为还依然爱得不够,没有爱到底,没有爱到像爱上帝那样,没有完成这份爱,而是疲弱了,丧失了平衡,虽然只是在瞬间,却显得疯狂和可笑:"从伟大到可笑只有一步。"就是因为对自己的这一微小的怀疑,而不是由于对自己的伟大的信心,他才毁灭的。

"嗯,天才,"在拉斯科利尼科夫陈述完毕"宽恕为良知流血"的理论之后,拉祖米辛皱起眉头,问,"就是那些人,他们被授予权力杀人,但是不必为了他人流血而感到痛苦吗?"

"为什么要用'不必'这个词儿呢?"拉斯科利尼科夫反驳道。

> 在这里是无所谓允许,也无所谓禁止的。如果为牺牲感受痛苦,那就痛苦去吧。对于宏伟的意识和深厚的心灵来说,困苦和痛苦都永远是必不可少的。的确,我觉得,伟大的人,都应该感受到世界上重大的悲哀。

在"长了一双雪白色小手的矮个子的人"的"没有表情的"脸上,在他那一双似乎"凝望着远方某一个地方的大眼睛"里,似乎正是包含着这一"伟大悲哀"的印记。"啊,拿破仑,你身上没有任何现代的因素;你似乎全然来自普鲁塔克!"也可以更确切地说:"你全然来自希腊悲剧。"是的,拿破仑的面容,在全部现代欧洲人的脸当中,是最具古代特征的、命定的、悲剧性的。"我的灵魂是大理石的,任什么也不能把它涂污,而我的心,决不沾染一般的弱点。"然而,很可能,任何人也不会像他那样,在看不见的手的重压之下,在命运的恐怖之下,依然感受到了"自己人性的、太过人性的"弱点。而且,在这张以雕刻出"德尔斐偶像"的大理石准确雕刻出的"冷峻的"脸上,有一种何等的少女的细腻的柔弱,何等的儿童的驯服和无助情态啊!"剧毒中生出美味,苦涩中生出甘甜。"所以说,他也是牺牲品。这张英雄的脸,也是牺牲品的脸,不仅可怕,而且可怜,而且,在全部的人的面容当中,可能是最可怜的。

在他身上,尼采看到了"太阳神阿波罗的最近的体现"。

看来,在普希金的面前也出现了拿破仑的脸,他创作了关于描写自己两个"魔鬼"之一的预言诗:

　　……德尔斐的偶像,青春的面容,
　　现出愤怒,充满极度的傲慢,
　　焕发出非尘世的力量。

于是,和这个"德尔斐的偶像"——神?还是魔鬼?——并列的是矮小的下流坯、暴发户拿破仑:他令尼古拉·罗斯托夫愤怒,因为他竟斗胆"以平等身份"和俄罗斯合法的国君谈话,这个被一个叫拉夫卢什卡的仆从看透的叫拿破仑的仆从。

到底是什么迫使一位伟大的艺术家这样荒唐地歪曲了最优美的人类形象之一的呢?或者他自己也不知道都写了些什么——他不理解拿破仑,因为他没有能够理解他,皆因没有接近拿破仑的途径?

大概并非如此,托尔斯泰是有走近他的途径的,即使不是有意识的,至少也是自然而然的。

拿破仑的命运和个性高度吸引了安德列公爵,这个纯洁和高贵不亚于列文的人,托尔斯泰是感到亲近的;的确,安德列公爵以某种浪漫主义的迷茫心情,幻想自己成为俄罗斯的拿破仑。在奥斯特里茨战役前夕的夜晚,他在想:"是啊,明天,我已经有预感,明天,我终于必须第一次表明我所能够做到的一切了。"——

　　于是他想象了战役场面,战役造成的损失,集中在一个点上的战斗和全部将领脸上的惶恐表情。还有就是那幸福的一刻，他等待已久的那个土仓，终于出现在他眼前。他坚定地、清清楚楚地表达了对库图佐夫、对维罗泰尔、对皇帝们的怀疑。对他的构想的准确性，大家都啧啧称奇，但是谁也不准备付诸行动，于是他带领了一个团，一个师，提出了条件，任何人不得干扰他的部署，他率领自己的一个师到了关键地点，一举夺得胜利……他一个人又赢得了下一场战役……库图佐夫被撤职，任命了他……那么，后来呢？

接下去是我已经提示过的令人诧异的承认，因为这一承认的态度最恰当地描绘了关于"格奥尔基小十字架"、关于军人荣誉的理想，也就是托尔斯泰自己在青年时代的那些疯狂而热烈的、拿破仑式的理想。"那么，以后呢？"安德列公爵自问自答：

> 我也不知道以后怎么样，我不想知道，也知道不了；但是，我如果想知道，那就是想要荣誉，想在天下人面前扬名，得到他们的爱戴；而且，我想要这个，只想要这个，为了这一点活着，也不算错误。是啊，就是为了这一点啊！这个想法，任何时候、对任何人，我也不说①，但是，上帝啊！如果我什么都不爱，只爱荣誉，把荣誉当成人间之爱，我该怎么办啊。死亡、创伤、家破人亡——我都不怕。有很多人，无论多么可贵、多么亲爱：父亲、姐妹、妻子才是我最亲爱的人；但是，无论显得怎样可怕和脱离人之常情，为了一分钟的荣誉，为了取得对于大众的胜利，为了未来得到我不认识的人的爱戴，我甘愿立即放弃全部的亲人。我仅仅珍重战胜众人，只珍重在我头上的

---

① 的确，托尔斯泰任何时候、对任何人都没有说过，甚至似乎对他自己也没有说过，而且直到终老也不会。——译者注：本书写作于1901-1902年，托尔斯泰当时还健在，他是1910年逝世的。

云雾之中飘荡的这种神秘的力量和荣誉。

父亲、姐妹、妻子这些亲人的生命对于安德列公爵之神圣，不亚于"一百万人"的生命。然而，在这里，他没有开玩笑：他的确会越过这座圣殿，为了一分钟的荣誉而交出这些人的生命。当然，在这里，这是在荣誉之佳酿之中瞬时的沉醉，突然侵入他头脑的沉醉。但是古话说："酒后吐真言。"这些真言是不是让他接近了甚至迫使他接近拿破仑呼喊的利己主义呢？"像我这样的人，就是要唾弃一百万人的生命（'唾弃'这个词，在法语里涵义更坏、更无耻）。"全部的区别是：安德列公爵为自己的"沉醉的"荣誉思想害羞，他任何时候、对任何人都不承认，而拿破仑则到处散播，像对众人发出挑战——也就是说，全部的区别在于坦率的程度。安德列公爵是一个有道德的人，甚至有高尚的骑士风度。但是也正是对他来说，在对荣誉的渴望中，在"人类之爱"的爱中，在自爱中，才有这样的力量，这力量显得"不自然"，但又是自然的；显得是罪恶的，但又是无辜的（"我想要这个，只要这一种东西，我不是有罪的！"），这股力量能够像清扫干草一样，不仅扫除一切原始的自我保存和延续门户的本能，而且还能扫除人类良知、义务、信仰的最高本能。

在生活中，安德列公爵也没有找到可以抵御这一力量的办法。需要某种外在的偶然事物——一颗流弹、创伤、流血、脑力损失、躯体痛苦、面临死亡，才能让"沉醉"的人清醒过来，环顾四周，看到自己关于尘世伟大的思想何等卑微。但是，只要有一点较高程度的意识是否就足以令安德列公爵——也用不着子弹擦过头皮——看见，他的荣誉理想，虽然真诚，却是非常原始、粗糙、天真，甚至不明智的呢？在自己的英雄身上，他没有理解最主要的、决定一切的、那种大公无私的因素——正是为了这个因素，拿破仑才热爱权力，"像艺术家，像乐师因为音响、共鸣、和谐才热爱小提琴"——他不理解迫使他说"我一直在创造宗教"的终极原因。安德列公爵只不过是无意识地倾心于这个小提琴，像幼儿倾心于玩具一样。但是，如果对他提出问题：那么，以后呢？——他也是不能回答的，因为他不知道用"小提琴"干什么——他用"小提琴"做不了什么事。所以，当然，在罗马继承人心灵中回响的最高的和谐，给予乐师用双手接住小提琴的和谐，"统一世界"的最伟大的文化和谐，安德列感觉是做梦也没有看到的。正因为如此，微不足道的事——肉体偶尔的轻伤，就足以向他显示出他一贯荣誉的思想之卑微之处；事实上，说这些思想卑微，不如说不定型、不成形；是中间性的，不好也不坏，灰色的，人类的平庸的思想。从本质上说，安德列公爵是在盲目中死亡，正如是在盲目中活着一样；他活着，似乎不存在死亡；他死亡，似乎不存在生命。生命给他展现了一个不充分的真理——对于"我"的无意识的肯定（"我只想要这个——对于众人的胜利，我没有过错。"），还有另外一个，死亡，也是不充分的真理，对于自己的"我"的无意识的否定（"除了这高天"——也就是说，非"我"的界限——以外，一切都是欺骗）。正因为如此，把自己生命的真实和自己死亡的真实联系起来这一点，他是做不到的，因为这二者都不是充分的，不是被意识到的。

在安德列公爵这个很高尚的但是不十分聪明的不成功的人身上完成的规模较小的悲剧，乃是展现在托尔斯泰面前许多途径之一，通向在拿破仑身上完成规模更大的悲剧。

还有另外一个途径。

在奥尔密茨附近，在俄国皇帝和奥地利皇帝检阅联军的时候：

> 每一位将军和士兵都感觉到自己的渺小，意识到自己是人海中的一粟，但是，因为在一起，又感受到了自己的强大，意识到自己是这巨大整体的一个组成部分。
>
> 在死一般的寂静中，亚历山大皇帝致欢迎词，于是第一团立即高呼：乌拉！震耳欲聋、经久不衰、充满欢乐，连众人自己都被自己所组成的这个巨大团体的巨大人数和力量所震撼。
>
> 罗斯托夫站在库图佐夫军队前列，也经受了这一支军队每

一个人经受的这样的感觉——忘我、对强力的自豪意识、向造成这一宏伟场面的原因的人士的倾心。他感觉到，只要这个人发出一语，这支大军（而他，虽然和大军联系在一起，也不过是沧海一粟）就会赴汤蹈火，去知罪犯罪，甘愿赴死，完成最伟大的功业。所以，在期待这个正在来临的命令的此刻，他不能不感受到激动，屏气凝神。

他凝望着"皇帝俊美、青春和幸福的脸，感受到了温柔和欣喜的感觉；他还从来没有过类似的感受。一切——这位君主的每一个特征、每一个动作，他都觉得优雅"。"他不由自主地想要表达自己的爱……他知道，这是做不到的，忍不住要哭泣。""罗斯托夫如果能够为自己的皇帝死去，该是多么幸福！""只为他而死，为他而死！"他回想起昨天和安德列·保尔康斯基公爵的争吵，因为争吵，他甚至要和他决斗，但是问题出现了，该不该向他挑战。"当然是不应该的，"罗斯托夫想，"在这样的时刻，想这件事，说这样的话，值得不值得呢？……我爱一切人，现在要原谅一切人……"——"巴甫洛格勒人，年轻的英雄！"皇帝说。——"上帝啊！他如果命令我现在跳进火坑，我是多么幸福啊。"罗斯托夫想。后来，在战场上和亚历山大皇帝偶然会见的时候，罗斯托夫感觉幸福，像终于等到约会的情人一样。他不敢环顾四周，靠欣喜若狂的感觉体验到了他就在近旁。他感觉到这一点，不是凭正在走近的骑兵队的马蹄声响，他感觉到这一点，是因为随着他的临近，周围的一切都变得更加明亮、欣喜和重要起来。罗斯托夫的这个太阳越来越近了，在自己四周散播出温和而普照大地的光辉，于是，他已经感觉到了自己被这些光辉笼罩，听到了他说话的声音——这和蔼的、平和的、宽厚的同时又是如此朴实的声音。正像罗斯托夫所感觉的那样，出现了死一般的宁静，在这一宁静中，传来了皇帝的声音。"巴甫洛格勒的骠骑兵？"是提问的口气。"陛下，后备队！"有人回答，完全是凡人的声音，不像刚才那神性的声音："巴甫洛格勒的骠骑兵？"

但是，在提尔吉特的会晤之后，出现了罗斯托夫所无法理解的情况：

> 他的太阳，亚历山大皇帝，出自狡猾的政治的考虑，不仅变成了拿破仑的盟友，而且还成了他的莫逆之交，这个拿破仑，一个嗜血的家伙、恶棍、"无法无天的强盗"。

罗斯托夫的头脑里"经历着痛苦的思考，他无论如何也不能彻底完成。心灵里浮现出严重的疑团"：为什么有战争？流了这么多的鲜血，是为什么？还有无数人的牺牲？有一次，也是在对世事不满意的伙伴中间，"还有人坚持认为，拿破仑说不定要垮台"，突然，有一个军官说，看见法国人就讨厌，一听这话，罗斯托夫就开始毫无道理地激烈呼叫，所以令众军官很惊奇："你们怎么能够评论谁是谁非！"他大叫，满脸通红：

> 你们怎么能够议论皇帝，说三道四，咱们有什么权利？皇帝的目的、行动，咱们都是理解不了的！……咱们不是外交官，咱们是当兵的，其他什么也不是……让咱们死，就得死……没有咱们说三道四的份儿。皇上愿意承认拿破仑是皇帝，和他结盟——那意思就是有必要。咱们要是什么都评判，还发议论，那就什么神圣物也剩不下了。这就等于说，上帝没有了，什么都没有了。

在尾声中，和拿破仑的战争已经结束，罗斯托夫已经是成熟的年龄，孩子的父亲，有判断力，心气平和；有一次，彼埃尔对阿拉克切耶夫对皇帝的道德影响提出怀疑，他在自己的灵魂中，不是凭判断，而是凭比判断更有力量的道理，深知自己的见解毫无疑问（对谁来说"毫无疑问"？只对罗斯托夫呢，还是也对托尔斯泰？）是正确的，即彼埃尔错了，在俄国一切都十分妥善——他的情感激烈爆发，他大吼：

> 我告诉你！……我不能给你提出证明。你说，咱们这儿一切都很糟糕，必须转变；我就看不出这个情况；但是你说，发誓是有条件的事，那我就告诉你：你是我最好的朋友，这你知道，但是，如果你秘密结社，如果你干反政府的事，不管什么事，那我就要服从政府。只要阿拉克切耶夫命令带领骑兵连去砍杀你们，那我就毫不迟疑，马上行动，到那时候你爱怎么评论都行。

这就是罗斯托夫的信仰——不是"判断"，而是信仰，没有证明的坦言，是这个因素把坚定给予了这个"祖国的支柱"，家庭、婚姻、义务和良知的支柱，《战争与和平》中和平的支柱；这就是他的宗教：他为它生活，为它死去。罗斯托夫再没有其他。当然，托尔斯泰是有某种别的东西的。但是他有没有——不是现在的他，而是那个创作了《战争与和平》的他，亦即最伟大的、真正的托尔斯泰——是否不仅有平衡力，而且还要决定性的重力，那个最终地克服并且战胜这个如此深刻的非"基督的"，甚至从某种观点来看简直就是反基督的——"反对基督的"宗教呢？

罗斯托夫善良，很善良，却是不如安德列公爵聪明。对于罗斯托夫来说，亚历山大皇帝是"法定的君主"，君权神授，而拿破仑则是个暴发户。在这个看法上，罗斯托夫像公牛一样顽固，任什么也动摇不了他。但是，即使对于托尔斯泰本人，甚至在他写作《战争与和平》的时候，再清楚不过的是，在这里，"法定"和"不法定"的概念也是有条件的，综合的，任何政权都不仅建立在权力上，更是建立在力量上，像他后来所说的，建立在"异端的强力"基础上。亚历山大和拿破仑之间的区别是，前者接受了权力，而后者夺取了权力。但是，不仅法定的君主亚历山大和各国民众承认拿破仑"君权神授"，而且对于像普希金、拜伦、莱蒙托夫这样的自由人士，他也俨然就是真正的皇帝,即使不是(大写的)上帝,也是一个(小写的)"神",这个不可知的神的"不可知的命令的执行者"。一位把古代罗马皇帝的花环戴在头上的"非法定的"皇帝的话,一直到现在对于我们仍然具有某种永恒的超历史的涵义:"上帝把它赐给我,凡是想要触动它的人,都遭厄运。"或者,用柏拉图《王制》的话来说:"让天才统治世界吧。"给天才的赞许,是上帝的赞许。到底是谁更有权利得到皇冠呢,是接受权力者,还是夺取权力者?是血缘的继承人,还是精神的继承人?"谁才真正是君主呢?"谈到拿破仑的时候,歌德问,继而回答:"只有善于成为君主的人。"只有罗斯托夫才能够这样简单轻易地解决这个问题。

对于罗斯托夫来说,亚历山大皇帝似乎就是基督教仁爱、温和、"祝福"的体现。根据艺术家有些天真的、罗斯托夫式的断言,亚历山大似乎比那为了他而正在死亡的士兵"承受更大的痛苦"。拿破仑是盗贼,吸血鬼;他说:"我唾弃一百万人的生命。"当然,因为阿拉克切耶夫的骑兵队,就谈不到什么基督教的仁爱、"亚历山大的祝福"了,因为罗斯托夫凭这支队伍"要毫不迟疑地砍杀"自己的亲朋好友。已经极为明显的是,在这个宗教中,不是善良也不是"好心"在吸引人,不是残酷也不是"恶"在推拒人,而是某种其他的虽然无意识但又高度活跃的事物,某种超过"善"与"恶"、"在善与恶以外"的事物。

早在奥尔密茨附近检阅军队并且偶然遇见皇帝之际,在罗斯托夫的宗教最初诞生之际——这是纯粹异教宗教,古罗马的也好,拜占廷的也好,西罗马帝国的也好,东罗马帝国的也好,这一宗教不是"把凯撒的还给凯撒,上帝的还给上帝",而是把上帝的交给凯撒;对于这一宗教来说,不是上帝变成人,而是人变成上帝——在那一刻,就已经形成了这个"以外"。还有同样极为明显的是,罗斯托夫当时十分欣喜,那是和千万众人的"人的海洋"汇合、联结的欣喜,热爱汇合的欣喜。这是深情:"我热爱一切人,原谅一切人。"这是泪水:"因为热爱君主,他几乎哭泣。"在这些情绪之中,还有某种多于一般"臣民"情感的东西,某种不可抵御的、永恒的、来自人性至深之处的东西,即使似乎不是"基督教的",至少,在这一层意义上(不是低级的,而是迄今人们在"基督教的"这个词语中所能够找到的最高级的意义上)不是"基督教的",那也依然是祷告的、神圣的、宗教的。罗斯托夫觉得,皇帝的声音不是"凡人的",容貌不是凡人的:

> 他十分俊美,
> 他全然是上帝的惊雷。

或者,像太阳:

> 这个太阳越来越近,靠近罗斯托夫,在自己周围播撒出温和而浩大的光明。"啊,只求一死,为他而死!我的上帝,如果他现在就命令我跳入火坑,我会多么幸福。"

如果皇帝以其"不同凡人的"声音命令:"士兵们!我想要你们的生命,你们必须为我牺牲生命",他会多么幸福。当然,在这样的时刻,他是不会反复争论"不可知命令的完成者"有没有权利"唾弃一百万人的生命",因为对于罗斯托夫来说,全部幸福就是成为这一百万人中的一员。如果在他弥留之际,皇帝不"为他感到悲痛"或者显得悲痛,他的脸有如"太阳"那样明亮,"冷峻"而"不为所动",像大理石雕刻的"德尔斐偶像的容貌":

> 他青春的容貌
> 显得愤怒,充满可怕的豪情
> 现出非尘世的威力,——

如果是这样,罗斯托夫就会死得心甘情愿,更平心静气深信他是为上帝而死。

对于这种宗教情感而言,究竟什么是"恶"和"善"?"这个人的一句话决定了千万人赴汤蹈火,去犯罪,去死,去完成最伟大的业绩。"在这里,罪也是大公无私的,也"不是为了自己",因而,从大众及其"一粟"罗斯托夫的观点看,像最伟大的英雄业绩一样,也是神圣的。在这里已经出现某种新的、未知的"善"和"恶";"对一切价值观的重新评价",如果这个"非凡人的声音"下令,"恶"定会变为"善",如果这个"太阳"的光辉落在黑暗上,黑暗定会变为光明。在这里是"绝对的命令",它是无法理解的,不能加以评论的:

> 我们不能理解皇帝的目的和行动。所以,如果我们判断和议论一切,他就什么神圣之物也不能留下。这就等于说,上帝没有了,什么也没有了。

其实,虽然披着犬儒主义的外壳,这就是那种国教思想,罗马军团正是凭借这种思想砸碎"神性的"同时"功德等同于使徒的"君士坦丁大帝;这也是罗马帝国经历过多次毁坏和水淹依然坚固的水下连接基地,这个基地至今仍然是全部欧洲国家建筑物的基石;古代罗马的神性皇帝凯撒——"把神性献给凯撒"这一条公式,没有被历史的基督教战胜,只是被改造、被吸收,无论这是西部帝国还是东部帝国,罗马还是拜占廷,卡尔一世还是查士丁尼一世。

但是,现在,从这条公式还可以引出更为犬儒主义的、的确可怕却又不可避免的结论,这已经不是满怀欢欣的男孩子的结论,而是平静的成人——托尔斯泰本人所说的,"不是根据判断,而是根据某种比判断更有力量的因素而熟知的一己见解,理所当然正确无误的"成人的结论。

> 如果阿拉克切耶夫现在命令我带引骑兵队去砍杀你们,我

毫不迟疑，立即出发。

这是什么？"极端程度的人类卑鄙，连幼儿都会感到羞耻的"，还是某种"圣殿"，某种"宗教"，虽然是被罗斯托夫的天真的粗鲁甚至愚蠢夺取了光辉的宗教？甚至在列文——小说的良知——那里，也没有"比评论更为有力的东西"，他可以用以和这个"圣殿"或者这种"卑鄙"对抗。

罗斯托夫的出发点——热爱祖国，即这种热爱的最纯真的宗教欣喜——也是民族统一的欣喜。但是，拿破仑给予或者想要给予人们某种不可比拟的更大的东西：他要满足"人的终极痛苦"，给予他们的已经不是民族的而是世界的统一。从这里产生的宗教情感的力量，现代人似乎是不能想象的。在这里，的确是"大地上存在过的两种最伟大的思想之一"。于是，当然，在这一思想衰落、退化的情况中，就会出现某种比"阿拉克切耶夫性格"更可怕的东西，某种事实上也许像是"野兽王国"的东西。不仅对于罗斯托夫们，对于为他而牺牲、其生命又遭受他唾弃——而且可能比唾弃更糟——的士兵们，而且还有持无情怀疑主义的、不可救药的可笑的人们、如拜伦、莱蒙托夫、尼采，这种思想的载体有时候显得不是"凡人"，而是太阳、太阳神、"德尔斐的魔鬼"的最终体现：对于这个情况，有必要感到惊奇吗？"我一直在创造宗教。"在《战争与和平》里，托尔斯泰一直没有和这一宗教开始斗争。从他面对甚至不过是民众的凯撒的宗教而在意识上毫无戒备的情况来看，面对这一宗教，他也是毫无设防的。

两条途径是这样的：一条是外在的，从人到英雄，"赴汤蹈火，去犯罪，去完成英雄作为——去死，为他而死"；另外一条是内在的，从英雄到人，"我想要这个，就这一点，是没有过错的，为了一分钟的荣誉和战胜众人，我要把他们全部牺牲"。这两条途径展现在托尔斯泰面前，如果沿着这两条路走到尽头，不是作为思想家，而是作为艺术家，他必定就会理解拿破仑想象中的悲剧性的伟大。

为什么托尔斯泰没有沿着其中任何的一条呢？是因他不能呢，还是因为他不愿意呢？似乎后者更为确切；显然，他知道他在做什么，知道，或者，至少预感到对谁抬起手来，指向什么样的花环："上帝把它赋予我，触及它的没有好运"（Dio mi la dona, guai a qui la tocca.）。是什么迫使他画出了这幅讽刺画？不可笑，甚至不恶劣，而只是可耻的讽刺画——说到底，曾有一度，应该直截了当地说，当然，对于拿破仑来说，却并不可耻。

依据托尔斯泰对拿破仑的态度来对此加以判断是困难的，因为，虽然外貌粗糙，这一态度却依然是极为不明朗的。法官过度避开了受审判者的目光，不看他的眼睛，一次也没有和对手

直面对视，
像战斗中的兵士。

他战胜和消灭的不是活生生的拿破仑，而只是活的躯体，死的灵魂，死的玩偶，受细绳拉扯而顺服跳舞的、假装可笑的傀儡——剧院里的那个彼特卢什卡。在这个剧院里，干涉一切、控制一切的是偶然机遇的上帝，"突兀出现的上帝"——"看不见的手"。

关于托尔斯泰对拿破仑态度不公正的实际原因，最容易从艺术家对小说其他人物的态度来判断，这些真正的主角，和有争议的主角、"反主角"拿破仑对立，尤其是他们之中的两个：普拉东·卡拉塔耶夫和库图佐夫。

库图佐夫听着值班将军的报告（报告主要内容是对于查列沃-查伊米契的阵地的批评），就像七年以前听取奥斯特里茨军事委员会的辩论那样。显然，他倾听，仅仅是因为他有耳朵，虽然其中之一充满了海面的喧嚣，他也不得不听。值班将军说的话都有道理，而且实实在在。

但是，显然，库图佐夫蔑视知识、智慧，他知道，还有某种其他的独立于智慧和知识的东西，必定起决定的作用。

罗斯托夫不是也确切知道自己的见解正确无误吗？那就是，遵照阿拉克切耶夫的命令带引骑兵队去砍杀自己最好的朋友，——他理解这个道理——"不是凭判断，而是凭借更加强有力的因素"。

显然，库图佐夫藐视智慧和知识，甚至杰尼索夫常常指出的爱国主义情感，但是他不是凭着情感、知识藐视的（因为他也不竭力说道这些），他所以藐视，是因为别的原因。他藐视，是凭他自己的年龄、自己的生活经验。

这种"生活经验"表现在如下的谚语之中："时候一到，一切都到"，"要忍住怀疑"，"最强的将士就是耐心与时间"。与拿破仑在英勇然而徒劳的努力中耗费精力的同时，库图佐夫耐心等待着，阅读冉丽思夫人的小说：结果，这些法国小说对于这位法国皇帝，比俄国的大炮还可怕。安德列公爵"在这个老人身上看到的个人性质的东西越少（在他身上似乎只剩下了一些习惯的热情，缺少用来总结事件和得出结论的智慧，而只有平静观察时间进程的能力），就越感到放心，一切都会该怎么样就怎么样的"。"他没有什么自己的东西。他想不到什么，也不预计什么，但是他听取一切、记住一切，把一切置于恰当的位置，不妨碍一切有益的事物，也不容忍任何有害的东西。他明白，世界上有比他的意志更强大、更有意义的事物——这就是事件的不可避免的进程，他善于看到这些事件，理解其意义，因为考虑到这意义他就善于放弃参与这些事件，放弃自己的意志。"——"他是俄罗斯人。"

在《主人和工人》中，尼基塔也"早已经习惯放弃自己的意志，为他人服务"。对于"主人的问题"："我们是不是不该冻死呀？"尼基塔回答："那怎么，该冻死，你也拒绝不了。"像库图佐夫一样，尼基塔有耐心,能够安安静静地等待几个小时,甚至几天,也不感觉不安,不感觉怨气。"除了他在这里为之服务的那些主人之外,例如瓦西里·安德列伊奇,他觉得自己在此生是依赖于主要的主人,亦即把他送到人生之中的造物主的。"

在有文化的社会里,在历史的条件下,对于托尔斯泰来说,库图佐夫就是民众精神的体现;在民众本身之中,也像在一切的临时条件之外,在永恒之中,这一精神的体现就是普拉东·卡拉塔耶夫:

> 普拉东·卡拉塔耶夫对一切人来说,都是最平常的人。但是,对于彼埃尔来说,在第一夜,他显现的是纯朴与真实的精神之不可企及的、圆形的和永恒的体现——体现了全部的俄罗斯的、善良的、圆满的性格;他就是这样,而且永远保持下去。彼埃尔有时候对他的思想感到震惊,就请求他重复说过的话,普拉东却想不起来一分钟以前说了什么,就像他用语言无论如何也说不明白自己所喜欢的歌曲一样。用语言来复述歌曲表达不出来那韵调。他不理解,也理解不了,脱离了语句的词汇的意义。他的每一个词语和每一个行动都体现出他所不知的活动,这就是他的生活。但是,从他自己的观点来看,他的生活,作为个体的生活,是没有什么意义的。只有作为他经常感受到的整体的一部分,这一生活才有意义。他的语言和行动从他身上发出,均衡、必不可少、直截了当,就像一朵小花发出的芳香。他不能理解个别的行动或者词语的价值和意义。

这种"小花的芳香"("看看这些水仙花吧,是怎么长的")教师卡拉塔耶夫的灵魂,他的"线条之美,他的特殊的、俄罗斯人的恢宏的高贵形象"——脱离了他全部的个性,是"完美的圆形"的印象,是分子的、天空穹隆的圆形。在这里,正如在古代毕达哥拉斯学派人士那里,在对简单几何形体——圆形或者球形的观察中,展示出神性的奥秘;这就是托尔斯泰神秘主义的终极深度。

所以，这就是俄罗斯真正英雄或者"反英雄"的性质，和西欧的、非真实的英雄对立！——蔑视知识、文化，放弃意志、智慧、个性，缺乏个性——"没有自己的东西"，"完美的圆雕形"——圆满的一切，或者也许是圆满的虚无，——但是"在你的虚无之中，我希望找到一切"，就像浮士德对梅菲斯特的回答。当然，从这个观点看，阿瓦库姆和苏沃洛夫、彼得和普希金的原型，都不是俄罗斯的英雄，甚至不是俄罗斯人。从这个观点看，基督教是对一切的"我"、一切的个性的否定；不是为了以后的更高级的肯定而在起初的否定，而是惟一的、自我否定和最终的否定，不是为了生、为了复活的死（"用死亡摧毁死亡"），而是为了死亡的死亡和为了死亡的生命；"鸽子的纯朴"没有也不可能和"蛇的狡猾"结合（"你们不要像鸽子那样纯朴，像蛇那样狡猾，而只是像鸽子一样纯朴"）；"鸽子的纯朴"和"蛇的狡猾"对立，就像两个势不两立的原理，像阿里曼对于奥姆兹德、善对恶、永恒对永恒的否定。这个反面的"蛇的本源"的代表，不是"沙漠的可怕和强大的灵魂"，不是"从深渊中走出的野兽"，不是反基督，不是人神，不是太阳的体现——"德尔斐的魔鬼"的体现，像陀思妥耶夫斯基和普希金笔下的形象，而只是童话中的半傻子——反面的、凶恶的小傻瓜伊万努什卡，矮小、丑陋的下流人物，当听差的拿破仑——那"看不见的手"强迫他跳舞、浑身打战，像被细绳拉着的没有灵魂的傀儡。在表演完毕之后，看不见的手给玩偶彼得鲁什卡脱去衣服，露出他瘦弱可怜的裸体（"你们看，不是他，是我，推动了你们"），在他受到"教养惩处"和被消灭的时候，我们就应该相信，和他一起被消灭的还有似乎他所体现的一切，亦即：全部人类的文化，人的意志、知识、意识、理智、个性创造的一切作品，一切"独立的"、自在和自为的事物，而不仅是"一个小部分"，不仅是完满的圆满整体的圆雕形的分子。在对于一切的"我"的不可遏制的虽然是有意识的否定之同时，在他的最后的精神现象之中，对同样的"我"则是同样的不可遏制的虽然是无意识的肯定，特别是在起初的生活现象之中："母性"娜塔莎的胜利,只能看见她的脸和躯体,而灵魂是"似乎不可见的";而挂在《战争与和平》这座巨大建筑物屋顶上的人类导向旗帜,却不过是婴儿的襁褓,"上面还有黄斑,不是绿斑"。另一方面,作为与人群大众合一、与神性的"圆满的整体"合一的宗教欢欣的最后结论,则是心灵的这个呼喊,罗斯托夫对于"非人的声音"的服从,这并非是仁慈的亚历山大的声音,也绝对不是仁慈的阿拉克切耶夫的声音,这是那恐怖中做好的准备,无需"判断",而是依据"某种比判断更有力量的某物","带引骑兵队去砍杀自己最好的朋友"。

有一次,心里充满共济会思想的彼埃尔做梦,梦很有预见性,他:

> 梦见活生生的、早就被忘记的、温和的小老头老师,在瑞士教他地理。"站住!"小老头说。于是他给彼埃尔看地球仪。这个地球仪是一个活生生的、摇动的球(也就是说,又是某种几何上的"圆形的"、"完满的圆形的"、卡拉塔耶夫式的、毕达哥拉斯式的形体)——一个没有尺寸的球。这个球的表面由彼此紧紧挤在一起的水滴组成。这些水滴不断地活动,变换位置,有时候几个汇聚成为一个,有时候一个又分离成为几个。每一个水滴都竭力分开,占有最多的空间,但是其他的水滴也竭力这样,压挤它,有时候消灭它,有时候和它汇合。小老头老师说:"这就是生活。"彼埃尔想:"这是多么简单明了。"中间是上帝,每一滴水都竭力扩张,以最大的幅度反映出上帝。在表面上成长、汇合、压缩、灭亡,渗入深层,接着在此浮现出来。这就是他,卡拉塔耶夫,就是,分开了,消失了。"你明白吗?"老师问。

这个梦没有重大的艺术意义,但是它给托尔斯泰的全部的宗教的和哲学的世界观投出不期而至的光明。

在这个球里（它的中心是上帝，也就是说，对于单个人的"我"的最终的否定，是永恒的"非我"，而表面由圆满圆形整体单个部分——个体的"我"组成），在这个球里存在着细小部分的方向相反的两个运动：一个是从表面到中心，从"我"到"非我"，另外一个是从中心到表面，从"非我"到"我"；从人到上帝的运动，和从上帝到人的运动；下降的流动和上升的流动，向心的流动和离心的流动。

卡拉塔耶夫就处在第一种也就是向心的流动中，他变得滚圆、压缩起来，"蜷缩成一团"，无疾而终，相当轻松，好像慢慢睡去，直接下降到中心——到上帝那里；这里也有工人尼基塔，他"早就习惯于没有自己的意志和服从于'主人的意志'"；还有库图佐夫，他也没有"自己的东西"，他"藐视智慧、知识、爱国情感"，也服从主人的意志——即世界事件的进程；还有皈依基督教的彼埃尔；还有行将就木的安德列公爵。这个潮流只有对于托尔斯泰本人才显得是真理，是善的、神圣的、基督教的、俄罗斯的。

处在相反的、离心的潮流里的，有拿破仑和活生生的、幻想着荣誉的安德列公爵："我想要这个，就这一点。为了一分钟的荣誉，我会交出全部的亲朋好友。"单独的一滴水想要"扩张"，"获取最大的空间"，吞噬其他的水滴，自己想要成为球体的统一的中心——上帝。对于托尔斯泰来说，这个潮流显得坚固、恶劣，是非基督教的，非俄罗斯的。

在安德列公爵关于军事荣誉的粗糙幻想之中（其实也不过就是"格奥尔基小十字勋章"）没有什么神圣的和宗教的东西，这是再清楚不过的。他是为了自己而爱自己，为了权力而爱权力。而且，在他的这句辩护"我没有过错"之中，包含了太多的不明智，罗斯托夫式的不明智。但是，拿破仑式爱权力，"像艺术家，像音乐家爱小提琴一样"，不是为了小提琴本身，而是为了"声响、共鸣、和谐"，以及，当然，为了更高级的和谐——"统治全世界"——不是那本来的、虽然理解得稍有不同的和谐吗？而这种和谐正是全部历史基督教的终极目的。歌德也是爱自己的，不很声张，但是可能比拿破仑深刻；然而，在这里，几乎完全明显的是，歌德在自身上爱的不仅是自身——不是为了自身的自身：他爱上帝，是在自己的意志之中，在自己的智慧之中，在自己的艺术之中，在自己的知识之中——在自己的全部无限展开的个性之中。这几乎已经是对自己的神圣的爱，至少是在自己最高级的表现之中，例如，在普罗米修斯对众神的回答之中：

> 你的意志和我相反
> 一个与一个对立
> 我像它一样持续。

这已经多于被创造的——部分地被创造的或至少是被意识到的宗教，这一宗教只是至今没有找到终极的后基督的体现者。

托尔斯泰断定，水滴压缩、向中心下降是神圣的；而扩张、向表面上升是不神圣的。为什么不神圣呢？托尔斯泰又说："每一滴水都竭力扩张、获取最大的空间，这是为了以最大的规模来映射他，"也就是说，上帝。上帝是神圣的；上帝的映像是神圣的；如果是这样，那么，水滴的扩张，亦即力求在自身以最大的规模反映出上帝的人的个性的扩张，其神圣也不亚于个性的压缩；离心的、上升的潮流，也不亚于向心的、下降的潮流；对于作为反对上帝的现实的"我"的否定，也不亚于作为走向上帝的这个"我"的肯定。如果我爱人，不是为了人，而是为了上帝和在上帝之中，那我是神圣的；如果我爱自己，不是为了自己，而是为了上帝和在上帝之中，我同样是神圣的。两个潮流同样神圣，或者同样不神圣，不是终极的神圣，因为终极的神圣在于统一的、象征性的观察和这两个潮流，在于认知对自己的爱和对他人的爱都是对上帝的爱。

正是这一点，托尔斯泰原来没有明白，而且到现在也依然没有明白，或者不想明白。在这里，我们走近了他的全部错误和矛盾的第一个渊源，一个可怕迷宫的第一个转弯之处，在他迷失方向以后，他就再也没有走出这个迷宫。

实际上，基督教是不是对于一切个人性的、离心的、一切具有蛇类智慧的、一切普罗米修斯的、巨人的事物的否定呢？迄今为止，我们认为是的。但是，是不是因此，被历史基督教遮蔽的基督学说的首先的和最后的深度——"盐不再是咸的"，还没有对我们敞开？

"道成肉身"，像卡拉塔耶夫这种具有鸽子式纯朴的人，是永远也理解不了的；他连单独的人类语汇、某种人类的生活的涵义、单独的个性，都不理解。而这里正是最特殊的、离开整体的、最孤独的个性；最个别的道，把世界分开，像"刀"："你们以为我给世界带来和平吗？我带来的不是和平，是刀剑；因为来……把世界分割开。"当然，这刀剑是为了更高的世界；这分割是为了更高的联合。但是，起初是"分割"，以后才是"联合"。而正是这个最单独的起分割作用的道，成为肉身。

这里是不是有什么秘密，把一切离心的、一切上升的，从上帝向人、从"非我"向"我"奔赴的事物神圣化了呢？也有反向的真理："吃我肉的来到我里面，我也在他里面。"不仅道成肉身，而且肉身成道。因此，另外的反向潮流，向心的、下降的，从"我"到"非我"、从人到上帝的潮流不是也神圣化了吗？

诸宗教为首者，基督教，在这两个最伟大的秘密之中——在体现出来的上帝的秘密（"诞生"）和被神化肉体（"复活"）的秘密之中，划出惟一可能的半径；这一半径把全球表面所有的点和中心，把全部人类的"我"和"非我"都连接了起来："我和非我是一"，这是这条半径的纯粹直线，最后的象征，最后的联合。对于我们来说，基督乃是这个象征的永恒名称。

托尔斯泰认为，可以接受圆周，但是预先要推翻划出圆周的半径；可以接受基督的学说，但是预先要推翻他关于"子与父乃是一"

的话，或者接受仅仅在全部"人子"对上帝的共同儿子身份意义上这种儿子身份，从而使得上帝与人，主、"主人"与奴隶、"工人"的旧约圣经的对立依然得不到解决。但是，看来这是不可能的：在托尔斯泰取出基督学说中一切所依据的同等子嗣身份的象征的时候，这一学说破碎了，散开了，像被抽掉串连线的珍珠项链一样，在自己的最后结论中摒弃了自身、消灭了自身，不仅作为宗教而且作为道德亦然；伟大的合一没有达到，却出现了"我"与"非我"、对自己的爱和对他人的爱的如此的二分、破裂，这样的矛盾，以人的名义否定神，以神的名义否定人——这样的做法在全世界全部宗教和道德学说中真是绝无仅有。

在奥斯特里茨战役中，安德列公爵受伤坠马，脸朝天落地，凝望天空。

在他的上方已经一无所有，除了天空——高高的天空，虽然不甚晴朗，但依然高得深不可测，上面有静静缓行的云朵。"多么宁静、平缓和壮观，完全不像我奔跑的样子，"安德列公爵想，"不像我们这样奔波、呼吼和搏斗，朵朵白云在这高耸的、广阔无垠的天空上漫步，和我们完全不一样。怎么我以前就没有见到过这高高的天空呢？啊，我终于看见了，多么幸福啊。是啊，除了这漫无边际的天空，一切都是空的，一切都是欺瞒。除了天空，一切皆无，一切皆无。**甚至连天空也没有，什么都没有，只有宁静、平和。荣耀归于上帝！……**""这是优美的死亡。"拿破仑看着保尔康斯基说。安德列公爵知道，这话是在说他，说话的是拿破仑。但是他听这些话似乎是在听苍蝇的嗡嗡之声。他知道，这是拿破仑——他的英雄，但是在这一分钟，他觉得，与正在他的灵魂和这高耸的、广阔无垠的天空之间出现的境界比较，拿破仑显得是一个如此渺小、如此微不足道的人。和他所看到和理解的高耸、正义和嘉善的天空相比，那些控制了拿破仑的全部利益，在此时此刻对他来说显得微不足道的英雄,及其猥琐的虚荣和胜利的喜悦,在他看来是如此的渺小。

安德列公爵在天空和拿破仑那里到底理解了什么道理呢?
在安德列公爵幻想军事荣誉、幻想"格奥尔基小十字勋章"的时候,拿破仑显得伟大——而在他"面临死亡的真实"时,他显得渺小。但是在读者的眼里,在头脑里具有这个被想象出来的拿破仑的托尔斯泰本人的眼里,什么变化也没有发生。过去他渺小,现在依然渺小。为了理解他的渺小,读者也好,艺术家也好,都不需要头上中弹,也不需要无垠的天空:因为甚至像拉夫卢什卡这样的听差,都很尊严地猜透和评价了这个装腔作势的拿破仑的微不足道;在这里,奇怪尽管奇怪,拉夫卢什卡比起安德列公爵来,是更聪明、更有洞察力、更为求全责备的,甚至以其独特的方式,更富贵族气质。

但是,姑且不论拉夫卢什卡和安德列公爵想象中的拿破仑,那真实的、历史的拿破仑到底怎么样了呢?对于托尔斯泰来说,这两个拿破仑互相符合;但是,我们都能够看出来,事实上二者互相是不符合的。安德列公爵没有理解活着的拿破仑,那么,理解死后的拿破仑吗?在他对英雄的藐视中,同样在崇敬中,他是不是忽视了他真正的伟大?安德列公爵是无意识地活着的,比拉夫卢什卡更无意识;他是不是也是在无意识中死去的?在他看来活着的伟大是渺小的;也许,相反:在他看来在死亡中渺小的,事实上是伟大?

其实,我们已经确切知道:彼埃尔梦见的那些水滴,在离心的潮流中上升到表面,高于其他的水滴,也比其他的水滴更多地"扩展,获取更多的空间,以求以最大的尺寸反映出上帝",这些水滴就是像普希金、拜伦、莱蒙托夫、尼采这样的人——对于他们来说,拿破仑显得不"渺小",而是很伟大,虽然还是不易理解的、谜一般的英雄,"不可知伟大嘱托的完成者",还有,对于反向潮流、向心的、向上帝下降的那个潮流的人,显得也不是渺小的,而是重大的甚至最重大的恶棍——"反基督";而卡拉塔耶夫就在这个潮流之中，其中也有普通的俄罗斯人民。于是问题就来了：不是安德列感觉所承认的、拉夫卢什卡所嘲笑的拿破仑的伟大，而是另外一种位于西欧文化顶峰而被歌颂的、在俄罗斯民间发自心灵深处被诅咒的伟大，面对死亡的真实和"高高的天"才显得是微不足道的，是这样的吗？

同样毫无疑义的是，在自己关于拿破仑的猥琐的、虚荣的幻想之中，安德列公爵距离拿破仑和卡拉塔耶夫、距离高峰和深渊、距离最接近中心的水滴和最接近球体表面的水滴——都一样遥远：他正好是在中心与外围之间等距点，在水滴向上和向下的运动都在减弱、上帝在其中的映像变得模糊的地带；在一切中间的、当然是鄙俗的事物的地带，在最广泛的、形而上意义上"鄙俗"之中——"渗透了人类长生不死的鄙俗"的全部的那种鄙俗，就是丘特切夫所说的那种；还有普希金所说的"渗透了冷漠间接特点的全部的中间的、间接性特征"，普希金也是谈论否定拿破仑的人的：

  真理的光明也受到诅咒，
  因为他对冷漠的退避态度
  ……
  献媚讨好。

死亡就是撤出生命：有生必有死。安德列公爵活着讲虚荣，也在虚荣之中死去，或者说接近死亡，因为他还没有在奥斯特里茨受伤死亡。是的，有"不死的鄙俗"，比死还强。安德列公爵没有战胜这种鄙俗，没有脱离这种"冷漠的间接态度"，至少在对待拿破仑的态度上。他崇拜常规的英雄，抛弃了常规的英雄，却错过了真正的英雄。被击溃的失败者竭力向得意扬扬的成功者施加报复。如果他在死亡中获得了最终的宁静和智慧，如果"高天"确实变得低了，接近了他，那么，也许，他就会理解这近在咫尺的天空与英雄，"天意的使者"的关系，也许，在拿破仑的脸上、眼睛里解读出来的不仅仅是"猥琐的虚荣""局限性""胜利的冷漠的欢欣",以及某种尘世之秘密、尘世的神圣,不小于天上的秘密和神圣。

在"高天"和安德列公爵灵魂之间出现的,对于安德列本人和托尔斯泰来说,都似乎就是基督教的开始,基督"复活"的开始。但是,这确实就是复活吗,就是基督教吗?虽然在外貌上酷似基督教,这不会是别的什么东西吗?

"是的,除了这无垠的天空,一切皆空,一切都是欺瞒。除了天空,什么都没有。"安德列公爵想。只有天空,其他一切皆无。但是他并没有到此为止,"然而,连那个也没有",就是说,连天空也是没有的。到底有什么呢?"除了寂静、平和之外,一切皆无",亦即,除了在上帝里的消亡——涅槃。从这一观点看,比较"正义的和嘉善的天空"与非正义的和邪恶的拿破仑,有什么意义呢?实际上,就连安德列公爵自己现在也怀疑起推开的嘉善与正义了。到底是为了什么样的"天上的"真理,他要推翻全部地上的真理呢?凭他自己的新观点,他理解尘世生活中、尘世死亡中的上天的因素吗?没有,他只是明白了一点:地上的一切和天上的一切,都无法理解。

凝望着拿破仑的眼睛,安德列公爵想到了所谓的伟大微不足道,生活微不足道,谁也理解不了生活的意义,还有死亡的更大的微不足道,死亡的含义是活着的人们之中任何人都不能理解、不能解释的。

他想到的不是生活和死亡的秘密、神圣和伟大;他想到的是死亡的微不足道和生活的微不足道。是的,这一条展现在他面前的上天的真理的最后一个词语仅仅是微不足道,仅仅是灭亡,仅仅是否定,仅仅是永恒。没有永恒肯定的否定。

看到胸前的玛利亚公主的小肖像,他想起她和她的基督教信仰。他思忖:

如果一切都像玛利亚公主所看到的那样明了和简单,那该多好。如果能够知道在活着的时候到哪里去寻求帮助、生命完结之后在坟墓里能够期待什么,那该多好。

但是,他不知道,也永远打听不到;他甚至确切知道,这个底儿,他是永远也打听不出来的;而在这个"确切"之中,隐含着一种高傲的得意,这是此时此刻发出的冷笑、嘲笑的源泉,这种冷笑是伏尔泰式的、残酷而强烈的、犬儒主义的,饱含了"冷漠的间接特点":"或者,这个上帝,就给缝在这里头了,在玛利亚公主的这个小香囊里?"不,安德列公爵永远不会"求助",不会"像小孩子一样",不会说"我们天上的父!""如果我现在能够说:主宽恕我吧,我会多么幸福,多么安心啊!"但是,没有圣父,没有圣子。"这话,我对谁说呢?或者,有某种力量,不可限定的,不可企及的(当然也就不是'正义的',不是'嘉善的'),我不仅不能求助于它,而且也不能用语言来表述它——是伟大的一切吗?还是一切皆无?"安德列公爵最后想到的是充满绝望的意念:"什么也没有,什么确定的东西也没有,除了我能够理解的事物之微不足道,和某种无处索解的但是更伟大的东西的宏伟。""上帝是宏伟的一切呢,还是什么也不是?"他还在游移不定,不敢决定,但是很快就会决定的,差不多已经决定,上帝什么也不是,正因为什么也不是,就仅仅是对"我"和"非我"的否定,仅仅是毁灭。而死亡就是向上帝的过渡,"向虚无的过渡",向涅槃——没有复活的死亡的过渡。这个向着无的过渡,潜入涅槃是在安德列公爵的第一次的死亡里开始、在鲍罗金诺战役之后的第二次死亡中结束的。

宗教就是永恒地毁灭世界和上帝,就是受崇拜的无。这不就是最纯洁的佛教的虚无吗?

在现代欧洲,常常有人混淆基督教和佛教;事实上,看来,再也没有比这两种宗教更为互不相容的了。

在基督教里,是两种原则,离心的和向心的,二者最终的联合;

而在佛教里，是这些原则的最终的分离，而统一则是靠一个原则消灭另外一个来达到，向心消灭离心，非我原则消灭我。在基督教里，生和死都是为了复活；在佛教里，生是为了死，死是为了没有复活的死。在基督教里，是否定作为现实的尘世，肯定作为象征的、预兆性的尘世；在佛教里，只有作为惟一现实的否定。在基督教里，永恒的有和永恒的无是在一起的："你的意志行在地上，就像在天上"，天父的意志把地和天结合了起来，使地成为天，天成为地；在佛教里，天吞噬、消灭地，所以除了天，已经没有地，什么也没有，"除了宁静、平和，连天也没有，一切皆无"，只有毁灭、非存在、涅槃——可怕的托尔斯泰式的"复活"——和"佛的荣耀"。

十分值得注意的是，和托尔斯泰立场正好相反的尼采，在自己的《反基督》里也同样混淆了基督教和佛教。基督教和佛教同样的心理色彩的原因，尼采在他所说的两种宗教中毁灭、非存在的倾向——趋向于无的意志（Wille zum Nichts）之中看到。出自反对无个性和肯定人的个性的立场，他否定基督教，认为基督教是最危险和最精微的"虚无主义"，是威胁人类的"堕落""衰败""颓废"的毒性最大的瘟疫。出自偏向无个性和否定人的个性的立场，托尔斯泰接受了这个表面上似乎是基督教的而实际上是最具佛教精神的虚无主义，认为这是拯救人类的惟一的方法。在这里，亦即，也许，正是在最主要的方面，基督教最伟大的朋友和最重要的敌人，基督的宣扬者和反基督的宣扬者，托尔斯泰和尼采，令人诧异地走到一起来了——是否因为托尔斯泰接受基督教和他在最大的深度上对尼采的否定，其实有同一个根源，即否定（在一种情况下是有意识的，在另外一种情况下是无意识的）基督教导里的宗教实质——那不可见的轴心：一切都依赖于它，在它里面运动，它是用除了基督教任何地方都不存在的象征来表现的：我和圣父是一。

这两个人，尼采和托尔斯泰，都是——至少都可能是十分接近基督的，所以难以决定，这两种否定中的哪一种——有意识的，还是无意识的——更具亵渎性质。无论如何，在托尔斯泰这里，在

《战争与和平》中,从对于英雄、对于命定的花环(关于这花环的话是:"上帝把它赋予我,触及它的没有好运"——"让天才统治一切")和对于人神的亵渎,也开始了对于神人的亵渎,而这是在基督教本身中的"在神圣的地方亵渎圣地"。

有时候觉得,俄罗斯人当中最具预见性的普希金,在这里,依据已经出现的俄罗斯精神,评论了拿破仑,似乎预见到了这种鄙俗的危险,对自己重大的敌人作出具有伟大人民气度的评价:

> 那心地狭隘的人
> 蒙受很大的羞耻
> 这天以疯狂的指责
> 玷污了受损的身影。
> 光荣!他给俄罗斯人民
> 指出崇高的命运,
> 从流放的灰暗之中
> 向世界宣告自由——

自由,也许,不仅仅在政治上,像普希金和拿破仑本人所理解的那样,而且还在更高领域——道德、宗教之中,在对善与恶的评价中,在"重新评价一切价值观"、全部人性与神性过程中,指出了那长有翅膀的自由;这样的自由,我们现在只是隐隐约约有所预感。与此同时,在这些富有预见性的诗行里,普希金不是代表了全体俄罗斯人民对《战争与和平》的作者作出了即使并非现时的但也是未来的、依然是不可避免的判决吗?托尔斯泰,"因为疯狂谴责"英雄的影子"引起愤怒",在某种意义上是在"打击躺着的人";因为,早在创作《战争与和平》的时候,在十九世纪,亦即全部世纪中最具反英雄主义的世纪的眼睛里,这个影子的名誉已经被扫除或者半扫除,所以说,托尔斯泰甚至没有开始打击,而仅仅是要不断地打击躺着的人,要打到底吗?普希金不是在警告我们避免这个"小心眼"的胜利吗？

描写欧洲和俄罗斯的决斗，西罗马帝国和东罗马帝国的决斗，凭借血的权力获取政权者和凭借精神获取政权者的斗争——描写世界历史悲剧事件，这是托尔斯泰所面临的任务，但是他在《战争与和平》中没有完成；这一点，普希金在描写正出现在沙皇面前的拿破仑影子的颇具预言性的诗行里已经提出预示：

> 就是这个奇妙的男人，天意的使者，
> 命定完成不可知的命令，
> 这个骑士引无数帝王折腰
> 继承叛逆的自由，是杀手。
> 这个冷血的嗜血之徒。
> 这位皇帝消失，像梦，像朝下的阴影。
> 　晦暗享乐的慵懒的皱纹，
> 　沉重的步伐、中年人的白发
> 　失去烈焰的迷蒙双眼
> 　都没有让他现出英雄末路，
> 那是平静的折磨，
> 　在帝王们疯狂惩罚的海洋。

> 不，他奇异的目光，灵活，难以把握，
> 时而凝望远方，时而不可抵挡，
> 像战斗的雷神，像迅疾的闪电；
> 健壮、勇敢、富有强力，
> 西方君主威武站在
> 　北方君主面前

从普希金的这个拿破仑到托尔斯泰的拿破仑，俄罗斯精神在怎样地下降、衰落！

在这里,和在别的地方一样,忠实于自己的普希金只作开始,而不完成,仅只轻易地、似乎不经意地触及一下,又加以放弃;也许,在这一场合中,他触及了甚至太严肃和沉重的事物,这样的事物是不应该如此轻易地触及的:在这里,他又向我们提出他的永恒之谜之一。

普通的俄罗斯人对于这个谜的思考,要比普希金深刻,在当时,在1812年,就独特地提出自己的谜底:"拿破仑是反基督。"在某种意义上,这也是俄罗斯对托尔斯泰的《战争与和平》的回答,同时却又是在另外一个方向上的夸张:甚至在拿破仑最强大的时候,认为他是"从深渊中浮现出来的野兽",这样的夸张不仅过于单纯,而且,很可能也过于慷慨。但是,我们亦即部分地看到,在迷信的外壳下面,在这个传说中隐藏着十分深刻的、虽然还没有意识到的、宗教的渗透。

在古代罗马帝国,据陀思妥耶夫斯基认为,"出现了人神",这个帝国"体现了宗教观念",而这个帝国的复活者拿破仑本人,也已经预感到了政治与宗教必不可少的联系,"全世界的人处世"都不能没有上帝、绕过上帝、绕过基督。但是这仅仅是预感,而不是意识。因为缺乏宗教意识,拿破仑被引向错误,和罗马教皇的错误相反,但是同样是注定的:教皇力图令国家服从教会,公民权利服从教会权力,把政治变成宗教的武器;拿破仑则相反,力图令教会服从国家、教会权力服从国家权力,把宗教变成政治的武器。他说过:"皇帝透过公民权利控制教会权力,通过教皇控制人的心灵。"但是,国家和教会可能用以合为一体——一个"灵魂肉体",或者体现出来的灵魂的、具有新内容的真正新颖的形式,无论西方的第一神父还是西方的凯撒,都没有找到。第一神父令凯撒屈服于自己之后,把新的基督教之酒灌进了老师的异教酒囊;而凯撒在令第一神父屈服了自己之后,把新的异教之酒灌进旧基督教酒囊;在两种情况下,结果都是一样的:酒囊破裂,酒水流出。西欧文化没有成就世界国家,也没有成就世界教会。

是的，正是在这里，在宗教问题上，显露出拿破仑缺乏新的宗教意识。他具有宏伟的意识、优秀的观察能力，但是，他行动的意志和能力依然胜过他观察的能力。他聪明而有力量；但是就其力量而言，仍然不够聪明。所以他害怕"意识形态"，称之为"黑色的野兽"。在意识形态之中，主要的宗教理念恰恰就是他的"黑色的野兽"吧？他预见到，或早或晚，他要和这头野兽厮杀一番的，而且，他还预见到，战胜这头野兽绝非轻而易举。

看来，他自己有时候也意识到了这一弱点，并且用玩笑话加以掩饰："我想象自己在前往亚洲的途中，坐骑是大象，头上戴着包头巾，手里捧着新的古兰经。"如果说这一半是玩笑，则另外一半就是对宗教理念的恐惧，对"黑色的野兽"的恐惧。"我意识到了宗教"——又似乎是玩笑。是啊，当然，他创造不了宗教，即使从事创造，也没有创造出来，而且他不可能创造出来；他仅仅预见到了创造这个宗教的必要性，却又惧怕这个必要性，像惧怕那块水下的石头一样，为了这块石头，他全部宏伟的思想可能都互相打斗过，而且的确打斗了。从欧洲到亚洲的路途，实际上，没有古兰经是不行的。但是，拿破仑能够怎么样动手撰写这部古兰经呢，不仅为了受到"意识形态"感染的欧洲，而且也可能是为了心地善良的亚洲？扮演穆罕默德的角色，他自己也会觉得可笑吧？而对于"可笑之物"——特殊的、法国式的可笑之物的恐惧，在拿破仑一生中是比对"意识形态"的恐惧更为强烈的。

"我来到这个世界，来得太晚了"，有一次他承认，坦率得出奇：

> 现在什么伟大的事业也做不成了。当然，我的生涯是光辉的，我的道路铺满锦绣。但是，怎么能够和古代相比！看亚历山大，征服了亚洲之后，他向人民宣布自己是丘比特的儿子，除了知道个中真情的奥林匹斯、亚里士多德和雅典的几位教师，整个东方都相信亚历山大。所以，现在我如果想要宣布自己是天父上帝的儿子，并且因此开创表达谢意的礼拜——那么，在

[卷二：宗教思想] 第一章 托尔斯泰笔下的反基督

巴黎，市集上就没有一个女贩子不痛骂我的。是啊，在我们的时代，民众受的教育太多，什么也做不成了！

这是力量与无力的何等的混合！在似是而非的笑话下面，是何等的宗教洞察力；在新欧洲的人们当中，他首先悟出一个道理：如果不克服一性神子身份象征的神人的重大理念"我与天父为一"，就不能够复活古代罗马帝国的主要宗教理念、作为统一世界者的凯撒的理念、人神的理念、"我就是神"的理念。在什么面前他才能止步？他既然不怕人、不怕上帝、不怕命运，他还有什么怕的？他怕集市女贩子的口哨。"唉，拿破仑呀，你身上没有一点现代的东西！"这话不对，在他身上，现代的东西还太多。对于可笑事物的这种恐惧。——持怀疑主义态度的十八世纪的遗产，持实证主义态度的十九世纪的先声——就是折磨拜伦又折磨莱蒙托夫的"突如其来的反讽恶魔"。的确，在这个恶魔、"新的古兰经"的威力下，你在亚洲、在欧洲——也就是说，在俄罗斯，是创造不出来亚洲的，在精神上，你不会取得胜利。"从伟大到滑稽只有一步。"这 步他迈出了——但是不是在脚踏俄国遍地大雪逃离那个老懒虫（他一面阅读让丽思夫人的小说，一面强迫这只光荣的大军吃马肉保命）的时候——不是的，在集市女贩子眼里，拿破仑害怕可笑事物的时候，的确是可笑的。

这就是英雄的阿喀琉斯之踵，这就是人的肉体，"人肉"；在这个用青铜制作的躯体里，在这个用大理石制作的灵魂里，这就是那容易受到伤害的、裸露的因素，这一因素也许能够给托尔斯泰（如果他善于运用的话）带来机会，把伟大变成渺小，把可怕变成可笑，不仅在拉夫卢什卡和安德列公爵的眼里，即使只有一瞬间。

实际上，拿破仑也许是一直在和迄今出现在世人面前的英雄们分担这样的弱点的；也许，在一般一切的悲剧的深处都有某种滑稽的因素，在人类的一切恐怖的深处都有上帝的笑声？

无论如何，他距离反基督还很远：和迄今出现在世人面前的全部英雄们比较，就是这样；家畜可能就是这样；如果和托尔斯泰的拿破仑并列，历史的拿破仑显得是一个巨人，那么，和他只能预示的形象比较，他可能就的确显得渺小了吗？

总之，依然是：

> 那心地狭隘的人
> 会蒙受很大的羞耻，
> 这一天他疯狂的指责
> 玷污了他受损的身影。

在现代俄国文学中，这种"耻辱"我们也常常经历，虽然没有感受到；相反，我们现在也一如既往地庆祝以往全部荣耀的纪念周年；连普希金的荣誉也拿来当作自己今天的荣誉，而且毫无不便之感。而有些声音预告，在俄国文学中正在出现某种不和谐，尽管沉默、隐蔽，却反而更加令人不安；这些声音变得越来越少、越来越低沉。

陀思妥耶夫斯基有一次提示说，托尔斯泰作品里的主要人物都属于"中高阶层"。是的，正是属于中高阶层，不仅是从陀思妥耶夫斯基理解的等级来看，而且也是从精神水准来看。这样"降低高级"（又是普希金语）是为了照顾"中高阶层"，实际上，依然是中等的，平庸的，这是别祖霍夫式的、罗斯托夫式的、贵族式的照顾，但是在精神上则依然是小市民的，或者，像用一个不好看的外国词汇来形容不好看的外国物件那样，照顾"布尔乔亚"（"中产阶级"），当然，是在最广泛的、综合的意义上说——这种降格早就在《战争与和平》中开始，从拿破仑的降格开始，在俄国文学中一直延续到现在。这情景就是，我们所体验到的，不像是骤然的下降，不像是"颓废"的突发重病，而像是缓缓地沉入适度的民主保守自由主义的黄昏暮色，像是难以察觉地走出山峦，来到十分平坦、安全、仅仅有少许沼泽的低地——不像是滚落，而只是地面逐渐的倾斜，甚至不能算是"下降"，而是"高地"的缓慢平展。

"乌合之众,"普希金说,"凭自己的卑微,看到高大者降格、强大者衰弱而感到欣喜。在发现一切卑微事物的时候欢天喜地:'他也像咱们一样渺小,像咱们一样卑微'。"

也许,《战争与和平》在俄国和欧洲获得成功的主要原因,还不是托尔斯泰史诗依然隐藏着的、真正的全部的伟大,而正是普希金所发现的这一点,乃是一般人的、在很高的程度上现代人对于托尔斯泰笔下的渺小的拿破仑的"敬佩",这个拿破仑被演变成"抖动的货色"、昆虫:"他也像咱们一样渺小,像咱们一样卑微。"而且,现在,在我们这里,在西方,没有人会像普希金那样,回答说:"你们说谎,下流的东西:他渺小、卑微,不像你们那个样子——是另外的样子!"

是的,很可能,文化土壤的这种静悄悄的下滑,俄国文学(仅仅在俄国文学里吗?)中不可克服的庸俗品格的不可遏制的凯旋,是比一切突然塌陷和垮台还要可怕的。事实上,可怕的是,这个既非俄国的也非西欧的灵魂(虽然主张科学实证主义的泰纳在对拿破仑作出最终结论方面和托尔斯泰一致),世界乌合之众——不是人民的而是乌合之众——的灵魂,饥饿的或者饱食的、自由的或者保守的乌合之众的灵魂,老派的俄国听差拉夫卢什卡或者未来的普遍性的听差斯麦尔加科夫的灵魂,要常常显现在巨人式的形象之中,如《战争与和平》,如托尔斯泰本人。

这难道不是世纪情况吗?"长着一双白手的矮个子"的威胁难道变成现实了吗?虽然不是在那个时候,像他说到那样:"我要击溃俄国。"题为《战争与和平》也是"西方君主"和"北方君主"的一种决斗,代表这一灵魂的最伟大人物之一的拿破仑和俄罗斯灵魂的决斗。而且,在《战争与和平》中,如果说谁的确"击溃"了谁,那么,当然,也不是托尔斯泰击溃了拿破仑。

然而,这只是两个决斗中的一个;另外一个,对于拿破仑来说更为可怕的,是在一部同样伟大的作品中给予他的:这部作品是和《战争与和平》同时创作的,也绝非偶然,这就是陀思妥耶夫斯基的《罪与罚》。

第二章　陀思妥耶夫斯基笔下的反基督

我想要当拿破仑，所以就杀人。——有一次我对自己提出了这样的一个问题：如果拿破仑正好出在我的地位上，为了开创事业，他没有土仑，也没有埃及，也没有穿过勃朗峰，根本没有这些美丽而宏伟的东西，而是直截了当、干干脆脆遇见了这么一个可笑的放印子钱的老太婆，而且，为了从她的箱子里掏出钱来（为了事业，你懂吗？），必须杀死她，那么，如果没有任何别的出路，他会不会下决心这么办呢？他会不会因为这个办法太不宏伟，而且……有罪，所以就改了主意？所以，我要告诉你，因为这个问题，我受到了折磨，时间很久很久，连我自己都感到羞耻，于是，最后，我猜到了（是在突然之间），他不仅没有感到厌烦，而且脑子里根本就没有想到这不是宏伟的事……甚至完全不明白，有什么可改变的吗？如果他没有另外一条路可走，那他就一定会把她掐死，不让她发出一点声儿来，而且毫不犹豫！所以，我……脱离了犹疑，把她掐死了——按照权威的办法……情况确确实实就是这样！

拉斯科利尼科夫非常理解拿破仑的"幸运的罪行"和自己不成功的罪行的区别，但这只是美学上的区别："形式"的区别，而不是内容、数量的区别，不是精神力量的区别。在他比较自己的罪行和著名的、受到歌颂的历史恶人的功绩的时候，他的姐妹杜尼娅很厌恶这种比较："不是这么回事，完全不是！你说的是什么呀！"——

"不是那个形式,"他发疯地吼叫起来:

> 不是那个美学上的好形式!对呀,我根本就不理解,为什么往人群里扔炸弹就是准确的围攻,这就是更体面的形式吗?对美学的惧怕就是没有力量的第一个标记!——拿破仑,金字塔,滑铁卢——还有这个一把瘦骨头的丑陋的东西,放印子钱的老太婆,她床底下放着一个红颜色的小箱子,你说,波尔菲里·彼得罗维奇(法院调查员)怎么受得了这个!……他们怎么受得了呢!……美学误事:他们说,拿破仑爬到床底下找那个干枯老太婆去了!

是的,正是限制诸多的美学,教科书里的修辞学,我们和母校奶水一起吸吮的那历史谎言,歪曲着我们对世界历史现象的道德评价。拉斯科利尼科夫削掉了这层"美学"外皮,暴露出英雄犯罪的问题,把这个问题,用苏格拉底的话来说,"从天上拉到地面",从对伟大人物完成学园式的神化的那个高度,降落到真实生活的水准,使我们和整个问题及其极度的简单和复杂特征直接面对面。因为我们,非英雄们中的每一个人,一生中都会有哪怕一次,以或高或低程度的意识,为自己作出决定,像拉斯科利尼科夫那样:"我是一个颤抖的东西吗",或者"我有权利吗",我是"吃东西的"还是"被人吃的"?看来,涉及最广泛的和普遍世界历史观察的这个问题,在这里,是和涉及一切单个个人生活、一切单个个人的个性的最主要道德问题密不可分地联系在一起的。如果不能用智慧和情感,或者只用智慧,或者只用情感来解决这个问题,就不能生活,在生活中就不能迈出一步。

如果我们那个脱离"美学的恐惧",那我们是否就可以承认,拿破仑和拉斯科利尼科夫的道德活动的所谓数学的出发点,就是同一个呢?两个人都出身低微:一个是矮个子科西嘉人,被抛弃在巴黎的街道上,没有门第,没有来头,叫波拿巴;另外一个是谁也没有听说过的青年人,"有一次在傍晚的时候走出自己的斗室",彼得堡大学的学生,罗吉昂·拉斯科利尼科夫。"他本人很出众,一双好看的黑眼睛,黑胡子,清秀,身材匀称"——在拉斯科利尼科夫的悲剧开始的时候,关于他,我们知道的就是这么一点,而关于拿破仑,多也多得有限。法国大革命争取来的"人权""自由",对于这两个人来说,却首先是饿死的权利和自由;"平等和博爱"是和他们所鄙视和讨厌的人们的平等和博爱。一看到这些"身边的""同等的"人们——陀思妥耶夫斯基说,"一种极度厌恶的感觉就闪过这个青年人的清秀面部",无论这个青年人是拉斯科利尼科夫也好,拿破仑也好,都一样。博爱和平等加上基督的厌恶,自由就是基督的唾弃和孤独。没有来源,没有前途。没有希望,没有传说。"一个人反对一切人,如果我明天死去,不会留下一物",这是这两个人的第一感触。而这个"颤抖的东西"想要充当"统治者"的理想——是疯狂的理想,是好大喜功的狂热,在拿破仑和拉斯科利尼科夫那里,都是一样的:送到医院里去,套上紧束制服,就行了。面对拿破仑,拉斯科利尼科夫甚至还有某种特权呢:他看到为了"有权利",他必须越过的不仅有外在的还有内在的障碍和制衡。拿破仑是一点也看不见的。所以,这种盲目也正好部分地成为他的力量的源泉——但这仅仅是短时间的,暂时的:归根结底,意识的欠缺是不会原谅任何力量的;连拿破仑也没有原谅。拉斯科利尼科夫冒更大的险,因为他看到的更多。如果他胜利了,那么,他的胜利就会比拿破仑的胜利更加彻底,更加不可逆转。无论如何,由于出发点的这种一致性,尽管他们所走过的道路的区别不可度量,但是对于拉斯科利尼科夫的道德审判同时也是对拿破仑的审判;《罪与罚》里提出的问题是《战争与和平》里提出的同一个问题;全部的区别仅仅在于,托尔斯泰拥抱了它,而陀思妥耶夫斯基深入思考了它;前者从外部,后者从内部接近它;前者有观察,后者有经验。

革命是巨大的转折,是政治的,在相当低的程度上是等级的、社会的,已经完全不是道德的。"勿杀人","勿偷盗","勿通奸"——一切都停留在原来的地方，就像在摩西的十诫版上那样；尽管有外部教会的和君主的传说，对于刽子手罗伯斯庇尔来说，就像对于牺牲品路易十六一样，都还保存着内部的道德义务性质。虽然有"理性的女神"，罗伯斯庇尔依然是"自然神论者"，像伏尔泰一样；虽然有断头台，却依然是"仁爱者"，像卢梭一样。应该爱近旁的人，为近旁的人牺牲自己——对于这个道理，无论是行刑者还是受刑者，都没有异议。在这里没有对道德价值提出过度的评价。个人对社会的屈服不仅没有减少，而且在新的体制下，还增加了：在古老的中世纪体制下，服从是自然的、内在的、并非随意的，那是作为人民有生命的躯体内一个成员对另外一个的服从，而人民是受到了也许被虚假理解的，但是依然是宗教的、无私的理念的鼓舞的。现在，政治归结为机械运动；个人服从"社会契约"即多数人的声音的外在的、强制性的作用，成为合理而正确地安装起来的一个大机器中许多杠杆中的一个杠杆，这是经过这大多数人的数学计算的。新的、虚假的自由的压迫显得比旧式公开的奴隶制度的压迫更加可怕。

于是，个人再也无法忍受，因为极端的、闻所未闻的烦恼而满腔怒火。

当然，在拿破仑把土伦大炮的炮口对准革命群众，用拉斯科利尼科夫的话来说，为了"炮轰清白的和有罪的人，甚至不屑拿出解释"的时候，他考虑得最少的就是人的个体的权利，和对于全部道德价值的重新评价。接着就有一系列同样的幸运的罪恶。拉斯科利尼科夫说：

于是我猜到，权力是仅仅给予敢于弯下腰去把它捡起来的人的。这里有一件，只有一件事要办：看你敢不敢！……突然间，好像阳光出现，我豁然开朗，到现在为止，连一个人也不敢简简单单地抓住尾巴，把鬼捉住，真是荒谬透顶啊！于是我就要大胆地干。

对于拿破仑的意识,当然,"阳光没有出现";他只不过是凭着激愤个人的混浊的、原始的感觉,才"要大胆地干"的。

拿破仑走出了革命,甚至采纳了革命的宣言,只是为了自己的目的而将其改头换面。他表示同意,还补充说:"对我来说,一切都一样,都一样,按照我的意志,一切人都一样,都一样。""一切人都是自由的",连他也要求自由,要求意志,但是,他"仅仅是为了自己而需求意志"。

从古老的似乎又是新的、本质上却依然十分古老的摩西的仁爱道德的观点看(这种道德,卢梭用笔宣讲,罗伯斯庇尔用斧子宣讲),拿破仑就是一个盗贼、杀人犯、"逍遥法外的强盗"。我们被历史远景的热情压倒,被"奥斯特里茨的阳光"照得目眩。拿破仑、金字塔、滑铁卢——还有一个瘦骨头的丑陋的高利贷女人,一个放印子钱的老太婆,她床底下放着一个红色的盒子——在哪里可以容忍他们?!"有人说,拿破仑会钻到床底下去找那个老太婆!"而事实上,如果"美学不妨碍我们的话",我们就会承认,为了批判纯粹的道德,土仑的溃败和钻到红色箱子后面去找那个老太婆,二者是一样的。他爬到了床下,一辈子都在爬。为什么在一个情况下是《罪与罚》,在另外一个场合就是用世界史的花环来装饰?"上帝把它(罗马凯撒的皇冠)赋予我","触及它的人没有好运"。备受惊吓和醉心荣誉的庶民都相信这样的话,是不足为奇的。但是,向往自由的性格叛逆的拜伦们、莱蒙托夫们怎么能够相信呢?他们怎么能够承认这个"暴君"呢?——这个暴君用他自己的英雄剥夺了人类解放的最伟大的尝试的意义,并且加以砍伐。最后,像普希金和歌德这样平和、头脑清醒的人士,怎么能够被他欺骗呢?也是事出有因。他似乎猜测到并体现出来了他们最秘密的、对他们自己来说更是可怕的梦幻。于是,他们怀着感恩之情写出欧洲人近期的美丽传说故事,颂扬圣海伦娜岛上的落难皇帝,歌颂被铁链捆绑在汪洋大海当中一块孤岩上的新普罗米修斯。是什么上帝的殉难者呢?这一点,他们不知道,也没有意识到,他们仅仅隐隐约约地感觉到,正是在这里，在拿破仑附近，吹拂出他们感到更亲近的和熟悉的精神，比革命的精神更加新颖，甚至更加自由、更有解放意义、更有创造性。老年的歌德，心气平和，甚至多少有些僵化，但是在他认为拿破仑像是大自然和人类超自然的、"恶魔式的"现象的时候，在他身上不是焕发出来某种少年的、无限叛逆的、地下的激情吗？正是从这种激情里诞生了普罗米修斯的挑战：

>他们的意志和我的对立——
>这正是一对一。
>……
>众神吗？——我不是神，
>但是我自认为和众神平等。
>你们力大无穷？而且全能？
>你们能怎么样？
>你们是否能够
>迫使我放弃我自己？

即使在拜伦笔下，拿破仑的形象也是和普罗米修斯、该隐、路西法的形象汇合为一的，这些都是被推翻的、被追逐的人物，他们反对上帝，受到智慧树的诱惑。这个灵魂，既不昏暗也不光明，像黎明的幽晦，这个欧洲的新恶魔，带着温和的没有热情的微笑，却比罗伯斯庇尔或者圣茹斯特叛逆得多、不驯服得多、顽强得多，比卢梭或者伏尔泰的胃口大得多！似乎谜底就在这里。但是，距离这个谜底最远的就是拿破仑本人；也许，如果他能够理解从他所遭到的流放将会得出什么结论、他的个性将会被赋予什么意义的话，任何人也不会像他那样震惊、那样愤怒。因为不仅他人，而且还有他自己都觉得，是他恢复了被破坏的世界平衡，建立了牢不可破的秩序，支撑起欧洲国家的摇摇欲坠的大厦，为法国大革命锦上添花。但愿他自己能够而别的人也能够忘记"第一步"，他的出发点——他这个双手沾满鲜血的苍白的青年人，钻到床底下箱子后面去找放印子钱的老太婆——去找"理性"的革命女神！"上帝把它给了我"——是皇冠呢，还是那个小箱子？难道是上帝吗？难道是基督教的上帝，或者摩西第二诫命的这个上帝？说到底他是杀了人，偷了东西！但他是一个人，对于他人来说，依然是："不要杀人"，"不要偷窃"。如果是他，那为什么不是我？他不是脱离了卑微处境吗？像我一样，脱离了那个抽象的数学等于无的点，像我一样吗？他是神，我是"颤抖的东西"。但是，我心里也涌现出巨人的挑战：

众神吗——我不是神，
但是我自认为和众神平等。

如果说，他"避开了全部这些荒谬，直截了当地抓住尾巴，去捉鬼"，那我为什么有机会而不试一试呢，就算出自好奇心也可以嘛！"道理只有一个：值得大胆地干。"

没有，拿破仑没有扑灭法国大革命：他把这场大火的火星从外在的、政治的、危险性较小的领域，抛向了内在的、道德的、十分具有爆炸性的领域！他不知道自己要做什么，不理解"他具有谁的精神"；但是，他以自己全部的生活、自己的事例、自己幸福的宏伟和自己毁灭的壮观震撼了全部基督教的道德和前基督教的道德的最深厚的基础，这是任何人在任何时候所没有做到的：他超越意志，违背自己的意志，开始"重新评价全部的价值观"，激起对于人类良知原初告白的、空前的疑问；虽然目光迷离，他依然窥视，也允许他人、强迫他人窥视"超越善与恶"的地方。而人们在那里所看见的东西，他们已经永远不能忘记。"伟大"的古老的政治革命，尽管有其全部的外在的血腥恐怖，却显得是无害的、安全的、差不多善良的、微小的、几乎是孩子们的游戏，中学生们的起哄乱闹，而处在这种动作前面的则是几乎目不可见、耳不可闻的内心的转变，这一转变直到今天尚未完成，其后果我们也不可能预见。

为了理解作为世界历史标记的拿破仑悲剧的预言性含义,从歌德的《普罗米修斯》到尼采的《反基督》,欧洲人进行了整整一个世纪的紧张的哲学和宗教的思考是必要的:对自己的、对"遥远的自己"的反基督的但依然是神圣的爱,与对他人、对"亲近者"的爱对立。个人的巨人式的、地下的原则:"我一个人反对一切人"——

他们的意志和我对立——

自我肯定的意志,是与自暴自弃、自我毁灭的意愿对立的"强力意志",是对旧事物、对新事物、对一切社会制度、对一切"社会契约"——借用无政府主义者祖师爷卢梭的话来说——对"文明的全部限制性的桎梏"的叛逆。对人的叛逆(该隐)、对上帝的叛逆(路西法)、对基督的叛逆(反基督尼采)——这就是这种新的道德革命的上升的阶梯。没有止境的自由、没有止境的"我"、神化的"我"、"我"就是神,——这就是拿破仑以天才的嗅觉预见到的这种宗教的最后的几乎尚未道出的论断:"我一直在创造宗教。"而且他以不可原谅的轻浮口气搪塞:"如果我心血来潮,宣布自己就是上帝的儿子,那市集上全部的女贩子都会笑话我的。"

从这似乎来自西方(后来我们看出来,不仅来自西方)的地下最深的火山躁动,从关于拿破仑个性、关于强横和叛逆英雄的模糊的时而共鸣时而可笑但是永远令人惊慌和深刻的思想——从高加索的俘虏,从奥涅金,从阿乐哥,从皮巧林,从恶魔——开始了俄罗斯文学的复兴。这一思想有时候隐匿,潜入地下,但是永远不会完全枯竭,时常凭借新而又新的力量破土而出,伴随着俄国文学中俄罗斯精神的全部的伟大的具有世界历史意义的发展,从"手上沾满鲜血的披着哈罗德斗篷的莫斯科人",从"仅仅为了自己而需求意志"的皮巧林,到认为自己"应该实现自我意志的"虚无主义者基里洛夫,到发现在强盗行为和神圣行为"两极享受一致性"的斯塔夫罗金，到终于用自己的话说出了尼采的"一切都得到允许"这句话的伊万·卡拉马佐夫。

这个青年人脸色苍白，"眼睛秀美，外貌（也不仅是外貌）酷似土仑以前的拿破仑"。他在深夜里潜入老太婆的卧室，要强行探索她底牌的秘密。他带着用来吓唬老太婆的手枪没有上子弹。但是他依然觉得自己是杀人犯。在这里，问题不在这老太婆："老太婆，不算个事"，也许，倒是个错误；他"杀死的不是老太婆，而是原则"，他仅仅需要迈出"第一步"："我只想迈出这第一步，进入一个独立的地位，取得手段，一切就能够顺利，得到不可度量的利益，比较而言。我祝愿世人嘉善。"所以，是为了善而杀人。这话是拉斯科利尼科夫说的。但是，普希金笔下《黑桃皇后》里的盖尔曼也是可能说这样的话的。像拉斯科利尼科夫一样，像《红与黑》里的于连·索莱尔一样，这德国人是拿破仑的模仿者。他的内在面貌，无论勾勒得多么无力，多么单薄，但是有一点是明确的：他不是一个普通的坏人，这里面有更加复杂的谜一般的东西。事实上，普希金按照自己的常规，几乎是不接触这样的谜的，而是立即从旁绕过，一笑了之，那是难以捕捉转瞬即逝的微笑。而成果不过是一篇谦逊的幻想故事，梅里美风格的：柴可夫斯基以其作曲家的简朴接受这篇故事作为歌剧脚本。但是，从普希金无意中道出的轶事中，有意地成长出来《死魂灵》；从《黑桃皇后》中有意地发展出来陀思妥耶夫斯基的《罪与罚》。和在所有的地方一样，在这里，俄国文学之根也是深深扎在普希金那里的：他的确是在顺便之中指出了迷宫之门的；陀思妥耶夫斯基一旦走进了这个迷宫，以后就一辈子也没有能够走出来；在里面，他往下走，越来越深，调查、感受、寻找，却没有找到出口。

拉斯科利尼科夫和盖尔曼的联系，看来，他不仅感受到了，而且也意识到了："《黑桃皇后》里的普希金的盖尔曼，是一张巨大的脸，是不同寻常的完全是彼得堡的类型，彼得堡时期的类型！"陀思妥耶夫斯基用《少年》的嘴说，这个少年也是拉斯科利尼科夫的双生兄弟之一。少年回忆起盖尔曼,缘由是彼得堡的清晨造成的印象,"大概,这是整个地球上最平淡无奇的清晨,但是,他几乎认为这是世界上最奇幻的清晨了"。这些话我已经引用过:在彼得堡这样的清晨,污浊的、阴湿的、雾气弥漫的清晨,我觉得,普希金的一个盖尔曼的荒诞的梦,应该是更浓重的。在这样的阴霾之中,总是有奇怪的但挥之不去的幻想出现在我脑海,已经有一百次了:

> 等这场大雾消散、上升的时候,这整个污浊的、湿腻腻的城市是不是也一起走掉呢——和迷雾一起上升、消失,像烟一样,只留下以往的芬兰沼泽地,在这片沼泽地里,大概作为装饰,还有骑在奔跑流汗、气喘吁吁的马背上的青铜骑士。

关于拉斯科利尼科夫,就像关于普希金的盖尔曼一样,大概都可以说,这"完全是彼得堡类型,彼得堡时期的类型"。除了彼得堡,在任何其他俄罗斯的或者欧洲的城市,在俄罗斯的或者欧洲的历史的任何其他时期,盖尔曼都不太可能发育和成长到拉斯科利尼科夫的程度。从这两个"巨大的""不同寻常的"面容的后面,正在出现第三个更为巨大、更为不同寻常的、花岗岩石座上的青铜骑士的面容。他的面容显得带着一股"腐败的西方"的气息,浪漫派的、拜伦式的、拿破仑式的,现在却变成确切的、人民的、俄罗斯的、普希金的、彼得的样式;来自欧洲深处,现在和来自俄罗斯深处的人汇合;古代草原勇士以利亚的梦,不就是关于"创造奇迹巨人"的梦吗?是的,在这芬兰沼泽地的雾霭之中,在从这沼泽地中成长起来的城市的这一块花岗岩中,不是可以感受到叛逆的或者仅仅感到慌乱的俄国人个性的全部小人物和大人物——从奥涅金到盖尔曼,从盖尔曼到拉斯科利尼科夫、到伊万·卡拉马佐夫——和这样一个人的联系吗?

> 凭借他命定的意志

在海岸上构建起这座城市——

这是"整个地球一切城市中最为精心设计的",这是充满了最为抽象的幻影的城市,充满对人和大自然、对历史的"活的生命"的最大暴力的城市,似乎具有几何秩序的机械平衡的城市,事实上是对生命秩序和平衡完成最危险破坏的城市。在世界上任何地方,这样的坚固巨石也没有安放在这样松散不定的基地上:

华丽的城市,贫困的城市,
精神受奴役,面貌很整齐,
天是灰白发绿的苍穹,
寂寞、寒冷,还有花岗岩巨石。

花岗岩在雾霭中消散——这雾霭又在花岗岩中凝固。"精神受奴役"——这是"又聋又痖的精神",在拉斯科利尼科夫远眺彼得堡海岸"壮观美景"的时候,这股精神向他吹拂:这是奴役的精神,同时还是"命定的"、反自然的和超自然的"意志"的精神。拉斯科利尼科夫的"野性的幻想",正是在这座具有"世界上最为幻觉的历史"的城市里,因为接触了这种本身就像是野性幻想的现实,"必定要更加巩固"。"也许,这一切都是某一个人的梦?……梦见这一切的人突然惊醒——而这一切也骤然消失。"

普希金早就注意到了彼得和罗伯斯庇尔的相似之处。事实上,所谓的"彼得大帝的改革",是真正的转折、革命、自上而下的暴动、"白色恐怖"。彼得,是暴君和叛逆分子,对于过去是叛逆,对于未来是暴君,又是拿破仑,又是罗伯斯庇尔。而且,这不仅是政治的、社会的暴动,而且,在很大的程度上,还是道德的——是对人民良知的全部严格的绝对命令的无情虽然是无意识的摧毁,是对全部道德价值的肆无忌惮的重新评价。看来,在人类全部罪行编年史中,还没有即使不令人愤怒也令人良心不安的虐杀,像彼得虐杀皇储阿列克塞那样。虐杀之可怕，主要不在于这是毫无疑义的罪行，而在于杀子行为可疑的却依然是可能的正确性、无辜性；之所以可怕，是因为在断定这是普通的罪恶、"逍遥法外的强盗"之后，却又无论如何不得安心。在拿破仑的生平中，没有这样的悲剧。在这里，最可怕的问题是：彼得如果必须这样做的话，是为什么？如果他采取其他的行动，从而破坏了自己的沙皇意识最伟大和真实的圣殿的话，又会怎么样？他杀死儿子，是为了自己吗？但是彼得，事实上，是不可能直截了当地说，是永远也不会把他自己和俄罗斯区分开来的：他觉得自己就是俄罗斯，热爱俄罗斯，像自己一样，爱俄罗斯，胜过自己。有谁敢大胆说，他不是为了俄罗斯死了几千次呢？他是为了俄罗斯好，"为了臣民好"，才去杀人，才"越过""走过"鲜血，深信他所迈出的每一步"以后都会化作不可衡量的利益"。"他是凭借良知允许自己手上沾血的。"

就这样，正像普希金说的，"彼得站在淹没膝盖的鲜血之中"。他亲自审问，亲自动手行刑。他是"最不动声色者"的儿子——红场上的刽子手。在这一分钟里，他没有模仿任何人，没有服从任何西方的影响；在这一分钟，他在最高的等级上是俄国的沙皇，是伊万雷帝的继承人。莫斯科的刽子手沙皇还挺像老百姓，像个平民沙皇，是个萨阿达的木匠。他最凶恶的敌人，分裂派的教徒们，虽然说他是"德国人""弃儿""瑞典女人的儿子"，却感觉他很亲近；斯拉夫派人士把他当成亲人来恨他，那是血缘之恨，有血缘关系，正如同普希金热爱彼得的那份爱的性质。世界史上从来没有俄罗斯在"彼得改革"时期所经历过的人类意识中的那种恐慌、那种震撼。不仅仅分裂派可能产生关于反基督的观念。看来，这种震撼直到今天都不仅仍然在俄罗斯人民中间回响，而且也在文化界回响。看来，青铜骑士身下的芬兰沼泽地的松软土壤依然还会颤动。即使不在今天，在明天，在这个"幻想的历史"中也要出现新的转折，新的洪水——

> 彼得堡像半人鱼浮现
> 大水淹没他的半身。

反作用力等同于作用力，自下而上的叛逆等同于自上而下的叛逆，红色恐怖等同于白色恐怖。俄国的社会主义、俄国的恐怖主义，也是"完全彼得堡"现象，"彼得堡的"、彼得时期的现象——这是"青铜坐骑上的巨人"的永恒的和预言的、凶兆的梦幻之一，是那"深渊"上的峭壁之一，而他"把俄罗斯像一匹马在悬崖上勒住"。在这里，恐怖主义的幻想式的"野性理想"，由于接触了野蛮而荒诞的现实，会变得更加巩固。这也就是那种透明的雾霭，彼得堡融雪天气的雾霭，"腐败的西方"的思潮的雾霭，和这样的雾霭在一起，表面结冰的花岗岩巨石眼看就要跃起，就要飞升，像烟一样。

"是从社会主义者的观点开始的。"大学生拉祖米辛在谈到拉斯科利尼科夫的犯罪理论的时候说——而全部的悲剧都是出自这个理论。

在欧洲，社会主义是抽象的、科学的观察，或者文化的历史的生活条件引发出来的个人对于这种总体观察的运用。只有在俄国，社会主义才第一次成为关于生活意义和关于世界发展目的的总体的、包揽一切的、哲学的、形而上学的（因为极端的唯物主义已经是形而上学）甚至部分地是神秘主义的理论。这当然是超越了宣扬者们的意志和意识的。也只有在这里，在俄国，在彼得堡的、彼得的俄国，社会主义才发展到其最后的、在相当大的程度上与首要的前提矛盾的、有时候直接否定这些前提的——无政府主义的结论。"无政府主义"是一个可怕的俄语词，是俄国人对西欧文化问题的答案。这不是我们从欧洲借用的，这是我们给予欧洲的东西。是俄国首先在这里说破了欧洲一直不敢说出来的这个词语。在这里出现了那种和宗教眩惑有许多共同之处的特殊倾向，这种倾向追求在辩证法上是极端的、不可遏制的、超越"界限"的一切，俄罗斯精神特有的一切。绝非偶然的是，正是在彼得的俄国，完成了这两种表面上显得十分对立的和不共戴天的极端理念——独裁的理念和无权的理念,君主制和无政府。因为这两者都来自"一个又聋又哑的灵魂",来自近代史上最伟大的独裁者和最伟大的叛逆者:这是同一个深渊的两面峭壁、两个边缘,而青铜骑士的坐骑就在这深渊双方扬起前蹄。在政治上是无政府主义,在道德上是虚无主义。而这里,就是虚无主义的"终点";在这里,"全部的历史道路已经走完,再也无处可去"。又是俄国式的极端,极度的、在辩证法上是肆无忌惮的、非科学的结论。这结论来自西欧的科学的"纯粹道德批判"(完成得不如"纯粹理性批判"),来自西欧不可比拟的更为怯懦和温和的、更具生活文化的、在历史上更多地体现为"在没有上帝的尘世立足"(没有天上的权力,也没有地上的权力)的尝试,来自拥有特殊经验的唯物主义和机械论的世界观。

拉祖米辛说,拉斯科利尼科夫的理论"始于社会主义者的观点",这当然不是指西欧的社会主义,而是指特殊的、俄国意义上的社会主义,无政府主义和虚无主义意义上的社会主义。

"社会主义者的观点是众所周知的,"拉祖米辛继续说,"犯罪是对非正常社会秩序的抗议——仅此而已,别无其他,其他任何原因也不允许提出——别无其他!"但是,拉斯科利尼科夫,在这里,在出发点上,已经走得比社会主义者远得多了。抗议,亦即对现存状况的否定,随着否定的对象而消失,而犯罪则应该随着"社会的非正义制度被正义制度取代"而减少,或者甚至最终制止。但是,对于拉斯科利尼科夫来说不是这样。对于他来说,罪恶不仅仅是否定、摧毁旧事物,而且还是肯定、创造新事物,不是和人类社会一段时间的、不断变化的条件有联系,而是和大自然的永恒的、不变的规律有联系。"按照自然规律,"他对法院调查员波尔菲里解释自己的理论:

人一般可以分成两个等级,低级的(普通人),也就是说,仅仅为了繁育和自己相像的人的材料,还有就是享有才能和天分,在自己的环境里说出新颖言辞的人……第二级的,全部都要超越法则,是摧毁者……如果为了自己的理念他甚至必须越过尸体、踏着鲜血,那么,依我看,在他内心里,按照良知,他也会允许自己走过鲜血——要看理念和理念的规模而定——请注意这一点。——如果开普勒—牛顿的发现,因为某种情况的汇合而无论如何也不能够宣告给世人,而只有牺牲一个、十个、一百个(依此类推)妨碍这一发现或者形成障碍的人的生命才能做到,那么,牛顿就有权利,甚至必须……铲除这十个或者一百个人,把自己的发现宣告给全人类。——其次……人类的全部立法者和构建者,从最古老的开始,以后还包括利古尔格们、梭伦们、穆罕默德们、拿破仑们等等(奇怪的是,在这个名单里没有彼得,而"完全是彼得堡的、彼得的类型的"拉斯科利尼科夫,如果"想不起彼得来,还能够想起谁呢?")无一例外都会是罪犯,就因为他们在颁发新律法的时候,取消了旧的、被社会视为神圣的、从父辈继承下来的律法,而且,当然,如果为了能够帮助他们,为了古代的律法,流血完全无辜,并且自愿奉献出来,即使面对这样的流血,也不会止步不前。值得注意的甚至还有,人类的这些恩人和规则创建者的大部分,都是令人谈虎色变、嗜血成性的。一言以蔽之,我的结论是,全部的,不仅是伟大的,而且还有稍微脱离平俗的人,也就是说,稍微有点能力说几句有新意的话的人,就其本性来说,都必定是罪犯——程度不等,当然啦。不然他们就不可能脱离平俗,而依然属于芸芸众生,也就是说,还是依据其本性,不能表示同意,依我看,他们就应该不表示同意。

在这里,最为引人注意的是,他叙述自己的理论,像叙述抽象的数学原理那样,表现出的那种真诚的或者假装的镇静。一个人谈论关于人的事情,似乎他是一个非人,一个从另外一个世界来的东西,像自然观察家谈论蚂蚁窝或者蜂房一样。他研究的不是应该存在的东西,而是虽然不希望存在却的确存在的东西一样。似乎在道德世界和宗教世界之间没有任何的联系,似乎在关于崇高的思想和关于上帝的思想之间没有任何的关系,似乎在人的心灵里和人的良知中从来就没有过关于上帝的理念本身。对于拉斯科利尼科夫,应该说一句公平的话:从马基雅维利时代起,就一直没有人以这样的冷漠态度谈论引发最大激情的道德问题和政治问题。这位彼得堡虚无主义者的言语本身也酷似佛罗伦萨共和国秘书的言语,饱含"像刀刃一样锋利"的辩证法的极度尖锐、冷峻和清晰。

我在上文已经引用过的涉及拿破仑一句话的最后一个词语,揭示出了这种犬儒主义的冷漠,而且还揭露了抽象思想下面的、比拉斯科利尼科夫自己所设想的大得多的深度。

"那么,那些的确有天才的人,"拉祖米辛皱起眉头,问,"就是那些被给予杀人权力的人,为了洒出的鲜血,他们就这样,难道完全不应该感到愧疚吗?"

"在这儿,有什么必要用'必须'这个字眼呢,"拉斯科利尼科夫反驳,"这儿谈不到允许,也谈不到禁止。他们如果为牺牲品惋惜,那就让他们愧疚吧……对于宽阔的意识和感情深厚的心灵来说,愧疚和痛苦永远是必不可少的……真正伟大的人,我觉得,应该感受到世界上的伟大的悲哀。"沉思之中,他突然补充说,甚至不是用谈话的语调。

拉斯科利尼科夫模仿的那个人,在外表上他也酷似的那个人,像普希金的盖尔曼那样,我们在这个人的脸上,在拿破仑奇怪的、纹丝不动的脸上,在他"凝望远方一个点"的眼睛里,看到了"这种伟大悲哀"的印记——那不是懊悔,不是愧疚,不是悲痛,而仅仅是悲哀:他似乎看到了人的眼睛不应该看到的东西,世界的某种最终的秘密,而从那一个时刻起,这种悲哀、这种阴影,甚至在荣誉与幸福的最令人目眩的光辉中,也没有从他脸上消失。

是的，这个奇异的词语"不是用谈话的语调"说出来的：似乎不经意的从拉斯科利尼科夫嘴里遗漏出来的。一个彼岸的，差不多是宗教的词语。的确，如果在关于善与恶的问题中，一切都像在数学里那样清晰而明了，如果道德原则只不过是自然必然性"自然法则"、内在机械的"法则"，那么，这种"悲哀"，也许，不是神的但是也不是人的世界的这个阴影，又是从何说起？是不是拉斯科利尼科夫说漏了嘴？根据这么一个词语，是不是就可以说，他那科学式的冷漠只是外表，只是外壳，就像马基雅维利的冷漠；马基雅维利在刚一谈到意大利的前途的时候，就泄漏出了"自己深深内心"的秘密。看起来，再冷漠的外表之下，两个人都具有浩大的热情："冰冷水晶里的火一样的饮料。"

拉祖米辛对社会主义者们，部分地也是对拉斯科利尼科夫（因为在他那里也是一切"始于社会主义者的观点"）作出的指责，对于社会主义者不一定合适："天性是不能计算的，天性自己浮现；天性不是可以获取的！因此他们本能地不喜欢历史……不喜欢生活的活的过程。不需要活的灵魂！活的灵魂需要生命，活的灵魂不听从机械安排，活的灵魂怀疑一切，活的灵魂常常回顾过去。在这里，虽然散发出轻微的动物尸体气味，却可以从天然橡胶中制造出来。"

拉斯科利尼科夫有自己的理论——把人分成群众与英雄，分成毫无作用的"物质"、材料和具有创造力的天才人物，这些人像雕刻家一样，从这材料里雕琢出新的形象、历史的新面目；他置入这一理论中的无情的贵族主义，也许是太过片面性的观点，极端，因而起扼杀作用，但是无论如何又不是死的；在生命之外，但不是无生命的。如果说这个学说还像"机械"，那么，它也不是由"天然橡胶"制造的，而是由坚硬的钢铁制造的，而且，像锐利的钢刀，虽然能够砍杀，却也试验潜入活的肌体，历史的活生生的精神。很难怀疑像马基雅维利这样敏锐的人性观察者，因为他"跳过人性""不喜欢历史""不喜欢生命的活的过程"。佛罗伦萨共和国切萨莱·博尔吉亚宫廷的秘书处在这一"活的过程"的中心，在该过程最紧张的时刻,在最伟大的历史事件的漩涡本身之中——这是全世界一度发生的事件,在文艺复兴的心脏地区。马基雅维利仅仅说他在这里听到了什么,凭一颗跳动的心脏的无限生命和热情,还说他在"人性"中看到了什么,因为,在这一段时间里,不仅历史活动家,还有历史观察者的人性一览无遗地赤裸显现出来。归根结底,这种蛊惑性大的海市蜃楼"发出轻微的味道"不是社会主义的"腐肉臭气",而是鲜血气息,而且,它也不是由"天然橡胶"制造的。这个幻影来自生活,进入生活,虽然又是像锐利的钢刀。与此同时,在马基雅维利的政治学说和道德学说的依据里,不依然是,或者甚至比拉斯科利尼科夫更为无情的贵族主义吗?不是同样把人分成"材料"、尼采所说的"讨厌的虫子"(自然规律决定必须服从上智的愚民)和统治者,亦即半兽、半神、半人马的后裔(他们要像自己的导师那样),在自身之中,把超人的、神性的本性和"兽"性连接起来吗?这不是"人类善举者、构建者""凭良知使用流血的解决办法"吗?在这些人身上"善举"和"兽行"的结合是不可避免的吗?在世界文学中对自己的孤独感受强烈,并且珍重这一孤独,具有突出洞察力的尼采,在列举自己为数不多的前辈的时候,列入了马基雅维利和陀思妥耶夫斯基("这是一个思想深刻的人,从他那里我能够学到很多东西。"《偶像的黄昏》,1899,第158页)。列入后者,当然,不是因为像伊万·卡拉马佐夫和拉斯科利尼科夫这样的具有个人气质的人物的有意识的结论,而是对他们的艺术描写。因为尼采也是走出生活又走进生活的——我们根据我们自己的心灵和理智的经验就可以知道这一点。无论他的学说有什么价值,我们都可以明显地看出,我们和他接触不应该像是接触死寂的抽象概念,而是像对待具有深刻生命力的历史力量,正面的也好,负面的也好,但是无论如何都是"活的过程"的活的现象。

马基雅维利的"君主"、拉斯科利尼科夫的"当权者"、尼采的"超人":这又是上升的阶梯,不是面向过去而是面向未来的、既有破坏力量、又有创造力的、不可遏制的叛逆性的贵族主义的阶梯,比任何的贵族主义民主更具叛逆性格。这样的贵族主义在政治上和道德观上显然都是迄今发生的全部复兴所特有。

就这样，如果拉斯科利尼科夫的确始于"社会主义者的观点"，则结束却是凭借了对这一观点最激烈的反对态度：不平等，这在一切人类社会中都是一成不变的现实的"自然规律"。随着世界历史的发展，这样的天然的不平等不仅没有缓和，反而加深：人类似乎分裂成两半。这灵感一般不可能联结、不可能合而为一。"人对人是野兽"，或者神，无论如何不是兄弟，不是亲朋，不能平等，再一次按照尼采令人胆寒的话来说："人与人之间的距离，大于人与兽之间的距离。"

与此同时，在这里可以看出，无政府主义思想，在终极的结论中，不可避免地要接触甚至直接和君主理念汇合：终极的自由，"超越善与恶"，最终的无权状态，又引导到天才人士的个人的权力，独裁，引导到柏拉图的理想国里的"让天才人士统治国家"的训导。

其实，拉斯科利尼科夫在对自己思想的第一次理论阐述中对社会主义是作出了让步：

"前者和后者（亦即群众和英雄人物）都享有完全同样的生存权利。总之，在我这里，**一切人都有平等的权利**——永恒的战争万岁——知道新的耶路撒冷，当然！"

"那么，您还是相信新的耶路撒冷了？"波尔菲里问道。

"我信！……"

如果说这一让步对全部的学说具有它提出的那种意义，那么，把人类分成保存、延续世界和推动世界这两种人，就不应该引发出关于高低贵贱的概念来。这两个一半都是一样崇高的。"小人物"身上展现给拉斯科利尼科夫的崇高，是另外一种类型，但是不小于大人物，具有另外的但是并不稍小的价值。"颤抖的东西"、虫子的概念应该被人民或者"世界人民大团结"的概念代替。两种活动：保持平衡和向前的运动,人的肉体与精神,在他的眼里都必定是同样神圣的。在他看来,成为群众一员、真正的人民,比起充当英雄来,不见得更被小看,也不见得更光荣。不仅对社会主义而且对基督的教导来说,都可以从这种让步中得出许多其他惊人的、对他来说已经是完全不期而至的结论:例如,在这样的情况下,会不会出现两种道德价值观记载,却是"具有同等效力的""同等权利的"两种真理呢?到最后,在这二分法的最后界限之处,他是不是看不见合一的可能性呢,在那个时候,在"新的"、已经完全非社会主义的"耶路撒冷"的上方,帷幕不是会升起的吗?

但是,正是在这里,拉斯科利尼科夫只有靠智慧才能够承认人类两个一半的同等生存权利的。他用心灵十分有力地否定这一权利(还没有人这样做过),在二者之间设立了很大的距离,大于古希腊人在奴隶和自由人之间设定的距离,大于印度人在种姓外的人和婆罗门之间的距离。看来,世界上似乎没有比在这里——出现在拉斯科利尼科夫面前的更大的距离、更大的深渊了。他找不到足够残酷和玩世不恭的词语来表达自己对非英雄的蔑视。

> 啊,我是多么理解骑马挎刀的"预言家":安拉下令,你"颤抖的"虫子,服从吧!"预言家"是对的,对的,要在街道上横着部署大炮,对着有罪和无罪的人放,连解释都用不着!你服从吧,颤抖的东西,你——不能有什么欲望,因为这不是你的事!……

在此之后,群众还有什么生存权利可言?难道只能谈一谈永恒颤抖、面对"预言家"永恒非存在的权利吗?所以,就是对于拉斯科利尼科夫本人来说,也没有比像一切人一样觉得自己是一个人更感到恐怖和厌恶的了。所以,他杀人,是为了越过分开英雄与非英雄的这条线,为了向自己证明,他是人,而不是"一个虱子":

  当时我想打听清楚，而且要快一点打听清楚，我是不是和一切人一样，是一个虱子，或者是一个人？……我是一个颤抖的东西呢，还是我有我的权利？

  瞧，他们在街上来来去去地奔走，他们每一个人，凭他们的本性，都很下流，都是强盗，更坏的是，都是——白痴！……啊，我多么痛恨他们所有的人！

  在他心里，对于人类的"延续者""保存者"是连一滴爱和尊敬甚至公正都没有，而他凭智慧是承认他们的。显然，在这里，在拉斯科利尼科夫的生活感觉和抽象的思想之间存在着某种显眼的矛盾。

  对社会主义的第二个让步，是承认作为英雄最高意识目标的"人的福祉"。英雄是"人类的构建者和造福者"。他们超越法律不仅仅因为那是他们的本性，还因为是为了实现更高的法律。他们"毁坏现在，是为了更好的未来"，为了"新耶路撒冷"。为了多数人的幸福，他们牺牲不多的人的幸福，为了多数而牺牲少数。他们的罪行不仅是合乎自然的，而且是理性的，因为虽然对于为数不多的人有害，但是对于千百万人是有益的，因此，可以用数学计算得到证实：

  和千千万万的善举相比，这罪过不是小小不言的吗？牺牲一个生命，拯救千千万万的生命。一个人的死亡换来一百个生命：这是简单的算术！

  但是，连第二个让步，也不比第一个的意义更大；事实上，他自己发现了这一点，于是最终切断了和"社会主义者们观点"的最后的联系：

  刚才，小傻瓜拉祖米辛为什么骂社会主义者呢？劳动人民，做生意的；从事"公共福利"活动……不不，我只有一次生命，以后就永远也没有了！我从不想干等着"公共福利"。**我自己还想活着呢**，那样的话，还不如不活。怎么说呢？我不愿意从挨饿的母亲身边走过，攥紧衣袋里的一个卢布，干等着"公共福利"。

他们说，为公共福利添砖加瓦一小块，我就会感受到心里的平静。哈哈哈！你们为什么漏掉了我？我只能生活一次，我也想……

对于人类福祉利益的数学计算，他也嘲笑，"咬牙切齿"：

他们说，不是为了自己的肉体和欲望考虑，而是考虑最伟大的和愉快的目的——哈哈哈！……他决心要追随可能的正义、重量和量度，还有数学：在一切事物中选择最没有用的，把它杀掉，从它那里取得走出第一步所需要的数量的东西，不多也不少（而剩下的，当然，就要给修道院，按照教会遗嘱 哈哈哈！……）啊，下流啊！……啊，无耻啊！……

在"忏悔"之前，他已经对索尼娅·马尔美拉多娃承认：

全部这些空谈的全部负担，我都承受了，索尼娅，我一直想把它全部从我的肩膀上甩掉；**我想要杀人，不顾是非感，只为了自己一个人！**在这里，我甚至不想欺骗自己！不是为了帮助母亲我才杀人的——瞎说！不是为了得到财富和权利、为了变成人类的善人，我才杀人的。无稽之谈！我就是杀了人；为了自己而杀人，为了自己一个人……

在这里，在拉斯科利尼科夫灵魂里，出现了某种奇异的情况，一个谜：如果他是为了人类的利益而杀人，那还能够得到辩解：可以说手段愚蠢,但是目标高尚。而如果是"为了自己","为了自己的肉体和欲望",那就完全没有可能辩护了:是平淡无奇的贼和杀人犯,简单的恶棍,"逍遥法外的强盗"。而拉斯科利尼科夫却模模糊糊地感到,情况不是这样:他杀人,是"为了自己一个人",而且并不是为了自己的肉体和欲望,而是为了自身的更崇高的因素,为了某种更为确定无疑的事物,而且是更为毫无私心的、远方的事物,超过近旁的幸福,"公共的福利"。这当然是利己主义,但是又是某种特殊规格的利己主义。罪行可能变得更加恐怖,但不是更加简单、更加粗糙,相反,只有在这里才开始显现出其全部的复杂性、细微性和蛊惑性。拉斯科利尼科夫的眼光,因为困苦和激情而变得细腻,早已经看到了社会主义对公共利益"商业式"称量和计算的毫无希望的平庸与下流。而在这个"为了自己、为了自己一个人"之中,在他面前,隐隐约约地展现出某种接触的不可知的深度,所接触的是比全部社会主义利益与成果不可比拟的更崇高的、更困难的、更高尚的价值观;他还不会意识到,但是模模糊糊地感觉到,在这里,即使还没有证实,但是也总是有某种终极的真理、解放,与解除全部"因果论"和关于新的社会主义"耶路撒冷"的"空谈和谎言"。正因为如此,他才以这样极度的顽强和努力抓住这个"为了自己、为了自己一个人",似乎是要把自己的思想贯彻到底,却又不能、不敢。在这里,对于他来说,一切都还过于昏暗,过于深刻、可怕,可怕正是因为深刻性突然展现出来;在这里,辩护本身比一切的判断更可怕。社会主义的不稳固的航船让它领航,像落水的人一样,看到了一个硬实的点,在这个"为了自己一个人"大浪里的一块坚固的岩石,但是还不知道,在尖锐、裸露的石块上是会被撞得粉身碎骨呢,还是抓住了它而得救。《罪与罚》的主角连这一点也是不理解的,也不会去打听,也不会明白,他要得救,只能通过对于作为不仅是社会的、道德的、哲学的,而且还有宗教的人的自己的爱,来进行辩护。

更接近宗教意识的是《少年》,他的"理念",就被引导到了终极极端的个人的因素而言,是类似于拉斯科利尼科夫的理念的。

在"犯罪"以前,拉斯科利尼科夫就已经因为自己可怕的思想,因为孤独,最后还有干脆就是肉体的困乏、饥饿,而患病。"这是因为我的病很重,"他自己解释道。杀害老太婆,即使不完全是,也在很高的程度上是疾病、"梦游"、怪诞。"是鬼把我拉到那儿去了。""老太婆——那是胡说,老太婆,也许,是个错误吧。"当然,在极端的程度上,是错误,是高度不成功的试验,什么也没有证明,同样什么也否定不了。在老太婆身上,他杀死的不是"原则",只不过是个老太婆。走出静观的领域而进入不是他所特有的行动领域之后,他迫使自己的内在的逻辑服从了外在的、粗糙的偶然事件的逻辑。现在他太痛苦了,无法自由地思考。他没有这样做,因为他现在是这样想的;相反,现在这样想,是因为这样做了。如果活的激情加深了、加重了他的抽象思想,那么,同时,这样的激情也剥夺了这些思想的平衡、尺度和明晰。

在"少年"的"理念"中,也许,还有比拉斯科利尼科夫更多的书本的、非经验的、少年的甚至直截了当的孩子气的东西。这的确是一个"少年",几乎是男孩,很小很嫩。但是,不成熟的外壳不能消灭"理念"本身深刻内在意义的可能的后果。这个过早形成的果实有一天会成熟的。实际上,现在就已经可以看出,他是用什么木料制造的。这个少年比较健康、平衡,他的思想比拉斯科利尼科夫的思想自由,而且,主要的是,更有意识,更清醒。

在充实的生活中,在心灵和意志的发展中,在这里,出发点同于拉斯科利尼科夫、盖尔曼、奥涅金、皮巧林,同于全部的拿破仑的和彼得的人物——不可遏制的叛逆的贵族精神、个人反对社会的激愤:

> 我是阴暗的,我在不断地掩盖自己。我常常想要走出社会。将来我也许为人做好事,但是我常常看不到为他们做好事的一星半点的理由。从十二岁起,就是说,从正确的意识萌生的时

候，我就开始不喜欢一切人。

在静观生活方面，他所开始的地方正是拉斯科利尼科夫结束的地方：这里已经和"社会主义者的观点"，和对公共福利的计算没有任何的联系；而《罪与罚》的主角自己勉强敢于承认的事："我自己也想活""我杀人，是为了自己，为了我自己一个人"——已经吓不倒少年；他不需要对自己重复和证明，这里没有"罪"，事实上，对于他，新的"严格命令"的源泉已经展开：对自己的爱，对自己的无私的爱，不是对渺小的近在眼前的"我"，而是对伟大的未来的"我"。而这种爱的最高极限，就是权利意志，"强力意志"——这是他的全部"理念"的首要的、不仅是道德的而且也几乎是形而上学的甚至宗教的基础：

我一生都在渴望强力、权力和统治。

他选择用以体现理念的手段，已经不是粗鲁的外在暴力，不是无政府主义的谋杀，因为，在现代文化的社会条件下，作为指向任何一种目的的理性的行为，都是没有结果的、难以证明的，可以说是下策；而内在的强力，更细致又有振奋力量的是金钱的强力。

我不需要钱，或者，说得更好一点，我需要的不是钱，甚至不是强力；我只需要能够用强力获取的东西，没有强力就无论如何也无法获取的东西：这就是对力量的片面和镇静的意识！这就是自由的最充分的定义，整个世界都在为了它斗争！自由！最后，我终于设计出来了这个伟大的词语……是的，对力量的连贯的意识，是有魅力和优美的。我有力量——我也就镇静。我一旦有了强力，我想到过，我就完全不再需要它了；我相信，我凭我自己的意志在所到之处，都能占有最紧要的地方。我心里充满这个意识——

这个意识
对我已经足够。

早在童年时代,我就学着背会了普希金悭吝的骑士的独白;除此之外,在理念上,普希金什么也没有启发出来!我现在也还是这些思想。

就像在拉斯科利尼科夫那里是通过盖尔曼一样,在少年这里,是通过悭吝的骑士,个性因素的理念和普希金联系了起来:在这里,和在陀思妥耶夫斯基全部作品里那样,和在全部俄国文学中一样,是通过普希金和西欧的还有俄罗斯民族加深了联系。

"你的理想层次太低,"他们很不齿地说,"金钱,财富!这就是社会福利、人道的丰功伟绩吗?"
但是,有谁,凭什么知道,我是怎么使用我的财富的?这千百万的钱财,从许多犹太人为非作歹的和污秽不堪的手里,流进警惕监视世界的清醒而坚强的苦行僧手里,这有什么不道德的和低下的呢?在我的理想当中,我已经不止一次地抓住了未来的一个时刻,就是我的意识得到过分的满足,而权力却变得太少。在那个时刻,不是因为寂寞,也不是因为漫无目的的伤感,而是因为我必定贪得无厌,所以我必定把我的千百万金钱送给众人。让社会在那里均分我全部的财产,我自己——要重新回归一无所有。一想到我手里原来有千百万的钱,我都扔进了烂泥里,像乌鸦一样,这个意识在我的沙漠里会喂养我的。是的,我的"理念",这就是一个城堡,在任何情况下,我永远可以在里面藏身,躲开一切人,连穷人也算。这就是我的长诗!还请您理解,我正是需要我全部的罪恶的意志的——仅仅是为了向自己证明,我有拒绝这个意志的能力。

拉斯科利尼科夫不也恰恰是需要自己的"全部的罪恶意志"的吗？为了"向自己证明"（"我必须知道，我是一个虱子呢，还是一个人"），他有这个意志，这种"获得权力的权利"，他也踏过鲜血。

我要再说一遍，即使少年的"理念"，或者，说得好听一点，"理想"的实践方面还是孩子气的、天真的，甚至简直是可笑的，即使从那里面可以听见十五岁男孩尚未定型的、刺耳的说话声音。对于我们来说，要紧的不是理想的实现，而是理想的方向和趋势；在这里，重要的是，在青绿色的果皮下面，正在长出种子，而从这粒种子里，有朝一日会长出新的"知善恶树"，还可能长出新的"生命之树"。

所以，这里首先要注意到的是：对于少年来说，积蓄权力、强力不是目的，而仅仅是手段、途径、准备性的"沙漠"、功勋、诱惑；不是无政府主义的放肆，而是对"肉体和欲望"的最伟大的、禁欲主义的遏制，对"肉体与欲望"的最伟大的胜利。"清醒而坚定的苦行僧"应该脱离这种诱惑。他需要"全部罪恶的意志"，"他只是为了自己需求意志"，"为了自己，为了自己一个人"。但是，这里就是结尾吗，他的欲望的最后的界限吗？不是，"我必定贪图更多"，"强力变得太少"。他要把它送给众人，扔进污泥，拒绝自己的意志，走进更大的沙漠。自我否定个性，自我肯定个性，新的、更高一级的自我否定，是为了新的、更高一级的肯定——一步接一步、一级接一级，沿着某种无限的欲望阶梯，上升到"无限的"最后的欲望。即使少年本人不太明确，我们也已经十分明确，"在沙漠里像乌鸦一样喂养他"的那种意识，正是宗教意识，这就是宗教的开端。

这一宗教是不是和少年的突如其来的朋友和教师宣讲的那种宗教对立呢？——这个朋友就是他不合法的母亲的合法丈夫，维尔西洛夫的原来的农奴，俄国农民，宗教长老和漂泊者，马卡尔·伊万诺维奇，这无疑就是卡拉马佐夫兄弟中的佐西马长老的原型。

马卡尔·伊万诺维奇不断猜测少年心里发生的全部的事：他的叛逆、他的孤独、他对世人的痛恨，却随意地原谅了他，令人诧异。

他露出静静的似乎有点狡黠的微笑,对"小少爷"表示高兴,而且不怀疑,虽然他走的路不同,但是总是会走到上帝身边的,"上帝的秘密"或早或晚一定会在这个反叛的心灵里实现:"秘密吗,那甚至更好啊,让心里感到又怕,又奇怪。这样的怕能引导到快乐:'主啊,一切都在你里面,连我自己也在你里面,你就接受我吧!'小少爷,别抱怨,是秘密,更好啊。""听您说话,我很高兴,"少年问候长老,"我也许是早就在等待着您的。他们,我谁也不喜欢,他们都其貌不扬……"可是长老仪表堂堂,这少年立刻就看出来了,这是古代的、不仅是俄罗斯的甚至还有拜占廷的、圣像风格的堂堂仪表,但是又包括新颖的、未来的面貌,也许,这正是少年在具有最终强力和孤独的、最终自由的、"超越善与恶"的"清醒而坚定的苦行僧"身上所隐约现出的那面貌。

正因为如此,他们越走越相互靠近,彼此理解得越来越深刻,恰恰就是两个人都已经相信同一事物,走向同一事物。而在逝世以前,长老似乎看透了未来,祝福少年说:

"孩子们,我决定告诉你们不多的一句话,"他继续说,静静地、优雅地微笑着,这微笑,我永远也不会忘记。他突然转过脸对我说:"你,可爱的孩子,要钦佩神圣的教会,它如果召唤你,就要为他去死;等着就是了,别害怕,不是现在,"他微笑了一下,"现在,你也许没有考虑到这个,以后你也许会考虑到的。不过,有一点要知道,无论你想做什么好事,都是为了上帝做的,而不是为了钦佩。就这些,你必须知道。"

看来,这"不多的一句话"的确决定了少年未来的一切,也许,还有拉斯科利尼科夫的未来的一切:"为了上帝做的,而不是为了钦佩。"拉斯科利尼科夫做了他所做的,"是为了自己,为了自己一个人",如果他能够附加一句"也是为了上帝",那他也许就得救了。但是他没能这样做,他不敢附加这句话。连上帝他也忘记了。想到上帝他就感到羞耻和恐惧。他"迈步走过鲜血",不仅是为了更高、更远的目标,也是为了低下的、近在眼前的自我;不仅是为了自己的上帝——无论这个上帝是什么样的,现在他还没有去回想,但是有朝一日他会的,而且是为了"钦佩"。毁灭了他的不是对自己的伟大的爱,而是对世人的渺小的恨。他爱自己,没有爱到最后,爱到上帝的水准,那是不充分的、不彻底的爱。少年在自己的"沙漠"中,新自由的意识"像乌鸦一样"喂养了他,在那里,他是接近上帝的。但是,即使是在他关于罗特希尔德家族的亿万钱财的幻想,关于放高利贷老太婆床底下红色小箱子的幻想,关于盖尔曼的黑桃皇后的秘密的幻想,从本质上看,虽然还是"嫉妒",但也已经不像拉斯科利尼科夫的嫉妒心那样隐蔽、阴暗、根深和歹毒,而是更为单纯的、幼稚的。这种新酿的酒,也许还需要充分发酵、贮存、澄清,到那个时候,少年才能明白马卡尔·伊万诺维奇奇异的祝福和预言。

而现在,暂时看着还确实是十分奇异的:在理念上,在精神上,这个长老是无政府主义者杀人犯拉斯科利尼科夫的兄弟,是全部愤怒的、凶猛的、恶魔式英雄的兄弟;这些人"只是为了自己的意志","享有他们的全部的罪恶意志"。——他在祝福嫉恨和"为基督神圣教会"的死亡。这位长老没有犯错误吗,没有猜测错误吗?他是否确切地理解了少年具有"什么精神"。实际上,马卡尔·伊万诺维奇自己似乎也预感到了自己没有把握。"得等一等,别害怕,"他露出机灵的微笑,提示说,"现在,你也许没有考虑到这个,以后你也许会考虑到的。"是的,当然,现在他还像拉斯科利尼科夫那样,很少想到教会。但是,以后,确实,在拉斯科利尼科夫之后有伊万·卡拉马佐夫,在少年之后有阿辽沙,将要想到教会,而这些思考直到我们今天都不会停止,都会变得日益深刻,越来越没有穷尽。所以,在《少年》中,就已经诞生了"清醒而坚强的苦行僧"的新面目,苦修修士、见习修道士阿辽沙的新面目。所以少年寻求的不仅有普罗米修斯式的、拿破仑式的、西欧式的"独处与强力",

而且还有俄罗斯的、祖国的、最古老和最新颖的、未来的"堂堂仪表"。这个堂堂仪表,他将会在佐西马长老身上找到。虽然怀有对于不洁的千百万钱财的幻想,"少年"在心灵上还依然是纯洁的。他,差不多像阿辽沙那样"廉洁";而且,虽然在他身上也潜伏着维尔西洛夫式的"凶恶和淫荡的虫子",但他几乎是像阿辽沙那样的处男,因为在阿辽沙身上也有维尔西洛夫的、卡拉马佐夫的因素,"我们大家,卡拉马佐夫一家人,"德米特里说,"也一样,在你身上,天使身上,也有这个虫子,在你的血液里兴风作浪"。是的,少年处在从拉斯科利尼科夫、从伊万·卡拉马佐夫到"纯洁天使阿辽沙"的半路上。就在这条路上,有长老为他祝福。少年"见习修道士"和马卡尔·伊万诺维奇长老的初始特征乃是阿辽沙和长老佐西马的第二特征的原型。

不,请不要看错,马卡尔·伊万诺维奇没有猜测错误,这只是出自没有第二次降临的单一的第一次降临、没有第二次的神秘的面容的观点,出自我们现代的、窒息的、托尔斯泰式的、佛教的基督教的观点,这样看来,这位长老在祝福自己学子身上的个体原则的堡垒、"牢不可破的独处与强力的城堡"的同时,是在祝福某种和基督对立的"反基督"的因素。"现在,你也许连这个也不考虑,以后也许会考虑的。"哦,是的,当然,以后你还会考虑其他很多的事情呢!

> 我还有好些事要告诉你们,但你们现在担当不了。只等真理的圣灵来了,他要引导你们明白一切的真理。(约,16:12 - 13)

看来,马卡尔·伊万诺维奇和长老已经部分地"听进去"了,已经部分地接受了不仅圣父和圣子而且还有真理圣灵的"教导"。应该像爱自己那样爱他人吗?但是,应该爱他人,却不是为了他人,而是为了上帝,在上帝里基督的训导就是这样的。而以前是,怎样爱他人，也应该怎样爱自己，却不是为了自己，而是为了上帝，在上帝里——难道这是反基督的教导吗？不是的，在上帝里爱他人和自己，这不是两件事，在这是一件事。不能以无限的爱爱自己、爱他人——只能爱无限，只能爱上帝。对自己的无限的爱，对他人的无限的爱，是对上帝的同一种爱。应该把自己贡献给他人吗？但是，为了贡献自己，必须首先拥有自己、找到自己、控制好自己。我们当中，是否有很多人的确找到了自己、控制好自己了呢？有些人的赆赠，是否比表面上更轻易呢？——他们愿意把所有的一切给予身旁的人，却什么也不给予，因为他们几乎一无所有。我应该为兄弟奉献灵魂吗？但是这就意味着奉献出不是细小的也不是中等的，而是最伟大的所有：这只能是我的灵魂。我应该提升我的灵魂，不只给我的兄弟，而且也给上帝，让我的赆赠和上帝相称，而不是给予他我不需要的、我自己已经可以随便处置的东西——不能把我被贬低的、被摧残的、令人厌恶的灵魂贡献给上帝。

过往世纪的清醒而坚定的苦行僧们确实拥有自己、控制了自己：像悭吝人一样，他们从世界里收集、攫取、聚集精神独处、强力、终极自由的宝藏——而关于这一自由的意识，"像乌鸦一样"在沙漠中喂养了他们——

……这样的意识
我已经烦腻。

他们住在高及云端的险峰，在地下的洞穴之中，像雄鹰和狮子，像猛兽。神圣的贪婪，神圣的悭吝。不，基督的学说不仅仅是对个性的最伟大的自我否定，也是最伟大的肯定，不仅是永恒的各各他、钉十字架，而且也是永恒的个性的诞生、复兴。迄今，人们仅仅清晰地看到了基督学说的一半——自我否定的一半；时候一到，他们终于会同样清晰地看到这一学说的另外的一半，在已经显现的第一个面貌之后，会看到主的第二个隐秘的面貌，在"鸽子的纯朴"的后面，看到"蛇的聪明"，在奴役和顺服的后面，看到力量和荣誉的面貌。而一直到现在，这第二个面貌都是或者吓人或者诱惑人的。在我们眼前，托尔斯泰就是这样受到惊吓的，尼采就是这样受到诱惑的：他们两个人，从最对立的观点出发，是同样地把基督的面貌作为反基督面貌来接受的。——"你会等到的，不要害怕，"长老微笑，很无畏地。"很快你们就看不见我，很快又会看见我的。"在这里，门徒里一些人彼此相告：

> 主对咱们说的话，是什么意思啊："很快你们就看不见我了，很快又会看见我的……"
>
> 这样，他们说，主说的什么意思？很快？我们不知道他在说什么。

门徒们也受到了诱惑，也受到惊吓。这岂不是太过分了吗？还有没有别的宗教有更多的谜和诱惑呢？"诱惑应该来到世间，但是诱惑所经由之人，是没有好运了。""不因我受诱惑的有福了。"是的，很难不因为他受到诱惑，甚至几乎是不可能的，特别是在我们的时代，在他全部预言中这最是谜语、最具诱惑力的一条开始实现的时候，"很快你们就看不见我了"和"很快你们又会看见我的"。事实上我们已经看不见他，也还没有"又"看见。他说这个"又"字是什么意思呢？我们不知道他说的是什么。马卡尔·伊万诺维奇，佐西马长老，也许，部分地还有陀思妥耶夫斯基，已经知道，已经"又"看见了他。

然而，在拉斯科利尼科夫那里，个性的因素出现了什么情况呢？如果这个因素把少年引导到了宗教的圣殿，引导到了"堂堂仪表"，到了阿辽沙的"纯洁天使"的面貌，那么，为什么同样的因素引导拉斯科利尼科夫到了对一切圣殿的否定，到反宗教地否定作为"魔鬼混乱一团"的世界——甚至即使没有引向他眼睛里的"罪恶"，但是也还是引向了"疾病"和"梦呓",引向了"无耻",引向了"下流",像他自己所说的,引向了最严重的"丑陋"?在这里,偏向和歪曲的第一个错误、第一个起点在哪里?是在行动中还是在观察中,是在意志中还是在思想中,或者,最终地,既在那个地方,又在另一个地方?

《罪与罚》,作品是这样标题的,到现在依然被接受。从这个观点来看(不一定站在,但是,似乎又想要站在,甚至不过是佯装站在这个观点上的,其实就是陀思妥耶夫斯基),拉斯科利尼科夫的全部悲剧都是人类良知的、复仇女神的、并不复杂并不新颖的、永恒的悲剧,就像俄狄浦斯王或者麦克白一样。道德的平衡遭到破坏,又得到恢复:破坏了法律,按法律得到审判;流了血,血仇被报复;他杀人、盗窃,于是受到良心苛责,被引导到全民的忏悔,会晤见证罪人,被判处苦役。还有什么?还需要问什么?一切不都是简单明了的吗,一切不都各就各位了吗,就像在全部的世世代代的刑法和道德法中那样,从摩西的第二律法开始:以眼还眼、以牙还牙。

但是,如果我们不在这个几乎可笑的和安慰人心的招牌前止步,如果我们深入小说中人物的内心,那么,在我们的脑海里不是也一定会浮现出那种"具有讽刺意义的、叛逆性的疑问"吗?这一疑问,在拉斯科利尼科夫即将感到"忏悔"的最后一分钟在他的心灵里"沸腾"。"难道就是这样的吗,这一切?"但是,随着我们更加专注地不仅深入细读这部书,而且还细察书的背后隐藏的事物,这一疑问就会生长并且转化为困惑、诧异:现代读者的思考和良知竟然如此冷漠,以致受到欺瞒,落入这种似乎事先设计好的,并不隐蔽,并不诡秘的陷阱里。

拉斯科利尼科夫完成了索尼娅·马尔美拉多娃的嘱咐,或者至少是这个嘱咐的一部分:

> 到十字街头去,向路人鞠躬,亲吻土地,因为你面对大地也是有罪的,告诉全世界:"我是杀人犯!"

他真的"在广场中心下跪,匍匐在地面上,亲吻这肮脏的土地"。路人都把他看做是酒鬼,开始嘲笑他。而这就是悔罪的那个词语,索尼娅嘱咐他公开承认罪过:"我是杀人犯!""也许,"陀思妥耶夫斯基写道,"这句话已经到了嘴边",还是没有说出来,又给"咽回去了"。外在的表现都完成了,而内在的也是最重要的却没有完成,僵滞在嗓子里,"凝结住了",憋死了,熄灭了。有忏悔,没有悔悟。拉斯科利尼科夫身上究竟发生了什么事?他在广场上下跪,如果在这样的"突发行为"中他还想到了什么,还有所感的话,那是何所思,何所感?而陀思妥耶夫斯基又会怎样地表达呢?这最后的疑问,比他全部以往的疑问更加可怕、"狠毒而且叛逆":"难道就是这样的吗,这一切?"不是一直在折磨着他的心灵吗?实际上,在后来,我们会看到,这种"忏悔"、这种"突发行为"在他眼里到底有什么意义、付出了什么代价。但是,到那个时候,无论他想到什么、有什么感触,他以往的思考和感触也是十分清晰、不可抵御的,在最终评价这"忏悔"的时候不能不予以考虑。

"接受痛苦,用它来赎罪,必须这样。"索尼娅告诉他。
"不,我不去见他们,"拉斯科利尼科夫"轻声"回答,"别说孩子话了,索尼娅。对于他们,我有什么罪?我为什么得去?告诉他们什么?他们自己折磨千百万人,哼,还美其名曰行善。他们都是恶棍,都是下流坯!索尼娅……我不去!"

在他终于还是去了的时候,必定还是自忖,"轻轻地",在自己良知的终极寂静中,在自己的理性的终极堡垒和自由之中,还是要问自己:

问题就是,难道在以后的十五、二十年里,我就心甘情愿,在天下人面前毕恭毕敬地悲悲切切地承认,直截了当说自己是杀人犯吗?

接着，他努力用高声的愤怒词句来掩盖心灵里的这更为可怕的寂静的不解、僵凝和骤然停顿：

是的，就是，就是！就是为了这个，他们现在流放我，他们需要这个……所以他们都在街上来回串游，看他们的天性，他们每个人都是下流的东西，是强盗；还有更糟的——都是白痴！如果豁免了对我的流放，他们都要义愤填膺，要变成疯子的！啊，我算是恨透了他们所有人了！

而这个情况，是在他亲吻肮脏泥土之前的片刻才出现的。早一点的时候，但是依然是在同一天，差不多也就在同一小时里，他还对杜尼娅承认，要去"揭发自己，虽然他自己也不知道，是为了什么"——是啊，正是，不完全是悔过，而是"揭发自己"——杜尼娅还拥抱了他，为他祝福："你甘愿去受苦，不是已经洗刷掉了一半的罪过了吗？"

"罪过？什么罪？"他吼叫，突然变得疯狂起来，"我杀死了一个丑陋的、有害的虱子，一个谁也不需要的放高利贷的老太婆。杀死她，四十种罪过都能得到原谅。这老婆子一直是吸穷人的血汗的，杀了她还算犯罪？我不考虑这件事，也不想洗刷。现在四面八方的人都指着我骂我：'犯罪，犯罪了'。现在我才看清我这狭小眼界的愚蠢，现在，我竟然决心去自讨羞耻，这没有必要嘛！完全是因为我低下、平庸，才下这个决心的，还居然说有好处，给出这个主意……这个波尔菲里！"

"哥哥，哥哥，你说的是什么话呀！是你弄出来的血案啊！"杜尼娅绝望地大声嚷道。

"血案到处都是，"他马上反驳，怒火冲天，"世界正在流血，一直在流，像瀑布一样，像香槟一样，因为血案，在神殿里还奖给花环，以后还美其名曰为人类行善。你细看看，就能看清!……但是我,我连第一步也没有经受住,因为我——太下流。全部的关键就在这里!说什么我也不能用你们的眼光看待事情:如果我成功了,他们肯定要给我加冕,可是现在是把我推进陷阱!这个情况,我现在意识到了,比任何时候,比任何时候都清楚,而且,比任何时候都更加不理解我的罪过!我在任何时候也没有像现在这样有力量,这样深信不疑!"

俄狄浦斯王受到激情或者命运的迷惑,可能看不见或者不愿意看到他自己的罪孽——杀父和娶母的乱伦;但是,在他看见的时候,已经不能怀疑他就是罪人,不仅不能怀疑外在的、社会的,而且还有内在的、道德的惩罚性法律的审判——因此,他接受了这一惩罚的全部重担,毫无怨言。同样,麦克白受到权力欲的诱惑,可以闭上眼睛,不去考虑麦克德夫的无辜鲜血;但是,只要他一清醒,他就不可能再怀疑,是他自己踏着他人的鲜血,摧残了自己的灵魂。在这里,和在律法遭到破坏的古老、永恒——永恒吗?——的悲剧里,良知——也仅仅是良知的悲剧里,才有切实的灵魂的剧痛——"内疚"和"懊悔",这是在承认罪过之后立即、直接出现的,就像在肉体遭到打击和创伤的时刻那样。

在拉斯科利尼科夫身上发生了完全不同的、和古老悲剧里的任何情况不能比拟也不可对比衡量的事物:他怀疑的不是自己的罪孽,而是一般的罪孽,这是一切可能的怀疑中最深刻的怀疑,对于任何道德律、罪人与无辜者之间的任何道德制约和阻碍的本质本身、存在本身的怀疑。"当时我心里萌生了一个思想,这是在我以前任何人、任何时候也没有想到的。"应该彻底地理解这一思想的全部确实的新颖和不同凡响。全部以往的罪行都是按照设计或者出自激情完成的,但是都是为了某种目的;如果罪犯放弃了目的,摆脱了激情,也许就不会做已经做出的事情来;拉斯科利尼科夫是众人当中的第一人,"想出"和完成确实空前的、闻所未闻的、新的罪行,在他以前任何人、任何地方也没有完成的罪行,新的道德量度秩序的罪行（这样的罪行以其包罗一切的抽象性质对于以往的个别的罪行而言，近似于数学中的对数之于某一个数）——这是为了犯罪而犯罪——没有计算、没有目的、没有激情，至少没有内心的激动，只有理智、认识、好奇、经验的冷静、抽象的趋势。在经验上，他想要认知、"体验"世人所说的"恶"与"善"的终极实质，想要认知人类自由的终极界限。他知道了。但是试验的结论超过了他的预期：他本来想，人是自由的；但是他仍然没有想到，人自由到那样的程度。这自由的无限性，他没有能够承受。这种无限性对他的压迫超过惩罚性法律的全部重压。

塔西佗叙述说，在韦斯巴芗征服耶路撒冷的时候，罗马人都想知道，在所罗门圣殿的最深处，"圣所"的地方，到底藏着什么珍宝和秘密。犹太人之中谁也不到那里去，因为他们认为，走进那个地方的人都会死的。但是罗马人进去了，看见那里一无所有，圣所只是一间普通的房间，四堵白墙。他们感到诧异，不明白。但是，如果站在外面的一个犹太人在预期雷鸣闪电的时候，看到这里空空如也，难道不会感到比来自万军之主的全部雷鸣闪电更大的惊骇吗？

拉斯科利尼科夫就像罗马军团将士一样，以这样大无畏的、犬儒主义的目光探视那里，而在他以前是谁也没有探视那里的——亦即人的良知的"圣所"。于是他看见，或者他觉得他看见了"一无所有"，一个空地方，不可见的空气，"白色的、光光的墙壁"。他没有这样预期：他去"尝试"，但是还依然是在怀疑——不然，尝试还是为了什么呢——而且，不仅是怀疑，还可能抱着希望，甚至简直就是盼望，当然，他自己对此是不怀疑的，盼望一切都不那么"简单"，像他感觉到的"抓住一切的尾巴，投到魔鬼那里去"。在这里，他确认，从外部看，这的确是很困难、很危险的，但是，从内部看——而从内部看，对于他来说，是最重要的，惟一重要的——还有就是比他想得要简单得多。正是由于这种简单，他开始觉得恐怖：他觉得"恐怖，是因为一般是没有什么恐怖的"。恐怖捕获了他，除此之外，世界上再没有其他，"整个大自然都在逃离它"——空荡带来的恐怖,一无所有带来的恐怖。

他所感觉到的,就像是一个人突然失去对自己躯体重量和存在的感知:没有任何的阻碍、任何的滞留;所到之处,都是空荡、空无、无限;没有上,也没有下;没有支点;他觉得自己岿然不动,但是似乎永恒地下滑、永恒地落入深渊。在"罪"以后,拉斯科利尼科夫完全没有感受到沉重,而是在自己的心里感受到了这种不可思议的轻松——这种可怕的空虚、和一切存在物的决裂——亦即最终的孤独:"我似乎是从一千俄里以外的地方凝望你们",他对妹妹和母亲说。他依然还在人间,但是似乎已经不再是一个人,还在世界上,但是似乎已经身在世界之外。他感到轻松和自由。他轻松得太过分、自由得太过分了。可怕的自由。人被创造出来是为了这样的自由吗?没有翅膀、没有宗教,他能够承担这个自由吗?拉斯科利尼科夫没有能够承担。

正像大家以前能够想到的,一直到现在依然想到的,他是在为了自己辩护,因为他惧怕自己的罪责,惧怕"良心的苛责"。然而,他又仅仅是在渴望,仅仅是在寻找对于自己罪责的意识和作为惟一拯救的悔过。

"索尼娅,你知道,"他突然凭借某种灵感说,"你明白我要跟你说的话:我杀人,如果是因为当时饥饿,"他继续说,字斟句酌,谜一般地却又真诚地望着她,"那么我现在……是会感到幸福的!这话,你记住!"

如果他能够感觉自己不过是一个普通的强盗,他会觉得幸运的。他害怕的不是良心的苛责,而是良心的沉默;不是对自己罪责的压迫性的意识,而是对于自己无罪感的更加不可思议的意识;不是威严的惩罚,而是不可避免的惩罚的豁免。令他再高兴不过的大概就是"面对世人,我没有丝毫的罪过",令他再平静不过的大概就是这样自由的轻声话语了——皮鞭的刺耳呼啸、老年"善良"姐妹的(因为她们被称为"善良"的复仇女神)"犬吠",因为,在世人的眼前,她们用良心的恐怖来掩盖终极自由的超人的恐怖。

这是我们的恐怖，我们的悲剧，在世界上还从来没有完成的新的自由悲剧，与古老的旧式良知悲剧对立，新颖，是我们展现出来的，是对世界与灵魂的第四个悲剧的测度。这是我们的恐怖，如果我们因为这一恐怖而死去，那么，面对上下古今，我们也将会因为这种恐怖的宏伟而正确地感到自豪。

但是，拉斯科利尼科夫自己没有找到的对"罪孽"的良心判决、内在的惩罚，陀思妥耶夫斯基会不会为他找到呢？我们是否能够和他在一起，在审判这个主要人物之外，审判悲剧其他人物的过程中，找到呢？

这些人物当中，只有两个从根本上评论了拉斯科利尼科夫，他们虽然不完全却部分地理解了他所持的观点。这两个人是法院调查员波尔菲里和妓女索尼娅·马尔美拉多娃。

陀思妥耶夫斯基交付给波尔菲里的是古老的处世"道理"——甚至不是道德，只不过是"道理"、训导（"善有善报，恶有恶报"），那个送给大众和安抚大众的面具，亦即习惯上的和妥帖的外表——正是从这个外表后面出现了这个标题和直到今天对小说依然公认的理解：《罪与罚》。

"我要把你看成什么人呢？"波尔菲里说，而陀思妥耶夫斯基自己也借他的嘴这样说，至少显得是这样——陀思妥耶夫斯基本人似乎要作出这个样子来。

> 我要把你看成这样的人中间的一分子：你就是切断了他们的肠子，他如果能够找到信仰和上帝，他也会站在那里，还微笑着瞧着行刑的家伙。你们一定会找到的，活着吧。你们能变成太阳，所有人都会看见你们的……我甚至相信，你们是"精心考虑过接受苦难的"。因为，苦难，罗吉昂·罗曼诺维奇，是重大的事，"苦难里包含着思想"。

稍微早一些时候："小鸽子，你想一想吧，对上帝祷告祷告，有好处的,上帝保佑,有好处的。"所以说,一方面,在痛苦中有"思想",从另一方面说,有好处。又神圣,又有利。又是上帝的无法言说的秘密,又是鲜明的、社会主义者拉斯科利尼科夫所熟悉的利益算术。你们和我们、基督和财神,都很熟悉;这是道德的"康庄大道",一切人都走在这条大路上,这条路上只有人的福利才是指针。够了,聪明的波尔菲里,与其说是基督教导师,不如说是警察局密探,他嘲笑拉斯科利尼科夫,刺激他,要把局面推向顶点,推向爆炸点吗?事实上,他终于再也忍受不住了。"拉斯科利尼科夫甚至颤抖了。"

"您到底是谁?"他大吼,"您是什么预言家?您凭什么威严平静、居高临下地对我作出高明的预言?"

在第一次抽象的谈话中间,波尔菲里"突然眨了一下左眼,默不作声地冷笑一下",问道:"难道不是您自己决定越过这障碍的吗?……比如说,杀人和抢劫?"——"我要是越过了,那就当然不会告诉您的!"拉斯科利尼科夫以挑战性的、高傲的蔑视态度回答。

波尔菲里也会照样问拉斯科利尼科夫:

> 那您是什么人啊,您凭什么威严冷静、居高临下地蔑视我,您一个罪犯,逍遥法外的强盗,蔑视我,一位法律和秩序保护人,不仅有社会法律,还有道德秩序法?而现在,整个世界都是建立在这个基础上的。

但是,波尔菲里没有问起这个道理。他很精明,强烈感觉到,拉斯科利尼科夫从自己的观点出发,也许的确是有权利蔑视他的。

"我是谁?"法院调查员温和地回答杀人犯,虽然在以后还有很多的警察侦缉圈套、引诱、"软话",但是在这里也有一滴毒性最剧烈的真诚:"我是一个垮掉的人。人大概还有感觉,但是已经完全垮了。但是,您,您是另外一回事。您,罗吉昂·罗曼诺维奇,"他补充说,但是现在脸色怪异,谜一样地,"您对我说的这话,大概是不相信的,甚至永远也不会相信。"这就意味着:我虽然说谎,但是我是用说谎的嘴崇敬真理的上帝的;我虽然形同僵尸,但是还要用死寂的心灵来崇敬活的上帝。"您没有看出来,我发福了,没有必要,但是我知道,您不要笑话这个,苦难里有思想的。"

"哼,这是明摆着的,可耻!"拉斯科利尼科夫想到波尔菲里,很厌烦,但是也可能就是出自这个原因吧。

然而,波尔菲里的"无耻"、道德的粗野、"肥壮"、厚颜,又是从哪儿来的呢?他又为了什么"垮掉"、毁掉自己的灵魂,以至于连他自己也觉得杀人犯的灵魂毁坏得还不如他的严重?

"让他、让他游玩吧,让它游玩一会——我本来也知道,他就是我的一个小牺牲品,不会脱离我跑到哪儿去的!"波尔菲里谈到一些感触,这些感触把警察的搜查行动变成了一切欲望中最细腻微妙者。

> 按照自然法律,他不可能从我这里逃走,虽然也许有逃跑的地方。看见蜡烛前面的飞蛾了吗?是啊,他就总得、总得在我身旁转,就像这蛾子一样;自由会变得不可爱,它会开始左思右想,越想越乱,自己把自己转糊涂,像掉在网子里一样,要把自己吓死!……他会一直、一直地围着我兜圈子的,不断地缩小这圈子的半径,忽然,扑哧!照直飞进了我的嘴,我就把他一口吞了下去,让人挺高兴的,啊啊,啊哦,哈哈哈!您还不信啊?

是的,波尔菲里挺"高兴",享受着对自己管的"牺牲品"可笑地宣讲基督教的苦难理念,好像一个蜘蛛要把陷在蛛网里的苍蝇拽出来似的。但是,如果说在拉斯科利尼科夫的"罪孽"里对于初始的道德情感是存在某种可怕的因素的话,那么,在波尔菲里的行善之中,在这蜘蛛式的得意洋洋的行善享受之中,对于同样的感觉来说,难道不是存在着某种可怕的而且可悲的东西吗?在两种情况下,暴力是否都是一样的呢?在那里是以破坏的名义,在这里是以维护旧秩序的名义。在两种情况下,都是有同样的道理:"人对人是狼",区别仅仅在于,"逍遥法外的强盗"的狼性被暴露,而法律维护者的狼性被基督教的羊皮掩盖了起来:"您对我说的这话,大概是不相信的,甚至永远也不会相信"——这就是那个古代的狼的精神,启示录的第一个"野兽"的精神,这是在平庸的无耻之中保存、无休止延续,联结上帝与财神的精神,这一精神似乎和基督的精神结成了同盟。这就是国家利维坦的那不可穿透的厚重、厚颜("您没有看出来,我发福了,没有必要"),这个利维坦是那种大鱼之一,直到今天,即使不是世界,也还有罗马依靠着它;这个罗马,已经坠落几千年,但是无论如何不能彻底败落,这个罗马,罗马帝国,"此世的王国"。

现在可以明白波尔菲里向拉斯科利尼科夫宣扬的"基督教"道德了——蜘蛛对在它的八条腿里挣扎的苍蝇宣扬的道德:

你呀,小小的牺牲品,我到底是要把你慢慢吞食干净的,你也别害怕,用不着挣扎,没有的——对上帝祷告就是了,接受苦难吧:别看我发福了,我知道,苦难中有思想,你会感到轻松的,我会感到舒适。

也可以明白,拉斯科利尼科夫为什么因为这个"道德"而脸色苍白、蜷缩身体,似乎是接触到了"怪兽当中最阴冷"的,尼采所说的国家向他伸展、蠕动袭来的又黏滑又冰冷的触手。在波尔菲里的形象里表现得最为淋漓尽致的是,被人们认定为"基督教道德"而被接受的东西可能遭到何等的败落、何等的亵渎。很难想象的是,陀思妥耶夫斯基不仅能够有意识地,而且甚至无意识地站在波尔菲里方面来反对拉斯科利尼科夫,混淆作为内在自由功绩的"苦难观念"和作为外在强力惩处的"惩罚"的观念。无论如何,后来他最终还是理解并且说明,在这乐观观念之间是毫无共同之处的。其一,国家的观念,排除另外一个,宗教的观念,法律的外在惩罚之所以恐怖,是因为剥夺了罪人内心赎罪的一切机会。就这个问题说出下面的话的,已经不是叛逆的无政府主义者拉斯科利尼科夫,而是《卡拉马佐夫兄弟》里的温和的长老佐西马:

> 全部这些流放加苦役,还有体罚,都改正不了任何一个人,主要的是,差不多吓唬不住任何一个犯人,而犯罪的数目比以前不仅没有减少,反而增加得更多……这样,社会完全得不到保护,因为虽然可以机械地消除一个有害的成员,把他流放到天涯海角,眼不见为净,但是,他留下的空位,会立即由另外一个罪犯填充,嗯,可能还是两个……社会完全机械地、靠压倒他的力量来消除他,而伴随这种革除做法的还有痛恨,还有对于作为兄弟的他以后命运的最充分的冷漠和忘却。

对于在现代文化中,在解决道德问题方面这种主导性的原始的粗鲁和机械模式,长老的解释是,现代的国家"差不多还是异教联盟"。

"相信上帝的社会主义者,亦即基督教社会主义者,比无神论的社会主义者更可怕。"听众中的一位说。

"就是说,您……把我们也看成是社会主义者了?"佐西马长老的同派帕伊西神父问,直截了当,但毫无不满之意。

对于这个怪异的问题,陀思妥耶夫斯基没有作出回答。但是,看来,回答是清晰的:实际上,如果说佐西马长老和帕伊西神父不是无政府主义者的话,那么,仅仅在自己学说的否定的批判方面,他们总还不是对破坏者拉斯科利尼科夫的接近超过对于维护者波尔菲里的。

任何活的灵魂由于接触"最阴冷的怪物"而体验到的僵死寒冷之感,在世界文学之中表现得最有力量的,大概就是在对米佳·卡拉马佐夫的预审的场景了。"他感到厌恶透顶的是,"陀思妥耶夫斯基说,"得面对这些像死咬住他的臭虫一样的面目阴冷的人。"在这里,人对人甚至不是野兽,而成了冒出臭味的虫子。

"请你们善良一点吧,先生们!"回应检察官特别圆滑的一个问题,米佳拍了一下手。"我,可以说,把灵魂都撕成了两半给你们看,但是你们趁机用手指头乱戳这灵魂两半的撕裂的地方……啊,上帝啊!"

这里已经很清楚,陀思妥耶夫斯基是站在哪一方的。

现在我看明白了,本来是不必承认的。为什么,为什么我承认了自己的秘密,丢人现眼!倒让你们笑起来(波尔菲里"没有声响的笑")你们要唱歌就唱你们的……你们折磨人,没有好下场!

米佳的这声呼喊不也是拉斯科利尼科夫的回答吗,因为他,归根结底,觉得自己因为悔过、"承认自己的秘密"、"承认错误"而"丢人现眼"——对波尔菲里的"基督教道德"的回答——但是难道、难道不也是对陀思妥耶夫斯基自己的"道德"的回答吗?他怎么会想到,我们会相信这个,我们会落进这个圈套,我要再说一遍,一点也不狡猾的圈套,好像故意设计得让我们最后能够看得一清二楚?

"接受苦难,用苦难救赎自己,必须这样做。到那时候,上帝一定把寿命送给你。"和波尔菲里的差不多一样的话,索尼娅·马尔美拉多娃也是这样说了出来。尽管,当然,这个"说教"在"小牺牲品"索尼娅的嘴里,比在刽子手波尔菲里嘴里具有更深刻的基督教涵义。但是,这个说教,即使出自她的嘴里,也可以被看成是陀思妥耶夫斯基从《罪与罚》里得出的最后的和终极的结论吗?

"接受苦难"？可是，索尼娅究竟做了什么事？她不是在自己身上完成了这个遗训了吗？她没有接受苦难吗，没有投身于——罪孽吗？和拉斯科利尼科夫的罪虽然相反，但是相等啊。

难道你没有那么做吗？你也越过了界限……可能越过的。他对自己下了手，扼杀了生命……**自己的**！（这反正是一样的）你本来可以靠精神和理智活着，可是成了……你我都受到了诅咒，一起走上了同一条路！

他杀死另外一个人，是为了自己，仅仅为了自己，不是为了上帝；她杀死了自己，是为了他人，仅仅为了他人，不是为了上帝——"这反正是一样的"——同样的"罪"。正像反基督的自我肯定——不在上帝里的对自己的爱那样，基督的，或者，说得更好一点，貌似基督的自我否定——不在基督里的对他人的爱，也导致同样一种的非"罪"，导致对于人的灵魂——无论自己的还是他人的，都一样——的虐杀。拉斯科利尼科夫破坏了基督的教导，对他人的爱少于对自己的爱；而索尼娅则是对自己的爱少于对他人，而基督的教导是，爱他人不多于，也不少于对作为自己的自己的爱。他们两个人"一起受到诅咒"，还会一起灭亡，因为他们都不善于把对自己的爱和对上帝的爱结合起来。

按照索尼娅的愿望，拉斯科利尼科夫"必须以苦难来救赎自己"。那么，她自己呢，以什么苦难来救赎自己呢？她全部的"罪"不是正好在于她遭受的苦难超过了限度，超出了或"可能超出了"自我否定、自我牺牲的那个界限——亦即人不是为了他人，也不是为了自己，而只是为了上帝才得允越过的界限。

"你是个多么严重的罪人啊，"拉斯科利尼科夫对她说，"就是这样啊。你是罪人，最主要是你白白地毁了自己，背叛了自己。这还不够可怕吗！这还不可怕吗，你生活在你痛恨的这团烂泥里，而且同时你自己知道（把眼睛睁开就行了），你这样的做法谁也帮助不了，挽救不了任何人避免灾难！"

在拉斯科利尼科夫完成索尼娅的愿望——公开忏悔——的时候，他不也是"毁了"自己、"背叛"了自己（"我要去告发自己，但是自己也不知道是为什么"）吗？像索尼娅一样徒劳无功，对人无所助益，谁也挽救不了，用米佳的话来说，只是"感到厌烦"，因为承认了自己的秘密，还像索尼娅那样自寻烦恼。

还有，他，拉斯科利尼科夫，是怎样"受苦"的呢，受了什么"苦"？他还没有到达人类痛苦的极限、没有越过这个极限吗？在接受了法律的外在惩罚的同时，他承受的不是新的重担，相反，得到了减轻；他没有扩大，而是减少、消除自己的疼痛，因为我们已经看到，内心的随意和拒绝惩处对于他，是比一切外在的暴力和惩罚更加可怕的。

有罪的承受苦难者索尼娅貌似特别具有基督教色彩的真理，也是死寂的，就像伪善的刽子手波尔菲里的基督教式的谎言一样。"必须受苦"——这个"必须"依然还是一条古代的律法，而不是新的自由，依然还是杀人的律法，而不是让人复活的自由，依然还是律法的悲哀，而不是基督的"恩典"，是旧约的"牺牲"，而不是基督的"恩惠"。不是通向辩护的道路，而仅仅是从一种罪恶通向另外一种的道路，而且这另外的一种不大不小，只是回报，从杀人到自杀，从使用暴力和鲜血的玷污行为到使用谎言和污泥的玷污行为（"索尼娅，你是在烂泥里活着呢"——而在悔罪的时候，拉斯科利尼科夫又亲吻"污浊的泥土"）。这不是开解，而是更严重的搅乱和拉紧一个可怕的绳结。

拉斯科利尼科夫拜倒在"大罪人"索尼娅脚下。

"我不是给你行大礼，而是向人类全部的苦难顶礼。"他解释说。

这是否表明，在人的苦难中有一个圣殿，而这个圣殿已经是任何功勋无法加高、任何罪恶无法贬低的，这个圣殿是在善与恶的界限之外的,"在善与恶的彼岸"？在这里,终极的亵渎行为是在多么近的地方,近得可怕的地方接触了最终的神圣,甚至要和它混合在一起！是啊,如果的确是这样,如果在道德法之外还有某种值得予以宗教式崇敬的东西的话,如果杀人犯拉斯科利尼科夫不是比自杀者索尼娅更大的罪犯的话,那么,不是有人可以向在他以及在拉斯科利尼科夫身上的这个最后的圣殿、人类苦难的终极无辜顶礼吗？陀思妥耶夫斯基应该得到这个结论,也的确得到,而且作出了回答：

"这样的人为什么还活着？"德米特里·卡拉马佐夫指着自己的父亲说,"还能允许他损害大地的荣誉吗？"

"你们听见没有,听见没有,修道士们,听见这杀父的家伙说的话了没有？"费多尔·帕甫洛维奇喊叫。

他是对的：即使不是在行动上,在思想上,德米特里也是杀父者。

佐西马长老忽然站了起来,朝着德米特里·费多罗维奇走去,一直走到紧靠他身边,在他面前下跪。阿辽沙想,他是因为身上没力气才倒下的,可是事实不然。跪下以后,长老俯身向下,对他百分之百地、清晰地、有意识地行礼,前额点地。

"原谅吧！请原谅一切！"

这长老也许不会对杀父者德米特里·费多罗维奇说出拉斯科利尼科夫对神圣的迷途者索尼娅说的话。

"我不是向你行礼,而是向人类全部的苦难行礼。"

在这里,亵渎和宗教又接触得那么近,近得可怕！因为他们两个人,佐西马长老也好,拉斯科利尼科夫也好,一直不知道——长老也许知道,但是一直不说——他们不仅是在对终极苦难的圣殿,而且也是对终极自由的圣殿顶礼呢。

可怕的自由！人能够承担这样的自由吗？"人承担不了，但是上帝能够承担一切。"拉斯科利尼科夫忘记了上帝，在这样的自由面前解释自己的恐怖，没有解释成为没有上帝的人共同的、不可避免的软弱，而只是自己的、偶然的软弱、"无耻"："我连第一步都没有承受下来，因为我，我，我无耻！"这就是症结！

当时，鬼一直拉着我，后来对我解释说，我没有权利到那儿去，因为我也是那样的一个虱子，跟一切人一样。

但是，值得注意的是，不仅在"以后"，而且在那之前，"鬼"还没有解释的时候，他也早就知道并且预见到了这个情况：

"你难道认为，索尼娅，我不知道，如果我开始质问自己，盘问自己，我有没有权利得到权力，那就等于我没有权利得到权力。或者，如果我问：是虱子呢，还是人呢？那么，对我来说，就已经不是什么虱子呀人的，而对于脑子里根本没想到这件事的人、根本连问题也没有的人，才是虱子……如果我这么多日子苦思冥想，拿破仑到底去了没有，那就很明显能感觉出来，我不是拿破仑。"

"因为，归根结底，我就是一个虱子，"他补充说，咬牙切齿地，"因为，我自己嘛，很可能，比起那个被碾死的虱子，就是更下流、更丑陋的，而且我早就预感到，等我杀了人以后，我对自己会说出这样的话来的！难道还有什么东西能够跟这种恐怖比较的吗？唉，下流！唉，无耻！……"

在这些自我揭发言辞里，虽然有过分明显的、病态的夸张，但是还是有几分深刻的真实性的。

事实上，拉斯科利尼科夫不是"虱子"，至少不光是"虱子"，在一定的程度上，他是"当权者"，这一点，甚至对于厚颜的波尔菲里来说，也是十足明显的："我把您看成了什么人呢？看成了还没有找到自己的上帝的圣徒、苦修者。您一定能够找到他的，您会成为众人的太阳的。"

"我骤然开朗，像太阳一样，"拉斯科利尼科夫自己说，"当时我悠然产生一个想法，这样的想法，在我以前，是任何时候、任何人也没有想到的。"这也不是怀疑，恰恰相反，他本人暂时也没有看清自己思想的新颖、全部的"太阳"光辉。只有我们，现在才充分地看到在我们眼前刚刚开始的哲学和宗教的、其结果我们暂时还不能预见的、伟大的复兴，这一复兴似乎是反基督的，但是事实上来源于基督教终极的尚未显现出来的深层（因为，没有基督就不会有反基督），全部这一复兴，都已经被拉斯科利尼科夫的思想所预告，就像种子预告果实，这一思想的确是天才般地新颖，的确"像太阳"，光芒四射，在他以前，没有这样明亮地出现在"任何人"面前。这一思想不是绘制出来了现代欧洲思想的全部地平线了吗？从使用最真实"行动"宣扬个人原则的人——无政府主义者，到在最抽象的观察之中宣扬这一原则的人——易卜生，从魔鬼伊万·卡拉马佐夫到"反基督分子尼采"。

是的，在观察中，是"当权派"，在行动中，也许就是拉斯科利尼科夫，而在世界上，只不过是"颤抖的东西"。他被创造得不是为了行动：这是他的本性，就像天鹅的本性是凫水不是行走一样；天鹅凫水的时候，看着就是"当权派"，但是，一旦走到陆地上来，就成了"颤抖的东西"。这倒不全是精神的懦弱，而更多的是精神的另外一种结构，躯体的另外一种结构。

不对，这些人不是这样造就的；真正的**君主**能够解决一切问题，威胁土仑，在巴黎完成屠杀，**忘记在埃及的军队**，花费五十万人的代价远征莫斯科，在维尔诺玩双关语的游戏；死后变成偶像，所以，能够解决一切问题。所以，在这样的人身上，看得出来，要紧的不是躯体，而是青铜。

拉斯科利尼科夫的悲剧不在于他"把自己设想为青铜的",而显得是"孤家寡人",而仅仅在于,他的躯体全然不是"青铜"的,灵魂全然不是青铜的;他的错误不在于他"拾起了时髦字眼",而在于他"拾起"了新式的行为,所以似乎是专门为了"时髦字眼"而出生。

实际上,这种矛盾,观察与行动的这种分离,完全不是拉斯科利尼科夫个人的弱点,而是具有欧洲新文化的全部人士的弱点,程度很高,连他们之中最强有力者,也部分地把二者分开,虽然是在相反的意义上:正像拿破仑自己所说的,在观察能力上,在"意识形态"方面,他比在行动方面弱;在宗教观察这样的领域里,我们看到,他从"君主"变成了"颤抖的东西":"如果我突发奇想,宣布自己是神子,集市上的女贩子们是要笑话我的。""从伟大到可笑只有一步"——"威严高傲的"天鹅从水里走向陆地迈出的一步,会突然变得可笑。

这个矛盾本身就已经是深刻而可怕的。但是,拉斯科利尼科夫所说的,自己的"下流"和"羞耻"的终极根源,在我们看来显得仅仅是"人性的、太人性的"弱点之因素的终极根源——他面对新的自由而感受到的恐惧的终极根源是处在矛盾中的更深刻和可怕的矛盾。这个矛盾,他自己没有看到,但是,似乎陀思妥耶夫斯基已经看到,似乎正是他,在众人之中,第一次如此清晰地看到。

"忧郁、阴沉、目空一切、傲慢;慷慨而善良;偶尔冷漠而无动于衷到非人的程度。是的,在他身上确实有两种相反的性格相互交替。"拉祖米辛这样形容拉斯科利尼科夫的个性。

这两种相互交替的性格之一,我们已经看到。这儿还有另外一个。

在审判期间,拉祖米辛从某一个地方搜集到了见闻,并且提出证据,表明,罪犯拉斯科利尼科夫,在大学求学期间,使用自己仅有的资财帮助一个贫穷的患肺结核病的同学,支持了他半年。这位同学死后,他又去照看这位同学依然活着的年老而贫病交加的父亲(这位同学几乎从十三岁起,就靠自己打零工养活了父亲),最后把他送进医院,在他去世以后,埋葬了他。他的女房东,拉斯科利尼科夫死去的未婚妻的母亲,扎尔尼岑的遗孀,也做见证说,在他们住在五道弯胡同的另外一座房子里的时候,有一次半夜发生火灾,拉斯科利尼科夫从一个已经着火的房间里抢救出两个小孩,而他自己却被烧伤了。

"你们知道不知道,"拉斯科利尼科夫母亲叙述说,"一年半以前,他真的让我吃惊、震动,差一点没把我折腾死——他忽然想要娶这个,她,他的房东扎尔尼岑娜的女儿……你们以为,我当时的眼泪、我的祈求、我的疾病,也许还要因为发愁愁死——我们家的贫穷也许让他死了心。他会彻底平心静气地穿过一切障碍的。(不正好就像走另外一条道,'穿过障碍''踏过鲜血'吗?)难道说,难道说他不爱你们吗?"

"她是个有病的女孩子,"拉斯科利尼科夫自己突然沉思,蜷缩起来,回忆道,"病得厉害,她爱把东西送给乞丐,心里总想着修道院,一跟我提起这件事,就泪流满面(当然,这就是玛利亚·列比雅德金娜的原型,她是'女圣愚',瘸腿女人,《群魔》中的斯塔夫罗金的未婚妻),是啊,就是啊……我记得……记得很清楚。就这么个丑姑娘……是啊,我也不知道,当时为什么对她挺依恋的,大概因为,因为她一直病快快的吧……就算她更瘸或者更驼背,我还似乎会更爱她的(他在沉思中微笑一下)。是啊,那是春天里的一种梦话吧……"

"波列奇卡,我叫罗吉昂;你们偶尔也为我祷告祷告吧——一个奴隶,罗吉昂,别的什么也不要。"有一次,他对索尼娅的妹妹,十四岁的女孩说,必定是也带着温柔而若有所思、率真诉说的微笑,和说起那种"春天的梦话"一样。

在最怒不可遏的时候,从他心灵中连他自己也不知道的深处,时时浮升出似乎寂静的潮涌:就像在寒冷深秋刺人肌肤的空气中飘来一股柔软而温暖的气流。

"预言家是正确的,正确,他在街道上横着摆上很、很、很好的炮兵连,炮轰无辜的人和罪人,甚至不屑于解释一番。你知罪吧,颤抖的东西!"他大叫,几乎是丧心病狂地,"咬牙切齿"。"哼,无论怎么说,我也不原谅这个老太婆……她,她要是死而复活,我就再一次把她砸死!"可是,马上,也没有个过渡,好像不是他,而是他身上的另外一个什么人用另外一个声音对着完全是另外的一个人说话:"丽莎维塔!索尼娅!可怜的,温和的,还长着和蔼的眼睛……多可爱啊!她们为什么不哭呢?为什么不呻吟呢?……她们把一切都贡献了出来……那眼光多柔和,多平静……索尼娅,索尼娅!"

后来,在他感觉自己已经完全被击溃的时候,他开始悔恨——却是在最后的发狠心情之中:"啊,我是多么痛恨他们所有的人!"却又忽然间出现轻声的、温柔的、儿童申诉般的直白:

"唉,我如果就是一个人,谁也不喜欢我,我自己也永远谁都不喜欢,多好!这些事,就都没有了!"

有时候,这股黑暗的、无声沸腾的、永远被压抑的力量,会爆发成为暴风骤雨,突如其来的"发作",就像可怕的疾病的发作一样。在那个时候,其中的一切都会突然溶化、弱化,变得松散、"柔软",像受到春天阳光从下面溶化了的大冰块上的冰面一样。在这样发作的时候,"他就像疯子一样(索尼娅的话)在她的面前下跪,亲吻她的脚。在广场上表现悔恨的时候,"陀思妥耶夫斯基说:

一种新的、强烈的感触像某种发作一样,突然出现在他身上;灵魂里燃起火星,又突然之间像烈火一样席卷了一切。他全部身心一下子软化,同时泪如雨下。就像站立在大地上那样,他也倾倒在那里。

这不是酷似陀思妥耶夫斯基的人物习以为常的那种发作吗,"神圣疾病"的发作?

是的,"两种对立的相互转化的性格",两张正好相反的面容,两个"我"。

一张脸受到了不充分的意识的照耀,这是拿破仑的脸,"君主"的脸,"乘着坐骑手持马刀的预言家","我看到自己骑着大象,手持新古兰经",拿破仑说。他还可能补充说,像拉斯科利尼科夫那样:"真主命令:你知罪吧,颤抖的东西。"虽然还掩盖在"社会主义观点"的迷雾之中,这当然依然是我们所特别熟悉的、似乎一直追逐我们的一个面孔——普希金两个魔鬼之一的面孔:

　　……他年轻的面容
　　显出愤怒、充满可怕的恐怖
　　洋溢着非人间的力量

这是"德尔斐偶像"的面容,太阳神的面容,"人神"的面容。

另外一个面容,是阴沉的、可怕的,因为对他来说也是可怕的,太阴沉了。他自己认为,或者一厢情愿地认为,这是群众的"下流和无耻"的面容,"颤抖的东西"的面容。他需要的思路是,不害怕,在自己身上最终消除这个面容。但是,他的悲剧、他的盲目的自由带来的恐怖就在这里开始。

因为在火灾中他抢救小孩的时候,他不仅仅是"颤抖的东西"。对于他来说,即使是在关于扎尔尼岑娜女儿的"春天梦话"里,也有某种细腻的优美;在拉斯科利尼科夫回忆起自己的"并非未知的未婚妻"的时候,这种优美的反光浮现在他的"沉思的微笑"之中。在他拜倒在索尼娅面前的时候,他在"默默的索尼娅"身上也感受到了某种崇高和权威。在他发出请求"为我祷告吧,波列奇卡"的时候,在他自己的心里不是也要再现出他早已忘记的儿时的祷告吗?

和在那里一样,在这里,在他的世界的这个下层的昏暗的地带,就像在上层的光明的世界里一样,也存在着宗教的——对立的宗教的开端:如果说在那里的是人神的宗教,则在这里就是神人的宗教。

是的,发生在拉斯科利尼科夫身上的斗争,比政治是要不可度量地深刻的,比道德也深刻:这是人类灵魂两个原初宗教本性的斗争。

为了理解这一斗争的全部的恐怖,应该首先理解拉斯科利尼科夫的宗教盲目、无助、无以防御造成的恐怖。

"您信上帝吗?"波尔菲里好奇地问。

"我信。"

"也、也信拉撒路的复活吗?"

"也、也信。您问这些是为什么呀?"

"确确实实地信吗?"

"确实。"

差不多就在同一天,他对斯维德里盖洛夫说:"我不信什么来生。"但是,这句话没有妨碍对方几乎把他吓哭,几乎把他吓得发疯,就好像用梦魇和无常鬼魅、有关永恒的胡话——什么污秽昏黑、角落里布满蜘蛛网的澡堂来吓唬一个懵懂呆气的小小的男孩儿一样。

在这里,在拉斯科利尼科夫身上显露出来俄国"自由主义"的原罪,这是1860年代整整一代俄国人的、迄今尚未赎罪的自由主义。这是否定的态度,这个态度不是思想的成果,而是缺乏关于上帝的任何思想造成的结果,就像中学生的莽撞和顽皮,是智慧的十足的平庸和下流,是宗教方面的蜕化和野蛮化。"我信拉撒路的复活,不信来生"——在宗教领域里,这不是人话,这是狗崽子的某种吱吱尖叫。

是的,拉斯科利尼科夫在道德问题上,是一个极有天才的敏锐观察者,但是在宗教问题上只不过是一条盲目的小狗。在他还不能够像成年人那样思考的时候,还没有学会相信非信仰的时候,他也就不会信什么，或者不信什么。我要再说一遍，他干脆是忘记了宗教。

然而，他还是不得不想到上帝。他在人的道德下面、知善恶树下面挖掘，挖到某一个深度，在这里，这棵树的树根穿过厚厚的泥土扎入非泥土的却也不是地上的，而是反向的地下的宗教的深渊、反向的地下的天空——在这个时候，他就不得不想到上帝。他自己还不知道他在哪里，遇到了什么事，他只觉得，在他前面突然没有了任何的阻拦、任何的障碍，但也没有任何的支撑之点，他正在向某一个地方滚落。终极自由的恐怖对于他就是这种滚落或者没有翅膀、没有宗教、全然盲目的飞翔的恐怖。

从这个宗教矛盾中不要说找到出路，甚至寻找出路他都不会，但是这个矛盾在撕扯他的心，令他无法忍受，莫名疼痛。他只是模模糊糊地觉得，这个矛盾比全部的道德矛盾都要无限多地深刻，而痛苦也比良心的内疚无限多地恐怖。

他的内在生存分裂成为两个双生物，它们在他身上彼此斗争，互不理解、互不听闻、彼此不见，像天生的盲人，像聋哑人。谁压迫谁、窒息谁，为什么——他一概不知。

在杀死老太婆的时候，双生物之一似乎最终制服了另外一个："我杀死的不是老太婆，是原则。"但是，如果就是原则，那也仅仅是道德的原则，而不是宗教的。因此"他杀死了原则，跨越呢，是没有跨越，还依然停留在这一方"。所以甚至不是"原则"，而是自己的双生物，他也想杀死；但是没有能够杀死，只不过用"下流和无耻"令他"厌恶"，用鲜血丑化了他。于是，在他身上，这被丑化、伤害，但是没有坏死的、反面的面容，突然以空前的力量突兀出现，发出可怕的复仇：它从神性变成魔鬼，因为如果基督教没有得到理解，也可能成为魔鬼。"鬼在这个人身上。"主的敌人这样说主。

在他的呓语里，被杀死的老太婆变得不死，变成了一个象征，不受伤害的魔鬼，体现出那个"把他拉到那里去"然后加以"嘲笑"的人。

老太婆坐在角落里的一把椅子上，蜷缩着身子，低垂着头，所以他无论怎样都看不见她的脸，但是这就是她。他在她的上方俯身："她害怕了！"他想，毫无声响地从带子环里解下斧子，对准老太婆天灵盖猛砸下去，接着又砸一次。但是，奇怪呀，挨了打砸，她还纹丝不动，跟木雕一样。他害怕起来，弯下腰去细细观看她，但是她也把头下垂得更低了。他弯下身子，直到地板，从下面瞧她的脸，给吓得惊呆了：老太婆坐着，笑着，还露出无声无息、不能听到的笑容，她竭尽全力忍住，让他听不到。突然他觉得卧室的门敞开了一点点，而且那里也似乎有人笑过一阵之后，开始轻声说话。一股疯劲控制了他，他开始全力打砸老太婆的头顶，但是斧子每猛击一下，卧室里的那笑声和絮语之声就变得更有力、更清晰，而且老太婆哈哈大笑得浑身摇摆。他迈步奔逃，但是整个楼道已经挤满了人，楼梯上的门都大开着，楼梯各层中间平台和楼梯上，以及下面，全是人，头挨着头，都眼睁睁地望着，但是都藏起了身子，鸦雀无声……

真正的涅梅奇达·拉斯科利尼科娃就在这里，不是连连咒骂、施展惩罚的威严的悲剧少女，而只是满脸笑容的老太婆，温顺、安静，像索尼娅、丽莎维塔一样安静，丽莎维塔有"一双蓝眼睛"，那双眼睛不哭泣，不呻吟，奉献出一切。这个新的，已经不是道德的而是宗教的涅梅奇达，又把他从第一种引向第二种的返回式的"罪恶"，从杀人引向自杀，从用鲜血玷污到用烂泥玷污。

他在广场中心下跪，俯身地面，亲吻这肮脏的地面，感到这是享受和欣喜。他站起来，又以另外的姿势鞠躬行礼。
"喂，你喝醉啦！"他旁边一个小伙子说。

引起一阵哄笑。

"他是去耶路撒冷，兄弟们，跟孩子、跟祖国告别，向众人行礼，亲吻首都圣彼得堡和它的地面。"一个喝得有几分醉的小市民补充说。

"这小子还年轻！"第三个人插话。

"出身高贵！"有人提示，声音坚实。

"这年头分不清他们，谁高贵，谁不高贵。"

这不就是拉斯科利尼科夫梦境里的那些人吗？他们站在楼梯上，"头挨着头"，窃窃私语，露出笑容，而与此同时他正在用斧子猛击不死的老太婆。所以说，这些人现在发出笑声，在围观，在等着他说："我是杀人犯！"这坦白的话"已经到了嘴边"，但是没有说出口，给憋在那里了。突然之间，他明白了，好像从梦境——反向的梦境之中醒来。不就是原来把他拉到老太婆身边的那个小鬼，现在又对他解释说，他，像索尼娅一样，"交出自己""玷污自己"，都是"徒劳"的吗？真的，事实上，还有什么能够和这样的恐怖相比拟吗？

"君主"拉斯科利尼科夫很可怕，沾满鲜血，爬到老太婆床底下去拿"红色小箱子"，但是，也许，更可怕的拉斯科利尼科夫——是那个"颤抖的东西"，跪在广场中心，亲吻肮脏的土地。在那里是耻辱和恐惧，在这里是耻辱和滑稽，滑稽比耻辱更可怕。因为，他还依然相信的惟一的圣殿，几乎被他意识为像信仰一样的终极自由的圣殿，

你的意志对我的意志，
乃是一对一的态势——

"预言家和君主"的面容，体现为神—太阳——亦即"人神"——的德尔斐恶魔的面容，他都交给了乌合之众，由他们唾骂，

扔进街道的烂泥之中。这就是那种坠落,无神论基督教、无政府主义"博爱和平等"的那个斜坡,我们大家都沿着这个斜坡下滑,却毫无感觉,我们甚至没有爬进血腥的而只是污泥浊水的无政府主义的混乱。在这里,大概,事实上,"这年头,谁也弄不清楚,谁高贵,谁不高贵",例如,在对待拿破仑的关系上,谁是真正的托尔斯泰、"伟大的帕特洛克卢斯",谁是"小看人的泰尔西特"、听差拉夫卢什卡·斯麦尔加科夫。

无论如何,在《罪与罚》里,不是有一种罪,而是两种,或者一种也没有;但是,更确切地说,不是一种,而是两种玷污,两种亵渎行为。

其中第一种——在基督教圣殿之上——拉斯科利尼科夫没有意识到,只是模模糊糊地感受到了;而第二种,则意识到底,因为被玷污的圣殿本身更接近他的意识。

在西伯利亚,在服苦役期间,亦即在已经完成索尼娅的意愿、"接受苦难"之后——陀思妥耶夫斯基在小说尾声里写道——他"严厉审判了自己",他已经变得硬化的良知在他的过往生涯中没有找到什么特别可怕的负疚,除了人人都可能发生的普通的疏忽之外。他感到羞耻的就是,他,拉斯科利尼科夫,就这样盲目地、毫无希望地、愚蠢地垮掉了,受到了盲目命运的某种判决,于是,如果他还想要胡乱安抚一下自己的话,他也就应该面对这某种的判决的"毫无疑义"而认命和罢休。——对于自己的罪行,他还无懊悔之意。"我的良心是平静的",他对自己说:

当然,是刑事犯罪;当然,破坏了法律条文,是血案,那好,就拿我的脑袋抵法律条文吧,行啊!⋯⋯那些人(真正的"君主")迈出了步子,因为他们有理,我没有迈出,当然,是我没有权利允许自己迈出这一步。

陀思妥耶夫斯基总结说:"就这样,是一回事,他承认了自己的罪行，仅仅在于他没有迈出一步，没有公开认错。"

"罪"对于拉斯科利尼科夫而言，乃是"懊悔"，是服从良知的法则。

就这样，悲剧结束，或者，说得更确切些，戛然而止，因为真正的结束和解决是没有的。后续的一切则增补、附加得虽然奇妙，却有矫揉造作之嫌，自己就掉了下来，像活人脸上的面具一样。是的，当然，他会重新"懊悔"。当然，又会有"某种东西抓住他，把他扔在索尼娅的脚下"，他又会啼哭，抱住她的双腿——又"复活"了。

但是，在这里，情况是：二者必居其一；或者是：第二次懊悔与第一次毫无区别，只不过是普通的"发作"，像癫痫病发作一样（"这是因为，我这个病，挺厉害的"，有一次，他自己承认），就像第一次把他抛到索尼娅脚下后来又在广场中心把他抛在地面上的那样。如果是这样，就可以认为，就像以往的全部其他的发作一样，对于他的意识而言，这一次也一定会过去，不留丝毫痕迹，病人会清醒过来，忘记自己身上发生的事情，而且，像以前多次那样地说："我的良心平静——虽然不如我有时候理解我罪过的时候。"或者，这次的懊悔已经的确是最后的、终结的和不可逆转的。在这样的场合出现的情势正是，拉斯科利尼科夫自己早就预见到的，在那时候，他还去忏悔，不断问自己：

> 难道说，在这以后的十五、二十年里，我的灵魂就要驯服下来，我就要毕恭毕敬地对着众人哼哼唧唧地说话，口口声声把自己叫强盗？是啊，就是，就是！为了这一点，他们现在引用我的话，他们需要这么办的。

他深入地思考：这会是怎样一个过程？他，最后，在他们所有人面前表示驯服，毫无异议，是心服口服吗？那又怎么样，为什么不呢？当然，就应该这样嘛。难道二十年的不间断的压抑之后还走不到头吗？水滴石穿啊。在此之后，是为什么、为了什么活着呢,我现在还追求什么呢,既然自己已经知道这一切都正是这样,像在书里一样,不会是其他的样子。

在《罪与罚》的尾声里,的确一切完成得"都正是这样,像在书里一样","水滴石穿,外部的压抑那样地压垮了他,他驯服了,毫无疑义"。但是这个驯服的、哭泣的,按照他自己说的话,"哼哼唧唧的""复活的"拉斯科利尼科夫,不是一个活人,而只不过是活人的影子——活着的死人。而以往的、真正的和未来的、咒骂人和上帝的那个人,比起这个驯服的、似乎过分驯服的、上帝"温顺的"奴隶拉斯科利尼科夫来,总还是更靠近活人、活的上帝的。看来在他身上相互斗争的两个双生体之一终于杀死了另外一个,"颤抖的东西"杀死了"君主",但是,联体双生子之一如果死亡,则另外一个也必死无疑。而且,事实上我们已经看到,死亡的僵冷、死亡的惨白正在沿着这个联体,从一个传播到另外一个身上。

在(索尼娅和拉斯科利尼科夫)这两个人病态和惨白的脸上,浮现出崭新未来充分复活的新生活的光辉。是爱复活了他们……他复活了,凭借他全部新生的存在,他知道整个情况。

"复活,复活,新生",陀思妥耶夫斯基顽固地又有点气馁地重复,好像不太相信自己似的。

"取代辩证法的是,"他说,"生命到来。"

但是,老问题又来了,"是这样的吗,一切都是这样吗?"会不会完全相反啊?取代生命的,会不会就是辩证法呢?聂赫留道夫的辩证法、列文的辩证法、托尔斯泰的辩证法、抽象基督教的辩证法、佛教的辩证法呢?在这样的复活之中,自由和欢乐是何等的少啊。而他,大概也没有什么可做的了,只能在棍子底下慢慢死去,或者从棍子底下复活。坦然死去,是不是比这样狐疑满腹地复活要好一些、纯洁一些呢?"复活",嘴里这样默念,但是在没有血色的脸上,在黯淡无光的眼睛里，依然是同一个问题："既然我自己知道，一切都正是按照书里那样，为什么、为什么还活着呢？"按照发福的波尔菲里的道德说教，按照也是已经过分驯服的、宁静的列夫·托尔斯泰最后著作中的一本，也是这样的啊。算了，你用这些"复活"蒙骗、蛊惑别人去吧，反正蒙不了我们，这代价，我们太熟悉了："那里面发出一股动物尸体的臭味"，上帝和他们同在吧，这样的东西，我们甚至不愿意交给敌人！

　　无论如何，并非留在我们记忆之中的活着的拉斯科利尼科夫最后有生命的话语，而是陀思妥耶夫斯基在整个悲剧中自己最终的道德结论，正是这一句话："我的良心是平静的。"——"他只承认自己的罪行是，他没有忍住，偶然遇到有罪女人。"

　　既没有"罪"，也没有"罚"。除非刑事的罪，刑事的罚。但是，极为明显的是，在这里有比简单的刑事司法调查更负责、更深刻的因素。不，在如此具有欺瞒色彩和平静得可笑的标题下，从来还没有出现过如此大胆和具有引诱力的作品。在基督教驯顺、忍耐、温和的旗帜下，还从来没有放过具有更加危险的、爆炸性的物质的走私货物。发生的事很像误解，似乎是没有拿起灭火器，却举起了装满炸药的炮弹。越多细想就越令人感到惊奇的是，这种误解直到此时此刻还在延续，就是因为在宗教问题领域里俄国批评界的鼠目寸光和冷漠超然，才会这样自欺。

　　真正的陀思妥耶夫斯基，我们所知道的对上帝和撒旦的深渊展开大无畏探索的这个人，他的出发点就是《罪与罚》。他以往创作的一切，《穷人》《被侮辱与被损害的》，好像完全出自他人的手笔。如果这些作品都消失了，他作为艺术家，特别是作为思想家的形象，是不会受到丝毫影响的，相反，还会清除掉偶然的和飘忽的因素。他接触了《罪与罚》里提出的问题这一点，就足以使他立即成长到他全部力量的极点。在悲剧本身中，他并没有解决这个问题，但是，从那个时刻起，他已经再也不能摆脱这个问题。在以后的每一部作品里，他都要返回这个问题，而且更加顽强，更加毫不退让。可以说，陀思妥耶夫斯基一生只考虑了这个问题，只因为这个问题而感受痛苦。从"解决一切问题"的拿破仑—拉斯科利尼科夫，经过"拥有强力和独处习性"的少年，经过发现"两极，即恶行与神圣之中的享受具有同一性"的斯塔夫罗金，通过首次读出这一新信仰的神性名称"人神"并且达到"自我神性主要属性"——"自我意志"的基里洛夫，到主张"允许一切"的伊万·卡拉马佐夫，对于他来说，最终展现出来了拉斯科利尼科夫才刚刚隐约看到的要素：终极自由的、超道德的，无论是正面的还是负面的、基督的还是反基督的，但是无论如何依然是宗教的意义。

"要摧毁人身上有关上帝的理念，事情就得从这个地方开始办！"魔鬼对伊万说。"人要顶天立地，有巨人的自豪精神，就能成为**人神**。人每时每刻用自己的意志和科学取得无限的胜利，他是每时每刻得到享受，高度的享受，足以取代以往天堂般的享受体验。谁都会知道，人是会死的，没有复活，所以像神一样骄傲而平静地接受死亡。"

"不仅如此，即使这个时期永远不会到来，那么，既然上帝和永生是不存在的，新的人就可以成为人神，即使在全世界只有一个。"

"……在这一个意义上，就什么都允许他——对于上帝来说，不存在律法！上帝在哪里，哪里就有上帝的位置！我站在哪里，哪里立即就是首要位置——什么都允许。"

这只是《扎拉图斯特拉如是说》和《反基督》的作者给我们送来的一大碗毒汁里面的一滴；但是，在毒汁的剧烈和力量方面，他差不多已经没有增加什么，也许，甚至在陀思妥耶夫斯基这里，这种剧毒也更具破坏力量，原因就是，它已经不是像在尼采那里那样原来的纯净状态，而是作为两个部分之一进入了新的更加可怕的结构。所以，**魔鬼的孪人伊万·卡拉马佐夫**，凭借自己实质的例外的、反向的、同等的一半，比任何其他人，甚至比"纯洁的天使"阿辽沙，都更接近（因为这种接近更加被意识到）神圣长老佐西马。

人的本质的进一步的二分现象似乎永远从来没有继续下去。一般地说，能够继续下去吗？

陀思妥耶夫斯基本人，看来深信不疑的是，在俄国，这种宗教的二分现象特别是上层文化阶层的疾病，他们受到了西方的、"战斗性的"精神的影响，而在民间底层，在东方的"高贵的"精神保护下，宗教的统一性还仍然保存完好。在自己的宗教疑团和犹疑之中，陀思妥耶夫斯基意识的主要支撑点似乎正是在"体得神旨者"的俄罗斯人民的面容中牢不可破的基督面容的统一性。他说："俄罗斯人民，完全信仰正教，在他们身上、他们那里，其他一切皆无，而且也没有必要，因为正教即一切。"但是，陀思妥耶夫斯基的确就这样坚定信仰这一点吗，像初看一眼显现的那样，像他本人想要表现出的那样？

我们已经看到，他预感到了一种联系：把具有被推向极致的强横的、个人本源的人物，自己笔下的彼得堡的、彼得的人物和对于他来说无疑最具俄罗斯精神的人联系了起来。这些人出身民众底层，例如彼得和普希金。的确，这样的预感仅仅是臆测性的。但是，有时候，经验和对现实生活的观察常常让他遇到一些现象，这些现象很可能动摇他对俄罗斯民族精神的宗教统一性的信心。例如，他在《死屋手记》里叙述了自己的一个监狱同伴，强盗奥尔洛夫：

> 很早我就听到关于他的奇闻。这是一个少见的恶棍，冷血杀害老人和儿童的人，具有可怕的意志力量和对这种力量的自豪意识。——这显然是对于肉体的完全的胜利——（这个胜利，是否和少年"理念"中清醒而坚定的苦行僧的和斯塔夫罗金以及佐西马长老的胜利一样呢？）可以看出，这个人能够无限地支配自己，藐视一切痛苦和惩罚，世界上的事，什么都不怕。在他身上，我们看到的只是一股无穷的精力，达到预计目的的渴

望。而且,他可怕的高傲也令我震惊。他看待一切,那居高临下的派头都令人难以置信,却又不是竭力踩着高跷,而似乎是自然而然。我心里想,大概没有什么事物能够以某种权威来影响他。他看什么都平静之极,似乎世界上根本没有什么东西能够让他感到惊奇。——我试着跟他谈他的种种行为。对于这些盘问,他微微皱皱眉头,但是总是坦然回答。等他明白我是在追究他的良知并且想要让他醒悟而达到某种悔恨的时候,他瞧了我一眼,表示十分不齿、十分傲慢,在他的眼里,我似乎骤然变成了一个幼小的三分蠢笨的男孩子,跟我不能像跟大人那样讨论问题。他脸上甚至露出对我的某种怜惜。一分钟以后,他对我哈哈大笑,笑得极为坦然,毫无讽刺之意,而且,我相信,在剩下他一个人并且回忆起和我谈话的时候,很可能忍不住哈哈大笑了好几次。——在告别的时候,他和我握手,从他那方面说,这是高度信任的表现。——实际上,他不可能不蔑视我,也必定看我就像看待一个顺服的、柔弱的、可怜的东西,在他面前、在一切方面都是低下的东西。

拉斯科利尼科夫大概是想说像"君主"看着"颤抖的东西"。
当然,对于陀思妥耶夫斯基来说,最容易、最简单的莫过于从占统治地位的刑事司法道德的观点来看待奥尔洛夫:一个简单的恶人、恶棍、人兽。但是他没有这样做,某种奇异的、不可抑制的好奇心把他吸引到奥尔洛夫身旁。在人的灵魂中探秘的人似乎在测度,在这里完成的"道德缺乏",或者,说得更好一点,道德超越,乃是一种特殊秩序的现象,不适合普通的刑事司法的和道德的定义。

陀思妥耶夫斯基也觉得,奥尔洛夫是俄罗斯人,这是力量,虽然是生疏的、可怕的,但是无疑是出自民族本性最深刻、最纯洁的底层的力量。不言自明,这里是不可能谈到什么"尼采特质"、什么西欧影响的。然而,这个野蛮的没有受文化熏陶的璞玉浑金难道没有预示强横本性的、"自我意志"的文化人物吗?从皮巧林到伊万·

卡拉马佐夫,这些人显得像非俄罗斯的、拜伦式的、拿破仑式的,而事实上又是具有高度俄罗斯特质的。奥尔洛夫是从认定精神的最原初的原矿、从"强力与独处的意志"中雕刻出来的,而下列人士的本性是否也是起源于此呢?这些人是真正的"君主""创造者和破坏者""得允为所欲为"的人——世界史上的"强盗",例如拿破仑,还有那些"身上并非躯体而是青铜"的人士,例如彼得,历史上的彼得和普希金笔下的青铜骑士吗?

如果说普拉东·卡拉塔耶夫是"一切俄罗斯的、善良的、完满的(唉,也许不是'一切',只是某种'俄罗斯'的性格)事物的化身",那么,奥尔洛夫这个强盗,即令他的形象被刻画到底,直到其悲剧性的解决,难道不能成为某种相当俄罗斯的——虽然肯定不是卡拉塔耶夫式的——不"善良"和不"完满"的事物化身吗?

是的,他们两个人是两个重大潮流的代表,这两个潮流不仅在文化的表层上,而且也在俄罗斯民族的本性的深层上互相斗争。奥尔洛夫不是在精神力量的质量上,而仅仅是在数量上是有别于自己的狱中同伴的,亦即像他一样的真正的俄罗斯人。这里,陀思妥耶夫斯基本人也是珍重这一力量的,他在《死屋手记》结尾处写道:

> 在这四堵大墙之内,白白地葬送了多少青春,又有多少伟大的力量徒然毁灭!确实是应该述说一切啊,这些人是伟大的、不同寻常的人。也许,这就是我们整个民族之中的那些最有才干、最有力量的人们。但是,强壮有力的人们白白地消亡了……是谁的罪过?到底,是谁的罪过?

陀思妥耶夫斯基的这些话不是令人想到尼采谈拿破仑的话(《偶像的黄昏》,1899,第158页)吗?他说:

> 对于我们提出的任务(关于作为"罪犯"的拿破仑),陀思妥耶夫斯基的见证具有十分重要的意义,这位作家恰恰是一

位心理学家,我从他那里得到很大教益。陀思妥耶夫斯基属于我一生中所得到的最优美、最幸运的赠礼……他在西伯利亚的苦役犯中间生活很久,对于全部这些最严重的罪犯来说,返回社会已经完全不可能——他们对这个深刻的人,产生了连他自己也没有预料到的完全是另外一种的影响——这影响近似于,似乎这些人乃是由最好的、最坚硬的和珍贵的木材做成的,而这样的木材仅仅生长在俄国的土地上。

"强壮有力的人们白白地消亡了,"陀思妥耶夫斯基总结说,"是谁的罪过?……到底,是谁的罪过?"

其中,这个波尔菲里,依靠宣扬受苦的"基督教"理念而发福的波尔菲里,不是有罪的吗?这个蜘蛛的永恒的牺牲品,"奉献一切"、"不哭泣、不呻吟"、实践这个受苦理念、忍受折磨到达犯罪的程度的"安静的索尼娅",不是有罪的吗?

无论如何,如果陀思妥耶夫斯基的确这样坚定地、平静地深信,俄罗斯民族只具有这样的一个基督教的受苦、服从、驯顺的理念,其他"什么也不需要",因为这个理念就是全部,而且看来如此,那么,他就未必因为俄罗斯民族最好的、"最有力量的"部分在死屋的四面墙壁里面消亡而这样困惑和惊慌地提问:"是谁的罪过?"

不,宗教的二分、"分裂"的伟大悲剧之发生,不仅在文化的上层,在意识、理智之中,而且也在民族的本性、在心灵之中。也许是因为,俄罗斯民族首先具有世界性,所以他们对这一悲剧的感受十分强烈,这是迄今为止欧洲任何一个民族所没有感受到的。

陀思妥耶夫斯基在去世前的札记中谈到自己的时候说:"我当然是具有民族性格的,因为我的方向来源于基督教民族精神的深层……"这一点只有在这样的场合才是正确的:不是把"基督教"理解为已经达到的、已经完成的、"被容纳进来的"统一,而是"真理灵魂"许诺的、应该被"容纳进来的"、可以经久存活的的合一。然而,即使在陀思妥耶夫斯基本人身上——我们以后会看得更清楚

——也不曾有这样的统一（他认定其牢不可破的性质寓于俄罗斯民族："正教就是一切，其他都不需要"），而是存在着对联合的不可磨灭的渴望，在他身上被这种二重性造成的痛苦激发出来的渴望。

在去世前不久写给一位不知名的但是看来与他非常亲近的妇女的一封公开信里，他写道：

> 二重性，二重性是人类本性一般所特有的特质，但是远远不是在一切的人性之中，而在我们这里却显示出这样的力量。正因为如此，我觉得您亲切，因为您身上的二分现象（陀思妥耶夫斯基加强调记号）恰恰就像在我身上一样，而且我一生都是这样（作者加强调符号）。这是巨大的痛苦，但是同时也是巨大的享受。

在这里，和每逢谈到二重性、"两个真理"（魔鬼对伊万·卡拉马佐夫谈论这些）的时候一样，陀思妥耶夫斯基都没有畅所欲言，似乎是因为他这个无所畏惧的人也觉得可怕了。要知道，他整整一生，都仅仅是在探索这个问题，但是从来没有把话说完。"在二重性里有巨大的痛苦，也有巨大的享受"，他承认。斯塔夫罗金也发现了美的重合，两极中的享受的一致性。有时候不是似乎让人觉得，在陀思妥耶夫斯基本人身上，和在斯塔夫罗金、维尔西洛夫、伊万·卡拉马佐夫、拉斯科利尼科夫等人身上一样，"有两种相反的性格轮番的互相变化"，两个长在一起、方向相反的双生子吗？两个双生子，互相斗争，但是已经不像在拉斯科利尼科夫身上那样盲目，而是眼光敏锐，互相盯住对方的脸，互相恐吓。不正是因此，他才怀着这样的希望，绝望中的最后的希望，努力抓住牢不可破的、似乎是在俄罗斯民族正教中的宗教的统一，抓住没有被二分的、似乎没有"被分裂的"基督的形象吗？（虚无主义者维尔西洛夫把属于马卡尔·伊万诺维奇长老的圣像"撕成两半"。）到后来，我们又一次看到，在主要人物中，经受这种折磨人的却依然是甘美的、有诱惑力

的二分的人物之中,陀思妥耶夫斯基确实是在描述、责备自己,也为自己辩护:

> 不,永远是选民们干的!在这些男人之后是中间道路,的确,这是实际情况,依据最高级的人士的思想形成自己的中间道路的法规。但是,有一次有伟大的或者有独特性的人到来,总要来动摇这法规。是的,你们似乎认为国家就是某种绝对的东西。请相信吧,我们不仅还没有看到绝对的国家,而且甚至连或多或少成形的国家也没有看到。一切都还是胚胎。

这话是谁说的?不是无政府主义者拉斯科利尼科夫吗?问题就在这儿啊,不是拉斯科利尼科夫,而是陀思妥耶夫斯基本人。在什么时候呢?在自己去世前的日记里,根据斯特拉霍夫的断言,当时他已经达到了基督教的最高程度的启蒙,"在面部表情和言语的表达上,他都像是一位温和而明朗的隐居者",也许是像神圣的长老佐西马。"经常出现这样的时刻。"斯特拉霍夫说。但是,也经常出现另外一种时刻,"温和而明朗的隐居者"在同一部很像忏悔书的日记里承认:"我们都是虚无主义者,我们所有的人都是费多尔·帕甫洛维奇·卡拉马佐夫。""我们都是虚无主义者",这可能就是对于帕伊西神父为自己和为佐西马长老提出的问题所做的回答,这问题是:"就是说……在您的眼里,我们都是信仰基督的社会主义者(更确切地说也许是'无政府主义者')了?"

"咱们大家当中有谁,"陀思妥耶夫斯基有一次(1865年,在《关于订阅〈时代〉杂志的声明》中)呼叫,带着近似恐怖的惊惶口气,"现在有谁能够凭良知知道,什么是恶,什么是善?"

于是,又"出现了这样的时刻",他觉得,他知道,他最终地得知,而且不可超越地分开了善与恶。

他在同一本忏悔书日记里写道:

伸出面颊，爱（他人）胜过自己——不是因为有益，而是因为喜欢，喜欢得炽烈，有激情。"基督错了！"这已经得到证明。这炽烈的感觉是说：我宁愿和错误、和基督在一起，也不和你们为伍，只有符合我们的美感和能体现美的理想的事物，才是道德的。

这是关于道德的完全的定义，似乎也是惟一坚实的善与恶的度量衡；当然，是基督教诲意义上的善与恶，因为这一教诲在这里由陀思妥耶夫斯基表述了出来：美。这个温和而明朗的隐居者借用德米特里·卡拉马佐夫的嘴几乎是在同一时间说：

美，是可怕的、恐怖的东西！可怕，是因为不可限定，之所以不可限定，是因为上帝提出了许多谜语。在这里，此岸与彼岸汇合，在这里，一切矛盾共存。谜太多了。凭你的见识猜吧，要做到出水不湿身。美！但是我不能够移动，像另外一个心灵更高超、拥有高度智慧的人那样，从圣母的理想开始，以所多玛的理想告终。更可怕的是，灵魂里已经怀有所多玛理想的人也不否认圣母的理想，而且他的内心还因为这理想而燃烧，真实地燃烧，一如在少年天真烂漫的年代。不，人是广阔的，甚至太过广阔，而我会变得狭小。鬼知道这到底是什么，什么东西！智慧感觉是耻辱的东西，对心灵来说，就是美。所多玛有美吗？你要相信，在所多玛，美也是为数量巨大的人存在的——你知道不知道这个秘密呢？可怕的是，美不仅是恐怖的而且还是神秘的东西。魔鬼和上帝在这里搏斗，而战场就是人心。

难道，难道说"只有符合我们美感的事物才是道德的"吗？这样的定义，大概拿破仑也会同意的，因为他"像艺术家一样"喜爱权力，喜爱"从权力里萃取出来那些声响、和声、和谐"。斯塔夫罗金也会同意的，他有能力犯罪，十恶不赦，也能够完成最伟大的功绩,而且,当然,也"像艺术家一样"在两个极端里发现"美的重合"——在圣母的理想之中,又在所多玛的理想之中。类似的度量衡是不是对道德的和宗教的一致性的最极端的否定、对二重性的极端的肯定吗?

是的,"咱们当中现在有谁凭良知知道,什么是恶、什么是善呢?"看来,这是陀思妥耶夫斯基本人以及他全部的人物的呐喊,是面对最终的自由的恐怖呐喊。

像尼采一样(在神秘的异教徒托尔斯泰那里,类似的重合不如在陀思妥耶夫斯基那里令人吃惊),他也认为最终的自由是人神、反基督的赠礼,只有一个区别:尼采颂扬这个反基督的赠礼,而陀思妥耶夫斯基予以诅咒。但是,陀思妥耶夫斯基凭借他福音精神无限的洞察力,的确几乎不可能把作为法规、作为道德法规(恶与善、罪与罚)的基督的表白,和作为最终自由的反基督的表白对立起来。

主就是那灵,主的灵在哪里,哪里就得以自由。(林后,3:17)

因为律法是惹动愤怒的;哪里没有律法,哪里就没有过犯。(罗,4:15)

这样,我们可说什么呢?律法是罪吗?断乎不是!只是非因律法,我就不知何为罪。非律法说:"不可起贪心,"我就不知何为贪心。(你认罪吧,颤抖的东西,**不敢起贪心!**)然而罪趁着机会,就借着诫命叫诸般的贪心在我里头发动;因为没有律法罪是死的。我以前没有律法是活着的;但是诫命来到,罪又活了,我就死了。那本来叫人活的诫命,反倒叫我死。(罗,7:7-10)

基督以自己的死亡和被压抑的律法、"罪与罚"战胜了这种源于律法的死亡,在自己的最终的自由中复活,因为在基督之后,"凡有血气的,没有一人因行律法称义"(加,2:16)。因而,任何有血气的,也不能够依据违抗律法的事来评定。但是,难道说,"可以为所欲为"吗?是啊,使徒保罗说:"你们狭窄,原不在乎我们,是在乎自己的心肠狭窄。"(林后,6:12)奴隶就不得允为所欲为,但是,"你们没有接受奴隶的灵魂,重又生活在恐惧之中,而是成为人子的精神,我们用'阿爸,父!'来称呼他;这个灵魂向我们的灵魂证明,我们是神的儿子"。如果是孩子,就不是奴隶。"应该接受苦难,以其救赎自己",这就是律法中的奴隶的话,所以,如果有苦难,那就是恐惧,如果有恐惧,就还没有"成为儿子",就没有"爱既完全",因为,"爱既完全,就把惧怕除去,因为惧怕里含着刑罚。惧怕的人在爱里未得完全"(约壹,4:18)。应该接受的不是苦难,也不是恐惧,而是喜乐与自由。当然,后者比前者不是更容易,而是更困难、负有更多的责任,可能更可怕。"你们将像你们的天父那样完美,因为天父吩咐自己的太阳为恶人和好人升起,把雨露洒给义人和非义人。"这就等于说,就像你们的天父对恶人和善人不加区分一样,你们也不必区分,你们要以你们的阳光、你们最终的自由战胜善恶,战胜一切阴影和一切光明。

是的,基督不是道德现象,而是宗教现象,是超道德的、越过道德法规的全部界限与障碍的现象,是"在善与恶彼岸"的最伟大的自由的现象。而如果说到现在为止,欧洲文化的现实还没有接纳基督,只是滞留在旧约犹太法的道德观(一报还一报,以血还血——绝对的指令)、国家观念——古代罗马法(《罪与罚》),这不是因为人们没有理解、没有接受基督之爱,而是因为他们没有承担基督的自由,他们惧怕自由,甚于一切的奴役和一切的死亡。

我再重复一遍,几乎不可想象的是,陀思妥耶夫斯基没有看到这一点:看来他不过是不想看到、竭力视而不见而已。但是他的思想也不是无端地盘桓不定,圈子越缩越小,有时候已经焦灼,最后一次也没有点出火来,只不过靠近了这种火焰而已。究竟是什么阻碍了他?难道不是某种相似性,诱惑力强("不受我诱惑的人有福了")的相似性吗?"两极"、两个显得如此互不相容的和对立的面容——人神的和神人的面容的重合,正是在这里,在这激起火焰的燃烧点、在这最终的自由之中。因为他从来没有下决心仔细审察这个结合点,这个最终的宗教的统一,他过度担心,似乎它也要开始二分、分裂。

然而,在谈到西罗马教会所体现出的反基督的时候,他使用了这个词语:"对立的基督。"

终极自由带来的恐惧难道不就是在他身上"轮流交替的"这两个面容的恐惧吗?自己的双生体的恐惧,还有像在镜子里一样、在这个双生体上反映出来的"对立的基督"的恐惧?就像拉斯科利尼科夫一样,陀思妥耶夫斯基没有能够经受这种恐惧,躲避它,或者仅仅是想要躲藏于没有第二者的第一面容的统一之中。但是,我们在我们现今宗教意识的水平上,已经不能得到在先行于意识二分性中的第一的、还没有意识的、牢不可破的统一中的拯救。十分明了的是,我们面对面地看到了我们的双生物,我们必定或者死亡,或者经过二分性的全部恐惧,达到的不是第一次的统一,而是最终的结合:

> 因为他是我们的和睦,将两下合而为一,并且拆毁了中间隔断的墙……将两下藉着自己造一个新人。(弗,2:14,15)

这就是你们的"福音"。凡不失聪的人,都能够听见,能够听见。

俄罗斯精神和西欧精神的伟大体现——拿破仑——的两个同时的、如此不同的搏斗,就像1812年在俄国文学中的两次重复:《战争与和平》《罪与罚》。

我们看到,第一次的决斗不是以胜利而是以亵渎告终。

无论俄罗斯精神是否在第二次决斗中也遭受了失败,在这里都显示出来,这一精神值得和像拿破仑这样的敌人做实力的较量;在这里，它遇到了敌人——

> ……面对面，
> 像在战斗中跟随战士。

陀思妥耶夫斯基揭示了拿破仑理念的主要的无力之处，不是政治上的无力，甚至不是道德上的，而是宗教的。在现代欧洲复兴古代罗马君主制理念，普天下统一者凯撒、人神的理念之前，应该克服基督教世界统一的理念、神人的理念。历史上的拿破仑在行动中，就像进行观察的拉斯科利尼科夫一样，二者不仅没有战胜这个理念，而且也没有走近这个理念，完全没有看到它。如果拉斯科利尼科夫的拿破仑，的确是"马背上挎军刀的先知"，但是手里依然没有"新古兰经"，也还是并非来自上帝的、不反对上帝的先知，只是没有上帝的先知；在这个意义上，当然，就是伪反基督。"如果没有上帝，我就是上帝！"疯狂而无所敬畏的基里洛夫断言——他无所敬畏，是不是因为疯狂？"如果我决心宣布自己就是神子，那么，集市上的女贩子们都会笑话我的！"过分谨慎而理智的拿破仑认为。当然，在这里，从伟大、从恐惧到滑稽"只有一步"。但是拿破仑对于滑稽的恐惧同时是否也是滑稽的恐惧呢，冒名顶替者面对王位继承人的王冠的恐惧？"上帝给了我王冠。凡是触及它的人，都没有好下场。"啊，还没完呢，是上帝吗？——从来还没有人带着这样的嘲弄的微笑问起他这件事，任何人在任何时候也没有这样放心大胆地反复触动他的王冠，像陀思妥耶夫斯基这样。

在这两部作品中，托尔斯泰与陀思妥耶夫斯基第一次以他们各自的全部的力量出现，在这里，我们看到在两位作家身上宗教二分现象的开始，在托尔斯泰那里是无意识的，在陀思妥耶夫斯基那里是有意识的。但是，这一开始不会停止在我们所看到的水平上，它还要走得更远、更深。

到现在为止，我们主要看到这个二分现象的一级：托尔斯泰与陀思妥耶夫斯基对个人性的、英雄的、反基督的，或者貌似与基督对立的"反基督"的态度。在探讨这一二分性的后续的阶段之前，我应该也比较详细地谈谈另外一级，谈谈托尔斯泰与陀思妥耶夫斯基对于基督的态度。

第三章　托尔斯泰笔下的基督

　　当你不再幻想你今后还有几十年、一年、一个月的闲暇，当你已经以几十小时为单位计算的时候，而下一个夜晚会带来不可知情况的威胁的时候，显然，你就会拒绝艺术、科学、政治，而满足于自己和自己的谈话，但是这也是不能够进行到底的。这是内心的谈话，被判以死亡，死亡正在拖延。他，这个被判决的人，全心关注自己。——他已经不再行动，而是观察。——像兔子一样，他正在返回老窝死去；这个老窝就是良知，是他的思想。只要他还能够拿起笔来，享有一分钟的独处，他就要全神倾听自身的这个反响，并且和上帝谈话。——其实，这不是道德的追寻，不是忏悔，不是召唤。——"我的孩子，把心灵给我吧。"这只是顺服的"阿门"。——放弃和同意对我来说已经不太困难，因为我已经一无所求。我只是希望不要受苦。在客西马尼园里，基督也这样请求。而我们所要做的，和他一样。"实在地，不要按我的意志，只要按你的意志"——让咱们等待吧。

　　在阿米尔《日记》里的这些话里，已经没有涉及下列疑团的思想甚至问题，死亡是否不仅是"向虚无的过渡"，能否"用死亡洗去死亡"，有关生死的忧思是否可以以某种独立于生死的因素穷尽？它垂下耳朵，藏在洞穴里，等着最后的打击，和说出终极顺服的"阿门"："按你的意志"。兔子的恐惧、兔子的驯服，放弃生命，诅咒生命,这是一切诅咒之中最没有希望的、寂静的、平和的——"我是一无所求,我只希望不再受苦",迄今几乎在一切地方和任何时候都是这样理解基督的学说的。对于这一理解,托尔斯泰本质上无所添加,只是把它引导到了最终极限。

顺服上帝,是出自恐惧,而不是出自爱和信仰,不是出自"伟大的果敢",而是出自单一的恐惧和缺乏信仰。"畏惧上帝",就是基督教的开端吗?

> 爱在我们里面得以完全,我们就可以……坦然无惧……爱里没有惧怕;爱既完全,就把惧怕除去,因为惧怕里含着刑罚。惧怕的人在爱里未得完全。(约壹,4:17-18)

如果托尔斯泰所说的"基督之爱"的确可以这样称呼的话,那么,无论如何,这样的爱是没有"坦然无惧"的,没有驱逐"恐惧"。因为它本身完全源于恐惧,源于"恐惧的折磨",源于最高等级的这样的折磨,这样的爱甚至仅是对死亡和苦难的恐惧,而是"对恐惧的恐惧":我极端恐惧,以后我最好不再说起、不再想到我是多么恐惧。——"我的孩子,把你的心灵给我。"——"好,你拿去吧,'按你的意志'。"而骨子里——最可怕的思想,我知道,你是残酷的主——你在没有播种的对方收割,在没有撒播的地方收集;如果我不把我的心灵给你,你反正也要把它取走,强行取走。那好,你就取吧,"按你的意志"。驯服的意思,本质上,是不是就是"在耍恶劣把戏的时候露出好脸"?在这里,一根毫毛竟把最伟大的驯服和最伟大的叛逆分离开来了吗?

"死亡和苦难,像吓人的魔鬼一样,从四面八方坠落在人身上,把人驱赶到为他打开的、服从于他理性法则和表现为爱的人生道路。"对于基督教的情感而言,这是猎人的形象,和重要的异教徒、老妖精叶罗什卡相称。死亡和苦难的魔鬼像驱赶野兽一样,像驱赶叶罗什卡毒杀的野猪一样,把人驱赶进了爱情的网罗、爱的法规之中。是的，正是法规。爱，不是福音书的"仁慈"和自由，而还依然是旧约的律法；爱，是上帝对人施展的永恒的强力，上帝对人的永恒的追捕。人是"兔子"，上帝是猎人；人是罪人，被判处死亡，但执行被推延；上帝是行刑的。伊万·伊里奇"胡乱挣扎，像被判死刑的人在刽子手的手里挣扎一样，虽然他知道自己不能获救。因为自己束手无策，因为可怕的孤独、世人的残酷和上帝的残酷而哭泣"。

死亡的秘密，上帝的秘密，就是那个"黑洞"，细长的黑口袋，有一股目不可见的、不可克服的某种无形的和不可名状的力量把垂死的伊万·伊里奇"痛苦地"塞了进去，继续向里面推挤，却又怎么也塞不进去。

这样的上帝，甚至已经不是他，而是它。在安德列死亡之前的呓语之中，"它站在门外……某种可怕的东西，已经从另外一个方面闯来，要破门而入。某种非人的东西——是死亡破门而入"。

这样的上帝剥夺了人全部的尊严，将其降低到了动物的水平，把人的灵魂和肉体置入最屈辱的境地。

"全部这一切都可怕地简单、丑陋，"在奥斯特里茨战役之前，安德列公爵思忖：

> 祖国，莫斯科的毁灭！明天，打死我的甚至也不是法国人，而是自己人，昨天，一个士兵在我耳朵旁边退出了枪里的子弹，于是法国人来了，抓住我的脑袋和两只脚把我扔在坑里，避免我在他们鼻子下面放屁，于是形成了新的生活环境，也是其他的人所习惯的，而我就没有了。

"我就没有了"，这就是动物在死亡之前自爱的喊叫，赤裸的人体——甚至不是人体——而是"一团肉"的喊叫。而"以后，除了这个就什么也没有了"。这里是没有窗门的墙壁。灵魂在肉体的重负之下沉默。为了打穿这堵墙，为了"以后"出现某种东西，不是在受到肉体压制的灵魂里,而是在肉体本身,应该完成某种过程。正在完成。

在死亡之前,勃列胡诺夫扑向正被冻死的尼基塔,用躯体遮盖住他,温暖他。"躺着,暖和暖和,咱们就这样。"他开口了,但是,接着,令他十分惊奇的是,他再也说不出话来,因为令他十分惊奇的是,他不能说话了,因为眼睛里顿时**充满了眼泪,下巴飞快地颤动起来。他停止说话,只好吞下喉咙里冒出来的话语**。"看来我是给吓昏了,彻底虚弱了。"他想到了自己。但是,他觉得,这种虚弱不仅不是不愉快的,而且还给他带来某种特殊的、以往没有感受到的欣喜。勃列胡诺夫的这种欣喜,这些眼泪,和因为恐惧、因为无力和虚弱而出现的顺从,在托尔斯泰眼里就是基督教之爱的开始。他全部皈依基督教的人物,都感受到了这种"欣悦的虚弱"。安德列公爵被安置在伤员帐篷里,外科医生拿着手术刀走到他面前,对着助理医生怒吼:"给他脱衣裳!还站着干什么?"在这一时刻,他也完全像勃列胡诺夫一样,"给吓昏了,彻底虚弱"。在助理医生动作迅速的枯干双手给他解开纽扣脱下他的外衣的时候,"安德列公爵不由自主地回想起自己遥远的童年"。包扎之后,他清醒过来,感受到了:

> 很久以来都没有体验到的幸福。他以往生活中全部最好的、最幸福的时刻,特别是最遥远的童年岁月——有人给他脱衣服,放在小床里,奶娘摇动着小床,在上方轻轻唱歌;他还把头钻到枕头底下,只因为意识到了生命,他就感到幸福,——这些时刻浮现在他的想象之中,甚至并无明日黄花之感,而是此时的现实。

他旁边的一张桌子上,他看见了自己最凶恶的敌人,美男阿纳托利,大夫刚刚给他一条腿截肢,还血淋淋的,正在放声大哭,于是对他感到一种"得意的怜悯",就像勃列胡诺夫对尼基塔那样。

安德列公爵再也控制不住了,哭了起来,为了他人,为了自己,流出温柔的、充满爱的泪水。同情、对兄弟的爱、对敌人的爱,是的,就是上帝在大地上宣讲的那种爱,正因为如此,我才珍惜生活,如果我还能活下去的话,这是给我留下的珍宝啊。

伊万·伊里奇呜呜地连续呻吟呼叫了三天,在第三天的末尾,去世前两小时,"突然安静下来,倾听。这时候他感觉到有人在亲吻他的手"。他看见了儿子和妻子。他开始怜悯他们。

他看了一眼儿子,向妻子示意,说"带走……可怜……还有你",他还想说"原谅",但是说了"原样",却已经没有力量改正,便挥了一下手,知道听见这个词的人心里会明白的。——突然间,他领悟了,那折磨了他却又没有出现的,突然全然出现,突如其来地,从两个方向,从十个方向,从全部的方向。就在这一个时刻,在"黑洞"的末尾,闪现出"光明",似乎是基督复活的光明。

安德列公爵的儿子,尼科连卡·保尔康斯基,在有父亲出现的梦境中体验到了一种模糊的感受,这个感受后来在他那里成长为宗教意识:看到了父亲,父亲"的抚爱眷恋,令尼科连卡感觉到爱的柔弱,他觉得自己没有力量,没有了骨头,成了液体",就像陀思妥耶夫斯基形容的忏悔的拉斯科利尼科夫那样。

似乎,在全部这一切之中,都有对于肉体死亡的某种真正的感受深刻的观察:事实上,最后,在肉体停止和肉体痛苦搏斗的时候,也就到了这种痛苦的极限。而痛苦本身也逐渐降低了锐利性,迟钝了起来。当突然间一切都"从人那里骤然离去,从两个方向、从十个方向、从一切方向"离去的时候,他也就感受到了特殊的、似乎甘美的珍惜——对这种离弃、解脱、解决生活的全部死结和羁绊的感觉以及这种无限的"柔弱"的珍惜。托尔斯泰说,这也就是"爱的柔弱",就是"上帝在大地上宣告的那种爱"。在这样的肉体的、激情感受的柔弱之中，正如在第一个受精的卵子里一样，包含了托尔斯泰式的全部的基督教的开端。肉体"受到惊吓"、肉体"全然无力"、感受到自身肉体"无力、无骨、成了液体"——他潸然泪下，慈善浮现，爱心涌起，灵魂"复活"。

然而，这是不是最后的解放、灵魂对肉体的胜利呢？托尔斯泰是这样想的，或者愿意这样想，但是也未必。因为某种新的情况，起决定作用的事物，从一开始就出现在肉体里。灵魂仅仅反映了肉体里已经发生的事，仅仅解释肉体的柔弱，亦即"爱的柔弱"，对可怕的孤单缺乏防卫的意识，但是从自我那里却无所添加。在这里，一如在一切地方——在托尔斯泰的笔下，永远不是肉体跟随灵魂，而是相反，灵魂跟随肉体：从一开始就在肉体上的，以后就驻足灵魂。肉体的是原初的，而精神的——或者，说得更好一些，"灵魂的"——是衍生的。灵魂的出生于肉体的，一如结果来源于原因。肉体从生命进入非生命，沉入"黑洞"，而灵魂尾随着肉体，肉体拉动灵魂。灵魂的复活仅仅是肉体的死亡，不是某种新的、超动物之物的开始，而只是旧的、动物性之物的结束——对肉体的否定，而不确定肉体之外的东西。

在灵魂这里发生的一切都与肉体中发生的一切联系在一起，其一与其二同时消失。如果勃列胡诺夫没有死，那就干脆不会回忆起自己对于尼基塔的柔情思绪，而且，很有可能依然保持在冻死之前那样的顽固不化，肉体也许复活，但是灵魂重又死去。

这不是进入生命的爱，而是来源于生命的爱。托尔斯泰在基督教里得救的全部人物，都或多或少地感受到了爱的这种肉体的柔弱和爱的甘美——基督之爱，不是作为活着的灵魂最后的力量和坚定，而是作为死亡的肉体最后的柔弱、虚弱、软弱，死亡的肉体的"无力"、"无骨"、"液态"、昏厥特点。

在安德列公爵经过包扎从昏迷中苏醒之后，回忆起了最遥远的童年，像托尔斯泰那样，他很可能也回忆起在大木盆里洗澡，和"第一次看到和喜爱自己小小的赤裸肉体"。这些回忆令安德列公爵热泪盈眶："他为他人和自己哭泣。"当然了，为自己多于为他人。在他对他人的爱之中，含有对自己的爱，重新苏醒的对于自己无法保护的赤裸肉体的赤子之爱，这种爱的最纯洁的宗教式的喜乐。仅仅是由于误解，他才把他认作是"上帝在大地上宣扬的爱"。

他身上完成了彻悟之后，玛利亚公主在和兄弟第一次见面的时候，走到他身边：

> 捕捉到他脸上的表情和目光之后，她突然感到怯懦，觉得自己有罪。"可是我的罪在哪里呢？"她问自己。"罪就在于你活着，和想着有生命物，而我！……"他的冷峻而严厉的目光回答。

"而我"是那动物性的自爱本来的，只不过更遥远的、轻微的、被压抑的，但是更加可怕的、绝望的呼叫，认定赤裸肉体、赤裸的肌肉的呼叫：

> 法国人把我扔进了大坑，避免我在他们鼻子下面放屁，我就没了！

他以自己的意识努力深入探索自己对于爱的思想。

> 爱是什么？爱阻碍死亡。爱是生命。爱是上帝，对于我，爱是一颗微粒，死亡就意味着返回共同的和永恒的源泉。

但是这仅仅是思想，托尔斯泰提示道。"其中缺乏某种东西，某种单方面的、个人的、智慧的东西，缺乏明确性。也包括了同样的不安和含糊性。"是的，在安德列那里，从这些有关爱的"仅仅是思想"之中，什么也没有得出。在引发出这些思想的肉体状况消失之后，这些思想就黯淡下来，变得没有结果，仅仅是理智和论述而已。一切重又被"枯燥的、残酷的误解"所遮盖。情况就是，佯装成为对他人的基督教之爱的对一己的动物性之爱的肉体柔弱和甘美，乃是垂死的肉体走向未知深渊所经由的阶梯之一,是其中之一,但不是最后的梯阶;这一梯阶走完之后,就再也无处可走。而灵魂、意识再也不能前进,意识在原地裹足不前,灵魂沉默着,等待着自己的肉体说什么,往哪里引导。肉体里必须完成某种过程,然后又在灵魂中反映出来。

在安德列公爵的梦境中,门外站着的就是它,门开了:

它走进来,它就是死亡。于是安德列公爵死去。在他死去的那一个时刻,他用尽力气,醒来了。"是的,这就是死亡。我死了——我醒过来了。是的,死亡,这就是苏醒。"他的灵魂突然豁然开朗,而此前遮盖着未知情况的帷幕,在他的灵魂目光之前被拉起。他似乎感受到了摆脱了纠缠在他身上的力量和从那时候起一直没有离开他的那种奇异的轻快。

从这个时候起,正如医生所说的,催人衰竭的热病变得厉害起来。

在垂死者躯体上,在这一夜,出现了命定的、最终决定他命运的变化——而灵魂则反映了这一变化,即"生命的苏醒"。动物性生命的最终羁绊解开;它"从某处向那里"又下降一步,"进入黑洞",而灵魂又无力地、不由自主地追随肉体,像奴隶跟随主人。而现在,刚刚走过的一个台阶、爱的甘美、对自己和他人的怜悯,在他看来,显得遥远、生疏、过度地活跃。于是他更加惋惜生命,需要返回生命,他想,依靠生命就可以消解对于爱的无止境的渴望。现在他彻底明了,爱不需要生命,正如生命不需要爱,爱本身仅仅是对全部世界生命的否定。安德列公爵想:"爱一切人,就意味着谁都不爱,就意味着不是靠世间的生命活着。"托尔斯泰凭自己的感受补充说,他"越深入爱这一原理,就越离弃生命,就越彻底地消除那可怕的障碍,这就是在我们没有爱的时候站在生与死之间的障碍"。——"爱一切人,就意味着谁都不爱。"这件事给我们大家——活着的人的爱,无处索解,可怕,比一切恨还可怕。我们觉得,这完全不是爱,而是缺乏爱。事实也是这样,安德列公爵看待全部有生物的目光变得"冷峻,几乎充满敌意"。在这一目光紧盯之下,娜塔莎和玛利亚怯懦起来,感觉到他已经再也不爱她们,不需要她们的爱。他和她们说话的"口气生冷伤人"。

他不惋惜她们,他对一切都很冷漠。

他全部的话语都证明,他离一切生命都已经遥远得可怕。

在他的言语中、声调中,尤其是在目光中——那冷峻的、差不多是敌意的目光中,让人感觉到了令活着人都恐惧的、对一切世俗事务的可怕的疏远。他似乎很难理解一切有生命的事物。

现在,他已经不再出自对他人的爱而哭泣,而只是宁静地微笑,平静而无限地藐视世人。他的目光变得越发冷漠、越发敌意、越发蔑视。死者对活人的这种令人胆寒的嘲弄,这种拒人千里之外的冷漠,这种对生命的无限的蔑视和敌意,按照安德列公爵的见解,按照托尔斯泰的见解,就正是"上帝在大地上宣讲的那种爱"。

女公爵玛利亚把安德列的儿子尼科鲁什卡带引到了行将就木的安德列公爵面前,安德列公爵竭力尝试返回活着的人中间,对他们讲述新的爱,讲述现在展现在他面前的、比一切尘世间事物都"更重要的"事物。"是啊,我喜欢尼科鲁什卡。他好吗?"他说,玛利亚于惊骇中醒悟,他这样说,"那表情不是欣喜的微笑,不是对儿子的温情,而是在静静地嘲笑玛利亚使用最后的手段来恢复他的情感"。安德列公爵亲吻一下儿子,显然不知道跟儿子说什么。有人把尼科鲁什卡带走了,玛利亚又一次走到哥哥身边,吻了他一下,就再也忍不住了,哭了起来。他细心凝望着她。

"你是为了尼科鲁什卡哭吗?"他问。玛利亚哭着低下头,作肯定的表示。

"玛丽,你认识伊万……"他突然沉默。

"你说什么呢?"

"没什么,不要在这儿哭。"他说,依然用冷漠的目光瞧着她。

女公爵玛利亚开始哭的时候,他立即明白了,她哭是因为尼科鲁什卡很快将失去了父亲。于是他竭尽全力迫使自己返回生命,转移到他们的观点上来。"是啊,他们是要为了这个显得惋惜。"他想。"这不是很简单的吗!——天上的鸟不播种,不收割,但是天父喂养它们。"他心里说,也想把这个话告诉给女公爵玛利亚。"可是,不必了,他们会从自己的角度理解这个道理的,他们理解不了!这个道理,他们不可能理解,他们珍重的全部这些情感,对于我们显得这么重要的全部这些思想——全部这一切,都是不必要的。我们互相不可能理解!"于是他又沉默了。

迄今为止,我们活着的人一直觉得,基督来宣讲自己的教导,那教导不是死的,而是活的,活着的人能够理解基督。但是,从这里可以看出,这是一个错误,因为对于基督而言,一切活的,都是"不必要的"——在基督和生命之间没有任何的连接。"我们互相不可能理解。"只有行将就木的、几乎死亡的人才能理解基督。安德列公爵和托尔斯泰最终推翻了这样的话:"上帝不是死者的上帝,而是生者的上帝。"——"在上帝那里,万物皆生。"对于安德列公爵和托尔斯泰而言,上帝只是死者的上帝——在上帝那里,万物皆死。"让死者埋葬死者吗?"不是,"让死者埋葬生者",基督不是"用死亡来踩躏死亡",而是用死亡来踩躏生命。对于安德列公爵和托尔斯泰而言,死亡不是生命,生命是死亡。"愿你的意志行在地上,像在天上一样"吗?不,在安德列公爵和托尔斯泰那里,祷告是不同的,愿你的意志在天上,只在天上,因为全部的大地都是反对你的意志的,而你的意志,就是大地完全不存在。

"玛丽,你认识伊万吗……"但是他突然沉默了。"我们互相不可能理解。"沉默得多可怕!他心里怎么这么残忍啊!天下还有更大的残忍，还有对生命的更大的诅咒吗？这种诅咒，归根结底，很可能就是犬儒主义的动物性自私自利的反面——"这一切都简单、丑陋到了极点……你们都活着，都想着生活，而我……"；在这一诅咒之中，在托尔斯泰看来，包含了福音书的"全部福音"。够了，这不是"祸音"吗？

"是的，一切皆空，一切都是欺瞒，除了无限的天空。"没有大地，只有天空，不对，连天空也没有，只有寂静、安宁、寂灭——涅槃。我们已经知道安德列公爵的这些思想，那是在奥斯特里茨战役的战场上第一次面对死亡的时候涌现在他心头的思想。当时他仅仅以理性预感到了这一点，却依然以自己的生存反抗。当时，这些思想令他惊骇。现在，在第二次也是最后一次死亡的时候，他接受了关于寂灭的这些思想，不仅仅是凭借理性，而且也是凭借全部自身的生存；他最终的认定，对谁也不能诉说："主啊，你宽恕我吧。"其次就是，上帝是"不可定性的、铁面无情的力量，不能求助于它，甚至不能用语言来表达它"，上帝是那非人的、可怕的它，就是在他的呓语中站在门后、破门而入的它。当然，对这样的上帝是不能够祈祷的；在这样的上帝和人，至少是活着的人之间，是不可能有任何的吸引力的，而可能有的仅仅是相互排斥的无限的力量。基督的教导事实上是人与神的不可思议的亲近，但是在托尔斯泰那里，则变成了二者不可思议的疏远、怯生。

现在，安德列公爵最后决定了当时出现在他那里的问题之中的最主要者——他认定，世界，"一切"，都是对上帝的否定，而上帝则是虚无。而安德列公爵诅咒世界、诅咒一切，自在祝福虚无。而托尔斯泰又和安德列公爵一起，认定上帝是虚无。"这也是一种特殊的虚无主义"，屠格涅夫以其惯常的洞察力，在关于《忏悔录》和全部托尔斯泰的"基督教"的书信之一中，评论这位伟大的对手说。

是的，在奥斯特里茨战役前夕，有阴冷的白光出现在安德列公爵面前，在这道白光之中，突然之间，对他来说，一切都变得"可怕地简单、丑陋"——"差不多来自严寒"，为什么是"差不多"？不是，是完全的"敌意的"——安德列公爵对生命、对一切活着的万物的甚至简直是充满怨恨的目光里,露出这全部的貌似"基督教的"托尔斯泰的佛教虚无主义(事实上甚于古今全部民族的宗教的、与基督的教导对立的),这是无限否定的宗教,是幸福的虚空的宗教,是涅槃,亦即不存在的上帝的宗教,是神化的虚无的宗教。

我们在托尔斯泰的生平中已经多次看到了最深刻的矛盾——在显露智慧的基督徒阿基姆长老,和不会思考不会说话的但是善于行动的异教徒叶罗什卡之间的矛盾,还有下列二者之间的矛盾:一方是自然的盲目,因而本身只包含有神圣的端倪,但是一直到最后,作为神圣特质也是没有被意识到的对一己的爱,另一方则是完全被意识到的但是也是完全抽象的对他人的爱,这样的爱,在本质上,不是对他人的有生命力的爱,而只是对一己的只能遭到杀除却又不可根除的爱,可望而不可即的对一己的非爱:"爱一切人,等于谁也不爱",也就是说,意思不是爱他人像爱自己,而是指谁也不爱,不爱自己,就像不爱他人一样。

这个矛盾只是在托尔斯泰的个人生活和艺术创作中把他引导到了悲剧的冲突:例如,失明但是有力量的叶罗什卡叔叔控制了羸弱但是视力良好的阿基姆长老(他视力好,因为他一向是有意识的)。但是,托尔斯泰的宗教和哲学的建构、"发挥",则比他的本源生活和创作虚弱得多,肤浅得多,在这里,这个矛盾本身变得无力、弱小,从悲剧退化为逻辑。在这里,似乎疲倦的叶罗什卡叔叔,因为受到死亡和苦难的稻草人的严厉的惊吓,所以从"主面前的伟大的捕鸟人"变成了"颤抖的东西"、受毒害的"兔子"——最后屈服于阿基姆长老:矮小的、瘦弱但是灵活且爱唠叨的、说话结结巴巴的阿基姆长老,引导着自己的双生者——其实也不是引导,而是拽着、拖着他,像一个大得出奇、差不多没有知觉的躯体。因为在这些领域里,叶罗什卡叔叔虽然全然失明,有时候却视力敏锐,而阿基姆长老,虽然视力良好,却是完全失明,所以,在这里大概比"盲人为盲人领路"更坏:在这里,是盲人为明眼人领路,弱者为强者领路,是啊,当然了,两个人都掉在大坑里。

"说我会认识上帝——例如，他是造物主，或者诸如此类的什么——全部概念上的设想，都把我和他分离开来，终止了我对他的接近。"托尔斯泰在国外发表的文章《上帝的概念》（日内瓦，1889）中说。如果把这条逻辑推行到底，那就不可避免地出现行将就木的安德列公爵所感受到的那样的悲剧：单凭任何思想、任何感觉，活着的人都是不可能接近上帝的，因为上帝就是对于全部活着的、全部存在的一切的否定，就是终极的虚无；爱上帝就是爱虚无，就是沉入涅槃，沉入非存在。"玛丽，你认识伊万吗……"——不不，和活着的人不值得谈这样的事——反正他们不理解，而且听而不闻："我们互相是不能理解的"，应该沉默到底，诅咒一切活着的人，并且死去，去和上帝汇合。"对我来说，代词'他'已经在某种程度上毁坏了上帝；'他'似乎把上帝矮化了"，托尔斯泰在那篇文章中继续说，好像是要穷尽安德列公爵的思想似的。

但是，通过对于天父的自由的、无所畏惧的亲子的爱，甚至通过叶罗什卡的动物性的恐惧——对人体、人肉的恐惧，通过最终驯顺的"阿门"、颤抖的东西的"阿门"，是能够接近这样的上帝的。如果托尔斯泰做到贯彻始终，他也会得到这个不可避免的结论，他也会对自己说：我对谁祷告"主啊，你宽恕我吧"？我对谁说："我的天父"呢？谁也不可能告诉我，因为关于上帝的一切概念，还有他是天父的概念，"都终止了我对他的接近"。上帝是"它"，要知道，上帝只对于我不是"他"，而是"它"。我不可能爱这个它，我只能怕它，就像垂死的兔子惧怕猎人或者在身后追赶的那头野兽一样。我不可能相信基督所宣讲的天父。我不知道我是谁，但是，无论如何，我不是基督徒。如果托尔斯泰真的对自己说出这样的话，那么，不仅在他无意识的本原的生活之中和艺术创作之中，而且也在他的宗教意识之中就会开始一个伟大的悲剧——我们的悲剧。

然而，问题是，面对设计自己宗教意识的这个不可避免的结论，他退缩了：阿基姆长老胆怯了，感到无力，后退，似乎故意视而不见，面对明察秋毫的叶罗什卡叔叔拉着他前往的深渊而闭起眼睛；阿基姆长老急忙用自己快速的和结巴的含混言语淹没老妖精发出的动物性恐怖的天然真实的呻吟，把他猛地拽回来，拉到恰当的劝谕和安全推论的康庄大道。

托尔斯泰说：

> 基督教以超自然宗教面貌出现在世人面前，而实际上，在基督教里既没有隐蔽的、神秘的因素，也没有超自然的因素，它只是关于生活的教导，亦即符合物质发展水平、人类所处的成长年龄的生活教导。

在自己多处的宗教著述中，托尔斯泰都多次重复这个思想，坚持同一个思想，差不多用同样的词句，似乎是在安抚自己：

> 基督表达的真理教导，不是对于某种隐蔽的和难以索解的事物的神秘表达。
>
> 一切宗教的本质都仅仅在于回答这样的一个问题：我为什么活着，我周围漫无边际的世界的关系是什么样的。——全部的宗教形而上学，关于众神、关于世界起源的全部学说，仅仅因为地理、种族和历史环境而不同，都是与宗教并行不悖的标志。

说得简单些、坦率些，都是无稽之谈。在"真正的基督教"里毫无任何神秘和超理性因素可言——为了证明这个思想，托尔斯泰写作了自己主要的宗教著作：你们心中的上帝王国，或者基督教，不是神秘的学说，而是对生活的新的理解——还是可以说得简单些、坦率些，对生活的并非宗教的、实际的新理解。

多么奇怪的矛盾啊？一方面，宗教还是宗教，也就是说，像他自己所说的，是关于"人与世界的第一原因的关系"、与上帝的关系的学说。还有，据托尔斯泰本人的表白，对于他来说，上帝是最遥远的、生疏的、不可理解的、不可认识的,所以"关于他能够认识上帝的全部概念上的想象",都终止了他对"他"的接近,因为上帝十分超出人的悟性,所以,对于他来说,人称代词"他"都矮化了上帝。从一个方面看是这样。而从另一方面看,在基督教里没有不可理解的、神秘的、超出人的悟性的因素,因而,按照上面刚刚举出的上帝的定义,在基督教里就没有涉及上帝的因素。基督教是没有上帝的宗教,没有宗教的宗教。

脱离这个逻辑的——仅仅是逻辑的矛盾的出路,不在于宗教意识的最后悲剧,不在于明察秋毫的叶罗什卡叔叔故意闭上眼睛不看阿基姆长老走向的那个可怕的深渊,而在于安全的和深思熟虑的宗教的无耻——在于一点也不深、不可怕的浅坑,就是人人走过的大路旁边的浅水沟之类。

起初,上帝之于托尔斯泰乃是完全不可企及的、遥远的,不过上帝并没有伫立不动,而是走近了,但是依然没有变成完全亲近的、仁爱的天父,而只是不很远也不很近,站在半路上,在半途之中。起初,上帝是"伟大的一切,或者虚无"。现在,上帝不是一切,也不是虚无,非此亦非彼,而是我们所熟悉的贯穿了全部现代欧洲小市民文化的"中途半路"。而这个,如果仔细审视,大概也完全不是上帝的,而只是一个平常的、体面的、空虚的地方,在这里某个时候曾经为某人存在过什么东西,而现在则一无所有。比一无所有更糟糕的是差不多的一无所有——最无法形容的、歧义的、灰色的、不冷又不热的、只有一丁点热的、加温了的,像昨天的经济晚餐的剩饭,不是鱼也不是肉。这不是生者的上帝,也不是死者的上帝,而是半生半死者的上帝,苟延残喘的现代宗教实证主义阉人们的上帝;这些人既没有终极的信仰,也没有终极的非信仰,对信仰和非信仰只有匆匆忙忙、讲求实际、居高临下俯就式的冷漠。对于他们来说,上帝就是无限败落的、遭受阉割的、不死不活的、又不是教会的又不是讲科学的羸弱之人。从一方面看,似乎这个上帝存在,但是从另一方面看,又似乎根本不存在;从本质上说,有他没他,都"没什么意思"。"如果我甚至看到,神学告诉我的一切都是理性的、清晰的、得到证明的,我立即就会感到毫无兴趣的。"托尔斯泰承认,当然是发自纯洁的心地。(《教义神学批判》,日内瓦,1896)不是这种或者那种"神学",而正是关于"偶像的学说"、对于"世界第一起因"的任何样式的接近,无论有多么深刻和合理,在托尔斯泰看来都是"没什么意思"的。他感觉到,生活在没有任何上帝甚至没有一己的上帝的基督教之中,他能够感到安然自得——事实上也是安然自得。"上帝"这个词语,我似乎很少有意识地单独使用。这个词语和其他词语一起出现在"按照上帝的方式生活"。我说这话的时候,心里是在说:"依靠真理、爱、理智,或者,合理地,生活。"这样,"上帝"甚至不是个别的名词,而只是形容词。对于这样的"形容词"的上帝,不必拘泥礼节。他用完全幼稚的结论反驳基督教最深刻的三位一体的教义(这一教义的痕迹也可以见于其他宗教,例如,见于古代婆罗门教,见于从普罗提诺到黑格尔的全部欧洲哲学),同时以亵渎的姿态称这一教义"亵渎",从而得出这样的结论:"这个亵渎得可怕的教条是任何人、任何事物都不需要的——从中不可能得出任何的道德规则。"这就是托尔斯泰全部神学批评中的真正的、虽然是隐蔽的思路:不是因为从这样的或者那样的教条中不能得出道德规则,所以这个教条虚假;而是相反,它虚假是因为从中不可能得出任何的规则。

并非人的道德因为上帝而神圣,而是上帝因为人的道德而神圣;善并非为了上帝,而是上帝是为了善。上帝是道德等式中使用方便的假设条件的符号 X。等式问题一旦解决,X 就变得已知和不再需要;上帝变成善,甚至不是无私的善,而是确定的、本质的利益 a、b、c。托尔斯泰带着即使对他来说也是令人吃惊的肆无忌惮的口气说:"对亲近的人的爱,是合算的、有利可图的事。"还有更粗鲁、更玩世不恭的话呢:"基督教导人不要做蠢事。"基督的全部教导只不过是朴实思想的教导,像二加二等于四那样简单易懂,是对个人利益的细心算计,也许是某种高度讲求实际的东西,但是毫无疑问也是廉价的、短小的,就像乡下学店里的三文钱算术。

一旦走上这条把宗教庸俗化的大道，托尔斯泰就必定走到现在走上宗教道路的一切人所要达到的目的：几乎是有意识的无神论。

如果这个"差不多"还保留着，如果他还称自己的无神论为宗教，在心里还不凭借最终的犬儒主义道出："没有上帝。"（谁能知道，也许他已经说了呢？）那也仅仅是因为，他很少想到上帝，已经忘记了上帝，他甚至已经不会靠最后的大度的一击、最后的否定来提出这一可怜的形而上学的残垣断壁，"影子的影子"。

就这样，托尔斯泰所走过的全部的宗教道路是：起初，他相信虚无；最后，什么也不信。从远古的佛教涅槃开始，以甚至并非昨天而是前天的、死灰复燃的俄国的、巴扎罗夫的虚无主义告终。

是的，屠格涅夫的话是对的，托尔斯泰，从他自己的没有上帝的宗教来看，是 1860 年代最平淡无奇的、稍微有一点迟到所以感到羞怯的、俄国的虚无主义者。

圣父所遇到的情况，神子也同样遇到。

托尔斯泰说：

> 基督教的教义把人回归到了对自己的原初的意识，但那不是肉体的自我，而是作为上帝的自我，上帝的星火，神子的自我，和天父一样的上帝，但是包含在肉体的外壳之中。

正像"圣父"对于过度不明确的"善"的概念那样，"神子"这个词语必定从一个单个的名词变成为对于过度确定的现象的形容词：在彼拉多身边生活过的耶稣这个人。也是在这里，旧约的叶罗什卡叔叔把新约的阿基姆长老拉到自己的一方，但是又没有到底，而只是到了半途。圣父与圣子的关系在不知不觉中被托尔斯泰的"主人与长工"的关系所取代。以色列的上帝，"包含撕咬人心嫉妒情绪的"上帝，有雷鸣闪电包围，如果见到他的尊容"山峦就要像蜡一样融化"，大地和天空要逃跑，——人不能叫出他的名称，因为他的名字极端可怕——他选择、弱化了这一名称，但是，天父并没有从他那里出现，只出现了上天的"主人"。这更实际、更现代,既是你们的,也是我们的。人接近上帝,完全不再是奴隶,但是也没有变得完全自由,从他那里没有出现神子,而是出现了上帝的"工人"、上帝的雇工——半奴隶、半自由人。

在这里,在1860年代农奴制改革之后出现在俄国社会中的等级关系是否要被移植到宗教里来了呢?这样的等级关系正是出现在托尔斯泰所形容的"中高阶层"地主、小市民老爷圈子里,而托尔斯泰本人就是来自这个圈子的。这里不是以形而上学的光彩反映出我们最令人气馁的"当日要闻"吗?

"主人"与"工人","老爷"与"农夫"——雅斯纳雅·波里雅纳的老爷,和雅斯纳雅·波里雅纳的农夫。什么是"主人"呢?往日的老爷,丧失了对肉体和灵魂的无限的权力,只保留了不是法律上的而是事实上的这个权力的一半——就是说,过去的老爷,或者,说得更好些,善心的老爷彼埃尔·别祖霍夫、聂赫留道夫和将来的老爷——"长着一双老鹰眼睛的勃列胡诺夫"。什么是"工人"?过去的奴隶、过去的农奴、仆婢和未来的无产者,也就是说,有一点是过去的听差拉夫卢什卡和未来的听差斯麦尔加科夫。"你是我们的父,我们是你的孩子吗?"不是,这是以往的事了,现在情况不一样了:"你是我们的主人,我们是你的工人,你的长工;你给了我们意志,可是依然没有吃的,所以我们还为你工作,暂时地工作:今天为你,明天就为另外一个主人。"在这里已经不是"我们在天上的父",而是雅斯纳雅·波里雅纳的一个小农夫和大老爷托尔斯泰的象征的谈话:"老爷,给一匹小马吧。"——"我没有小马。"——"有啊!"——"那你走吧,上帝和你同在。马的事吗,我一点也不知道。"

实际情况就是这样;我没有歪曲,只不过是揭露了托尔斯泰的所作所为。因为父爱和儿子的自由的如此细腻、燃烧着宗教火焰的,同时又是如此亲切的、至亲的、福音的象征,被他用自己的如此冷漠、外在、粗鲁的关系的象征——主人与工人的关系——所取代,这不是偶然的。因为在这样的即使是不经意的调换之中,虚无主义者托尔斯泰玩弄于股掌间的游戏也对神圣的观念造成无法弥补的伤害。

儿子理解天父，奴隶不理解主人，工人部分地不理解主人，他要更多地动脑筋，显得善解人意："我知道，你是一个残酷的人，你不播种，但是你收获，你不扬场，但是你收藏，这就是你的才能啊。"工人不能够"分享主人的喜悦"，而只能带给主人财富。"农奴们，就得这样管着！"另外一个主人，罗斯托夫，常常摇晃着攥紧的拳头说了又说。而托尔斯泰的天上的主人，则是"这样地"管理工人的：他驱赶他们，像驱赶兔子一样，用死亡和苦难的呼隆呼隆响的茅草人把他们赶上"爱的道路"。但是，如果是"茅草人"，那还能是什么爱、什么自由啊？托尔斯泰承认：

> 我原来想到，人不按照上帝指示生活，是病态，可是我又突然豁然开朗，律法是不会遭受破坏的，只有失败者站在人的后面。作为人，他没有执行律法，会作为肉体——更坏的是，作为一块腐烂分解的肉——来对我们行使法律，对于我来说，这是明确的，令人欣慰的。

可怕的明确，不可思议的欣慰！托尔斯泰不可能没有意识到，从世界的开始到托尔斯泰的宗教的兴起，没有人——或者差不多没有人，甚至他自己，列夫·尼古拉耶维奇，也没有——有意识地实施他所理解的爱的法则。所以，除了七个人例外，而且，似乎还是七个可疑的无意识的正直人，差不多全人类，都是"腐烂解体的肉体"、臭气熏天的动物腐尸。而且，他还是从上帝在尘世宣扬的同一种爱出发，发现这一点不仅明确、合理、公正，而且还"令人欣慰"。——主不愿意罪人败亡，而是为了让一切人得救，"我要真正地、真正地告诉你们，天上的天使为了一个悔过的罪人比对十个义人更感欣慰"。对于上帝是这样，对于神子也是这样。但不是这样地出自托尔斯泰的、主人的观点。"必须这样地管住他们！"生者几乎都要死去——那也是给他们的道路。工人是为了主人的利益，因为"输家"总要落在人后，主人的账目没有受损，其他的事他是不必操心的。关于基督之爱，世上曾经有人宣布过更残酷、粗鲁、冷漠，更"非基督教的"话吗？"这个人从来没有爱过任何人"，我们不由自主地想起屠格涅夫的话，还有安德列公爵的话："爱一切人，等于谁都不爱。"这样的爱是非爱，是棍子底下、鞭子底下、呼啦啦的茅草人底下的自由的爱。"我的孩子，把你的心给我"——反正一样，如果你不给，输家就跟随你，你就将是一块腐肉。所以，可以理解的是，垂死的阿米尔听到上帝这样的呼唤的时候，颤抖得像中了毒的兔子。可以理解的是，伊万·伊里奇在受到"不可抵御、不可见的力量"推动钻进细长的黑口袋里的时候，"像刽子手手里的牺牲品一样地挣扎"。如果公开说明，那就是个刽子手，倒也罢。但是，那一半是刽子手，一半是天父。在一切宗教的历史上，真不知道还有什么比托尔斯泰的这种主人更可怕、更丑陋的了。这是假装成天父的天上的刽子手，雅斯纳雅·波里雅亚纳的当地主的上帝，长的不是一张和蔼的而是善良的脸——纤夫哲学家列文的脸，彼埃尔的、聂赫留道夫的脸——从这张脸后面显露出富农勃列胡诺夫的老鹰脸。如果我不能成为天父的儿子，那我也不愿意成为这样的主人的"工人"——让我还依旧当工人、当颤抖的东西吧，甚至"一块腐肉"——也不会这么可耻和残酷。

福音书关于人与上帝的子嗣关系的具有过度宗教性的概念，到最后，对于托尔斯泰的"基督教"显得不方便，于是他就竭尽全力要把这个概念从福音书中摘除。在《十二使徒教导》一书中，他从希腊原文译成俄语，处处精心用"孩子"代替"儿子"。不用"神子耶稣"而用"神的孩子耶稣"。"儿子"太贵重，"奴隶"太廉价，"孩子"正好符合行情。孩子是半奴隶，半儿子，又是某种"中等偏上""中途半路"的东西。不仅如此，托尔斯泰还违背显而易见的道理，凭借不可比拟的犬儒主义——很难说是源于历史的良知阙如还是狂热的盲目——硬说，基督从来没有认为自己是上帝独生的儿子。他说：

> 耶稣认为自己是常人，无异于他人。虽然他从来不否定上帝

儿子的身份,但是从来没有赋予这一身份以任何特殊的意义。——他倒是可以直截了当地说我就是主,即使不直说,至少也不必拐弯抹角,不要让人怀着丑陋的愿望解读这一点。他说的话,只能有一种理解,因为他直接对许多人确认,他不是神。

从哲学理性主义的观点出发,可以推翻福音书的神秘本质——独生儿子的观念,就像施特劳斯和勒南那样。但是,当然,施特劳斯也好,勒南也好,都不太可能放心大胆地断定,曾经在彼拉多身旁生活过的"耶稣这个人",就像福音书原本里所描述的样子——而我们又没有其他的描述、其他的"文献"——确定自己不是上帝的独生儿子,因为这样的断言大概就是张狂的历史荒诞。"他可以直截了当地说'我是神'吗?"托尔斯泰问。但是,福音书里的这一句话的含义何在:"地上和天上的权柄都给了我。我和父是一个。"这还不够直截了当、不够清晰吗?数学公式也不见得更清晰吧。是啊,归根结底,耶稣究竟是为什么被钉十字架呢?

> 大祭司就站起来,对耶稣说:"你什么都不回答吗?这些人作见证告你的是什么呢?"耶稣却不言语。大祭司对他说:"我指着永生神叫你起誓告诉我们,你是神的儿子基督不是?"耶稣对他说:"你说的是。然而,我告诉你们,后来你们要看见人子,坐在那权能者的右边,驾着天上的云降临。"大祭司就撕开衣服,说:"他说了僭妄的话,我们何必再用见证人呢?这僭妄的话,现在你们都听见了。你们的意见如何?"他们回答说:"他是该死的。"(太,26:62-66)

在这样的见证之后,似乎在全部的福音书里都没有一个地方允许我们得出结论,确定基督认为自己"不是和一切人一样的人",而是神子,——这样的断言,按照托尔斯泰的说法,"如果没有私念",几乎是不可能的。为了不听这样的见证,就应该堵住耳朵。在这里,似乎的确发生了某种无法解释的事，很像瞬间的精神病症。不过，是否就无法解释呢？对于他来说，是二者必居其一。或者最终地推翻福音书的全部的宗教本质——人是上帝之子的身份这一教义，而这一教义是极端地不可分割地——即使不是神秘地也至少是历史地——和独生子身份联系在一起的。但是，我们已经看到，"深思好学的"托尔斯泰其实没有运用什么不可逆转和终极的原理，或者是自欺，但是说谎达到了丧失健全思考、患精神病的程度。托尔斯泰选择了后者。

结果，基督教不仅没有圣父上帝，而且也没有神子，是没有基督的基督教。"盐是好东西，但是盐如果失去了力量，还能用什么纠正它呢？撒在土里、撒在粪里都不合适，只能把它扔掉。"看来，托尔斯泰的"基督教"正是一切淡而无味的东西之中的最为淡而无味的——失去咸味的盐，撒在土里、撒在粪里都不合适，只能"把它扔掉"。

对宗教的亵渎，把一切过于危险的毫无收益的高峰和深渊，都归结到一种涉及实际利益的农业经济式的层面的做法，依然在延续。

"怎么办呢？究竟该怎么办呢？"基督教长老阿基姆问自己，似乎又必须从自己的基督教观点来回答："我的第一项确立无疑的事情，也是任何人的事情。"就是爱上帝胜过自己，爱亲近者胜过自己。但是旧约的叶罗什卡叔叔又往自己那个方向拽："我第一项确立无疑的事情。"托尔斯泰回答说："就是吃饭、穿衣、烤火，在这方面为他人服务。人的第一项毫无疑义的任务是为了自己的生活和他人的生活参加与大自然的斗争。"与大自然的斗争，"为生存的斗争"——不是作为走向宗教的自然而然的必要性，而是作为第一宗教任务，上帝给予的律法，上帝的圣训。"不必操心你们吃什么、喝什么、穿什么，看看天上的飞鸟，它们不播种、不收割，而你们的父养育它们。"这是两个永恒的界限之一——生存斗争的结束。"你在满脸的汗水中收获你的庄稼，直到你返回土地，都从土地索取。"这是另外一个，反向的界限——这同一个斗争的开始。托尔斯泰，按照自己的习惯，为了把两个界限连接起来，就要阉割、磨钝双方的对于他来说太过锐利的宗教的针刺。从二者各取少许，取代太过大胆的福音书的冷漠，拾起一点佛教怯懦的

"无为";取代太过威严的旧约的"汗流满面吃你的面包",拾起一点益格鲁-撒克逊人的、达尔文的生存斗争,——于是就得出社会民主派人士所梦想的高尚的冷漠、普遍的丰衣足食,得出最现代的、进步的、新教的、素食的、有点温度的、有点像液体的混合物,用新约稀释的旧约,也就是说,又是那种"中间偏上的"、中途半路的、非此非彼、非鱼非肉、加了温的昨日剩菜。

"想办法吃饭、穿衣、取暖,也给他人吃饭、穿衣和取暖。"在《爱劳动,或者:地主的胜利》一文中,托尔斯泰在诱惑人,"在全部生者里这个最没有理智、最没有道德的这个东西",(按照陀思妥耶夫斯基的说法) "你就会觉得你很自在、自由、稳定,不必再前进了"。——"履行生活法规,就意味着以体力的劳动释放以食物的形式接受的能量。"——"人首先是机器,这个机器装上食物,就是为了吃饭。"机器的运动有四段——"四段路程:(1)早饭以前;(2)早饭到午饭;(3)午饭到下午茶点;(4)下午茶点到晚餐。"机器装上食物,是为了吃饭,吃饭,是为了再装上食物——如此往返没完没了——"再也无处可去"。神与人——不是父与子,不是主人与工人,甚至不是主人与工人,而只是技工和机器,就像最新式的农业机械,"爱劳动,或者地主的胜利"公司出品的美国汽锤和风扇。他给它装上食物,开动,做好准备——人干活,完成"四段路程",用"肌肉劳动"和福音之爱释放出"以食物形式吸收的能量"。

"铲平大山,这个想法很好,不可笑。"陀思妥耶夫斯基《群魔》中的虚无主义者彼得·维尔霍文斯基解释自己的伙伴,虚无主义者什加列夫的学说。

不需要教育,科学也已经足够!……世上只缺少一种东西,就是听从。对教育的渴望已经是贵族的渴望了。即使只要家庭和爱情,就已经是私有财产的欲望了。我们扼杀欲望……我们把一切天才都扑灭在童年时代。一切都指向一个指标:完全的平等。

"我们学会了技艺,我们是正直的人,我们不需要其他的东西了。"这是英国工人不久前的回答。"只有必需的才是必需的,这就是地球的箴言。"

"我们三个,你们三个——主啊,饶恕我们吧,"托尔斯泰的一篇传说故事中的三个长老祷告,"请求饶恕"的次数太多,连我们的父的祷词也背不出来了。所以他们会凭着简化的祷词得救。"我们的父"——这不是最"必要的",根据托尔斯泰的什加列夫的观点,这已经是"奢侈""形而上学",他们的观点就是铲平一切山峰和平原,把世界拖拉到一个公分母,把一个三维的世界,以及依然太高、太深、太难理解的世界,拉到二维的、浅显易懂的但是也是完全平面的、经过碾压的世界。"我们三个,你们三个,主啊,饶恕我们吧。"这是机器的嘎嘎声,或者福音之爱这种最合算和最有利可图的算盘珠的声响。

"我的孩子,把你的心灵交给我。"有两种情况,你选一种,或者当福音的机器,或者当"一块腐肉"。甚至对于正在死亡的安德列公爵来说,"这一切也是可怕的简单、丑陋",对于最终死亡的阿基姆长老也是"明显的安慰"。

托尔斯泰就是带着1860年代俄国虚无主义者的这种轻浮的粗鲁,伤害了作为福音书的活的灵魂的关于上帝和神子的教义,也伤害了基督教的活的躯体——圣礼与仪式的。

在尘世的条件下,灵魂不可能没有躯体,智慧不可能没有肉体。躯体是和灵魂对立同时又和它协调的东西,对于灵魂而言是透明的。秘密是自然的人的行为和自然现象,可以从超自然的角度来理解——亦即作为符号、标志、象征来理解,它们连接了两个世界。这两个世界被引导到可能的终极水平的感知与超感知的、灵魂与肉体的透明。如果秘密是灵魂,隐秘是躯体,则意识就是这个躯体的服装和遮盖。衣装是最外在的,会最先变旧、磨损、破败,或者起变化。但是,只要宗教的活的心灵保持火热,则周围的一切都会保持活力和发挥作用,一切都具有象征意义,亦即透明,直到礼仪的微末细节。因此,在优美和得到灵感的躯体上的一切,一直到最后的、似乎是偶然的、事实上又并非必不可少的衣纹，都显得优美和充满灵感。最神圣的即是最引发羞耻感的，因为羞耻感就是对于躯体神圣性的感觉。最神圣者显示出并且同时掩盖起自己的最终的裸露。作为透明羞耻感遮掩物的礼仪，既表示又遮盖有灵魂躯体之内和宗教的圣礼之内的过于神圣、过于可怕之物的裸露。

在机器里既没有活的灵魂、活的躯体，也没有任何秘密。在机器的钢铁或者铜制部件中，一切都显露在外，清晰、有用、裸露而不感羞耻。在托尔斯泰的机器宗教里，没有活的灵魂，没有活的、知羞的躯体，所以这个宗教不需要任何的遮掩、任何的仪式。它完全是赤裸的、没有躯体的和没有灵魂的。

一切宗教的仪式都是台阶，亿万的人世世代代沿着这些台阶走向上帝。古代的台阶虽然坍塌、破损、长满荒草，我现在已经不能沿着这些台阶向上走，但是我依然默念这些台阶的数目，在上面哭泣、亲吻，作为最神圣的回忆，作为死寂的——然而对我依然是活的，因为是极为亲近的——躯体。即使我的母亲去世，但是她的遗体对于我，在最后一吻的时刻，也许甚至比活着的时候更神圣。

完全不需要信教，也不必理解利益的神秘的象征性的音乐，只需要珍重对于自己童年、自己人民的，是的，还有全人类的珍贵回忆。珍重对于通向上帝那里的这些古代台阶，就可以感受到，在托尔斯泰对基督教秘密和礼仪的嘲笑中包含某种愤怒。但是，只要阅读一下托尔斯泰作品的优秀篇章——《童年与少年》中对母亲的葬礼和斋戒的描写——就可以看到，东正教教会在很大程度上，对于他就是母亲。请想一想，他母亲已经去世。难道这一点就给了他权利来亵渎、暴露母亲的遗体，并且加以谩骂吗？这太可耻、太可怕了，无法容忍。我们都十分喜爱他，崇敬他，不愿意大声说，这是俄国文学中最可耻的篇章。

主要的是，这也有益处，因为很古老。现在，甚至不信教的中学生不是也会接受这种显然不科学的、非历史的、根植于十八世纪的伏尔泰的观点吗？这就像托尔斯泰的观点，他凭这样的观点把全部宗教解释成为"江湖祭司"的"粗糙的欺骗""欺骗性的捏造"。难道说图宾根学校的校园能够对初级唯物主义者黄口小儿的机智表示赞赏吗?那种机制的全部的内容也不过是用"洗澡"取代"洗礼",用"拿小羹匙吃面包喝酒"取代"受圣餐",等等。托尔斯泰(在《忏悔录》《上帝之国》《教义神学》和在国外发表的《复活》的章节中)说圣像是"形象丑陋的偶像",因为不理解天使书中一个词语的意义而恼怒,质问道:"用奶油涂抹自己的上帝的丘瓦什人,和吞噬自己上帝的小碎块的东正教徒之间,有什么区别?"(《教义神学》,第31页)这就让人一方面想起我们农奴制时代的老爷们对"低俗民众"信仰的厌恶,另一方面想起长裤党分子的革命暴行,他们诽谤基督教会,是为了证明理性女神的胜利。

　　健全的思考是好事,但是,存在着人类精神的一些领域,可以甚至应该把健全的思考投放进去,是为了健全的思考在这里能够清理、选择、打开和关闭屋门——总之,是服务,而绝对不是命令。如果仆人想要扮演主人的角色,则不可避免的惩罚就在于,这个新的老爷,这个醉心贵族的小市民,凭那可怕的奴仆表情,就会变成混合物、不体面。

　　斯麦尔加科夫刚满十二岁,就有人教他圣徒史。

　　　　但是,这一举措不了了之。有一次,才刚上第二课,或者第三课,这个男孩子就突然冷笑了一下。

　　　　"你怎么了?"格里高里(一个老仆人,斯麦尔加科夫的老师)问,从眼镜框子上面透出威吓的目光。

　　　　"没什么。上帝在第一天创造了光,第四天创造了日月星辰。光在第一天是从哪儿发出来的?"

　　　　格里高里惊呆了。男孩子嘲弄似的望着老师。在他的目光里甚至还有某种高傲的神情。格里高里再也忍不住了。"你就是欠打!"他大吼一声,恶狠狠地打了学生一个大耳光。

"这个耳光子扇得好!"说出这句话的即使不是伏尔泰和卢梭,也必定是更细腻而讲究礼貌的怀疑主义者伊拉斯谟、蒙田、霍布斯。

然而,斯麦尔加科夫挨了耳光,一句话也没说。大概是感觉自己是为理性的自由而忍受苦难的人,他所想的就是后来对问题的回答,因为他喜欢果戈理的《狄康卡近乡夜话》:

> "里面写的都是谎话。"斯麦尔加科夫得意地微笑,嘟囔了一句。

"我高祖父的躯体已经烂掉,他躯体的分子长进了草叶。"托尔斯泰也有点"得意地微笑",在《教义神学批判》中评论死者的复活。"母牛吃了草,农民的孩子喝了牛奶里的这些分子,这些分子变成他的躯体,而他的躯体也烂掉了。这些分子不是太多,所以,凭着这些分子上帝也做不出什么来。"也许,这就是"健全思考"的机智。但是这一切是为什么?信教的人和不信教的人,凭这个能干什么?对整个情况,怎样算反驳,怎样算同意呢?这个情况可以证明,或者不可以证明,不是都一样吗?主要的是,这平淡的可怕,"可怕地简单、丑陋",让人想起斯麦尔加科夫说的"里面写的都是谎话"。

在亵渎宗教行径之中,已经走到尽头,如果说在《复活》的非艺术部分中托尔斯泰走得更远些,那仅仅是因为,在生动的自发性的创作中,阿基姆长老的抽象的基督教说理特别突出,而这样创作令人想起以往的伟大的艺术家托尔斯泰,肉体的隐秘洞见者,不朽的异教徒,叶罗什卡叔叔。在这里,又已经不是在抽象的观察中,而是和活生生的人并列,在生动的悲剧行为之中,在我们面前,行进、走过的甚至并非死者,并非无常的大队,而是完善化的人的自动机器,基督教之爱的机器,像厂主马尔科尔·康德拉季耶夫、农民纳巴托夫、美国人西蒙森和那个带着不动神色的 all right(好的)这句口头禅的可怕的英国人,这个英国人向苦役犯人散播和宣讲福音书。

"在宗教方面，"托尔斯泰说，"纳巴托夫是典型的农民；他从来就没有想到过形而上学的问题、一切事物的起始、死后的生活。对于他来说，就像对于阿拉戈那样，上帝是一个假设，在这个假设之中，一直到今天，他都没有看到形象的东西。"在这里，这句话已经明确说出托尔斯泰宗教观中的早期的感受，有上帝还是没有上帝，都一样，主要的是不需要上帝，上帝老迈了，没有上帝也行。没有上帝的宗教，不仅先于伏尔泰（他认为，"如果没有上帝，也必须发明出一个上帝来"），而且也先于阿拉戈（他认为，在任何情况下，也不应该发明出一个上帝来）。这就是俄罗斯民族的世界历史意义的进步，所谓的"进步"——从基督到阿拉戈，还有，当然，进一步的从阿拉戈开始反对基督，因为"谁不和我在一起，就是反对我"，所以，坦率地说，没有上帝，没有善良的、老迈的、过度地不思进取的、非美国式的、非西蒙森的上帝的基督，到底是什么样的呢？

西蒙森，这是另一个基督徒，不是俄罗斯的，而是全世界的基督徒，或者，像他本人对自己的称呼，"世界吞噬细胞"。托尔斯泰说："他在全部的实际事物上，都有自己的理论：规定应该工作几小时，休息几小时，怎样进食，怎样穿衣，怎样生火，怎样照明。"例如，他生火不像"死守旧式异教徒世界观的人那样，而是按照最低限度丧失体能的特殊理论"。关于婚姻，他也有"自己的理论，这就是人的生殖仅仅是人的低级功能，而高级功能在于为已经生存的生者服务"。

他在血液中存在的吞噬细胞中找到了对这一思想的证实。按照他的见解，独身的人们就是那些吞噬细胞，它们的使命在于帮助有机体的羸弱的、患病的器官。他称自己和玛利亚·帕甫洛夫娜（又一个美国机械类的女基督徒）是"世界的吞噬细胞"。

属于这个画廊的还有无名的一对，英国人和黄金生产商：

这个英国人是一个健康的面色红润的人，法语说得很不好，但是英语说得流利,像演说家一样打动人心,见多识广,对于自己对美国、印度、日本和西伯利亚的叙述非常倾心。青年黄金生产商,是农夫的儿子,身穿在伦敦缝制的一套燕尾服,戴着闪闪发亮的袖口纽扣,有大量的藏书,做过许多善事,持有欧洲的自由主义理念,对聂赫留道夫很友好。后者对他也感兴趣(似乎不仅对聂赫留道夫,而且对作者本人也很友好),同时以其自身体现出接在健壮农夫之砧木上而成活的、完全新式的有教养接穗的良好类型之形象。

这就是托尔斯泰的基督教的最终的文化体现——慈善家的资本家,身穿无懈可击的燕尾服,持有欧洲自由主义理念,还有闪闪发亮的衣袖纽扣,而且,大概,像他的同胞一样,是"面色红润的英国人",行囊里带着廉价本的福音书,准备发给俄国的苦役犯人。他们两个人,作为传教士,看待这些苦役犯,是像看待非洲中部的野蛮人一样的。难道这不是讽刺模仿吗?难道《安娜·卡列尼娜》的创造者能够写出这样的货色来吗?在这里,无政府主义者托尔斯泰突然发出同情,对象就是资产阶级的、似乎是欧洲的"文化特质"而实际上是欧洲野蛮特质的接穗,其砧木是农夫——事实上似乎也是仆人"砧木"——在这种同情之中,我要说,不仅在情感上、思想上,而且已经是在语言上、在全部叙事的特殊松散品格上,都有勃勃雷金小说的反响。

"这是资产阶级王国的果实,"陀思妥耶夫斯基在谈论近似的欧洲"接穗"的时候说,"这是未来的野生树苗,要吞噬欧洲的。从这些'接穗'中会逐渐地但是坚定地、不可动摇地滋生出未来的、冷漠无情的败类。"全部这些美国鬼子西蒙森们,俄国农夫纳巴托夫们,都很像黄脸皮的实证主义者、农民佛教徒,所有这些装上食物又用四条弹簧放出储藏能量的"世界的吞噬细胞"、自动部件和机器,都是准确、清晰、平滑、裸露和虽然无耻却很有用的。例如爱迪生近期的电动机、电话、留声机。这些东西都是用金属铝或者

"橡胶造的","发出动物尸体的臭味"。这一切东西本身已经够可怕的了。但是更可怕的是,托尔斯泰看待这些东西,就和看待欧洲文化和俄国文化的颜色、基督教的大地之盐一样。

然而,《复活》的主角,聂赫留道夫身上到底发生了什么?他拯救了自己和马斯洛娃了吗?这两个人"会复活"吗?

马斯洛娃爱聂赫留道夫,但是他不爱她。西蒙森爱马斯洛娃,但是她不爱他。这样的事不新鲜,也不老旧。这是一切小说的必不可少的情节,从世界的开始,大概是一直要到世界的末日的。托尔斯泰本人明白,从小说的这个主要的和本质上独一无二的情节中是不可能出现什么"复活"的。玛利亚·帕甫洛夫娜是新"基督教"苦修者之一,显然是站在托尔斯泰本人的观点上的,她说:

> 我觉得,从西蒙森方面看,这是最普通的男人的感觉,虽然是假面的。他说,这样的爱提高了他身上的精力,这样的爱是柏拉图式的。但是我知道,如果这是特殊的爱的话,则在它的根基之中依然必定存在着丑陋。

西蒙森的爱之结局是平常的婚姻、家庭。从托尔斯泰的波兹得内舍夫的观点看,从《克莱采奏鸣曲》的观点看,在这样的爱的根基中,就像全部性感的根基中那样,都包含有一种和基督教互不相容的因素,某种动物性的、畜生的东西,男人的那种"丑陋"——马斯洛娃很熟悉,因为她是一个妓女,而这就是她的命运。她从被称做卖淫的、公开的"丑陋",落进另外一种戴了假面具的、伪善的被称作"柏拉图式爱情"的爱,或者被称为"世界吞噬细胞的结合"。从本质上看,第二种丑陋就是第一种。以前,马斯洛娃出卖的仅仅是自己的肉体,而现在,在嫁给生疏的、以其基督教徒死板性格令人厌倦的西蒙森之后,比出卖更恶劣的是,像索尼娅·马尔梅拉多娃一样,她"背叛了自己"——不仅背叛了肉体,也背叛了灵魂,"自己对自己动手",自己"变成了有罪的殉难者",因为她是出自对人而不是对上帝的爱而接受了过度的和非神圣的痛苦。实际上，她早已经不信上帝，从聂赫留道夫第一次抛弃她的那一夜起。

在以往，她自己是信上帝的，也相信世人都信上帝，但是，从这一夜起，她深信，谁也不信，而且，世人说的关于上帝和他的律法的话，都是欺骗，都是不义。她爱聂赫留道夫，他也爱他——这个情况，她是知道的——他（聂赫留道夫）痛骂了她的情感之后，把她抛弃了。而他，在她所认识的人当中，是最好的。

她的毁灭，不是因为当了妓女，而是相反，在她不再信上帝的那一时刻，就和我们大家一起毁灭了。现在，在聂赫留道夫把她从一个大坑里拉出来又把她推进另外一个大坑，又一次而且更加没有指望地抛弃了她之后，在这个"最好的"人西蒙森对她已经做出的事和即将做出的事之后，——对上帝的幻灭的信仰，当然，就不会回归到马斯洛娃心里了。她更坚信，"谁也不信这个"，而这些新基督徒"所说的关于上帝的全部的话"，也是"欺骗和不义"，就像有些人的老基督教一样。这些人公开收买、出售她的肉体，所以，无论在这里，还是在那里，"这一切都简单而丑陋得可怕"。

聂赫留道夫看到了马斯洛娃的遭遇，但是没有办法帮助她。他自己更加虚弱，更不信上帝。他不爱她，不管她是作为女人，还是作为姐妹。他越致力于爱，就越不爱。这个道理，她也知道。她还知道，如果自己接受成为他的牺牲品，同意嫁给他，他也永远不会为这样的牺牲请求原谅，反而会以自己的高傲派头折磨她，用现在的、比以往热情的爱还差的、没有热情的爱把她耗尽。对于她来说，和聂赫留道夫生活甚至比和"橡胶的"西蒙森一起生活更可怕。聂赫留道夫也知道，这一切她都清楚。托尔斯泰说，聂赫留道夫经历着"对她的沉重的、不愉快的感觉"。他观看她，用正在死亡的安德列公爵的"冷漠目光，差不多含着敌意"。他为她的"牺牲感到沉重",但是同时又不能够原谅她"不愿意当这个牺牲品"。在小说结尾,他偶然地落入"所谓的道德高尚的"幸福家庭,却感到嫉妒平常的、从他现在的观点看是生活的平安。"他感到羡慕,自己也向往在他看来的那种雅致的、纯洁的幸福。"——"但是,我知道",他可能回忆起过度真诚的玛利亚·帕甫洛夫娜,"在这一切的根基之中依然存在着丑陋。聂赫留道夫的一切,都从这种"丑陋"开始,以这种丑陋延续和告终的。——"我向往生活,想要家庭、孩子,过一般人的生活",在和马斯洛娃最后一次见面的时候,他的脑筋里掠过这样的念头。"您也需要生活",她高声道出他的最深刻、可怕和羞耻的思想。

"难道说,你我之间的一切都已经结束了吗?"

"是啊,看样子是的。"她说,莫明其妙地微笑了一下。

"但是我依然想要为——您,效劳啊。"

"为咱们,"她说"咱们"这个字眼,瞥了聂赫留道夫一眼,"什么也不需要了。"

聂赫留道夫明白,她爱自己,而且她还在想,因为把自己和他联系了起来,而破坏了他的生活,所以出嫁给西蒙森,就让他得到了解脱。

她和他握手,急急忙忙的转过身去,走了。

"他和喀秋莎的事算结束了,"托尔斯泰确认,"而且结束得不好。一想起来,就觉得有某种可耻的东西。"但是,正是喀秋莎的事才是他生活中主要的、决定一切的事,还是悲剧本身的主要情节,主角的命运就取决于这情节——他的灵魂的死亡或者"复活"。因为这正是必要的试金石,靠它来测试聂赫留道夫的、托尔斯泰的全部的"基督教"情感和思想的真正价值。对于聂赫留道夫的最终审判,不是艺术家作出的吧?不是,托尔斯泰安慰说:"他的其他的事不仅没有完成,而且比以往更加强烈地折磨着他,要求他采取行动。"问题在于，已经不是在马斯洛娃面前，而是在一切人面前赎回自己的罪过，帮助全部的弟兄们、自己全部的亲朋好友。然而，事实上是这样的吗？这是两件事吗，难道不是一件吗？要知道，马斯洛娃比一切人都亲近他，正是她的命运以一面警告的旗帜唤醒了他的良知。如果他对她的最后的情感是沉重的、不愉快的、非基督徒的，对于她的最后的回忆是"羞耻的"，如果他在自己身上甚至找不到力量来帮助她，甚至爱她——上帝为了拯救他而给他送来的这个最亲近的、最亲爱的姑娘。那么，他又从哪里取得力量帮助大众、热爱陌生的和远方的人呢？当然，以这样抽象的理性的爱去爱"一切人"（聂赫留道夫、别祖霍夫、列文就这样地爱，或者想要这样地去爱）比依靠生动而有行动的爱去爱每一个具体的人，要容易得多。但是，这种容易却是欺骗性的。在欺骗方面，托尔斯泰和聂赫留道夫互相帮助。《复活》的主角似乎将永远在寻找自己的亲近的人，像法利赛人一样地问主：谁是我亲近的人？但是，是得不到回答的。虽然从小说里我们看不到，但是我们有权利猜测——因为在马斯洛娃的事情上，聂赫留道夫向我们充分显示了他的力量的幅度——他和一般人的第二件"事情"的下场也"不好"，也和马斯洛娃的事一样可耻，现出随处可见的人的"丑陋"。"这个人从来没有爱过任何人"，也永远没有爱上过任何人，至少是凭借他自己眼里的基督教之爱。因为他"没有执行爱的法则"，既没有变成佛教徒农夫纳巴托夫，也没有变成基督教机器西蒙森，所以，按照托尔斯泰本人的理论，只能够变成"一块腐肉"。他应该死第二次，这次的死比第一次可怕，因为不能从中复活。在小说的最后几页，我们的确看到了这个终结的开始，感觉到了这次死亡的寒冷。

在我上面刚刚引用过的谈话之后，马斯洛娃走出房间的时候，"聂赫留道夫在墙下面的一个木制沙发椅子上坐下，蓦地，他不仅感到羞耻，而且感到毫无希望。因为又感受到不可克服的疲倦，他便倚在沙发的靠背上，闭上眼睛，立即睡着了"。在这一熟睡中，难道没有比在最可怕的绝望中更可怕、更终极的东西吗？"闭上眼睛，立即睡着了",因为,对于他来说,一切都已经结束——他会长睡不醒,至少,在这里,在尘世,他的灵魂已经永远不会苏醒。这是差不多死灵魂的、差不多"腐肉"的酣睡,是死者在坟墓里酣睡、等待"吹鼓手声响"的时候那种梦幻的开端。

"我想活着,想要家庭、孩子,过人的生活。"——这是聂赫留道夫活着的、玩世不恭地赤裸着的躯体的最后一个角落。他死的肉体和死的灵魂的最后一个角落,这是叶罗什卡叔叔最后的呐喊,虽然那个不可能复活的阿基姆长老差不多快把他憋死,但他是不可能死去的。

是的,这是他们最后的斗争。阿基姆长老没有复活,但是叶罗什卡叔叔,如果没有死,那就是"睡着了"——因为,按照他的本性,他依然是不死的。在一切都似乎终结、他全然死去的时候,——他还活着,而在这里,在《复活》的末尾,他突然苏醒了,而这又是多么可怕的苏醒啊!

聂赫留道夫和给苦役犯发福音书的英国人沿着监狱一间一间的牢房察看。

从第三号囚室里传出呼叫和嘈杂声。看守拍打屋门,高声喊道:"安静!"门一敞开,他们都从木板床上急速下来,除了生病的和两个正在打架的,怒火歪曲了他们的脸面,他们互相揪扯,一个抓住对方的胡子,一个抓住对方的头发。只有在看守跑到他们身边的时候,他们才互相松手。有一个人鼻子被打破,流出鼻涕、口水和鲜血,他直用半长外套的袖子擦拭,另外一个在从胡子里抖搂出来被拔掉的头发。英国人问:"他们为什么打架呢?"聂赫留道夫问组长,他们为什么打架。组长继续微笑着说:"因为包脚布。错误地用了别人的,这个就动了手,那个就回敬。"于是那英国人取出装有皮革封面的福音书。"请您翻译这一段。"他对聂赫留道夫说。"你们互相争吵、扭打,而为我们死去的基督,给了我们解决争吵的另外一种办法。请

"您问他们，他们是否知道，按照基督的法则，应该怎样对待侮辱我们的人呢？"聂赫留道夫翻译了英国人的话和问题。"向上级告状，让上级解决？"有一个犹犹豫豫地说，斜眼瞥了威风凛凛的看守一眼。"打他个满脸花，他就不再侮辱别人了。"另外一个说。传来几个人赞同的微笑声。聂赫留道夫翻译了他们的回答。

"请您告诉他们，按照基督的律法，应该做到正好相反。如果有人打你的左脸，你就把右脸也伸出去让他打。"那英国人说，还作出伸出右脸的姿势。聂赫留道夫翻译了他的话。

"让他本人试试吧。"有人说。

"他要是把右脸也打了，还拿什么让他打呢？"躺着的病人之一问道。

"他就把你撕成碎块。"

"那好，你就试试吧。"后面有人说，说着就痛快地大笑起来。不可遏制的哄堂大笑感染了整个囚室，连那个挨了打的也哈哈哈哈地大笑，满脸的鼻涕和血迹。病人也笑了起来。

英国人没有显出局促不安，而是请聂赫留道夫翻译了他的话："对于信教的人来说，那显得不可能的是，都会变得可能和容易。"

"是啊，完全是一个新的、另外一个新的世界，是真实的大世界（le vrai grand monde）。"聂赫留道夫在和马斯洛娃一起乘车前往西伯利亚的时候想，他生平第一次和朴实的俄罗斯人，三等车厢里的工人接触。托尔斯泰总结说："他感受到发现了一个新的未知和优美世界的那种旅行家的愉快。"

然而，聂赫留道夫，或者，至少是现在更进一步地熟悉了 le vrai grand monde 的读者是不是没有感到失望呢？在这个"未知世界"的深处，他们发现了什么呢？发现了"典型的俄国农民"纳巴托夫，上帝对于他正如对于阿拉戈那样，是一个不必要的"假设"，还有死屋里的人们——按照陀思妥耶夫斯基的断言,"俄罗斯人民中最有才华、最有力量的部分"——他们面对福音书的话哈哈大笑。

令人难堪的大笑。但是,在机械的英国人嘴里,主的"永恒生命的话"更令人难堪,听着像是傻瓜的沙哑吱吱声,似乎类似丑角式的彼得卢什卡的声音;任何人的声音,穿过爱迪生的西蒙森的留声机橡胶内部零件和金属管子,都会变成这样。这个道理,聂赫留道夫大概会理解的,只要他心里还留有某种活的因素,对俄罗斯人民还保持了一点一滴的尊敬和爱戴,他总还是一个俄罗斯人。——他大概明白,这个异邦人看待俄罗斯人像看待野蛮人一样,和他们说话,像和野蛮人说话一样。——所以他们就像野人那样回答他,因为不可能用别的方式。如果聂赫留道夫不翻译英国传教士的话,不像影子的影子、奴仆的奴仆那样地效劳,而是善于替这些不幸的人回答问题,这些人也会明白的,而且不再大笑。大概不会允许这个海外的傀儡这么装腔作势,在没有开化的俄国人面前炫耀他那"欧洲的文化"。最后,在极端的情况下,如果他甚至不会用语言来回答,在内心也可以送他去见鬼,所谓从道德上对准他的脸啐一口,对准这个自动机器的——这个全世界的"冷漠无情的败类"的"红润的"、高贵的、斯麦尔加科夫的——脸啐一口。但是这其中是有恐怖的,聂赫留道夫在自己的心里没有感觉到什么愤怒,不想回答英国人充满这种死气沉沉的法利赛人谎言的宣讲,也不想回答苦役犯充满那样的活生生的玩世不恭的真实性的哈哈大笑。恐怖还在于,聂赫留道夫在言语和推理方面是站在英国人方面的,而在最深刻的羞耻的思想、情感和事物之中,例如,在和马斯洛娃的以"丑陋"告终的事情上,则是站在对福音书辞令哈哈大笑的这些人的方面的:

"扛起你的十字架,跟我走。"

"不,我做不到,不愿意——我想活下去,想要家庭、孩子,过人的生活!"

实际上，这是用另外的更有礼貌的话作出的同样的回答，本质上和苦役犯的哄堂大笑一样："他自己可以试试嘛——他不是要把你都撕碎吗？"

对此，聂赫留道夫也有所察觉，所以他保持沉默，像但丁跟随维吉尔一样，他跟随着这个英国人，影子跟着影子。凭着奴仆的忠实帮助散发福音书，把讨厌的福音的胡言乱语、这个留声机的老鼠吱吱尖叫声翻译成俄语。托尔斯泰说："聂赫留道夫像在梦境中一样，没有力量拒绝和走开，虽然同时感受到疲倦和无望。"又一次——这是垂死的灵魂的梦，正在分解的躯体的梦，"第二次死亡"的梦，只有在第二次降临，只有为了"最后的审判"，才能从这一死亡中"复活"。

他终于和那英国人告别，回到住处。他没有躺下睡觉，而是长时间地——

> 在旅馆房间里反复徘徊。停步之后，他坐在沙发上，面对着台灯，**机械地**（'机械地'这个词语在这里具有无底洞般的深刻意义：因为在这里，除了对于福音书辞令的活泼大笑之外，一切人，从西蒙森到聂赫留道夫，一切人的一切，显现得都是高度地'机械地'、机器般地、像机器似的）、机械地打开英国人送给他的福音书。他在翻出衣袋里的东西的时候，把它掏出来扔在桌子上的。"都说这本书能解决一切问题"，他想到，于是打开福音书，开始读打开的地方，马太福音，第18章。接着，他挪到灯光下面，伫立不动。

往后呢？当然了，他又想起和喀秋莎的事，那一番情况结束得那么"可耻"、那么"丑陋"，又想起来人们对那位为了他们大家而被钉十字架的人的哄笑，于是感到更大的疲倦，更大的无望，而且，又像前一阵子在监狱里那样，和马斯洛娃会见之后，"靠在他落座的沙发靠背上，闭上眼睛，睡着了"。现在他经常睡觉，因为无事可做，而睡觉却越来越死，越加不可救药。到最后呢？连"复活"也办不到了吗？

不是的，托尔斯泰论证说，"以往从来没有感受过的欣喜抓住了聂赫留道夫的灵魂"。他突然明白了关于种葡萄的人、主人和工人的比喻，而这个比喻，我们已经看到，归结为关于雅斯纳雅·波里雅纳的地主和以往的农奴农夫的比喻，甚至更粗鲁、更玩世不恭的是——关于机械师上帝和形同机器的人的比喻。他明白了"人只要实现这一教导天下就会出现上帝的王国，一切人就都得到给予他们的最大的福祉"，明白这个道理，就——"复活"，复活了呀！

但是，聂赫留道夫身上到底发生了什么变化？他明白了什么，相信了什么，以往他不明白什么，以往他不相信什么？他一向仅仅是抽象地发议论，现在依然在发。"他感受到了欣喜。"托尔斯泰确认。但是，在哪里，什么样的欣喜？这欣喜恰恰最不可能出现在有关葡萄种植者、主人与工人的这些咀嚼过、反复咀嚼过的、聂赫留道夫式的、托尔斯泰式的议论之中。这些议论里也可能有许多健康的思想，但是宗教的欣喜却毫无点滴，活生生的火焰却丝毫不见。这些议论发出的是冷飕飕的"有毒的精神"，这些议论就像美国人西蒙森关于以"最低程度的热能损失"来生火的实际规定，或者俄罗斯野蛮人对那个英国人使徒的胡言乱语。聂赫留道夫用什么来掩饰自己的内疚和在马斯洛娃的事情上的耻辱感呢？用什么来掩盖苦役犯们对福音书教诲的嘲笑呢？叶罗什卡叔叔具有神秘的力量，虽然被阿基姆长老的反抗所削弱，但是依然巨大、有创造性。在这股力量在悲剧的全部内在的方向都趋于显示出聂赫留道夫是怎样逐渐地不可避免地死亡、"睡着"。凭借全书这最后的、最不出色的和意义不大的七十行文字，我们就应该相信，他还是复活了吗？或者，在这里，出现了上帝的奇迹？信徒们所说的"恩典"，降临在聂赫留道夫身上了吗？

> 耶稣走到坟墓旁边。这是一个山洞，有石头放在上面。耶

稣说:"你们把石头搬走。"死者的姐妹玛利亚告诉他:"主啊!已经有难闻的味了,因为他躺在坟墓里四天了。"耶稣对她说:"我不是告诉过你吗,你若是信,你就能看到上帝的荣耀!"说着,他就高声呼喊:"拉撒路!出来。"于是死者走了出来,双手和双脚还裹着下葬用的白布。

当然,这样的奇迹不可能出现在聂赫留道夫身上。而且托尔斯泰本人也不信这样的奇迹。无论他怎样断言,"从这一夜起,聂赫留道夫开始了全新的生活","从这一时刻起,他身上发生的一切,对于他来说,都得到了全然不同于以往的意义,"我们不必凭猜测,我们可以感觉出来,聂赫留道夫,就像死了四天的那个人"已经发出难闻的气味",他是永远不会走出坟墓的。

实际上,重要的不是聂赫留道夫会怎么样,他是否会复活,是否会变成西蒙森那样的橡胶傀儡,或者"一块腐肉"。对于我们来说,重要的是,根据"俄罗斯大地伟大作家"的见证,"俄罗斯民族最有才华的、最有力量的一部分"与基督惟一的关系,就是野蛮的哈哈大笑。但是,如果这不是诽谤的话,那么,这就意味着,整个俄罗斯民族毁灭了,死亡了第二次;就意味着他,聂赫留道夫,是为时四天的死者,是没有复活的拉撒路。不是在整个现代欧洲人类当中,从克虏伯的武器到"尼采风格"("尼采风格",当然,被野蛮而粗鲁地理解,正如差不多在任何地方、任何时候得到的理解一样),都发出了同样的哈哈大笑的声音吗?"他怎么样打另外半个脸呢?怎么伸出去呢?他会这样地把你打烂的。"当然,留声机的吱吱话语"伸出左脸",当然掩盖不住这个动物性的,但是依然是活的、震撼性的哈哈大笑。死者纳巴托夫们、西蒙森们,是不会把这个死人复活的。

也就是说,安德列公爵是对的:生就是死,基督的福音"复活",是对生的否定,对生的诅咒,是佛教的涅槃,寂灭吗?一方面,生者"因为包脚布"打架,而且要永远打下去,打得"鼻涕、口水和鲜血横流"——这些人还哈哈哈哈地大笑,笑话福音书,另一方面——是仅有的一些能够理解基督教导的死人,那教导就是"玛丽,你认识伊万……不不,不值得跟他们谈这件事,反正他们不会明白的——咱们互相不可能理解"。

很容易猜想,托尔斯泰是以何等无尽的——虽然很可能是无意识的——绝望的感觉写完《复活》的。看来,在现代人当中,除了扎拉图斯特拉—反基督的创造者尼采之外,谁也没有走到这样地步的绝望。事实上,托尔斯泰只有两个出路,两个都一样地可怕:或者依靠充满玩世不恭的生活真实的印象来结束悲剧,而他以往和以后的全部作品都没有掩饰这一印象——苦役犯们对于福音书的话的哈哈大笑。也就是说,不仅聂赫留道夫,而且还有他自己,托尔斯泰,在自己的灵魂里都没有找到什么东西可以给他权利来反驳这种哄笑——所以,等于承认,在很大的程度上,聂赫留道夫的全部宗教道路和自己的道路,都是失败的;或者,说谎,还是像以往已经多次说谎那样,断言在福音书里没有神子独生身份的证明——说谎说到丧失意识,心智昏黑 无论如何要让聂赫留道夫复活,虽然违背全部艺术的、道德的、宗教的显而易见的道理:这件事他也做了。因为受到叶罗什卡叔叔的虐杀性的打击而震惊,阿基姆长老尽管衰弱,却还像变兽人一样灵活和油滑,虽然容易倒下,却也同样容易爬起,是独特的"扳不倒"——往地上一撞,打个滚,抖搂抖搂身子,站起来,做个样子,好像什么事也没有、什么特殊的事也没出一样:和马斯洛娃的事以"丑陋"告终,而和身边的人的事都似乎以神圣告终。然而,他怎么能够希望没有人揭发他说谎呢?或者指望宗教整体的粗鄙化和庸俗化,迫使他人也同样地说谎,把死亡当作"复活"来接受,却没有意识到在这种捏造里形成了什么样的亵渎,这样的亵渎也许是比苦役犯的哈哈哈大笑更为令人愤怒。唉!这预计看来是正确的,也许是因为,我们所有的人在很大程度上都是"死了四天的人",在彼此的臭气之中嗅觉都已经变得极端迟钝,所以现在,我们自己的确也弄不清楚,到底谁发出的臭味更多。

但是，当然，结论虽然准确，却也为时尚早：只要还没有人，或者差不多没有人说起这件事，就像在投缳者之家都闭口不提绳索一样：太可怕、太可耻。但是我们大家，或者差不多大家都感觉到，当然，自己是没有注意到的，就是，恰恰在这里，在《复活》的末尾，托尔斯泰的宗教发生了某种无法挽回的情况，在这里，我要重复一遍，他的某种东西破裂、骤变，对他实施了报复，而这个情况，是任你用什么办法也不能抚平的。如果托尔斯泰在自己的说教中更巧妙一些，主要的是更前后一致一些，他也许会烧掉《复活》，这是因为，尽管有他的全部的宗教谎言，但是《复活》依然极为真实地揭示了他个人灵魂状态的终极秘密。那状态貌似平静，但是相比一切的绝望，平静更可怕，因为像聂赫留道夫那样，人是在这样的状态中由于"无望"而宁静地"沉寂""睡着"的。是的，在苦役犯们对福音书话语的这种无法忘却的哄堂大笑中，可以极为鲜明地听到一位伟大的异教徒——叶罗什卡叔叔对基督教长老阿基姆的得意大笑。阿基姆虽然像吸血鬼一样从他身上吸出了活血，但是他自己并没有活过来，没有温暖起来，依然是一个死人，僵冷、苍白——他复活了又复活，但是到底没有复活成功——只有嘲笑了世人。

托尔斯泰不信上帝，不信神子，不信基督、救世主，甚至不信"一切人当中最智慧的、正义的人耶稣"——他什么也不信。托尔斯泰想要把道德和宗教分开，但是，在他扯断了二者的联系之后，道德在他手里也像宗教一样变成灰烬——从基督教里什么也没有留下。这一点，他自己差不多意识到了，虽然他没有，很可能永远也没有力量对自己、对他人承认这一点。

在现代欧洲仅仅还有一个人在渎神方面达到托尔斯泰的程度，这就是尼采。

托尔斯泰和尼采的宗教命运既惊人地对立又惊人地相似：他们两个人都是出自对基督教导的同一个观点，就像对佛教的虚无主义、对没有永恒肯定的永恒否定——肉体毁灭而没有复活、否定生活而不予肯定的观点一样。两个人都只在基督中看到被钉十字架的第一次显现,而没有未来在上帝右面的显现者的力量。尼采的意识诅咒了而托尔斯泰的意识颂扬了这第一个苦难的显现。但是两个人无意识的自然倾向不是对准第一次的,而是对准基督第二次更隐蔽、更神秘的显现。在研究托尔斯泰这部艺术创作的同时,我们看到(第二部,IV),"只有通过兽性中的神性"(通过叶罗什卡叔叔所达到的'神性造物'的神圣性格),他的无意识的自然倾向才触及"人性中的神性"——通过"神兽—神人"。他的意识推翻了作为反基督显现的野兽的显现。托尔斯泰仅仅理解了这两种显现的对立性,而且,像尼采一样,没有理解以象征的方式统一对立双方的方法来尝试解决矛盾。尼采的无意识倾向也趋于第二次的显现,这次的显现是作为异教的神狄俄尼索斯或者反基督的显现出现在他的意识面前的。尼采称自己是"哲学家狄俄尼索斯最后的一名学生"。但是他还是没有理解,或者不愿意理解,故意闭上眼睛,不看狄俄尼索斯这个悲剧性绝望之神,酒和血之神(他把自己的血当作酒给予众人,满足他们的干渴)的过度可怕的、谜一般的联系——这个神和那个人的联系("狄俄尼索斯最后的学生"之所以如此激烈地否定他,难道不是因为在他面前极度地感受到了自己无法自卫吗?):这个人说过:"我是真正的葡萄藤,我的父是种植葡萄的。谁要是渴求,就到我这里来,喝吧。"尼采是否常常想到基督教最初几个世纪中的预示反基督面目类似基督面目的传说?而反基督主要是利用这貌似的面目来诱惑人的。如果尼采考虑过这一层道理,那么,当然,这就是那些跌进深渊的思想之一,而尼采的疯癫就起源于此。所以,不无道理的是,在初露端倪的预示性的呓语里,他不仅称自己是狄俄尼索斯最后的学生、祭司和牺牲品,而且称自己是"被钉十字架的狄俄尼索斯"(der gekreuzigte Dionysos)。从意识与无意识自然倾向的这一矛盾中滋生出两个悲剧——托尔斯泰的和尼采的悲剧,区别就在于,在前者那里,盲目的和有洞见力的无意识自然倾向反抗意识,而在后者那里恰恰相反——意识反对无意识的自然倾向。就是这样一个矛盾把他们二人导向亵渎上帝,而他们两个人力求都把这亵渎的态度当成宗教,尼采是基督的秘密的学生,明显的叛教者;托尔斯泰是基督的明显的学生,秘密的叛教者。

陀思妥耶夫斯基说:"人的本性是不能容忍亵渎上帝的,而且,归根结底,为了他,自己对自己是要报复的。"这话在托尔斯泰身上和在尼采身上都得到证实。尼采受到的惩罚是变得可怕,托尔斯泰是变得可笑;尼采是宗教的自我否定、疯狂,托尔斯泰是死者阿基姆长老的宗教的半路、羞耻、谋求复活的不成功的努力——可笑,而这一点在这样的人身上,是比一般的可怕更可怕的。

> 耶稣说:"我来到这个世界做审判,是为了让看不见的看见,让看见的变瞎。"跟随他的法利赛人中有人听了这话,对他说:"难道我们是瞎子吗?"耶稣告诉他们:"如果你们是瞎子,你们身上就没有罪,但是像你们说的,你们看得见,罪就留在你们身上了。"

这话在今天正在变成现实:虽然盲人不能看见,但是最能够看见的、明察秋毫的,却要变成盲人。盲人为视力良好的人引路,于是一些人像尼采一样跌落在深渊里,而另外一些,像托尔斯泰——比跌落深渊更坏——跌落在众人行走其上的大路旁边的大坑里:虽然亵渎宗教中的一切,但是托尔斯泰健全的思想能够抵挡尼采的疯狂。为他们,也为我们自己感到恐惧:在最后的审判上,似乎我们大家不必和他们一起听到:"如果你们是瞎子,你们身上就没有罪,但是像你们说的,你们看得见,罪就留在你们身上了。"

第四章　陀思妥耶夫斯基笔下的基督

在1877年的《作家日记》中,陀思妥耶夫斯基就《安娜·卡列尼娜》第一次谈起作为艺术家的托尔斯泰的世界意义,然后过渡到评价他新的、当时刚刚形成的宗教信仰,得出了这样的结论:

> 现在,在我表达了我的感受之后,大家也许会理解,这样一位作者的做法给了我什么印象,这就是:他脱离、离开俄罗斯整体的和伟大的事业,在刚刚以单行本出版的《安娜·卡列尼娜》的不幸的第八卷里,寄托给俄罗斯人民的是成为悖论的非真实。他直截了当地夺取了人民最珍贵的一切,取消了他们生活的主要意义。

陀思妥耶夫斯基所说的"最珍贵的",在同一部《作家日记》另外一处得到解释,此处谈到了圣经新约基督教派,这一派别在很多方面都很近似托尔斯泰的基督教,恰恰是在否定宗教的一切礼仪和隐秘,否定一切外在的形式、团体:

> 他们捧来装着珍贵液体的容器,于是所有的人都叩拜亲吻,崇拜盛着这种珍贵的、养育着一切人的圣水的容器,但是,人们突如其来地站立起来,开始呼喊:"瞎子们!你们为什么要亲吻那容器,珍贵的仅仅是那活命的圣水,那里面盛着的东西,装在里面的珍贵的东西,而不是那容器。可是你们亲吻那玻璃

杯子，平平常常的玻璃杯，你们崇拜那容器，把全部的神圣品格都交给了玻璃杯，所以你们就要忘记容器盛载的圣水。偶像崇拜的家伙们！快扔掉那容器，把它砸碎，只崇拜那活命的圣水，不是那玻璃杯！"于是打碎了容器，而那活命的圣水，杯子里珍贵的承载物，都流在地上，当然，消失在泥土之中。他们**打碎了容器，丧失了圣水**。可怜的、不幸的、愚昧的民族！——千百年来获得的珍贵财富，应该把它的伟大的真理意义给这个蒙昧的民族解释清楚，而不是当作以往几百年的没用的老旧破烂洒在泥土里，让它不可挽回地丧失殆尽。

民间的宗教信仰，及其朴素的传说、礼仪和秘密——不仅是没有生命的容器，而且还是活生生的，虽然在很多地方粗陋，盖上了千年的尘埃和破旧杂质，已经僵化，但是在另外一些地方可能还仍然是具有活的灵魂的活生生的躯体：其中即使只有一颗生命的火星，也不能够放弃。

陀思妥耶夫斯基在同一篇文章中重又谈论列文，把他当作托尔斯泰的基督教和民粹主义的代表，对他做出我已经引用过的最后的判决：

> 这是个纨绔子弟，莫斯科中高阶层里面的纨绔子弟。在他的灵魂里，无论他怎样努力，都还残留着某种品格的色彩，这种品格，我想，可以叫做轻浮浪荡。——他又要摧毁自己的信仰，自己来摧毁，因为他再也坚持不住了：只要再分出一个枝丫，整体就必将垮台。

在宣布的时候，这个判决显得为时过早和残酷：因为在那个时候，也就是说，在1870年代，托尔斯泰，正如他在自己的《忏悔录》中所说的，还和人民的宗教生活保持着一些联系，还相信，在古旧的容器中有活命的圣水，还在犹疑是否打碎那容器。他说：

> 我总还是看到，在民众的信仰中，有谎言掺染在真理当中。我访问过修士大祭司、主教、长老、苦行僧，请教过他们。我曾多次羡慕农民不识字和没知识。在我看来制造显而易见不实思想的那些信条，对于他们来说，没有造成什么虚假。只有对于我这个不幸的人，才显得明确的是，真理是以极端纤细的线条和谎言编织在一起的，我不能接受这种面貌的真理。

在那个时候，他还明白，虽然不是用在自己身上，而是仅仅用在自己的对手身上，"断言'你在说谎，而我有真理'这样的话，乃是一个人对另外一个人所能够说出的最残酷的话"。在那个时候，他还没有对人民说出这样"残酷的话"。

但是，就这样，预言实现了：就在我们亲眼目睹之下，他打碎了容器，于是我们看见，珍贵的圣水流在地上，钻到泥土里去，结果是什么也没有剩下；就在我们的眼前，完成了托尔斯泰的最终的"脱离，离开俄罗斯的整体的和伟大的事业"；他的确拿走了人民的最珍贵的东西，取消了他们的生活的主要意义；他推开了民族的全部信仰，把它当作死去的躯体；对人民说出一个人可能对另外一个人说出的最残酷的话：你在说谎，我有真理。在我们面前，以其最后的巨人般的尺度，在自己的所谓的形而上学的、范例的意义上，显现出来一个"莫斯科中上阶层里的纨绔子弟"。我们也看见，按照陀思妥耶夫斯基的预计，摧毁了自己以后全部信仰，连一个也没有保持下来——每一次都"冒出某种新的枝杈，他是整体都毁掉"。一切都最终地毁掉了，已经不能够再重新建立，也许正是在现在，在写完《复活》的最后的日子里。

是的，在俄国，任何人都没有能够这样早、这样确切地猜透宗教本质之谜；任何人都没有这样清晰地预见到在这里威胁了俄罗斯精神的危险；任何人都没有这样直截了当、尖锐、也许甚至过度地突兀转向与托尔斯泰对立的方面——任何人都不像陀思妥耶夫斯基这样。如果说我们这里有并非来自基督教和非俄罗斯的、托尔斯泰的宗教的话，那么，这个解毒药正好是在他、在陀思妥耶夫斯基那里。

在涅克拉索夫笔下，弗拉斯叔叔——

> 看见了地狱里的罪人：
> 灵活的群鬼在折磨他们，
> 到处乱转的巫婆在噬咬；
> 埃塞俄比亚人脸色漆黑，
> 眼睛都像冒火的黑煤；
> 鳄鱼、毒蛇，和毒蝎，
> 烘烤、撕咬和烧燎。
> 罪人在悲痛中号叫，
> 长满锈的镣铐在撕咬，
> 雷电长鸣把他们震聋，
> 恶毒的臭气把他们蒸熏，
> 长了六翅的黑皮老虎
> 在他们头上吼吼大笑，
> 有些人被绑在细长的竿子上，
> 有些人在舔热辣辣的地面……

"这是荒诞，这是骇人听闻，这是亵渎。我不能接受形象这样丑陋的宗教学说！福音书里根本就没有什么埃塞俄比亚人、蝎子、长了六个翅膀的老虎。'谎话已经说尽。'但是，即使这是符合理性的，对我说来也是毫无意义：从这里得不出任何的道德规则。"托尔斯泰表示愤恨。

但是，从某种观点来看，事实上，不正是从这种形象不良的谎话里，从这种发烧时候的胡言乱语里，产生了真正的民间神性的形象——充满了"威严宏伟的高贵仪态"的俄罗斯土地伟大推动者的形象吗？

> 满怀悲伤，无法安慰，
> 黝黑、高大，气宇轩昂，
> 他迈出稳健的步伐，
> 走遍村落和城镇，
> 捧着圣像和经书，
> 自己和自己倾谈。
> 那铁制的镣铐
> 轻声叮当作响。
> 灵魂全部伟大的力量
> 贡献给了上帝的伟业。

而这伟大的力量，是真正的力量，信仰的力量，直到今天还仍然在移动大山，而这"上帝的事业"，是真实的。"谎话已经说尽"——真理是怎样走出谎言，形成真理的呢？托尔斯泰说："只有对于我这个不幸的人，才显得明显的是，真理是以极端纤细的线条和谎言编织在一起的，我不能接受这种面貌的真理。"那怎么办呢？怎样才能把我们需要的和优雅的弗拉斯叔叔和完全不需要的和丑恶的六翼老虎区分开来呢？这里有把谎言和真理联系起来的线条，十分纤细、十分杂乱，根本无法解开——只能斩断。但是，在斩断这样过度血缘的、过度深入民族心灵的、像是"灵魂与躯体"联系的宗教往事与不实之言的联系的时候，怎样才能不有害、不伤害甚至不影响心灵本身呢？在这样的斩断行动之中，弗拉斯长老没有流血，也不可能变成没有热血的、没有躯体的、忍受苍白无力之苦的基督教长老阿基姆，一个活着的死者，他希求复活，但是不能复活，已经感觉到蜕变成了"世界的吞噬细胞"，"用橡胶制作的""发出动物尸体气味的"西蒙森的美国的机器？换句话说：牺牲什么呢——为了民族宗教的优雅而牺牲我们的文化真实，像斯拉夫派已经做或者想要做的那样，还是相反，为了我们文化真实而牺牲民族的优雅，像西方派的做法？而我们这些不幸的人，既非西方派也非斯拉夫派，但是这二者对我们都一样神圣——我们该怎么办呢？他们两个人都站在这一十字路口，面对着这一任务——托尔斯泰和陀思妥耶夫斯基；他们各自按照自己的方式解决问题，在他们的解决办法中显示出来他们之间在宗教方面的无限对立。

陀思妥耶夫斯基在去世前的日记中写道：

> 卑鄙分子们用**没有见识的**和落后的上帝信仰来刺激我，这些呆瓜没有梦想到大法官身上对上帝的否定有这样的**力量**。我不像傻瓜（狂热分子）那样信仰上帝。而且，这些人还想教导我，嘲笑我不开化！他们愚蠢的天性做梦也没有想到我已经超越了这样的否定的力量。他们竟还要教导我吗？

在同一部日记里，他继续说：

> 我们都是**虚无主义者**。
> 即使在欧洲，**无神论**言论也没有这样的怀疑力量。所以，我不是像男孩子那样地信耶稣和宣示耶稣，我的和散那经历了大熔炉，就像魔鬼对我说的那样。

以后我们会看到，是这样的，陀思妥耶夫斯基没有吹嘘。他的确是信上帝的，不是作为狂热分子，不是作为普通男孩，甚至不像托尔斯泰那样。虽然，当然，他经受的宗教犹疑不比托尔斯泰少：陀思妥耶夫斯基的赞美所经受过的犹疑熔炉，那种否定的力量的熔炉，托尔斯泰大概是没有梦想到的。和《卡拉马佐夫兄弟》的作者在这方面的经历比较，托尔斯泰的全部的宗教搏斗和痛苦，简直就是儿童游戏。因为正是那些能够在同一时刻观察信仰与非信仰的这种"深渊"（这深渊的确有时候似乎仅仅是一根毫毛——于是人又像伊万的魔鬼所说的，要"头朝下"飞起来）的人之一，这两个深渊的这样的观察者之一，就是陀思妥耶夫斯基自己。对于基督教的这些神秘的和形而上的深渊,作为宗教思想家的托尔斯泰,是从来没有细心察看过的,大概是因为他觉得"没有意思"吧。在意识里,他总是从旁而过,加以躲避,沿着大路、沿着实证主义的平面行走的。陀思妥耶夫斯基的信仰抵御一切犹疑,巍然屹立,不是因为这些犹疑比较弱,而是因为,他的信仰本身比托尔斯泰的信仰强。

当然,对于民间迷信包含的异教粗糙内容,陀思妥耶夫斯基的愤怒不比托尔斯泰少,他所接触到的这样一种观点也不比托尔斯泰少。依靠这一观点,他不仅在"六翼老虎"或者第四天创造光明上,而且还在其他许多更重要的、更珍贵的事物和健全的思想方面,反驳了斯麦尔加科夫的"关于谎言,话已说尽"。

陀思妥耶夫斯基用少年的口吻谈论有几分像弗拉斯叔叔的圣长老马卡尔·伊万诺维奇时说:

> 在人民的这种实质之中,我找到了某种对我来说是全新的、未知的、鲜明得多和给人更多安慰的东西,多于我以往对这些东西的理解。但是,有时候却不能不直接脱离自己和脱离其他的决定性偏见,而他信赖这些偏见,平静得令人十分恼怒,坚定不移。但是,在这里,当然,过错在于他没有受过教育;而他的灵魂培育得是足够好的,甚至可以说,我在众人当中,在同类情况下,还没有遇到过更好的。我从他那里反复听说过远古时代的"苦行僧"生平的各种各样的传说。这些事我不熟悉,但是我想,因为他是从平民百姓口头传说中习得这些故事的,所以多有以讹传讹之处。别的情况简直是难以设想的。但是,尽管有明显的改编或者干脆就是吹嘘,但是永远都有出人意表的整体闪现,充满人民的情感,永远感人至深……例如,在这些故事里,我牢记了一篇很长的故事——埃及的玛利亚的生平。关于这篇"生平",还有几乎全部类似的故事,在那个时刻以前,我是没有一点概念的。我想直截了当地说:听这样故事差不多不可能不催人泪下,倒不是因为感动,而是因为某种奇异

的欣喜，令人感受到某种不同寻常和热切的内容，就像那有雄狮出没的晒热的沙地草原，而这位圣女就在这草原上徘徊。

托尔斯泰与陀思妥耶夫斯基的主要宗教区别就在于他们对民间宗教创作的态度：托尔斯泰在倾听马卡尔·伊万诺维奇的传说的时候，可能只是评论说"吹嘘""偏见""胡编乱造"（他的考语是"祭司们骗人的捏造"）"不开化"——于是，恼怒起来，发火，不再听那长老的传说，表示厌恶："我不能接受这种面目的真理！"就是说，这样十分民族的、民间的"丑陋的"样式。陀思妥耶夫斯基也同样恼火，因为另外的偏见而发怒，不能够也不愿意原谅真理展现在他面前时候现出的"丑陋的"有臭味的外观：民众不理解的，陀思妥耶夫斯基理解，而且不放弃自己的知识；他不仅理解，他还喜爱民众：他是同时又理解又喜爱；理解，因为喜爱，喜爱，因为理解；因为认识，而喜爱加深，因为喜爱，而认识加深。托尔斯泰仅仅理解民间的宗教，但是不喜欢。在宗教中，没有热爱的知识、意识，归根结底，会变得死气而且有害，会导致冷漠和枯燥的判断性推理，导致亵渎一切的所谓健全的思考。托尔斯泰在马卡尔·伊万诺维奇或者弗拉斯叔叔的传说中只看到"吹嘘"，而在这"吹嘘"——这些民间信仰的感人的幼稚心语——之中所隐藏着的内涵，那"听起来无不催人泪下"的"像有雄狮徘徊的晒热的沙地草原一样不同凡响和火热的"东西，他却没有看到。然而，这正是他一直在寻找的那宗教的真理。认识给他展示的是真理中的谎言，传说的僵死外壳；但是，即使凭借活生生的爱，他也没有接触隐藏在外壳下面的活的核心——而是把核心和外壳一起抛弃了。对于他来说，一侧是不可争议的宗教谎言，另一侧则是不可争议的宗教真理。陀思妥耶夫斯基理解，看来还是众人中第一个理解了，或者至少，强烈感觉到了，在宗教里，就像在人类全部的感知中那样，是没有无条件的真理、无条件的谎言的，而只有或多或少有意识的有条件的，因而越是有意识就越完整的符号、标志、象征。托尔斯泰的宗教意识否定了象征的最原初的和深刻的本质,认为宗教的一切都是精神的、没有血肉的,都脱离了全部的传说、礼仪、隐秘、教条。陀思妥耶夫斯基的意识,从这一层意义上看,乃是迄今已经出现的人类的种种宗教意识中所没有过的——这意识是象征的。"语言表达的思想是谎言。"所以,人的关于上帝的全部思想、关于上帝的全部的真理都是谎言。人不能言说关于上帝的真理,但是又不能对上帝保持沉默。那么,人应该说谎吗?不应该。但是用有条件的、永远不及真理只能接近真理的语言说话,同时就会意识到的不是语言的欺骗性,而正是语言的条件性、相对性。意识展现全部宗教真理的条件性,爱展现全部宗教条件性、一切象征的真实性。如果我们不爱上帝,我们就不能认识上帝。如果我们不认识上帝,我们就不能爱他,我们只能同时理解和热爱上帝——在爱中认识,在认识中爱。知与爱的结合就是我们的新宗教——陀思妥耶夫斯基的宗教。

在这样的宗教里,是不可能谈到真理与谎言、可信性或者不可信性的程度的,不可能谈到对于寻求知识的人士来说是真实的存在或者非存在的。这里能够并且应该谈到的只能是宗教体现和象征的内在纯洁、灵感,谈到装有珍贵圣水的玻璃容器的清亮、透明的程度。这个圣水是养育生命的和活的:它不仅养育,而且自己也在生活。它在永恒地走动,从陈酒产生出来新酒,新酒也需要新的容器,当然,要打破旧的容器,不然沸腾的新的圣水要胀破它。但是,打破的时刻应该是在新的容器已经准备好的时候,把圣水十分小心地从一个容器倒进另外一个,不让一滴流失,洒进泥土。

看来,陀思妥耶夫斯基即使不是在宗教认识方面,也是在宗教远见方面,在艺术创作方面,已经为新酒准备好了这个新的容器,这个秘密的转瓶过程已经开始。

佐西马长老的"论地狱和地狱之火的神秘评论":

> 神父们,教师们,我认为:"什么是地狱呢?"我的评论是:因为再也不能够爱而感受到的痛苦。有一回,在时间和空间都

不能量度的无限的存在之中,一个有灵性的人因为出现在大地上而被赋予对自己言语的能力:"我在固我爱。"有一次,只有一次,赋予了他活跃的,**有生命的爱**的时刻,为此给予了地上的生命,同时还有时间和期限,就是:这幸福的人丢弃了无价的赠,不加珍重,投以嘲讽的目光,保持无动于衷。这个人已经离开了大地,正如关于富翁和拉撒路的寓言告诉我们的,他看见了亚伯拉罕的怀抱,还观察了天堂,还可以升天到主那里去,但是却因此而感到痛苦,他没有爱过,接触了有爱的人,却蔑视了他们的爱,现在自己要升天到上帝那里。因为他看得清楚,自己告诉自己:"现在我已经有知,虽然渴望爱,但是我的爱不会有成就,也没有牺牲,因为地上的生命结束,亚伯拉罕不会到来,用哪怕一滴活水(也就是说,又是地上以往的活跃的生命的赠)冷却现在在我心里燃烧的对心灵之爱渴望的火焰。生命已经没有,时间也不会再有了!"他们谈到了地狱之火,物质的火:我不研究这个秘密,感到恐惧,但是我想,如果有物质之火的话,那他们会报以欣喜的,因为,在物质的折磨之中我也想哪怕在片刻之间因为他们而忘记这种最可怕的精神痛苦。想要除去他们的这种心灵痛苦是不可能的,因为这痛苦不是外在的,而是在他们心里。如果可以除去,那么,我想,他们会因此变得更加不幸的。因为,即使天堂的义人察觉到他们的痛苦而原谅了他们,而且把他们招呼到自己的身旁,无限地关爱他们,但是那更会成倍地增加他们的痛苦,因为可能会在他们心里唤起更强烈的火焰,渴望有回应的、活跃的和感恩的爱,而这样的爱已经不复可能。——啊,地狱里也有滞留者高傲而暴躁,虽然他们的知识无可争议,对真理的观察无可争辩;有可怕的人,和撒旦共存,保全了他们**高傲**的精神。对于这些人来说,地狱是他们向往的,不会厌恶烦腻;他们是自愿的苦行者。因为他们在诅咒了上帝和生活之后,又诅咒了自己。他们依靠自己强横的傲慢,就像在沙漠中饥饿难忍的人开始从自己的身体里吸吮自己的血液一样。他们永远不知满足，拒绝请求，咒骂呼吁他们的上帝。他们观察活的上帝总是带着愤恨的心情，要求上帝没有生命，要求上帝消灭自己和自己的造物。他们将会在自己的怒火火焰中永恒地燃烧，渴望死亡和寂灭。但是他们得不到死亡。

这很可怕，比"六翼老虎"可怕得多。现在为时不晚，我们大家大概都应该好好想想这个问题，尤其是托尔斯泰，他蔑视宗教形而上学和神秘，因为似乎不能够从这些理念中得出任何的道德原则。然而，显而易见的是，从这样的神秘中不是得出最需要的，甚至从他的观点来看都是道德的规则吗，这一规则最活跃的、真实的爱之火焰贯穿了全部的生命。这不是毫无实效的想象力的游戏，这里的内容要大得多。现代科学能够使我们摆脱这样的地狱吗？科学不注重类似的问题：这超出了它的领域。然而，令人感觉到的情况是，即使在这个地狱之上，也吹拂着现代的或者将来的科学的精神——不是破坏性的，而是创造性的精神。在这样的视野中，可以感觉到自我克制、审慎和神秘谜底的勇气结合在一起——进入人类智慧的血肉之中的意识，亦即对于涉及超验的全部人类词语和概念的局限性和不充分性的意识——只有在康德的《纯粹理性批判》之后，才出现了这样的词语和概念。在这里不仅有巨大的信仰的力量，而且还有同等大小的经验的力量，最准确的所谓数学认识的、对人类灵魂的研究的力量。无论如何，这是不违背欧洲文化的，甚至不是追随其后，而是领先于它，是最高级的、最完善的文化的象征。归根结底，当然，这不过是关于上帝真理的"人性的、归于人性的谎言"，不过是有条件的人类语言对无条件的、不可言说者的含糊表述，不能到达真理，只能接近。但是，和中世纪的圣帕特里克的涤罪所或者弗拉斯叔叔的简易的地狱相比，那算是什么接近啊！鳄鱼、蝎子、绑着罪人的木杆——一切都很粗野、令人麻痹，所以对我们来说已经不是宗教的、不透明的，都自动消失了。"大家都在谈物质的火焰：我不去研究这个，我害怕。"简易的地狱遗留下来的就是这个。但是，就是在弗拉斯叔叔的火热的呓语里，在烧烤着平底锅（罪人要舔那个锅）的火焰中，也有人的良心的真理之火，因为这样的火焰，人的灵魂也燃起神圣之火——宏伟的仪态：就是这个火焰，从弗拉斯的地狱转入佐西马长老的地狱，还是这个火焰，把两种景观联系了起来。在佐西马长老这里，火焰仅仅纯净了，增添了灵性，但是没有熄灭，没有减弱，相反，燃烧得更加强烈，到最后，吹散全部的乌烟瘴气，这乌烟瘴气来源于火焰的不充分的力量，在其中诞生了"六翼老虎"和其他荒诞不经的东西。这个新的、更有力量的火焰，产生新的、更恐怖的因而更为不可抵御的景观。

这里就再现了托尔斯泰和陀思妥耶夫斯基对待民间信仰的态度。"我不能接受注重形态的真理"，莫斯科中上层社会的少爷说，拥有"自由主义的欧洲信念"，以老爷式的厌恶态度，在大路把民间的宗教真理当做毫无用处的破烂丢弃。而苦役犯，"被列入强盗行列的""没有教养的"和"落后的"陀思妥耶夫斯基，却捡起来这堆破烂——于是我们看到，他用它为自己的上帝缝制出什么样的袈裟。

那盛着圣水的古老的被歧视的容器，他怀着爱意接触了一下：而那显得死寂的圣水对于他的爱之火焰则报以同样的爱之火焰。那容器的玻璃壁颤抖了，发出声音。千年的霉菌突然剥落，像鱼鳞一样，于是那容器的玻璃壁重又变得透明：死板、消沉的教义，重新变成活的、给人生命的象征。

东正教会的大法官也许会说佐西马长老关于地狱和地狱之火的"神秘议论"是"异教的"、非正教的。但是，对于我们来说，就我们现有的宗教意识水平而言，这依然是旧酒，虽然装进了新瓶。对于我们来说，这已经是新酒，这瓶酒，不仅大法官，而且还有佐西马长老本人，也许甚至还有陀思妥耶夫斯基本人，如果彻底意识到了他在这里的预感，也会称之为异教的。在《群魔》中，呆而傻的玛利亚·列比雅德金娜，一个瘸腿的半疯修女，向往日的虚无主义者沙托夫讲述自己在俄罗斯正教修女院的生活：

修士开始给我讲道,说话挺和气,挺亲切,也挺有脑筋,我坐着听。"明白啦?"他不断地问。"没有。"我冲他说,什么也没有听明白。"您让我安静安静吧。"我说。从此以后,他们完全不来找我讲道了,沙图什卡。就在这个时候,我们的一个女长老,因为一项预言而住在我们这儿忏悔,离开教会的时候,悄悄对我说:"圣母是什么人,你怎么看呢?"——"伟大的母亲,"我回答,"人类的指望。"——是啊,她说,圣母是伟大的母亲,是大地,人的伟大的喜乐也就在这里啊。她说,这就是预言。

大概,就是因为这类的预言之一,她才被送到修道院这儿来忏悔。然而,这个"被抛弃的"女长老,这个俄罗斯的巫女给我们提出了一个什么样的不可思议的谜啊!当然托尔斯泰是拿不出谜底来的,而且陀思妥耶夫斯基本人大概也不想,因为惧怕谜底的最后的话吧。圣母是伟大的母亲,不仅是天上的,也是地上的,"大地母亲",这是古已有之的观念,是欧洲各民族共有的,雅利安人的("野兽知道一切"——还有,"大地知道一切",叶罗什卡叔叔大概要这样补充说),似乎是异教的,基督教以前的,而且,同时,又似乎不是基督教的,反基督教的,来自反基督的——这是西欧文化的最断然的极限和极点。我们,只有我们,在这一文化的近期,才开始回忆起早期依洛西斯的和以后与基督教有接触的希腊罗马神秘仪式的已经被忘却的含义,这些秘密涉及伟大的母亲,善良的女神,至高天母,善良神女,养育之母,"人类的依托",有很多奶头的塞莱拉,地下的隐秘之处,在那里,圣母的躯体变成神圣的面包。只有我们,在听到反基督扎拉图斯特拉的教诲"我的兄弟们,你们要保持对大地的忠诚"之后,我们隐约感觉到,在这个的确具有预言意义的象征中包含了何等的不可计量的宗教内容。这件事非常新颖、威严,我们几乎不敢轻声耳语互相言传。——但是,这个轻声絮语已经在那里,在民众的底层中传扬。这是那种新的、刚刚酿好的酒,沸腾的酒,如果不把它注入新的容器,那么,那旧的容器就很可能的确经受不了发酵,要突然破碎,而佳酿流出,渗入泥土。这种地下之火的危险是不可测量的爆发和地震;和这样的地火相比较,"加温的昨夜剩饭"——托尔斯泰的乍温还凉的基督教,及其全部的欧洲自由派的否定和愤怒,显得是多么天真的儿戏,不仅从我们的观点,而且从大法官的甚至佐西马长老的和陀思妥耶夫斯基本人的观点来看,都是这样的啊!

"你在说谎,而我拥有真理",——托尔斯泰对人民说,他承认,这是"一个人能够告诉另外一个人的最残酷的字眼"。你拥有一种真理,我拥有另外一种,让我们把两种真理联合起来吧,——如果不是在言辞上,不是在意识中,就使用创造性的形象吧,依靠自己的预言性质的远见——陀思妥耶夫斯基告诉人民的是一个人能够告诉一个人的最温馨的词语。托尔斯泰在自己的基督教中"败落了",离开了人民,人民也离开了他。陀思妥耶夫斯基出身普通人民,又回到人民中间,或者应该回去。对于托尔斯泰而言,人民是对文化的否定,文化是对人民的否定,但是,两种否定都没有进行到底。托尔斯泰的基督教不是彻底的非人民的和非文化的,它是半人民的、半文化的,它依然保留在地主与市民的"中高阶层"区域,也就是说,依然是中间的,也许是一切中间的中间。对于陀思妥耶夫斯基来说,文化是对人民的高度的肯定、延续和完善,是人民对于超民族的、全世界的、全人类的统一的意识。陀思妥耶夫斯基的宗教,正如全部的真正的基督教一样,是终结的宗教(因为在终结之中仅仅包含着无穷尽),是对一切老爷和市民意识、一切中间派的否定。

托尔斯泰在无意识中不喜欢和惧怕历史,他似乎觉得,他没有办法对付它。托尔斯泰的基督教是远离或者逃离人类的全部自然的历史道路,而进入抽象的、反自然的、反历史的领域。过去与未来的联系,宗教继承性的活的链条,世世代代、从民族到民族把具有世界历史意义的基督教文化的炽热火炬加以传递的"火炬传递者的行列",托尔斯泰都要以现在时代的名义割断,我们都看到了,他使用了很大的力气。他想要在世界史上，也是在俄罗斯民族之中，在俄国文化之中，独树一帜。以前有过苏格拉底，有过孔子，有过释迦牟尼，有过基督——还要再加一个托尔斯泰。但是，在他和基督之间，是没有什么人的，除了一小撮英国监理会教徒、美国贵格派教徒——像机械的西蒙森们，或者佛教的农夫——像纳巴托夫那类人，而这些人呢，大概与其说接近基督，不如说更接近无神论者阿拉戈。托尔斯泰的基督教不是从俄国的或者西欧的历史土壤成长出来的，而似乎是从天上现成的掉下来的。在基督教文化的两千年中，弗拉斯叔叔，还有拉多涅日的谢尔盖、索尔的尼尔、阿西西的方济各，都仅仅是或多或少地有意识地传播和巩固了谎言、"江湖骗术"、"大祭司的欺骗歪曲"。而对于全部历史的基督教，即使不是在东方和西方找到了自己的，也依然是寻找过自己的普世的教会。这个迄今惟一现实的世界统一的体现，托尔斯泰提供不出什么东西来与其抗衡，除了自由主义的、斯麦尔加科夫的"谎话已经说尽"，和同样自由主义的、伏尔泰的"铲除这个耻辱！"

大概任何人也没有像陀思妥耶夫斯基那样高度地理解，基督教的最终命运是高于一切历史命运的，是在人类全部历史命运的背后的；但是，他也理解，在走上这条超历史的途径之前，应该走到历史的途径的尽头、极点。还有就是，在"不再有时日了"那一时刻到来之前，要让全部的"时间和期限"完成。对于陀思妥耶夫斯基来说，宗教不是否定，像对托尔斯泰那样，而是最高的肯定和完成——是战胜历史。也许，任何人也没有像陀思妥耶夫斯基那样高度地感受到了过去与未来的活的联系，全世界历史宗教继承性的活动链条，从这个链条上连一个链环也不能够取下，否则整个链条就要中断。

历史和宗教的这种联系同时也是民族与世界文化的联系，这一点，陀思妥耶夫斯基也表达在他完成《罪与罚》之后立即创作的作品《白痴》中，这不是偶然的——而且表达在与巨大反基督——拉斯科利尼科夫面目对立的基督的"巨大的面目"之中。我们看到，这个拉斯科利尼科夫,一方面是高度的俄罗斯的,"彼得堡类型",按照陀思妥耶夫斯基关于普希金的盖特曼的说法:"俄国历史彼得堡时期的类型",只有在俄国,只有在彼得堡,青铜骑士的城市才是可能的,——另一方面,他的品格来源于盖尔曼,来源于全部拜伦式的人物、大小恶魔、西欧的"群魔","反基督"拿破仑的模仿者们;通过"少年"走得更远,更深入西方的深层,普希金的深层——他来源于"悭吝的骑士",这位骑士在骑士生涯本身亦即在中世纪神秘基督教最繁荣时期,体现了对立的反基督的原则、独特贵族个性的极端发展、对自由和"孤独的强力"("这种意识,我已经厌腻")的渴望;这样,他就似乎来源于反基督的或者只不过显得是反基督的世界文化。拉斯科利尼科夫的对立的双生子,梅什金公爵,"白痴"——也同样是俄国的甚至彼得堡的类型(就像皇太子阿列克塞·彼得罗维奇,彼得的必不可少的悲剧双生子),都来源于同一个西欧的和世界的,但是已经是基督教的文化的最终的底层,中间经过了另外一个对立的、不是悭吝的而是普希金的贫穷的骑士。爱上了梅什金公爵的年轻姑娘阿格拉娅读了普希金的这一首诗歌。陀思妥耶夫斯基说:

> 她的眼睛闪闪发亮,鼓舞和欣喜的、轻微的几乎难以察觉的颤抖有两次掠过她优美的面庞。她朗读:
> 一个骑士生活在世上,
> 贫穷、沉默又朴实,
> 外表阴沉、面色苍白,
> 精神勇敢而真率。
> 他见到一个形影,
> 虽然不能企及
> 却在他的心里留下
> 深刻的印象。
> ……

> 充满纯洁的爱情
> 忠于甜蜜的理想
> 他用自己的鲜血
> 在盾牌写上 AMD（为天主更大荣耀）的字样。
> ……
> 返回自己远方的城堡，
> 他生活严格与世隔绝。
> 一直无言，一直悲哀
> 像是失去理智，死去。

"像是失去理智"，或者像"白痴"：梅什金从中走出，而后又返回的"远方的城堡"，对于他来说，就是瑞士的精神病疗养院。但这不是外部的，而是内在的不同寻常的寓言式的道路，得到了梅什金公爵和贫穷骑士的描写，事实上是一样的：从一片荒漠走出，透过世界和与这个"世界"的不信上帝的儿子们——"撒拉森人"——的斗争，而重又进入另外一片更加广阔的荒漠；从一种无言出发，透过精神抖擞的爱情宣示——对自己内心的神秘"淑女"——上天的光辉，圣罗莎（Lumen Coeli, Sancta Rosa），"人类伟大的母亲和指望"——而重又进入另外一种更大的无言——这条路就是这样的。这两位骑士，像阿格拉娅提示的，在悲剧性的命运方面，都有点像是堂吉诃德。但是这不是过去时代而是未来时代的堂吉诃德——"过度姗姗来迟的春天的过度早来的先驱者"。陀思妥耶夫斯基的白痴，是西欧的、封建的、中世纪的贫穷骑士，被转移到了俄语语境，亦即未来世界的语言。

"铲平大山，这是一个好想法。"虚无主义者彼得·维尔霍文斯基说。正是这样，亦即，作为最伟大的虚无主义，作为"什加列夫气概"，作为可怕的无政府主义力量（它要填平山丘和河谷，"把一切引向一个公分母"，把一切过度深刻与高级的事物引向一个几何学上准确的平面），托尔斯泰和尼采正是，也仅仅是这样地理解基督教导的。一个是在颂扬，一个是在诅咒。全部现代欧洲人对基督教导的理解到今天还是这样的：所以老牌市民自由主义和新式社会民主都在无意识之中靠近基督教，像托尔斯泰的宗教一样，想要变成没有基督的基督教，没有上帝的宗教。

但是，人的个体在上帝里的平等、同等，只是基督教导的两极之一：一切人在上帝里都是平等的，因为一切人都能够而且应该平等；曾有一度平等，将来某个时候也将平等——但是现在暂时还不平等；一切人都是从上帝走向上帝，但是还没有到来，而是还在走动、运动，而在运动中是不可能有稳定的平衡、不运动的平等的；有的人走在前头，有的人落在后面，如果不承认这个"前头"和"后面"，则一切运动都要终止。基督的教导不是平坦平面上的平坦道路，而是永恒的上升和下降，是从大地到天堂、从天堂到大地的阶梯。阶梯有许多级台阶：一切人都能够登上更高的台阶——那里就有平等，但是还不是一切人都已经上来，而那个上去的就领先落在后面的——这已经是不平等。"许多人被召唤"——这是平等，"少数人被选中"——这是不平等。我们只接受这些话的一部分，这些话，像基督的全部的话一样，都是二重的。我们接受"许多人被召唤"，我们认为，全部被召唤的人，都是选民，因此得出结论，似乎完全没有而且也不需要选民。基督的话，显得空虚。在上帝的国里，为首的是最后的，最后的是为首的。也就是说，那里依然有为首和最后的、高贵的和低下的，但是我们认为，没有也不需要为首和最后的，一切人等同于一切人，像蚂蚁窝里的蚂蚁一样——都是平等的，在这里和那里，在地上和天上。"谁享有，就给谁；谁没有，就剥夺他自以为拥有的东西。"对于我们来说，这是多么不可理解、不可容忍的贵族思想，多么高深莫测的不义！我们也改变了基督的这番话："谁不享有，就给谁；谁拥有，就剥夺他自认为拥有的东西。这样，让一切人都一样，不多也不少。"但是，问题是，基督的教导，并不像托尔斯泰和尼采所想的那样，仅仅是废除全部古老而高尚的"贵族"价值观，而是对于"这些价值观的重新评估"，这重新评估比"反基督"尼采的重新评估是不可计量地更强烈和彻底的，显得更是"反基督的"。基督的教导不仅是填平古老的不够深的谷地、不够高的山，而且还是发现新的最深的谷地和新的最高的山峦。

力量来源于对立的两极的接触：因为我们过度加强其中一级，所以会中止二者之间的活的流动，而这样的流动在消除基督教导的通俗性之后，会产生力量。因为过度强化两极之———非尘世的、神秘的平等，等值（针对尘世的同样神秘的不平等、人的个体的非等值），我们就这样消灭了基督教导的全部的活的力量，剪去了聪明之蛇的信子，阉割了基督教，使基督教成为托尔斯泰式的，或者社会民主式的，也就是说，"让盐失去咸味"。

骑士精神，不是在历史的运行之中，而是在自己的宗教观察之中，本来是很古老、很含混的，但是依然是真正预感到了基督教对于全部前基督教高尚价值观的不可避免的重新评价。"骑士"是什么呢？从血缘上看，是最好的、首批选民的继承人，想要不仅在血缘上，而且在精神上也不仅成为后裔，而且还成为祖先。骑士阶层没有理解，但是凭嗅觉感知基督的这话有什么涵义，因为它充满了高级的、新的"贵族精神"：受召唤者很多，选民很少。骑士阶层没有完成自己的任务，因为它奔赴这个任务为时过早、过于无意识，但是任务却是实在的。在相当大的程度上，这也是我们的任务：用教会把尚未神圣化或者神圣化不足的一切神圣化，亦即从教会的观点看，把依然过度世俗的、异教的一切神圣化。神圣化并非一部分而是全部的生活，并非一极，而是两极，不仅非我——放弃个人，而且还有我，有对个性的肯定——在对个人尊严、荣誉的认识上，在古代风格的对祖国、对大地、对人民、对整个基督教世界的英雄的强烈之爱中，在对婚姻之外的、家庭之外的妇女之爱之中。出自对于这种精神"呼吁"的血缘"使命"，骑士阶层奋力开战，和不忠诚者、和一切施行暴力者斗争（骑士阶层就是否定禁欲主义的"对恶的非反抗态度"的体现），为"心上美人"效劳，而美人仅仅是

"伟大母亲、人类指望"的"为理智所不及的形象":"为上帝更大的荣耀。"(A. M. D.)在这一层意义上,贝阿特里莎的情人但丁、"上天清贫淑女"的亲人、"耶稣·基督的抒情诗人"阿西西的方济各,都是骑士。

从这一层意义上看,梅什金公爵虽然"贫穷",但是依然是真实的骑士——是具有高度的人民性的,因为他十分高尚,当然,是比那些依靠自己的农奴而暴富起来的地主老爷们高尚的。这些老爷,比如列文们,或者罗斯托夫们、托尔斯泰们,亦即彼得时代的、彼得堡的"偶然的"彼得·安德列耶维奇·托尔斯泰伯爵的后裔们,这位伯爵得到这个称号,全靠在秘密衙门的侦缉案子里取得的成功。虽然是无家可归的流浪汉、穷人、"白痴",梅什金公爵依然是"俄国自古以来的公爵",从来没有放弃自己的爵位、自己的骑士身份。

"我自己,"他说,"原来是公爵,和公爵们交往。回到彼得堡,我发誓一定要见一见我们的重要人物,年长的、原来的,因为我就属于这些人,我自己生来就在他们中间……我想认识你们,这很有必要,很有必要!……我一直都听到了关于你们的太多的坏话……我感到好奇,所以今天到这儿来了,心里很困惑:难道全部上流社会的俄国人都真的一无是处,都耗尽了生命,只配等死吗?——我们可笑、浅薄、习惯恶劣,我们不善于看问题、不善于理解,因为我们所有所人都是这样,所有的人,有你们,有我,有他们!——我为你们,为你们所有的人,为你们聚集在一起的全部的人,担心!——为了拯救我们大家,我要说,为了不让等级在后代那里白白消失,什么也没有猜中,漫骂一切,又输掉了一切。本来能够保持先进和一流地位,为什么又把地位取消,拱手让给别人呢?我们要保持先进,也要保持一流。'我们当仆人,是为了也当领袖'——也就是说,'骑士'。"

和放弃伯爵头衔、摆出农民面貌的托尔斯泰伯爵比较，平民知识分子的陀思妥耶夫斯基也同样理解，作为建立在血缘关系上的不可触动的种姓制度的等级观念，所谓的"贵族"，或者只建立在精神的一个方面，建立在智慧、知识上，没有爱，所谓的"教养"——而不是建立在精神的总体上——这样的等级观念在新的教育当中，必将消亡。但是，托尔斯泰在加速这一消亡，而陀思妥耶夫斯基则在预防：等级观念没有权利否决自身，并且"白白地，在黑暗中"消亡，而事先不用自己的崇高、自己的教育之火焰烧起隐蔽的默许本性，因为这样的"灯盏燃油"正在耗费，但是没有生出光明。只有在这连接一切的火光中，在这伟大的火焰中，等级才应该燃烧，才能够像凤凰一样，从灰烬中复生，成为更高级的最终的等级。精神的等级制概念——"我们成为仆人，也要成为领袖"这样的等级将永久存在。这样的等级来源于牧人本人，给自己的奴隶洗脚的万王之王，从第一个基督到第二个，它永远不应该也不可能消失。在陀思妥耶夫斯基这里，如果还不是认识，至少也是我们的"骑士阶层"的预感、我们的等级观念。我们的精神"官员"的新的牌匾，将会比在你们的世界里发挥统治作用的彼得的"官阶一览表"更坚实、更高尚：——在这里，这是教会"按照等级给予梅利希谢杰科夫官阶隐秘神圣"的开始，这个教会不仅坚强，而且成功，在我们的教会里，不仅有圣父、圣子，也有圣灵。正如佐西马长老说的："就是这样，就这样"，尽管托尔斯泰和尼采在基督的教导里只看到"暴动的奴隶的密谋"，只看到什加列夫、虚无主义者把全部"高尚的价值观"拉平、取消。

"公爵，您对于女性，很有经验吧？"在小说开端，罗戈仁就问白痴。

"我？没有没有！我，因为……也许，您不知道，我因为生来有病，完全没有接近过女人。"

是这样的吗？仅仅是因为有病吗？阿辽沙·卡拉马佐夫，也是"圣愚"，在多方面很像梅什金公爵，是绝对没有病的，这是"一个体格匀称、面颊红润的十分健康的十九岁少年"。"他很漂亮"，也很"文静"。陀思妥耶夫斯基提示说，"有人说，红色的面颊也许既不妨碍狂热行为，也不妨碍神秘主义，但是我觉得，阿辽沙比别的人更是一个现实主义者。"我们会看到，梅什金公爵也是"现实主义者"，当然，是在特殊的高度的意义上，在最神秘的、最现实的、比一般人想的多得多的接触点上。然而，在这里，这个"面颊红润的十分健康的现实主义者"阿辽沙，也像"有病的"梅什金公爵一样，"完全没有接近过女人"：阿辽沙"有一股野性的、狂乱的羞怯心理和贞洁"。但是，这已经不是来源于疾病、羸弱的贞洁，恰恰相反，是来源于某种特殊的更高级的健康，来自躯体活动的充分和和谐，这不是性遭到损害、遭到压抑，而只是性的沉默、宁静，但可能也是暴风雨之前的平静。因为阿辽沙就是卡拉马佐夫：

> 我们都是卡拉马佐夫，都一样的，这个虫子呀，安琪儿，在你身上也活着呢，要在你的血液里掀起风浪的。这是暴风雨，因为欲望是暴风雨，比暴风雨还厉害！

正是这性的超常的平静，"狂乱的羞怯心理"预示了性的不可避免的暴风雨。在这平静中聚集着力量，这力量必定要迸发出来：所以佐西马长老把阿辽沙送进社会，预言说，他要成家，"接近女人"。

但是，即使是白痴的疾病，我们已经看到，也不是来源于羸弱，而是来源于某种过剩的狂欢式的生命力量。这是特殊的"神圣的疾病"，不仅是"低级的生存"而且是"高级的生存"的源泉。这是深渊上的狭窄危险的小路，是从低级的、粗糙的、动物性的健康向新的、高级的也许是"超人的"健康的过渡。白痴本身没有足够的力量完成过渡，他要死亡的，但是过渡依然必须完成"人在肉体方面的变化"，基里洛夫断言。在梅什金公爵癫痫发作之前所经受的

"高度和谐的时刻",在这可怕的"像闪电一样延续的五秒"("超过五秒,灵魂就忍受不住了"),为了这五秒"献出生命都值得"——在这没有尽头的瞬间,他突然理解了启示录天使的话,"时间再也没有了",于是,也许,就开始了"人在肉体方面的变化"。在这五秒钟,贫穷的骑士也有一种幻景:

> 为智慧所不及。
> ……
> 从那个时刻,他的灵魂燃烧,
> 他没有凝望过妇女
> 一直到死也不愿意
> 和女人说一句话。
> 在脖子上他没有围巾
> 而是戴上了念珠,
> 脸上钢铁的面具
> 对谁也没有摘下。

(也是"狂乱的羞怯")

> 满怀纯洁的挚爱,
> 忠于甜美的梦想,
> A. M. D. 他用自己的鲜血
> 在盾牌上刻出如此的字样。

贫穷的骑士终究也没有理解自己挚爱的主旨:因此"他一直无言,一直悲伤,像狂人一样,死亡"。他觉得,他只是用精神,"纯粹的精神",抽象的观察去爱的:所以他用自己的鲜血去绘出了神秘情人的名字,依然是想要用鲜血记录自己和她的精神的结合。

给昆虫以情欲。

天使与上帝面对。

但是，天使身内也有昆虫，变革成为天使的虫子，无辜的、神圣的、迸发出上天火焰的情欲，但是依然是情欲——也许现在比任何时候都有更多的情欲，仅仅是肉欲所不可企及的，情欲的精神界限，就像那"暴风雨"的可怕闪电，德米特里·卡拉马佐夫所说的，禁欲情怀中最为狂欢的。

这一点，连爱上梅什金公爵的处女阿格拉娅也有所预感。关于普希金的贫穷的骑士，她说：

诗人似乎想要在一个不同一般的形象中，统合起来某一个单纯而高贵的骑士的中世纪骑士柏拉图式爱情的全部浩繁的概念。当然，这是一个理想。在"贫穷的骑士"里，这种感觉已经发展到了最后的阶段，到了禁欲主义的地步。——"贫穷的骑士"也是堂吉诃德，但是只是严肃的，而不是滑稽的堂吉诃德。起初，我不理解，还笑了出来，而现在呢，很喜欢"贫穷的骑士"。

还有嗜酒成性的、"着魔的"纳斯塔霞·菲利波夫娜"喜爱"（虽然"喜爱""热恋"的古老概念几乎没有表达出这种过于新颖的感觉）——像处女阿格拉娅一样喜爱白痴。两个女人因为他而争风吃醋：全部的悲剧便成了爱情悲剧，因为他也同时爱她们两个人——酗酒女人和处女——"两种不同的爱"。堂吉诃德的滑稽形象变成了悲剧人物唐璜：在这块看似死寂实际上不过是"酣睡的性"的完全寂静之中，活跃着某种东西，"天使身上的虫子"因为它而苏醒；有某种谜一样的美，某种无法抵御的诱惑把这两个女人吸引到了他的身边，"像磁石吸铁一样"，就这样，身强力壮的雄性、欲望炽烈的雄蜘蛛罗戈仁，虽然在此之前似乎是一个无性的六翼天使，现在，却感觉自己在这两个女人眼里变成了可怜的竞争对手：她们围绕着这个"白痴"，这个病人、圣愚。她们跟随着他，为他服务，准备为他，像为了一位师长一样，而甘心死去。

> 还有被恶魔所附、被疾病所累、已经治好的几个妇女，内中有称为抹大拉的玛利亚，曾有七个鬼从她身上赶出来；又有希律的家宰苦撒的妻子约亚拿，并苏撒拿，和好些别的妇女，都是用自己的财物供给耶稣和门徒。（路，8：2，3）

在未来的许多世纪里，忏悔的埃及的玛利亚、锡埃纳的圣卡特林娜和圣特勒撒，还有其他无数妇女都"为他服务"追随他，为他死去，"并非婚姻的未婚妻"，喜爱自己的未婚夫，直到痛苦流血，直到身上流血溃疡。对于我们来说，这是基督教最黑暗的、不可"容纳的"方面。对于我们来说，这本书的芳香，圣油的芳香似乎消散，一位伟大的妇女罪人把圣油放在主的脚上，而涂圣油的妇女在最神秘的清晨幽暗之中把圣油涂在放进棺中的他的躯体上。

"浪费这圣油，是为什么？"提出这个问题的是有健全的思想、讲求实际的美国人西蒙森，或者俄国长老阿基姆。"可以把这圣油卖了，卖三百多迪纳尔，分发给穷人。为什么要这么奢侈？只有必需才是必要的嘛！……如果他是先知，就应该知道这个女人是有罪的女人，他就不该接受不洁净的赠礼。"

是啊，对于我们来说，爱的最纯净的圣油都已经不洁净。托尔斯泰说，玛利亚·帕甫洛夫娜，《复活》里面的一个新的基督徒，把一切爱情，甚至最纯洁的爱情，都看做是"某种不可理解的而且对于人的尊严是令人讨厌的、侮辱性的东西"。——"这是柏拉图式的爱情吗？但是我知道，如果说这是特殊的爱，那么在它的骨子里肯定依然是丑恶。"——《克莱采奏鸣曲》里的波兹得内舍夫说：

> 一切都摆在表面，欣喜、温存，还有诗意。从本质上看，

一方面。我的爱情是妈妈和女裁缝们活动的作品,另一方面,也是花天酒地生活中我吞咽下去的过量食物的作品。从一方面看,如果没有乘小船游荡,如果没有身段优美的女裁缝等等的,如果我的内人穿上不时髦的肥大外衣坐在家里,而我呢,从另外一方面说,处在正常的环境里,干活需要吃多少就吃多少,如果救生阀门为我打开,在这个时候偶尔又关闭,我也就不会恋爱——就不会有这样的事。

对于贫穷的骑士、但丁、锡埃纳的卡特林娜,如果"救生阀门打开",他们就不会有"智慧所不及的幻影",不会"欲火烧心",不会"像疯子那样死去",对于他们,一切都会善始善终的:正确的进食,用肌肉的劳动释放出积累起来的能量。贝阿特丽切和《新生》就是这么来的:过多油腻的、调味品多的大餐,外加慵懒舒适的生活!

> 你们会看到魔鬼的狡猾:好得很呀,享受,满足,是啊,是的啊,得知道,女人,是一块甜蜜的东西。不不,起初,骑士们都信誓旦旦,说他们崇拜妇女(崇拜是崇拜,可是依然把女人看成是享乐的工具)。看看全部的诗歌、绘画、雕刻,从情诗和一丝不挂的维纳斯和仙女们——你们就能看出来,女人是享受的工具:在喇叭的装饰上,还有,在最精致的舞会上,女人都是这样的。

波兹得内舍夫还可能补充说:在贫穷骑士的眼光里,也是这样。他总结说:

> 令人厌倦的是在理论上提出,爱情是某种理想的、崇高的东西,而在实际上,爱情是某种卑鄙的、肮脏的东西,这种东西,连谈论、连回想都是下流和可耻的。如果是下流和可耻,

那也就应该这样地理解。而在这里，相反，人人都装模作样，认为虽然下流和可耻，却是优美和崇高的。

看来，世界上任何地方、任何时候也还没有对性作出这样无耻的揭露。可怜的普希金和他的骑士，可怜的陀思妥耶夫斯基和他的白痴！

这是那些接近点之一，在这些点上彻底显示出来托尔斯泰与陀思妥耶夫斯基的宗教对立特质。在陀思妥耶夫斯基那里，是对低级的过于动物性的因素的否定，因为太具人性，还有就是对从"昆虫"改变为放射出上天光明的"天使"、神圣的性、上天的光辉、圣罗莎（Lumen coeli, santa Rosa）的高级因素的肯定；在托尔斯泰那里，只有对性的否定，只有对性的摧毁、阉割和损害。但是，只要灵魂活着，人躯体活着，性就不能消除：在没有爱的时候，也还有荒淫。在托尔斯泰的最善良的人物的脸上——在皮埃尔·别祖霍夫的脸上，在他妻子这个上流社会大淫妇爱莲娜的情人、忏悔的聂赫留道夫、波兹得内舍夫脸上——都是家庭的、合法的也就是说最令人厌烦的淫棍的脸面。因为，什么是淫荡呢？这就是受惊吓的、被驱赶到灵魂和躯体最黑暗角落里的、在这里解体的性。这是火焰，他们要把它熄灭，到那时熄灭不了，于是它阴燃，要变成黑烟。在陀思妥耶夫斯基宗教意识中的最纯洁的福音圣油芳香，在托尔斯泰那里变成了这种黑烟垢的、阴燃的性的污秽；在陀思妥耶夫斯基看到神圣的地方，托尔斯泰看到了"猪的污泥"。在前者最后克服一切引诱而祷告的地方，后者仅仅受到了引诱——而且是时时刻刻，到处如此。

有一个最近的例证。陀思妥耶夫斯基说：

> 阿辽沙是这类少年之一，类似圣愚，假如他突然得到一大笔资本，那么，他就会毫不迟疑地甚至全数送给第一个请求的人，或者交出来做好事，或者，也许，只要求他，他就会送给干脆是花言巧语的滑头东西。总的说，他差不多是完全不懂金

钱的价值的。他手里一旦有了钱,他就或者不知道拿它怎么办,或者吓得不敢拿它,于是那钱片刻间不翼而飞。

彼得·亚历山大罗维奇·米乌索夫,一个精于理财、恪守资产阶级诚信的人,极度谨小慎微,有一次,终于瞥了阿列克塞一眼,发出关于他的如下的感言:

> 这也许是世界上惟一的一个人,你们可以突然把他一个人放在百万人口的生疏大都市,身上一文不名,但是他无论如何也不会饿死冻死,因为立刻就会有人给他饭吃,立刻有人安置他。要是没有人安置他,他自己也能够立刻安置自己,而且丝毫不用费力气,不用降低人格。安置过他的人,没有受劳累,反而可能因为为他效劳受到敬重。

阿辽沙、白痴,当然,还有佐西马长老、马卡尔·伊万诺维奇,总的来说,陀思妥耶夫斯基的基督徒,对待财产、对待"被诅咒的社会问题",态度轻松而简单,而托尔斯泰的"基督徒"对同样的问题则感受到无限的沉重和复杂:前者是天生的挥霍者,后者是天生的会攒钱;前者不会守财,后者不会花钱;前者的衣袋里是不可救药的流水,冲走一切,后者的衣袋是牢不可破的堤坝,截住每一分金钱;前者不需要寻找贫困,不管他们有多少财富,他们反正是要保持贫穷的,快乐的穷人,即使人不供养他们,上帝也会供养;后者无论怎样放弃财富,无论怎样乔装成农民、工人、流浪汉,却依然还是脑满肠肥、面貌忧郁、惧怕别人又为自己感到耻辱的财主。完全是不干净的罗特希尔德的千百万金钱,和不完全是干净的别祖霍夫的、列文的、聂赫留道夫的千百万金钱,到了阿辽沙、梅什金公爵、佐西马长老的手里,就会突然变得干净、无罪和很可能甚至是神圣的。托尔斯泰所惧怕的金钱、"恶",变成嘉善。在慈善为怀的地主列文、别祖霍夫、聂赫留道夫身上,总还冒出悭吝地主罗斯托夫——或者,就算千分之一的几率吧,商人勃列胡诺夫——的气息,而且,这个富农是永远也不会把手松开一丁点的。对于陀思妥耶夫斯基的基督徒来说,财富确实是"虚弱的蜘蛛网",稍微一触动,它就破裂,而对于托尔斯泰的基督徒来说,则是不能从心中抽出的铁链,不然就会带出一块块的活体、活的"肌肉"。如果他们也放弃金钱,你就会显露出剧痛和痉挛,让人看了感到恶心:好像血管都要崩出来了。还是不要放弃为好,上帝与他们同在!因为怎么都一样,到最后,必定"会生出某一个新的树枝",无论什么一碰到它,就要破裂,——又有什么不幸的"十七个卢布",按健全的基督教思路,是不能在孤儿院里散发的,到了最后一分钟,这些票子还是长期妨碍了全部财产的分发,玛利亚·罗斯托娃也终于安下心来,到最后,一切也就变成了最平庸的"中等偏上"、温温吞吞、柔软流体似的慈善的、聂赫留道夫式的雨雪交加的天气:"我们有权利自己冒险,但是不能拿儿童冒险。"——"老爷,给一批小马吧。"——"我什么小马也没有。"——"有,有啊。"——"我不知道,一点也不知道。上帝保佑你。"

就这样,在对待民间宗教、礼仪、隐秘、教义、民族的和世界的历史、文化、低级、性、财产、整个现象世界的态度上,托尔斯泰的基督教和陀思妥耶夫斯基的基督教都是十分对立的,达到两种宗教意识的最大程度的对立:对托尔斯泰来说,正如对于尼采、对于几乎具有过去和现在宗教意识的人那样,基督乃是否定,仅仅是否定,仅仅是摧毁,仅仅是永恒的无。对于陀思妥耶夫斯基来说,基督乃是对等级的现象世界的否定,乃是对高级的现象世界的肯定,乃是永恒的无和永恒的有——亦即死亡和复活。在这里甚至存在比对立更多的东西——在这里有不可解决的矛盾:托尔斯泰的有意识的基督教被陀思妥耶夫斯基的有意识的和无意识的基督教(它们并不经常相互符合,下文可以见出)否定,其力量之大,只有完全的无神论,而不是什么其他的宗教,被宗教否定的时候才可能出现。

托尔斯泰的有意识的基督教还不是另一种光,而依然是"外在的黑暗",基督的光明将在其中照耀,但是现在还没有。在这里,不能作出任何的让步、任和的妥协,即下列二者之一:陀思妥耶夫斯基是基督徒,于是托尔斯泰不是基督徒,甚至不信宗教——当然,仅仅是在他自己的意识(阿基姆长老)而不是在自己的无意识自然性方面(叶罗什卡叔叔,普拉东·卡拉塔耶夫)不信教;或者相反,托尔斯泰是基督徒,而陀思妥耶夫斯基不是基督徒。这两种意识的矛盾(关于托尔斯泰和陀思妥耶夫斯基的无意识的结合我暂且不谈,但是这些矛盾很可能比一切意识的矛盾更深刻,无论如何,这一点至关紧要,我以后要详谈),假设不消除基督教导本身,这两种意识的矛盾是不能消除的。

这个矛盾,不仅是现实的,而且也是神秘的,因为来源于不仅对于现象世界,而且也是对于现象世界背后的因素——对于世界的终极秘密的相互对立的态度。

"亲爱的,这世界多么好啊,"马卡尔·伊万诺维奇对少年说,"至于秘密嘛,有了它更好啊:人心怕秘密,又好奇,这种恐惧给心灵带来愉快。"

这就是陀思妥耶夫斯基的基督教和托尔斯泰的非基督教的最初来源。心灵因为秘密而感到恐惧——托尔斯泰对这一点的感受不亚于陀思妥耶夫斯基。但是,它仅仅感受到恐惧,在他的无意识的宗教里,一切都以这一恐惧告终。与此同时,新的宗教意识——基督——正是在这一恐惧,仅仅是恐惧结束的地方开始,在恐惧本身之中——由于恐惧,而开始了"心灵的愉悦"。恐惧,却依然愉快,甚至是,越恐惧,越愉快。在这里,最初的,开始时几乎难以察觉的,然而是决定一切的转折,从异教向基督教的转变。在这里是两条路线起初的几乎不可见的分离,两条线从一个点出发之后,分开,走势越来越分歧,以至于永远不会再相遇。暂时有恐惧,仅仅是来自隐秘的恐惧——这还依然是异教的"外在的黑暗",基督的光明在其中能够发出光辉,但是还没有发出。"凡是隐秘,甚至因为是隐秘而更好",这是光明的第一个火光。在黑暗里发光,而黑暗已经不能包围住他。这不单是在心灵里,也不单是在意识里,这是又在心灵里又在意识里——是令人目眩的一个点,一道闪电,把心灵和意识联系了起来:这似乎是心灵的奇迹,而且也是意识的奇迹,信教的人称之为"恩典"。在托尔斯泰那里,从来没有完成这样的奇迹。作为基督徒,他,最大的可能是,将要永远地站在教堂的门道里,永远听到门后面传来的声音:进来,进来吧,志愿受洗的人们!

是的,在他那里,对隐秘的恐惧,不是指向"心灵的愉快",而是指向越来越大的恐惧,最后,是指向最终的、不可言状的恐怖,对生命和一切活着的东西的诅咒,指向没有复活的"第二次的死亡",指向那种"最终的顺从"的绝望,而这样的顺从,从基督教观点来看,乃是比形形色色的怨言更具无神论色彩。佐西马长老警告过:"孩子们,**躲避这样的气馁**!我的朋友们,请求上帝给你们喜乐。你们喜乐吧,要像孩子,像天上的小鸟。"在另外一位长老,马卡尔·伊万诺维奇那里,也有"心灵的喜乐",陀思妥耶夫斯基说:"他很喜欢'喜乐'这个词语,并且常常使用。"使徒说:"你们永远喜乐吧。"而耶稣是连这句话也不必说的:这个情况在他的全部的生存中都可以高度地感受到,而且,这是不能用任何的话语来表述的。他本身就像是体现出来的"心灵的喜乐",而他周围的所有的人都很喜乐,因喜乐而陶醉,像"魔鬼婚姻的儿子们,在新郎和他们在一起的时候,一旦带走新郎,他们将要受斋戒",要悲伤。于是,的确,在基督教里有伟大的无婚姻的悲伤到来,但是,欢乐没有彻底枯竭。基督教导,基督本身的主要内容,不是悲哀也不是欢乐,而是某种更高级的,某种更有飞翼的、轻快的、自由的、起联系作用的因素——它要战胜一切欢乐与一切悲哀。"悲哀似乎和欢乐融合在一起,改变成为光明的呼吸。"马卡尔·伊万诺维奇在去世前的预言中说。而佐西马长老说:"过去的悲哀以生命的伟大秘密逐步转化为寂静的、安适的欢乐。"这一"光明呼吸的安适与欢乐",就像最为隐秘的清晨的黎明曙光（在这个清晨，带来圣油的妇女来到坟墓，只有在这个清晨能够完成复活），这样的欢乐，是托尔斯泰永远也没有体验过的。在托尔斯泰那里，可以说是下列二者必居其一：或者是异教的生命欢乐和死亡的悲哀，或者是基督教的生命的悲哀和死亡的欢乐。在他那里，或者是伊万·伊里奇滚入其中的黑"窟窿"的可怕的黑暗，或者是更加可怕的"死亡白光"：在这一道白光里，对于安德列公爵来说，生命的魔灯全部彩色都正在解体、退却，一切都是"可怕地简单、丑陋"。

  托尔斯泰的秘密令人畏惧，像某种令人反感的非人的东西，站在门的后面要闯入，这秘密对人"发出轰鸣"，那强力像驱赶兔子一样驱赶人走上爱的道路。而陀思妥耶夫斯基的秘密则是吸引、蛊惑人走上爱的道路，用一切诱惑——不仅是生命和欢乐的诱惑，而且还有死亡与恐怖的诱惑。"拒绝和同意对于我，不会比对其他人困难，因为我什么也不追求。我只希望不受苦。"中毒的兔子阿米尔临终时候说。同样中毒的聂赫留道夫在《复活》结尾的地方评论说："种葡萄的人想象，因为为了主人干活被派到果园工作，那果园就是他们的财产，果园里的一切都是为了他们准备的，他们的任务就是在这个果园里享受生活。——而这显然是愚蠢的。"这就是奴隶的感受，他不相信自己主人的善意，是工人的感受，他不信任主人的慷慨；这就是亚当的忧郁，他有罪，被赶出天堂，赶出"果园"，注定要脸上淌着汗水才能吃面包，因为他从尘世来，暂时还不能返回。世界不是天堂，不是"上帝的"果园，而是受到诅咒和驱赶的地方，是劳苦和奴役的地方。这当然是旧约；这是在基督教以前的种葡萄者对"果园"的态度。而基督教的态度是：佐西马长老在回忆录里的即将死去的圣徒说："亲爱的人们，咱们直接进入果园，在那里休闲喜乐，相亲相爱，互相赞扬，亲嘴，祝福我们的生活……上帝的小鸟，欢乐的小鸟！……"这已经是自由人，而不是奴隶的感受，是返回天堂的亚当的感受，是相信父亲慷慨恩典的儿子的欢乐：世界是上帝的果园,就是说,也是我的果园,因为我是上帝的儿子,他的一切都是我的,而老爷的或者主人的果园,则是他人的。但是,我父亲的果园是我的"财产",因为我们互相关爱,不分彼此。"在果园里休闲喜乐,祝福我们的生活"——难道这不就是"在这个果园里享受自己的生活!"但是,对于基督徒托尔斯泰来说,"这显然是愚蠢的",也就是说,对于他来说"显然愚蠢的"是基督教导的本质,这不是对上帝的以往的、奴隶的爱,而是新的、自由的爱,是人对上帝的亲子的身份。

"有'心灵的欢乐',所以也有优雅,"谈到马卡尔·伊万诺维奇的时候,陀思妥耶夫斯基说,"优雅来自'心灵的欢乐'。"托尔斯泰的基督徒没有"欢乐",所以在生活中,尤其在死亡中,也没有"优雅"。正是在死亡里,显露出他们生活的全部隐蔽的、异教的丑陋。在这种似乎差不多特别是俄罗斯民族的对死亡的态度中,包含着何等的差不多是野兽般的赤裸性:

> 他还用得着皮靴吗?谁还穿新皮靴了下葬啊。早就该死啦,上帝饶恕吧,罪孽啊!瞧,不是不行了吗!算什么呀,占了一块地方,完了。你根本不配一大片土地。
>
> 让人抓住我的两条胳膊两条腿,往坑里一扔,别让我的臭味窜到他们鼻子下面去。

对于人的尊严来说,人躯体和灵魂的境遇是多么屈辱、多么不可容忍啊:伊万·伊里奇发出可怕的吼叫声音,钻进黑口袋,怎么也清醒不过来;"像猪一样呼噜呼噜哼哼"的鞑靼人在伤员棚子里接受手术;商人勃列胡诺夫"全身发僵,挺着个大肚子";安娜·卡列尼娜血淋淋的,赤裸着,毫不羞耻地躺在营房的桌子上面。和全部这样"不够优雅,或者直截了当地说,甚至丑陋的"并列的是,在陀思妥耶夫斯基那里,有何等的纯洁的羞耻感,在"在生命的不失体面的和平和的终结之中",包含了何等的纯洁的苦难造成的羞耻感，何等的威仪的优雅，托尔斯泰的全部人物，从列文到《复活》里的聂赫留道夫，按照他的话，都感受到了阿米尔在自己三十年的日记中记录的体验：我们大家似乎都是，无论我们怎样的力求忘记——"我们都是被判决死亡的，只不过执行是在延期"。他们所有的人，就像吝啬鬼一样，没完没了地计算着今后还能活几个十年，多少年，多少月，多少天，多少分钟，多少秒，每过一秒，都像兔子一样哆嗦得更加厉害，让人望而生厌，还没完的唠叨"终极的顺服"。"用不着按年按月算！"佐西马长老故事里的正在死去的圣徒惊呼，"在这儿，按天算就可以，而且一天就足够了，只用一天，人就能够感受到全部的幸福。"根据基里洛夫和梅什金公爵的保证，甚至"五秒钟"就足够了。在这样的"五秒钟"里，"最高的和谐"展现在人的面前，人会骤然间理解天使说的"时间再也没有了"这句话——这是没有尽头的瞬间，"像闪电一样延续的"瞬间，为了这一瞬间，值得贡献出整个的一生，当然，还有阿米尔受惊吓野兔似的三十年的忐忑不安——这样的"五秒钟"，托尔斯泰的基督徒人物也好，他本人也好，是从来没有感受过的。他的灵魂没有接受火的洗礼（"施洗者约翰用水为你们施洗，我要用火"），而且，无论怎样用悔过的水洗礼，那灵魂也依然是沉重的、冰冷的、生来的异教徒——在最好的情况下，也不过是个"志愿受洗者"。

正在死亡的安德列公爵的目光，这一可怕的佛教徒的目光，以高傲的厌恶态度推却生命，以狠毒的嫉妒诅咒一切生命："你们活着，考虑生命，而我……我们互相不能够理解。"——和这一目光无限对立的是佐西马长老死亡时候的目光。现在，也正是在现在，他经历了死亡，走向生命，走向活着的人们，他感觉到，生者和死者"是能够互相理解的"。他从来没有在死亡中这样地证实、这样地热爱和祝福过生命：

> 我祝福每天的日出，我的心灵一如既往地对它歌唱，但是我已经是更喜爱日落，它那长长的斜射的光线，和与这些光线

同时到来的宁静的、柔和的、感人至深的回忆,整个漫长的和受到恩典的生活的串串可爱可亲的形象。

寂静的光明,神圣的荣耀——这是最古老的和最年轻的,只能见于基督教。——是阿西西的圣方济各对太阳的礼赞,我们的尼尔·索尔斯基的"感动中的欢愉"。"寂静的光明,神圣的荣耀——在日落时候出现,见识了晚霞的光辉,我们为你歌唱"——根据传说,第一批基督徒走出墓窖的时候,是这样歌唱的。这是人对太阳的新的爱,生命的新的欢乐,为古人所不知:在那些人那里,在狂欢娱乐的底层深处,永远有像黑影一样的对于悲剧性悲哀的预感;而在我们这里,在基督悲哀的底层深处,永远是对欢乐的预感:这是走向"心灵欢乐"的悲哀。古人超常的欢乐以悲哀告终,我们超常的悲哀以欢乐结束,"和欢乐融合在一起,变化成为光明的叹息"。我们羡慕古人,但是,与此同时,希腊人,在自己生命最光明亮丽的瞬间,裸体,在太阳的道道光明中不感羞怯,对生命却没有这样地欢欣,没有这样地赞颂太阳,像那走出墓窖低下昏暗的第一批基督徒那样。凭着这种寂静的、忧郁的欢乐,凭着苍白面容"威仪的优雅",就是异教的人群,也渐渐识别出他们来。这是大地上某时曾经存在过的最伟大的欢乐,直到现今,人依然仅仅依靠它来生活。在基督光辉复活之夜,在我们阴郁的城市和贫穷的乡村上方,从边疆到边疆,在整个俄罗斯大地面容之上,响彻钟声,教堂发出火光,教堂里飘扬出人类一切歌曲中最欢乐的歌曲:

> 基督从死者中复活
> 用死亡纠正了死亡
> 给那坟墓中的人们
> 送去了新的生命。

我们无论怎么不相信,却总还依然感觉到,在两千年的悲哀之后，直到今天，这还依然是我们的欢乐，我们的歌声，永远不会从我们这里夺走，还有，在这里，即使仅仅是在这里，我们是和人民在一起的，而且对于我们，和对于他们一样，没有最终丧失的一个机遇是"五分钟的最高的和谐"，那没有止境的、"像闪电一样地延续的"瞬间——为了它，是值得贡献出人类全部生命的。如果想要完全不享有这一欢乐，就必须保持孤独、不幸，像现在的托尔斯泰一样，虽然他很伟大，虽然他很幸福。我们对他的全部的爱和怜惜都不能够给他带来欢乐。对于俄罗斯整个民族的和我们基督的复活，他从来不以真正的复活报答。在这里，我们是不会愿意和他调换位置的：在这里，他比我们之中最贫穷的人还要贫穷。

在这样无情的不平等中，上帝给人安排的命运是多么可怕地高深莫测，这不公正又是多么神秘：某物取自"自认为拥有"的托尔斯泰，给予事实上拥有的陀思妥耶夫斯基。为什么？有什么理由？为什么托尔斯泰就应该受到这神秘的背弃？他不是比陀思妥耶夫斯基在更大的程度上执行了古老的法则了吗？他不是揭示了自己，忏悔、请求上帝予以"复活"的奇迹了吗？但是，这一切都证明是徒劳。这件事，他没有成功，其他都成功了，唯独这一件没有。而曾有一度，至少是在一个瞬间、在自己宗教历程的一点上，他是接近了这目标的，看来，只有一丝一毫的距离把他和完全的基督教意识分割开来。叶罗什卡叔叔说：

> 上帝所做的一切，都是为了人的欢乐，在哪里也是没有罪的。即便效仿野兽……可是制定规矩的人说，如果这样，我们就得舔平底锅锅底。我认为，这都是荒诞不经的……野兽比人聪明，不比你差，上帝的造物是这样的嘛。

一切造物都是上帝的造物，一切有生命的，活的，都是神圣的，一切都是好的。佐西马长老也说：

一切都是好的。每一根小草，每一个甲虫，都熟知自己的道路，令人赞叹，它们虽然没有智慧，却能证明上帝的秘密。你们热爱生物吧。基督也是和它们同在的。因为道是为了一切生命的，一切的意识，一切的造物，每一片树叶，都是奔向道的，为上帝歌唱，为基督哭泣，自己虽然一无所知，却是靠着自己无罪的生存走向完美的。

在这里，佐西马长老说的话差不多就是叶罗什卡的话。叶罗什卡说："上帝也是和它们，和野兽，和一切的造物同在的。"佐西马长老说："基督也是和上帝的造物同在的。"全部的区别就在于，叶罗什卡叔叔那里有天父上帝，但是还没有基督，没有神子，没有道——逻各斯，没有意识。而这个"差不多"，这个"一丝一毫"，把无意识的、失音的、失明的宗教本性和宗教意识、视野、言语——把叶罗什卡叔叔和佐西马长老——分离开来的"差不多"和"一丝一毫"，托尔斯泰任凭怎样努力也不能够克服；这个一丝一毫，对于他来说，显得比深渊更难通过。基督"颂赞者"阿基姆长老称真正托尔斯泰的、叶罗什卡叔叔的最神圣物——对动物生命、对"上帝的造物"、对上帝野兽的爱是最大的罪恶，并且以"死亡和痛苦隆隆作响的妖怪"（"你要舔平底锅锅底，变成一块腐肉"）最终战胜失明的，虽然强大但没有力量的叶罗什卡叔叔。只有一次，在一瞬间，叶罗什卡叔叔似乎在普拉东·卡拉塔耶夫身上——接触到了基督教的意识——道。但是，在这里，也是不充分的（我们只看到卡拉塔耶夫和世界的联系，这是不可分的、没有个性的、"完全圆形的分子"和统一的圆形的整体的联系，而不是作为活的单独个体、单独的活的躯体的他和基督的活的躯体——亦即过去与未来的教会的联系）——就是在这里，托尔斯泰也失去了力量，衰颓，重又陷入自己没有意识的异教、阿基姆长老的非基督教意识——没有基督的基督教。

"你们要热爱每一片嫩叶，上帝的每一束光线。"佐西马长老说。

"我就是喜欢春天有胶质的嫩小树叶，蓝色的天空，就是这样的！在这里，不是智慧，不是逻辑，在这里你要全心全意地爱。"伊万·卡拉马佐夫对阿辽沙说。

看来，基督徒阿辽沙应该如何接受这种高度卡拉马佐夫式的、对生命的食肉动物式的爱呢？在这样的爱之中，有很多的"蜘蛛性的欲望"，这是昆虫对于太阳和胶质嫩叶蜜汁的爱，躯体的爱，抛弃了逻辑，违背了逻辑——虽然伊万对动物性的生活十分热爱，但在他看来，世界依然显得一团疯狂和"遭受诅咒的魔鬼式的混乱"。阿辽沙不应该推翻这样的爱吗，把它看做是某种和基督之爱最为对立的东西，最恶劣、罪恶、异端的东西？阿基姆长老的每一个学生都会这样判断的。阿基姆长老的学生就是这样评论的。

"我的这种随意评论，你能够悟出一点道理吗，阿辽沙，能不能呢？"伊万突然笑了起来。

"早就悟出来了，伊万：要用肉体去爱——这话，你说的透彻，你想要这样地生活，我真是太高兴了，"阿辽沙呼叫，"我认为，一切人都首先应该热爱世界上的生命。"

"热爱生命，胜过热爱生命的涵义吗？"

"应该是，首先热爱逻辑，这样我才能够理解涵义。我这样看，已经很长时间了。你的事情的一半已经做好，伊万，而且得到了：你热爱生活。现在你应该努力完成另外的一半，你才能得救。"

当然，陀思妥耶夫斯基本人并不认为佐西马长老背离了教会，成为异教徒。而且，这样正统地表白信仰，如果人们能够彻底地理解他，也不一定就是基督教全部的历史的存在，而且现在也不会比一切的异端更显得有罪、更具诱惑力："异端"（因为仍然极为明显的是，伊万·卡拉马佐夫对生活的爱不是"基督教"，不仅从托尔斯泰的观点，而且从全部的历史"基督教"来看，甚至干脆就是"反基督教"）——所以，"异端"，不是作为与基督教对立的，或者被它否定的世界的"另外一半"，而是作为基督教本身的必不可少的一半。基督的教导不是世界的这两个一半、两极、两性的最伟大的分离，而是合一。以往貌似的"基督教"和迄今依然貌似的"反基督教"，不是二者，而是一个。向上的天空和向下的天空，白昼的天空和黑夜的天空，不是二者，而是一个。

只有我们，反基督扎拉图斯特拉的同时代人，才能够理解这一"正统"宣教的全部难以言说的新颖与大胆。

> 我的兄弟们，要以你们的美德的力量来忠诚于这大地！（Bleibt mir der Erde treue meine Bruder, mit der Macht eurer Tugend!）你们贡献出一切的爱和你们的认识要为这大地的涵义服务。

扎拉图斯特拉这样说。我们一直觉得，这是反基督反对基督的最强有力的话。一方面是"大地的涵义""对大地的忠实"，另一方面是非尘世的涵义、对上天的忠实——这二者是互相否定的，就像谎言否定真理一样。我们都相信过托尔斯泰和尼采的话，相信过千年禁欲主义基督教，相信，像基督吩咐的，爱上帝就是"完全不过尘世间的生活"，背弃尘世，仇恨大地。

佐西马长老说：

> 亲吻大地吧，要不倦地爱大地，不知满足，要寻求这样的欢乐和狂喜。用你欢乐的泪水洗涤这大地，爱你自己的泪水。不必为这样的狂喜感到羞怯，要珍惜它，因为它是上帝的赠礼，是很珍贵的，只给予不多的人，选民。

神圣长老佐西马不仅认为爱对大地的理性的"忠诚"，而且还有貌似非理智的（"先于逻辑的"）、"疯狂的"爱，因而还有，对"春天胶质的嫩叶的爱,对蔚蓝色的、拥抱了大地的天空的爱,都是上帝的伟大的赠礼"。还有罪人德米特里·卡拉马佐夫也预感到了这同样的基督教的神圣,似乎不是体现在塞莱拉女神降临大地中的基督之爱,这女神乃是"伟大的母亲",她的躯体构成了地下依洛西斯秘密仪式中的活命的面包:

> 谷神塞莱拉母亲从奥林匹亚山顶峰
> 慢慢走下来到我们中间
> ……
> 为了人能够走出低下
> 灵魂能够高升,
> 和古老的大地母亲
> 结成永久的姻缘。

"但是,问题就是,"他感到困惑,"我怎么才能和大地结成永久的姻缘?我是不亲吻大地的。"是不是因为他还不是基督徒,还不会像佐西马长老那样"亲吻大地"?但是,德米特里已经感觉到,他不能够从自己的卡拉马佐夫式的蜘蛛情欲,对大地的"肉体"、躯体之爱的"低下之处在灵魂上升起",虽然已经和大地——伟大的母亲结成新的、受到意识照耀的宗教联盟。但是,这差不多等于是,《群魔》中的俄罗斯的女预言家,因为预言而在修道院里忏悔的女长老,在走出教堂的时候,对瘸腿的女疯僧、圣愚轻轻地耳语:

"圣母是什么呀,你怎么看呢?"——"伟大的母亲,人类的指望。"——"他这样说,伟大的母亲就是伟大的大地,对于人来说,伟大的喜乐就在这里。尘世的一切忧愁,尘世的全部的眼泪——都是我们的喜悦。等你用泪水浇灌了脚下的土地有一尺深的时候,你就对一切都会感到高兴了。于是你就什么忧愁都没有了,他说,这就是预言,他说。"——"这个词,我铭记在心。从那个时刻起,我就祷告,向大地膜拜,每次都亲吻大地。"

一方面,这是女预言家和佐西马长老的新约,另外一方面是反基督扎拉图斯特拉的新约:"你们要忠实于大地。""要亲吻大地!"阿辽沙照办:凡是他渴望的,他都做,但是德米特里还不会——"和母亲大地结成永久姻缘"。夜里,在见识了加利利的最后晚餐之后——在那里,佐西马长老饮了"新酒,新的、伟大的欢乐的佳酿"——阿辽沙从小室走进花园:

> 突然像被撞倒了似的,跌在地上。他不知道为什么要拥抱它,他自己也不明白为什么他不可遏制地想要亲吻它,亲吻全部的大地。但是,他在亲吻它,哭泣,大哭,泪流满面,疯狂地发誓要爱它,爱到海枯石烂。"用你欢乐的泪水浇灌这大地,爱你的泪水。"

他的灵魂里反复回响。他是为了什么哭泣的呢?啊,在狂喜之中他哭泣,甚至是为了那些从深渊向他闪耀的星星,而且"不为这样的疯劲羞怯"。似乎来自上帝全部这些无数的世界的线条都在他的灵魂里汇合,而他的灵魂,"因为接触了另外的世界"而全然抖动。

> 大地的寂静,似乎和天上的寂静汇合,大地的奥秘接触了星辰的奥秘。以后的每一个瞬间,他都明显地、似乎是触手可及地感受到,某种坚实的、不可动摇的东西,就像这个天空苍穹一样,降临在他的灵魂里——而且终生、永久留驻在那里。他倒在地上的时候是一个懦弱的少年,而站立起来的时候已经是一位终生坚定的战士。

他和"大地这伟大母亲"的接触给他带来新的力量,而他依靠这一力量，按照长老的嘱托，从自己的隐修荒漠走进"世界"，已经不是像以往"懦弱"的时候那样从大地走向天空，而是从天空走向大地。

这是基督教在俄罗斯文化中，可能也是在世界文化中的最深刻的启示。迄今我们似乎觉得，做基督徒就是热爱上天，仅仅热爱上天，他是弃绝大地，痛恨尘世。但是，在这里，基督教不是弃绝大地，不是尘世，而是"对大地的"新的、空前的"忠实"，对大地的新的爱，对大地的新的"亲吻"。按照基督的教导可以看出，不仅可以同时热爱上天和大地，而且除了同时热爱二者，别无他法，不能够把二者分开来热爱。只要我们热爱上天或者大地还不彻底，还没有到达天与地的尽头，我们就会像托尔斯泰和尼采那样，觉得一种爱在否定另外一种。热爱大地，要热爱到终点，到大地的最后边缘——天空；热爱天空，要热爱到终点，到天空的最后的边缘——大地：只有到达此刻，我们才会明白，这不是两个爱，而是一个爱，天空要降临大地，**拥抱**大地，像爱人拥抱爱人（世界的两个一半，两极），而大地要投身天空，向天空展开：按照陀思妥耶夫斯基的表述："大地的秘密是和星辰的秘密接触的"；——在这样的"接触"、合一中所包含的，即使不是历史的基督教的本质，也是基督教导本身的本质。生命之树不仅以其春天的胶质嫩叶走向清澈的蔚蓝天空，而且以其根系扎入阴暗的、永远孕育生命的大地母亲的永恒欲望的肉体。只要大地还不是天空的，它就依然还是古老的、异教的大地；只要天空还不是大地的，它就依然还是古老的，非基督教的，只是貌似"基督教的"天空。但是，将会出现"新的大地和新的天空"：这就是说，将会有天上的大地和大地的天空。"你的国一定来临。——你的一直既在天上，也在地上。"不仅在天上，而且也在大地上。你的一直联合大地和天空，大地和上天不是两个，而是一个，就像我和父是一。这就是基督教导中的盐中之盐；这语境不是洗礼的水，而是洗礼的"火焰"。我们仅仅受到了水的洗礼，我们没有理解这一点，而现在才开始理解：如果我们不了解这一点，我们对基督教就一无所知。

在现代欧洲,第一个理解这一点,或者,确切地说,以这样的力量察觉和说出这一点的人,是陀思妥耶夫斯基。而且,这不是一个简单的巧合:正是在我们的时代,也就是说,在相互最为对立的十九和二十这两个世纪的交替之处,正是在我国,在俄罗斯,也就是说,在两种最为对立的文化环境——欧洲和亚洲的交界之处,出现了这样的难以形容的宗教极端情况的接触,一方是陀思妥耶夫斯基对基督教的这样的最深刻的理解,而另外一方面则是完全相反的理解,或者,更确切地说,托尔斯泰对基督教的最深刻的误解、无意识的歪曲。还是这两种极端的未曾被察觉的冲突,还是没有完成的但是不可避免的决斗,还是即使不是最后的也是已经预示着"终结的开始",而且,无论如何,也是最具预言性质的象征,我们时代的标志。对于这个标志,要做到"听而不闻,视而不见",那就必须变得十足的残酷、变得"铁石心肠",就像我们对待一切有关宗教的事物那样。

但是,不仅在对于陀思妥耶夫斯基的关系上,而且在相互的关系上,我们时代的,更可以说一切时代的,这两个面对不同方向却又不可分割地连生在一起的人,双面的亚努斯神——托尔斯泰和尼采,在其共识和分歧上都相互对立得令人吃惊。他们二人这样地相似和具有共识,因为他们同样地理解基督的教导,视其为佛教的虚无主义,毁灭、非生存的意志,只有一个极点,同一条宗教道路、同一种理念的极限,这样的理念在历史地单方面的、压抑性的基督教的几乎两千年过程中在不断地发展和加深。尼采在其《反基督》里断定,"到目前为止,基督教是对于全部现实的形式最完美的致命痛恨",或者,"十字架乃是到目前为止存在过的最隐蔽的阴谋的标志,是损害健康、美、幸福、勇气、精神、心灵的善的,损害生命本身",在尼采发出这样的断言的时候,当然,他不是在宗教上,不是在神秘主义方面,而是在历史方面,是正确的;的确,在一千九百年的基督教文化中,隐修的黑色不仅在服装上占主导地位,这些世纪充满了悲哀与惊骇,"令心灵不愉快",这一点特别反映在基督的教导之中,即使不是在人们的情感上,也是在意识之中;到今天还反映在托尔斯泰和尼采本人的意识之中。但是,这的确就是对基督的真正的最终理解吗?——这个问题,尼采没有解决,甚至完全没有触及。他们两个人,托尔斯泰和尼采,所推导到极点的乃是一向存在的、单方面的、禁欲主义的、貌似基督教的事实上完全不是基督教的而是佛教对基督教的理解。对于我们来说,重要的不是他们从这个观点作出的最后结论的对立性质,对于我们来说,托尔斯泰认为福音是"恩典",而尼采认为是"蠹耗",一个认为是最伟大的善行,另外一个认为是"反人类的最伟大的罪行"——是无足轻重的;对于我们来说,比一切都重要的是托尔斯泰和尼采的反基督教的出发点的这一最为深刻的一致,和甚至完全的重合——这个重合,即使是在最后的结论中,也引导了两个人,一个引向有意识的——另外一个引向无意识的——对统一事物的亵渎,亦即基督教导的神秘本质:我和父是一。

是啊,在我们时代的一切人当中最应该做到却很可惜最不可能相互听取、相互面谈那同样折磨他们一生的问题,关于基督的问题——这两个人就是托尔斯泰和尼采。但是,我们时代这两个互相对立的双生子,似乎故意努力避免看到对方,似乎他们两个人每一个都秘密地觉得,最好不要考虑到另外一方,不要过于专注地凝望对方的脸面。在他人和他们自己看来,他们都是勇猛大胆的人;但是双方都缺乏会晤谈话的勇气:每一方都惧怕作为双生子的另一方。

尼采对托尔斯泰的基督教作出评论,以他特有的奇异而轻快的风格:他仅仅知道,这是现代欧洲最伟大的"虚无主义者"和"无政府主义者",最危险的破坏者和否定者,"非存在意志"的先驱。但是,在鬼魂般的变兽者后面,在阿基姆长老后面,尼采也依然没有看到真正的托尔斯泰,最现实的存在物——叶罗什卡叔叔,"伟大的异教徒"——无限地忠诚于大地,反基督扎拉图斯特拉的不由自主的同盟者。

托尔斯泰对待尼采的态度更是轻浮。在《艺术是什么》一文中,在谈到现代颓废派、修正主义者、唯美主义者的"无耻"和形形色色的"恶劣和丑陋"的时候,他把这些人堆放成一团,加以直言不讳的漫骂——托尔斯泰说,尼采是这些"丑陋分子们"的"先知"。他在这里表示,"超人的理想本质上就是尼禄、斯坚卡·拉辛、成吉思汗、罗伯·马克尔、拿破仑以及全部这些人的同谋、喽罗和马屁精们的古老理想"(第 XV 卷,202,203)。几年以后,在《复活》的海外版,出自一些最是臭名远扬的强盗、苦役犯和流浪汉的原因,他以更大的犬儒主义和浅薄观念断言,这些下流坯"预告了尼采的学说,并且认定一切都属于可能,任何事物都不受限制,还要首先在囚犯中间然后在整个民族当中传播"(第 III 部,第 XIX 章,第469页)。这似乎就恰恰是普希金所说的"直截了当的诽谤"。不仅在欧洲,而且在我们这里,在俄国,不是在街头传单里对尼采不顾礼仪,而是在谈到他的时候,任何人也没有达到这样粗野放肆。

是的,他们分道扬镳,互相极度漠视,令人感觉到他们就应该这样分开,别的什么也没有办法做了。就像他们自己那样,我们,他们的同时代人,也很少理解寓于他们的对立之中的最深刻的、内在的相似和一致。与此同时,为了理解这一点,不必去研究他们的宗教观感的奥秘:只要多多少少密切察看一下这两个人的生平就足够了。伟大的异教徒,叶罗什卡叔叔,一生所完成的正是尼采所想望的和宣讲的,虽然这一点在尼采看来不可实现。尼采以其殉道者的生活(因为尼采完全没有真正的人的生活)——自己缓慢的"受刑"所完成的,正是托尔斯泰所徒劳地要求于自己的。他们二人似乎都要以自己的行为推翻自己的学说和宣扬对方的学说:托尔斯泰宣扬尼采的异教,尼采宣扬托尔斯泰的基督教。

托尔斯泰想要散发,但是不仅没有散发,而且还成倍增加了自己的财产:

> 我为自己建造了房屋,在果园里种满果树,获得了男女仆

人,还有大小牲畜也很多,比以往在耶路撒冷全部人士拥有的牲畜还多。我收藏了大量金银,变得比所有的人都有钱有势。

他在《忏悔录》中用所罗门王的话来描述自己。托尔斯泰一生都在表明,在现代文化的条件下,财产还不是"细弱的蜘蛛网",而是人类精神最坚固的链条之一。尼采不断地证明基督教放弃财产的愚蠢。事实上,他是天生的浪费者,清廉的人,就像阿辽沙·卡拉马佐夫和梅什金公爵。他干脆从来就不知道金钱的价值,如果没有亲友的关怀,他会像乞丐一样生活,死了也不知感谢谁。

托尔斯泰虽然已经感受到战争的荒唐和丑恶,但是,却像安德列公爵一样,"为了取得一分钟的先于世人的荣耀"、为了"格奥尔基小勋章"而"贡献出一切"。按照托尔斯泰的说明,尼采因为要更新成吉思汗和斯坚卡·拉辛的强盗理想,而在1871年的普法战争期间志愿加入慈善兄弟会,自告奋勇护理病员,但是染上白喉,几乎死去,以后一直没有能够摆脱这一疾病的后果。尽管尼采宣扬残酷理念,但是在实际生活中,他是"地球上最温顺的人",给熟识他的人部分地造成的印象是骑士般的高贵和赤子般的纯洁,就像陀思妥耶夫斯基的白痴一样。

托尔斯泰在全部的,甚至最纯洁的两性之爱中都看到了某种"猪猡的、可耻的、下流的东西",他一直宣扬依靠贞洁来结束人类。但是这一切都没有妨碍他保持"婚床净洁"四十年,生儿育女十三个,成为最幸福的家庭的最幸福的父亲,就像旧约里的族长亚伯拉罕、以撒和雅各一样。尼采宣扬狂欢激情,但是,他似乎可能说出梅什金公爵的话:"我因为有病,所以完全没有女人经验",也许还正是相反,因为他不愿意体味女人,所以生病。医生劝告他结婚,警告说,如果不结婚,那神经病症的下场就会极为悲惨——发疯,但是他情愿后者。尼采有一种无法克服的、"疯狂的"害羞心理和贞洁癖好,就像阿辽沙那样。

托尔斯泰永远渴望受到追逐、得到人们的承认,这对他轻而易举。虽然他表达了基督徒对人类荣耀和崇敬的蔑视,但是实际上却是高度享受这一切的,超过所有的人。尼采认为爱荣耀是高度的美德,却又有意在行动方式上显得理应得到最显眼的荆冠。他离群索居,进入伟大的孤独——也许是人在尘世间所能感受到的最伟大的孤独,像基督教的隐士那样:所以他没有看到自己的荣耀,饮尽了自己满满一杯的耻辱,却又带有无限的自豪,这自豪就像无尽的顺从,这一态度令人想起"因我的名而受驱赶的人有福了"。

托尔斯泰宣扬压抑肉体。但是,如果说还有人以无辜的、异教的神圣之爱爱肉体,"先于逻辑","全心全意",热爱"春天胶质的嫩叶和蓝色的天空"——那么,这肯定就是他。现在,在老年的落日余晖里,他也许可以谈谈他的一生,在《忏悔录》中用圣经式的话只谈一部分:"我的眼睛想要看什么,我都不拒绝,不禁止我的心灵享受任何的喜悦。"尼采宣扬肉体享乐的神圣,但是有谁比他对这类享受的理解更少?有谁用更严酷的弃绝、更沉重的精神枷锁压制了肉体?有谁更多地破坏了反基督扎拉图斯特拉想要给予人们的那些新的训诫?他说过,活着就要认为一切"可以随心所欲",但是,在实际生活中,他对自己一事也不允许。关于自己,尼采大概可以这样说:"品尝,享用了一点蜂蜜,那我就可以死去了。"托尔斯泰当然不会作出自白,但是他最真诚的自白很可能是像伊万·卡拉马佐夫和聂赫留道夫的自白:

> 我也想要活下去!
> 我一旦拿到了这个酒杯,就不会跟它分离,就要喝得一滴不剩……我自己问过自己多次:世界上到底有没有一种绝望能够战胜我心里这样狂热的,也许有不得体之嫌的对生活的渴望,我看透了,好像是,这样的绝望是没有的。

在自己最后的时刻里,尼采已经感觉到疯病逼近,回忆起他走过的十字架的路,肉体与精神全部难以言状的痛苦,这一切都把他引向这疯癫的各各他——尼采发出苦笑,称自己是"受刑的狄俄尼索斯"。但是,当然,实际上,他比"狄俄尼索斯""受刑"更严重。现在他已经去世,我们可以直截了当地说:在这个人的生命之上发出光辉的不仅是人的荣耀花环,这里有比天才更多的东西,这是圣徒,可以等同于过往世纪的最伟大的圣徒和苦修者。如果说在托尔斯泰的生命之上有某种花环闪耀,那么,无论如何,是没有这样的神圣性质的。

他们二人在生活中都体现出来自己所惧怕,但是对方所欲求的目的:对于托尔斯泰是非基督徒的神圣,对尼采则是非异教徒的神圣。尼采的死亡,托尔斯泰的健在,活着死去,活着健在:这一切都在我们的视野里完成,都想要、都要求得到理解,都向我们呼吁,但是我们丝毫没有理解——似乎一直到最后也不能理解。

他们越是对立,就越是有共同见解、越是相似。他们二人不仅同样地躲避了基督,而且也同样地不以自己意志为转移地接触了即使不是历史的基督教,也是基督的真理学说,至少是在各自宗教路途的某些点上,如此——托尔斯泰在自己的无意识的表现之中,通过叶罗什卡叔叔和普拉东·卡拉塔耶夫("一切都没有罪,一切都是为了人的欢乐创造的")。尼采是在自己宗教意识最后的令人惊骇的极限上,这些极限把他引向深渊。在这里,我不准备指出全部的接触之点,而只取两个。

在最后的著作之一《偶像的黄昏》中,尼采返回到了令他开始宗教路途的那个问题:他说:

> 狂欢就像溢出容器的生命和力量的感受,而痛感本身在其中是发挥作用的,对于这狂欢理念的心理学研究,就像一种刺激一样,给我带来一把理解悲剧概念的钥匙。甚至在最神秘、最黑暗和残酷的谜中肯定生命,还有牺牲最高级类型,从而为自己不可穷尽而欢乐的生命意志——这二者就是我所说的狄俄尼索斯的原理,正是在这里我找到了通向希腊诗人心理的桥梁。

不是为了摆脱恐惧和怜悯，不是为了避开危险的精神困惑造成的强烈的、瞬间的摆布——像亚里士多德所理解的那样——而是为了超越恐惧和怜悯，在自身实现生存的永恒的欢乐，实现那种自身也包含了毁灭之欢乐的欢乐……在这里我重新触及了我原来的出发点：《悲剧的诞生》是我对于全部价值观的第一次重新评价。在这里，我要返回我的意志、我的力量从中育出的土壤……我是哲学家狄俄尼索斯的最后的一名学生，我是永恒重复的教师……

在另外一个段落，已经是在个人的自白之中，他谈到了自己生活的悲剧，却又赞颂疾病给他带来的不可言状的肉体和精神的痛苦："我们不仅需要忍受，而且需要爱……对宿命的爱：这就是我最为内在的本质。"如果说把在这个还依然过度地怯懦的自白中所说出，却又没有说完的话彻底说完，那么，反基督扎拉图斯特拉的"最为内在的本质"不也可以证明是陀思妥耶夫斯基、马卡尔·伊万诺维奇、佐西马长老、梅什金公爵的本质吗？正是在骷髅地发生了最后的和最伟大的悲剧，在这个悲剧中，尼采用自己事先预定的、强烈的反基督的语言所说的"狄俄尼索斯的原理"表现得十分有力、十分明确，这是在任何一出出现了狄俄尼索斯的面貌的古代希腊悲剧中也没有发生过的——无论是在普罗米修斯、俄狄浦斯，还是在酒神女祭司身上。生命意志不正是在这里，在骷髅地，比在任何其他时候和地方，都因为牺牲自己最崇高的类型而对于自己的不可穷尽的特质感到欢欣？而这类型的价值，是为"整个世界所不及"。

"在生命的最昏暗和残酷的谜之中"以悲剧"来确立生命"吗？换句话说，这不正是马卡尔·伊万诺维奇所说的话吗？——"如果是秘密，那么这样的确立就更好：令心灵恐惧、诧异，而这一恐惧也引导到心灵的欢乐"——当然，是引导到最具悲剧性的、酒神的、"狄俄尼索斯的"欢乐，在所有的欢乐里最令人迷醉的欢乐。这是可怕的狂欢的"欢乐"，这是迷醉，是寻求激情的少女酒神们并不感到羞怯的迷醉,这不就是"疯狂"本身——"对大地——伟大的母亲的疯狂的亲吻"吗?这不就是佐西马长老毫不感到羞怯的教导吗?"生存的欢乐也包含毁灭的欢乐吗?"这是不是又是故意用另外的、前基督的话所作的表述:"悲哀和欢乐融合在一起,形成光辉的呼吸"——当然,是形成最是风华正茂的、最具尘世特质的和像人一样感受痛苦的众神之一的狄俄尼索斯吗?"尘世的全部的忧愁,尘世的全部的泪水都是我们的欢乐。在你用自己的泪水浇灌你脚下的土地一尺深的时候,你就会对一切都感到十分的欢欣了。预言就是这样的。"难道我们不记得这是谁的预言吗?"我要实实在在地告诉你们:你们哭泣,大哭,这世界就要高兴。你们将会悲哀,但是你们的悲哀会变成欢乐。"

"亲爱的,世界真好。"马卡尔·伊万诺维奇说。"一切都好。"佐西马长老也说。一切都好,因为在自己的这样的需求中,一切都是必要的,都是神性的、自由的。马卡尔·伊万诺维奇也好,佐西马长老也好,都实现了扎拉图斯特拉的全部秘密中最神秘的一项:他们不仅忍受痛苦,而且也热爱必不可少的东西。"要爱命运,换句话说不就是:天父让这酒杯经过我。这不是我的,而是你的意志。""要爱命运"不就是最后的和最伟大的悲剧的主角的"最内在的本质"——子对父的爱吗?

在这里,有一根细发的宽度分开了尼采和陀思妥耶夫斯基,就像分开了叶罗什卡叔叔和佐西马长老一样(叶罗什卡叔叔有自己的理解,"一切都好","什么都不是罪",爱一切自然的、必不可少的)。

尼采自己怎么就没有理解这一点呢?他怎么就没有感受到葡萄藤的芬芳、神秘晚餐上的狄俄尼索斯的血的芬芳,因为在那里,在那血里注入了"新的酒,新的欢乐的酒"。作为"狄俄尼索斯的最后一名学生",他怎么没有识别出自己的老师——在这还依然黑暗但已经变得颜色浅淡、露底、差不多透明的、差不多落下的面具下面的老师——的面容呢?他怎么没有在说出下面一句话的人的面容里见出他的面容呢？这个人说：我是真正的葡萄藤，我的父是种植葡萄的人。谁感到干渴，就到我这里来，喝吧。

但是，他真的没有识别出他来吗？还是仅仅是不想识别，瞒着自己，装出没有识别的样子呢？他是不是因为害怕这最后的认识和承认而进入自己的疯狂，活活地死去了，永远地失去声音，不能够呼喊出：加利利人，你胜利了！如果说他对自己遮盖了这个秘密，则依然不是对着我们：我们几乎已经猜到，几乎知道，扎拉图斯特拉是那一位"狄俄尼索斯"的"最后的一名学生"，他是那一个"永恒的重复"、回归、返程、第二次来临的不由自主的老师和不作声言的先知者。

尼采对托尔斯泰、托尔斯泰对尼采都可以说出阿辽沙对自己的"对立的双生子"伊万兄弟说出的话："是啊，我早就觉得，你的事情有一半已经做好，已经得到，现在你必须努力完成另外的一半，你就得救了。"没有人能够拯救尼采免受他本人、那个在梦幻中出现的可怕的双生子的损害——只有叶罗什卡，及其无意识的蛇的智慧和鸽子的清纯。没有人能够拯救托尔斯泰免受他自己、那个吸吮叶罗什卡叔叔鲜血的基督教吸血鬼和人变兽的阿基姆长老的损害——只有扎拉图斯特拉，及其像阳光一样明丽的、击退一切幻影的阿波罗式的意识。这两位对立的双生子，不是外在地，而是内在地、神秘而现实地、不自觉地、不情愿地，在一直互相奔向对方，互相寻找，为的是结合起来，像某种一体之物的两个被拆散的一半那样——这不就是我们自己的"最内在的本质"、不就是我们的未来的精神——这一精神已经在我们上方呼吸，并且体现在我们之中吗？怀有期待的两个一半到底也没有相遇：他们双方，托尔斯泰（1828 - 1910，本书写于 1901 - 1902 年，托尔斯泰当时还健在——译者）和尼采，都离开人世。因为，对于基督来说，对于真正的道和复活来说，托尔斯泰在自己的不死之中正在死亡，就像尼采在死亡中死亡一样。

但是，尽管在现实中是分离的，然而，在我们的心里，他们还是相逢了，并且开始了寂静的、严肃的谈话，没有答案，又要解决一切问题的争论。彻底理解这一争论，在这一秘密搏斗中充当调解人和裁判员的很可能只有一个人——这就是陀思妥耶夫斯基。我们灵魂被分开的两个一半，在我们的眼前体现在托尔斯泰和尼采身上——在这样的体现之前很久，陀思妥耶夫斯基自身就已经承担了：他一生都仅仅在思考这一二分现象，也仅仅是为这一二分现象而感受痛苦。

我们看到了这两位俄国作家分别对基督教和似乎与基督教对立的事物的态度；现在我们要考察基督与反基督的最后的斗争，陀思妥耶夫斯基和托尔斯泰的分离的终极的深层。在这些深层之中，我们是否一定能找到出路——通向对于他们来说不可企及，但是对于我们、对于跟随我们走来的人们已经属于能够达到的出路——以及最后的结合呢？

第五章　陀思妥耶夫斯基笔下的分裂

两条线编织在一起
裸露着开端与线尾
"是"与"不"没有汇合
没有汇合、编织在一起。
二者隐蔽的纠结
又紧密，又沉寂；
但是你在等待它们的复活，
它们也把复活等待：
端头一定要对接，
"是"和"不"定要苏醒，
"是"和"不"要汇合。
它们的死亡就是光明——①

　　光芒，尽管显得如此忧郁和繁琐，毫无神秘可言，事实上却充满了隐秘，是如此欢欣和带来吉兆的，是终极的分离与结合，是联结天与地的闪电的光辉，是电的光辉。是的，在那里，在前生命的自然现象中，在没有灵魂的物质的机械原理中——原子的相互吸引与排斥、运动的恒星的向心力和离心力、电的正极和负极；更高一极——在有机物的发展（"进化论"）中，组成部分的分解与结合

---

① 《电》，吉皮乌斯诗作。

("分解"与"复合"),性别亦即生命两极的对立:再高一极——在超物体的、形而上学的、道德的现象中——善与恶,对自己的爱;在世界历史的现象中——所谓的"异教的"和"基督教的",更确切地说是"佛教的"文化,对个体个人的极度肯定和极度否定,它的追求中的"是"与最终的"不";最后,在最高的、神秘的领域之内——貌似的"基督"和貌似的"反基督"、神人与人神的斗争:这就是宇宙二分的上升的各个阶段,世界的两半、两极、两性的斗争和一致的各个阶段;这是将会成为一的二,在三一的奥秘之中二就是一("我和父是一",圣子、圣父、圣灵——三位一体)。这是宇宙两极性的阶段,这两极性或多或少是永远向着人的宗教意识敞开的,但是又以最终的清晰仅仅向我们现代的,或者,更确切地说,向着未来的宗教意识开放。我们现在比以往任何时候都更多地感觉到:

> 端头一定要对接
> "是"和"不"定要苏醒
> "是"和"不"要汇合
> 它们的死亡就是光明。

正是我们宗教的光明,最后结合的光明,才是仅仅在"端头"之间、在最终的二分的两极之间点燃发光的火星。已经谈到的光就是:"神就是光,在他毫无黑暗。"(约壹,1:5)

"二分现象陪伴了我一生。"陀思妥耶夫斯基在去世前的一封信里说。在更早的时候,他还借用少年的嘴说:

> 对优雅的渴望,在过去是高度的,当然就是这样的,但是它是怎样和上帝才知道的那些其他欲望联系起来的(在这里指的是情欲,少年在自己身上体验到的"蜘蛛的灵魂"),这对我来说是一个秘密,而且一直是一个秘密。我已经一千次感到惊

叹的是，人（特别是俄罗斯人），竟有能力在自己的灵魂里珍惜最崇高的理想，还有最大的无耻，而且完全是真诚地珍惜这一切。这是俄罗斯人身上把他引向远方的特别的能力呢，还是直截了当的下流——问题就在这儿。

在向陀思妥耶夫斯基提出的全部问题之中，这个问题似乎是最阴暗和最炙热的。如果他探索这个问题的主要方式涉及对于现代俄国文化人的意识的态度，那么，他依然感受到了这个问题和俄罗斯民族的无意识宗教自发倾向的联系，可能不仅是在俄罗斯民族在世界历史的种种命运的全部过程之中，而且也在他们的超历史的宗教命运的最后之点——也在陀思妥耶夫斯基眼里的俄罗斯民族、"体得神旨的民族"、世界文化的完成者对基督教的态度之中。

在1873年的《作家日记》里，神圣的长老，隐修传教士说：

> 我看到，有一次，一个农夫跪着向我爬过来。从窗户里，我就看见他在地上爬。他对我说的第一句话就是：
> "我不能得救了：受到了诅咒！不管你说什么，都受到了诅咒！"
> 我胡乱安慰了他一下，可以看出来，这个人因为感受痛苦，从远处爬来。
> "我们在村里集合了一些青年人，"他开始说，"大家开始争论：是谁把谁变得更放肆？我在众人前头发言。另外一个小伙子把我拉开，瞪着我说：'这绝对不是你，你说的事，你办不到。你吹牛呢。'我对他发誓。'不行，你站着，要发誓，他说，凭你自己在世上得救发誓，按我告诉你的话办。'我发誓了。'现在快斋戒了'，他说，'你要吃素。去领圣餐的时候，要接受圣餐，但是不能吞掉。赶快走开，挥一下手，把它藏起来。我在那儿给你指示。'我都照办了。从教堂，他直接把我带进菜园。他拿起一根木头棍子，插在地里，说：'靠在那上面。'我

就靠在木棍上。他说:'现在,拿枪来。'我拿来了。'上子弹。'我上了子弹。'举起来,射击。'我举起手,瞄准。我还没有来得及射击——突然在我面前好像出现一个十字架,上面有那被钉十字架的。这个时候我拿着枪倒下了,失去知觉。"

"首先,"陀思妥耶夫斯基下结论说,"让我感到惊奇,最惊奇的是,这件事的开始,也就是说,在俄国农村里这样的争论和竞赛可能不可能:'谁把谁变得更放肆?'这是很可怕的涉及很多事情的事实,对我来说甚至差不多完全是突如其来的。"事实上,从陀思妥耶夫斯基的平常的观点来看:"俄罗斯人民完全相信正教,坚持正教的理念,其他的在他们那里就再也没有了,而且也不需要,因为正教就是一切。"从这样的观点来看,类似的事实"完全是突如其来的",甚至差不多是无法索解的。同时,按照陀思妥耶夫斯基本人的见解,这个事实,是值得高度注意的:"在这个事实里有某种东西,"陀思妥耶夫斯基说:

> 为我们全面地描绘了俄罗斯人民。——首先就是忘记一切事物的尺度,必须否定人,有时候是最不否定任何事物的和最敬仰得体的人,否定一切,自己心灵的最主要的圣殿,自己最完满的理想,全部完整的民族圣殿,现在还在这圣殿前面崇拜,但是这圣殿却突然似乎变成了他的某种不可承受的负担。——有时候简直没办法抑制。——在这里,例外的一种俄罗斯人准备破坏一切,弃绝一切:家庭、风俗、上帝。——只要他陷入这样的旋风——就要出现一轮痉挛性的和瞬时的自我否定和自我破坏,这是俄罗斯民族性格的特点。

在这单个的、刚刚叙述的场合,在"蛊惑者"的灵魂里,在这个想到这件事并且提出挑战的这个人的灵魂里,到底出现了什么情况?陀思妥耶夫斯基说:

很可能很早以前，从童年时代，这个理想就钻进了他的灵魂，以恐怖同时也以甜蜜的痛苦震撼了他的灵魂。他早已经想到了这一切，枪支、果园，只不过保持了可怕的秘密——这是几乎毫无疑义的。当然，他想是想，却不是为了实现，而且很可能，他一个人也永远不敢行动。他简直就是喜欢这个幻影，或者幻影偶尔地潜入他的灵魂，诱惑了他，而他，则怯懦地投入，又后退，吓得全身冒冷气。这样的闻所未闻的大胆，其他也就都不顾了！当然，他相信，为此他得到的是永久的死亡；但是——我是到达过那样的高度的！

在完结的时刻，他已经避开枪支去领圣餐，在两个人的灵魂的根底——即牺牲品和诱惑者——陀思妥耶夫斯基下结论说：

必定要出现的情况是，对一己毁灭的某种地狱式的享受，**屏住呼吸俯身深渊之上观看该深渊的强烈欲望**，为一己的放肆感到又震惊又欣赏。

普希金的话是这样的：

在战斗中有迷醉
和在黑暗深渊的边缘……
发出灭亡威胁的一切
对于凡人的心灵都隐含
无法索解的享受。

是的，当然，这是亲切的、俄罗斯的——也许是过度地俄罗斯的、对任何他人也不像对我们俄罗斯人这样地——不可理解的。

实际上，在或大或小的程度上，在其他民族那里，在一切文化、一切宗教的历史上，情况都是这样的。陀思妥耶夫斯基在《地下室手记》里说：

> 人喜欢创造和开辟道路。但是人又为什么狂热地喜好破坏和混乱呢？得请你们说说了！——我确信，人是永远也不拒绝真正的痛苦，也就是说，破坏和混乱的。痛苦，这是造成意识的惟一的原因。

创造、认识的欢欣使人变得像神。而对破坏和混乱的偏爱显得疯狂；但是在这样疯狂的最底层令人感觉到某种新的、"蛇一般的"智慧，某种新的认识的潜能："品味认知之树，你们就会变得和众神一样。"因为在最阴暗的深渊的边缘，也有人的"陶醉"，因为人也受到深渊的吸引，所以在这阴暗的终极深处，对于他来说，一切都显得是某种新的光明，通向世界的另外一半，另外的一个，在下方的天空；这个天空也许显得是另外一个，而事实上完全是同一个天空，只不过是受到了另外一种观察；在终极深度的破坏与混乱之中，是新的创造和和谐；在终极深度的亵渎之中，是新的宗教；在地下巨人、阴暗天使的面目之中，是发光者、路西法的面目，另外一个上帝的面目，他又是——也许仅仅显得又是另外一个上帝，而事实上仍然是那同一个上帝，只不过是受到了另外一种观察：在这样的情况下，恶就不再是为了恶，而是为了新的、更高级的善；否定不是为了否定，而是为了新的、更高一级的肯定。

> 众神！我不是神——
> 但是我觉得自己和神平等——

歌德笔下的普罗米修斯说：

> 我和他们一样永恒。
> 我们都是永恒的。

> 我不记得我的开始
> 也不欲求终结。
> 我看不到终结,
> 所以我是永恒,因为我存在!
> ……
> 我坐在这里,创造人类,
> 按照我自己的形象,
> 创造和我等同的族类,
> 会受苦,会哭泣,
> 会饮酒,会享受,
> 而且也不崇敬你们,众神,
> 就像我一样!

这就是那种"对于自己的放肆感受到的震撼人心的钦佩"带来的终极的宗教意识,陀思妥耶夫斯基对向圣餐射击的小伙子谈到了这一意识;这是两种永恒斗争宗教原理之一,与奥林匹斯山众神对立的,巨人的,同时又是狂欢的、酒神的、"狄俄尼索斯的"。

但是,一种原理是不能熄灭另外一种的:表面上的亵渎,如果进行到底,就只能成为被否定的、对立的宗教的反面形式;在表面的否定之中隐藏着肯定;随着负极的增强,正极也增强;在两极的力量达到极度的张力的时候,对立的力量激流最后必定相遇并且活跃起来。

陀思妥耶夫斯基说,在那不幸的人举起枪来准备射击的时候,他的灵魂里出现了"某种特殊的情况":

> 一股神秘的恐怖、威慑灵魂的最巨大力量控制了他。——但是这青年人的坚强的灵魂还能够和这恐怖展开斗争;他证明了这一点。——还因为这牺牲品忍受了渐渐增长的恐怖的压力,所以我要再说一遍,这个青年人毫无疑问具有巨大的精神力

量。——然而，这是力量呢，还是最高度的心胸狭隘？大概，这既是前者也是后者，二者在一起，处在对立心理的接触之中。——于是，在最后的瞬间——不可思议的幻影（钉十字架）出现在他眼前……一切都已完结。

"这既是前者也是后者，二者在一起，处在对立心理的接触之中。"陀思妥耶夫斯基说。在这里，我们的思想差不多已经用我们的话表述出来了："既是前者，也是后者，二者在一起"——

> 两条线编织在一起

"对立的心理已经接触"——

> 端头一定要对接
> "是"和"不"定要苏醒，
> "是"和"不"要汇合，
> 二者的死亡就是光明。

这可怕的光明，这令人目眩的闪电，这在被联结的两极之间燃起的火花，还有出现在狂人面前的"不可思议的幻影"——将是一切的终结。

然而，凭借陀思妥耶夫斯基所叙述的微不足道的事件，就能够谈论这类神秘的对象吗？可以说这里的亵渎事件与其说来源于宗教思想，不如说来源于缺乏任何的思想——来源于平常的无知和野蛮的迷信吧？实际上，引起我们注意的不是时间本身，而是陀思妥耶夫斯基：他依据自己最深刻的和最折磨人的思虑来沉思这个事件，他确定，一方面，"俄罗斯民族全然在正教之中"，"其他则一无所有，而且也不需要"，——可是在另一方面，——这是"两种民族类型"，"诱惑者和牺牲品"，漫骂正教的最伟大的圣殿，"为我们描绘了整个民族的整体形象"。陀思妥耶夫斯基继续说,当然,他们没有明确的信条,没有充分意识到他们正在做的是什么事情,但是,就像在整个民族那里一样,也有某种"对基督的内心认知",因为,他补充说:"有很多东西可以在无意识中认知。"无论如何,叛逆本身,关于"谁把谁变得更加放肆"的争论,在他们中间成长"差不多到了有意识的思想"的程度。但是,就让陀思妥耶夫斯基夸大,甚至让这一切就是中世纪的、前基督教的野蛮的残迹,某种类似在西方妖魔夜宴或者"黑色弥撒"所发生的事,——就让这一切都跟乡下土路旁边水洼子里的浑水一样——那么,在这样的水洼子里,不也是反映出来那同一个布满星斗的天空的倒置的深邃幽暗吗?这天空不是也在民族历史生活的整个海洋里得到映射吗?遗憾的是,尚未创造出来的特别是近三百年的俄国历史心理学,还没有提供概括这一情况的权利——在外观上微不足道,内在意义却很巨大的情况,而陀思妥耶夫斯基不是这样做或者差不多这样做到了吗?

就是这样。在《日记》里,奥地利皇帝利奥波德大使馆秘书科尔布在谈论彼得大帝的著名的"丑角大全教堂"的时候就说了这样的话。事情于1699年出现在莫斯科,在恐怖搜寻和处死近卫兵期间,按普希金的说法,当时彼得"在膝盖深的鲜血里行走"。

2月21日。扮演牧首的人,带引整个剧团的丑角神职人员,隆重供奉了宫廷的酒神,这是沙皇建造的宫廷,一般称为勒福特宫。庆祝这一仪式的行列从利马将军的住宅出发,牧首十分恰当的法衣使他获得第一神父的职位:他的发冠上绣着酒神,及其赤裸的形体与爱欲;牧杖装饰有小爱神和维纳斯,表明这位神父的牧众是谁。在他身后是其他一群人,表现出酒神节盛况:一些人拿着大酒杯,里面盛满了好酒,另外一些人拿着盛有蜂蜜的容器,第三批人的杯子盛着啤酒、烧酒,这是给崇敬大地之子的最后的礼物。因为当时是冬天,他们不可能在头上佩戴月桂枝叶绿环,于是就带着祭品容器,装满在空中风干的烟草,他们抽了烟,在宫廷所有的角落里溜达,嘴里冒出酒神最喜欢的宜人芳香和最合时宜的千里香……

这就是现在虽然得到种种解释但仍然是彼得面貌谜中之谜的特征之一。当然,即使在这样的亵渎中也有很多东西应该列入简单的野蛮、粗鲁、顽固和甚至愚昧:在很大尺度上,他们自己也不知道自己在做什么。也许,其实,是部分地知道的;也许,在这里,确实存在着彼得的半有意识的斗争,这斗争还令我们的西方派钦佩,还受到他们轻易而匆忙的指责。这是用"嘲笑的武器"对付俄国古代呆板的生活方式,彼得无论如何也要摧毁的呆板的生活方式——这一场斗争表现在他的全部的伟大和细小的改造措施之中:从刮去大胡子到取缔牧首制,到把"该诅咒的野草烟草"送交最神圣的宗务院。但是,在这里,还有某种更深层的、更具俄罗斯特性的东西。

根据彼得和表现在他身上的俄罗斯精神的特质——和"一切人共存、接纳一切"的"高度综合的能力""感受的能力",陀思妥耶夫斯基说:

任何人,无论多么无奈,也没有脱离祖国,也没有急剧转向。——俄罗斯人在精神上到达了何等程度的自由,他们的意志坚强到了何等程度,真是令人震惊!

我们知道,彼得虽然不是"完全在正教里",但是,至少,在他一生某些时刻,他是以自己的方式高度信奉宗教,甚至正教的。但是,在另外的十分重要的时刻,控制了他的似乎是"突如其来的讽喻妖魔"。在似乎是青铜铸造的"奇迹制造巨人"的脸上掠过某种可怜的、可笑的、可怕的痉挛;他突然变成一个极度的嘲笑一切,甚至简直就是亵渎成性的否定者,自古以来整座民族圣殿的摧毁者,俄国"虚无主义者"的最早鼻祖(陀思妥耶夫斯基说:"我们都是——虚无主义者")。似乎在彼得身上也存在着《卡拉马佐夫兄弟》

的作者所发现的俄罗斯人的这种需要：需要否定，"否定一切，否定自己心灵最主要的圣殿，丝毫不漏的整个的民族圣殿，需要僵滞的感觉，走到深渊之上，悬挂在半空中，腐蚀最深邃的深渊"——"痉挛的和瞬时的自我否定和自我毁灭"。不仅在这样幼稚但是已经病态的、差不多疯狂的"玩具"之中，例如权杖上的不知羞耻的维纳斯和牧首帽子上的赤裸的酒神，而且也在更重大的事情上，例如在对待妻子、儿子和全部数不胜数的牺牲品的非人的残酷上，彼得都似乎感受到了那种对于终极自由的冲昏头脑的享受，"面对自己的放肆而感到震撼的欣喜"。这样的感受，陀思妥耶夫斯基因为争论两个农村青年"谁把谁变得更加放肆"的事而谈论过——这的确是某种狂欢的、巨人式的东西，和对于创造、对于"开辟道路"的热爱。有谁比他更有权利像歌德的普罗米修斯那样说：

我坐在这里，创造人类
按照我自己的形象——

还有就是"对破坏和混乱的热爱"，因为，有谁比他更多地理解普希金的话：

在战斗中的迷醉
和在黑暗深渊的边缘！

"前者和后者都接触了对立的双方。"是的，即使不是彼得的灵魂，也是例如为了民族的圣殿而以平静的英雄气概死去的王储阿列克塞及其拥戴者们的灵魂，必定有时候是受到了陀思妥耶夫斯基谈论的那种二分的"神秘的恐怖"控制的。就在这恐怖之中，在相互接触的对立物之间，在两个"末端"、两极、俄罗斯民族的宗教生活的"是"与"不"之间，必定迸发出耀眼的闪电、"不可思议的幻影"：反基督彼得。

在这里——虽然仅仅是在模糊的预感之中——又出现了令陀思妥耶夫斯基感到害怕并且折磨他的那个问题：

> 啊，罗斯，你在高瞻远瞩
> 专注于骄傲的思考
> 你想要成为哪样的东方：
> 属于薛西斯还是基督？

尼尔·索尔斯基的东方——纯粹的基督教的观察视角，无限地脱离自己的"我"、自己的意志的东方——或者拜占廷的、异教化的基督教东方，伊万雷帝的东方；这位君主在写给库尔勃斯基的书信中说："朕生来登基，乃是上天的旨意，朕为国家长大成人，亦是为朕自己。你们开始反对、背叛朕，所以朕必要更加残酷对应，迫使你们服从于朕的意志。"

这种俄罗斯的"可怕的自由"，这种"在自己的灵魂里珍重最高理想，还有并列的最大的无耻"的能力，究竟又什么涵义？绕过也不是"无耻"，那么，至少也是另外一种完全的对立的"最高理想"——基督的理想，"不是这个世界的国"，并列的还有薛尔西的甚至亚历山大和凯撒——"这个世界的王"的理想？"是俄罗斯人所特有的广阔胸襟，还是简单的无耻把他们引向远方的呢——问题就在这里。"

在尼采对专制国家俄国和西欧加以对比的时候，西欧似乎在民主基督教的影响下正在分崩离析，类似于古代异教的罗马，作为"体内还保持坚强，还能够等待，还能怀有希望的惟一的国家"（《偶像的黄昏》1899，第151页）。俄国在《反基督》的作者看来就是"薛尔西的东方"，没有基督、反对基督的一个薛尔西。在陀思妥耶夫斯基像尼采那样坚定地但是抱着更大的希望，把俄国和西方"对比"的时候，在他看来，俄国就是"基督的东方"，统一的基督、统一的正教的"东方"。他们当中谁是正确的呢？或者，也许

——很可能更可怕的是——两个人都是正确的？无论如何，对于陀思妥耶夫斯基来说，薛尔西的东方会以怎样的方式被基督教的东方战胜，这个问题是没有得到解决的。或者，用两则古代俄国传说：《白色披巾帽的故事》和《巴比伦王国的故事》的语言来说，——在这里，在俄国的世界历史命运中，有两种最对立的理想、两个花环、两个"末端"以某种神秘而终极的接触方式得到接触：正教的罗马的花环，基督教王国的不是来自这个世界的花环，"白色披巾帽"，另外一个就是"沙皇当中最不诚实的"、偏听偏信者的花环，似乎是拜占廷的皇帝们送交给莫斯科的沙皇的，被上帝诅咒的"蛇的"巴比伦王国的、来自这个世界的花环。——这些花环中有哪个占了上风呢？

这一争论无论得到怎样的解决，都不仅仅对于俄国具有意义，无论如何，这个问题也许得不到最后的解决，或者是在这里，在俄国——在过去与未来、东方与西方、"薛尔西与基督"之间的最后的边缘上，在彼得与普希金、托尔斯泰与陀思妥耶夫斯基的国家，在最伟大的世界历史的两极性的国家中——得到解决。或者永远不，或者在这里，应该闪现出最终的联结一切的火花——"不可思议的幻影"，"一切以这一幻影告终"。

任何人也没有这样深刻地研究过在这一世界历史两极性影响下俄罗斯精神的宗教二分现象，任何人也没有这样清晰地预告这一两极性在未来不仅对俄国而且对全世界都可能具有的不可估量的意义：任何人都不能和陀思妥耶夫斯基相比。

我们在陀思妥耶夫斯基伟大作品第一部的主角，拉斯科利尼科夫身上，看到的正是这样的二分现象的开始，正是在反基督意识和无意识的基督教的矛盾之中。在《罪与罚》之后，他立即创作了《白痴》，这不是偶然的。一直到写作《卡拉马佐夫兄弟》之前，陀思妥耶夫斯基自己都认为这部小说是自己最好的创作，在其中最充分、最清晰地表现了他最内在的本质。显然，他觉得，在这里最终完成了在《罪与罚》中提出的任务,在梅什金公爵身上出现了俄罗斯最有效的、针对潜伏在拉斯科利尼科夫身上的西欧剧毒的解毒剂,而在拿破仑的模仿者、俄国的虚无主义者身上得到描写的二分现象的疾病,也最终在白痴身上,被俄罗斯民族精神亦即"正教"的牢不可破的一致所战胜。这在部分上是对的,但是仅仅是部分地。的确,梅什金公爵,说到底,如果还没有到达统一,也总是比拉斯科利尼科夫更接近了统一,但是这不是因为他更远离二分,而是恰恰相反,因为二分在他身上比在拉斯科利尼科夫那里更为隐蔽、更为深刻,所以,只有在走到二分的深度的尽头,才能够达到统一。

实际上,在自己的首要的表现中,由于艺术家方面的几乎难以置信的艺术奇迹和读者方面的视觉的欺瞒,梅什金公爵,尽管有严重病态,给人的印象却是高度精神健康、和谐、明晰的几乎已经达到的一致,某种完整,"完全的圆满",就像普拉东·卡拉塔耶夫。看来,任何激情和怀疑都不能够破坏他身上的这种内在的平衡。我们甚至连他的疾病也要忘记的,似乎这疾病是偶然的现象。我们深信,他最终一定会痊愈,而现在暂时有点可笑、可怜,像堂吉诃德的东西,疾病留在"贫穷的骑士"脸上的东西,都会把这张脸变得更加迷人,充满那种神圣的宁静和"威仪的优雅"。而且,甚至当注定给他带来毁灭的暴风雨在他周围咆哮的时候,这一宁静和清晰的印象也会长久保留下去:在尘世激情的混乱之中,他的灵魂依然明晰,就像出现在蓝色天空的那静止不动的微光——观察者说——这样的微光有时候出现在大水漩涡上面的互相碰撞的乌云之中,在暴雨和旋风的中心。差不多一直到悲剧结尾,到最后解决的一分钟,我们都还一直希望,"纯洁的六翼天使",梅什金公爵,能够在和"淫荡的昆虫"罗戈仁的斗争中成为胜利者。

但是,问题就在这里,亦即,牢不可破和最终一致的这一印象,只不过是视觉的欺瞒。在悲剧完成的时候,我们会发现,从本质上看,一致是没有的:我们自己都热切地想要看到它,也的确看到了。我们会明白,像拉斯科利尼科夫那样,梅什金必定在"两个真理之间"毁灭，就像在拉斯科利尼科夫身上那样——因为更是无意识的，所以更不可见——同样，在梅什金公爵身上，"两种对立的性格也是轮流互换的"。他也必然走上"罪与罚"，只不过那是更可怕的、更得不到救赎的"罪与罚"。

事实上，白痴的意识一直到最后都是和拉斯科利尼科夫的意识对立的，是完全基督徒的，没有分裂的，统一的，或者差不多统一的。我说差不多，是因为在这里，也在梅什金公爵的意识里，已经开始出现几乎不可捉摸的二分性、分裂、裂痕，它发出虚假的声响，令人想到他从哪里来、到哪里去——想到无意识的混乱，想到疯狂。白痴说：

> 两个思想走到了一起，这是常有的事。在我这儿，就一直不断。其实，我想，这不好——在这方面我谴责自己最多。有时候我甚至不由得想到，所有的人都是这样的——于是我又开始觉得自己没错，因为和这些双重的思想斗争是极端困难的。

但是，不是"两个一起走来的思想"，不是两种意识，而是处在无法解决的矛盾中的两种感觉、两种无意识的自发倾向，正在消灭他，就像两个巨大的磨盘磨碎轻细的粮食颗粒。

天真无邪的姑娘阿格拉娅和"青楼女"纳斯塔霞·菲利波夫娜都爱上了白痴；他也同时爱上了她们俩。他对阿格拉娅的爱还不是血肉之身的，但是已经趋向于血肉之身。他爱她，不仅是为了她，也是为了自己，就像是保全自己，返回生活，就像一道意识的光明，这光明必定最终地战胜在他身上摇曳不停的疯狂形成的混乱。他对纳斯塔霞·菲利波夫娜的爱情，则是燃烧着最纯洁火焰的基督徒的怜悯之心，是无限的自我牺牲；他爱她，只是在精神上，不是为了自己，而是违心地，因为他觉得，自己会和她一起死去，可能还是挽救不了她。但是，这第二种爱情，对于他来说，就是圣殿，就像他对阿格拉娅的"爱恋"一样（确切地说，这也不是"爱恋"，但是另外的说明词语，一下子还找不到)。现实生活的条件、粗鲁世人的粗野激情——虚荣心的痛苦、敏感和嫉妒——都要求他作出最终的选择。是啊，他自己也意识到，如果他选中一个，甩掉另一个，那么他也许会让自己和周围的人摆脱无法形容的痛苦，而且，可能会同时挽救这两个人。但是，要想不犯罪，或者对两个圣殿都不加以亵渎，他是怎么也做不出这个选择的：如果抛弃阿格拉娅，他就是最终地和自己、和自己身上的上帝过不去，为了灵魂而抑制肉体——而他努力争取的已经不是抑制，而是复活肉体，不是没有果实的神圣，而是神圣的肉体。如果抛弃纳斯塔霞·菲利波夫娜，他就会压抑了自己的心灵，因为他整个的心灵，都是对于忍受痛苦的人们的一道同情的火光。

"怎么回事呀？就是说，您想爱她们两个人？"这些粗鲁的人之一，阿格拉娅的未婚夫，叶夫盖尼·帕甫洛维奇故意胡问。
"啊，是啊，是的！"
"喂，劳驾，公爵，您说什么呢？说清楚点嘛！"
"我没有阿格拉娅……我非得看见她不行！我会很快在睡梦里死去的。——唉，要是阿格拉娅知道，知道了一切……就是说，一定是**一切**。因为，在这儿，必须知道一切，这是第一要务。——啊，是的，我有过失！最确切的是，**一切都是我的过失**！我还不知道，在什么地方，但是我是有错的……有些事情，我跟你们说也说不清楚。"——"怎么爱两个人呢？"叶夫盖尼·帕甫洛维奇不明白。"是两种不同的爱情吗？有意思……可怜的白痴！现在他会怎么样呢？"

梅什金公爵也永远不会明白，他会因为什么毁灭，面对众人，他错在哪里；他不仅跟他们说不清楚，而且自己也什么都弄不明白——"在睡梦中死去"，在意识的盲目之中。拉斯科利尼科夫做的一切都不是必须做的："杀死的是老太婆，不是原则"，洒了血，但是没有"踏过血迹","留在了这里"。在谋杀之后,他感觉到了极度渴望抽象的脱离生活的终极孤独的可怕悲哀,这样的悲哀在一班人看来显得是"良心的苛责",而事实上仅仅是良心的沉默。梅什金感觉没有做应该做的事,他害怕血和肉——也没有走过去,而是留在这里了。

> "公爵,阿格拉娅·伊万诺夫娜是不会明白的,"叶夫盖尼·帕甫洛维奇对他说,"她爱,像一个女人、一个普通人那样,不像是……一种抽象的精神。您知道不知道,公爵先生:比一切都确实的是,这个女人,那个女人,您是从来都不爱。"
> "我不知道……也许吧,也许……"

如果说过错的话,他的"过错"就在于:他只追求肉体和血,追求体现,但是不能达到;他依然作为"抽象的精神"滞留在生者中间。在很大的程度上,这是一般的单方面禁欲主义基督教的过错。意思是说:即令肉和血神圣,也不是他把二者变神圣的。而且梅什金感觉什么也不做,不是因为他不愿意,而是因为不能够、不会做。另外的过于活跃、过于热情的忍受痛苦的人代替他做。他的"无所作为",归根结底,对于这些活着的人,是比一切行动更有罪、更具谋杀力量的——对于阿格拉娅、纳斯塔霞·菲利波夫娜、罗戈仁,当然还有他本人,都是这样。他以自己的镇静放纵最邪恶的激情。他想要以自己那为生者不堪忍受的、无法索解的、无性的、无血的爱拯救和毁灭一切人。他可能像拉斯科利尼科夫那样的言说:"啊,如果没有人爱过我,我自己也从来没有爱过什么人的话——就不会有这一切了!"在自己的沉静的观察中,纯净的"无为"中,梅什金公爵感受到了忧愁——抽象、无法被体现、不能得到体现、最终的孤独的忧愁,这样的忧愁,在梅什金公爵那里是可以称作善的苛责的。

以前,还是在那里,在瑞士,在开始恢复健康,他的意识刚刚

从迷惘中苏醒的时候,他就已经感受到了这种奇异的忧愁:

> 有时候,你中午走进群山,你一个人处在群山之中:周围都是松树,古老,高大,有块块的松脂;太阳明亮,天空蔚蓝,极度的寂静。在这里,**一切都召唤到某个地方去**,我总是觉得,如果一直向前走去,走很久很久,**越过那个线条,就是天与地相逢的那个地方**,那里就是全部的谜底,于是你立即就能看到新的生活。

就在崩溃——也就是他感到疾病返回,很快他又成为"白痴",已经要永远离开人们,走进"极度的宁静"——之前,他又回忆起这有预示性的忧愁:

> 当时他还完全像是白痴,不太会说话,有时候也不明白别人让他干什么。——有一次,他进山了,那是明丽的,阳光灿烂的一天,他走了很久,心里萦绕着折磨人的但无论如何也不成形的思想。在他面前是晴朗的天空,四周都是地平线,明朗而无尽,完全没有终点。他回忆起来,他怎样地伸出双臂,向着这光明的、无尽的蔚蓝远方,继而潸然泪下。令他感到痛苦的是,这一切对他来说都是陌生的。这是什么筵席,这是什么永恒的、伟大的节日,没有尽头?很久以前,从儿童时代,就一直吸引他前往,但是他无论如何也不能够靠近它。每天清晨,同样明朗的太阳升起;每天早晨,瀑布上方都有彩虹;每天晚上,在那里,在远方,在天涯,那最高的山峰上方,都冉冉升起粉红色的火焰;他身旁的每一个小小的飞虫,都在火热的阳光光芒中轻声嗡嗡作响——都是参加这个大合唱的一员;每一茎小草都在生长,都是幸福的!每一物都有自己的道路,都认识自己的道路,都唱着歌走,唱着歌来;只有他一事不知,一事不懂——不理解人和声音,对一切都生疏、都陌生。啊,是

啊，当时他不能够说这样的话，提出自己的问题。他在聋哑中忍受折磨，但是现在他觉得，当时他是把这话都说出来了。

陀思妥耶夫斯基是不是根据自己的经验来描写白痴的全部这些感受的呢？因为他自己在癫痫发作之后通常的感受都多少类似于这种可怕的忧愁和陌生感。他的亲密朋友之一说："这一忧愁的性质是，他觉得自己是某种罪人，他觉得有一种莫名的罪孽威胁着他，严重的罪行。"

在正午的寂静之中白痴听到却不会回答的呼唤，是谁发出的呢？那究竟是什么筵席呢？——每个"有情欲的昆虫"、每个"胶质的小叶子"都能参加，唯独他无法靠近？是不是"复活的潘神"的呼唤？是不是肉与血的宴会，是不是新的狄俄尼索斯的神秘的夜晚盛会呢？——他这样论说自己：我是真正的葡萄藤，我的父是种葡萄的；——这是伟大的盛会，在盛会上，酒变成血，血变成酒。如果白痴觉得他一个人是"罪人"，"对一切都生疏，都陌生"，如果"莫名的罪孽""严重的罪行"威胁着他，那么，当然，这不是他自己的罪责：他只是为了某人的"罪行"承担了"惩罚"，某人因为"他的病灾"而得以保全自身。这一切都不是——全部历史基督教的病灾和罪行吗？基督教的精神至今还依然首先是隐修的、没有血肉的、不能体现出来的"抽象的精神"——他还依然没有回答潘神号召的声音，没有接近狄俄尼索斯的盛大节日，没有"越过"那最后的界线，以及天空和大地、精神和血肉相逢的地方。白痴的辩解在于，他凭自己的意识高于历史的基督教——在意识上，他的确已经在基督里了：他在怀念血和肉，奔向地平线的线条。但是，他的新的精神是在太老的、受到压制的、没有复活的肉体里，新酒——依然装在旧的酒囊里。"神圣疾病"的发作——这是他从肉体里向外奔跑的精神痉挛性的奋力，这肉体，按照基里洛夫的话来说，想要"改变"，但是做不到："人应该在躯体方面改变自己。"而按照使徒的话："不是我们大家都死，但是我们大家都变化得很快，在一眨眼的瞬间。"白痴——这是一个没有穿新婚盛装,不在新的肉体之中的人,来赴新的盛宴。他正在死亡——一直到最终对一切都陌生,是一个早产儿,一半神圣,一半邪恶,很像自己的双生兄弟,"白痴"尼采。他们两个人是不会认识到自己的毁灭的——"都将在睡梦中死亡"。关于他们,我们是理解的,他们"在聋哑中忍受的这可怕的忧愁",——乃是最终的二分分离的忧愁和痛苦。

在《白痴》结尾的一个场景——这也许是陀思妥耶夫斯基最完美的创作,当然也不仅是俄国文学,而且是世界文学里的最伟大的创作之一——梅什金来到罗戈仁家里,他已经杀死了纳斯塔霞·菲利波夫娜。罗戈仁把公爵引到卧室的门前,给他看躺在床上的死者的遗体。两个人都似乎是在梦呓之中,他们的话语散漫无序,差不多是胡言乱语。

"你站住;你现在怎么办,你想怎么办?"公爵问。

"人家是要怀疑你的,你浑身哆嗦嘛。夜里咱们就在这儿过夜,一块儿。除了这张床,这儿再没有别的了,我想起来了,从两个沙发上把靠背垫子拿下来,在这儿,窗帘旁边,并列躺下,你,我,这样,在一起。因为,他们一进来,就要搜查,一下子就能够看见她,把她抬走。他们开始盘问我,我要一五一十告诉他们,他们就把我带走了。所以现在就让她躺在这儿,离咱们近点,靠近我和你……"

"是啊,是的。"公爵热切地肯定。

"就是说,不承认,不让抬出去?"

"不行!"公爵斩钉截铁地说。"不——行!"

"我也这么决定过,无论如何不能让任何人抬走!夜里咱们安安静静过一夜。今天我出去了一共才一个小时,不然是一直跟她在一起的……我还担心,这儿憋气,灵魂要走出去。你听见灵魂的动静没有?"

"也许能听见,不知道。到天亮的时候,大概要出去的。"

"我用油布把她盖上了,挺好的美国油布,油布上面是床单,又摆上了四个玻璃杯,盛了开了瓶子倒出来的日丹诺夫牌药水,现在还摆在那儿呢……因为,老弟,那灵魂……我怕打开窗户。我妈有好几个罐子,插着很多鲜花,放出好闻的香味。我想拿过来,可是帕芙努齐耶芙娜会猜出来的,因为她好奇心重。"

"好奇心重。"公爵重复。

"甚至要去买,用一束一束的鲜花把她盖住……可是又想,包在鲜花里,也可怜的!"

罗戈仁镇静而精确地叙述谋杀细节——刀子怎么"插进左边胸膛一寸半,或者甚至两寸,那鲜血又大约只有半汤匙流到衬衫上;不会更多"。公爵胡乱嗫嚅作答。

"喂,听见没有?"罗戈仁突然快速打断他的话,心惊胆战地坐在垫子上。"听见没有?"

"没有!"公爵回答,也是说得很快,心惊胆战的,瞧着罗戈仁。

"走!听见没有?到厅里去……"

两个人倾听。

"听见了。"公爵肯定地轻声说。

"有人走动?"

"有人走动。"

"把门关上不关上?"

"关上……"

关上了门,两个人又躺下。

在这一段狂乱的谈话中,几乎没有一点有意识的思想:这里没有描写梅什金感觉灵魂里发生的事,的确,这是无法描述的,但是我们能够猜测到一切。根据我们自己理智的苦恼,我们能够感觉到,这个看起来一致的、坚硬有如钻石的伟大的意识,在两种互相斗争的自然力量之间,正在坍塌,像在两个巨大的磨盘之间的粮食颗粒一样被挤碎,被碾成灰尘。

只有一个思想,虽然没有明确说出,但是充满了令人目眩的意识,它从疯癫的混乱中冲了出来,控制了他们,直到最后:"在一切事务中,我都有罪。"是的,他们是共谋犯,两个人都杀了人:罗戈仁是用行为,梅什金公爵是依靠"无为"。就因为这样,这两个孤独的、对一切都陌生的、在人间被弃绝的人,互相无限地亲近。他们窃窃私语,互相切磋,全神倾听,一样地颤抖;他们有一个思想、一个意志,像双生兄弟一样,最后看到了对方的面貌,互相辨认出来;他们像是某种第三个独一的物体被分割,而又突然会见的两半。所以,他们有时候交换十字架,像把兄弟一样。有一次,因为罗戈仁出自比嫉妒更深刻的嫉恨萌生杀死他——公爵的念头的时候,这个公爵对他说:"一句话,咱们有罪。"现在他也可以对着纳斯塔霞·菲利波夫娜的遗体重复说:咱们的罪是一个,"罪行"是一个,"惩罚"是一个。罗戈仁也可以对他说出拉斯科利尼科夫对有罪的苦行者索尼娅说的话:难道你没有干同样的事吗?你也违背了教规……你是可能违背的。你对自己动手,你毁了你自己的……生活(这是一样的!)。"咱们都受到诅咒,必须一起向前迈步。"

确实,我们看到,他们"一起向前迈步",一起发疯,以同一种疯狂互相传染——像那些双生子一样,这个有罪的圣徒和无辜的杀人犯,这个没有血肉和沾满血迹的,这个面对鲜血后退的童男和踏过血迹的淫荡分子,一步一步地,一起沿着同一条路走进同一个深渊——"古老的天生的混乱"。一股无法忍受的恐惧,一直钻进我们的骨髓,震撼我们的意识,一直到最后的根基,我们觉得,就是这样的,应该是这样的,不可能是另外的样子,这是正确的,必不可少的。

时间过去了,曙光出现,罗戈仁有时候偶尔地、突然地开始喋喋不休,声音很大、很激烈,很不连贯,开始尖叫,大笑,于是公爵对他伸出不断哆嗦的手,轻轻地触摸他的头,他的头发,梳理他的头发,滑过他的面颊——再多的事,他做不到了。他自己又开始发抖,两条腿好像掉了。某种全新的感觉,无尽的忧愁,折磨了他的心。

这是不是他已经感受过的那种忧愁呢——在群山中,在中午的"极端的宁静"中,在流出松脂的松树当中,他向无尽的远方伸出双手,朝着最终的地平线,那"天空与大地相逢的"地方——并且潸然泪下?

与此同时,天已大亮。最后,他靠在枕头上,像是已经完全无力和绝望,于是把脸凑近罗戈仁苍白的、静止不动的脸;眼泪从他的眼睛里流到罗戈仁的面颊上,但是,也许,他已经感觉不到自己的泪水,一点也不知道泪水流淌。——在好多个小时之后,门开了,有人进来,这些人看到的杀人犯处在完全忘却和高烧的状态。公爵坐在他身旁的垫子上,纹丝不动,每当病人突发吼叫和梦呓的时候,他就赶快用颤抖的手触摸他的头发和面颊,像是在安抚他。但是他已经不明白大家问他的事,也不能识别进了屋子团团围住他的人。而且,即使是施奈德本人现在从瑞士来,看看自己以往的这个学生和病人,那他也会回忆起公爵在瑞士医疗的第一年的情况,现在也一定会挥一下手,像原来那一次一样,说:"白痴!"

就这样,在自己这第二部伟大的作品里,陀思妥耶夫斯基不仅没有像他所希望的那样解决了问题,而且,相反,把在《罪与罚》中发现的问题提得更深刻、更尖锐了——这就是有关重新评价古老的,无论是"基督教的"还是"异教的"价值观的问题。他最终地发现了这个问题——从全部外在的、偶然的层次——历史的、社会的、政治的、道德的层次。而又恰恰在这里,在《白痴》里,把这个问题转移到了祖国的、宗教的土壤。在这里,这个问题得到了全部重大的,不只是现实的、世界性的,还有神秘的、超世俗的意义——变成了后来魔鬼对伊万·卡拉马佐夫提出的问题,即关于"两个"从世界开始之时就同时存在的,似乎同等的"真理"的问题。

但是,与此同时,还是在这里,在《罪与罚》里,陀思妥耶夫斯基触及了无意识二分现象的终极的、能够加以研究的深度:进一步已经无处可走,进一步开始的不仅是精神的也是肉体的疾病——"白痴现象",后者疯癫,施奈德的医院,漆黑和混乱。为了继续向下走,他必须先后退,暂时从地下的黑暗返回意识的白昼的光明,从研究无意识的二分现象走向研究已经被二分的意识,此中的后者实际上是的确伴随着前者的。他必须把意识之光引进无意识的、依然黑暗的、尚未得到研究的深度,这样才能照亮进一步向下行走的路途——深入神秘二分现象的"前厅"。

这一点,他是在《群魔》的主角——斯塔夫罗金身上完成的。

在斯塔夫罗金身上,首先令人感觉到的是巨大的力量,不仅是像在拉斯科利尼科夫和梅什金身上的那样的思想与观察的力量,而且还有意志的力量——虽然这是没有得到使用的,可能甚至一般来说不能被使用的但是无疑又是存在于他身上的行动能力。无论如何,这已经不是没有血肉的"抽象"的精神。在最初的似乎有些可笑而事实上又显得过分缺乏信心的、战战兢兢地对斯塔夫罗金外貌的描写中,引人注意的是这个溢出边缘、绷紧到极点的活跃生命欢愉的过剩。这一过剩的情况是和禁欲式的匮乏、血和肉的枯竭、"苍白的羸弱"十分对立的——这就是理论家拉斯科利尼科夫和一位虽然愿意但是无论如何也不能"背离教门"的修士——梅什金公爵的几项特质。斯塔夫罗金身上的肉体生命的超常的力量十分强大,至少对《群魔》的叙事者产生了几乎是沉重的、推拒的印象:

他的头发很黑,眼睛闪亮,目光十分沉稳鲜明,脸色十分柔和白润,白中透红,亮丽而纯净,牙齿像是珍珠,嘴唇鲜红——似乎是画家画出来的美男,可是同时又显得令人厌烦。有人说,他的脸像是一个假面具;另一方面,关于他不同一般的体力,也说了很多话。

在这篇描写中,我要重复说,似乎总体的、轻微的嘲笑口气,还有"令人厌烦"这个词,都不十分得体,甚至有偏颇之嫌:至少,从进一步的情况看,如果说在美之中有某种"鬼魅的""恶魔的"东西,那它造成的印象也是令人畏惧,而不是"令人厌烦"的。但是也有另外的时刻,斯塔夫罗金忘记了自己,在他的面容上忽然显现某种不期而至的、纯洁的、赤子般的"天真烂漫"的表情,那么,在这样的时刻,他的美貌就变得迷人——虽然是另外的一种迷人,像梅什金公爵的"六翼天使般的"优美。在这样的时刻,甚至对于像彼得·维尔霍文斯基这样天生的玩世不恭者和虚无主义者的那种不知羞耻的猴子,歪曲一切的哈哈镜,斯塔夫罗金的美貌也产生了不可抵御的作用。

"斯塔夫罗金,您——是美男!"彼得·斯杰潘诺维奇·维尔霍文斯基几乎是在迷醉中惊呼,"您知道吧,您——是美男!您身上最宝贵的就是这个,您有时候是不知道的。嗯,我常常研究您啊!我常常从侧面,从角落里盯着看您!您身上甚至有一股纯朴和天真烂漫,这个,您,知道不知道呢?就是嘛,就是啊!……我就喜欢美貌……您——就是我的偶像!"

是的,在这个童话人物"伊万王子"斯塔夫罗金的外貌之中,有某种似乎事先有意地和滑稽地设定的和浪漫的东西:一方面,这是拜伦和莱蒙托夫少年时代有些幼稚的长诗中的姗姗来迟的角色,另一方面,是尚未体现出来的、陀思妥耶夫斯基天才地猜测出来的主角——我们当代的、古典式的浪漫主义的主角，古代希腊人；这样的人，实际上在现实之中是没有的，是透过魔幻地折射一切的尼采主义三棱镜才能观察到的，是文艺复兴时代程式化的主角——金发漂亮的切萨莱（Cesare biondo e bello）——尼采认为，就是切萨莱·波齐亚。然而，在这一美貌之中，也有某种深刻的现实的东西：正是，凭借他的体力和健康，他如果愿意，是能够克服历史基督教的那种疾病的——作为最终目的，作为最高理想的禁欲主义、对肉体的压抑——那种病毒，就是说，拉斯科利尼科夫和梅什金公爵随同母亲奶水一起吸吮的毒素，结果是，无形体性，或者形态缺失，变成了他们的第二天性，几乎和第一天性一样不可克服。无论如何，斯塔夫罗金不像他们那样一生下来在躯体上就是早产儿、"不足月的"、"对一切都陌生的"：可以说，如果他愿意，他能够"参与"狄俄尼索斯的"盛大的节日"，参与血与肉体的盛宴。

和生命肉体力量相应的是精神的力量。

沙托夫是痛感追悔的虚无主义者，作为俄国"民间体得神旨者"斯塔夫罗金部分过去的和真实的、热情的学生，因为老师道德堕落而在大庭广众下有意识地侮辱他，用最粗鲁、最丑陋的办法：打了他一记耳光；这个时候，斯塔夫罗金显示出这一精神力量无限控制自己的强力，亦即禁欲主义的尺度，但是已经不是作为自我满足目标的尺度，而是作为那个服务于任何目的的手段的尺度。

尼古拉·符谢沃洛多维奇（斯塔夫罗金）是属于那种从来不知恐惧的人。在决斗的时候，他能够冷血面对对手的射击，自己也能够镇静地、野蛮地瞄准和射杀。如果有人扇他耳光，那么，我觉得，他很可能会发出决斗挑战，马上、立即杀死行凶的对手。他正是属于这样的人。他杀人是听凭十足的意识，而不是控制不了自己。我甚至觉得，他从来没有感受到迷住心窍的、令人无法正常说理和作出判断的勃然大怒。在偶尔无限的愤怒控制了他的时候，他也依然能够完全控制自己，而且，当然，能够明白，在非决斗场合杀人，是必定被流放受苦役的；然而，他也一定会杀死侮辱他的人，丝毫也不犹疑。

但是，在这件事上，情况却出人意料。

因为挨了耳光，他全身向侧面倾倒，半截身子都歪了下去，但是，还没有挺直身体——而且，因为脸上受到老拳猛击而发出的丢人的似乎湿腻腻的惊叫声还没有消失——他就立刻用双臂抱住沙托夫的双肩；立刻，就在那一瞬间，他又收回了双臂，双手放在背后。他一言不发，盯着沙托夫，脸色苍白，有如白纸。但是，奇异的是，他的目光似乎渐渐熄灭。十秒钟以后，他的眼睛冷漠地远望，而且——我确信自己说的是实话——远望得平静。只是他脸色苍白的可怕。不用说，我不知道这个人心里怎么样，我只看到了外表。我觉得，如果说有人为了检测自己的忍耐力而——例如——把一根烧红了的铁条攥在手里，竟达十秒钟之久，可能战胜了难以忍受的剧痛，最后果然战胜了剧痛，那么，这个人，我觉得，实际上强忍住的就像现在斯塔夫罗金强忍的这十秒钟。

还是沙托夫首先低垂下目光，显然，是因为他被迫低垂的。

显然，在这一情况下斯塔夫罗金必须凭借自己的意识战胜、强压下去那股力量，陀思妥耶夫斯基自己或者《群魔》的叙事人有几分随意地称之为"凶狠"的力量——他是依据这股力量来把斯塔夫罗金和莱蒙托夫加以比较的。他说："在凶狠方面，当然，进步是针对莱蒙托夫的，而斯塔夫罗金的凶狠要更多一些。但是，这里的凶狠是冷漠的，镇静的，也可以说，是理性的（陀思妥耶夫斯基强调），也就是说，是最令人厌恶的，很可能是可怕的。"当然，有一种深刻的虽然迄今尚未得到研究的联系存在，联系的一方是个性孤僻、愤怒的角色，例如斯塔夫罗金、拉斯科利尼科夫、少年，甚至还有《地下室手记》的主角，而另外一方面，则是莱蒙托夫式的、拜伦式的"强横类型"。关于后者，全部这些古老的浪漫主义人物：

皮巧林、盖尔曼、科尔萨洛夫、恰尔德·哈罗德——他们,的确就像他们共同的祖先——拿破仑和卢梭一样,都有一种巨大的弱点,为陀思妥耶夫斯基所指出:他们都因为自尊心受到不值一提的刺激而感受痛苦,经常丧生,有如巧合的悲喜剧般的死亡,像因为些微小事而被杀死的莱蒙托夫。其他的人则还全都保留有很多原始自然性质,青春少年的有时候又是儿童般的任性、"不理智的"脾气,这种脾性让他们无法长大,无法令他们的力量发展到成年男人的维度;然而,这些力量,事实上,又没有因为陀思妥耶夫斯基称其为"凶狠"而被穷尽,而且,这种"凶狠",就是返身的、被歪曲到最高程度的、残酷化和感受绝望的自爱的形式,亦即那个个人的、普罗米修斯式的、巨人般的原则,或者说,暂时还不是神圣的、宗教的但是在某种条件下会变得又神圣又有宗教特点的原则——按照我多次引用的拿破仑的话来说:"我创造了宗教。"像拿破仑一样,斯塔夫罗金也没有创造宗教;但是他还是比莱蒙托夫和拜伦更接近了宗教:就因为他的"凶狠",他对自己的爱,对自己的还没有被神秘地意识到但是已经存在的"我"的爱,是"更理智"、更有意识的。在被打了耳光之后那难以置信的"十秒钟"里,在他控制了自己和看着沙托夫的时候,他那苍白的脸,事实上,是俊美的,在一定程度上"酷似上帝",像一张英雄的脸。谁能够这样控制自己,如果愿意,也一定能够控制别人。在这种自我控制之中,有某种确实的王者气度,"权力的标记",而权力却不是一个人愿意给予另外一个人的。他把隐修者多年的自我压抑、缓慢的修炼,都集中在这十秒钟里了,走完全程,以胜利告终。另外一个问题是,为什么这个胜利必不可少;但是,无论如何,胜利是现实的。当然,甚至这样的禁欲主义,也还不是宗教,但是这确实是不可避免地走向宗教的途径;从这样的经历中,我们可以确信,斯塔夫罗金只要能够找到自己的上帝,是有可能变成一个伟大的圣徒的,很可能比梅什金公爵更高大、更完美和更彻底。俄罗斯精神的那股"魔鬼般的"力量给世界送来了彼得,但是并没有被他穷尽,又出现在斯塔夫罗金身上。

而这一点，沙托夫恰恰理会到了。他比以往更笃信，更顺服，返回到自己老师面前：

您注意到了吗？您是应该原谅我对您无礼动手的，就凭一条原因：是我给了您一个机会，来认识您这无限的力量。您是惟一一位能够……

沙托夫没有把话说完，因为斯塔夫罗金露出冷漠而嫌恶的嘲笑，但是他的话的意思是：能够拯救俄国，免遭革命的"群魔"，免遭反基督的西欧文化的难以抵御的推论。"您，您一个人就能够举起这面旗帜！"他结束了自己喜爱的同时又含有不满情绪的忏悔——

难道我没有从您的脸上看出，有某种新的、可怕的思想控制了您吗？斯塔夫罗金，为什么我注定要永远的信任您呢？难道我还可能对别的人说这样的话吗？在您离开的时候，难道我不会亲吻您的脚印吗？我不能把您从我心里扔出去，斯塔夫罗金！

"'您听我说，'不仅1870年代的虚无主义者，而且现代的，或者甚至将来的无政府主义者彼得·维尔霍文斯基，理查德的忠实的仆人，都对他说"，这是斯塔夫罗金的梅菲斯特，比沙托夫更爱他。虽然表面上显得有珍存的理想，但是又过度错误地讲求实际，即使不是在隐藏于斯塔夫罗金身上徒劳衰落的道德力量之现实，也是可能的讲求实际，——"您听我说：教皇将到西方去，留在我们这里，您留在我们这里吧！"

"'请您离开我，您喝醉了！'斯塔夫罗金厌恶地呼喊。"

接着就是下面引用的爱情表白——显得疯疯癫癫，事实上又很像预言式的爱情梦呓：

"斯塔夫罗金,您——您是美男!……您——您是我的偶像!……牺牲自己的还有别人的生命,对您来说,毫无意义。您该怎么样就怎么样。我呢,我也要像您那样。除了您,我谁也不认识。您——您是领导,您——您是太阳,我,我——我是您的一个小虫子儿。"

他突然亲吻了一下他的手。斯塔夫罗金后背冒出一股凉气,吓得赶快把手撤回来。

"精神错乱。"斯塔夫罗金嘟囔一句。

"也许我胡言乱语,也许我胡言乱语!"他快嘴接过话茬儿,"但是我想好了第一步……我是,需要您的,没有您,我就等于零。没有您,我就是一个苍蝇,茶杯里的思想,没有美洲的哥伦布……那还不就是一团混乱!乱七八糟的,真是闻所未闻……俄罗斯势必要迷蒙起来,大地为古老的众神哭泣……就是嘛,在这儿,要放过……"

"谁?"

"伊万王子……"

"谁——?"

"伊万王子,您,您!"

斯塔夫罗金思考了片刻。

"自封的王子?"他突然问道,十分诧异,凝望着这个语无伦次的人。"哎,好,最后,说说你的计划。"

"比方说,他隐藏了起来。"维尔霍文斯基轻轻地说,似乎在作情爱絮语,但是实际上跟醉鬼一样。

"您知道,**他隐藏了起来**,这是什么意思吗?但是,他要露面的,要露面的。我们放出去的传说,要比阉人的好。是有他这个人,但是谁也看不见他。啊,可以放出什么样的传说啊!主要的是,要出现新的力量。所需要的力量,大家为了它痛哭。是啊,社会主义嘛:摧毁了旧势力,新的却拿不出来。可是,力量就在这儿嘛,而且真是闻所未闻的呀。要抬其地球来,我们就是缺少一根杠杆。正在抬起来！您听我说，对什么人，我也一定不说起您，不说：必须这样。有这个人，但是谁也看不见他……您知道，甚至是可以让人看到的，十万个人里面的一个，比方说吧。于是全世界都要说：看见了，看见了。连万军之主伊万①·菲利波维奇都看见了，看见他沿着通天梯上升，而且是亲眼目睹。但是，您不是伊万·菲利波维奇；您是美男子，骄傲，像上帝一样……您一定能够战胜他们，看他们一眼，就战胜了。他带来新的真理，又隐藏起来……而且大地也呻吟起来：要有新的正统的律法，大海也激荡起来，马戏戏园子塌了，于是我们就想，要能够建造石头戏园子就好了。这是第一次啊！我们来建造，就我们！"

在这里，维尔霍文斯基，尽管表面上"疯疯癫癫"，却以其特有的方式，接近了俄罗斯最终的具有深刻生命力的结论，结论出自拉斯科利尼科夫抽象的西欧思想。维尔霍文斯基明白了那个人直到最后也没有能够理解的道理：到底应该在哪里找到那个抬起俄罗斯大地的杠杆呢？他理解了，俄国的，继而还有全世界的转变（这个转变的开始不是在欧洲，而仅仅是在俄罗斯，但是不会在这里停顿，他清楚这一点），作为纯粹政治的和社会的转变，没有宗教力量的帮助，我们是实现不了的。拿破仑的模仿者，西方派的拉斯科利尼科夫不善于评价一个思想对于自己理论的广阔涵义，这就是作为神秘信仰的独裁思想；尼采后来依据这个思想把俄国和罗马帝国加以比较，称俄国是"在自己躯体上建造了城堡的惟一的国家"——维尔霍文斯基就是在这个思想里渐渐找到了自己的世界"杠杆"的历来的支点的。

在关于斯塔夫罗金的个性在人民眼里的可能有的意义方面，他

---

① 陀思妥耶夫斯基弄错了，阉割派的万军之主的名字不是伊万，而是丹尼尔·菲利波维奇。（原书注释）

是可能不太错误的，证明这一点的是"瘸腿"圣愚疯修女玛利亚·列比雅德金娜对他的态度；她的宗教实质是高度地民间的，她正是以人民的眼光看待斯塔夫罗金的：怎么说都一样——明朗的"雄鹰"也好，俄国的善良的解救者也好，新的万军之主神丹尼尔·菲利波维奇也好，或者黑"乌鸦"也好，可怕的变兽人也好，"冒名称王者格里什卡·奥特列比耶夫"也好，也许，甚至连反基督本人——无论如何，对于玛利亚·列比雅德金娜来说，从她的民间的观点来看，斯塔夫罗金的个性已经的确全部围绕了神秘之光和昏暗，秘密与传说。归根结底，就让这个"有神视力的妇女"因为似乎猜透了这一个人的可怕涵义而呼叫他："格里什卡·奥特列比耶夫，革除教籍！"——因为我们知道，冒名顶替的概念就是独裁思想的反面形式对于俄罗斯民族的历史命运具有巨大的控制力，事实上，因为这个思想，"罗斯不止一次黑云压城"，"大地痛苦呻吟"。是的，斯塔夫罗金的个性，即使不算是完美的，也算是前兆的现象，是和最伟大的历史力量联系在一起的，这些力量已经发挥作用，而且，很有可能，注定在将来、在更大的程度上发挥作用。至少可以说，陀思妥耶夫斯基自己正是这样理解斯塔夫罗金的，看来，他很愿意我们也这样地理解他。

他对两个学生，返回人民群众的沙托夫，还有走进西欧文化最极端结论的基里洛夫，都同样承认了在他身上的这一"无限的"、隐藏着的力量。这一力量，斯塔夫罗金自己也是感受到了的。"我到处尝试我的力量，"在少见的坦率的时刻，在去世前的书信里，他说，"这力量是无穷的。"

但是，与这"无穷"力量并列的是同样的无力，也许仅仅是看似无力，而在事实上仅仅是不够充分的，同时又是对立的、否定的力量。

当斯塔夫罗金高傲而厌恶地拒绝维尔霍文斯基把自己变成"伊万王子"、新的"万军之主神"的时候，维尔霍文斯基在转瞬之间从不可遏制的爱戴激情过渡到了不可遏制的凶狠的激情：

> 您瞎说，您是个没用、淫荡、娇惯坏了的公子哥儿，我就不信——您的胃口跟狼一样！

瘸腿的圣愚疯修女追着冲正在走开的斯塔夫罗金喊叫："格里沙·奥特利比耶夫，革除教籍！"这是她在嘲笑他，虽然是疯癫的却是公正的、明鉴一切的笑声，这声音令他惊恐逃离：

> "不对，不可能让雄鹰变成小鸟。我的公爵不是这样的！……你像，很像，也许是他的**亲戚**吧。但是我的，是雄鹰，你——你是猫头鹰。我那个人要上帝——还行礼，愿意。沙托夫（他多可爱，我情爱的小鸽子！）抽了你嘴巴……快滚吧，冒牌的东西！"

"我知道，"斯塔夫罗金和沙托夫谈论接受负担的时候表示同意，带着最后的骄傲和最后的和解，"我知道，我是一钱不值的人，但是我**不往强人堆里钻**。"

"用不着钻，"基里洛夫总结说，"您不是强人。"

陀思妥耶夫斯基补充说，尼古拉·符谢沃洛多维奇感到"惶惑不安"，"几乎震惊"。

> "您什么都不会。"利莎无限藐视，对他说。这是他所爱或者想要爱的姑娘。斯塔夫罗金也同意她的看法。
>
> "啊，是我的恶魔！"出于另外的原因，有一次他承认，"这简直是万事不如意的人中间微末、丑陋、长满癞痢的小鬼"。

这第二段话，当然是不对的，或者说，不完全真实，就像拉斯科利尼科夫自己说自己的话："臭虫。"但是，斯塔夫罗金对自己的无力的意识，和他对自己"无限的无力"的意识比较，包含的真实也不少，对他来说也是深刻的、可怕的。

就这样，在这里，力量和无力又都出现，像陀思妥耶夫斯基谈论关于在圣餐式上射击的农夫说的话，"这一个和另外一个都接触了对立双方"——接触，或者，也许，仅仅是某两个"末端"——两"极"的接近。

陀思妥耶夫斯基自己也正是用这些话来谈论"两极"的。

> 沙托夫问斯塔夫罗金："您真的在两极都找到了美的重合，同等的享受了吗？……您真的想让人相信，在某种情色的、野兽般的笑话和随便某种功绩，比如甚至为人类牺牲生命这二者之间，您看不到区别吗？"

这两极之一，就是斯塔夫罗金的禁欲的，似乎是基督教的、斯塔夫罗金的功绩，他对终极"负担"的寻求——我们已经看到，他"用手攥住烧红的铁条"——亦即在挨了沙托夫的耳光之后控制住了自己。还有另外一极：

> 沙托夫继续说，做出此时此刻要杀人的架势，提出一个让斯塔夫罗金脸色忽地煞白的问题："您真的在彼得堡参加了一个像牲口一样淫荡享受的秘密会社吗？是不是德·萨德侯爵也得像您学习呀？您真的还常常引诱和玩弄儿童吗？"

"所到之处，我都要试试自己的力量，"《群魔》的主角在临终前的一封信里承认，表现出临终实话的坦率和清醒。"我一向如此的啊，和往常一样，想要做好事，得到满足感，同时也想着坏事，也是要得到满足感。"

但是，这种道德的可怕的二重性——不是结合而仅仅是善与恶的混合，在他身上出现，是源于更深层的和可怕的宗教二重性和两种神秘的原理的混杂。"在当时，"沙托夫对他说——

您把上帝和祖国（俄罗斯"民族体得神旨者"的观念）安置在我的心里，在当时，甚至就在那几天，您就毒化了这个不幸的狂热分子，基里洛夫的心灵……您在他身上确立了谎言和诽谤，让他的理智迟钝。

同时，也许，"就在那几天"斯塔夫罗金对沙托夫宣讲基督，对基里洛夫宣讲反基督，人神，按照陀思妥耶夫斯基的话来说，这是"大地上一度出现的两个最伟大的理念"。他以同等的力量吸引了两个人，日后又同样蔑视，抛弃了二者。但是他们没有抛弃他：从基里洛夫对他说"请您记住，斯塔夫罗金，您在我的生活里的重大意义"这样的话的那种深刻感情来看，他还依然信任他；而沙托夫，即使他所怀疑的事情是真实的（检察机构反复无常地删除条款的一章，描写了斯塔夫罗金对几乎还是幼儿的小姑娘的非礼；根据这个情况，我们有权利猜测，这有几分真实），"也注定要永远信任他"，准备亲吻"他的脚印"，"不能够把尼古拉·斯塔夫罗金从心里抛弃"，认为自己是"死者当中复活的学生"，而他是"传播伟大言辞的教师"。这是沙托夫；那么，陀思妥耶夫斯基自己又怎么样呢？难道他不惧怕亵渎吗，把自己最伟大的圣物放进了像斯塔夫罗金这样的"教师"嘴里？这是圣物，他是随着它而生活和死去的，这是他自己关于正教意义、关于体现在俄罗斯体得神旨者面容中的基督面容的最珍惜的思想。他正是让斯塔夫罗金第一个有力而明确地说出自己的这个思想，是偶然的吗？因为他自己在任何时候、任何地点都没有这样述说。或者，对于陀思妥耶夫斯基，就像对于沙托夫和基里洛夫那样，不管怎么样，斯塔夫罗金依然是"传播伟大言辞的教师"，而他是准备告诉他和这两个学生的："你们，你们自己，能够举起这面旗帜吗？"或者，说到底，陀思妥耶夫斯基简直是一直没有意识到该怎么办。不对，他似乎意识得过分了；如果说他做了，那就是因为，正是在这里，只有在这里，在"对立双方的接触"中，在斯塔夫罗金的这些可怕的"二重思想"中，在这被二分的意识在终极深度中,他预感到了走向未来、走向最终的合一的惟一可能的途径,因为在他那里,违背自己的意识和意志,他在寻找某物,期待某物——不是期待于沙托夫,不是期待于基里洛夫,而正是期待于他,斯塔夫罗金——某种最后的、令人目眩的星火,这星火应该在某种"不可言状的景象"的两极之间迸发;一切都应该以这一景象"告终"。到底为什么陀思妥耶夫斯基到最后还是从斯塔夫罗金那里什么也没有等到呢?虽然急速助跑,这个人为什么在通往未来的中途突然止步,而且屹然不动呢?为什么"魔鬼"或者神,在他看来都是"矮小的、丑陋的、长了癞痢的鬼"或者"万事不如意者"的神呢?为什么这个为行动而生的如此有力量的人毁灭了,却比那些毫无作为的抽象的人——比如白痴和拉斯科利尼科夫——作为更少?

如果说这其中的原因,陀思妥耶夫斯基自己看到了,那似乎也仅仅是凭借他艺术的明鉴,而不是宗教的意识;然而,凭借他自己的进一步的研究,现在,这个原因,至少部分地展现在我们的意识前面。

> 两条线编织在一起
> ……
> 二者隐蔽地纠结
> 又紧密,又沉寂。

在斯塔夫罗金身上发生的事情恰恰就是这样;在他那里,"是与否"、表面上的基督原则和表面上的反基督的原则只是"缠绕"在一起,而不是"汇合"在一起,而且,永远不会汇合;他的无意识的本质的这两极的力量,在他身上无限地成长,强化,但是在意识中不能走到"露出的终点",所以不能够集中和爆发;因为不能结合,只能混合,所以,最高的力量,还没有创造出火焰和光明,就退化成为低下的、分散的、冷却的和若有似无的温度,缓慢的死亡。"基督教的"和"异教的"这两种无意识的自然的终端在他那里永远只是互相接近,但是永远也不接触,因为他的意识还是没有揭示、展现这些终端:有某种东西包裹了和分开了他们?也许是某种很薄的、轻细的但是无法穿过的、致密的一层,用科学的词语来说,把两极力量"中性化"的隔离层,像最纤细的玻璃薄膜挡住电流,于是,分开了导线的终端,妨碍了起连接作用的火花的点燃。这是一种什么样的隔离层呢?

"您是可怕的贵族!"彼得·维尔霍文斯基对斯塔夫罗金说;对于前者,这种在他看来显得不可穷尽的贵族气派、这种"神的骄傲"造成了斯塔夫罗金个性中的主要优美之点。然而,旋即,在同一场谈话里,维尔霍文斯基又说他是"没用的、傲慢的饭桶少爷"。

俄国西方派分子,自由主义者斯捷潘·特罗菲梅奇的后裔,拥有农奴的俄国女贵族、女地主的儿子,尼古拉·斯塔夫罗金,不仅在血缘上而且在最深刻的文化根源上,也属于"中高级",亦即依然还是中级的贵族地主圈子,就像托尔斯泰及其笔下的全部人物,从列文到聂赫留道夫。不应该忘记的是,斯塔大罗金是自己那个世纪——十九世纪的人,这是全部世纪里最富中产阶级味道、"中高"偏中的世纪。在其本质的无意识自然方面,也许有一股力量,不是中高级的力量,而是最高级的、无限的;在这里,他的确是彻底的"贵族"——彻底地高贵,同时又是彻底地民族性的:所以,在瘸腿的疯修女圣愚看来,他是真正的"公爵","像神一样骄傲","雄鹰","伊万王子"。但是,问题就在这里,无论斯塔夫罗金的意识力量有多么大,也不是无限的,也不等于他的无意识的自发性的力量;这力量不是最高级的,只是中级的,当然,依然是中级的。在意识上,他也是一个贵族;但是,在这里,他不是彻底的贵族——不是彻底的贵族,也不是彻底的民族的,也不是彻底的高贵的;在这里,他还是过分的"老爷"、"纨绔子弟",半"公爵"半"商人"、半"雄鹰"半"小鸟"、伊万王子和格里什卡·奥特利比耶夫、独裁者和冒名顶替者——加在一起。

"啊，您最好傻一点，斯塔夫罗金！"彼得·维尔霍文斯基劝他，还话里有话地补充说："您知道，您并不是那么聪明，大家也不希望您那么聪明。"

最好傻一点，意思就是，朴实一点，少来小聪明，多一点智慧，当然，也就是朴素一点。他有巨大的，但是依然"人性的、过于人性的"聪明，而并非"蛇的英明"，因为只有这样的英明才能和"鸽子的纯洁"结合。什么是英明？这就是智慧发展到了自己的终端，到达无意识的极限的意识，而斯塔夫罗金的智慧还没有发展到这个极限。他太聪明，无法完成维尔霍文斯基向他提议的低下的行动；但是又不够聪明，因为还不是聪明到底，不英明——无法完成自己高级的行动、接受最终的"重担"。

"我想，您是自己在寻找重担。"基里洛夫对他说。
"为什么人人都对我有期待，对别人却没有？为什么把别人承担不了的东西都推到我身上来，强求我接受别人承担不了的重担？"斯塔夫罗金的高傲的意识现出激愤，但这不是最终的、不是温和的高傲。
"您不知道您在寻找什么。"基里洛夫反驳他。

斯塔夫罗金在寻找"最后的重担"，二分现象的最后的痛苦，因为，按照陀思妥耶夫斯基的话来说，他"无意识地知道"，只有在这个重担之后，才有最后的解放，只有在这一痛苦之后，才有最后的结合。但是，他依然不知道在寻找什么，因为，在刚开始找到的时候，他就害怕，心想，自己找到了不是所寻找的东西。在两极，他都找到了"美的重合、享受的一致性"。这一重合，在他看来，对宗教都是难以忍受的诱惑和亵渎。但是，他如果不退却，如果要把自己意识的寻求进行到底，接受这一可怕重合终极的时间和痛苦，那他就会看到，这个意识之所以显得具有诱惑性和亵渎的性质，那是因为，在这里也还不是终结，而仅仅是开始，或者终端的中途，在这里依然还不是活的结合，而只是两极死气的、机械的接近，混合：

"是"与"否"没有汇合，
没有汇合、编织在一起。

我依然是一如既往，向往做善事，感受行善的愉快；同样，也希求恶事，也感受愉快。但是，善事也好，恶事也好，感受一直都太微弱，而且几乎永远也不出现。我的愿望不是很强烈，不能发挥引导作用。

大概可以更确切地说，不是愿望本身，不是愿望的无意识的力量，而是对于他所向往的事，他所寻求之物的意识，在他身上"不太强烈"，不是最终的，过分懦弱和中庸，所以"不能引导"。

从我这里，发出了一个否定意见，没有宽宏气度，没有力量。甚至连否定意见也发挥不出来。一切都总是卑微和无力。

在这里，似乎在一切方面，斯塔夫罗金都是真诚的，但是真诚得不彻底。他的秘密思路如下：我的力量是无限的，如果世界上有值得追求的东西的话，那我就要追求，没有穷尽；但是，因为我的愿望是无力的——就是说，世界上没有什么事物值得没有穷尽地追求。他好像是在责备自己，事实上是在为自己辩护。但是这一辩护是虚假的；真理恰恰是在反向的思想里：他觉得，世界上没有值得无限追求的事物，恰恰是因为这些愿望，或者，更确切地说，是对于他所追求所寻找的事物的意识，在他身上太懦弱和卑微。他毁灭了，不是因为他寻找了不真实之物，也不是因为不能寻找他所寻找的事物，而仅仅是因为，他自己没有意识到，也不知道自己寻求什么。

"哦,您不要在边缘上徘徊,您要勇敢地头朝下飞跳下去。"沙托夫对他说。这仅仅在部分上是对的。在自己无意识寻求最终联合的过程中,斯塔夫罗金有时候的确"头朝下飞跳下去",但是在自己的宗教意识中,他也恰恰是"在边缘上""徘徊"、迷路。如果他真的头朝下跳下去,那也许会得救,因为他会觉得自己已经有了翅膀——能够飞越深渊。

"世界上什么都是没有穷尽的。"斯塔夫罗金本人说。这正是造成他毁灭的主要错误:不是在世界上,而仅仅是在他身上,在他的意识中,的确"什么都没有穷尽"。在人的意识中,一切的终结是上帝;但是,斯塔夫罗金的意识,在本质上,是中间性的,不想要终结,不想要上帝。

"为了烹调兔肉肉汁,得有兔子;为了相信上帝,得有上帝。"这是错误的、不真诚的思路:他觉得,他之所以不愿意相信,是因为没有上帝;事实上恰恰相反:因为对他来说没有上帝,所以他不愿意相信或者认识自己的信仰。

"斯塔夫罗金,"基里洛夫结结巴巴地,但是强有力而又准确地总结说,"斯塔夫罗金,在有信仰的时候,是不相信所信仰的东西的,而在没有信仰的时候,也不信他所不相信的东西。"

换句话说,无论是信仰,还是非信仰,他都不能够推行到底。

他毁灭,不是因为他相信善与恶的开端、相信上帝与魔鬼,而是因为他不相信或者没有充分相信上帝和魔鬼。他毁灭,不是由于终极的伟大二分,而是由于在庸俗、软弱与微小中的结合。他的错误不在于他以两种途径走向惟一的真理;他的错误仅仅在于,第一条路,或者另外一条路,他都没有一走到底;如果他做到了这一点,那么,两条路在终点会交会的,神人和人神——其实是一个。

造成他灭亡的,不是那个在他看来像是与上帝永恒对立和势均力敌的伟大的恶魔的他,而是某一个第三者,与二者都对立,却绝对不是势均力敌的——就是那个人，在他看来仅仅是"矮小、丑陋、长了癞痢、伤风流涕的小鬼，万事不如意者"，实际上是魔鬼当中最后的、最可怕的和无法抵御的，是衰弱、卑微的魔鬼，是全部中间派——也不是中间派，而只不过是混杂的、可笑的那种东西的魔鬼。斯塔夫罗金到底也没有习得、没有明白，虽然外表微不足道，但是这才是真正的最伟大的恶魔，真正的反基督；没有听说、没有彻底意识到他就在自身，因而也没有战胜他。他，这个"丑陋的小鬼"，在斯塔夫罗金的灵魂中，就像隔离电流的最薄的玻璃一样，就是起阻隔作用的、目不可见和无法穿透的隔离层——两极力量之间、神人与人神之间的隔离层——那种中间之物，不允许促成联结的火花——"不可思议的景象"迸发出来的中间层。

斯塔夫罗金进行了自己逝世前的忏悔：

> 心地宽宏的基里洛夫没有说明理念，就自杀身亡，但是我看呢，他心地宽宏，是因为他判断不健全。任何时候我都不会失去判断力，任何时候我都不能像他那样坚信自己的理念（更确切地说：意识到对自己理念的深信）。我甚至不能够专注理念到那样的一个程度。我永远、永远也不会枪杀自己！我知道，我应该杀死自己，把自己从大地上清扫掉，像清扫一个虫子一样；但是我害怕自杀，因为惧怕展示博大胸怀。我知道，还会有欺骗，没有尽头的一系列的欺骗的最后一次的欺骗。欺骗自己有什么好处，仅仅是为了表演大度吗？愤怒和耻辱永远不会出现在我身上，当然，还有绝望。

然而，从故事叙述的最后几行，我们还是得悉，斯塔夫罗金自缢身亡。

在这里，情况是二者必居其一：或者他的话不正确，因为他断言就他个性的最深刻的特性而言，自杀绝不可能；或者陀思妥耶夫斯基犯了错误，迫使他自寻短见。这第二个说法似乎有道理。无论如何，这个下场是过分出人意表的。"一切都表明事先的策划和直到最后一刻清醒意识。在解剖遗体之后，我们的医生们完全地、断然地推翻了精神病之说。"斯塔夫罗金意识中这最后的、最重要的和具有决定意义的时刻，我们是不能完全看到的；我们也不能够探索他思想感情的最后轨迹，这条线索竟把他从不可能的自杀引向不可避免的自杀。因为不理解这个情况，在本质上，我们就不理解斯塔夫罗金死亡的最主要原因，疑团依然没有解开：他真的可能自杀吗？他不是有充分的力量（"我的理论是无限的"，直到最后，他都感觉是这样），不至于走上本质上是弱者和心胸狭隘者特有的这条路吗？末了，这样的自杀与其说对于斯塔夫罗金，不如说对于《群魔》的叙事人——陀思妥耶夫斯基，乃是必然的。

总体来说，陀思妥耶夫斯基对这个人物的态度不均衡；无论斯塔夫罗金吸引他还是推拒他，这个人都很贴近他的心灵；这位艺术家，看来有些惧怕自己的意识在自身揭示它、谴责它——这样"永远存在于他自身"二分现象。人物的个性，因为一般不完全脱离艺术家的个性，依然是不完整的，不是从全部角度都可以明鉴的。不仅关于斯塔夫罗金的死亡，而且关于他的生活，我们可能也是连主要的内容也无从知道：我们是在他精神已经衰颓和失落的时刻看到他的，我们只是听说了他精神生活的悲剧性的顶点，听说神人和人神同时的说教，甚至还不是从斯塔夫罗金本人那里，而是从他的学生沙托夫和基里洛夫那里听到的；但是，在"教师"灵魂里是怎样萌发了这样的说教的，他自己对它有什么考虑，这两个如此对立的思想，如果不是在他的智慧里，也是在他的心里，是怎样结合的，我们——我要重复一句——一无所知。有时候令人觉得，陀思妥耶夫斯基不愿意或者不敢说出斯塔夫罗金的某种主要的事物来。似乎是这两种对立的宗教本质，这对"双生子"一直在拉斯科利尼科夫和梅什金公爵身上盲目斗争，彼此看不见，最后，终于在斯塔夫罗金身上相遇，彼此扫了一下面容；但是陀思妥耶夫斯基自己却惧怕这一相逢，决定不把它追随到底。似乎是他把自己的人物引导到了自己走到的某一界线，虽然觉得在这一点上不能够停留，斯塔夫罗金应该继续走下去，但是依然离开了他，没有跟随他走下去，因为对于陀思妥耶夫斯基自己来说，继续走下去太可怕了。无论如何，可以说，必须以某种方式结束和斯塔夫罗金的关系，摆脱他——所以与其说斯塔夫罗金杀死了自己，不如说陀思妥耶夫斯基杀死了他。但是，在读者读完这本小说的时候，他心里还是有一个问题：虽然斯塔夫罗金不会意识到一切——他也会意识到很多的情况的，就这样一死吗？他就不应该得到拯救吗？不管怎么说，这一自杀并没有终结了他，而且整部作品也依然没有结束；斯塔夫罗金的死亡是人工的、从外面强加的、设定的终结，就像拉斯科利尼科夫的基督复活一样。在这里，在意识的范围之内，正如在梅什金公爵和拉斯科利尼科夫的无意识的本性中那样，陀思妥耶夫斯基不仅没有解决，而且还深化了问题，使它尖锐化了。斯塔夫罗金的死没有解开，甚至没有斩断，而仅仅是避开了悲剧主要的一团乱麻；但是，陀思妥耶夫斯基只能够暂时推开自己宗教命运的死结；他应该返回这个结子，他也的确返回了，在紧接《群魔》之后的作品的主角身上，这就是《少年》的主角维尔西洛夫。

维尔西洛夫——是达到成熟、中年末期、获得了完全的人生经验的斯塔夫罗金。拜伦人物的遗产，遥远地方的浪漫的青烟迷雾，迄今还一直围绕着尼古拉·斯塔夫罗金、"伊万王子"、"格里什卡·奥特列比耶夫"，在这里却终于消散，我们不仅看到了人物悲剧的，而且还有日常的，有时候甚至滑稽的面容。陀思妥耶夫斯基对他的态度更为平和、稳定、徐缓和公正。他更喜欢他，所以也更理解他。我们不仅听到关于他的话，而且还听见他本人说话；不仅学生们，而且教师本人也"告诉我们重大的话语"。但是，秘密仍然是在维尔西洛夫身上。"我看得很清楚，"少年说，"在他身上总是存留着某种秘密；正是这一点愈来愈多地把我吸引到了他的身边。"维尔西洛夫的秘密就是斯塔夫罗金的秘密，和陀思妥耶夫斯基本人的秘密——

二分现象的永恒的秘密。但是，在维尔西洛夫身上，这个秘密推拒力量比较小，却更吸引人，因为和在斯塔夫罗金那里比较，它是更具意识的宗教性的。如果说《少年》的主角也注定不能战胜二分现象，那么，比起《群魔》的主角，这个人物依然是更加接近胜利的。实际上，维尔西洛夫和斯塔夫罗金一样地确定了自己的本质。

> 因为我知道，我是有无限的力量的，你认为是因为什么呢？就是因为和一切和睦共处的直接的力量，这是我们这一代全部聪明的俄罗斯人的特点。无论用什么，你也不能把我摧毁，无论用什么，你也不能消灭我，无论用什么，你也不能让我感到惊奇。我能够在同一个时间里，以最方便的方式感受到两种对立的情感。

他知道这是"不光彩的"，但是他，像斯塔夫罗金一样，在这"对立的情感中"，在"圣母的理想"和"荒淫的理想"的接触中，在"两极中"，都找到了"美的重合""享受的一致性"。

他喜欢少年的母亲，自己过去的女农奴，马卡尔·伊万诺维奇的内人，一个朴实的俄罗斯女人，那是基督徒的贞洁的和自我牺牲的怜爱，就像拉斯科利尼科夫喜欢查尔尼岑娜，像梅什金喜欢纳斯塔霞·菲利波夫娜，像斯塔夫罗金喜欢玛利亚·列比雅德金娜那样："这只要一次穿透了心灵，那创伤就永远留在那里。"他不仅有基督教的情感，还有基督教的思想：我们以后得知，在旅居国外期间，他"宣讲上帝"，当然，是俄罗斯正教的上帝和基督；实际上，就像斯塔夫罗金一样，他只择取禁欲主义这一个方面——自我控制，作为达到自由的手段；他戴脚镣，用纪律折磨自己。"同一种纪律，"他告诉少年，"修士们用的，你渐渐地、按部就班地通过实践来克服自己的意志，从最可笑的、微小的事物开始，到最后就能完全控制自己的意志，你就获得了自由。"像斯塔夫罗金一样，维尔西洛夫——他们俩的命运何其相似——也被打了耳光，战胜了"凶狠"，而没有对侮辱他的人施加报复。

和这样的对于基督教"雅致的需求"并列的是"按照少年的说法,完全是其他的、上帝才知道是什么样的欲望",与怜爱并列的是夹杂了恨的爱——"蜘蛛的情欲"。而且这两种情感是在一起的。维尔西洛夫就像白痴一样,"他喜爱二者,是两种不同的爱"。非基督教的情感对应非基督教的思想:

> 在古兰经里,安拉吩咐先知像看待老鼠一样地看待"刚愎的"人,对他们行善,走过去;有点傲慢,但是诚恳。依我看,人被创造,在躯体上是不能爱自己的近亲的。从一开始,这里具有某种语言的错误,"对人的爱"只能理解为你自己在你心灵里创造的人,换句话说,创造了自己,和对自己的爱。

"此后,应该怎么把你们称为基督徒呢?"少年惊叹。

有一次,有人问,人类最伟大的思想是什么,维尔西洛夫回答:"哎,把石头变成鱼——这就是伟大的思想。"这里仅仅暗示了魔鬼的第一次试探,但是我们后来看到,从这个暗示成长出来大法官的主要思想,也就是关于西部的、罗马的、"对立面的基督"。

维尔西洛夫的"秘密"在这里开始;也许是在他的无意识的自然状态中,也就是说,在他"具有无限力量"的地方,这个秘密就是对于终极联合的预感;正因为这样,在他的脸上(他也是像斯塔夫罗金一样的"美男"),至少在某些虽然十分少见却最无意识的生活的时刻,像这内在的联合的反光一样,会出现那种"雅致",这是他所渴望的神圣的长老马卡尔·伊万诺维奇的"面容"闪现出来的雅致。"维尔西洛夫,"他的儿子,少年,爱他差不多就像沙托夫爱斯塔夫罗金那样,儿子说"维尔西洛夫只要变得稍微地心地纯正,他的脸就变得俊美得出奇"。维尔西洛夫也是那个说出维尔霍文斯基对斯塔夫罗金说的话的:"您知道吧,您是一个美男,但是,比您更珍贵的是,有时候您不知道这个情况。您甚至还有天真烂漫的性格呢，您知道吧？是有啊，有！"他越是"天真"、越是心眼多、越是有意识，离开自己的美貌、离开"雅致"就越远，因为在他那里，就像在《群魔》的主角那里，起歪曲作用的二分现象的根源是在智慧之中，在没有达到尽头、达到蛇的睿智和鸽子的率真的意识之中。而维尔西洛夫也可能会说，"唉，您还是迟钝点吧"，也就是说，您要单纯些，聪明少一点，智慧多一点。他也不知道自己在寻找什么，一直到最后也意识不到在他的无意识的自然存在中正在完成的最后的联合的秘密；但是，比起斯塔夫罗金来，他还是知道得多些、意识到的多些。至少他已经知道并几乎看到了自己的"魔鬼"的脸，不是朦胧的、浪漫式隐约的，而是真正的和现实的脸，他的确就因为这张脸而毁灭。在斯塔夫罗金说"我的魔鬼是什么样的！就是矮小、丑陋的小鬼，万事不如意"的时候，他自己是不完全相信的，即使相信，也仅仅是在清醒与绝望的少见的时刻；控制着他一生的"突如其来的隐喻的魔鬼"在他看来大部分时间依然是"强大的和恐怖的灵魂"，优美，近似"六翼天使中最光明的"，"像闪电从天上降落"。一直到最后，他都没有分清二者，总是把自己的"矮小、丑陋的小鬼"混同于他所看到的和上帝对立而又平等的伟大的"魔鬼"；而这个"魔鬼"，也许，事实上，仅仅是上帝两个面容之一，两个实体之一。斯塔夫罗金的主要错误就在这里。其实，一向就是这样的：在最终的联合的秘密没有最后被意识到的时候：我和父是一，子的实体"我"在对父的实体、对"非我"的关系上，不是显得"魔鬼式"吗？相反，父的实体，是在对于子的实体的关系上。这一点，是斯塔夫罗金没有理解的，亦即，他不理解自己的魔鬼主要的谎言和诱惑——就是："矮小、丑陋的长癞痢的小鬼"，对于上帝不是真实的，但是对于人，则是高度现实的，正因为其矮小和丑陋而是最可怕和难以破除的——与神的两个实体、"两端、两极"对立，就像是起阻隔作用的、"中立化的"、不可穿透的隔离层一样。维尔西洛夫已经理解了这一点，或者，至少，比斯塔夫罗金更多地接近了对这一点的理解；维尔西洛夫猜测，他真正的魔鬼是不善良也不凶狠、只是对善与恶都漠不关心的灵魂，而且不热也不冷，只是温和的，不白也不黑，只是灰色的，是一切没有走到尽头、没有彻底二分也没有彻底联合的一切的灵魂，而只是混合的因而可笑的一切的灵魂，小市民的中庸和精明的一切的灵魂。"我知道，"有一次，维尔西洛夫借着"两极享受的一致性"这个话题顺便说，自己似乎不怀疑这个思想的无底的深度，"我知道，这是不光彩的，主要是，因为，太精明了。"

精明，似乎不可怕，所以，事实上，可怕，正是因为和一切可怕的和神秘的事物对立，十足的平淡、下流、猥琐，甚至显得可笑；其实是，越可笑，就越可怕。在联合之中，存在的是可怕和神圣；在混合之中，存在的是可笑和亵渎。在维尔西洛夫和斯塔夫罗金的意识的最终的深度中，就存在这"已经过度的精明"，所以是"不光彩的"、中间式的、混杂的和可笑的。

"我一直有一个看法，"利莎在爱情约会的时候对斯塔夫罗金说，那是极度的和不顾一切的坦率的时刻：

> 您灵魂里有某种可怕的、肮脏的和血腥的……同时又是那种给您带来极端可笑的包装的……请您不要介意我跟您说实话：我要笑话您。我要哈哈哈地笑话您一辈子。

听了这几句话，斯塔夫罗金脸色煞白，大概那感受就像他挨了沙托夫的耳光的时候一样。

"我总是觉得，"卡捷琳娜·尼古拉耶夫娜在同样心情坦率的时刻对维尔西洛夫说，"我总是觉得，您身上有某种可笑的东西。"而维尔西洛夫，像斯塔夫罗金一样，"脸色煞白"。

显然，这种魔鬼式的"可笑的东西"——某种十分深刻但是没有走到最后、走到尽头的二分现象的征兆——也常常出现在梅什金公爵身上，而公爵的个性，显然，在陀思妥耶夫斯基本人的想象中，是和维尔西洛夫与斯塔夫罗金的个性对立的。"你是一个善良的人，又是可笑的。"一个很朴实、思考很健全的妇女说。而爱上了他的阿格拉娅，有一次忽然又爆发出极端的蔑视："您太可怜了！您为什么贬低自己的一切，为什么一点自豪的心情都没有呢？"实际上，他自己也是意识到了因为魔鬼式地统治他而变得可怕的这个东西——"可笑"：

> 我总是担心我这可笑的样子损害思想和主要的理念。有很多这样的理念，崇高的理念，我不应该谈论，因为我一谈，就必定引起哄堂大笑。我不用手势。我一用就用错，引起大笑，损害了理念。没有尺度感，这是主要的；这甚至是最主要的。

没有尺度感，因为没有高度的和谐、宁静和雅致。在白痴这里，这种"可笑"不是来自二分的意识（虽然他有"二重的思想"），像维尔西洛夫和斯塔夫罗金那样，而相反，来自无意识的二分；在这里，实际上，像在所到之处、一切时候一样，可笑来自混杂，来自没有和精神联合的肉体，来自和新精神混杂在一起的古老的肉体，来自和新的健康混杂在一起的古老的疾病。"我知道，"他自己说，"在疾病延续了二十年之后，必定剩下点什么东西，所以不可能不笑话我。"好像是故意似的，在白痴最像先知的时候，在他似乎就要最终地表达出自己"主要的理念"的时候，他的脸已经得到改造，发出光辉——就在这一瞬间，扭曲面目的痉挛蹿到这张脸上来，语言变得混乱，手势"正好相反"，在逼近的发作中，神圣中展现亵渎、可怕中展现高度的可笑——所以，越是可笑，就越是可怕，直到最后"又聋又哑的灵魂"把这不幸的人推翻在地。

在陀思妥耶夫斯基全部二分人物中的第一名拉斯科利尼科夫的悲剧中，这是最"魔鬼般的可笑的"：在梦境中，当他竭尽全力用斧子朝着老太婆的脑门子砸去的时候，那老太婆在他的打击下，"发出低微的、听不到的笑声，而她浑身上下都因为哈哈大笑而摇摆起来"。还有幻影般的大群见证人，也都盯着他，也都在笑着。

"您知道,"斯塔夫罗金在第一次意识到死亡这一生最紧要的时刻之一说,"我很想、很想大笑,一直大笑,不断地、没完没了地、多多地大笑。我全身充满笑声。"

他似乎用这个笑声故意刺激、揭开自己的致命伤痛;这笑声就像撒在即将死于干渴的人的舌头上的咸盐一样,在他身上"点燃无法遏制的变本加厉的干渴",这是"突如其来的隐喻魔鬼"许诺消解,却永远也消解不了的干渴。

这笑声是什么?从何而来?

如果继续我们日常的似乎是切实的比较,大概可以说,这种笑的感觉就像触及两个电极,有电流通过自身的人的那种感受。"我全身充满笑声。"斯塔夫罗金说。真是"充满"。两个电极电压无限力量这种特殊"负荷"在他身上释放,不是可怕的雷鸣,不是闪电,而仅仅是微细火花的细碎吱吱声响,是笑声引起的难以忍受的、要杀死人的那种令人酥痒的颤抖。"不可思议景象"的联合的闪电在"两根缠绕在一起的线的两端"自己是不可能迸发的,因为分开这些端头的是某种不可见、不可穿透、"中性化的"东西——是魔鬼,是全部中间的、"中间偏上的"、混杂的、可笑的——显得是"突如其来的",而事实上则是永恒的"嘲讽魔鬼"。

这个,也就首先是我们现代的和未来的、西欧的和俄国的、全世界的魔鬼——我们的"谎言"的、中间派的、小市民风度的、"实证主义的"、自由-保守主义的、斯麦尔加科夫的、托尔斯泰的和尼采的庸俗的"父亲"——最"矮小、丑陋、长着癞痢流着鼻涕的小鬼,万事不如意者"——同时又是最有力量、最高大、与日俱增、充塞了世界的,但是依然是谁也辨认不出来也看不见的——鬼。在把人扭曲的痉挛掠过"奇迹创造者巨人"的脸就像掠过着魔者的脸一样的时候,在五十三岁的时候就像在十八岁的时候那样(最后的和特别亵渎式的公爵牧首选举于 1725 年①在彼得堡举行,亦即在彼

---

① 《变化中的俄国》,第 II 部,Hannover,1730,第 189–193 页。(原书注释)

得生病前不足两周,在逝世前25天),"丑角大全教堂大助祭"想要把无耻酒神像放到法冠上去,把一丝不挂的维纳斯放在牧首权杖上和做出其他的"淘气事儿"的时候,俄国的世界级人物之首不是受到了"嘲讽恶魔突如其来的"摆布了吗?这个"精明的"魔鬼是不是在这最具决定性意义的时刻对着西方的最后一位英雄轻声说:"从伟大到滑稽只有一步的距离。"在告诫了"矮小的魔鬼"之后,英雄本身已经立即变得"矮小"了。而对于幻想"战胜反基督拿破仑"的托尔斯泰来说,这个中间派的魔鬼不是以跟他索要根本不存在的小马的"荒诞的农夫"形象出现的吗?"我不知道,一点也不知道,上帝保佑你!"托尔斯泰在从他身边逃走的时候,跳过壕沟,从他的年龄来看,灵活得出奇——他不是可笑,可笑又可怕吗?所以,最后,这不就是魔鬼本身,露出足以令人发疯的丑陋和恐怖,出现在具有"超人形象"的"哲学家狄俄尼索斯的最后一名学生"面前的吗?是的,这首先是现代的、资产阶级的魔鬼,半公爵、半女商贩、半尼采主义者、半托尔斯泰主义者,我们真正的反基督,他正在来到世界,按照拉斯科利尼科夫的话,"在情感上正在诞生"。我们当中还没有人战胜他,甚至没有起来反抗他。我们全部,都处在他的温暖的、柔软的、灰色的、不会一下子杀死人但是慢慢地往死里摆弄的爪子里面呢。

我们新的宗教意识的惟一的力量和长处就在于,我们渐渐地从全部真实的面目之中的这张最真实的脸上摘下了全部隐约的浪漫面具,我们已经看见了他,或者,至少,开始看见。看来,在《少年》中的最后一个场景——这是陀思妥耶夫斯基笔下最深刻的场景之一——正是维尔西洛夫第一个看了一眼我们这个魔鬼的脸。

细节出现在马卡尔·伊万诺维奇长老的葬礼之后;长老在行将就木之际留给维尔西洛夫惟一的贵重物品———件木制的有奇异力量的圣像,画着"两个圣徒",陀思妥耶夫斯基没有说到底是谁;但是全部的经过得到了某种特别深刻的意义,我们大概可以认为,这是所谓"祖国"古代的正教形象——天父怀里的神子。葬礼之后刚刚归来,全家都围在大厅大桌旁边,等待家长维尔西洛夫。在这一天,他终于相信,他去世了,因为他钟爱的女人不爱他,嘲笑他疯狂的爱情,嘲笑他"蜘蛛般的情欲"。他的心理状态几近错乱;但是他,一如既往,控制住了自己,走进房间的时候显得镇静,甚至高兴;只是他的言语杂乱无章;可以看出来,像斯塔夫罗金一样,他"想笑,长时间地、多多地、不停地笑,他整个身子充满了笑"。马卡尔·伊万诺维奇的遗孀、少年的母亲索尼娅,现在要转交给维尔西洛夫(这个情况他知道,他来这里的目的,一部分就在于此)的圣像,摆在桌子上了。

他双手捧起圣像,挪到蜡烛旁边细看了一番,只拿了几秒钟,就放在自己面前桌面上。——病态的恐惧迁入我的心底。母亲的恐惧变成惊异和同情。

"我顺便来看一分钟,想对索尼娅说几句话,心里的话多极了,就是不会说;是啊,都是些奇怪的话呀。你们知道,我觉得,我整个人都在一分为二,"他扫了我们大家一眼,脸色严肃得可怕,却又极为亲近和蔼,"是啊,精神上一分为二,这事,我太害怕了。就好像你们的双生子站在你旁边,你们自己是聪明有脑筋的,那个家伙却在你们身边想要做没意思的事,有时候还有挺愉快的事;你们忽然发现,你们自己也想做这个愉快的事,于是,上帝才知道,为什么,就是说,愿意,但是勉强,全力反抗,又愿意。——索尼娅,你知道,我又拿起来这个圣像(他又拿起,在手里摆弄),你知道,现在我心里巴不得,要在此时此刻,把它扔在炉子上,扔到这个尖角上。我有把握,它一下子要分成两半——大小一样的两块。"

主要的是,他说出全部这些话,没有丝毫的装模作样,或者甚至狂妄的口气;他说话态度平常,但是,正因为这样,才更可怕;而且,似乎,他的确惧怕某种事物;我忽然发现,他的双手在轻轻地发抖。

"安德列·彼得罗维奇!"妈妈拍了一下手,呼喊一声。

"放下,放下圣像,安德列·彼得罗维奇,放下,躺下!"塔吉娅娜·帕甫洛夫娜(一位远亲,一家人的友人)跳了起来,"脱衣服,躺下。阿尔卡季(这是少年的名字),请大夫去!"

维尔西洛夫用几句讲道理的话,稳住了大家,继续温和地说:

"索尼娅,你相信吧,现在我来看你,是把你当成天使,完全不是当成敌人;你怎么会是我的敌人呢!别以为摔碎了这圣像,就成了敌人——因为,你知道,我也是不由得想要把它摔碎的呢……"

其实,塔吉娅娜·帕甫洛夫娜在喊出"放下圣像!"之前,就已经从他手里夺走圣像,紧握在自己的手里了。突然,嘴里的话还没说完,他就猛地站了起来,一眨眼之间从塔吉娅娜手里夺走圣像,使劲晃了一下身子,憋足全部力气,把圣像砸在镶着瓷砖的炉子尖角上。圣像破碎,正好分成两块。——他突然转过脸来,对着我们,苍白的脸骤然通红,差不多变成深红色,脸上的每处肌肉都颤抖起来,都走样了。

"不要以为这是比喻,索尼娅,我打碎的不是马卡尔的遗产,我不过是要打碎它……总是要回到你——最后的一个天使身边的!是啊,也罢,你就把这个当成比喻吧;必定是这样的。"

少年在描述自己当时的思想:"他根本就没有疯,"他意味深长地补充说,"唉,我一直觉得,这就是一个比喻,他必将把什么东西弄坏,比如这个圣像。但是,那个'联体'也必定就在他身旁;这一点,是不能怀疑的。"

在故事结尾,在总结整个悲剧的时候,叙事者又重复强调说:

真正的疯狂行为,我是完全不允许的,何况现在他也完全不是一个疯子。但是,"联体"无疑我也不能放过去。到底什么是"联体"呢?维尔西洛夫本人,在母亲在场的那个情景里,对我们说明了他的感觉和意志在当时的"分离",讲得极为坦率。——他是和联体均分着摔碎这个圣像的,各占一半。

最后,这就是我们真正的魔鬼、我们反基督的名字和面目:"双生子",他在我们身上,永远不断地挖掘出古老俄罗斯的和普世的正教形象,有"两个圣体"——不是在圣灵中合一的圣父和圣子:"我和父是一"吗?他不需要为首的无意识的也不需要最后的有意识的联合,亦即象征——不需要开端、结尾,只需要中间,永远把一分成二,不是为了联合,仅仅是为了将其混合起来,那是亵渎的、"猥琐的"和"丑陋"的混合——混合起来,再大笑不止。

在你思考这个令人震惊的场面的时候,问题就出现了:维尔西洛夫的"双生子"部分地不是陀思妥耶夫斯基的双生子吗?在这里,艺术家不是对自己、对本身的"二分现象"做着某种可怕的试验吗?这样的二分现象,他自己也承认,不是"一直存在于他自身"吗?陀思妥耶夫斯基本人不是和自己笔下的人物一起感受到了那种"令人屏气凝神俯身深渊之上向下观看的需要"吗?不是感受到了"对于自己的勇猛大胆的震惊和钦佩"吗?在谈到对着圣餐仪式开枪的农夫的时候,他谈到了这些。

"俄罗斯人民完全生活在正教之中,别的则一无所有,也没有必要,因为正教就是一切。"他这样说服自己。这就是全部吗?人所特有的,尤其是俄罗斯人特有的,就是"必须否定一切,否定自己心灵主要圣殿、全部的完整的民族的圣殿吗"?而俄罗斯人之中最富俄罗斯气质的人,"丑角大全教堂原型主祭"、牧首法冠和权杖上裸体酒神、不知羞耻维纳斯的塑造者,彼得,他"和蔼可亲",享有令人畏惧的"综合"、联结或者只有混合的能力;彼得所做的事,并不是出自粗率的儿戏;因为他的做法,按照陀思妥耶夫斯基的说法,"从彼得大帝时代起，俄罗斯的教会就处在瘫痪之中"。是这样的吗？（传记。摘自陀思妥耶夫斯基札记，II，356）而农夫们不是争论究竟是谁把谁变得更桀骜不驯的吗？普希金，"和蔼可亲""综合"能力都不亚于彼得，普希金，有时候，像斯塔夫罗金和维尔西洛夫一样，能够发现"两极中的美的重合"——在"圣母的理想形象之中"，在"最纯洁魅力的最纯洁的样本之中"，还在"所多玛的理想形象之中"，在对岸的"深渊"的"边缘"，在克利奥帕特拉身上，在"撕咬吃掉雄性配偶的母蜘蛛"身上：

> 有谁想做买春的生意？
> 本人出售自己的情欲。
> 请说明你们当中有谁
> 舍命购买我一夜奉陪。

第二罗马拜占廷遗留给第三罗马莫斯科的"帝王之中名誉最差者"纳乌霍多诺索尔的花冠，"巴比伦王国"的花冠，和正教的白色冠帽并列；反基督的花环和基督的花环并列吗？这两个花环里，哪一个更富俄罗斯精神？在灵魂里把这两个最为对立的理想混合起来的这种能力，是什么意思？这是俄罗斯人民的特殊的力量呢，还是简单的无耻？

对于自己"双生子"的这些可怕的问题，陀思妥耶夫斯基不能作出回答，只能感觉到，在他的意识里，统一的基督形象如何"出现裂纹"，甚至不是裂纹，而是渐渐地、慢慢地破裂，二分；魔鬼永恒的狡猾就在这里，这个形象不能够分裂到底；这两半既然不能分裂到底，也就不能够彻底联合，而只能不断地靠近、混合，而这种混合的、可笑的东西变得可怕——越可笑，就越可怕。

在瞄准圣餐射击的农夫身上，在砸碎圣像的维尔西洛夫身上，都出现了同样的亵渎；那里是在无意识的自发行为之中，而这里则是在俄罗斯人民的意识之中；在那里，在这里，威胁着他们的是同样一种危险。我们都知道在那个农夫举起枪要射击的那最后一分钟的时候，他有什么感受："难以置信的景象出现在他面前——一切都结束了。"而在维尔西洛夫打碎圣像之后，他有什么感受，我们就不得而知；我们只能猜测，应该发生的是某种最重要的、对于整个悲剧都具有决定意义的事；但是，《少年》也是像《群魔》一样没有结束；维尔西洛夫的最终的宗教命运，就像斯塔夫罗金的命运一样，对我们隐藏起来了；而且，我们看到，这样的命运在伊万·卡拉马佐夫的命运里还在继续。维尔西洛夫是毁灭了呢，还是得救了？无论如何，"双生子"的可怕经验对于他不可能是徒劳的。情况是两种必居其一：或者是在灰色、中间地带最后的毁灭，或者是取得对它最后的胜利——一致的基督面貌的"难以置信的景象"。

这个经验对于陀思妥耶夫斯基本人也不会是徒劳的。从《罪与罚》到《少年》，有意识的和无意识的二分现象全部下降的台阶已经走完；以后已经无路可走；也许，还有最后的一个台阶：大法官——伊万·卡拉马佐夫的"反叛"和魔鬼。但是，正是在这一个台阶之处，梯子在深渊上折断；对于陀思妥耶夫斯基来说，这里出现的情势，就像那农夫举起枪来要对准圣餐射击的那最后的一分钟，或者维尔西洛夫扭动全身要砸碎圣像时；又是二者必居其一：陀思妥耶夫斯基或者必定最后灭亡，连同他全部的二分的主角们，从拉斯科利尼科夫到维尔西洛夫，或者最终得救，战胜自己的双生子，在他，陀思妥耶夫斯基自己的灵魂里，最后爆发出两极之间的火花，让自己面前出现"难以置信的景象"。看来，这后一种情况还真的出现了：他得救了，火花的确迸发了出来，那景象显现在他最后和最伟大的一部作品之中；这是接续《少年》和被《少年》所预示的一部作品（马卡尔·伊万诺维奇是佐西马的原型，维尔西洛夫是伊万·卡拉马佐夫的原型，少年本人则是阿辽沙的原型）；在这部作品里，对于陀思妥耶夫斯基——也许，还不只对他一个人，而且也对整个的俄国文学来说，"一切都已经结束"。这就是《卡拉马佐夫兄弟》。

"为了让人从低下处境
　　灵魂得到提升，
他和古老的大地母亲
结成永恒的同盟"……

德米特里·卡拉马佐夫引用了自己献给农神塞莱拉的心爱诗句。"但是问题就在于，我怎么才能够和大地结成同盟呢？我向前走，但是不知道：是掉进污秽恶臭和耻辱，还是进入光明与欢乐呢？麻烦就在这儿嘛，因为世界上的一切都是一个谜！"就是这个谜，因为这个谜，拉斯科利尼科夫和梅什金公爵无意识地灭亡，而斯塔夫罗金和维尔西洛夫有意识地灭亡。也许，德米特里灭亡得和他们不一样。但是，他已经预感到，甚至差不多意识到——虽然还是十分模糊地意识到了拯救是可能的；不仅预感到恶魔般的恐怖，而且还有这个谜的宗教的神圣性质。德米特里找到了"两极之美的重合"；但是，与此同时，正如这一情况把斯塔夫罗金引向丑恶的亵渎、对宗教的最严重的否定那样，德米特里也正是在这里，在这一重合之中，也猜测出来最伟大的宗教机遇，猜测出来自己的新的和最盛大的"赞歌"。由于这一重合，他的信仰不仅没有熄灭，相反，越燃烧越炽烈：似乎他也要在这一火焰中烧尽，而不是像斯塔夫罗金和维尔西洛夫那样，活活地阴燃、溃烂、消亡。在对于这两个人是结束的地方，对于德米特里仅仅是开始对上帝的寻求。他差不多已经"知道，自己在寻找什么"；他在寻找血和肉的终极的神圣，"人和古老的大地母亲的新的联盟"，"对大地的"新的"亲吻"。他还不知道，应该怎样亲吻大地；亲吻得还相当粗鲁，像牛马那样，凭着卡拉马佐夫式的激情，混杂着热血和泥泞；但是已经感觉到，可以改变方式亲吻它；他愿意，要学习这种新的"对大地的亲吻"，如果能学会，当然就是得救了。他不仅能够得救，而且还能够部分地看到得救的道路——路很可怕，因为过度狭窄，但是对于他来说已经是不可避免的联结两个深渊的桥梁：这座桥梁就是肉与血的秘密，神圣的和贞洁激情的秘密——美。

　　美——这是可怕的、令人感到恐怖的事物！可怕，是因为美是无法界定的；不能界定，是因为上帝提出了许多谜。在这里，各种岸边汇聚，全部的矛盾集合在一起。秘密多得可怕。太多的谜压迫着人所在的大地。解释谜底，你知道，就好比从水里爬出来，还要保持全身干燥。美！我忍受不了，虽然他人也许能够忍受的状况：一个甚至心地更高尚、智慧更高超的人，以圣母的理想开始，以所多玛的理想告终。更可怕的是，有人灵魂里怀着所多玛的理想，却不否定圣母的理想，而且，他的心灵为这一理想燃烧；的确、的确在燃烧，就像在那青春的、天真烂漫的年代里一样。不不，人是宽阔的，甚至过于宽阔，而我却可能狭隘起来。鬼才知道，这可能是什么，就是这样！理智觉得是耻辱的东西，对于心灵来说，则是美。所多玛里存在着美吗？在所多玛里，对于绝大多数人来说，是存在着美的——这个秘密，你到底知道还是不知道呢？可怕的是，美不仅是可怕的，而且还是神秘的东西呢。在这里，魔鬼和上帝斗争，战场就是人的心灵。

在德米特里的心灵里，上帝与魔鬼的这场战斗无论结局如何，他的心灵无论如何也是坚持到底了的。他差不多是有意识地寻找最终"负担"、二分之终极痛苦的，最后一定会找到它，并且把握到底。在这个末端有他的辩解，而这是斯塔夫罗金、维尔西洛夫所不可能找到的。对于德米特里来说，在可怕的路途上逗留是不可能的——那是死结，是妥协，是在"恶名"和"高尚"、中庸和小市民作风、"混合"与"可笑"中的逗留；同时，对于他来说，也没有终极的绝望。如果他现在不能够挣脱自己的魔鬼的魔爪，到最后也会挣脱的，而这样不熟练的痉挛性质的但是真挚而大度的挣脱对他是有回报的。就像上帝对梅菲斯特说到关于浮士德的话：

> 一个好人在自己隐蔽的奔赴之中
> 确切地意识到准确的路途。

德米特里不像拉斯科利尼科夫那样,为虚假的忏悔而惋惜;他不掩饰自己的理智,不因为躲避理智的谜而隐藏在疯癫的黑暗之中,像白痴那样;也不压抑自己的肉体,不扼杀自己,像斯塔夫罗金那样。他不像维尔西洛夫那样说话:"我能够以最方便的方式,在同一个时间里感觉到两个最为对立的情感。"他也不会坦然出言。正是在这种可怕的能力中,对于德米特里来说是没有"方便"的。也不会像斯塔夫罗金那样说:"这种和那种感觉都太猥琐;我的愿望不是太强烈——这样的愿望发挥不了引导的作用。"德米特里不仅强烈期待善,也预期到恶,但是,到最后,会意识到自己的愿望的力量。这样,一个人事实上就不再"徘徊",不会"迷路",不是"在悬崖边缘"徘徊,而是勇敢地飞落下去,头朝下、"脚后跟朝上"。而且,似乎是一直飞落到深渊之底。还有,在这一"隐蔽的奔赴"、坠落之中,他也开始一个"颂歌",因为在那里,在那深渊之底,他看到了某种光明,似乎是相反方向上的天空的光明;是否的确就是相反方向的天空,他也还不明白,但是已经预感到,这是"下面的天空"和"上面的天空"——这是同一个天空,在他看来似乎"所多玛理想"的大戏就是那个"圣母的理想",只不过是换一个方式观看而已,就是那新的"亲吻大地",新的"人和大地的联盟",他所寻求的"伟大的母亲":

> 在我沉湎于最深广的淫荡之耻辱(这样的事只发生在我身上)的时候,我永远要阅读关于女农神的诗。这首诗能改变我吗?永远也改不了!因为我——是卡拉马佐夫。因为,如果我飞落到深渊里去,那就是直线地,头朝下、脚后跟朝上,而且,正因为是处在这样屈辱的姿势里,我甚至感到满意,认为这对我自己就是美。于是,就是在这样的屈辱中,我突然开始唱颂

歌。就算我遭到诅咒，就算我低下、无耻，但是我也是亲吻了我的上帝穿的那个长袍的边缘了；就算我在那个时候跟随了魔鬼，但是我依然是你的儿子，主啊，我爱你，我感受到了喜悦；如果没有这样的喜悦，世界是不能够生存的。我是跟着魔鬼走呢！但是，主啊，我是你的儿子！

在这个无底深渊的、俄国的、卡拉马佐夫的"二者"之间，还没有联合，还只有混合，有某种混合的东西，可笑、可怕和亵渎。但是，问题就在于，德米特里依然以不同的方式笑，以不同的方式感受到滑稽，不同于斯塔夫罗金和维尔西洛夫。主要的是，那些人在恐怖中感受到了滑稽，而德米特里则恰好相反——在滑稽中感受到了恐怖，在宗教道路的方向上，这已经是一个巨大的区别。差不多不可能想象斯塔夫罗金，甚至维尔西洛夫痛哭、祈祷、唱赞歌、亲吻大地。为此，他们过于惧怕滑稽，他们自己就"满载着滑稽"；他们不会亲吻大地，因为担心弄脏了嘴脸；他们洁癖成性，又十分高傲，老爷派头十足，却是"中高层"的人物；虽然过于高傲，却又可能不够高傲，没有那种终极的、谦和的自豪感。德米特里具有更多的真实的自豪，因为具有更多的真正的谦和；他实现了斯塔夫罗金提出的嘱托："糊涂些吧！"德米特里不如斯塔夫罗金灵活，但是比他聪明，因为他更朴实。他已经不仅是在混合和发出笑声，而是在这笑声之中，在羞辱之中，"突然开始唱出颂歌"，而且，事实上，因为神圣的恐怖而颤抖，而哭泣，而"狂热地"祷告，还有，按照佐西马长老的嘱托，"不为狂热害羞"。他和格鲁申卡放荡欢聚，此后又因为杀父而被捕，而在那欢聚之前，他正是这样"狂热地"不畏羞耻地祷告的：

> 主啊，我虽然不守法，还是接纳我吧，但是不要审判我。免除你的审判，放我过去。你不必审判，因为我要自己审判自己，你不必审判，因为我热爱你。主啊！我自己虽然卑微，但

是我爱你：即使你把我送进地狱，到了那儿，我也依然爱你，从那里发出呼喊，永远爱你。但是，还是让我在这里充分地爱你吧，现在充分地爱你，在你炽烈的光芒到来之前的五个小时。因为我正在爱你，我不能不爱，我这个人，你整个的都看见了。

这就是崭新的、俄罗斯的和世界的，但是差不多也是我们的祷告——难道不是基督徒的吗？——无论如何，这不是禁欲主义的、佛教的、托尔斯泰式的基督教的祷告，不是压制人的，而是实实在在奔赴我们的太阳——复活的肉体的一道"炽烈的光芒"的祷告："我们在天上的父，我们爱你：但是也让我们充分地爱你的大地，你一直在大地上，也在天上。"看来，任何的"双生子"，任何的中间派、中高级派、搅混一切、呵呵发笑的魔鬼，都不会熄灭也不会制止世上仍然闻所未闻但是我们已经听到的、已经在我们身上燃烧的对上帝的祷告。凭借这一祷告，德米特里·卡拉马佐夫会得救，将会属于我们。

也许可以认为，二分现象出现在拉斯科利尼科夫身上，是由于他喜好抽象，脱离生活；出现在白痴身上，是由于与生俱来的疾病，灵魂与肉体的不均衡；出现在斯塔夫罗金、维尔西洛夫、德米特里身上，是因为他们的"罪恶"，亦即最深刻的、首要的、形而上的无耻、中庸、混合。但是，这里有纯洁的六翼天使阿辽沙。他已经具有完美的健康、完全的贞洁，而毫无卑劣。在他身上即将完成最终的联合、象征的秘密；这种联合就出现在他的面前，就像"难以置信的景象"，像闪电联结了天与地，"难以置信的景象"。如果说二分现象仅仅来源于疾病、卑微、罪恶，那么，在阿辽沙身上，似乎就没有这一现象。然而，这一现象就在他身上；他就是卡拉马佐夫。"我们大家都是这样的卡拉马佐夫，"德米特里对他说，"天使啊，这个虫子就在你身上活着呢，还要在你的血液里掀起风暴。"所以，事实上，阿辽沙不仅仅是靠智慧来理解，而且是用心灵来接受两个对立的深渊的，"两极的美的重合"，尽管，当然，他完全不是这样理解和接受它们的，不像斯塔夫罗金、维尔西洛夫，或者甚至德米特里·卡拉马佐夫。关于"两端"的这个概念，部分地还有对这"两端"的接受，都的确存在于阿辽沙的身上，这一点已经可以从那次谈话中得出：那次谈话揭示，伊万对"蔚蓝色的天空和胶质的嫩叶"的热爱，亦即对全部大地的肉体生活的热爱，当然，并非没有激情的，而是有高度情欲的"卡拉马佐夫式的""躯体"的爱，他不仅接受，而且作为一己宗教的两个必不可少的一半，加以证实："伊万，你的事业的一半，已经做好，而且也已经得到。现在你要为另外一半努力——你就得救了。"确实，我们已经看到，这些话对于阿辽沙全部的基督教，具有何等巨大的意义。这里还有另外一次更为坦率的谈话，对象是像他一样只是有一点疾病的"天使"——一个贞洁的姑娘，还几乎是一个小女孩，他未来的未婚妻，丽莎；这是那类的谈话之一，这样的谈话，除了陀思妥耶夫斯基之外，迄今似乎还没有被任何人悄悄听到，而且，这样的谈话似乎在过去和现在都一直在人们之间进行：

"在某些时刻，人是喜欢犯罪的。"阿辽沙说，若有所思。

"是的，是的！您说出了我的想法，都喜欢，永远喜欢，不只是在某些时刻。您知道，在这件事上，似乎所有的人都早就说好了，要说谎，而且，从那个时候起，就一直说谎。人人都说痛恨蠢事，可是自己做的蠢事自己都喜欢。您听着，现在正在审判您的兄弟，因为他杀死了父亲；可是，他杀死了父亲，人人都喜欢。"

"他杀死父亲，人人都喜欢吗？"

"喜欢，都喜欢！人人都说，这很可怕，可是自己干了蠢事，却喜欢得不得了。我就第一个喜欢。"

"您的话里，说到谁，都有几分真实。"阿辽沙轻声说。

"啊，您这都是什么想法呀！"丽莎欣喜起来，"君王才是这样的！"

以后，她一直以这种儿童式的无羞耻感（"阿辽沙，为什么我在您面前一点也不感到害羞呢，一点也不？"）对阿辽沙表示完全的亲近——当然，不是事实上的亲近，而只是抽象的、理论上的，但是仍然是内在的、现实的亲近。就为了这样的亲近，沙托夫想要杀死斯塔夫罗金："老实说，萨德侯爵都应该向您学习了。"很可能丽莎从来没有听说过萨德侯爵的名字，但是，就是在这里，有某种类似虐待狂，某种痛苦情欲的、"蜘蛛的"东西，出现在她身上，在这个小姑娘、这个十五岁的少女、这个"天使"身上，虽然在生理上她还算不上是妇女。而最可怕的是，这一切完全不是来自某些偶然的恶劣影响以及周围生活环境的外来条件、社会文化，这一切都是在她自身——最原初的、原始的、前生命的，先于任何的道德、意志、意识，很可能来自那些神秘的深渊，而她的贞洁也是来自这些深渊。就是在这里，"所多玛的理想"不仅和"圣母理想"并列，而且似乎就存在于它自身之中——最贞洁少女身上的最狂喜的因素（所以，按照欧里庇得斯的解释，女酒神们都是永恒的黄花少女）。怎么能够指责丽莎呢？如果造就她成了这个样子的不是世人，如果不是她自己，那就是上帝吗？

"阿辽沙，犹太人在逾越节盗劫小孩子并且屠宰他们，是真的吗？"

"我不知道。"

"我有一本书，我看了书里面一个地方的一场审判，说犹太人先把四岁男孩的两只小手的手指头都砍掉，然后把他钉在墙上，然后在法庭上说，这个孩子死得很快，才经过四个小时。真是快呀！还说：他一直呻吟，哼哼，那犹太人就站在那里，看着，欣赏那个情景。挺好。"

"挺好？"

"挺好。有时候我想，是我自己钉死他的。他挂在那儿，呻吟，我就坐在他对面，品尝冰糖水菠萝块。我就是喜欢菠萝罐头。您也喜欢吗?"

阿辽沙不说话。

丽莎"混淆事务","大笑",但是当然不是因为偶然的低下的荒淫,不是因为偶然生病。阿辽沙不笑,不说话,什么都回答不上来;如果回答,也不是依靠意识,而仅仅是出自爱:他爱她,即使她这个样子,也接受她,原谅一切。但是又不依靠自己的意识,而仅仅靠着心灵的感知,把这种儿童天真烂漫的和有点讨厌的"冰糖水菠萝块",和伊万对肉体生活的爱、对蔚蓝的天空与胶质的嫩叶的爱区分开,和卡拉马佐夫情色的"肉体之爱"区分开——阿辽沙认为这样的爱是伊万的两个"一半"之一,这两个一半对于得到拯救,都是同样必不可少的。在谈到"天使们"的这场谈话的时候,让人不仅为阿辽沙也为丽莎感到恐惧;令人觉得,再过一刹那,按照魔鬼谈论隐士教父的话来说,人就要"头朝下"飞去;而阿辽沙,即使是不飞落,那也可能还不是"头朝下",也不是"脚后跟朝上",而是像一个"纯洁的六翼天使"。凡是没有可能飞落的地方,也没有可能飞翔,也没有宗教。不过,我们暂时还是觉得恐怖。听着这个如此突如其来的、如此真实的谈话,我们觉得,在两个"天使"身上,都有某种"虫子"苏醒,这个虫子要在他俩的血液里掀起暴风雨。暴风雨要来临,必定来临,不可能有变化。为了这暴风雨,佐西马长老把阿辽沙送到"人间"。因为如果没有暴风雨,就不会有联结天空与大地的闪电。其实,我们进入《卡拉马佐夫兄弟》的时候,这场暴风雨刚刚开始,我们只看到了这个闪电的最初的几乎是没有雷声的远处的闪光。阿辽沙最终的命运,我们在陀思妥耶夫斯基这里没有看到,因为,很可能一直到现在,他的命定遭遇也还没有终结。但是,在即将读完《卡拉马佐夫兄弟》的时候,我们总还是意识到,正是在这里,在阿辽沙还没有终结的、最后的宗教的命定遭遇之中,包含了关于我们自己的宗教前途——不仅是俄国的,而且还有全世界的宗教前途问题的答案。

"伊万兄弟就是斯芬克斯,不说话,永远不说话。"德米特里说。是的,伊万,就是斯芬克斯,不说话,保守住未来的秘密。

这是什么秘密呢?在这个秘密里,正像在陀思妥耶夫斯基的全部的终极秘密里一样,都有两极的"对立面的统一"。我们已经部分地看到这两极之一,伊万的"两个一半"之一:

> 即使我不信赖生活,不再相信事务的秩序,甚至深信反面的一切,无序的、可诅咒的、也许是魔鬼般的混乱,即使人类的绝望带来的全部恐惧令我惊骇——我也依然想要生活下去,我也要拜倒在这个大酒杯的前面;酒没喝完,我就不撒手!——而对于生活的这样的渴望,那些身患肺病的凡夫俗子常常称之为下流,尤其是那些诗人。这样的渴望部分地是卡拉马佐夫式的,这是事实,但是,这无论如何是对生活的渴望——到底有什么下流?在我们这个星球上,向心力还依然太多,阿辽沙。都渴望生活,我也在活着,虽然这违背了逻辑。

"我要活下去。"托尔斯泰《复活》里的聂赫留道夫说。"我要活下去,就是为了思考和忍受。"普希金说。在这里,在这俄罗斯的和全世界的终极的深度上,在普希金身上,托尔斯泰(当然,不是阿基姆长老,而是叶罗什卡叔叔)和陀思妥耶夫斯基走到一起。和聂赫留道夫、托尔斯泰、斯塔夫罗金、维尔西洛夫相反,伊万·卡拉马佐夫已经不认为卡拉马佐夫和普希金这样的对生活的渴望"下流",或者太高尚,而正是仅仅认为不下流而已;而阿辽沙直截了当地认为这一渴望是宗教性的,神圣的。但是,也许,这一渴望在任何时候、任何地方也没有表现出全部的、差不多是有意识的神圣品格,全部神秘的赤裸,而且十分真诚,大概有如德米特里的和陀思妥耶夫斯基自己的这样的一个表白:

"看来,现在我身上有足够的力量,能够战胜一切,一切艰难困苦,就为了能够告诉他人和对自己声言:我还活着!即使含辛茹苦,我也还活着,忍受考验,但是我还活着!给关在高塔里,但是我依然存在,看到太阳,即使看不到太阳,我也知道,太阳就在天上。知道太阳依然升起,这已经就是生活了。"

"我的理想,这就是——现形,但是要最终地、永不返回。"魔鬼对伊万说。

对于这样的永不返回的现形,对于我们星球和我们的精神的这一"向心力",对于生命的这一神秘的狂喜,对于这样的渴望大地、大地上的"胶质的嫩叶"、大地的蔚蓝色的天空来说——现象的世界,比现象背后的事物——本质的世界,是更可贵、更神圣的。但是,按照伊万的话来说,现象世界是"建立在愚蠢行为"和喧嚣道德和宗教的矛盾上的。其中主要的是:"痛苦存在,没有罪人。"就是这样的"愚蠢的道理",他是不能同意的;于是,这里就开始了"伊万的反叛"——现象对本质的反叛:

> 我需要复仇,不然我就要对自己射击。而且这复仇不是毫无时间和地点范围的,就是在这里,在大地上,我要亲眼看到。我要亲眼看见,母鹿怎样躺在雄狮旁边,被宰割者如何站起来和打杀者拥抱。在一切人都意识到这一切情况的缘由的时候,我想留在这里。但是事情到了这儿还没有完结。你看见了吗,阿辽沙,也许,的确会是这样,在我活到那个时刻,或者复活,就能够看到他,那么,可能,看着母亲和折磨她孩子们的人拥抱,也会和其他人一起呼叫的:"主啊,你是对的!"——但是,那个时候,我是不会呼叫的。只要还有时间,我就要赶紧保卫自己,因为我是完全拒绝最高度的和谐的。她连遭受折磨的婴儿的一滴眼泪都不配。

这是约伯—普罗米修斯的古老的哀怨:"啊,但愿人能够和上帝竞赛,就像人子和亲人竞赛那样!——于是我呼叫:冤枉!——没有人听;我呼唤——却没有法庭。"

遭受折磨的儿童的泪水,存在于时间、存在于现象之中;但是在上帝面前,作为一个象征,这泪水具有永恒的、本体的意义。如果上帝是至善的、全能的,他为什么不把世界创造得没有泪水,没有罪恶。将来是没有恶的;但是,过去有,现在有。从哪儿来的?为什么?"这不是我的,而是你的意志"吗?但是,又是在时间上、在现象中有我的意志——而不是你的。我和你是两个——我的意识要求这一点;我和你是一个——我的爱要求这样。在这里。我的意识反对我的爱,在这里我反对我自己;我身上的上帝反对我自己。在这里。大地的真理反对天上的真理。

> "我不愿意母亲(在这里,当然,他是指'伟大的母亲'、'人类的指望')和摧残她儿子的折磨者拥抱!她不应该原谅他!如果她愿意,让他为自己而原谅他,为母亲一己的无限的痛苦而原谅他;但是,她没有权利为自己被宰割的孩子的痛苦而原谅折磨者,即使那个孩子自己原谅了他!如果是这样,如果他们不敢原谅,那还到哪儿去寻找和谐?在全世界,到底有没有能够原谅而且有权利表达原谅的人呢?"

"那么,基督呢?"阿辽沙提示。

但是,在这里,开始了伊万另外的、对立的一半,二分现象的终极的深度;在这里,基督本身的形象,统一俄罗斯的和全世界的、正教的形象一分为二,"分裂",就像马卡尔·伊万诺维奇交给维尔西洛夫的那个圣像,分裂成为两半,分成圣子和人子。

在修道院里,在佐西马长老的修室里,在这位长老和其他的修士的面前,他讲述了关于俄罗斯正教世界意义的看来是自己最神圣的思想——这个思想符合斯塔夫罗金、梅什金公爵,似乎还有陀思妥耶夫斯基本人的、关于俄罗斯"体得神旨者的人民"的思想。

罗马的异教国家,在变成基督教国家之后,仅只收容了教会,但是本身依然是异教国家。而基督教会,在进入国家之后,不能够从自己的基础、从自己所屹立的磐石上有丝毫的动摇,而只能够按照原样追求自己的目标。因为这是上帝本身毅然决定和向教会指出的:要把全世界,也就是整个的古代异教国家纳入教会。——这样,地上一切的国家后来都必定完全转向教会,不为其他,只为完全成为教会。

听众之一,一位温和的俄罗斯自由派和西方派人士,在伊万的这些思想中发现了"教皇权力无限论"、罗马天主教教皇思想的终极界限:"这样的事,是教皇格列高利七世也没有梦想到的!"而佐西马长老的学生帕伊西神父,对作为高度正教的伊万的思想给予解释和确认的时候,提出了"严格的"反驳:

请您完全从相反的方向理解!不是教会演变成国家,您要明白这一点。那是罗马及其理想,是魔鬼的第三个诱惑!相反,国家要演变成教会,上升到教会的水准,在整个大地上成为教会,这样,从完全和教皇权力无限论的、和罗马的、和您的解释相反,这才是惟一的对大地正教的伟大的任命。这一明星是从东方发出光辉的。

无条件同意伊万的还有佐西马长老,他说:

基督教社会一成不变地期待自己完全的改变,从作为差不多是异教同盟的社会演进成为一个一致的全宇宙的和统领一切的教会。这件事就要实现,实现,即使到了天荒地老,因为只有这件事必定要实现!

在这次谈话以后,佐西马俯身地面,向"人类的重大痛苦"俯首，也为他在德米特里·卡拉马佐夫这个默想的杀父者命运中看到了这样的痛苦。但是，问题在于，这位长老为什么没有理解问题的核心，这就是，在两个兄弟之中，最有罪的和不幸的不是德米特里，而是伊万：德米特里在意念中要杀死人世间的父，而伊万想要杀死天上的父；伊万比杀父者更坏，他是杀神者。因为，即使在他叙述自己的正教思想的时候，在他的思想里也有"反叛"，在自己的心里，他说：没有上帝，没有善恶，一切都得到了允许。他部分地故意不把话说完，而是混杂着、笑着、亵渎着；但是，除了笑以外，他的思想里还有别的要素：重大的痛苦和犹疑的恐怖，地上真理对天上真理的"反叛"。目光敏锐的长老怎么就没有看到这个主要的和最危险的反叛呢？他从伊万那里仅仅接受了"正教"外在历史的形式，而在表示同意以前，他怎么就没有追求理解其内在的、神秘的内容呢？怎么没有问问伊万，他说的"基督的血"和基督本身到底是什么意思呢？对于这个主要的问题，伊万或者不得不保持沉默（他很可能会这样做的，就像"斯芬克斯"那样）或者用大法官的主要思想——就是说，"对立的基督"——反基督来回答，这样也就显示出，伊万表面的"正教"事实上对于佐西马长老乃是"在圣地亵渎圣地"。这样，教会的外在的历史形式，虽然显得似乎是东部基督教和西部基督教主要的和本质的区别，但是在实际上却没有穷尽其内在的内容：在两种情况下，虽然接纳了两种对立的思想——佐西马的神人思想和伊万的人神思想，但是教会的历史形式仍然保持不变。如果说这不仅是佐西马的误解，那它也是陀思妥耶夫斯基的误解吗？他是否经常意识到，在基督的宣讲者和反基督的宣讲者如此浮躁仓促的、表面的、没有神秘可言的、仅仅是历史的共同见解之中包含着某种诱惑吗？在这里，陀思妥耶夫斯基不是和"正教的"伊万把披着羊皮的狼引进了牧人的栅栏里了吗？

是的，这两个公式：天主教的"教会变成国家"和正教的"国家变成教会"这二者的主要区别，不是来源于国家的理念，因为这一理念的内容在双方都是一样的——异教的，也甚至不是来自国家对教会的外在的关系，而仅仅来自教会本身理念的内在神秘内容，来自基督的两个面容的对立性。而这两样的面容似乎存在于东方和西方两个教会的根基之中。

对于伊万来说，这样内在的神秘内容究竟在哪里呢？这里仅仅有对于阿辽沙的问题的回答："而基督呢？"——在这里是"断裂的圣像"的裂纹；这里是大法官。

"天主教宣告了反基督。"陀思妥耶夫斯基在去世前不久的日记里写道。"我们不和你在一起，而是和他在一起。"也就是说，和反基督、魔鬼在一起——大法官对基督本人说，或者对在他看来像是基督的人说。对于教会外在的教条和传说表示无限的听取，所谓承认人所能够达到的全部真理和善的完备已经一劳永逸地获得，得到教会的肯定，而且，可能仅仅是通过教会、教条和传说展现在人们面前——按照伊万、大法官和陀思妥耶夫斯基本人（因为只有在这里，仅仅在这里，他才以最大的明确性谈论这件事，而其他全部的提示都和这一条解释有共同之处）的见解，"罗马天主教的"本质的基本特征，以及对立的基督、反基督的"最基本的特征"就包含在这里："你已经把一切交给了教皇，现在一切都在教皇那里，你现在完全用不着来了，不要来碍事。""对于你以前所说过的话，现在你是连一点做补充的权利也没有的。"这情况似乎就是，与这个对立的基督对立的，就是真正的、正教的基督。看来，从伊万和大法官的话中，情况至少就是这样的。内在神秘的坦诚的无限的自由；承认基督真理和善的完满是教会的任何外在历史形式、教条和传说所没有穷尽和永远也穷尽不了的，真与善的不可竭尽的源泉就是基督本身，他不仅已经来临，而且还将在应许的灵魂安慰者中来临（"我不让你们呈现灰色，我要把我的灵魂送给你们"），由此，越过全部外在的历史的形式，越过全部的教会的教条和传说，而出现无限内在运动、发展、创作的机遇——而这个与"对立者"对立的对立者的实质就在这里，也就是说，按照伊万、大法官和陀思妥耶夫斯基本人的见解，似乎就是那真正的、正教的基督的实质。大法官说："他们的信仰自由，在一千五百年以前对你是比一切都珍贵的。当时你不是常常说'我要让你们都享有自由'吗？"

但是，正是在这里，由于这一的确还是不可理解的，甚至似乎永远也不为人所理解的道理，基督自由的至福——乃是"对立的基督"对于真正的基督的主要的反驳：

> 任何时候，对于人和人类社会都没有什么东西比自由更加不可忍受。对于人，没有什么东西比人的良知自由更富蛊惑性，但是也没有什么更为折磨人。于是，取代一劳永逸地安抚人的良知的坚实基础，你索取了一切不寻常的、谜一样的和不确定的东西，索取了一切人力所不及的东西，之所以这样做，似乎是不喜欢这一切——这到底是谁呢？就是那个为了他们献出自己生命的人！你不去控制人的自由，而是增加自由，用自由来永远地折磨人的灵魂王国。你激发了人的自由之爱，为了让他自由地跟着你走，受到你的逢迎和俘获。取代了人应该依靠自己自由的心灵来决定什么是善、什么是恶这一不可动摇的古代法律，人只能受到你的圣像的引导；但是，你没有想到，如果有像选择的自由这样可怕的重担压迫他的话，他一定会推翻它甚至对你的圣像和你的真理提出争议吗？最后，他们会呼喊，真理不在你身上，因为像你那样把圣像和真理置于反叛和折磨的位置上，是不可能的。所以，是你自己开始摧毁自己王国的，不要指责他人。

在这里，不仅是对于大法官，而且，似乎，也对于陀思妥耶夫斯基，看来完全没有问题的是，从反基督全部这些反驳中产生的真正的似乎是"正教"基督的形象，是否符合于他的历史的、在教会史中实现的、对于教会来说是真实的形象呢？与此同时，我们有权利对于这种符合的见解感到强烈的怀疑。我们都十分熟悉，像大法官理解的那样，"基督的自由"是某种事物，与一切教会外在的强迫性的法规、教条和传说对立,但是这样的"自由"不仅没有被接受,而且在西部教会和东部教会、在教皇的罗马、在拜占廷、在从君士坦丁堡到莫斯科的历史的正教中——都没有得到理解。在那里和在这里一样,在两个教会历史发展的一定的时刻,甚至在更早的时刻,早在分裂之前,内部的宗教启示和创作的源泉就已经永远地被外在的不可动摇的教义的印记所阻拦,打上了印记。在那里和在这里,都同样明确而坚定地说出:"你向你的教长或者教长们、教会首领或者首领们(归根结底这是一样的)传达了一切,所以,现在,他们拥有了一切,所以,你也完全不必来,也不要妨碍。对于你以前说过的话,你没有权利增补。"事实上也是,不仅从西方的观点,而且也从东方的观点来看,"他都没有任何增补的权利",例如,即使是对胜利女神的象征。在那里和在这里,教会同样忠实的儿子们,按照大法官的话来说,"都把自己的自由带给了"基督教的首领,将其温顺地放在他们的脚下。正是在这一意义上,在那里和在这里,同样地,"他的功绩得到修正"。

于是,诱惑就是:在陀思妥耶夫斯基看来是为"正教的"基督,既然简而言之可以根据大法官的反驳来判断,这是享有内在天启的、与教会的一切强迫性的外在教条和传说对立的无限自由的基督,对于两个现实存在的、历史的教会,以及西部的和东部的教会,都在同等的程度上是反基督的,相反,是"对立的",却不是伊万、不是大法官,而陀思妥耶夫斯基本人不是成了真实的基督最危险的异教徒和脱离正教教会者吗?而且,不是比——例如——托尔斯泰和尼采,更危险和叛逆吗?

这个可怕的诱惑,最坏的是,似乎是陀思妥耶夫斯基故意设计出来的,这个诱惑来源于对于他来说,是一个真实的、神秘的基督,和对于两个教会都是真实的、在历史上得到实现的、拜占廷的和罗马的基督——之混合;这个诱惑在随之而来的大法官对魔鬼的三个试探的解释中扩大和加深。

第一个试探是面包。

你看见这荒凉、炎热的沙漠里的这一块一块的石头了吗?你把石头变成面包吧,人们就会跟随你奔走,就像感恩戴德的、顺从的羊群,虽然还担心,因为你一抬手,那面包就会不见了。但是,你不愿意剥夺人的自由,因为,拒绝了提议,因为你思量着,用面包购买自由,那还算什么自由呢?你反驳说,人不仅仅靠面包生活,但是,你是否知道,为了这地上的面包,大地的灵魂起来反抗你,和你斗争,还要战胜你,所有的人都跟他去,呼叫着:谁能够和这头野兽相比?是他把火从天上给我们拿来的!……我们自己能够吃饱,是用你的名义,或者推托说用你的名义。唉,没有我们,他们是永远不能够喂饱他们自己的!(《卡拉马佐夫兄弟》,第二部,第二卷,"宗教大法官")

这已经是预言,而不是历史。历史证明,大地上的面包问题,无论在西部教会,还是在东部教会,都还没有得到解决。在这里和那里,对于"人不仅靠面包活着"的理解是,人只靠天上的面包活着,但是,至少,两个教会都向作为"异端同盟者"的社会和国家代表了对大地面包的关怀,尽管不重要,与自己的使命无关:喂养你们的肉体吧,你们知道,我们不在乎你们的肉体,因为我们只喂养你们的灵魂,只关心你们的灵魂。但是,问题在于,上帝的话,在这里和在那里,都没有得到真正意义上的理解:人不是只靠大地上的也不是只靠天上的面包活着,而只能靠这两种面包活着;不养育生活在这个肉体里面的灵魂,也就不能养育肉体;但是,同样地,不养育灵魂生活于其中的肉体,也就不能养育灵魂,因为人不单一地就是肉体,也不单一地就是灵魂,灵魂和肉体是在一起的。如果不理解这句话,人就等于没有天上的面包,就像没有大地的面包一样:天上的面包不可能不失去价值,因为养育死于寒冷躯体之人的灵魂,是对躯体也是对灵魂的嘲笑。我们不知道,"在时间终了、时候到了"的时候,会怎么样,但是迄今是这样的:迄今,人因为肉体和精神的饥饿而死亡,这在西方和在东方都是一样的;这两个教会，在这一点上是不对立的。

但是，在对第一个试探的这一解释之中，除了有历史的误解之外，还有神秘主义的误解，或者，至少，高度的诱惑的缄默。因为我们从福音书里得知，在大法官所指的意义上，主完全没有推翻似乎是魔鬼投给他的面包的奇迹：我们知道，他怜惜在沙漠里挨饿的人民，给了他们吃的："他们吃了，吃得很饱。"但是，沙漠的石头变成面包了吗？

> "我掰开那五个饼分给五千人，你们收拾的零碎，装满了多少篮子呢？"他们说："十二个。""又掰开那七个饼分给四千人，你们收拾的零碎，装满了多少筐子呢？"他们说："七个。"耶稣说："你们还是不明白吗？"（可，8：19-21）。

似乎，我们到今天也还没有"明白"。我们只明白拒绝地上面包的基督，却没有明白分发面包的基督。大法官忘记了这个奇迹了吗？或者，简直就是不相信他，甚至作为象征、作为标记，也不相信他吗？但是，如果没有这个标记，第一个试探的涵义是不可理解的，它是主关于地上面包的话必要的延续和结论：人不是单靠面包，也不是单靠上帝的话活着，而只能靠面包和上帝的话这二者；凡是施教者，都是养育者；不养育，则无所施教，不施教，则无所养育。这不是两件事，这是一件："请你们接受我的话，分享你们的面包，足够供给一切人还有余。"那不是石头的奇迹，而是变成活命面包的话语的奇迹。"你们怎么还不明白呢？"至少，在阿辽沙身上集中了俄罗斯正教的全部的前途，那么，阿辽沙为什么没有明白也没有回答伊万这个诱惑性的问题呢？因为这个问题是值得回答的，在这里不能够保持缄默，不能受到细微力量的诱惑而不把话说完：若非如此，则不仅正教基督的历史的，而且还有神秘的形象，将会被歪曲得无法辨认。要不然就是阿辽沙和陀思妥耶夫斯基本人都像大法官一样，忘记了面包的奇迹了吗？

但是，我们已经看到，关于奇迹的这个最困难和折磨人的问题，对于陀思妥耶夫斯基来说，则是关于画像中的自然和超自然基督关系的问题，这个问题似乎已经解决，但是在事实上，在对第二个试探的解释之中却又变得复杂起来，纷乱成不可容忍的诱惑——关于飞翔的试探。

可怕而智慧的恶魔把你放置在寺院的屋脊上，对你说："你要是想知道你是不是神子，那你就往下跳，因为，关于神子的说法是，有天使接住他，把他抬走，他不会摔下来，不会摔伤，——这样你就能够知道你是不是神子，就能证明你对天父的信仰是怎样的。"你听了之后，拒绝了提议，不听从，也没有跳下去。唉，当时你是明白的，当时你如果只向前迈一步，往下一跳，你就立刻诱惑了主，丧失了对他的全部信赖，会在你到这里来为了拯救的大地上摔死，而那诱惑你的狡猾的灵魂会高兴起来：你希望，只要追随你，人就会和上帝在一起，不再需要奇迹。你不想用奇迹奴役人，你渴望自由的、非奇迹的信仰。你渴望自由的爱，而不是囚犯面对一劳永逸奴役了他的强权所感受到的奴隶的狂喜。

还有，大法官已经代表反基督直截了当地对基督说："你的自由""你的自由的智慧""你的学识"。于是出现了一个难以置信的场面：有一个对立的和虚假的天主教基督，为了那些没有奇迹就不能够接受上帝的过度软弱的人们的爱，而要求奇迹和奇迹般的信仰。这样的基督，是和真正的、"正教的"基督对立的。真正的基督拒绝奇迹，认为那对于人来说是奴役性的、有损人格的，是魔鬼的试探。拒绝它，是为了信仰的无限的内在的自由，为了"自己的自由""自己的自由智慧""自己的学识""自己对于自然的必要性法规的更高度的认识和承认"。自由的智慧、否定对于奇迹的信赖的学识，一千九百年来两个教会都认定的最危险的异端邪说、反叛、撒旦精神的现象，反基督，忽然却显得就是真正"正教"基督的实质！这究竟是怎么回事呢？是陀思妥耶夫斯基不负责任的审美游戏、思想的不够谨慎的玩耍吗？但是，他不可能、不可能没有意识到，在这里他在用什么做游戏！即使这是游戏，那也是和对于陀思妥耶夫斯基来说最可怕的魔鬼游戏，在这场游戏里，他最后一次把自己最伟大的信仰、俄罗斯的和全世界的正教最炽热的"醒来！醒来吧！"押在牌上——他是从来没有这样做过的。不，"大法官"不是纯粹的艺术形象，不是冷静的历史研究；这里既有宗教的宣讲，也有陀思妥耶夫斯基本人的预言。他自己是怎样对待关于奇迹的问题的呢？

"俄罗斯民族完全身处正教之中。"——"非正教徒不可能是俄罗斯人。"他认为自己是俄罗斯人，当然就是正教徒，在这个全民族的意义上。但是，全体俄罗斯人都是相信和永远相信奇迹的，十分单纯，虽然从大法官的观点看，这样的信仰不理智、不"自由"。不仅人民相信，而且整个历史的正教教会也信。不仅教会，还有基督的最近的门徒。全部的福音都充满了奇迹，从加利利的迦拿到拉撒路的复活，到主的复活。保罗断言，如果基督没有复活，则我们全部的信仰就是徒劳的。陀思妥耶夫斯基说："天主教宣告了对立的基督。"陀思妥耶夫斯基认为，大法官在说出下面的话的时候，是指这个"对立的基督"的："我们不和你在一起，是和他在一起。"当然，他所指的这一位，因为是与对立者对立的，所以，看来，又是据陀思妥耶夫斯基认为，这一位就是惟一的、真正的、正教的基督。然而，他又不可能是真正的正教的，因为他否定奇迹，不相信奇迹在任何时候、任何地方都是不可能有任何的历史的正教的。这样一来，对于陀思妥耶夫斯基来说，同样的一个基督，就既是真正的、又不是真正的，既是正教的又不是正教的。而且，在这个可怕的——我要再重复说，不仅从大法官方面看，而且从陀思妥耶夫斯基本人方面看都是预谋的，因而更具有蛊惑性的———团乱麻中，我们感觉到，这二者所具有的某种最后的、最主要的和最神秘的思想，一去不返地从我们身边溜走了，尽管一切的一切都取决于这一思想。

让伊万、让大法官不要相信基督教的奇迹——甚至连续不断的一千八百多年的历史奇迹吧;好,那么,陀思妥耶夫斯基本人,到底,他是相信奇迹呢,还是不相信?如果他不信,那么,为什么,在任何时候、任何地方,他都不把自己这种私人的、一己的、特别的、非历史的、非民族的、不相信奇迹的正教,和全民的、俄罗斯的、历史的正教——不仅不分开,反而还似乎故意把二者混合起来呢,如果相信,那又怎么把外在的奇迹和信仰的内在的自由联结起来呢,不信教的多马?怎样才能理解主的这句话呢,他过去和现在经常用自己的手指去捅主的痛处:"你信了,因为你看见了,没有看见的、信了主的人有福了。"这其中的涵义不就是:只有那些身上完成了内在奇迹的人,只有这些人,才是有福的。来自奇迹的信仰,是奴役,是魔鬼的诱惑;而来自信仰的奇迹,是自由,是神的标记;基督否决了外在的并非信仰所诞生的奇迹,接受了内在的信仰,而这一信仰产生了奇迹;如果没有信仰的内在奇迹,就不可能有外在的奇迹,在有奇迹的时候,也不可能没有外在的奇迹,因为在那样的情况下,整个自然的全部的生命、全部的历史,都充满了活的奇迹、活的象征、标记——自然的将变成超自然的。"你们怎么不明白呢?"难道陀思妥耶夫斯基不明白吗?或者他又和大法官一起,忘记了主关于奇迹的这第二句话,而第一句话是靠这第二句话延续的,因而如果没有其二,则其一完全不可理解。但是问题在于,对于我们全部这些问题和误解,陀思妥耶夫斯基完全不作回答,至少在自己的意识中,不作回答,而且,我们以后还可以看到,甚至在先知性预见中,也没有。在意识之中,正是在这里,在关于奇迹的问题上,像伊万一样,他自己忽然变成"斯芬克斯",保持"沉默,一直沉默",而同时,从这样的沉默中衍生出诱惑。

即使是在对于用凯撒之剑的最后的解释中,也存在着诱惑。正教的基督似乎为了全部内在的自由否决了国家暴力之剑;而罗马天主教的基督接受这一刀剑,是对人之爱的名义,而人,如果不是在刀剑的保护下,是不善于享有自由、不能够"在大地上平和地安居乐业的"。

在这里，陀思妥耶夫斯基的私人的、神秘的、异教的正教，又和全民族的、俄罗斯和拜占廷的、历史的正教混合了起来，当然，和陀思妥耶夫斯基的所指混合了起来，因为他说："俄罗斯民族都在正教之中。"在这后一种正教中，正像在罗马天主教中一样，凯撒之剑（以及国家暴力）从来没有以基督教自由的名义被否定：罗马教皇们曾经想要征服这一刀剑；而拜占廷的牧首们自己却屈服于它；但是，在这里和那里，凯撒的都同样没有和上帝的分开：时而是上帝的报复了凯撒的，时而是凯撒的报复了上帝的。如果说按照陀思妥耶夫斯基的话，的确，"从彼得时代起，俄罗斯的教会就处在瘫痪状态"，那并不是因为俄罗斯教会，而是因为宗教法规变成了"多余的累赘"，变成了俄罗斯的罗马帝国的所向无敌的车轮中的——普希金所说的——"官方的行李"吗？

在这里，不仅没有历史的，也没有基督对反基督的神秘对立。按照陀思妥耶夫斯基本人的解释，正教教会注定要在"大地上统治"，一切的异教国家都不会被消灭，而只是被改变成为基督的教会。如果是这样，甚至凯撒的剑也不会被消除，而是改变成为另外一种剑，这样一来，变成上帝的剑之后，王国依然是王国，而剑也还是剑——虽然已经不是粗糙的、暴力的、钢铁的，但是还依然是有力量的、权威的、坚硬的，也许，甚至比任何的钢铁之刀剑更坚硬。

从对这三次试探全部诱惑性的沉默可以看出一个情况：陀思妥耶夫斯基的宗教意识，因为混合了某两种两极对立的思想，所以在其中任何一个之中都没有走到终点，在两个基督之间徘徊、迷惘，两个基督都不是真正的，因为都同样是不充分的、没有联结起来的：其中之一，虽然在大法官看来真实，却使人——而不是自己——自由；而另外一个，在他看来是"对立的"，虽然喜欢他们，却不给予他们自由。于是，问题就是，对于陀思妥耶夫斯基而言，不是恍惚的而是真实的基督，是在于没有爱的自由之中呢，还是在于没有自由的爱之中呢？

对于我们的宗教意识来说，不是在那里，也不是在这里，因为在真正的基督里，是不应该有矛盾、有二分现象的，而是应该有爱与自由的完全的联合；我们看到，在福音书中，打开了通向这样的结合的道路，遵从了全部三个主要的、吸引人的诱惑，话是这样说的："不因为我受试探的，有福了。"指的是关于面包、奇迹和刀剑的问题。如果说陀思妥耶夫斯基没有找到这条路，那么，似乎就是因为他没有充分地有意识地把自己对于福音书的无条件的、内在的、神秘的关系，和有条件的、外在的、历史的正教的关系区分开来。在大法官的意识里，既没有真正的和对立的基督，也没有基督、反基督，而只有两个虚假的基督。在可怕的混乱中，在基督与反基督这两个对立的幻影之间的没有出路的矛盾和混合之中，陀思妥耶夫斯基的宗教思想迷路、走失，就像是在两面对立放置的彼此无限深入返照的镜子之间，或者，说得更好一点，就像在这样的镜子组成的迷宫里一样；在这些镜子之间，一切都是虚幻的，视野、反光、海市蜃楼、令人目迷的闪烁、目光的欺瞒，结果是深渊变成了浅层，浅层变成了深渊；在这里有一个不至于迷失的方法：完全不要走进这个镜子的迷宫；但是，一旦进去，哪怕迈出三四步，那当然就已经——别再打算走出来了。最坏的是，有时候，在大法官面具的背后隐藏着陀思妥耶夫斯基本人的面目，而这个面具突然变成面目，面目变成面具；这二者汇合、混合、大笑，以至于到后来无法分清彼此。陀思妥耶夫斯基没有把自己和大法官完全区分开来：有时候他和他并列，甚至和他对立，又有时候就在他里面；但是，在一种情况和在另外一种情况下，他都不太明白，或者是不想明白，自己是在哪里，似乎他戴上了这个面具不仅避开他人，而且也避开自己，隐藏起来——于是，到最后，这一团混乱，这种半意识的迷惘，甚至宗教思想的污秽，把我们折腾得筋疲力尽，以至于我们开始疑惑，大法官就是陀思妥耶夫斯基的"双生子"，他就是和这个双生子"一半一半"地摔断了统一的正教的基督的。《卡拉马佐夫兄弟》的创造者要变成"斯芬克斯"了,这个斯芬克斯不仅给读者俄狄浦斯王,而且也给自己提出可怕的谜语。

然而,即使不是靠意识,那么,靠预见的洞察力,他也已经渐渐猜出,甚至找到这个谜语的谜底了。

"你的大法官不信上帝,这就是他的秘密!"阿辽沙对伊万说。

"差不多就是这样!"伊万同意,"到底让你猜到了。的确是这样,是这样,全部的秘密也就是在这儿了。"

但是,就是这么简单,他不信上帝了吗?似乎这又不完全准确:准确地说,应该是:大法官又信,又不信,信得不彻底,不信得也不彻底。用基里洛夫的话说,像斯塔夫罗金一样,"他信的时候,却不相信所信的;他不相信的时候,又不相信自己不信"。他不会意识到的,因为他既不想彻底认识到自己的信仰,也不想彻底认识到自己的非信仰。

伊万"强韧地"追问魔鬼:

"到底有没有上帝?"

"我的小鸽子,看上帝分上,我不知道啊。"魔鬼回答,口气平静,显得玩世不恭。

这就是那"不名誉的,因为是过度明智的";我们全部现代的实证主义的和小市民的文化,及其半科学半野蛮的"我不知道";这个状况,对于自由派的欧洲学者阿拉戈,正如对于俄国农民诺沃德沃罗夫那样,把上帝变成了已经陈旧的"假设"。当然,魔鬼是说谎的:他知道,是有上帝的,因为"他看见了上帝",只不过他不愿意看到这一点,不想知道,不需要自己的终结,因为上帝就是自己的中间状态的结束,而魔鬼本身——是永恒的中间状态,完全不是和另外一个终点对立的终点,而正好紧急是中间状态,和两个终点对立,否定两个终点,而且,为了否定得更方便,便说起慌来——自己装模作样,时而佯装一个终点,时而佯装另外一个终点——"对立的"上帝。在伊万的魔鬼里,也是在大法官的反基督里,都恰恰体现出了这个灵魂——这是全部本体论的中间的、"中而偏上的"、小市民的、混合的和可笑的状态的灵魂。不是否定的灵魂,仅仅是"讽刺"、半否定、半肯定的灵魂,是不冷不热的、仅仅是温吞吞的灵魂;不是黑色的,也不是白色的,仅仅是灰色的灵魂。如果说是"伟大的",那也是因为我们自身的渺小而伟大,但是本身确实"屡战屡败的、渺小、丑陋、长着癫痫肿块、直流清鼻涕的小鬼"——假装成雄鹰的"小猫头鹰"、"提篮小卖的商贩"、"寄人篱下的食客",根本不是什么"对立的基督",只不过是一个"自封的王公",是基督的"毛猴",是伊万本人的灵魂——全世界的奴仆斯麦尔加科夫。

斯麦尔加科夫是这样形容伊万的本质的:

"您是很聪明的。您爱钱,这我是知道的,您也爱荣誉,因为您很傲慢,特别喜欢女人的优美,而最多的是需要活得又安宁又满足,不必对着谁点头哈腰的——这是最重要的。您就像费多尔·帕甫洛维奇,在全部的孩子当中,您是最像他的,跟他一个灵魂。"

"你不笨,"伊万咕哝着说,好像是激动了,血液冲上了他的脸,"我原来还以为你挺笨的。现在你倒认起真来了!"他提示到,似乎突然又扫了斯麦尔加科夫一眼。

伊万依然不怀疑,斯麦尔加科夫是何等的"认真",甚至可怕;在斯麦尔加科夫以他原初、本质的形象——魔鬼的形象,出现在他面前的时候,他会明白这个道理的。伊万是"深刻的良知"。当然,他身上也有某种高级的、事实上是高尚的东西,和"六翼天使阿辽沙"共有的东西,这是奴仆斯麦尔加科夫理解不了的,虽然他很聪明。但是,和这高级的东西并列的还有中间偏上的、中间的、小市民的、事实上是和卡拉马佐夫父亲和斯麦尔加科夫共同的东西。大法官的理想,"亿万幸福青年人的群体"、享乐主义的崽子们、卡尔·马克思的小学生群体,这些人的灵魂被蒸汽取代——这些无数的、渺小的、在野兽权力下面苟且偷生的卡拉马佐夫们和斯麦尔加科夫们,甚至并非野兽的而是家畜的王国,可怕的、社会民主的巴别塔,全世界饱食之辈的"水晶宫"——在这一切之中,不是正好显示出这个、这个被斯麦尔加科夫猜测到的、伊万的最深刻的本质吗?——这就是不顾一切的对"又安宁又满足"的爱,对没完没了的中间状态的爱。这是我们全部欧洲和美国的白色皮肤的中间人性格特征的实质,这是未来的"中间王国"及其"感觉迟钝的世界主义的污浊"的实质,我们现代的、实证主义的和中产阶级的魔鬼——死不了的乞乞科夫这个"死魂灵"商人和商人勃列胡诺夫等人的实质,是地主**老爷**聂赫留道夫、罗斯托夫以及托尔斯泰本人的灵魂,卡拉马佐夫老爷的奴仆拉夫卢什卡和斯麦尔加科夫这个奴仆的灵魂。

"不对,我从来就不是这样的奴仆!为什么我的灵魂可能产生像你这样的奴仆?"在魔鬼作出最有诱惑力的把戏之一的时候,伊万呼喊,又厌恶,又害怕。

但是,伊万的苦恼也正是在这个地方,因为在他的灵魂里,和"六翼天使阿辽沙"并列的,总是有斯麦尔加科夫这个"奴仆"。这个奴仆,在大法官的反基督里长到了世界历史的,而在魔鬼里则长到宇宙的甚至前世界的、本质的维度——然而,即使是在这样的巨人般的维度中,奴仆也依然是奴仆,绝对不可能成为"对立的基督、对立的上帝",而只能是永恒的"食客"、嘲讽上帝的漫画、"基督的猢狲"。正是在这里,我们的宗教意识似乎抓住了他的"尾巴,又长又滑溜的尾巴,像纯种荷兰狗的尾巴",然后拉着这个本源的乞乞科夫的"耳朵,把他拽到光天化日之下"。

他说:

> 我是直截了当地、干干脆脆地要求毁灭。世上的人都说,你要活下去,因为没有你,便没有一切。如果大地上的一切都平安顺利,那就什么事也没有。没有你,就没有任何的事变,而事变是需要的。所以我就狠着心服务,为了生出事变,我就要服从命令干出不可思议的事情来。

在这里,他是在说谎,把自己装扮得不可思议,当然也就是超出思议范围的、世界的创造性开端,目的就是为了掩盖自己主要的和最无耻的本性:他之所以"不名誉,是因为过度明智",他就是明智本身;明智得不彻底;不聪明,正是因为仅仅明智;他把自己装扮成一切"事变"、一切现象的惟一的原因,而在实际上,就是他,才是如下现象的惟一的原因:世界的最伟大的事变,例如,基督教,显得是完全没有发生过,"在世界上,什么也不会结束"。他佯装成仅有的"世界的盐",而事实上,他确实极端地淡而无味,就连这"世界的盐"也给变得"没有一点咸味"。

还有,在他说他的理想就是"最终地、义无反顾地体现出来"的时候,他又是在说谎,他自己不知道或者不想知道"要寻找什么"。无论如何,他寻求的不是最后的体现,也不是最后毁灭:他知道,在肉体的末端——不是"给上帝奉献蜡烛的七普特的女商人",也不是"他和教士与商人一起洗澡所在的那个浴池",而是肉体的神圣与灵感,是成为肉体的道,就是那寻找他这样中间派人物的那种道。而事实上,他寻求的不是彻底体现出来的灵魂,也不是彻底得到灵感的肉体,而仅仅是没有肉体的灵性——禁欲主义,或者没有灵魂的肉欲——唯物质主义。他永远在"边缘徘徊",在肉与灵之间、体现与毁灭之间、"现实"与"幻想"之间,混淆、迷失、迷路，既是前者的也是后者的模糊不清的幻影。他说（在这里他提示出一个可怕的真理）："我是一个不等式里的未知数 X。我是生活的某种幻影，丧失了全部的开端与结尾，最后，甚至自己都忘记了自己叫什么名字。""因为他也常常丧失全部的开端与结尾"，因为他自己——就是一个形而上的中间状况，永远地非此亦非彼，非驴亦非马，否定一切界限的模糊混沌——完全不是看起来似乎对立的（他倒是想要作出这个样子来）两端之一，而只是与两端对立的中间状态，两极之间的无法穿越的、阻隔一切的境地，妨碍二者互相联系和创造光明。

在十字架上死去的道升天的时候，"六翼天使们的巨大喜悦欢呼声震撼了天空和全部的造物"，而魔鬼，据他自己承认，想要加入欢呼，和一切人呼喊："和散那！"——"已经飞出，已经从胸膛里冲出"……是什么妨碍了和散那呢？"健全的思想，我的天性的最不幸的特点，把我限制在相应的界限之内，我却错过了一个瞬间！"而保留在平庸的、平凡的"低俗"之中，保持在半截子的中间状态。但是，正是在这里，这个自封的分子暴露了自己，不小心露出自己真正的本性，或者说光溜溜的、极不体面的尾巴：他刚才还信誓旦旦地说，他主要的特性是某种非理性和似乎某种超理性的、创造性的东西；而现在却表明，这个特性就是"健全的思想"，亦即某种"不名誉的""低俗的"东西，因为已经是"过度地理智的"。当然了，最后的都是更切实的。我们看到了这个"健全的思想"，体现在阿基姆长老和仆人拉夫卢什卡身上的托尔斯泰的最不幸的特点——健全的思想，这个思想一辈子也没有允许托尔斯泰靠近这大合唱和发出欢呼声"和散那！"——虽然"已经飞出，已经从胸膛里冲出"（例如，在卡拉塔耶夫那里，在叶罗什卡那里）；健全的思想，永远把"他固着在应有的界限之内"，迫使"错过了一个瞬间"，带来了过度理智的、斯麦尔加科夫式的东西："关于非真理的话，都已经说尽！"因此，最后，在《复活》里，托尔斯泰就是这样告别了聂赫留道夫的：借用了最平淡无奇的、生活的"低俗"，慈善的、稍有暖意的雨雪，平和自由又保守的"半途的中间派风度"，廉价的美国式的伪造的基督教。

就像健全的思想毁坏了神人的和散那，它也毁坏了人神的和散那。"人因为神的、巨人的自豪的精神而伟大，于是人神出现。"魔鬼向伊万提示他自己的"尼采式关于超人的"思想：

> 对于上帝而言，法律是不存在的！上帝站在哪里，哪里就是上帝的位置，我站在哪里，哪里马上就是第一个地方，"一切都是允许的"！

似乎这里已经是最后的——虽然也是对立的——"和散那"，其他的"被掩蔽的六翼天使"的雷鸣般的欢呼声响，也震荡了另外一个地下的天空吗？——但问题是，"和散那"就是在这里也不会出现，原因是同一个：在这里，和在那里一样，又跳出了健全的思想，"突如其来的讽喻魔鬼"，长着那张猴脸，还有光溜溜、滑溜溜的尾巴——又是"错过的一个瞬间"。

> 什么事都能干——很好啊；只不过，如果想要骗取金钱，为什么似乎还出现真理的制裁呢？但是，我们现代的俄罗斯人就是这样的了，得不到批准，连骗钱也不许，真是热爱真理啊。

所以说，斯麦尔加科夫这个仆人因为健全的思想而欢天喜地地明白并且接受了卡拉马佐夫式的、尼采式的"什么都能干"。什么都可以干——这意思还不是一切都神圣，而只是一切都没有区别，都不神圣，都不是罪恶，仅仅需要充分地站在中间地带、充分地理智而已。这不是另外一种的人神的"和散那"，而仅仅是另外一种很不寻常的人、过分的人的"低俗"。而按照健全的思想，"我们星球的和我们历史的全部事变"都是以这种低俗而告终：取代法律的不是自由，而只是"淫荡和欺骗"。

所以，不是两种对立的"和散那"，而是两种对立的诅咒：即使是两种"和散那"，也不是联结在一起的，而是混合在一起的，所以可笑；因为混合，所以遭到亵渎。魔鬼说："对于我来说，存在着两种真理"——这是他最后的和最亵渎的谎言。不是的，对于他来说，存在的完全不是"两种真理"，而仅仅是两种半真理，也就是说，两种谎言，因为谎言也就正好是半真理，没有达到终点的、不及于上帝的真理，是真理的一半，和另外的一半没有结合在一起。他说"神人"，又说"人神"——都是一样地说谎，因为他不知道"是否有上帝"，他不想认识上帝，所以，他既不能够认识神人，也不能认识人神，如果没有上帝，就既没有神人，也没有人神，就像如果没用圆心就既没有向心力也没有离心力一样。如果他承认了上帝，也就不能不承认，神人和人神——已经不是两个，而是一个，就是从说了"我和父是一"那一时刻起，他就不能不承认，完美的爱，到达终点的、到达上帝的爱，和同样完美的自由（"我想要让你们都享有自由"）——不是两个，而是一个。所以，当然，不能够把没有自由的爱和没有爱的自由对立起来，就像他自己和他的先驱者大法官所做的那样。但是，魔鬼"全部的秘密"也就在于，他不想到达终点，他不愿意二成为一，他想要让二永远是二，为此，他自己装扮成二者之一，时而是反对子的父，时而是反对父的子，因而既非此也非彼，仅为对二者的否定；佯装成两极之一，互相对立又彼此相等，而两极已经永远地包括在上帝面容——圣父和圣子面容的合二为一之中；而永恒的中间状态只不过是对这种神秘极性的否定，只是"猴子"，这只猴子反复摆弄神的位格的合二为一的性质，丑化两个面目，将其混合起来，再加以嘲笑。

但是，这里出现了重大而可怕的问题：他是从哪里来的，为什么？

> 太初有道，道与神同在。……万物是借着他造的；凡被造的，没有一样不是借着他造的。（约，1：1-3）

如果是"万物",那意思就是指,也包括魔鬼?道本身否定了道吗?这里就是某种不可企及的秘密,连教义学的最细微的三段论也不能够解释这一秘密;有人告诉我们,魔鬼的权力不是意志,而只是"上帝的放纵"。但是,放纵和意志又有什么区别?放纵是为时过早的意志,是有条件的意志;但是,如何才能在无条件中、在上帝中融入有条件的呢?理性重又保持沉默。理性所知只有一点:如果没有两端,就没有二者之间的中间阶段;如果没有"道成肉身",即上帝本身的合二为一,则世上也就没有一分为二。本来没有世界,现在有了世界,世界将化为无;本来没有魔鬼,现在有了魔鬼——就是说,连魔鬼也将化为无吗?这个问题,是奥里金的、我们时代的不可知论者的问题,这也是在一定程度上不可知的,亦即有知的、有意识的,但是已经不再是个人的,而是全宇宙的,当然也确实是正教基督教的——问题:上帝会原谅魔鬼吗?他会呼喊"和散那"吗?这就是我们最后的、神圣的恐怖和沉默,我们只能够永恒地接近这个秘密,这个秘密最后会在基督的第二次降临中展现在我们面前。

伊万理解了这一切吗?

未必。"他不是恶魔,这是他在说谎,"回忆起自己的呓语或者自己的幻景,伊万说,"他是自称的国王。他干脆就是魔鬼,恶劣的、卑微的魔鬼。"承认这个"仆人"是独特的、真正的魔鬼,就是大法官所说的那个魔鬼:"我们和他同在。"他安慰自己,觉得似乎除了这个"恶劣的、卑微的魔鬼"以外,还有另外一个真正的、"伟大而令人敬畏的非存在境界的上帝",一个六翼天使,"翅膀烧焦""发出长鸣、光辉闪闪",与上帝对立,也许,也是同等的。陀思妥耶夫斯基本人是否明白,至少,另外一个魔鬼是不存在的,而这个乃是真正的、惟一的恶魔,而且,在他身上显示出来了本源的"恶"的最后实质,因为在我们的星球上,我们的智慧的类别和我们所经历的历史的瞬间是否察觉出了这个"恶"呢?看来,陀思妥耶夫斯基似乎仅仅是预先模糊感受到了这一点,但是意识得不透彻。他如果能够意识到，他就可能完全是我们的人，而像他现在这个样子，他仅仅是差不多是我们的人，虽然我们也希望，以后，在他得到完全的理解的时候，他将完全成为我们的人。在这里，在陀思妥耶夫斯基的宗教意识里，有一个极细小的点，完全是黑色的、纹丝不动的，他从来就没有下决心仔细察看这个黑点。当然，也许，在"疯癫"的时刻，他已经看到了一切，甚至意识到了一切，但是他从来没有把一切都说出来。虽然开口，却欲言又止，突然避开我们的目光，似乎要把我们搅糊涂，而且他自己也糊涂起来，把"两端"隐藏起来，不仅不给我们，而且也不给他自己看。在去世前的日记里，按照自己的说法，他提出了正教的"公式"：

> 俄罗斯人民全部都在正教之中；正教就是教会，而教会则是建筑的冠冕，已经而且永远是这样。

但是他又忽然高度地、谜一样地、奇异地总结说："你们认为，我现在要开始解释：一点也不，绝无丝毫。以后会解释一切，而且会孜孜不倦。但是现在我只能提出公式。"但是这个"以后"永远也没有来到陀思妥耶夫斯基身边；他就这样离开了我们，没有来得及解释，他所谓的"教会"和"正教"指的是什么，他是怎样把自己神秘的因而是超历史的、经历那种恐怖的疑团之关口的"和散那"，和俄罗斯人民的历史的、只有历史的"和散那"结合起来——是否比普通俄罗斯百姓更朴实呢？而这是主要的，这甚至就是一切！他所来得及给予的那些解释，例如，《群魔》中的沙托夫关于俄罗斯"体得神旨者的人民"，实际上没有起解释的作用，而是更多地掩蔽了这条公式。

> "上帝嘛，"沙托夫重复着自己的"教师"斯塔夫罗金的思想，说，"上帝就是人民的综合的个性。"

民族、语言都有很多，当然，民间的、异教的神也有很多。但是有一个选民民族，俄罗斯民族，一个新的以色列；而他的上帝是惟一的、真正的，要战胜全部的异教的神。在这里，显然，不是为了神的民族，而是为了民族的上帝——上帝是武器，各民族在争取第一的世界历史斗争中用这个武器来互相斗争。在基督以前，这是以色列的思想，而在以后，则无论如何都已经是非基督教的，或者，至少，某种异教化的基督教的思想。沙托夫说：

> 任何一个民族，只要有自己个别的神，毫不妥协地排除世界上其他全部的神，而且相信，能够靠自己的神得胜，而且把全部其他的神从世界上赶走。

沙托夫—斯塔夫罗金的这个公式，尼采是可能接受的，而且事实上也接受了，甚至在自己的《反基督》中差不多逐字逐句地加以重复："民族。"尼采说：

> 如果还相信自己，就有自己个别的神（hat auch noch seinen eignen Gott）。民族在上帝身上推崇自己的善。为了自己而感谢自己——就是为此，一个民族还需要上帝。

换句话说——一个民族是按照自己的形象和面目创造自己的众神或者惟一的神的，在自己的神身上自己崇拜自己，因此，在这里，已经不是上帝创造人，相反，是人创造上帝。但是，如果是这样，如果上帝的确仅仅是"一个民族的综合性的面目"，仅此而已，那么，取代"俄罗斯民族完全是在正教之中"的就应该是完全相反的公式："正教完全在于俄罗斯民族之中。"取代"非正教徒不可能是俄罗斯人"这个结论的就应是一个完全相反的结论："非俄罗斯人不可能成为正教徒。"从陀思妥耶夫斯基的观点来看，这两个公式之间的区别是巨大的，很可能超过了拜占廷正教和罗马天主教之间的区别。当然，他可能反驳说，这条公式，又是在尼采之前出现的尼采风格很重的公式，不是他提出的，而是沙托夫。但是，他不是太接近了陀思妥耶夫斯基本人的公式了吗？而且，好像故意似的，正是在一个最光滑的、有蛊惑力的点上，他不是把这个公式加以重大的改变，以至于沙托夫的俄罗斯"正教"显得比天主教本身具有更多的罗马特征和天主教精神吗？难道陀思妥耶夫斯基没有看到这块绊脚石，而且他全部的"正教都会被它绊倒、摔碎吗？"如果他事先看到了，又为什么没有向我们提出警告，防范这一可怕的危险，没有采取措施对付对于自己基本宗教思想的这种可能的而且是极为确实的歪曲？他一直在拖延，一直在说："不是现在，是以后。"他带着这个"以后"永远地离开了我们，却没有来得及解释最主要的事。用他自己的话来说，他"经历"了"否定的力量"，这"傻子也没有梦想到的"力量谴责他缺乏科学哲学的评判精神。他为什么、怎样地不顾这一切，又为什么、怎样地不顾自己全部可怕的怀疑（"即使在欧洲，无神论言辞也没有这样的力量"），而依然保留在历史的"正教"教会的怀抱之中？

"下流无耻者用对上帝的落后的信仰来刺激我。"在去世前的同一本日记里，陀思妥耶夫斯基抱怨道。但是，这些"下流无耻者"也不完全是真诚的，而且，可能，没有足够的洞察力，例如，在他身上只看到"残酷的天才"的头脑简单的自由派们——对于这些人来说，陀思妥耶夫斯基的信仰有时候显得是被强迫的、强加的、过分历史性的，好像是魔鬼化身出来的"七普特的女商人"。"为了相信她所相信的一切，拜访教堂，为上帝举起蜡烛吗？"过去和现在，直到今天，陀思妥耶夫斯基不是的确有时候喜欢"迷信"、脱离"尘世的现实主义中"的幻想，整修一番，"在澡堂里和商人与神父们一起洗澡"得到休息吗？他不仅和莫斯科的斯拉夫派阿科萨科夫，而且和彼得堡"公民"梅谢尔斯基在一起。有时候，他进澡堂子的时候比离开的时候还更清洁些：似乎那里没有什么，可是却粘在他身上了，到现在要洗刷干净也难，不仅在"下流无耻者"，而且在自由主义者眼里，都是这样？似乎是向俄罗斯提出了这样一个有点令人难堪的，也许还有点羞辱性的问题：

> 你要成为谁的东方，——
> 薛西斯的，还是基督的东方？

"俄罗斯人在自己的灵魂里优先珍重两个最为对立的理想，这其中有什么涵义——是俄罗斯大自然的宽广呢，还是直截了当地就是下流无耻？"似乎是，在提出这个问题的时候，陀思妥耶夫斯基自己是犹疑不决的，而到最后，至少在自己的意识里，渐渐驻足，在俄罗斯的"薛西斯"和俄罗斯的基督之间、在纳乌霍多诺索尔的花环和正教的神秘白色连帽长袍之间的"过度理智"的中间驻足。他有时候似乎惧怕自己的一张脸，他觉得这张脸太新奇，有造反的棱角——甚至简直就是"恶魔式的"，所以，无论如何，也完全是"人民的"，普通人的，拜占廷-正教型的；而自己这张真面目的脸，他是用自己全部的一分为二的人物的面具遮盖了起来的——最后的一次是在"大法官"中——在这些面具中最透明的但是也依然是最高深莫测的一个面具之中——遮盖得密密实实，有时候连他自己也不能在这面具下面找到自己的面容：面容和面具长在一起了。这样的共生现象之一，我们已经在关于佐西马长老的正教公式和伊万的很不灵活、十分急促的协议之中见过，而伊万当时已经在自己的灵魂里装载了大法官；其实，不仅在这里，而且在陀思妥耶夫斯基总体的作品里，有时候都太难决定究竟是在哪里有佐西马长老的终结，大法官又在哪里开始；而这个大法官之于陀思妥耶夫斯基部分地就等于阿基姆长老之于托尔斯泰，也就是说，是变兽人——而且是更可怕和更有诱惑力的！在这里，突然，在我们这里，一个可怕的问题几乎一下子闪现出来：如果陀思妥耶夫斯基本人的"全部秘密"就在大法官的秘密所在的地方，那又如何？如果连陀思妥耶夫斯基也干脆"不信上帝"，或者信两个上帝，亦即在人心里互相斗争的上帝和魔鬼,但是还不知道谁战胜谁,又会怎么样?当然,已经有两个上帝——这对于"用落后的信仰来刺激他的"自由派"下流无耻"之辈来说是比一个也没有更坏的吗?

在提出这个可怕的问题的时候,"变兽人"最后从我们这里溜走——愈来愈远地逃遁到他自己的"玻璃迷宫",在这个迷宫里,我们找不到他,自己一定会先迷路的。

"我们都是虚无主义者。"陀思妥耶夫斯基承认。如果有时候他也觉得自己是"虚无主义者",那么,很可能,就是在这样的一些时刻:他作出最大努力,让自己被一个当初斯拉夫派的为上帝举起蜡烛的七普特女商人而接受,在澡堂里和梅谢尔斯基一起泡澡发汗的时候。面对我们,陀思妥耶夫斯基也许比较容易用他所生活于其中的全部可能的历史的和社会的条件来为自己辩护,但是,对于我们来说,却不容易:他全部生活的主要的思想——"正教公式",时至今日,依然"没有得到解释",也许,正是在现在,比任何时候得到的解释更少,当然也是不能发挥作用的。作为一种潜能,蕴藏在陀思妥耶夫斯基身上的巨大的宗教力量,还依然继续是一种潜能,而且,对于未来的宗教几乎白白丧失,或者甚至直接阻碍了宗教,像笨重的负荷。这一意义上的真正的陀思妥耶夫斯基,人们了解得很少,就像不了解俄罗斯作家当中最有名望但是世人又不理解的真正的普希金那样;从这方面看,"民众走向他们的路"都"长满了杂草"。陀思妥耶夫斯基的作品,就像被一切人忘记、被斯拉夫派七重封印封住的火药库,这些火药直到今天也没有人用来作出一次射击,虽然敌人已经兵临城下,战火四起。出现这样的情况,陀思妥耶夫斯基本人也不是没有罪责的,这一罪责,我要再说一遍,对于他来说可能轻易,而对于我们来说,则依然是太过沉重的。如果陀思妥耶夫斯基的基督教哪怕得到部分的理解,那么,托尔斯泰的"基督教"就显得可能成立吗?但是,毒药已经被服用,而惟一的抗毒剂又被拒绝,就好像抗毒剂本身变成了毒性最大的毒药一样。"我们都是虚无主义者"——陀思妥耶夫斯基的这种细腻、隐蔽的虚无主义,正在蜕化成托尔斯泰玩世不恭的、粗鲁的虚无主义；薛西斯和基督之间最危险的中间地段，蜕变成了完全没有危险的、和薛西斯和基督都已经完全没有关系的、"明智的，因而是没有信誉的"中间状态，蜕变成了公开的甚至没有讽喻的斯麦尔加科夫的健全思想；这样的思想，在托尔斯泰那里，起初是偷换和恶化，而后来则要消灭宗教，把它变成"没有咸味的盐"，没有上帝也没有魔鬼的宗教，没有基督也没有反基督的基督教。是的，托尔斯泰在自己心里——当然不是最伟大的叶罗什卡叔叔心里，而只是在矮小长老阿基姆的心里——说："上帝是没有的"——于是放下心来，僵化，变为活尸，却又不死。如果陀思妥耶夫斯基对于这一切没有彻底的认识，因而像德米特里·卡拉马佐夫那样，在自己的内心里说：上帝在折磨我；只有一个情况在折磨人，就是说，"上帝是没有的"——那么，他也不会彻底认识到，自己是要受尽折磨的，因为这个痛苦——也许，甚至是因为这个痛苦而死去的。看来似乎是，在全部宗教运动史上，没有谁的信仰的痛苦和渴望超过陀思妥耶夫斯基；曾经有更大的信仰，更大的神圣；但是正是这样的痛苦，这样对上帝的渴望，在任何地方、任何时候都是没有的。"只要你们敲门，门就会开的。"如果对我们"开"，那当然就是因为他"敲门了"。实际上，我们，还有那些的确将要进入福地的人们（是他首先看见并且指出这个福地的，虽然他自己到底也没有进去），都一定会明白，对于俄罗斯来说，陀思妥耶夫斯基是一个什么样的人。

"你们需要兔子吗？"在结束关于信仰正教体得神旨者的俄罗斯人的谈话的时候，沙托夫问斯塔夫罗金。

"什么？"

"您的话下流，"沙托夫恶狠狠地笑了起来，"要做兔肉汤，就得有兔子；要信上帝，就得有上帝——听说，您在彼得堡就说过这样的话，就像诺兹德列夫，他想要抓兔子后腿逮兔子。"

"不是的，他是在吹牛，说已经逮住了，不过，正好，我倒想麻烦您，问您一个问题，而且，我觉得，现在我是有充分的权利来问您的。您告诉我：您那个兔子逮住了没有，还是现在还在野地里乱窜呢？"

"您不用问我这样的问题，问别的问题吧，别的！"沙托夫突然全身哆嗦起来。

"好吧，那就问别的，"斯塔夫罗金严厉地瞧了他一眼，"我只想知道：您自己到底是信上帝呢，还是不信？"

"我信仰俄罗斯，我信仰俄罗斯的正教……我信仰基督的圣体……我相信第二次降临在俄罗斯完成……我相信……我相信……"沙托夫愤怒得说不上话来。

"上帝呢？信上帝吗？"

"我，我是要信上帝的。"

这里已经令人感到奇异的是，兔子虽然"没有逮住"，那"兔子肉汤"到底是什么——还有，按照善解人意者如陀思妥耶夫斯基的观察，正教的现成公式可能是什么，这个公式就是"俄罗斯民族完全在正教里"，或者全部的正教都在俄罗斯人民里，却没有真正的而只有"未来的"对上帝的信仰。就像托尔斯泰没有基督的抽象国际基督教一样，这里是没有上帝的、现实的、俄国特有的民族基督教——已经是"正教"，但是总还是没有上帝。这里又出现了刚才已经提出的可怕的问题：如果陀思妥耶夫斯基本人正是因此一再拖延，以至于到最后也没有解释自己的"公式"，他也许不得不在自己良知的秘密中，像沙托夫那样说："我信仰俄罗斯，我信仰俄罗斯的正教……我是要信上帝的。"那又怎么样呢？也许，的确，"这些傻子们是连这样的否定性的力量也梦想不到的。"但是，沙托夫是过去的虚无主义者，也不是无端的。奇怪的是，他善于保存虚无主义的老酵母——正教中的无神论，这倒也没有什么困难：我们都知道，不仅沙托夫，而且还有很多不如他坦率的1870年代的俄国虚无主义者们，因为爱人民而新加入队伍，都很善于调制"没有逮住的兔子肉汤"。更令人惊奇得多，甚至几乎难以置信，却又依然不能不信的是，关于信仰简朴上帝的简朴信仰这个诱惑人的玩世不恭的问题，所涉及的不是某一个不幸的、懊悔的虚无主义者，而是在陀思妥耶夫斯基看来正教教徒中最有正教特征的教徒——差不多是神圣的、头上戴着"六翼天使"神圣光环的人，即梅什金公爵。

"我是说，列夫·尼古拉耶维奇，很久以来，我就想要问你，你到底信上帝呢，还是不信？"有一次，因为一张古画或者圣像的缘故，罗戈仁对白痴说。

"你这话问得太奇怪了……你看吧！"公爵无意中说。

"这张画，我就喜欢仔细欣赏。"罗戈仁沉默片刻，嘟囔了一句，似乎忘记了自己的问题。

"就是这张画！"在突如其来的一个想法的印象下，公爵突然大声说，"看了这张画，有的人也能丧失信仰！"

"根据圣徒的坦言，看了这张画'也能丧失信仰'，这到底是一张什么画或者圣像呢？"

"在这张图画上，"因为患肺结核而即将死亡的少年伊波利特在最后的忏悔中描写这张画，"画的是刚刚下了十字架的基督。我觉得，画家们一般都习惯于在十字架上的和下了十字架的基督，基督的脸上总是留有不同寻常的美的色彩；他们都设法给他保留下这样的美，即使是在最令人不寒而栗的痛苦之中。而在罗戈仁的画里，根本就没有提到美；这是十足的一具人的尸体，在走到十字架之前就承受了创伤、折磨、看守的痛打、民众的拳头，然后背起十字架，被十字架重负压倒，而最后则是在十字架上的痛苦，长达六小时（至少是这样，按我的估算）。的确，这是刚刚从十字架上下来的这个人的脸，还保留着很多生气、活气；一切都还没有僵硬，死者的脸上甚至还显露出现在依然感受到的痛苦；但是，面容没有遭到扭曲；在这里，**现出了一样的本性**，无论是谁，在饱经剧痛之后死去留下的遗体都确实是这样的。我知道,在公元最初的几个世纪,基督教会确定,基督不是象征性地而是确确实实地遭受了痛苦的,就连他的躯体,在十字架上也是完全地服从了自然的法则的。在绘画中,这张脸是遭到了可怕的打击而肿胀的,带着一道一道可怕的隆起的血淋淋的青色鞭痕,眼睛睁着,瞳孔歪斜;大而宽的眼白发出某种死寂的玻璃式的闪光。但是,很奇怪,当你看到这个饱受折磨的人的遗体时,会不由得浮现出一个特殊而奇异的问题:如果这个遗体(他也必定就是这样的)在这里,如果他的全部的门徒,他主要的、未来的使徒,走在他身后和站在十字架旁边的妇女,一切信他和崇拜他的人看见了这具尸体,那么,他们会以什么方式才能相信这一位殉道者能够复活呢?——站在死者周围的人一个都没有出现在画面上,这些人,在当晚,必定感觉到可怕的忧郁和困惑,这个夜晚一举摧毁了他们全部的希望甚至信仰。在极度惊骇之中,他们必定是四散逃离,虽然每个人也都带走了沉重的思考,这一思考已经永远不可能从他们的脑海里驱除。还有,如果这位教师在被处死的前夕能够看到自己的形象,那么,他自己还会走上十字架,像现在这样地死去吗?在你观看这张画的时候,这个问题也会不由自主地浮现出来。"

陀思妥耶夫斯基不知道尼采,连名字也不知道,虽然在《卡拉马佐夫兄弟》完成和陀思妥耶夫斯基去世一年半之后,尼采才构思并部分地勾勒出来《扎拉图斯特拉如是说》的大纲,但是陀思妥耶夫斯基和尼采的这两部最伟大的作品在时间上几乎是同时的。尼采对陀思妥耶夫斯基有深厚的感受,甚至直接体验到他对自己的影响,而且对这一点直言不讳;但是,事实上,他对陀思妥耶夫斯基所知甚少,因为译本低劣(好的译本根本就没有),而很多东西,尤其是最重要的东西,他完全不知道。毫无疑义的是,尼采没有抄袭过陀思妥耶夫斯基,没有重复过他的语句;然而,他们二人笔下有一些几乎是逐字逐句的重合、重复的情况；这不仅是同样的思想，最内在的、隐秘的思想，深思者几乎不敢承认的思想，而且还有几乎同样的语句，同样的声音的韵调。他们二人似乎互相倾听过对方，或者事先有默契，但是后来都在无意中说出对方。奇迹是没有的——但是，这还不就是奇迹吗，还不是历史的活的奇迹吗？时代的精神在这里所谈论的不是和在世界各地所谈论的一样吗？

这种奇异的几乎是可怕的重合之一——就是尼采和陀思妥耶夫斯基的一个问题，整个新基督教的问题，问题的对象是死的遗体，甚至不是遗体，是"死尸"，"眼睛闪现出玻璃光"，这是一个被折磨得完全走形、被杀死、刚刚从十字架上抬下来的人："人们看看这样的一具尸体，怎么能够相信，这个殉道者一定会复活？"

尼采在《反基督》中说：

> 福音的命运，是以耶稣的死来决定的：他被钉在十字架上……只有死，这一突然的、屈辱的死，只有按照法律用于最恶劣罪犯的十字架，只有这样的最恐怖的矛盾，才把矛盾摆在谜本身的前面："这是谁？这是怎么回事？"——这样的精神状态是极为明了的。于是又出现了没有意义的课题：上帝怎么能够允许这样的事？（《反基督》，第40-41章）。

尼采与陀思妥耶夫斯基的最深刻的联系展现在基里洛夫身上，他似乎提前俘获了尼采关于"超人"的主要的宗教思想。就像对"超人""人神"的肯定正是通过否定一切都必需的基督教对神人的否定一样，通过造就基督的否定，肯定肉体复活的奇迹。用背教者尤利安的亵渎的话来说，那只不过是"死去的犹太人"。

"你听着，"基里洛夫在自杀之前预言式的疯癫中对他的"魔鬼"彼得·维尔霍文斯基说，"听清楚一个伟大的思想：在大地上，有一天，在大地的中心竖立了三个十字架。被捆在一个十字架上的人是笃信的,对另外一个说:'你将跟我进天堂。'一天过去了,两个人都死去,走了,既没有找到天堂,也没有得到复活。所说的话没有兑现。你听着:这个人在整个大地上是最崇高的,大地的生命就靠他的建树。整个的行星及其上面的一切,如果没有这个人,就是疯狂。对于他来说,以前和以后都没有这样的疯狂,从来没有,甚至在奇迹出现之前。奇迹就在于,这样的疯狂以前没有,将来也永远没有。而如果,如果自然法则都不珍惜他,连自己的奇迹都不珍惜,而是强迫他在谎言中生活,为谎言而死,那么,当然,整个的大地就都是谎言,立身在谎言之上和愚蠢的谈笑之中。所以,大地的法则本身,也是谎言和魔鬼的通俗喜剧了。所以,如果你还是一个人,到底是为什么活着呢,你回答吧。"

在一千五百年期间,一直到文艺复兴,在基督身上存在的人的天性是确实的、神性的,他也像一切人一样,饱经劫难而死去,是完全服从了人性的规律的——这一思想,基督教的这一最深刻的思想,虽然得到所有人的承认,但是依然没有得到深入探索、亲身体察,所以依然几乎是没有意义的。由于新的蛮族粗糙的禁欲主义和颓败拜占廷繁琐的经院哲学都同样压制有关肉体的一切探索的思考,所以在耶稣这个人身上的肉体的、人性的因素都被遮蔽,甚至被精神的、神性的因素彻底吸收。这肉体被极度改变成没有肉体的、奇迹般的、超自然的、差不多是抽象的,所以,关于腐烂、关于自然法则不可动摇的思想本身,显得不仅亵渎而且简直不可理喻、荒谬绝伦。他们简直看不见——理智上承认,但是眼睛看不到,也感受不到这个现实的画面:人的"尸体","肿胀起来的可怕的道道青色鞭痕","睁着的眼睛闪现出玻璃的冷光",遗体刚刚从最大限度侮辱人格的刑具十字架上抬下来。面对这具尸体,门徒们的心理状态,现在我们是能够理解的:他怎么能够复活呢?这完全是生疏的、不可想象的,对于野蛮的禁欲主义者和对于中世纪拜占廷经院哲学家都一样，更快地出现在他们目前的另外一个问题是：他怎么能够死去呢？

但是，在以后的五个世纪过程中，从十五世纪到二十世纪，完成了知识的复兴，而且首先是机械知识（因为欧洲全部自然科学的复兴之主要特征，正是优先研究物体和没有灵魂的物质，然后才是研究精神和生命，**机械和物理优先于生物学和心理学**——甚至一直到近代），和这一科学的复兴同时出现的是伟大的、虽然很可能仅仅是表面的"脱离"基督教。"啊，你的正义何等的奇异，第一推动者！"（O, mirabile giustizia di te, Primo Motore！）——达·芬奇和从开普勒到牛顿、从斯宾诺莎到歌德的全部新的机械世界观的这个"和散那"，可能还没有，但是曾经显得，而且到今天依然显得没有和基督教神秘的"和散那"结合起来："他用死亡来洗涤死亡。"上帝是作为"第一推动者"，世界是作为在数学上明朗的、理性的和必不可少的、正是因为这个必要性才是"神性的"技术——在这里，对奇迹的信赖似乎就是对于荒谬（尼采说"荒谬的问题"）的信赖，相信二乘二永远不是四，而是五；对奇迹的要求似乎就是对于这个作为机器的宇宙之"第一推动者的正当性"的反叛。但是，在人的心灵里，并不是一切都是"机械"：依照自然法则必然的正当性，心灵依然感受痛苦，因疼痛而流血，似乎感受到钢刀利刃的触及。年迈的达·芬奇脸上巨人的和微细的皱纹是十分容易理解的；牛顿承认惧怕失去理智是十分容易理解的："现在我感受不到理性的坚韧（consistency of mind）。"只有现在，在牛顿的《数学原理》及其不容置疑的可信性（hypothesas non fingo）出现之后，在发现了万有引力规律之后，魔鬼的这个试探才获得全部可怕的诱惑的意义：

> 你若是神的儿子，可以从这里跳下去：因为经上记着说："主要为你吩咐他的使者保护你；他们要用手托着你，免得你的脚碰在石头上。"（路，4：9-11）

福音书接着说:"魔鬼用完了各样的试探,就暂时离开耶稣"(路:4:13)。——暂时吗?魔鬼什么时候又接近了他呢?不是就在"快到九点钟","地上全黑了","耶稣大声呼喊:以利,以利!拉马撒巴各大尼?意思就是:主啊,主啊!你为什么离弃我?"如果他没有复活,这就是他最后的话了,一切都以此告终;如果他没有复活,这就是最后的绝望和恐怖的呼喊:他向下一跳——不是飞落,而是坠落,按照"万有引力"法则,并且"落在他准备要拯救的大地上摔死"。"自然法则连他也不怜惜,连自己的奇迹也不怜惜:就像没有思想的机器齿轮和杠杆会把他吞进内脏、化为乌有一样。""预言没有证实。他走了,但是没有找到复活。"所以,在大地上,他摔落身死,只是"一具尸体","脸上布满可怕的、肿胀的、血淋淋的鞭痕","睁着的眼睛露出玻璃的死光"。正如在把他抬下十字架之后第一分钟的时候他的门徒们那样,我们也会有完全一样的感觉——而我们,现在,在经过一千九百年以后,我们凝望着这个遗体,也不知道我们怎么能够相信他会复活,而且我们也不敢互相提问:"这是谁?到底出了什么事?"

"现在我感受不到理性的坚韧。"像牛顿一样,尼采在接近他称之为"没有理性"的这个"任务"的时候,也可能说出同样的话。这仅仅是为了欺瞒、安抚自己,因为他很理解,这任务不是没有理性,虽然,的确它能够熄灭人的思想,甚至牛顿智慧的坚韧。"如果基督没有复活,则我们的信仰就是徒劳的"——使徒保罗的这句话吸引了尼采,不是无端的。这句话在他身上,也在托尔斯泰身上得到了证实:对于他们两个人来说,信仰显得就是"徒劳的"。但是,既不是尼采,也不是托尔斯泰,而是陀思妥耶夫斯基看到了否定的最终的深度,只有他一个人理解了这个"任务"全部的恐怖——复活奇迹在自然规律方面是不可能的,在神秘论上却是必然的。在这里,他的确有权利说:"即使在欧洲,无神论的言辞也没有这样的力量。"

"如果死亡这样恐怖,死亡的规律这样有力量,那还怎么战胜死

亡呢?"伊波利特继续表达他对看了就令人"丧失信仰"的这张画的思考:

> 自然在朦胧中显得是某种巨大的、铁面无情的、沉默的野兽,虽然也是奇怪地显得又是最新设计的一个巨大的机器,这个机器毫无思想地、沉闷地、毫无感觉地攫取、撕碎和吞噬伟大的和珍贵的实体——这一实体的价值就等于整个的自然及其全部的规律、整个的大地;而大地的创造,也许,仅仅是为了这个实体的出现。这一幅图画似乎也恰恰表现了关于黑暗的、赤裸裸的、没有思想的永恒力量的这一概念;而万物都是服从于这一力量的。绘画里是否也恍惚出现了那种没有图形的东西呢?但是,我有时候似乎觉得,我看到了这一无尽的力量,这一耳聋的、昏暗的和沉默的实体,形状奇异而无法形容。我记得,似乎曾经有人拉住了我的手,手里都举着蜡烛,指给我看一个巨大的、形象可憎的蜘蛛,他又开始说服我,这就是那个最昏暗的、无声的和力大无比的实体,还嘲笑我的愤怒。

由此而来的伊波利特"反叛"预告了伊万·卡拉马佐夫的和基里洛夫的反叛。

> 生活如果接受这些奇奇怪怪侮辱人格的形体,这样的生活就不堪忍受。这样的无常魔影降低了我的人格。我是不能够屈服于露出毒蜘蛛形状的黑暗的力量的。——宗教!为什么我必须妥协呢?难道说不从我这里挤出对于吃掉我的那个东西的赞美,就不能直截了当地吃了我吗?——不,最好还是放弃宗教!——直接看着力量和生命的源泉,我会**死去**,我不愿意过这样的生活!如果我有权利不诞生于世,那么,大概我也不会接受在这样可笑的环境下生活。但是我还有死的权利,虽然会交出一切。不是什么大权力,也不是什么大反叛。

在弥留之际的呓语和幻象中,他眼前出现了作为上帝的野兽,形象是一个巨大而令人望而生厌的虫子:"它是与蝎子一类,但又不是蝎子,而是更丑陋、更可怕。"他对它的描绘具有惊人的鲜明的几乎是几何式的精确性,就像启示录对幻影的描写,而且他还感觉到,"这个野兽身上包含了某种秘密"。这是不是在世界末日那个"从深渊中出现的野兽"呢?启示录里是这样说的:"凡住在地上、名字从创世以来没有记在被杀之羔羊生命册上的人,都要拜它。凡有耳的,就应当听。"(启,13:8-9)

神兽,神毒蜘蛛,值得高度注意的是,某种神秘昆虫、蜘蛛、巨大毒蜘蛛的这个形象贯彻了陀思妥耶夫斯基的全部作品,在对于它具有最深刻意义的人物的刻画中反复出现,从斯维德里盖洛夫到费多尔·帕甫洛维奇·卡拉马佐夫,似乎不给陀思妥耶夫斯基本人一点安宁,折磨他,迫害他一生,在这个形象里对于他本人来说似乎包含了"某种秘密",某种宿命的、潜在的、实质的东西。这个形象展现在他面前,不仅在灵魂的,也在肉体的终极深度之中;不仅在最抽象的辩证法里,而且也在最火热的情感的终极深度之中。就像残酷的激情的和激情的残酷的象征,就像活的腐朽肉体中"烧红的煤炭",而且,还是分解着这个肉体的"导致腐朽的灵魂",是生和死的开端,是"生命永恒腐烂的溃疡"的开端。在抽象的形而上的呓语中,伊波利特觉得"有人拉着他的手,指给他看一个庞大而丑陋可憎的毒蜘蛛"。——"我一向觉得,"丽莎在呓语中对斯塔夫罗金说(那是突发的恼羞的呓语——爱情有时候会蜕变成为仇恨),"您是在引着我到某一个地方去,那儿有一个庞大的凶恶的毒蜘蛛,和人一样高,您和我就一辈子在那里瞧着它,心里一直害怕。"而少年在说到一个心爱的女人时情不自禁放出疯话,说那个女人似乎是卖身于他("哎,我就是喜欢这样的不知羞耻!"),感觉自身有"蜘蛛的灵魂","残酷的虫子已经长大,已经在灵魂里四处蔓延"。在谈到自己的卡拉马佐夫家族的桃色丑闻之一的时候,德米特里·卡拉马佐夫承认:"有一次,兄弟,一种叫避日的毒蜘蛛咬了我,我浑身发烧,在床上躺了两个星期,嘿,现在,我听见,这避日又咬了我的心,我都听见了,这是歹毒的虫子,你明白吗?"无辜的姑娘被他无限的权力控制住,"整个的她,灵魂和躯体""都被勾勒了出来"——"这一思想——这个思想,避日蜘蛛的思想,紧紧地抓住了我的心,这一项痛苦就耗尽了我的心血。"

虫子——就是情欲!我呀,兄弟,我就是这个虫子,这话专门说的就是我。我们都是这样的卡拉马佐夫,而且,在你——一个天使的身上,这个虫子就住在血液里,在那儿兴风作浪。

在少年的父亲维尔西洛夫身上,也有"蜘蛛的灵魂"。看样子,他把这样的灵魂也传授给了儿子。"我非把你杀死不可!"维尔西洛夫对一个亲爱的女人说。"这种强狠的、野蛮的爱情,"少年解释说,"就像恶病发作一样,表现得就像绞索环,像疾病,刚刚得到满足,那遮羞布就掉下来,露出对立的情感——厌恶和痛恨,和杀人、打砸的欲望。"避日蜘蛛也咬住了罗戈仁的心,而他的确"杀死了"纳斯塔霞·菲利波夫娜。当然,在伊波利特的疯话里就势必有这样的词句了:他刚刚看到了象征的毒蜘蛛,"这个包藏着秘密的野兽",两个人的双生子就走了进来,这两个无常是联系在一起的。在自己的著名演说《普希金》(1880年)里,在谈到衰败时期的古代罗马人"埃及之夜"、"奇幻的野蛮"、这些"人间的神"的时候,陀思妥耶夫斯基在重复自己常在的本质形象的时候,就谈起"昆虫的情欲","慢慢吃掉雄蜘蛛的雌蜘蛛的情欲"。——斯维德里盖洛夫觉得时间停滞,"就像一个狭小的房间,就是像乡下澡堂子那种,墙熏得发黑,全部的角落里都是蜘蛛,时间也停滞了。——怎么知道的呢?"他叙述完了自己杂乱的梦境,这梦境令"拉斯科利尼科夫浑身发冷","也许,这也就是正义,您知道,我一定也会故意地这么做的"。似乎他也不怀疑这些"蜘蛛"对他具有何等可怕的、神秘的,却又依然是现实的意义;这些"蜘蛛"对于他自己的灵魂,"蜘蛛"的灵魂,是很亲切的。

"您还不把灯点起来吗?"斯塔夫罗金在关于"人神"的谈话结束之后,问基里洛夫。

"是啊,点了。"

"说服她了?"

"老太婆喜欢灯……可是今天没时间了。"基里洛夫嘟囔了一句。

"您自己也没有祷告吗?"

"我祷告了。您看,一个蜘蛛在墙上爬呢,我瞧着它,感谢它在那儿爬。"

在这里——也有蜘蛛:在这里,就像在陀思妥耶夫斯基全部作品里,通过灵魂的情欲——傲慢或者经过肉体的傲慢——而感受到"接触了怪异的世界"那样,这个神秘虫子的出现不是偶然的。这个虫子令人想起斯宾诺莎生平或者"传记"里的一个谜一样的细节:"每当他想要给自己的头脑一次时间长一点休息的时候,"朴实的科莱卢斯说,"他就捉几个蜘蛛,都给毒死,或者把苍蝇扔进蜘蛛网;观察虫子的挣扎给他带来娱乐,看着那场面,他常发出哈哈大笑。"这就是"天下最温和的人"、神圣的"巴录法师"的怪异乐趣;这就是这位贫穷的阿姆斯特丹犹太人惟一的激情奢侈享受,他打磨自己的小块玻璃,喝加牛奶的米粥和四分之一个苏的半小罐啤酒就心满意足——他仅有的娱乐就是蜘蛛的角斗士表演!在这个时刻,他不是很像"地上的众神"、衰败时期的罗马人吗?这些罗马人在"垂死前的烦闷和百无聊赖之中,用奇异的野蛮行为、雌蜘蛛咬食雄蜘蛛的欲望当娱乐"。你阅读《伦理学》某些段落,这些段落中暗藏的针尖是对准福音书的,对准关于对上帝持以儿子之爱的教义的,有时候不是也显得这个矮小的犹太人,像斯塔夫罗金一样,"浑身都充满了讥笑吗"？在这里，最后，他终于得意了，看见互相咬食的蜘蛛，"爆发出哈哈大笑"。这一阵可怕的、跟疯子一样的笑声突然发作，真令我们不寒而栗！这个人，这个哲学家的苍白而平静的面容会被"骤然爆发的讽喻"的痉挛所歪曲；这个人"满怀对上帝的热情"，很可能会像基里洛夫那样，说自己："我为一切祷告！"他笑什么呢？或者这种笑，也是祷告吗？或者也像认为弟弟德米特里杀死父亲是理所当然的伊万·卡拉马佐夫那样，他之所以高兴，是因为"一条爬虫吞食了另外一条"？

"我要运用论述上帝与灵魂的同一个方法来看待人的行为和兴趣，就好像问题涉及的是线、面和物体一样。"（《伦理学》，第 III 部）的确，全部的伦理学——都是悬挂在空中的、几何线条的、纤细的、透明的蜘蛛网——定理、假定、注解的蜘蛛网，而蜘蛛网中心就是蜘蛛本身斯宾诺莎，及其上帝本质在全部属性和模式上理解上帝实质的智慧，或者就是吞噬世界的这个本质本身——上帝本身，他无情地吸吮着生命的生命，就像蜘蛛吸食苍蝇一样。而且，当然，斯宾诺莎的这个新的上帝，不管法师们把他和犹太教教堂如何地分开，都依然亲近以色列的古代的上帝，这个食火的上帝把一切荒芜，就像火吞噬一切，所以，面对他的出现，"大地逃跑，山峦熔化"。于是大地逃跑了，山峦也最后熔化了，原来全部的世界，只剩下了一个灰色的、布满尘埃的、将就地发出惨白色的虹光的蜘蛛网，而在它的中心则是吞噬一切的本质，身为一切的上帝，吃掉世界的蜘蛛上帝。

"上帝变成了蜘蛛。"尼采在自己的《反基督》中谈到形而上学的总体和具体的斯宾诺莎的时候这样说。在这里，尼采似乎又一次接触了陀思妥耶夫斯基最可怕、最缜密的思想，似乎高声重复着陀思妥耶夫斯基对他轻声耳语说出的话。

"上帝一半是人，一半是妖怪。"托尔斯泰在自己的《教义神学批判》里说。这亵渎和歪曲了基督教最深刻的教义之一。这个"半妖怪"当然也是那个"从深渊中浮出的怪兽","巨大的和令人厌恶的虫子",这二者在伊波利特弥留之际出现在他面前的幻影之中。所以,按照上帝形象创造的人,对于托尔斯泰、对于美国人西蒙森都是"装满食物和放出原来以食物形式被接受的能量的机器,释放的能量就是体力劳动和基督的爱"。但是,只有对于被阿基姆长老吓坏的叶罗什卡叔叔的半盲人的意识,上帝才是这样的;而对于他的无意识的洞察力,上帝又显得是什么样的呢?

虽然叶罗什卡叔叔是以完全不同的途径,从另外一个对立的方面到达这一点的,但是他也可以像基里洛夫和斯宾诺莎那样地说:"一切都好——我祷告了;墙上有一个蜘蛛正在爬:我看着它,感谢它在那儿爬。"但是,我们已经听见了这样的坦言:

> 依我看,一切都是一样的——上帝做一切事,都是为了让人高兴。什么事也不是罪。就拿野兽举个例子吧。野兽比人聪明。野兽什么都知道。

对于叶罗什卡叔叔来说,野兽是"神性的造物"。整个世界,整个自然,对于他都是"上帝的造物",一个活的、完整的、神性的活物,神性的生物——野兽神。"我已经认识它这个野兽了。"他知道,就像伊波利特一样,在野兽身上有"某种秘密",不是像伊波利特觉得的那样可怕的,而是令人高兴的。但是叶罗什卡叔叔只认识野兽;他的智慧是野兽的,先于人类的;他还不知道善恶;他像婴儿一样,或者像乐园中的亚当,还没有受到知识树的诱惑。叶罗什卡叔叔是屠杀无辜野兽的无辜人,"贼"和"酒鬼";他所迷醉的是生命的活的欢乐;他身上发出"生红葡萄酒气味和干涸的鲜血气味"。但是,总有一天,连他也会清醒起来:阿基姆长老会从乐园之梦中把他唤醒,"从四面八方把死亡和痛苦的麦草人哗啦哗啦地扔到他身上来",把顽固的异教徒驱赶到"基督之爱的路上来"。总有一天,叶罗什卡叔叔会感觉到,野兽的秘密会变得越来越可怕、昏暗;于是,苏醒过来的野兽——"一半是人,一半是怪兽"的斯芬克斯就会开始放出自己的爪子,提出自己的谜语。

在《三死》中,小鬼对已经去世的贵妇人读《诗篇》,这位贵妇人原来很怕死,和农夫、树木比较起来,却又死得很耻辱;诗篇说:

> 你掩面,他们便惊慌,他们就死亡,归于尘土。你发出你的灵,他们便受造,你使地面更换为新。愿耶和华的荣耀存到永远。(诗,104)

"等你一死,"叶罗什卡叔叔说,带着几分更大的玩世不恭的口气,却又掺杂了同样的异教徒的顺服口气,"等你一死,小小的坟墓上就会长出青草。就这样。"老人笑了一笑。

这暂时还不是诅咒,也不是祝福;这仅仅是对自然必然性法则简单的肯定:原来是尘土,将来还是尘土。"看着这具遗体,他们怎么能够相信,它会复活呢?"但是,这已经是诅咒,而阿基姆长老却把它当作祝福来接受,作为"胜利的农人",还依靠这样的祝福把没用的"贼"和"酒鬼"叶罗什卡从荒野的"伊甸园"里撵走:

> 地必为你的缘故受诅咒;你必终身劳苦,才能从地里得吃的。……你必汗流满面才得糊口,直到你归了土,因为你是从土而来的;你本是尘土,仍要归于尘土。(创,3:17-19)

我们来细心听听这个诅咒。到底,人是因为什么受到诅咒的呢?因为不听话吗?是的。因为"犯罪"吗?不是。在基督教建立之后,就我们现在的理解,至少不是因为犯罪:

> 神说:"那人已经与我们相似,能知道善恶;现在恐怕他伸

手又摘生命树的果子吃，就永远活着。"（创，3：22）。

魔鬼是在说谎吗？他说：你们吃吧，就变得和神一样了。是的，这是谎言，因为这是真理的一个一半，和另外一个一半没有联系，所以是谎言。如果亚当把知识之树和生命之树联系了起来，那他就的确能够"永远活着"，成为上帝的面容之一，当然是第二个面容——神人，或者人神。在古代的蛇、兽中，"包含有秘密"。但是，在上帝身上也有同样可怕的秘密。当然，我们在这里不理解某种要素；当然，我们会弄错。但是，就我们的纤弱的智慧来说，在这里，上帝，也像蛇一样，是不喜欢人的，至少喜欢得不彻底，因为上帝对人仅仅展现了真理的一半，也就是说，只有生命之树，而没有知识之树。而且，看来，似乎不是出自正义，而是出自"嫉妒"（"现在恐怕他伸手……就永远活着"）才把亚当赶出乐园。是的，这的确是以色列的上帝，像恶毒嫉妒烈火一样的上帝。他就是这样地穿行于上下古今和各个民族之间的。

"你的装扮为何有红色？你的衣服为何像踹酒榨的呢？""我独自踹酒榨，民众中无一人与我同在；我发怒将他们踹下，发烈怒将他们践踏，他们的血溅在我的衣服上，并且污染了我一切的衣裳。"（赛，63：2-3）

托尔斯泰在《战争与和平》中描写鲍罗金诺战役的结尾：

整个战场上空弥漫着潮气和青烟的迷雾，发出奇异的硝石和鲜血的气味。乌云升起，下起小雨来，雨点一滴一滴地掉在战死的、受伤的、惊恐万状的、筋疲力尽的和疑团满怀的人们的身上。那雨水好像是说："好了，好了，人啊。停止吧……醒一醒吧……你们到底在干什么？"疲惫不堪、没有食物、得不到休息，此方和彼方的人们都不由自主地、同样地开始怀疑，他们是不是还要继续杀死对方，在所有人的脸上都显露出犹疑，在每一个灵魂里都同样提出问题："为什么，为了谁，我必须杀人，又被别人杀死呢？你们想杀谁你们杀吧；想干什么干吧，我是再也不想干了！"到了傍晚，这个思想在每一个人心里形成。每时每刻，这些人都可能想到自己的所作所为而后怕，都可能抛弃一切逃跑，不管跑到哪里去。——虽然在战役即将结束的时候人人都感受到了作战的恐怖，虽然他们都盼望着停止行动，但是，某种不可理解的、神秘的力量还在继续推动着他们。那些汗流满面的、沾满鲜血和硝烟的、剩下来还活着的三分之一炮兵，虽然迈步直打趔趄、累得大声喘气，还是送来了炮弹，装上膛、瞄准，于是炮弹从双方快速飞出，残酷交火，不断打飞人体，继续完成那可怕的行径。这样的事不是按照人的意志，而是按照那个引导世人和世界者的意志完成的。

像"毒蜘蛛"那样互相残杀的人，都不知道自己是为谁杀人的：知道野兽的叶罗什卡叔叔也知道，他们杀人，是为了那个"引导世人者"、从天上俯瞰他们者。这是野兽，"比人聪明"，捕捉自己的捕捉者。就像老异教徒、叶罗什卡叔叔那样，这个上帝身上发出酒和血的气味——"血酸"，一串一串活的人在可怕的压榨器里遭受践踏发出的酸味。

"你的装扮为何有红色？""我发怒将他们践踏，他们的血溅在我衣服上，并且污染了我一切的衣裳。"

托尔斯泰评论拿破仑说：

一只看不见的手带领着他。在戏演完了也给演员卸妆之后，导演让我们观看他。

你们看吧，你们信的是什么！这就是他！现在你们看见没有，不是他，是我，感动了你们的？

感动了你们，践踏了你们。这就是他——不是英雄，不是神，而是这样一个"发抖的造物"，这样一个虫子，就像你们大家一样。现在你们还没有看见吗，不是他，是我，毒杀了你们的吗？

这已经不是燃烧着的"嫉妒"，而是某种冰冷的幸灾乐祸。

"难道，难道说你们想不出比这样的话更能够安慰人、更公正的话来吗！"

"更公正的话？怎么知道，也许，这才是公正，您知道，我可能就是故意这样做的。"

看到斯维德里盖洛夫或者叶罗什卡叔叔这样的"丑陋的回答"，"我们不寒而栗"。于是，那个俯瞰战场、俯瞰人的血腥丰收的一个面容又出现，阿姆斯特丹一个矮小犹太人的苍白的脸，看着"被毒死的蜘蛛"，看着"一条爬虫吞食另外一条爬虫"，而感到满足，爆发出笑声。对于这样的上帝，怎么能够说"我的天父"呢？

这不是天父，不是"他"，而是"它"，某种非人性的、可怕的东西。"有谁拉着我的手，拿着蜡烛，给我看一个巨大的、丑陋的毒蜘蛛。"在安德列公爵的梦境中，屋门敞开，他以超人的力气竭力要把它关上，可是门外"站着的是它，它从门的另外一侧硬推，破门而入"。"田垄上长得高高的艾蒿从积雪底下钻出，在从一个方向呼呼吹来的大风下面绝望地挣扎"，这个景色不知为什么使得被冻得一半发僵的商人勃列胡诺夫哆嗦了一下——当然，他也觉得，这是"它"在现形，这个没有面容的"它"，在初始的混沌底层蠕动，从那儿向我们伸出讨厌的、冰凉的、长满细毛的蜘蛛细腿。伊万·伊里奇为自己的无助、自己可怕的孤独、世人的残酷无情、上帝的残酷而哭泣:"你为什么要这样做?为什么,为什么你这样可怕地折磨我?"他"在这个黑口袋里面挣扎,是它的看不见的、不可抵御的力量把他拉进去的",他挣扎,像被判处死刑的人在刽子手里那样挣扎——这时候,这个它,这个吸吮挣扎中的苍蝇血肉的蜘蛛,重又出现。

但是,这难道就是我们的上帝吗?这就是上帝吗?

基督教是在我们一切人身上的,甚至在最不信教的人身上,程度十分深刻,虽然也是无意识的,这儿童式的祷告达到了这样的程度:我们的父——这样的祷告不可能从我们的心灵里拔除,甚至包括那些最有反抗精神的人;在我们加入基督教之后,我们不能想象对于上帝的这样的态度似乎不仅不是宗教,而且是对宗教的最严重的否定、最丑陋的亵渎;对于上帝的类似的态度,在基督教以前,却曾竟然是一切宗教的本质。

我们不能想象这样的情况;而实际上它正是这样的——从宙斯到奥吉里斯,从莫洛赫到耶和华——在下列的一切地方都是这样:

……在流血的祭坛
牺牲品的残骸冒出热气——

为了确信这一点,只需要从旧约里掀起我们投上去的新约的遮盖物,仔细观看一番。作为对于这样的上帝的终极结论,只有两种宗教情感是可能的:或者是被缚的普罗米修斯的巨人的怨言:

让我尊重你吗?因为什么?

或者是约伯的怨言:"我呼吁:冤枉!谁也不倾听;我呼叫,也没有法官。"但是,或许,还有比这怨言更可怕的顺服的态度:"我赤身出于母胎,也必赤身归回。主所给的,主要收回去——赞美主的名。"

在帕罗克关于坦塔罗斯死亡的可怕歌声中，也流露出顺服，而伊菲戈妮回忆起这一态度：

> 啊，芸芸众生的人类
> 你们要惧怕众神！
> 他们创世的双手
> 紧握着缰绳，
> 或者惩罚或者原谅
> 全凭心绪的反复无常。
> ……
> 受他们抬举的人
> 要加倍警惕他们！
> 在岩石和乌云当中，
> 在金色的餐桌旁边
> 座椅已经摆好。
> 但是争吵突发——
> 宾客倒下，
> 蒙受羞辱，
> 在地下的深夜
> 无辜的人们
> 戴着镣铐徒劳
> 等待着公审。
> 而众神一如既往
> 狂欢无限
> 围坐金色餐桌
> 欢宴作乐；
> 从高天到云端
> 踏遍穿越群山；
> 他们扼死的巨人

> 从深渊中
> 发出阵阵的叹息
> 飞向他们，像淡云
> 像祭祀的青烟。

（《歌德诗集》，下，钱春绮译，上海译文出版社，1982，第49页）

在基督教里，这样异教的和旧约的、前基督教的情况被彻底战胜了吗？在基督教里，"上帝是爱"，"完美的爱驱逐了恐惧"，但是，在基督教之后，依然如故，"落入活的上帝的手里是可怕的"。在基督之后，上帝不仅是爱，也是恐惧。而正是为了不再"害怕"，为了最终战胜这旧约中对上帝的恐惧，才在石块上的祷告中流出滴滴带血的汗水："求你叫这杯离开我；然而，不要照我的意思，只要照你的意思。"在这一祷告之后，在父的意志实现之后，子的这个呼叫是什么意思呢？这仿佛是最终恐惧和孤独的呼叫："神啊，我的神！你为什么抛弃我呢？"是的，如果基督没有复活，那么，他说的这最后的一句话"你抛弃了我"的确比其他一切话都更有重量，会把他其他全部的话——"福音"，消除殆尽。如果基督没有复活，那么，我们全部的信仰的确都是徒劳的。但是，我们又怎么能够相信，这个"死的躯体"一定复活呢？我们和这一恐怖斗争，到了流出血汗的地步，在我们心里不断创造出复活的奇迹，按照他那包含了这一奇迹全部秘密的话："那没有看见就信的有福了。"（约，20：29）我们没有看见，但是信，为了信，我们不愿意看见；为了看见，我们才愿意信。天空和大地将会成为明日黄花，但是他的话永存：如果我们坚信到底，那么到最后，基督二次来临之际，我们一定会看到我们所信仰的——复活的奇迹。我们全部的信仰至今依然在奔赴这第二次的来临——第一次出现之后的第二次的也是最后一次的复活的躯体的来临——"心灵对所言的信"——基督复活了，基督真正复活了。

然而，我也信"帮助我不信"。我爱上帝，但是，对上帝的古老恐惧还是一而再、再而三地在我的心里萌生：这一恐惧出现在一千年的忏悔声中——

> 愤怒的日子，这样的日子
> 把世人全送进火焰
> (Dies irae, dies illa
> Solvet saeclum in favilla_)

在最后的审判的场面中："离开我，可诅咒的，进入火堆和永恒的痛苦。"就像那个因为流血而把长衣变红者的面容，有时候还依然从圣父的和甚至圣子的面容下面出现一样，这个上帝（不是我们的父，而是我们在天上的仇敌）最后被预测要在世界末日之前出现，其面貌是一切人当作上帝而顶礼膜拜的那个野兽："谁像这个野兽，谁能够和他战斗？——他从天上给我们带来了火。"

但是，对于天上仇敌的恐惧在我们身上无论有多么强烈，这一恐惧也不会是我们的宗教的根源，我们永远也不能停留在异教的或者旧约的怨言中，停留在异教的或者旧约对前基督教上帝的驯服之中，并且认定这是我们自己宗教意识的最终结论。无论我们怎样抱怨、怎样顺从，我们还是觉得，任何抱怨和顺服都不能够满足我们，满足我们的只有爱——这些"活水的河流"。无论愿意与否，我们都应该爱天父。无论我们背离基督多少次，我们自己也不怀疑，我们在很大程度上依然是他的学生；无论我们说什么和做什么，我们也不能够忘记我们这个幼儿般的、最初的和最后的宗教的告白："我们在天上的父。"这个事只要一次刺痛心灵，那伤痕就永远留下。我们是永远也不能把这件事从心灵里揪出去的：就是把心摘出，也不能除去这爱的锋芒。我们随着爱而生，也带着爱而死。我们永远也不会从基督这里返回真正的异教，不会返回真正的以色列；一切都仅仅是伪装和自欺；返回的道路都已割断；我们只能够向前走，或者站在某地——但是，站立比行走更困难。对于我们来说，公开的无神论比下列东西好：没有基督的基督教，佯装基督教的异教——像托尔斯泰那样，佯装基督教的有基督的异教——但是这个基督戴着狄俄尼索斯的面具无法辨认，佯装异教的基督教——像尼采那样。上帝在显示关怀的时候说："人如果不洗手，不从生命之树汲取食物，就不能长久地活下去。"就像恫吓叶罗什卡叔叔的上帝，是"半人、半怪"，或者恫吓陀思妥耶夫斯基的人物的那个上帝是虫子、是毒蜘蛛一样——永远也不是我们的上帝。承认这样的上帝，对于我们来说，已经不是宗教，而是亵渎。我们都像伊波利特那样谈论他："这个怪影羞辱了我；我不能够屈服于露出毒蜘蛛模样的黑暗势力。"但是，在我们还没有屈服于它，或者甚至仅仅在伴随着怨言承认它以前，我们就会在我们的心里完全消灭、摧毁这个毒蜘蛛。魔鬼对伊万重复自己的主要思想说：为了拯救人类，应该消灭关于上帝的观念。基里洛夫说：

> 对于我来说，最高级的观念就是——没有上帝。在我身后的是人类的历史。人为了活下去，不毁灭自己，就一直一个劲地设想上帝，这就是迄今为止的全部的世界历史。在全部世界史上，只有我一个人第一次不想设想上帝。

尼采说："我们杀死了上帝。"是什么上帝呢？野兽吗？是的。但是，我们怎么能够杀死为了我们而永远死去的，并且在儿子身上复活的父亲呢？可以杀死活的人，但是怎么能够杀死死而复活者呢？无论如何，我们是二者之一：或者是上帝的孩子，或者是杀死上帝者。对于我们来说，上帝就是天父，或者根本就没有上帝。但是，即使是在这最后一个结论上，我们也不能停步；我们应该走下去，走到尽头："如果没有上帝，我就是上帝！——意识到没有上帝，而且不是在自己成为上帝的时候意识到的，这是愚蠢，不然你必定要杀死你自己的。"陀思妥耶夫斯基笔下的基里洛夫说出这样的话，而尼采也差不多逐字逐句地重复了这样的话。但是，在这里开始了特殊的、世界上从未有过的事，这就是我们的疯狂，尼采的疯狂，而且，似乎，与此同时，这是最后的、预言在世界末日出现的巨兽。

这就是一旦走上就不能不走到底的那条路——从不认识上帝—父亲到认识上帝—野兽，从认识上帝—野兽到想要消灭他，到否定任何的上帝，到否定"关于上帝的观念"本身，亦即最终的无神论的道路，最后，是从无神到无智、到自我否定、到自我毁灭的道路。这全部可怕的道路，神秘前提和结论的全部不可断裂的链条，在陀思妥耶夫斯基所创造的最具预言性质的人物身上都已经走完——这个人物就是基里洛夫。

基里洛夫关于人神的观念乃是陀思妥耶夫斯基和尼采重合的令人震惊的重合案例之一，这一情况我已经谈到过，而且，作为奇迹，如果不是发生在眼前，几乎是根本不可相信的。不仅如此，基里洛夫还预示了尼采的主要思想——他言说这些思想，力量十分集中，连尼采本人都远远不及。这里令人不由自主想到的是，尼采是借用了陀思妥耶夫斯基的思想的。但是，我要重复说，大概，我们都知道，在基本的思想方面，反基督的创造者是完全独立的。就这样，无论怎样奇怪，我们都必须承认，在某些场合下，陀思妥耶夫斯基显得是最充分意义上的洞察者，而且，正是在这一场合，他的洞察力显示，在全部世界文学中是没有类似的事例的。"像奔驰飞翔即将耗尽力量的、没有规律的流星一样"，尼采在自己的观察和自己的行动中、在自己的智慧和自己的疯狂中所走过的全部的路途，全部这一条难以置信的抛物线，从第一点到最后一点，都是陀思妥耶夫斯基以数学的精确性在基里洛夫身上预想的、设计的。"没有不可能明显揭示出来的神秘之物。这是他说的。"基里洛夫在去世之前说，"以狂热的欣喜"指着救世主的圣像。基里洛夫的"神秘"在尼采身上也"明显揭示"出来。

"他一定会来的,他的名字是人神。"

"人神吗?"

"神人——区别就在这儿。"

基里洛夫全部的反基督教的基础,当然,是以这种区别为依据的。那么,究竟是什么区别呢?

"您看见叶子了吗,树上的叶子?"

"看见了。"

"不久以前,我看见了黄色的叶子,还有一点绿,边缘有点蔫了。风吹的吧。我十岁的时候,在冬天,我故意闭上眼睛,想象着绿色的叶子,闪闪发亮,有叶脉,阳光亮丽。我睁开眼睛,不相信眼前的一切,还是原来的情景好,于是又闭上了眼睛。"

这就是伊万·卡拉马佐夫对"春天里有胶质的嫩叶和蔚蓝色天空的爱""先于逻辑的爱""躯体之爱",按照阿辽沙的意见,是基督教的"一半",是无意识的。还有另外一半,有意识的:

"这是什么寓言呢?"说到"绿叶",斯塔夫罗金问基里洛夫。

"不是啊……为什么呢?我喜欢的不是寓言,不过是叶子,单纯的叶子。叶子好,**一切都好。**"

"一切?"

"一切。人之所以不幸,是因为不知道,自己是幸福的,就这么一条原因。这就是一切,一切!无论是谁,一旦明白了这个道理,立刻就会感到幸福;此时此刻。这位老婆婆(基里洛夫的房东)要死了,小姑娘(房东女儿)留下来——一切都挺好。我忽然发现了。"

"有人饿死了,有人侮辱、强暴了女孩儿——这也很好吗?"

"好啊。要是有人砸碎了婴儿的头,也是好的;不砸碎呢,也好。如果他们知道,他们很好,那么,他们就是很好,但是,只要他们一天不知道自己很好,他们就不好。这就是全部的思想,全部——其他再也没有了!——谁能够说明白一切都很好,就等于成全了世界。"

这样的话,我们在别处听说过。

是的,我天性的内在本质这样教导我,一切必要的事物,从高处观察,在伟大秩序的意义上,都是有益的(基里洛夫所说的"好的"的意思)。不仅应该忍受,而且还应该喜爱必然的事物。对命运的喜爱——这就是我的天性的内在实质。

"狄俄尼索斯的最后一个学生",或者"被钉十字架的狄俄尼索斯"是这样说的,他为自己的苦难和自己的"受难"祝福。"一切都是必要的,都很好,我为一切祷告"。但是,佐西马长老也可能恰恰就是这样说的,事实上就是这样说的:

一切都很好,很宏伟,而且都是真实的。全部的创世和一切造物,每一片嫩叶,都奔向道,都为上帝唱出颂歌。

在这里,佐西马长老和尼采—基里洛夫的合拍,甚至达到这样偶然的"绿色的嫩叶"的水准,这一片嫩叶给他带来灵感,"发现"一切都很好——哥伦布之后发现美洲、基督之后发现基督教。在基督之前,曾经有"忍受"、服从、恐怖,或者怨言,但是从来没有"对命运的喜爱";这是以前奇异的事,无论是野蛮人,还是希腊人,还是犹太人,都不明白,都不能和基督教以前的任何一种宗教比拟。我应该爱命运,就像以撒那样,亚伯拉罕拿屠宰牺牲的刀子对着他,但是以撒还是爱自己的父亲；取代忍受的是爱；取代奴隶式的怯懦的忍受的，是自由的、无畏的儿子的爱。但是，这就是没有名称的、没有意识到的、没有疑问的，然而确实是基督学说的"最内在的本质"："父啊，这不是我的、这是你的意志。"这样的"对命运的爱"、对命运的子嗣关系的最高点就是：我的意志和命运的意志是一个，我和命运是一体，"我和天父是一体"。当然，说出这句话的人，已经明白，"一切都很好"，因为一切都是必要的。他来了吗？他的名字是神人吗？没有，基里洛夫和尼采都提出反驳。他一定要来的，他的名字是人神——区别就在这里。到底是什么样的区别呢？两个三角形——一个底边向上，顶尖向下，另外一个则反向放置——当然，二者是不会重合的；但是只要颠倒其中的一个，二者就会重合，因为区别不在于三角形的"内在的本质"，而只在于外在的、偶然的、临时的——"历史的"方位状况。"我是门，不穿过我，谁也不能走向天父。"基里洛夫和尼采，都要走进，或者试图走进这道门，因为没有其他的门。虽然他们否定基督，但是实际上是肯定他的——任何人也没有以这样的方式肯定，至少是这样有意识地肯定他的。

但是，世界的开端不仅仅是在这第一个出发点，在这神秘的前提之中——在"对命运的爱"之中，在承认天父的恩典之中："一切都好，一切都是善，因为一切都是神性的和必要的。"基里洛夫和尼采的学说与基督的学说在相反的极点、在这一前提的神秘结论中也是重合的，这就是给予世界终结的观念：如果人能够理解一切都很好，则世界和人"在形体上就能够互换"。

而在前提本身上，基里洛夫却比尼采走得更远；他差不多已经意识到了这一前提，"永恒和谐"这种感觉的超自然的、神秘的基础。他说：

> 这样的感觉，是明确的、不可争辩的。就好像您突然感觉到了大自然，您突然说：是啊，这就是真实（佐西马长老也说：

"一切都很好,因为一切都是真实。")上帝创造世界,在每天结束的时候都说:"神看着是好的。"这……这不是好感,而只是欢欣。您不必原谅一切,因为没有什么要原谅的。您不是您所爱的事物,啊,这是高于爱的!

高于爱,因为爱只不过是通往爱人者与被爱者,亦即父与子结合的途径,而在这里,全部的路都已经走完,结合已经达到:在这里,我和我的所爱,和那必不可少者,是——一个,"我和天父是一个"。高于世界本源的关于"神性必要性"(达·芬奇的 divina necessita)的神秘前提,提出了关于世界的终结、神性完满性不可避免的神秘的结论。在自己的终点,在自己最后的"和散那"中,世界应该证实上帝,重复上帝在创世时候所说的话:"神看着是好的。"在这里,在结论中,和在前提中一样,基里洛夫走的是同一条路,但是比尼采走得远。他的超感觉的经验是不可分割地和基里洛夫与白痴"神圣疾病"癫痫发作之前的感觉经验、十分明确的躯体感受、躯体状况等联系在一起的。"永恒和谐"的感觉,根据基里洛夫的观察,延续不超过"五秒钟"。

> 如果时间更长,灵魂就经受不了,就必定消失。尘世间的人是不能经受的。必须变换躯体,或者死去。——在这五秒钟之内,我会度过一生,并且为这五秒钟献出生命,因为值得。为了能够经受十分钟,就必须改变躯体。

他经常地、顽固地返回自己的这两个主要的、最后的宗教思想之一。"在自己现在的形体中,无论我思考过多少次,没有以前的上帝,人无论怎么样都是不行的,"在自杀之前,**他**说,"上帝是死亡恐惧的疼痛。谁能够战胜疼痛和恐惧,他就能成为上帝。"以现在的形体,更加上疼痛和死亡的恐惧,人就是人兽,是神兽的奴隶。新的、自由的人,"人神",神子,将具有新的躯体,没有痛苦、不死、不腐烂,"用死亡洗涤死亡"。

关于人躯体变化的观念在最初的萌芽状态中,无论在基里洛夫那里还是在尼采那里,都是和关于宇宙发展、生物变形、自然淘汰与物种演变的现代科学思想联系在一起的。对于尼采来说,超人和人被巨大的躯体深渊分开,远甚于猿猴与人。对于基里洛夫来说,宇宙发展史分为两个部分:"从大猩猩到消灭上帝(也就是说,到'人'的生物形态的末端)和从消灭上帝到大地和人在躯体上的变化。"

尼采仅仅模糊地感觉到——这样的模糊性正是他的主要弱点,而基里洛夫是差不多意识到,在关于人躯体变化可能性的这一特殊经验的又似乎科学的理念中,有某种超经验的、超躯体的"形而上的"甚至神秘的东西。

> "您开始相信未来永恒的生命了吗?"斯塔夫罗金问他。
>
> "不是未来永恒的生命,而是现在的永恒的生命。是有一些时刻:您走到这样的时刻,时间就突然停止,将是永恒。"
>
> "在启示录里,"斯塔夫罗金提示他,"天使发誓,时间再也没有了。"
>
> "我知道,这是很确实的。又清晰,又准确。人在达到了幸福的时候,就再也没有时间了,因为不需要了。很确实的思想。"
>
> "把时间藏到哪儿去了?"
>
> "没藏到哪儿去。时间不是物件,是理念。它会在智慧中熄灭。"

这不仅符合启示录,而且也符合纯粹理性批判。

基里洛夫教导说,在时间不再存在的时候,人在躯体上是要变化的。使徒教导说:并不是我们全部的人都要死亡,但是我们全部的人会很快地变化,在最后的号声响起的一刹那之中。在这两种学说之间，到底有什么内在的神秘"区别"呢？尼采称自己是"永恒回归的教师"（ich, der Lehrer der ewigen Widerkunft）。但是，他从来没有把自己这个高度的谜一般的神秘理念探索到底，而这个理念又是和他另外一个关于"新造物"、超人的新的躯体的主要理念相联系的。看来，也正是在尼采这里，在永恒的回归、重复（"你们具有的一切，我们也有"）的理念中，包含了基里洛夫的信仰的萌芽，"不是对于未来的，而是对于这里的永恒生命"的信仰。基里洛夫不过是把尼采的这个还模糊的理念推论到底，到达了它不可避免的和已经完全明确的宗教意识。

关于人的躯体的变化，基里洛夫说：

> 我认为，我认为人应该停止生育。既然目的已经达到，为什么还要孩子，还要发展？在福音书里说，礼拜日将不生养，就像上帝的天使那样。

这样的相同见解，尼采会感到害怕的！但是问题在于，基里洛夫比尼采更勇敢、更真实！基里洛夫把尼采的主要宗教思想推到了尽头——这就是扎拉图斯特拉预告的"超人"王国，这个王国显得就是"这里的永恒的生命"，也就是"未来的耶路撒冷"，启示录里预告的复活肉体的王国："我们将要统治大地。"两个相同三角形之中的一个，方位被上下调换——于是二者互相贴合。

这样，在自己的两个极端的观点中，第一个是关于初始、关于神性必要性的思想，而后一个是关于世界终结、关于神性完满的思想，基里洛夫和尼采的显然是反基督的学说符合了基督的学说：如果两条平行线的两个点重合，则两条线本身也要重合，这是几何学的一条定理。

基里洛夫和幼儿玩耍的时候，又投球又接球，我们突然感觉到，他自己也变成了这样的小孩（"如果你们不像儿童那样又求人又执着，你们就不能进天国"），就是那个这样的"白痴""圣徒"和

"圣愚"（即令不是基督里的，则至少也是反基督里的），就像梅什金一样。

"是不是您把小灯也点着了？"
"老太婆喜欢灯，可是今天她没有时间。"

对啊，他是为了老太婆一个人点灯的吗？不是也为了他自己吗，这一点，当然，他自己不也是不怀疑吗？所以，在死亡前的最后几分钟，反基督的这个先知，还引用主的最伟大的一句话，凭着迟钝的"狂喜"，指给自己的"魔鬼"、自己的"猴子"彼得·维尔霍文斯基，指出基督的圣像，而在那圣像前面，那灯又点了起来，是基里洛夫的一只手，而不是心，点着的："这是他说的。"维尔霍文斯基被当作真正的"魔鬼"，"勃然大怒"。

"可见，您还信他，所以点着了灯；已经是'以防万一'了吗？"
那个人沉默。
"您知道，我看，您比教皇大概都信得更多呢。"魔鬼断言，玩世不恭。

"信谁？信他吗？"基里洛夫的这个问题也没有得到回答，因为他接着谈到自己不信的原因的话语，都不是直截了当的回答：他似乎不信基督，因为基督没有复活；但是我们看到，基里洛夫本人关于世界终结、人神来临的不可避免的神秘结论，乃是关于"人的肉体变化"的可能性、必要性的思想，这又是"改变了的"肉体，不腐烂的、复活的肉体。所以，逻辑引证感觉经验，对受难者躯体也必须遵从的自然法则的认识，全然不是对于神秘问题的神秘解决办法。对于"基里洛夫到底信谁"这个问题的切实神秘的回答，是"受难的狄俄尼索斯的最后一名学生"违背自己的意志，用自己可怕的宗教命运给予的。

这是常常出现的情况：他们二人，基里洛夫和尼采，"自己也不知道在寻求什么"，在寻求谁，——他们信，但是没有意识到自己的信仰，或者，按照基里洛夫的绕口令似的却又不可改变的话来说："他们如果信，就是不信所信的事，如果不信，就是不信他们不信的事。"正是因为这样的宗教意识的不足，基里洛夫和尼采才是伊万·卡拉马佐夫、维尔西洛夫、斯塔夫罗金、拉斯科利尼科夫、陀思妥耶夫斯基全部二分的人物——亲兄弟，这个伟大家庭的后裔，在他们身上，连信仰也要熄灭。

第一眼看上去，这两个人缺乏宗教意识，原因在于在对认识的批判中有重大而根本性的错误。基里洛夫说："上帝是必不可少的，所以必定存在。但是我知道，没有上帝，也不可能有。"他得出结论说："难道还不清楚吗？——如果怀有这样的两种思想，人是活不下去的。"这是一个古老的错误，在康德之后，在《纯粹理性批判》之后，这样的错误就没有立锥之地：或者必须推翻康德，或者接受他；如果接受他，就必须同意我们理性所及的领域，仅仅是现象的领域，在时间和空间中发生的感觉经验的领域；上帝是在现象之外、空间与时间之外的，所以，关于上帝存在与不存在的问题就在理性研究所及的领域之外。"上帝是必不可少的"——这是一个非理性的、非经验的、神秘的前提，是理性所不能推翻也不能证明的。理性不确认也不否认上帝的存在，而只是说："我不知道上帝是有还是没有。"基里洛夫把这个新的、无法推翻的、批判性的"我不知道有没有上帝"，歪曲成古老的、被认识的批判所推翻的教条："我知道，上帝是没有的。"而且，还有——"上帝是没有的"这个论断本身要变成新的上帝，对信仰的否定本身变成新的信仰："对于我来说，没有更高的理念——上帝是没有的。"从这里，从认识批判中的这第一个错误就开始了他一系列其他的错误，已经不是批判的，而是神秘性的错误，这些错误最后把他引导到了完全的疯狂："如果没有上帝，我就是上帝。"

何以解释这第一个如此粗俗的错误呢？考虑不周吗？愚昧吗？可以解释为基里洛夫——是列文那样的俄国人自学成才者吗，一个"纤夫哲学家"，在形而上学的浅水里向前爬，也不请教于"老练的"德国人。未必如此。看来，基里洛夫不仅有理性的巨大的批判力量：凭借天才的洞察力，他与启示录的预言不谋而合，这就是"时间再也没有了"，与康德关于时间主观性的最深刻的概念之一："时间不是物体，是理念——要在理性中灭亡。"不，基里洛夫在认识批判中的第一个错误不是源于他的智慧低下，而是源于他全部智慧力量的某种特殊品格。

值得注意的是，尼采也陷入了同一个错误——教条地否定上帝。他说："我们杀死了上帝。"用什么杀死的？智慧吗？但是，在用理性杀死上帝之前，必须杀死《纯粹理性批判》，要推翻康德。而尼采，像基里洛夫一样，没有推翻康德，也不同意康德的见解，而是简单地回避他，用谩骂躲避他："康德是白痴。"（《权力意志》，第227页，1899年版）也就是说，用这样软弱的哲学的武器，就像后来反对尼采本人的那些人的谩骂："尼采是白痴。"但是，在这里，已经很明显，尼采在认识批判中的错误不是源于简单的思考欠缺，也不是源于愚昧。就像任何一位德国哲学家一样，尼采熟知"自己的康德"；但是他不想认识他，因为他既不能够推翻他，也不能够接受他——皆因他没有和自己本性的某种深刻的、不可克服的、"内在的实质"断绝。

批判哲学是思想走到自己的尽头，走到最后界限，看到并且意识到这个终点和界限的思想。教条的哲学，反正一样，是肯定或者否定上帝、有神论或者无神论的思想，是没有走到尽头、伫立在"过度地明达的"中庸之道上的思想，本质上是某种中间的、中间偏上的、半截的东西，它不是把信仰和非信仰、教条与批判结合起来，而是把二者混合起来。无神论和有神论——这都是半科学半宗教的被庸俗化的科学与宗教。不无道理的是，正是唯物论的和唯灵论这两种哲学思潮或者风气，没有灵魂的肉体和没有肉体的灵魂的哲学，已经变成了十九世纪的占统治地位的情绪；在迄今全部的世纪中，这是最中间派的、"中间偏上的"、小市民的、资产阶级的世纪，首先是"中层阶级的"世纪。不仅如此，这两种情绪并不保持具有哲学意味，却都力争成为宗教的，至少是要取代宗教。例如，在下列人士那里就是这样：1870年代的头脑简单的俄国教条主义唯物论者毕希纳和"取代了上帝的死青蛙"莫莱肖的狂热鼓吹者们，我们当代无意识的也最天真的"马克思主义者"以及头脑如此简单的俄国的唯灵论教条主义者、唯心论者、托尔斯泰主义者、帕什科夫派分子和反祭神仪式派分子。

就在这样的教条主义无神论中（"我知道，上帝是没有的"，"我们杀死了上帝"——特殊种类的"取代上帝的死青蛙"），尽管他们纯真地奔赴未来，往日的俄国革命者和往日的德国的"自由精神"、有神论者伏尔泰和唯物主义者赫尔维修的崇拜者——基里洛夫和尼采——都还是自己世纪的、深知自己等级的、资产阶级的、中间派的世纪和"中间等级"的太小的幼儿。实际上，这一历史等级的中间性、半截性，在他们的意识之中、在他们的批判之中，是没有到达终点的，是依存于他们无意识的、宗教的本质中，是他们神秘论中更为深刻的"尚未到达终点"的。

> 我花了三年时间寻找神的属性，找到了：我的神的属性就是——为所欲为！

是的，正是"为所欲为"，而不是自由。为所欲为是不彻底的自由，是暴躁的、动辄出手的、虽然强横却又怯懦的、奴隶的自由。在没有勇气和看到争论的时候，尼采只是嘲笑他，或者，在辱骂基督的时候（"那个小犹太人"——"der kleine Jude"），他不敢正视基督的眼睛，这也不是自由，只是"为所欲为"，奴隶的反叛，不是二十世纪的批判和宗教，而依然仅仅是十八世纪的教条学说和革命。

作为自由也好，作为爱也好——都是不彻底的。

对于基里洛夫来说,假如确实"一切都好"到底,假如他的确不怕疼痛和死亡,他就没有什么理由非要以自杀来证明他不怕疼痛和死亡。他可以用自然的生命、自然的死亡来证明嘛,像智者或者圣徒那样。但是问题就在于,他自己还不相信"一切都好";他有时候觉得一切都完全不好,都很糟,全世界"都在说瞎话",都是"魔鬼的通俗喜剧"。连他自己也弄不清楚,他如果自杀,是为了理解一切都好,还是因为他已经完全明白一切都不好。不仅如此:"一切都好"并不意味着"一切都是神圣的"。他只愿意"为一切祷告"和爱一切——连命运也爱。但是,这"对命运的爱"本身,以及尼采的 amor fati,和在基里洛夫那里一样,都不是神圣的爱。我不能够爱外在的、僵死的、没有面目的东西——也不爱数学公式:二二得四——也不爱机械引力法则——我只能爱内在的、活的、亲切的、有血有肉的——我只能够爱"父亲"。如果我以最大的爱真实地爱必要性,那么,必要性对于我,就已经不再是必要性,而成为自由:"不是我的,而是你的意志。"如果我以儿子的最大的爱去爱"命运",则命运对于我就不再是命运,而是成为活的、亲切的天父上帝:"我和父是一体。"子对父的爱——这才是至高的——就是基督;"对命运的爱",对异教命运的非意识的基督徒的爱——这就是半基督、半狄奥尼索斯——不是至高,只是中高,也就是说,只不过是中间的、半截子的,对我们、对你们都一样:既不白也不黑,只是灰色的;既不热也不冷,只是温吞吞的。在这里,又是在这里,"不涉及荣誉的,因为已经是过度的深思熟虑的"、小市民的"半截子中间派"、"咸味不足的盐",贯穿了整个的十九世纪——中间阶层的世纪,令人厌烦的、温吞吞的、灰冷阴暗的中产阶级的烂稀泥。

甚至在这里,在西欧和俄国文化的这些极顶的最高点上,在基里洛夫和尼采身上,而且,可能,部分地还在陀思妥耶夫斯基和肯定地在托尔斯泰身上,也还是,甚至就是在这里,也许比别的地方更多地,统治着"时代精神",屹立着中间派的可怕的恶魔。这是两极("纠缠在一起的两条线")之间的无法穿透的、中立化的环境,我们的充斥了世界的恶魔,最大的、最丑陋不堪的长着癫痫疙瘩、流着清水鼻涕的小鬼,属于那种万事不如意的东西,混杂的、猛撞的精神,俄国奴才拉夫卢什卡和全世界的奴才斯麦尔加科夫的精神。

我开始,我结束,我开门。我拯救。我行我素!这就是一切,依靠这个我就能在主要之点表示不屈服的态度,和我的新的、让人害怕的自由。因为这自由是很可怕的。为了表现不屈不挠,和我新的,让人害怕的自由,我要杀死我自己。如果没有上帝,那我就是上帝。我信这个,我信!

看起来,基里洛夫就要变成先知、变成伟大的扎拉图斯特拉了;"和散那"即将来临,震撼天空和大地,闪电四起,超人显现,真是难?不可思议。

满不是这么回事。"从伟大到滑稽只差一步":无论你走哪个方向,跳出来的都是短小、丑陋的小鬼,"突如其来的反讽恶魔"。彼得·维尔霍文斯基拿出鹅毛笔,让基里洛夫笔录死亡前的书信,信里承担了杀死虚无主义者沙托夫的事实。

"停止!"基里洛夫大叫,"我想要向下看的脸,伸出舌头。"

他"欣喜得几乎发狂","哈哈大笑",想出来这样的称谓:"俄国贵族绅士神学院学生和文明世界公民"(Gentilhomme - seminariste russe et citoyen du monde civilize)。

我们知道,这是谁的"突出舌头的脸",谁是这个"全世界的公民":这是一个灰色的、温暖的、柔软的、没骨头的人的脸,这个人的尾巴"很长,很光溜,像丹麦种狗的尾巴"。这个世界公民就是怀疑论者奴才斯麦尔加科夫和实证主义老爷乞乞科夫、不死的"食客"、"破落的纨绔子弟斯塔夫罗金"、伊万·卡拉马佐夫、基督教哲学家列文的和异教徒哲学家尼采的永恒的猿猴。是他在"我行我素",在亵渎,在胡搅和嘲笑——他把人神的悲剧演化为魔鬼的通俗喜剧,把力量与荣耀的面目丑化为"吐出舌头的嘴脸"。

但是,这对于他还不够:在这可怕的、可笑的行径上他还不善罢甘休;可怕通过可笑要变成更加可怕——就像正在冻结的水,经过轻轻的接触骤然变成冰块一样,由于无耻魔鬼的一个手势,认识批判中的"毫厘"错误,全部的智慧就会骤然变成疯狂。

对于基里洛夫自杀的描写,是陀思妥耶夫斯基超越了界限的书写段落之一;其实,这是不能描写的,几乎不能言说的:这是玩世不恭的事,残酷,也许还是犯罪,不仅在艺术上,而且在法律上也一样。这是一种活体解剖,对活生生的灵魂的解剖学的切割——凝望这打开的伤口,人灵魂的血淋淋的内脏,我们会十分厌恶,却又十分好奇而恐怖地观察内脏最后的抖动。

类似的描写,在世界文学其他地方是没有的。无论是谁,只要把这个段落阅读一遍,就永远也不会忘记这些不堪忍受的细节:基里洛夫拿着手枪走进隔壁一间屋子,维尔霍文斯基倾听着那里的动静,等待了很长的时间;到后来,实在忍不住了,就走到门前,推开一个小缝,似乎有什么东西哼哼起来,向他扑来;于是他猛地关上门,又贴着耳朵倾听,但是一切又都寂静下来——又是死一样的寂静;他油然想到,基里洛夫不是要自杀,而是要杀死他,基里洛夫;又是无穷尽的等待;维尔霍文斯基又一次忍不住了,鼓起勇气,欠起身子,拿好手枪,进了屋子;起初看不见人,后来才注意到基里洛夫,靠着橱柜,在墙壁和柜橱形成的角落里,"站着,姿势极度地奇怪,纹丝不动,挺直了身子,两只手靠在裤子侧线上,抬着头,后脑勺贴在墙上,在那个角落里,好像是要钻进去,隐藏起来似的"。突然,一股十足的疯狂劲头攫获了维尔霍文斯基:他一下子跳了起来,大声吼叫,跺脚,凶猛地扑向那个可怕的地方。但是,到了那儿,他又停步,好像掉在坑里一样,被恐怖更严重地镇住。让他惊骇的是,尽管他吼叫,疯狂地蹦跳,但是那个形体甚至毫无所动，一只手一只脚都没有颤动一下——好像完全是僵死或者蜡制的。他脸色苍白，白得很不自然，两只黑眼睛连眨一下都没有，凝望着空中的某一个点。彼得·斯杰潘诺维奇用蜡烛自上向下又自下向上地，从四面八方一切角度照亮这张脸，仔细察看它。他突然觉得，基里洛夫虽然是眼睛盯着前面什么地方，但是同时又瞧着他，甚至，也许是，正在观察他呢。他突然想到，要把火光直接贴近"这个下流坯"的脸，要看个究竟，他到底要干什么。他突然觉得，他的，基里洛夫的下巴抖动了一下，嘴唇上划过去嘲弄的冷笑——就好像猜透了自己的心思似的。他哆嗦了一下，连自己也忘了，抓住了他的肩膀。接着出现了意想不到的局面。他刚刚接触了基里洛夫，基里洛夫就迅速地低下头来，用头砸掉他手里的蜡烛；小蜡烛台座咕咚一声掉在地面上，蜡烛熄灭。就在这一刹那，他左手小指突然感到一阵钻心的疼痛。他大吼一声，只记得他发疯似的三次用尽力气，拿手枪猛打扑向他而且咬住他左手小指的基里洛夫的脑袋。到最后他才拽出这个手指头，拼着一条命从屋里逃跑出来，在黑暗里摸着找路走。在他身后传出让人心惊胆战的呼叫声音："站住，站住，站住，站住！"

当然，那发出狂吼、扑向彼得·维尔霍文斯基、后来又咬住他小手指头的，不是神性的，甚至也不是人性的，而是兽性的东西。超人、人神，变成了人兽。可怕的巨人扎拉图斯特拉—反基督——变成了可怜的残废；德国过去的哲学博士，尼采，后来被关进了精神病医院。而且，我们还觉得，这本来就是应该发生的，不可能是别的样子，这不仅是合乎逻辑的，而且也是不可避免、合情合理的，神秘得很啊。

"我是极度地不幸，因为极度地害怕。"基里洛夫承认。是的，这是人的灵魂能够感受的最伟大的疼痛，最严重的恐怖——能够感受，却无法忍受。"如果没有上帝，那我就是上帝。"我们觉得，身处这两种思想之间，人不可能不发疯；如果我们接受这两种思想，那么，在这二者之间，我们自己的理性，就像基里洛夫和尼采的理性一样,也要被摧毁,被磨成细粉,像两个磨盘中间的麦粒一样。从意识的这最终的痛苦、最终的恐怖来看,基里洛夫和尼采是接近基督的,大概是比任何人都接近的;也许甚至比佐西马长老都接近。他们之所以毁灭,是因为到底也没有意识到这类的近似的情况。他们认为,自己首先走上了这条路,但是,与此同时,这条路早已经有人走过。世间曾经有这样的一个人,接受了这样的痛苦,忍受到底,从而一劳永逸地解救了我们,使我们免于这样的痛苦。这个人——是神,因为众人之中,谁第一个说"我——是神",一直到最后都接受,而且承受了这一切,那他就真的是神;正是因为他承受了这个,承受了没有一个人的灵魂承受得了的这个,因为他在这件事上是独一的,在力量上和他等同的人过去没有、将来也没有——所以他显现的神性奇迹才包括在这里。是的,他承受了这一切,但是我们知道,为此他也付出了流血的汗水,他也是"极度不幸的",因为他"极度恐惧",他的灵魂也"极度悲哀"和"激荡":

  我的灵魂现在激荡了;我还能说什么呢?父啊!让我避开这个时刻吧!但是我是为了这个时刻来的;父啊,赞美你的名。这不是我的意志,而是你的意志。

  因此,对于我们来说,二者必居其一:我们或者接受他,但是要彻底接受他和天父是一,这样,我们就不会走上基里洛夫和尼采走上的那条死路,对于我们来说,已经来临过的和将要来临的——神人和人神就是一个;或者我们推翻他,但是也是彻底推翻,于是,就不可避免地,在返回基里洛夫和尼采的出发点之后,我们将继续沿着他们刚刚开始走的那条可怕的路走下去:如果没有天父,就没有上帝,如果没有上帝,我——就是上帝。这是绕过基督、反对基督——基督预见和预言过的惟一可能的道路:"我是以神的名义来的,你们却不接受我;但是如果有人以自己的名义来,你们倒接受他了。"这话的意思就是:如果有上帝,我就是上帝;你们不接受我；另外一个说：如果没有上帝，那我就是上帝；你们一定会接受的。

从伟大的异教徒叶罗什卡叔叔到矮小的基督教长老阿基姆这个宗教中间派和猥琐的"矮小、丑陋的小鬼"到完全的无神论，接着，从无神论到疯狂——在现代，似乎这条路的全程都已经走完：从托尔斯泰的王国，从"神兽"王国，我们现在正在走上尼采和基里洛夫的王国，人兽的王国。那"吼叫、猛扑、咬住"维尔霍文斯基的，就是这样的未来的巨兽。基里洛夫和尼采的疯狂——仅仅是这不可避免的、世界史的疯狂病疫初始的微弱迹象；仅仅是正在到来的暴风雨出现在地平线上的第一个若隐若现的黑点。暂时一切还都平静，甚至比以往更寂静，但是，"长了耳朵"、有听力的人都已经听到，在现代人类的智慧和心灵里都有"古代的混沌"在纷乱蠕动，似乎被束缚的巨兽正在苏醒，抖动铁链，想要"跳出"深渊，让一切造物对它顶礼膜拜："有谁像这个巨兽，有谁能够和它战斗？"

是的，只有现在我们才彻底理解了主的话："谁不和我在一起，就是反对我。"这个道理我们是理解的，我们再也不能犹疑了，必须决定何去何从，两条道路选择其中一条行走，而且永不回头：或者同他一起走向上帝，或者反对他，走向巨兽。

我们和陀思妥耶夫斯基一起走完了漫长而可怕的道路。就像但丁跟随维吉尔那样，沿着越来越窄的地狱环圈往下走，我们也跟着陀思妥耶夫斯基走过一分为二的台阶，不断地往下走，从拉斯科利尼科夫开始，经过斯塔夫罗金、维尔西洛夫、伊万·卡拉马佐夫，到基里洛夫，而在这里，最后，在基里洛夫和尼采的"我是上帝"之中，触及了深渊的最底层，"受诅咒着环圈"的中心点。

陀思妥耶夫斯基没有继续向前走。如果说他克服了基里洛夫的一分为二，那也不是凭借宗教的意识，而只是艺术的洞察力。但是，在推论陀思妥耶夫斯基的最终合一以前——这个"难以置信的形影"向他展现出一切，对于他来说，又终结了一切——在此之前，我们应该先走过同样的，或者至少同一个方向的另外一条并列的路。我们应该和托尔斯泰一起，就像和陀思妥耶夫斯基那样，走进同一个深渊，但是，已经是沿着另外的一分为二——不是灵魂的而是肉体的一分为二的另外的台阶。我们到了这里，托尔斯泰这里（当然，是没有自觉性的，不是阿基姆长老，而是无意识的叶罗什卡叔叔），我们就要看一看这一分为二的终极的深渊，就会看到，像陀思妥耶夫斯基一样，他也到达了最后的合一；就会看到，在他们二人身上——在托尔斯泰和陀思妥耶夫斯基身上，两条不同的线条同样地"纠缠在一起"，"其终端都裸露出来"，二者都同样——

> 端头一定要对接
> "是"与"不"定要苏醒，
> "是"与"不"要会合，
> 它们的死亡就是光明。

第六章　托尔斯泰笔下的最终分裂与最终合一

安娜·卡列尼娜在产褥热发热时刻，对丈夫说：

> 我还是我，但是在我身上还有另外一个我，我怕她——她爱上了那个人（渥伦斯基），我心里想要恨起你来，但是又忘不了原来的那个我。那个我不是我。现在的我才是真实的我，完整的我。

《安娜·卡列尼娜》，作为完整的艺术整体，是托尔斯泰作品中最完美的。在《战争与和平》中，他也许想要取得更大的成就，但是没有达到：我们看到了，主要人物之一，拿破仑，是完全不成功的。而在《安娜·卡列尼娜》中，一切，或者差不多一切，都是成功的；在这里，也只有在这里，托尔斯泰的艺术天才才到达了最高点，到达完全的自我控制，到达构思与实现之间的完满的平衡。如果说他也曾经有时候是更有力量的，那么，无论如何，他从来没有更完美，无论是在以前，还是在以后。

所以，陀思妥耶夫斯基恰恰就是凭借安娜·卡列尼娜来预告托尔斯泰的世界意义，这不是偶然的：

> 如果说我们拥有包含这样的思想和表现力的作品，那么……欧洲为什么要拒绝我们用自己的语言写作的作品呢？——

这样的问题是理所当然的。

陀思妥耶夫斯基确认,这部作品表达了世界最伟大的秘密,恶的秘密,"具有令人震惊的深度和力量,和我们这里迄今从未有过的艺术表现现实主义";这里所表达出来的是:

> 人的灵魂的法则还不为人知……还很神秘,没有、也不可能有最后的法官,而只有他说这样的话:"伸冤在我,我必报应。"只有他才知道这个世界的全部秘密和人的最终的命运。人暂时还不能够因为自己无罪而自豪,着手解决问题——时间和期限还不到。

有一个场景,陀思妥耶夫斯基认为是主要的,称其为最"真实的";当然,这一个场景是《安娜·卡列尼娜》全书,也许还是托尔斯泰全部创作的活生生的中心,以最大的力量和明晰表现出了小说的主要思想——不完满的世界的秘密、恶的秘密,和这一秘密与人的理性("不可能存在最终的法官")的不可比拟的性质。这个场景就是:安娜·卡列尼娜在感到死亡来临的时候对丈夫作出的令人震惊的坦然表白:

"我还是我,但是在我身上还有另外一个我,我怕她……那个我不是我。现在的我才是真实的我,完整的我。"陀思妥耶夫斯基也许可以告诉安娜·卡列尼娜他在去世前写的一封信里对于一位无名氏女士说的话:"我觉得您很亲切,因为您身上的一分为二恰恰就像我所感受到的一分为二——而且我一生都是这样。"一分为二也陪伴了安娜一生;在她身上有两个"我",她悲剧的全部恐怖就在于她的意识、良知不能解决这样一个问题:这两个"我"哪一个是真实的。在肉体的特殊的状态——发烧、呓语、对临近的死亡的感知——给她意识带来洞察力使她回光返照的时候,她认定,她不爱、从来就没有爱过渥伦斯基,只爱丈夫,甚至在她想要恨他的时候,也爱他

——这是谎言,或者,说得更确切一些,真实的一半,因为去掉了另外的一半,"两个真实"之一,她就是在这两个真实之间生活和死亡的,魔鬼对伊万谈论的那永恒的"两个真实"。在另外一个直接相反的肉体状况——生命的狂欢在多余物给予她另外一种回光返照的时候,这也是直接对立的返照,此时此刻她就认定,她爱渥伦斯基,恨丈夫——这又是谎言,或者是真实的一半,另外的一半。但是,完全的、充分的真实就是,她同时既爱情人又爱丈夫,同等地爱他们两个人,隐藏在她身上的两个"我"——热爱渥伦斯基的安娜和热爱丈夫的安娜——都是同样真诚的,同样真实的。但是,这是不可能的事,反自然的,极端可怕,比死亡还可怕——因为她正在死亡,这样才不会看到这个在她面前逐渐显露出来的完全的真实,她觉得这个真实的情况极端无耻、丑陋——但是,的确是这样。对于她来说,预示性的梦境把生命和死亡、真实的一半和另外的一半连接了起来,撩起这最后的惟一真情上方的遮盖物的一角——这不是没有道理的。

在安娜初次投入渥伦斯基怀抱和"肉体合二而一"之前:

> 在睡眠时候,她没有办法控制自己的种种心思,她的状况就完全丑陋地、赤裸裸地展现在她面前。同样的梦境差不多天天夜里出现。她梦见,这两个男人都是她丈夫,两个人都对她显示溺爱。卡列宁连连亲吻她的手,嘴里轻轻说:现在多好啊!而渥伦斯基也在这儿呢,也是她的丈夫。她感到奇怪的是,以往她竟然认为这样的事不可能,于是笑着对他们这两个男人解释说,这简单得很,现在,他们两个人都很满意,很幸福。但是,这是梦境,就像梦魇一样,压迫了她,她常常给吓得醒来。

最令人吃惊的是,安娜在睡梦里还大笑。这当然还是我们极为熟悉的、陀思妥耶夫斯基的一分为二的人物的、来自混合的可怕笑声;这是混合造成的滑稽("突如其来的嘲讽魔鬼"——"我浑身都憋足了大笑")。安娜被吓得醒过来,这样的恐怖的确可以让人发疯,或者"在睡梦中死亡",就像梅什金害怕死亡那样,他也是受到双重的爱之梦呓折磨的。

"怎么可能呢?就是说,您想要爱她们两个?"那个普通的人问白痴。

"啊,是的,是的。"他回答,单纯得令人吃惊,让他真的像一个白痴……或者圣徒。

"请原谅,公爵,您说的什么话呀,您清醒清醒吧!"

连普通人也毫无顾忌地笑了起来:"怎么能够爱两个人呢?两种爱不同吧?有意思……可怜的白痴!现在他怎么办呢?"

在以往,这是明确而简单的:同时爱两个人是不行的,这是罪恶,或者可笑、丑陋、下流——可笑,是因为两种感受一旦混合起来,就会因为混合而变成畸形。在以往,为什么和谁才有权利"报应"是明白的。但是,就是这位"神圣的"公爵梅什金,虽然也"感觉自己在一切事情上都有罪",但是也意识到,自己不能够也不愿意改变爱,只能"同时爱两个人"。他对"圣母"阿格拉娅的强烈的也许甚至是淫荡的爱(虽然那是新式的、差不多还不为人知的淫荡)是无罪的,和他对酗酒女人纳斯塔霞·菲利波芙娜的没有激情的爱一样。如果他背叛其中的一个,就等于拯救了她们两个,但是他觉得,他既不应该背叛这一个,也不应该背叛另外一个,但是,这样的忠实却毁灭了她们两个人,也毁灭了自己。然而,在这里,罪在哪里,通奸又在哪里?可笑在哪里?该对谁"报应",为什么?我们暂时还不知道,"时候还没有到"。但是安娜的死,完全不是像一切人和她自己想象的那样,是因为她为了情人而背叛了丈夫,而是相反,正是因为她想要却不能——既不能为了情人而背叛丈夫也不能为了丈夫而背叛情人,所以一直到死,到自我毁灭,她都忠诚于他们两个人。她的悲剧的全部恐怖就在于,对渥伦斯基的爱情不仅没有摧毁反而无限地加强、加深了她对丈夫的爱情。这不是奸情，极而言之，不是旧式的平常的奸情，不是罪恶与欢笑，不是两个混合的和因为混合而变得低下的情感，而是两个最伟大的、最纯洁的和完全对立的、对于她来说无法合一的感觉的意识，或者甚至某两种贯穿着她的一生和我们的一生的——虽然对于她和对于我们大多数人都是无意识的——思想。白痴说：

> 两个思想在这里汇合了。这是经常出现的事，不断出现在我身上……和这样的双重的思想斗争，是极为困难的。

梅什金公爵就是因为这些双重的、"二分的思想"而毁灭的，发疯了——"在睡梦中死去"。这些双重的感觉和思想——主要是我们的，新的，在过往的时代从来没有以这样的力量被感受到的感觉和思想。在意识最清醒的时分，安娜在绝望中求助于宗教——基督教。托尔斯泰说：

> 她不仅感到沉重，而且，面对新的从来没有体验过的精神状态，开始感受到恐惧，就像疲倦的眼睛看到物体出现双影那样，在她的灵魂里，一切都开始二分。

她也像白痴那样，死于这样的一分为二，杀死了自己，为的是脱离双重爱情的不堪忍受的恐怖。安娜·卡列尼娜的悲剧也是梅什金公爵的悲剧，还不仅是他一个人，而且是陀思妥耶夫斯基的全部的一分为二的人物的悲剧。在安娜身上，就像在拉斯科利尼科夫身上那样，"恰恰相反的两种性格轮流替换"。安娜也像维尔西洛夫一样，有能力在同一时间感受两种最对立的感情，而且，像他那样，有时候自己也不知道这是否可怕，因为疯狂或者仅仅因为低级和无耻，"因为过于理智"。她的灵魂，就像斯塔夫罗金的灵魂一样，永远在"两级"之间摇摆，在二者之中找到的如果不是"享乐的同一性"也是痛苦的同一性。她还像德米特里·卡拉马佐夫一样，始于"圣母的形象"——贤妻良母，却终于"淫荡理想"——不能养育的情妇、淫荡的酗酒女人，出格的爱情狂欢把她引向不可避免的死亡，引向自我毁灭的欲望（"我要毁灭自己，"就像丽莎对阿辽沙说的）。更可怕的是：

> 虽然心灵里怀有淫荡的理想，她却不否认圣母的理想，她的心还为圣母理想燃烧，而且是真的燃烧，就像在天真的少年时代一样。

还有：

> 这个情况对于理智，不是耻辱，而对于心灵——则是优美。

按照德米特里的话来说，美，对于她，甚至在她身上，"都不仅是可怕的，而且是神秘的事物"，因为在这里"各个海岸都连接起来，一切矛盾都自然并存"。如果说娜塔莎和吉蒂是托尔斯泰的明亮的、白昼的缪斯，那么，安娜·卡列尼娜就是他的神秘的、深夜里的缪斯，甚至更为亲近他的灵魂。无论如何，在俄国文学中，这是美的一种最完满的体现。对于这种美，陀思妥耶夫斯基思考了一生，托尔斯泰从来没有思考，但是对它的感受之深刻却不亚于陀思妥耶夫斯基。这是那种"可怕而神秘的"美，还是借用德米特里的话来说，因为这样的美，"魔鬼和上帝搏斗，而搏斗的战场——就是人的心灵"。

就这样，在自己最伟大的作品中，在《安娜·卡列尼娜》中，托尔斯泰这位肉体洞察者，触及了世界的同一个秘密，一分为二——二寓于一的秘密。这个秘密，灵魂的洞察者陀思妥耶夫斯基也是一直感受着的，深入了无意识本性最高级的、最抽象的人的意识的领域。在这里，他们用不同的语言谈论的是一件事；这里显示出他们血缘的近亲关系,他们的连生,他们伸延到地下的共同的根子,这些根子不可分割地交织起来,把俄罗斯精神如此对立的顶峰连接了起来;这里表现出来了他们永恒的、最古老的、最新近的、俄国的、普希金的一致性。

越仔细察看在安娜·卡列尼娜身上互相斗争的这"两个现实""两个我",就越清楚地发觉在托尔斯泰最佳作品和陀思妥耶夫斯基的全部作品中主要悲剧剧情的完全的统一性。

这两个"我"之中的一个可以轻易确定:它身上披满了我们全民的甚至全欧洲的和私人的、托尔斯泰的宗教意识的光芒,这一意识在托尔斯泰和差不多一切人看来都是"基督教的",竭尽了一般被习惯称为"基督教"之物的本质。这正是在"死亡的白光"闪现之时,两个"我"之中出现在安娜·卡列尼娜本人面前的那个我,她认为这个"我"是惟一真切的、真实的、神圣的。这似乎是真实的、本原的安娜,她爱的不是渥伦斯基,而是丈夫,但是那是奇异的性爱——没有激情的怜爱。

> 他善良,他自己都不知道,他有多么善良。谁也不曾知道。只有我一个人知道,这让我觉得沉重。应该熟悉他的眼睛,他的眼睛也是那样的,所以我不能看见他的眼睛。
>
> 她凝望着丈夫,显出多情和欣喜的温柔,这是他从来没有见过的。"不行,不行,你走开吧,你太善良了。"她一只热乎乎的手拉住他的手,又用另外一只推他。他跪下,把头贴在她那只手上,像小孩一样大哭起来,于是她拥抱了他开始谢顶的头部,俯身,挑战似的高傲地抬起眼睛向上看:
>
> "这就是他,我知道!"
>
> 于是她转向渥伦斯基,他正用手遮住脸:
>
> "露出脸来,看看他。他是神圣的,"她说,"露出来,露出脸来!"她火气上来了,又说:"让他看看你的脸!我也要看看。"
>
> 阿里克谢·阿拉克西耶维奇抓住渥伦斯基的双手,从他脸

上拿开,脸上痛苦和羞耻的表情令他的脸显得很可怕。

"向他伸出手来。原谅他。"

在这个时刻,她享受到了年轻、俊美、高傲的情夫的耻辱,和年迈、丑陋、可笑的丈夫的宽宏。

"您可以把我踩在脚下,踩在烂泥里,把我变成天下的笑柄,但是我不会抛弃她,一句责备她的话也不会说的。"这位丈夫对妻子的情夫说。

是啊!"他善良,太善良了,他是神圣的。"

在呓语中她也为自己幻想着同样的神圣:"我是可怕的,但是奶娘告诉我:神圣的受难者,她叫什么名字?她原来不好。我也要到罗马去,那里是沙漠。"

丈夫和情夫互相原谅;罪恶的妻子要走进荒野拯救自己,就像埃及的圣玛利亚那样。陀思妥耶夫斯基说:

> 为了不至于因为相信恶的神秘的和宿命的不可避免性,要给人指出出路。这样的出路,诗人在小说真挚的场景中,在女主角患致命重病的场景中真挚地指出,在这个时候,罪人和仇敌骤然变换成为最高的本质,变成互相完全原谅的兄弟,变成本原,他们互相完全谅解,扫除了自身的谎言、过错和罪恶,就这样证实了自身,而且**充分意识到**,他们得到了这样做的权利。

这是惟一的出路,似乎是上帝给人指出的,另外的路是没有的,陀思妥耶夫斯基是这样想的,或者,至少愿意这样想;而托尔斯泰,当然,在创作《安娜·卡列尼娜》的时候,也是这样想的。的确,这还依然是古老宗教意识的惟一的出路,而这样的意识是穷尽了基督教思想的。陀思妥耶夫斯基在这里谈的是悔过的"罪人"亦即渥伦斯基和安娜的"完整的意识"。但是,事实上,这里真的存在"完整的意识"吗?在这里,甚至一般随便什么宗教意识都是主要的、具有决定意义的吗?

安娜身上"真正的",似乎还特别是"基督教的""我"的觉醒——她对丈夫的爱——不全是在意识之中(事实上,在她身上,随着"死亡白光的闪现",这个意识正在熄灭,所以,在她治好产褥热后,她依然保留在以往"异教的"黑暗和盲目之中),不是在意识之中,而是在无意识的本性之中,不是在灵魂的深处,而是在肉体的深处,就像托尔斯泰全部的伟大的感情和思想那样。在肉体的深处,在性的秘密之中,在妇女那里,和并非为生育的激情欢乐的原始并列的还有对立的或者貌似对立的、母性的原始。安娜不仅是酗酒女人、情妇、"有罪的"妻子,而且也是母亲,还依然是"神圣的母亲""圣母"。甚至在她以自己充分的意识的全部力量为自己和自己对渥伦斯基的爱情、对丈夫的愤恨辩护的时候,这种无意识的、对立的真实——母性的真实,也依然在她身上激荡。

渥伦斯基理解不了,以她强烈、直率的性格,她怎么能够忍受这样的欺骗局面,而且不想方设法走出这个局面;但是他没有猜到,这其中主要的原因就是儿子这个词语;这个词语她没有办法说出来。她一想到儿子和儿子将来和抛弃了自己父亲的母亲的关系,就感到害怕,为自己所做的事情——没有动脑子多加考虑的事感到害怕,于是就用谎言般的判断和好话劝慰自己,为了让一切一如既往,可以忘掉"儿子怎么办"这个问题。

"我请你,我求你,永远也不要跟我说这件事!"

"但是,安娜……"

"永远也不行。给我。我处境低下、可怕,我都知道;但是,这不像你想的那么容易解决。"

的确,这不像一切人想象的那么容易解决。离开丈夫吗?忘记过去,开始新的生活吗?但是——谢辽沙的那双眼睛完全和他父亲的一样。她就是不能看见这双眼睛,不能想到这双眼睛。但是她又离不开这双眼睛——她会因为这双眼睛死去的。她不得不一辈子充当自己丈夫的妻子,因为她不得不一辈子都是自己儿子的母亲。这是血肉的联系,"灵魂与躯体的联系";要割断它,就要割断自己生命的纽带,所以,的确,如果割断它,她就会杀死自己。

也曾经有另外一条出路:要为自己的母性牺牲自己的激情欢乐,为自己的灵魂牺牲自己的肉体,因为灵魂是神圣的,而肉体是罪恶的,因为灵魂的安娜是真实的,而肉体的安娜是虚幻的,不是"真正的"。她自己又是这样想的,这样想的还有托尔斯泰,有陀思妥耶夫斯基,有小说的全部的读者,还有全部每日的、在两千年历时白昼光线照耀下的基督教文化,从圣徒埃及的玛利亚得救所在的沙漠到雅斯纳雅·波里雅纳隐士呼唤前往的那片沙漠。

安娜拒绝了这条出路,消亡了,受到神性正义的责罚:"伸冤在我,我必报应。"这里又出现了作品的日常、明朗的思想。这思想容易理解,得到一切人的接受。但是,事实上却是如此吗?这是艺术家惟一的和最深刻的思想吗?看来并非如此,在《安娜·卡列尼娜》中,就像在托尔斯泰的全部的作品中那样,用扎拉图斯特拉的话来说,"夜是深沉的,比白昼所设想的更深沉"。除了这样的白昼思想之外,还有另外一种神秘的、艺术家本人无意识的黑夜的思想。

为了衡量这一思想的全部的深度,应该仔细观看安娜本质中另外一个似乎"并不真实的"、非"基督教的""我"。这是一个什么样的"我"呢?这个"我"从哪里来,又到哪里去呢?主要的是,这第二个"我"对第一个、真正的、似乎是基督教的"我",是处在一种什么样的宗教关系中呢?

安娜从莫斯科返回了彼得堡,甚至在自己的秘密思想里也还完全是无邪的、直率的。她坐在夜车车厢里想的是:"就是啊,当然了,荣誉归上帝啊!明天就看见谢辽查和阿里克谢·阿拉克西耶维奇了,日子还是照常过下去,美好、熟悉。"她突然会回想起渥伦斯基,因为无缘无故攫获了她的喜悦而差一点高声大笑出来。她觉得自己的神经,像琴弦一样,绷在拧紧的小木柱上,越绷越紧。她觉得自己的眼睛越睁越大,手指头和脚指头痉挛起来,胸口里有什么东西压抑了呼吸,而且,在这摇摇晃晃的半昏暗之中,全部的形象和声音都明晃晃地令她不断担惊受怕。她头脑里反复出现满腹狐疑的时刻,不知道火车车厢是在往前走,还是在后退,还是车厢完全停了下来。

那个挂钩上挂着什么,是皮大衣呢,还是一匹野兽?我一个人在这儿干什么?是我自己呢,还是另外一个我?

这是安娜自己的"我"的孤独和真实的第一次的怀疑;这是重大的一分为二的最初的、难以发现的裂痕。在生命不同一般的健康的这样的呓语中,她可能说出的话,和她后来在疾病和死亡时刻要说出来的话,应该是一样的——只不过意思相反:

我还是我,但是在我身上还有另外的一个我……那个不是我。现在是真实的我,全部的我。

她怕陷入这样的昏迷。但是,有某种东西又不断地把她拉进这样的昏迷,所以她可以由着性子进入这样的昏迷,也可以防止。

一切都混杂了起来;她终于陷入了昏迷。安娜觉得自己瘫倒了下来,但是这一切不可怕,反而是愉快的。后来,她漫步走到车厢尽头踏板——

大风大雪迎面而来。大风好像正在等着她,兴冲冲地吼叫起来,想要把她抱起来带走。——暴风雪横冲直撞,在铁轨之间沿着车站角落后面的柱子呼啸。车厢、柱子、人,凡是能看见的东西——都被暴风雪从一面卷了起来,而且越卷越多。骤然间，暴风雪止息，但是接着，又奔腾呼啸、卷土重来，似乎是没有办法抵御的。

在这样严寒刺骨的暴风雪中，渥伦斯基向安娜初次吐露爱情。在这个时候，似乎已经克服了障碍，风把雪从车厢顶上扫了下来，还拖拉着一块脱落的黄颜色铁皮，前面，火车的蒸汽机车笨重地呼号，像是在呜咽、呻吟。现在，暴风雪全部的恐怖，在她看来显得更美。他也说这样的话，这是她的心灵向往的，但是在理智上又怕听到这样的话。她回到车厢里——

> 紧张的心情不仅又恢复，而且强化到令她担心的地步，某种太紧张的东西每时每刻都会在她身上崩裂……但是，这样的紧张状态里没有什么令人不愉快的和阴暗的东西，相反，其中有的是欢乐、炽热和令人兴奋的元素。

外面是暴风雪的欢乐的恐惧，内心里是情欲的欢乐的惧怕——似乎就是同一个事物：其一生于其二，一个与另一个汇合。安娜没有回答渥伦斯基，自己也不承认爱上了他；也许，她总还是无罪的，"像天使一样"；——"但是，在你身上，安琪儿呀，这个虫子活着呢，在你的血液里掀起暴风雨，因为淫欲就是暴风雨，超过了暴风雨。"在情欲里，和在暴风雨里一样，都有某种寂静的、可怕的或欢乐的、冰冷的或炽热的东西；但是，从人性上看，没有什么善恶；在怀有爱的心灵和自然之间是没有什么隔阂、没有什么法则的。在这儿也好，那儿也好，一切都是野性的、纯朴的和无辜的，一切都是出自造物主之手时候的样子；在这里，在那里，在心灵里，在本原里，都在实现着造物主的意志，是造物主把本原和心灵从虚无中唤醒。如果自然的力量在空气中聚集，最后迸发出暴风雨——那这是上帝的神圣的意志；而如果性的威猛的力量——"那充满了安娜全部身心的、过剩的东西"，液态氧要聚集起来，最后迸发出情欲，那么，这也是上帝神圣的力量。在这里，在那里，在激情中，在暴风雨中，在上帝意志实现的一切地方，都有神圣的印记——美。所以，暴风雪的恐怖，在安娜看来，是"美丽的"。是的，在"大自然的争吵中"有美，"有和谐"，在暴风雨产生的最野性声响的混乱之中，有音乐，"他们在演奏贝多芬的克莱采奏鸣曲"。波兹得内舍夫谈到妻子，他妻子也像安娜一样，是一个"罪恶的"妻子，其情欲同样来源于暴风雨般音响的混乱，贝多芬音响的冰冷而炽热的暴风雨。他忽然大叫起来：

> 您知道第一个地方吗？知道吗？呜，呜，呜呜的！……可怕的东西，这个奏鸣曲。而且，音乐呀，就是可怕的东西！这是什么东西嘛？我不明白。音乐是什么呀？音乐是干什么的呀？为什么要做它做出的这样的事呀？人人都说音乐让人的心灵高尚——哼，胡说八道！——胡言乱语。音乐起作用，可怕的作用，不是让心灵高尚，也不是让灵魂卑劣，而是刺激它。至少，这东西在我身上起的作用很可怕；好像有全新的感觉、全新的机会，我以前所不知道的，都展现了出来。是的，是这样：完全不像我以前想的、经历过的，就这样，我心里好像是这么说的。这是什么新东西，我打听了，也弄不清楚，但是，能够意识到这个新状况，也是很高兴的。

这当然是混合着恐怖的欢乐本身（"害怕又高兴"），这样的欢乐，安娜是在激情的忘却中、在暴风雪的疯狂中找到的。这是我们最新的和最古老的俄罗斯的、普希金的因素，我是理所当然地在这里重复作为全部俄罗斯的——也许还是全部基督教"音乐"——的主旋律：

> 战斗中有陶醉
> 黑暗深渊边缘的陶醉。

这是丘特切夫对夜风的颂歌：

啊，不要唱这些可怕的歌曲，
不要歌唱古老的混乱，虽然亲切！
深夜灵魂的世界倾听
亲切的故事，全心全意！
世界冲出死寂的胸膛
渴望和未知世界汇合。
啊，不要唤醒沉睡的暴风雨——
混乱正在那下面摇曳！

波兹得内舍夫说，音乐的作用"不是让灵魂高尚，也不是让灵魂低下，而是刺激灵魂"。但是，看来更确切的词是陶醉。音乐的作用，就像激情的作用，不是道德的，也不是不道德的，不是善，也不是恶——是超出善与恶的范围的，超出一切道德的法规的。不是在法规之下，是法规在音乐的作用之下；音乐不是使人变得善或者恶，音乐把人变成另外一个人，改变他的本性："是的，是这样：完全不像我以前想的、经历过的，就这样。"人"脱离了自己"，等于喝醉了。在这样的迷醉之中——包含了某种古老的和新的、永恒的、清醒的智慧，对于"某些新潜力"的准确的认识，就像音乐在平常的、受到局限的、人性的、真实的"我"的下面，塞进了一个另外的、生疏的、不受限制的、非人性的、不真实的，但也许是往昔的和未来的、永恒的、真理的东西。一般地说，这是最深沉的迷醉，只有人才能够经受；音乐的作用，就是迷醉，或者，希腊人也许会说，是狂欢的、狄俄尼索斯的、酒神的作用。酒神，其实，不是音乐本身的神，而是音乐背后的那种夜晚的、野性的、情欲的因素之神，从这种因素中诞生出最贞洁的奥林匹亚山的舞蹈，最具阳光光明的阿波罗的音乐。而酒神的世界，及其全部的自然现象——太阳、星宿——是一直在旋转的，就像在永恒的旋风之中一样，被这酒神的舞蹈、令人迷醉的音乐所俘获。

激情的、音乐的，或者，"缪斯的"（俄罗斯的"希腊人"丘特切夫的用语）因素的本性，因为沉寂于自身，所以在人们看起来是无辜的、善良的；像平静的海面一样，诱惑着人，从海岸上吸引他们。但是，在这本性猛地跳出的时候，它奔腾汹涌，打击人的世界，攻击道德法则的坚固壁垒，把似乎是最屹立不倒的历史界标砸碎，因为它永远要求新而更新的、无限的、超自然的、超历史的东西——于是人惊骇起来，觉得这样的本性是凶恶的、可诅咒的、恶魔般的。于是，从它的深渊里，就像阿纳蒂奥美娜从大海深处浮现那样，诞生出悲剧，欢乐与恐怖的场面，狄俄尼索斯情欲的和血腥的游戏。

在舞会上，吉蒂第一次深信，她的未婚夫渥伦斯基背叛了她，因为他爱安娜。

某种超自然的力量把吉蒂的目光拉到安娜的脸上。安娜有股魅力，但是，在这股魅力之中，又有某种可怕而残酷的东西——吉蒂战战兢兢地凝望了她一眼，向她走近。安娜眯缝起眼睛，看了她一眼，微笑了一下，和她握了一下手。但是，吉蒂的脸报以绝望和惊异的表情，于是安娜转身离开她，和另外一位贵妇人兴致勃勃地攀谈起来。

"是的，她身上有一股不同寻常的、魔鬼般的和魅力十足的东西。"吉蒂自忖。

在"陷落"以后，有一次，安娜回家，准备会见丈夫，低下头，走着："她的脸闪烁出亮光；但是这不是愉快的亮光——因为很像漆黑半夜火灾的可怕的火光。"

残酷的、具有破坏力的爱情力量不仅指向他人，也指向爱人者。毁灭导致自我毁灭。在抚摸安娜的时候，渥伦斯基"感觉到了谋杀者在看到失去生命的躯体之时必定感觉到的触动。谋杀者凶狠又似乎激情地扑向这个躯体，搜它、撕它，所以，他也连连亲吻她的脸和肩膀"。

最后，他看到了这个僵死的躯体本身，布满血污，横陈在空荡大房间的一张桌子上，毫无羞怯感：那在爱情中开始的，在死亡中终结。

"我会把您摧毁的！"维尔西洛夫对卡捷琳娜·尼古拉耶芙娜说。陀思妥耶夫斯基解释说，这样的"强力的、野性的爱情引起的作用，像恶病发作，像投缳死结，像重病，而且——刚一得到满足，那迷雾就落地，出现相反的感觉——厌恶和痛恨，摧毁和碾碎的欲望"。就是在这样的激情发作中，罗戈仁摧毁了纳斯塔霞·菲利波芙娜。这是"毒蜘蛛的叮咬"。"残酷的毒虫已经长大，已经凭着这样的叮咬吸吮长大。"这是普希金的克利奥帕特拉："你说，你们当中有谁能够用生命的代价购买我的一夜！"按照陀思妥耶夫斯基的说法，"母蜘蛛靠咬噬公蜘蛛成长"。

即使是在最纯洁、温柔的激情中，在"并非低级的婚床"的最可耻的帷幔之下，如果说这样的激情会包容人的全部本质，直到最终的界限——灵魂和肉体的终极深度，则"血液中的这种暴风雨"，"这种摇曳不定的混乱"，这种似乎嗜血的、残酷的、谋杀性质的东西正在酣睡，等待着苏醒；所以说，大自然神秘地用可怕的封印记载似乎是最纯洁的和贞洁的结合，用贞洁遭受破损而流出的血液记载宛如野兽般的和不可避免的暴行。在这里，与无底深渊般的温柔并列的是无底深渊般的残酷；在这里，终极的温柔和终极的残酷汇合为一。在这里，托尔斯泰和陀思妥耶夫斯基走近了性的同一个未曾探索过的深度，在这里，生命——新生的始端，和"终结的始端"——死亡接触，世界从中走来的原始的火焰，和最终的"烧毁天地的大火"接触；据主的话，有朝一日，世界要被这大火毁灭。

是的，在情欲中（当然，我是从最深刻的、神秘的意义上来理解这个词语的）有某种"生疏的"，用吉蒂的话来说，某种非人的、

"野兽般的"东西。在《克莱采奏鸣曲》里,托尔斯泰从阿基姆长老的禁欲主义观点定义这种野兽的因素为"畜生的因素"——把一切性爱都定义为"降低人格的动物性的状态"。这甚至不可怕,只是可笑和可耻。波兹得内舍夫以粗鲁的玩世不恭态度,在爱情、在一切的爱里都看出"可耻、下流、猪狗品行";男人和女人停止交媾,按照波兹得内舍夫的说法,就等于"抛弃污秽肥猪的身份"。女人的美丽,就像一切的美一样,都是"魔鬼的狡猾手段"。波兹得内舍夫谈论妻子说:

> 女人身上都造就了某种挑战性的美,搅扰得人心不安。她享有没有生养过孩子的、没有吃胖长肥的和没有受过引诱的三十岁妇女的力量。她的面貌令人感到不安。她在男人中间走过,就吸引住了他们的目光。她像一匹站立良久的、喂肥了的、套在马车上的马,马勒被拿掉……我也感受到了这一点,感到恐惧。

渥伦斯基在骑马跳跃之前,欣赏福禄福禄,感到在它身上,和在安娜身上一样,"有某种过多的东西",某种过度紧张的、超常的生命力量,于是变得"惧怕而高兴";"马的激动让渥伦斯基看到,于是他也觉得,血液流向心脏,他也像这匹马一样,不由得想要走动、想要嘶鸣。"在马匹跳跃的时候,他感觉到,因为处在飞跃超自然的和激情的迷醉之中,他的躯体似乎和这批优美动物的躯体合而为一,他像情人一样,轻轻地说:"啊,亲爱的!"我们已经知道,对于托尔斯泰真正的宗教具有象征意义的不是阿基姆长老的宗教,而是叶罗什卡叔叔的宗教,这是把人和野兽、女人和马匹加以细致的、透明的、几乎是无法看见的比拟;这样的比拟在《克莱采奏鸣曲》中出现,反复,还有亵渎之嫌,粗鲁而玩世不恭——并不是无的放矢的。对于叶罗什卡来说,野兽不是阿基姆长老眼里的"牲口",不是污浊的没有语言的动物,不是魔鬼的形象,而是神圣的

"上帝的造物";野兽"比人聪明","野兽知道一切"。我们也看到,在托尔斯泰全部作品的无意识"深夜灵魂"、夜晚天空中,这样的野兽性格成长为人,达到超人、达到神性,而人兽则达到神兽。当然,即使在这神兽身上,对于"黑衣"修炼的基督教来说,也存在着某种"魔鬼的"、恶魔的东西。所以,"恶魔"来源于希腊语的 dai-mon,希腊的神就是隐修士的神。

但是,就像在陀思妥耶夫斯基那里一样,在这里,在性的深处,兽性和人性接触,魔鬼和神性接触;在这里,"魔鬼和上帝斗争,而斗争的战场——就是人的心灵"。在陀思妥耶夫斯基那里,"淫荡的和残酷的昆虫",在伊波利特的呓语中,也成长为"又聋又哑的造物,长成巨大的毒蜘蛛——神人"。是的,这里,正是在这里,在性的问题中,在首先是我们的这个新的问题——基督教全部前途维系所在的这个问题中,包含着它没有展现出来的第二个一半:托尔斯泰的"温和的恶魔主义"(罗赞诺夫语——原作者),虽然和陀思妥耶夫斯基的叛逆的恶魔主义完全对立,却依然又是相似的。在这里,和在一切主要的问题上一样,他们都是双生子,一个树干上长出的两个分开的树枝,一个躯体的左右两肢;在这里,托尔斯泰反向重复着陀思妥耶夫斯基,就像水面映射出天空一样。

有法利赛人来试探耶稣说:"人无论什么缘故都可以休妻吗?"耶稣回答说:"那起初造人的,是造男造女,并且说:因此,人要离开父母,与妻子联合,二人成为一体。这经你们没有念过吗?既然如此,夫妻不再是两个人,乃是一体的了。所以,神配合的人不可分开。"法利赛人说:"这样,摩西为什么吩咐给妻子休书,就可以休她呢?"耶稣说:"摩西因为你们的心硬,所以许你们休妻,但起初并不是这样。我告诉你们:凡休妻另娶的,若不是为淫乱的缘故,就是犯奸淫了;有人娶那被休的妇人,也是犯奸淫了。"门徒对耶稣说:"人和妻子既是这样,倒不如不娶。"耶稣说:"这话不是人都能领受的,惟独赐给谁，谁才能领受。因为有生来是阉人，也有被人阉的，并有为天国的缘故自阉的。这话谁能领受，就可以领受。"（太，19：3-12）

在关于两性的秘密的这段话里，就像在他全部的话里一样，都包含了没有底的同时又完全明晰的、透明的深度；在这一段话里，正如在他全部的话里一样，精确地指出同一深度的两个趋向、两个对立海岸：灵魂神圣性之岸——贞洁，和肉体神圣性之岸——两性的神圣的结合，从而还有神圣的激情，因为，何必不说实话呢？没有终极的激情，在人的本性条件下，就不可能有两性的贴合，直到撕裂那最终的、一去不返的、与父母之间的最高级血缘联系（"人要离开父母"）。关于这事，主说："二人不是两个，而是一个，成为肉体"，不是一个灵魂，而是一个肉体；起初是一个肉体，后来已经是一个灵魂。婚姻的秘密，优先的、首要的是肉体的秘密，在这里，神圣的品格不是从灵魂到肉体，而是相反，从肉体到灵魂。灵魂的结合在婚外也是可能的；但是，肉体和肉体的完全神圣的结合，在婚姻秘密之外是不可能的。主不仅没有推翻、诅咒，而且是接受了、祝福了、以自己神性的意识彻底照耀了作为生存不可动摇的基础的性的秘密的——这是首先创造的、火一样的、自然的基础，如果没有神性意识这样的光芒，这一根基过去和将来都会显得是丑陋的、可怕的、狂喜的但是具有破坏力量的、野兽性的。不是，不是主的话语的无比透明清晰，而是我们对这些话的看法变得如此混浊、狡猾、多疑和卑劣，以至于我们虽然想要比基督本身更基督，却甚至在对于他来说是神性、神圣之物中，看到的却是像波兹得内舍夫所说的牲口的、"猪狗的"东西。我们"不采纳"他关于神圣的贞洁、神圣的激情的话：用阉割取代贞洁，用法定的婚姻取代神圣的激情、神圣的婚姻。

安娜和阿列克谢·卡列宁进入了法定的婚姻。安娜是怎样嫁给卡列宁的，我们差不多一点也不知道；但是，我们可以猜测，在这里完全没有"妈妈、姑姑、婶婶"使用新娘裸露肉体粗鲁抓新郎的把戏,没有时髦平针细毛线毛衣、水上摇船和"双料调味肥腻大餐"——没有波兹得内舍夫所说的婚事卖淫。很可能是,安娜确实爱上了卡列宁,或者是说服了自己,或者被他人说服,爱上了卡列宁的善良和高尚,还有"美丽的灵魂"的。而且,十分可信的是,有一段时间,他们是"心心相印"的,不然儿子谢辽查的眼睛"怎么会和他爸爸一模一样的"呢。即使曾有短暂的一刻,他们也是一个灵魂,而不是两个,但不是"一个肉体"。肉体的事,他们都忘了:根本就没有想到什么肉体,也就是说,基督关于婚姻的主要的思想是神圣肉体的秘密。他们绕过了肉体,似乎那是某种裸露的、"可耻的"东西——他们为基督本身都不感到羞耻的东西而羞耻;这也是自然而然的,不可能是别的样子,这个,已经钻进了欧洲人类文化的骨髓;虽然我们表面上显出异教特质,这种无视肉体、无视性之存在的态度依然无处不在,这就是我们呼吸的空气。阿里克谢·阿拉克西耶维奇·卡列宁的肉体,嘿哟!唉,实际上,他那算什么肉体啊!就算他"善良、神圣",就算他"好得不能再好",好得都没有办法看他一眼;但是他依然长着"扇风耳朵",不成样子;瘦骨干柴的手指头关节嘎巴嘎巴地响,令人讨厌;他浑身干枯的躯体毫无血色、毫无力气。这位情人亲吻安娜的脸和脖子,却好像是一个杀人犯。这个法定的丈夫抚摸她的时候,到底像个什么人呢?哎呀,当然了,最是善良的阿里克谢·阿拉克西耶维奇·卡列宁一点也不像"杀人犯"的。怎么可能!但是,安娜的肉体,酗酒女人的肉体,充满了魅力;在我们这些不纯洁的人看来,这个肉体是不纯洁的,"魔鬼般的",但是,这个肉体是造物主天父最初创造的,又是救赎的圣子后来加以祝福的;这是有情欲的、有情欲但贞洁的肉体;——与其并列的却是彼得堡一个四十岁官员的躯体,病态、丑陋、的的确确地不洁、受过阉割似的死气沉沉,按照安娜的说法,这"不是一个人,而是衙门的机器";——如果想象一下"他们不是两个人,而是一个肉体"的那个时刻,心里能不出现咯噔一声的震荡吗？不，这不是合一，至少不是主所说的最初的合一，而只不过是肉体对肉体的亵渎和糟蹋；"最初不是这样的"；这已经不是自然、"不是野兽的"——野兽是更纯洁、更高尚的——这已经是晚近的、文化的、"人的"、太多的人性的东西。这不是合一，而是混合——在最好的情况下，丈夫和妻子是灵魂的双生子，是兄妹，血缘婚配；而在最坏的情况下，妻子怀着对另外一个男人的爱情，即使是最无罪的甚至最无意识的爱情，却还要投身于夫妇床笫之私，这是无法形容的低贱，但是每天都在施行，美其名曰"基督教婚姻"；这是死物对活物的暴力。在这样的抚爱之后，安娜的感觉必定近似于索尼娅·马尔美拉多娃：她"出卖了自己"，杀死的不是他人，而正是自己，但是"反正一样"，这样也许是更坏的。这是最恐怖的谋杀与自杀的种类之一，因为十分平常，已经让人发现不了，还以婚姻形式法定下来。这是性的谋杀和自杀。如果说这里也有"奸淫"的话，那就不是与情人，而是与丈夫，因为正是对于渥伦斯基，而不是对于丈夫，安娜才怀有这份爱情，这份爱情使得完满的、一去不返的、主所接受的、以神圣婚姻开端的肉体与肉体的结合成为可能。然而，看来，更确切地说，在这里，从狭义上说，连"奸淫"也是没有的（虽然很可能有更坏的事），因为连真正的婚姻也是完全没有的，而存在的仅仅是以婚姻之名进行的法定的通奸。

这究竟是怎么回事呢？他们不是在教堂里举行仪式了吗？他们不是完成了真正的圣礼了吗？

当然，因为教会是基督的活的躯体，教会本身不可能有任何的污点或者罪恶，而教会员工是常常互相欺骗的，难道有时候不是完成最真实的圣礼吗？难道主的血没有用来"定指责罪"吗？而且不仅借此完成圣礼，还借此接受圣礼的人的过错。安娜和卡列宁的婚仪不是受到指责了吗？在这里，大概最容易的就是指责安娜有过错。像大多数姑娘一样，她大概不知道自己去做什么；而卡列宁的过错要严重得多了，因为他是知道情况的；但是，主要的压垮性的责任是落在生活、社会、国家的制度本身上的，是这个制度把无辜的、不知情的安娜出卖给了这个可怕的、无神的、本质上是奸淫的婚姻的。

到今天依然受到特殊隐修的、"黑色"基督教浸淫到骨髓的现代文化的全部精神，我重复，以其可怕的沉重压抑着安娜身上的真正的宗教意识的微弱光亮；而这一意识则向她指出在她与丈夫、而不是与渥伦斯基的关系中奸淫确确实实的开端。

> 她觉得，她在世界上享有的地位，对她很珍贵，她不会用以换取抛弃丈夫和儿子而和情人结合那样的女人的可耻处境；她无论怎样努力，也不会强过自己；她永远也不会尝试爱情的自由，而永远成为罪恶的妻子，每天都受到被揭发的威胁，欺骗丈夫，和陌生的、独立的一个人无耻串通，却又不能和他一起生活。她知道，局面就是会这样，而且，这个局面会很可怕，她甚至不能想象，最后怎么收场。于是她实在忍受不住，哭泣起来，就像受到责罚的孩子一样。

但是，在她身上，被压抑的意识有时候依然激愤，在令她的生活化为灰烬的"漆黑深夜大火"之可怕的闪亮下——她差不多看到了真实，至少，看到了已经实现的宗教真实的一个方面、一半。

"正确！他是正确的！"她想到丈夫，想到了"神圣的""极为善良的"丈夫。

> 当然，他是永远正确的，他是基督徒，他宽宏大量！是的，一个矮小、丑陋的人！而这个情况，除了我，是谁也不明白，而且永远明白不了的；我也没办法说清楚。他们都说：他是一个笃信正教的人，有道德的人，正直的人，聪明的人；但是他们看不到我所看到的一切。他们不知道，八年来他是怎么样扼杀了我的生命的，扼杀了我心里一切活生生的事物的——他，他连一次也没有想到，我是一个有血有肉的女人，是需要爱情

的。他们不知道,他是怎么样每走一步都要侮辱我,自己却是洋洋得意的。我难道没有努力地、竭尽全力地寻找对于我的生活的辩护吗?在已经不能够爱丈夫的时候,我难道没有尝试爱他、爱儿子吗?但是,随着时间过去,我终于明白,我再也不能欺骗自己了,我是一个活生生的人,我没有罪过,是上帝造就我成这个样子的,我需要爱,需要生活。——我呼吸,我恋爱,我不会为此感到后悔。

这就是向上天发出的呼吁;这就是"罪人"妻子的真实处境。这些话,已经不是对于她而是对于他的罪恶的亲笔描写,妻子是被老实人丈夫何等的最高真理消除、磨灭的呢?阉人枯竭的灵魂、自鸣得意的善事、对生活的蔑视、对爱情的愤恨——有谁能够,在"这不是人,而是衙门的机器"面前,不是在轻易给出"离婚文书"者的铁石心肠面前,而是在上帝威严慈悲的面前,撕碎了关于他的罪恶的这些亲笔记录的呢?在她不久于人世之际,她依然后悔"她呼吸、恋爱"过,请求他原谅,但是他,一个"神圣的人",从来没有想到过,不仅是他原谅她,而且她也是可以原谅他的;他在她面前,比她在他面前,罪责要大得多,的确可怕的奸淫之罪——被糟蹋的婚姻礼仪。这一罪恶一直没有得到补偿,甚至没有被提及——所以,他依然是"神圣的",他是"基督徒",他"很善良",善良得都不能被凝望。就是这样,这就是"基督教"的神圣,"基督教"的原谅!还依然活着的、依然"呼吸和有情爱的"安娜这样想着丈夫:"就是他杀死我,杀死他(渥伦斯基)——我也会经受得了这一切、原谅这一切的,但是,不,他……"他原谅了她!事实上,这样的原谅不是比杀死罪人,比按照摩西律法规定的、古老的、用石块善意砸死罪人的做法更坏吗?

"是上帝造就我成这个样子的,我需要爱,需要生活。"换句话说:"照着他的形象造男造女。"关于上帝的思考,上帝本身的第一思想正在安娜心中、在这个女人身上、在"上帝的造物"中苏醒,而"她整个的灵魂都在燃烧,真正地燃烧,就像在青春的天真烂漫的年代",燃烧着对于宗教辩白的渴望。现在,看来,她正在走向活水的源泉,这活水能够消除一切的干渴。但是她不敢向它走去。为什么呢?

"她不断地重复:我的上帝!我的上帝!"但是,无论是"上帝"还是"我的",对于她,都没有什么意义。在宗教里为自己的处境寻找帮助——虽然她从来没有怀疑过宗教,是受宗教教育长大的——的想法对她很陌生,就和寻求阿里克谢·卡列宁的帮助一样。"她知道,宗教的帮助,只有在放弃构成她生活理念的因素的条件下,才有可能。"

如果安娜不是欧洲十九世纪的基督徒,而是埃及、小亚细亚、叙利亚某一偏僻角落里在基督诞生以前几百年的异教徒,她很可能去求助于自己的宗教,求助于体现出阿芙洛狄特、阿斯塔尔特、丁第美娜、民族祖母祖先等的无数形体之一,用鲜花包裹她的双足,在她面前点起油灯,于是,善良的女神,差不多和这个女罪人一样温和,就不会拒绝她,而会帮助她、安慰她的。在这里,世界全部伟大宗教中最伟大的基督教则是完全拒绝帮助,或者在"放弃……的条件下"才给予帮助——要放弃人的生活理念,还要为人必须的呼吸和恋爱而悔过——强人所难。取代面包的是石头,取代敞开大门的是厚重的墙壁,而这道大墙后面则传出话语:"伸冤在我,我必报应",人只好在这面墙上碰壁,碰破头皮。教会看来不是母亲,连后妈也不是,干脆就是陌生的人;教会处在生活的最寒冷和最黑暗角落里的某处;对于安娜来说,这是一个焊接了铁链的可怕的地方,而谋害她的"杀人犯"——虽然自己已经是半死——就是用这根铁链子把她活活地锁住并且勒死的。但是,如果的确是这样,如果基督教连一滴活水都拿不出来消解这样的干渴,那就等于说,基督死得徒劳,基督教"没有成功";或者,至少,我们,还不是阉人和死人的我们,和这样的基督教是不能打交道的。

不是这样的,安娜之死,不是因为她自己的过错,不是因为丈夫、情夫的过错，甚至不是因为等级、社会、国家、民族的过错，她死了，是无数牺牲品之一——是全世界在性的问题上的宗教错误，全部欧洲人类一千九百年的"奸淫"——的牺牲品。"伸冤在我，我必报应"的道理就在这里。

从托尔斯泰本人无意识的却又是真正宗教的深度（不是虽然能看见却又近视的"基督徒"阿基姆长老，而是盲目却又具有明晰洞察力的异教徒叶罗什卡叔叔的宗教的深度）中，产生了安娜的这个思想，也差不多是盲目的、无意识的思想——关于上帝真理的、关于她对渥伦斯基的爱情的思想，这是性对创造了性的神的痛苦呼吁："我没有罪过，是上帝造就我成这个样子的。"叶罗什卡叔叔对奥列宁说：

> "上帝创造了你，上帝也创造了女人。上帝创造了一切……罪过？什么罪过？看一眼好看的女人是罪过？不是啊：老爹，这不是罪过，这是得救……上帝造女人，就是让人爱她，让人看着她高兴。我就是这么看的，好好先生啊……我们有人说，要是这样，就得挨饿去。我看，这都是胡说。"
>
> "什么胡说？"
>
> "读经的人说的话嘛。——依我看，都是一样的。上帝所做的一切，都是为了让人高兴。干什么也没有罪过。**包括模仿动物。**"

这显得是野蛮、狂欢、异教的；事实上，这是地下的根基，野性的自然的磐石，基督教超自然的大厦就是建造在这样的磐石上的。"是上帝造就我成这个样子的。"安娜·卡列尼娜说。"上帝创造了你，上帝也创造了女人，"叶罗什卡叔叔说，"难道您没有看过经书，造了男人和女人的上帝最初就造了他们的？"基督不反对这一点，而是经过这一点走向这一点之后的事："谁能够担当，就担当了。"

尽管性受到了形形色色的压抑和毒害：从安娜想要逃遁进入沙

漠寻找埃及的玛利亚，到波兹得内舍夫希望世人不要再充当"臭猪"的愿望——叶罗什卡叔叔的这个声音，亦即托尔斯泰的真正宗教的声音，都一直响彻托尔斯泰的全部作品，我们都已经听到。甚至在现在，甚至在《复活》之中，似乎在佛教的无肉体、无性精神的完全的凯旋中，都发出了这个被淹没的声音——而且是多么威严啊。在《复活》结尾处，在看到了幸福家庭的时候，聂赫留道夫呼喊："我要活下去！"这是在和僵死的佛教"诵经人"的斗争中，他那还活着的心最后的、绝望的呼唤。"您要活下去！"马斯洛娃鼓励他。就这样，托尔斯泰最后的一个"基督徒"人物几乎是在重复对安娜的、对他来说是罪恶的而对叶罗什卡叔叔来说是最神圣的话："我呼吸，我恋爱，我不会为此感到后悔。"

性一旦失去基督教的神圣特质，则在性里，就像在被糟蹋的庙宇里那样，会住满形形色色的异教"不洁"。披上新魔鬼外衣的老旧诸神：悲剧酒神节的神圣山羊蜕变成为臊臭的"夜晚骚货"。在性的内里生成世界最神秘的宏伟世界的力量；在从这里赶走神圣受胎和生育之上帝、天父的时候，重又出现了古代沾满复仇鲜血的刽子手——"伸冤在我，我必报应"——他的出现，就像可怕的幻影、怪异的无常，像对立的魔鬼神、神兽。

[在本研究著作第二部第二章结尾处]谈到了托尔斯泰的艺术创作中缺乏一切透明的、魔幻的和奇妙的元素——（陀思妥耶夫斯基感到亲切的）那种梦与醒、最幻化者与最真实者汇合为一的混暗二重性的领域，当时我就指出："在自己全部巨大数量的创作中，托尔斯泰只有一次似乎触及了他所永远不可达到的界限，在这里，超自然和自然即将连接，但是不是出现在他那里，而是在他之后，通过他。"托尔斯泰与"彼岸诸世界的短暂接触"，是在安娜·卡列尼娜身上；在这里，正是在这里，在这个神奇的点上，所发生的已经不是托尔斯泰与陀思妥耶夫斯基之间的简单接近，而是完全汇合、合拍：这是始料不及的光亮，通过这一光亮我们从托尔斯泰终极的宗教奥秘中看到了陀思妥耶夫斯基的同样的奥秘，并且骤然理解，这

两位最伟大的俄国作家——不是两个个体,而是一个;宛如我们在设法触摸藏在浓密树叶后面的一个树干一样,从这棵树干上长出巨大的树枝,伸向对立的方向。原来,陀思妥耶夫斯基"群魔"幻影中最神秘的,终生追随他的秘密的蜘蛛、毒蜘蛛、神魔鬼、神兽,同时也是托尔斯泰最神秘的幻景;这一幻景出现在他面前,虽然是另一种的、相应的托尔斯泰的形象,但是具有同一的本质,乃是情欲残酷的魔鬼,大自然的"聋哑的铁的规律"之体现——在性的内部完成的必然性规律的体现。

有一次,在安娜献身于渥伦斯基之后,他默念着她入睡。

在黑暗中,他忽然醒来,害怕得发抖,急忙点上蜡烛。"怎么回事?是什么?我究竟梦见了什么?——是的,是的。似乎是一个围猎的农夫,矮小、肮脏、胡子蓬乱,弯着腰在干什么,突然说出几句洋腔洋调的法国话。是,其他也没有梦见什么啊,"他自忖,"但是,为什么这么可怕呢?"他又清清楚楚地回忆起这个农夫念叨出来的那几句听不懂的法国话——恐惧变成一股凉气掠过后背脊椎骨。

"真是荒唐!"渥伦斯基想。

"真是荒唐!"在下一次幽会安娜告诉他自己死亡预感的时候,他对安娜说,"你说的荒唐话,真没意思!"

"不荒唐,这是实话。"

"什么,什么实话呀?"

"我快死了。做了一个梦。"

"梦?"渥伦斯基重复,立即想起来自己梦见的农夫。

"是啊,梦,"她说,"我早已经做了这个梦。梦见我跑着进了卧室,需要在那儿拿点东西;你知道,梦里常常是这样的,"她说,害怕得睁大了眼睛,"可是,卧室的一个墙角处,站着一个东西。"

"哎呀,真是荒唐嘛!谁信啊……"

但是她不允许渥伦斯基打断自己的话。她要说的话,对于她自己太重要了。

"这个东西转过身来,我看清楚了,是一个农夫,胡子蓬乱、矮小、可怕。我想跑,但是他对着一个口袋弯下腰去,两只手在口袋里乱翻。"

她形容那个农夫这样在口袋里乱翻。脸上露出恐惧。渥伦斯基也回忆起自己的噩梦,感觉恐怖充斥了灵魂。

"他乱翻腾,嘴里还嘟嘟囔囔快言快语说法国话,什么:Il faut le batterle fer, le broyer, le petrir... [打击他,把他压死,把他砸碎……]我吓得想赶快醒过来,醒了……但是,是在睡梦里醒来的……我问自己,这是什么意思呢?科尔涅对我说:'这是生孩子;您会因为生孩子死去的,当妈妈。'……于是我醒了……"

"真是荒唐,真是荒唐!"渥伦斯基说,但是他自己也觉得,他说话的声音是谁都说服不了的。

两个人都做梦,梦是一样的,甚至包括微小的细节,例如听不懂的法国话。显然,这是匪夷所思的事。但是,在这儿,我们还是得信,还是会感觉到,不能不信——甚至不必凭感觉,而是凭着因为害怕我们全身打的冷战就能够毫无疑问,知道墙角就是这样,不可能换成别的样子,这样最虚幻的事同时也是最现实的事,在这里,在超自然中——包含了自然因素、必然因素。我们越是仔细察看在我们以前发生的悲剧——察看神秘得有如梦幻的现实生活,就越深信不疑,这个梦来自现实,还将重新返回现实;安娜和渥伦斯基的这同一个梦境就获得更可怕的、实在的含义,这个幻景表现了那无限温柔却又仍然残酷的东西的本质;正是这残酷、"铁的"、"如死一般强的"的东西把被爱的女人和爱她的男人结合了起来。

在安娜和渥伦斯基初次会面的时候,他看见了被火车轧死的一个人丑陋不堪入目的尸体。"不祥的预兆。"安娜说。预兆不幸言中:

在悲剧的结尾,渥伦斯基看到了另外一个被火车轧死的人的"丑陋不堪入目的"尸体——安娜本人血肉模糊的尸体。两具尸体,一个是象征的,另一个是现实的;在这两具尸体之间完成了全部的悲剧,爱情的全部毫不留情的道路,这爱情掠过人的生命,就是要用"又聋又哑的"自然法则、必然性的"铁的"规律"打击他,把他压死,把他砸碎"。所以,在那飞奔的火车上,在钢铁的轰鸣下,在生铁铁链和钢轨之间迸发的呼啸的音乐下,萌发了安娜的激情。在她走出车厢还没有看到渥伦斯基的时候,"一个人猫着腰从她的脚下溜了过去,于是传来小铁锤敲打钢铁的声音"。锤子敲打钢铁,检查钢铁的坚韧程度。而那个在铁轨之间弯着腰的人影,当然,很像那个胡子蓬松、矮小、肮脏的农夫,他弯下身子,两只手在装了铁器的口袋里乱摸乱翻,嗓子眼里发出喉音,快速嘟囔出语焉不详的法国话。还有,当然,同时,在渥伦斯基对安娜轻声道出激情爱语的时候,整个巨大交响乐的这个主旋律重又奏起——这是混杂在自然声响之中的尖锐刺耳的钢铁声响。

"您知道,我乘车,是为了去您去的地方,"渥伦斯基说,"非这样不可的。"

就在这个时候,似乎是为了克服障碍,大风把车厢顶上的积雪吹了下来,还哗啦啦地掀动着一块要脱落的铁皮。

安娜已经不觉得害怕,反而觉得愉快,因为人间最温柔的话语之声和钢铁与风雪的粗野自然声响汇合成为一曲不和谐的、野性的、令人迷醉的音乐。

就在结局之前——在和渥伦斯基最后一次争吵之后,安娜决定自杀——那个预言性的梦境渐渐显露出终极的确定性。

在她和渥伦斯基接触之前数次重复的可怕的梦魇,又展现在她面前,把她惊醒。胡子蓬松的小老头摸弄着铁器,还磨磨唧唧地冒出意思不明的法国话,而她,每逢遇到这个梦魇(这正是这个梦魇的可怕之处)就觉得,这个小老头虽然不注意她,但是摆弄铁器这一可怕的勾当却是对着她的。

超自然最后一次和自然接触,梦与醒接触;其一进入其二,其一与其二结合——于是,两个世界变得相互透明,具有象征意义。在绝望的和徒劳的和解尝试之后,安娜出发,坐在车厢里,在死亡之前几分钟,死亡已经进入灵魂,"一切都不是真实,都是谎言,都是欺骗,都是邪恶!……"

浑身肮脏、丑陋的小老头,戴着宽边帽,乱蓬蓬的头发从帽子底下钻出来;他走过车厢,向铁轨弯下腰去。

"这个丑陋的农夫身上有股眼熟的东西。"安娜想到。于是,她又回忆起自己那个梦境,吓得哆嗦起来,赶快离开躲到对面的门旁边去。这已经是白日梦,可怕的梦,变成白日梦而更可怕。她陷入半意识状态,自己也不知道在往什么地方走,在做什么——信步走到车站。"天啊,我到哪儿去呢?"她想,在月台上越走越远。——一列货车进站。月台震动了几下,她觉得她又在乘车。突然,她回忆起和渥伦斯基初次会见那一天被压死的那个人,骤然醒悟到自己必须做的事——她的目光一直盯着走近的第二个车厢的车轮。正好就在这一秒钟,车轮之间的正中部分和她平行,她耸肩低头,倒在车厢下面,动作很轻,好像是准备马上起来,却跪下了。在这一刹那,她对这个动作万分惊骇。"我在哪儿?干的是什么?为什么?"她想要站起来,躲开;但是,一个巨大的无法阻挡的东西碰在她头后部,又拖住了她的后背。"主啊,原谅我的一切!"她轻声说,感到无法抗争。而那个矮小的男人,嘴里嘟囔着,继续检查钢铁部件。

这个矮小的男人突然变大,成为一个巨人,最后一次出现在她面前,像一个"无法阻挡的幻影";这个幻影终结了一切体现她全部生活、世界全部生活的意义的东西，把这一生活的现实和这最后的梦境联合了起来。这个神秘的小老头在死亡之中完成了在爱情中所开始的事：用钢铁、用自然规律——必然性规律的无情法则对她完成自己可怕的行动。他显得很残忍，像扼杀和切割活的肉体那样的钢铁；但是，渥伦斯基在连连亲吻她脸和肩膀的时候，也显得残忍、可怕；他也像野兽和切割血淋淋肉体的杀人犯一样。"我要摧毁您！"陀思妥耶夫斯基笔下一个情夫对情妇说。"他刚一得到满足，就出现了摧毁和虐杀的欲望。""要打击他，把他压死，把他砸碎。"情欲欢乐的暴风雨中，这样的世界交响乐中的残酷钢铁声响和最温柔的人言语声汇合。只有在现在，在死亡中，安娜才明白她生命的预言含义：

> 一切都不真实，都是欺骗，都是谎言，都是邪恶。

善也是恶，爱就是恨，激情就是残酷。没有上帝，没有天父。上帝不是"他"，而是"它"——那个"碰在她头后部，又拖住了她的后背"把她推到钢铁"机器"巨轮下面去的"巨大而不可抗拒的"东西。这样的上帝没有怜悯心，只有司法的铁的律条，必然性的律条。"伸冤在我，我必报应。"远古的幻影，前基督教上帝的幻影，也就是这个胡子蓬松的矮小的老头，他永远对着"巨大机器"的钢铁工作，"用钢铁干着可怕的事"，针对着一切"呼吸着，恋爱着的"肉体，"要打击他，把他压死，把它砸碎"。

> "你的装扮为何有红色？你的衣服为何像踹酒榨的呢？""我独自踹酒榨，众民中无一人与我同在。我发怒将他们踹下，发烈怒将他们践踏；他们的血溅在我衣服上，并且污染了我一切的衣裳。"（赛，63：2-3）

关于这个幻影，基督教中前基督教上帝的幻象，托尔斯泰说：

"上帝就是半人、半怪。"陀思妥耶夫斯基的一个人物说：

> 自然朦胧出现，形式就是最新式设计的**庞大的机器**；这个机器毫无意义地捕捉、无声无息、毫无感觉地撕碎、吞噬伟大和宝贵的造物——其价值等同于全部自然和全部自然规律——这就是神子。上帝是这个机器的"第一启动者"。

"我记得，似乎有人拉住我的手，另外一只手拿着蜡烛，指给我看一个巨大而丑陋的**毒蜘蛛**，还让我相信，这就是那个最黑暗的、无声无息的、强力十足的东西，还笑话我的恼怒。"在必定熄灭的蜡烛最后的闪亮之下，安娜终于看到了这个丑陋小男人的面容，也许，还看见了比一切人的或者神的面容都可怕的东西——某种没有面孔的、像生铁一样灰色的、粗糙的、蜘蛛皮似的东西——那么，她是否领会到，这就是它——黑暗的、聋哑的怪物，就像巨大的"毒蜘蛛"、神兽、神魔鬼呢？我们看到，在托尔斯泰另外一部同等伟大的作品——《战争与和平》里，也出现了前基督教上帝的同一个幻影，他在愤怒中支持各族人民，浑身沾满复仇的鲜血；在鲍罗金诺战役的末尾，在各个民族鲜血淋漓的大屠杀场，我们看到了他；各民族虽然已经筋疲力尽，不想互相杀戮，但是他们无法罢休，因为"某种不可思议的、神秘的力量在继续牵引着他们……炮弹依然迅速而残酷地在作战双方飞来飞去，撕碎人体，这可怕的行为继续进行，不是遵从人的意志，而是遵从牵引着人和世界者的意志"。生铁弹丸炸裂士兵的躯体，就像钢铁车轮轧碎安娜的躯体。

即将死去的伊万·伊里奇"钻进一个又黑又窄的口袋"，无论如何也钻不出来——

> 突然，有一股什么力量推动他的后背、侧身，还更用力地压迫他的呼吸，于是他钻进一个窟窿，在那里，在那个窟窿的末端，露出一个光亮的东西。

同样，安娜想要"站起来，躲开车厢车轮"，突然，"不可抗拒的东西碰在她头后部，又拖住了她的后背"。——"主啊，原谅我的一切。"安娜说。伊万·伊里奇说的是"放过我"，不是"原谅我"。"放过我，不要你审判！"德米特里·卡拉马佐夫也是这样祷告。"不要审判"，绕过审判，绕过伸冤和报应的法则。在安娜"钻进窟窿"里去，蜡烛永远"熄灭"的时候，这对于她也许就像对于伊万·伊里奇那样，就是"在那里，在那个窟窿的终点，露出一个光亮的东西"——已经不是蜡烛的暗淡之光，而是新的、非晚间的、非闪烁的光源。也许，对于她来说，"是光明，而不是死亡"。也许，她也对自己说："它在哪儿？什么死亡？"没有恐惧，所以也没有死亡。"说得对啊！……何等地欢乐！"而且，在这一道光明下，可怕小老头的脸变了，生出光辉，显得亲切、熟悉、和蔼，是一个"长着白胡子"的善良、纯朴的小老头的脸，她在童年的时候常常对他祷告："我们的父。"——"上帝啊，原谅我的一切！"上帝原谅了她。上帝告诉她，不是以残酷"主人"——基督教长老阿基姆的身份，对于他来说，一切的肉体都包含了某种遭受诅咒的东西："伸冤在我，我必报应"；而是以对于女儿、对于自身创造的肉体的天父的身份，以祝福一切活的肉体、一切"上帝造物"的伟大的"异教徒"、叶罗什卡叔叔的身份，"什么也不是罪恶。上帝所做的一切，都是为了人的喜悦"。于是，也许，他已经大胆地看到了天父的面容，在这一面容里识别出圣子的面容，第二次来临的面容，荣耀的、神采奕奕的、像太阳般的——主的面容。

主告诉她，就像告诉"行淫时被拿的妇人"那样对她说：

"妇人，那些人在哪里呢？没有人定你的罪吗？"

"主啊，没有。"

"我也不定你的罪。"

文士和法利赛人带着一个行淫时被拿的妇人来，叫她站在当中。他们对耶稣说："夫子，这妇人是正行淫时被拿的。摩西在法律上吩咐我们,把这样的妇人用石头打死。你说该把她怎么样呢?"他们说这话,乃试探耶稣,要得着告他的把柄。耶稣却弯着腰用指头在地上画字。他们还是不住地问他,耶稣就直起腰来,对他们说:"你们之间谁是没有罪的,谁就可以先拿石头打她。"于是又弯着腰,用指头在地上画字。他们听见这话,就从老到少一个一个地都出去了,只剩下耶稣一人,还有那妇人仍然站在当中。(约,8:3–11)

站在当中的妇人就是安娜·卡列尼娜。但是,显然,在我们这里,"基督徒们"这里,良知是比法利赛人更无畏的。我们牢牢地攥住石头块,依然准备把它扔出去。正是这样,也就是说,像旧约做的那样,我们大家对这悲剧的理解,"从老到少",似乎,托尔斯泰也是这样理解的,甚至还有陀思妥耶夫斯基。但是,为什么只有该伸冤和该遭报应的这个人"没有罪",为什么他不看我们的眼睛,却似乎羞于看到我们内心的秘密,"弯着腰用指头在地上画字"。他写的是什么?什么字?那些字是不是涉及终极的爱和被歪曲的性的秘密、神圣贞洁和神圣激情的秘密呢?在福音书里,是没有他惟一没说出来的这个字的;他没有说出来,是写下来了,没有人读过,被永远忘记了,被从地面涂掉,被差不多两千年的阉割成性、行淫的基督教沙漠大风吹散。"谁想听见,就能听见",但是"我的话进不了你们的耳朵"。看来,正是关于古老罪过、关于性的新的神圣性的这些话,你们最是听不进去。

> 你们现在担当不了。只等真理的圣灵来了,他要引导你们明白一切的真理……要将受于我的告诉你们。(约,16:12–15)

不正是因为这个悲痛得不到安慰、这个真理在第一次来临的时候没有完成,这把你们从第一次来临引导到第二次来临的安慰者,才必须安慰你们减轻这一悲痛、把这一真理带给你们吗?无论如何,两位最伟大的俄国作家比任何人都更顽强地寻找新的宗教,他们最深刻的思想,还有两个最具预言性的形象——托尔斯泰的小老头、陀思妥耶夫斯基的毒蜘蛛——都是朝向这一个方面——性的秘密的。他们似乎预感到,基督教的前途主要是取决于是否听取主的这番话的。

艺术家把安娜的死亡和吉蒂的分娩对比起来,不是偶然的:在这里和在那里,在死亡中和诞生中,全部"覆盖物"都同样地升起,肉体和血液的帷幕在肉体和血液之上冉冉升起。

在分娩的起初,在第一次阵痛出现的时候,吉蒂的丈夫列文看到了"她的脸色绯红",显露出"欢乐与决心的光辉",他"惊异地发现,在一切遮盖物都突然掀起时,现在一切都赤裸呈现的她的灵魂的核心在他面前闪光。""吉蒂忍受疼痛,似乎因为痛苦而向他抱怨。起初一分钟,他还习惯性地觉得,是他有过错。"——"不是我的过错,又是谁的呢?"他不由得这样想,寻找造成这些痛苦的肇事者,想要给予惩罚;但是,没有犯罪的人。向谁"伸冤",谁作出"报应"?列文"理解不了","这超过了他的理解力"。

波兹得内舍夫也在考虑这个奇异的"罪过",比列文深刻。在描写"蜜月的丑恶"的同时,他还说:"笨拙、无耻、丑陋,主要的是,无聊,无聊到了极点"……就要在妻子身上培养出这个罪恶,以便从中得到享受。

"什么罪恶?您说的是最自然的人性啊。"

"自然的?"他反诘,"自然的吗?我告诉您,相反,我深信,这是不……自然的。是的,完全是不……自然的。您去问问小孩子们,问问没有堕落的姑娘。"

"您说:自然!"

"什么自然、快乐、轻松、舒服,从一开始就不害羞;正因为这样,才丑恶、可耻、疼痛。不不不不,不自然!没有被人糟蹋的姑娘，我深信，是痛恨这个的。"

"人怎么传宗接代呢？"

"人为什么要传宗接代呀，啊？"

"怎么为什么？不然世界上就没有人了，包括您和我。"

"您和我生存是为什么呢？"

"什么为什么？为了活着。"

"活着又为了什么？……如果生活是有目的的，那就很清楚，生命应该终止，那就达到了目的……如果人类的目的是高尚、善良、爱，还有什么妨碍达到这个目的呢？是激情。在全部激情中，最有力量的、最凶恶的和最顽强的是——性爱、肉体之爱，所以，如果能够消灭激情，消灭其中最后的、最有力量的、肉体的爱，那么，预言就能实现，天下人就变成了一体，人类的目的就会达到，人也就没有活着的理由了。"

陀思妥耶夫斯基笔下的基里洛夫在谈到"永恒和谐"时刻的时候说："我认为，我认为嘛，人应该停止生养。既然目的已经达到，孩子还有什么用，还要发展什么？福音书里说在复活中都不再生养，都像天使一样。"这就是列文经受到的内疚、罪恶感觉的来源，宗教的深处。他和吉蒂的婚姻——是真正的婚礼，教会使之神圣，得到主的祝福。在吉蒂穿着教会式样嫁衣站在圣坛前面的时候，她是"具有最纯洁魅力的最纯洁的楷模"。但是，不久，在教会之外，似乎绕过了教会，在她身上发生了某种事情，按照波兹得内舍夫的说法，某种"可耻的、下流的、猪狗的"甚至"非自然的"事，似乎的确像是最残忍的暴力、谋杀——这样的事，也许，大自然作出了鲜血的标记，绝不是偶然的。新娘洁白的衣装沾染了血污。连最善良的、最善心的列文也遇到了这样的时刻：至少在玩世不恭者波兹得内舍夫眼里，他突然变得像一个"杀人犯"，"切割、拖拉"一具遗体，或者像是陀思妥耶夫斯基笔下对心爱的女人说"我要杀死你！"的那个人兽。大约两千年以来，我们对此都一直闭目不视，竭力不去想、不谈这件事，绕过这件事去。然而，无视这件事是不行的，因为全部的"遮盖物"已经摘除。或早或晚，我们必须或者放弃全部鲜血，或者把这还不神圣的血液彻底神圣化。正是在这尚未充足的、我们"尚未听信的"肉体、血液的合一（"你们现在担当不了"）的神圣性之中，诞生了罪过、犯罪之感，绝非现实的而是道德秩序之感，列文面对吉蒂分娩的痛苦体验到了这一感觉；这一感觉迫使波兹得内舍夫亵渎——并且在性的神圣之地只看到了亵渎圣地。所有的人都认为，安娜·卡列尼娜犯有某种可怕的罪过，连她自己也是这样认为；但是，也许，她的罪过，就像列文对于吉蒂的罪过一样，完全不具有现实的、道德的性质，而是某种高度的、超道德的性质，一切被诞生的和生养的造物的"原初罪恶"——不是任何人的赎罪所能够补偿，而是上帝用"羊羔的血"已经补偿的罪过。不就是这样吗？现代人的宗教意识是反对安娜、赞成列文的。但是，如果这一意识也是赞成安娜的，那么，这样的感觉，因为和性有联系，就是神秘的罪恶，罪人的、超越了一切生活界限的罪人的感觉，也不会令她——安娜，远离上帝，而是会把她，像列文一样，推向上帝。

"上帝啊，原谅我的一切！"在死亡之前瞬间，她祷告。"主啊，怜悯吧！原谅，帮助吧！"在吉蒂分娩之前，列文祷告。托尔斯泰说：

> 他，一个不信教的人，也常常重复这些话，而且不只用嘴。现在，在这一分钟，不仅他全部的怀疑，而且还有靠理性求得信仰之不可能——他知道自己就是这样，都一点也没有妨碍他向上帝祷告。现在，这一切，都像灰烬一样，从她的灵魂飞逸。他能够向谁祷告呢，只能向上帝啊，因为在上帝的手里，他才感觉到自己、自己的灵魂和自己的爱。

有罪过的列文现在也许可以无辜地祷告，像"犯罪的"德米特里·卡拉马佐夫那样:"主啊,不要审判我。放过我吧,你不要审判我!"不要审判——因为,在这里,在受胎和生养的秘密中所完成的,要高于一切,甚至你的审判,一切"伸冤"和"报应"。

也许,在这里,因为某种秘密的罪过,正在完成某种神秘的"伸冤";但是,就连这个罪过和这样的伸冤,也是和人的道德观所认定的善与恶不相容的。

> 突然传来吼声,什么声音也不像的吼声。这吼声很可怕,列文却没有跳起来,但是,连气还没有透过来的时候,他又惊骇又狐疑地瞧着医生。他的头靠在门楣上,站在隔壁房间,听见了以往没有听到过的尖叫、呼号,他这才反应过来,这是原来的吉蒂的呼号。

这是活生生的肉体的尖叫,在永恒的"小老头"的残酷铁锤下呼号;这是他"对着铁器工作","不注意她,对着她上面的铁器做着可怕的事",在正在分娩的吉蒂的上方,就像对着正在死亡的安娜那样:要打击他,把他压死,把他砸碎。激情的残酷,"打击,砸碎"。面对这些丑陋和痛苦,就像出现在陀思妥耶夫斯基面前那样,大自然是不是也显得就是"某种巨大的、无情的和无声的野兽",或者某种巨大的、最新设计的机器——这机器毫无意义地捕捉、砸碎和吞噬人体,而吐出来的则是"压扁的肉体""肉",某种可怕的、熟悉的东西,而不是活的躯体、人的面容:

> 吉蒂的脸已经不在它原来的地方,从那紧张的样子、从那里发出的呼叫来判断,是变成了某种可怕的东西。列文的头倒了下来,碰在床的木头上,他觉得自己的心都碎了。

在这里,就像在安德列公爵的呓语里那样:

它就站在门后。这可怕的东西,从门的另一面推挤,要破门而入。某种非人的东西——死亡,要破门而入,必须顶住。但是力量弱……它又从那边推挤。最后的超自然的努力失败,两扇门都被推开,无声无息。它进来了。

它是死亡吗?不是,不是死亡。正在分娩的吉蒂"可怕的呼吼"——

似乎到达了恐怖的最后极限,突然止息。列文不相信自己的听力,但是不容怀疑的是,呼吼止息,传来了轻轻的、紊乱的籁籁声和急速的喘息声,以及她有穿透力的、活跃和温柔的、幸福的话语:"完了。"突然,从这延续了二十二小时的神秘而可怕的非人间的世界,列文猛然觉得自己被送回以往的平常的世界,但是,现在他焕发出新的幸福的光辉,他却没有承受住。喜悦的恸哭和眼泪实在忍受不下去了。

——他很可能会呼喊:"就是这样!何等的喜悦!"就像伊万·伊里奇钻透"窟窿","在那里,在黑洞的尽头,看到亮光一样"。当吉蒂的"子宫"开启、呼吼止息的时候,当"两扇门都被推开,无声无息"的时候,是它从那里出来了——它不是死亡,而是新的生命、新的光辉。生命的蜡烛,对于吉蒂和列文,也同样对安娜,"迸发出比以往任何时候都更亮的光辉,照亮了黑暗中的一切",还点燃了新的蜡烛。"那边,在床脚下,在丽莎维塔·彼得罗夫娜(收生婆)灵活的手里,就像烛台上方的星火一样,以往不曾存在的一个人的生命在摇动;这个人,也将享有同等的权利、同等的尊严生活,繁衍自己的后代。"——"光明取代了黑暗。"——"完了。"是母亲幸福的声音轻轻地言说。当然小老头对于活的肉体动用铁器的行为是可怕的,这样的事,在这里,在诞生之中,和在那里,在死亡之中一样,都显得是高尚的、神圣的、喜悦的。在这里,和在那里一样，必然性的残酷钢铁，在到达了最终残酷之后，突然软化、消散，将最后的宁静和自由吹拂，像一对情人"轻轻的、紊乱的簌簌声"和"急速的喘息声"，像母亲活力的、柔和的声音："完了。"所以，像安娜和德米特里·卡拉马佐夫那样，列文也祷告说："主啊，请帮助、原谅、放过，不要审判。"在这里，在分娩中，就像在那里、在死亡中一样，可怕的小老头显得就是天父，就是列文在儿童时代信任而朴实地求助的那位天父。没有罪过，没有罪孽。"干什么都没有罪过。"上帝是不诅咒肉体和肉体的结合的，像基督徒阿基姆长老，或者波兹得内舍夫那样："世人啊，你们不要再当猪狗了，不然我要摧毁你们，你们就要变成我的审判的钢铁律令下的一块腐烂分解的肉体。"——像叶罗什卡叔叔一样，他为一切的活的呼吸的有爱心的肉体、一切的"上帝的造物"祝福。"上帝创造一切，都是为了人的喜悦。"

是的，"一切遮盖物都已经摘下"，在血和肉裸露的最深处，"在黑洞的最终端，闪现出光亮"：在表面上的对立的背后，生的秘密和死的秘密统一显现出来。

在吉蒂分娩的时候，列文"感悟到、感觉到，已经完成的事类似于一年以前在兄弟尼古拉的灵柩上发生的事"。我们还可以补充说：也在安德列公爵的死亡之中，也在伊万·伊里奇的死亡之中，也在安娜·卡列尼娜的死亡之中。

> 但是，那（死亡）是悲伤，这（出生）是喜悦。但是这里的悲伤、这里的喜悦都是同样地超出生命全部普通条件的，都在于这普通的生命之中，像是孔隙，穿过这些孔隙，展现出某种高级的东西。正在完成的事物同样沉重地、痛苦地到来，而在观察这高级的事物之时，灵魂也同样不可企及地上升到了一个高度，这是它从来没有理解过的高度，理性已经不能企及的高度。

死亡和出生,乃是两个"孔隙",或者,用后来托尔斯泰的貌似玩世不恭、事实上却无限贞洁的语言来说——血肉之体帷幕上的两个"黑洞",透过这两个黑洞,"同样地",亦即,在自己的最后的结合、象征之中,"显示出某种更高级的事物"——高于生与死的事物。正是在这里,在性的闪光点中,正如在光的聚焦点上一样,交叉了、聚合了上方与下方的天空、世界的两个一半、两个半个的世界的全部对立的光线。

在吉蒂分娩之后,列文走近吉蒂,她用目光"迎接"他——用目光邀请他到身边。她的目光,已经是明亮的,而且,随着他的靠近,变得更加明亮。"在她的脸上,也发生了从尘世到非尘世的变化,这样的变化一般出现在死者的脸上;但是,在那里是告别,而在这里则是会见。"完成分娩的吉蒂的目光,和正在死亡的安德列公爵的目光完全相似,也完全对立,就像一极之对另外一极。

>她们两个人(公爵的姐妹和未婚妻)看到,他是怎样缓慢而静静地离开她们,下降到某处去,于是她们二人醒悟,情况必然是这样的,这样是好的。

"上帝创造世界的时候,在创世的每一天结束的时候都说:这是好的。"基里洛夫描写"永恒和谐"的时刻。安德列公爵下降到某处,到某一个"黑洞",某一个开口的"世界之腹"。在穿过吉蒂开口的子宫诞生新生命、生命的新光辉的时候,又有某物"下降",但是采取的是相反的方向——是从那里到这里,从那同一个"世界之腹"到这里的世界。有一次:

>伊万·卡拉马佐夫在谈到自己对血肉之体的爱时说:"你以腹部做爱。"阿辽沙回答说:"这很奇妙,这很好。""你的事完成了一半,现在你要努力完成另外一半,你就得救了。"

反正都是一样的，无论我们往哪里走，从哪里来，或者往哪里去，从第二个一半走进第一个，或者从第一个走进第二个，走进或者走出世界的子宫——都是同样好的，我们不是沿着两条不同的路走，而是沿着同一条路走向两个对立的方向，完成永恒的循环圈，从上帝走向上帝。生与死是一，与各各他是一，父与子是一。但是，这也是最深刻的，虽然还是隐藏的但我们"还没有听见的"基督的真理。使徒保罗说：

> 因他使我们和睦（原文作"因他是我们的和睦"），将两下合而为一，拆毁了中间隔断的墙，而且以自己的身体废掉冤仇，就是那记在法律上的规条，为要将两下藉着自己造成一个新人，如此便成就了和睦。（弗，2：14－15）

正是在这里，在自己最伟大的创作《安娜·卡列尼娜》中，在安娜的死亡和吉蒂分娩的对比之中，肉体的洞见者托尔斯泰接触到了这最后的合一的秘密——神圣的肉体和神圣的血液的秘密；在这里，他无意识地接近了基督可怕的秘密，其程度也许甚至高于灵魂的洞见者陀思妥耶夫斯基的充分的意识。在这里，的确"全部的遮盖物都已摘除"，"拆毁了中间隔断的墙"，露出世界的两极，"终端露出"，于是，似乎

> 终端一定要对接，
> "是"与"不"定要苏醒，
> "是"与"不"要汇合，
> 它们的死亡就是光明。

一切都以"难以置信的景象"之光结束，扫罗前往大马士革途中所遇：

> 扫罗行路,降到大马士革,忽然从天上发光,四面照着他。他就扑倒在地,听见有声音对他说:"扫罗,扫罗,你为什么逼迫我?"(徒,9:3-5)。

而托尔斯泰,已经"发出旧约的威胁",走在前往没有血肉的"被切割的"基督教的大马士革的路上,却像扫罗一样,突然见到安娜·卡列尼娜身上的血肉。在生与死中,他听见了对他说话的同一个声音:"扫罗,扫罗,你为什么逼迫我?"如果他辨认出当时和他说话的人,并且的确投向他,那他就可能成为基督徒,也许会比陀思妥耶夫斯基更大的基督徒——伟大的使徒之一,新基督教的保罗。他为什么没有识别出基督呢?为什么他不仅因为她的光辉而目眩,而且依然盲目,没有像保罗那样看清楚呢?究竟是什么遮盖物直到今天还挡着洞见者的眼睛,使之不能看到他最需要看到的惟一之物呢?为什么到今天,无论多么"困难"、多么"残酷",托尔斯泰还"依然徒劳反抗"自己的惟一真实的圣殿——神圣的血肉呢?

托尔斯泰众多"生平事迹"之一记载:

> 在童年时期,七八岁的时候,列夫·尼古拉耶维奇萌发了要在空中飞翔的愿望,他想象,这是完全可能实现的,只要蹲下,双手抱住膝盖,而且,抱得越紧,飞得就越高。这个念头令他长时间不得安宁,最后他终于付诸实践。他钻进教室,爬上窗户,严格按照设想实践。从大约两俄丈半的高度飞落到地上,摔伤了腿,站不起来了。(别尔斯:《回忆录》)

我们成年人常常小看儿童的思想,但是,也许,儿童不明白却还记得成年人已经忘记的事情;也许,在列夫·尼古拉耶维奇这几乎令他丢掉性命的儿童思想中,包含了某种深刻的预示了他一生的事物。是不是呢?如果是这样,则这里首先令人惊奇的是对自己、对自己获得天才发现的能力的无限信任,对于最不可能事物之幻想的绝对执拗——达到短时间疯狂的执拗，因为现实与奇迹、自然与超自然的类似的混合乃是某种大于纯粹愚蠢设想的事物，即使对于七岁的孩子也是一样的：这已经是某种呓语，某种疯狂的萌芽。在这种关于羽翼的空想（我们大家都在梦中飞翔过）之中，不是显露出人类天性所特有的某种很黑暗很神秘的特征吗？深渊的诱惑、羽翼的吸引、飞翔奇迹的引诱——也许，这就是关于人和自然规律"外在变化"的模糊幻想，这是陀思妥耶夫斯基笔下的基里洛夫所迷恋的，是使徒所预言的："并非我们都会死去，但是我们都会变化很快，在一眨眼之间。"——魔鬼对主的最可怕和神秘的试探："魔鬼就带他进了圣城，叫他站在殿顶上（'顶'原文作'翅'），对他说：'你若是神的儿子，可以跳下去。'"值得注意的是，正是在三种试探重又出现、魔鬼与神的斗争在人间重又以空前的力量死灰复燃的时候——在意大利文艺复兴的时代——在一位内心里比一切人都更接近这一斗争、在《最后的晚餐》中给予世人耶稣最完美的形象的伟人达·芬奇的身上，出现了这种有关飞翔、有关人的羽翼的诱人理想：达·芬奇的日记充满了飞行机器的计算和草图。从当时的技术水平来看，这是最荒唐的、大胆的和甚至幼稚的设想，某种坐在"纸片"上飞翔的愿望；然而，伽利略和培根的这位先驱，数学天才人士之一，一生都受到"天鹅"、"大鸟"、有翼"超人"的"不可思议的幻影"的追逐。但是，也许，更值得注意的是，从相反的方向，在东方的深处，在禁欲的基督教之中，产生了类似的幻影：从拜占廷的圣像进入古代俄罗斯，并且在这里达到巨大的《启示录》尺度的是羽翼人——羽翼先知约安的形象。最后，根据教会的传说，是反基督的最伟大的奇迹和标记，在这一奇迹之后，他将要被"主嘴里的呼吸"消灭——这就是飞翔的奇迹。

出现在列夫·托尔斯泰童年幻想中对于深渊的诱惑部分地重复出现在另外一个具有实质意义的梦境之中，这是他进入老年的时候梦见的，那是他身上完成宗教转变的最具有决定命运意义的时刻，而这一转变最终在他亲眼目睹下，确定了这一转变的神秘性质。他

[卷二：宗教思想] 第六章 托尔斯泰笔下的最终分裂与最终合一

是在《忏悔录》里叙述了这一梦境的：

> 我看见，我躺在床上，在用绳子编制、固定在床铺边缘的床面上。我感到不舒服，总是移动，从床面上滚下来。我的下半个身子下垂，悬在空中，脚没有碰到地面。我只靠上背部撑着，不仅感到不舒服，而且还有点害怕。这时候，我只是问自己：我这是在哪儿，躺在什么上？我开始环顾周围，首先看看下面，我的身体空悬在那儿，随时可能掉下去。我往下看，不敢相信自己的眼睛：倒不是因为我在高处，类似最高女神或者山峦的高处，而是因为我是在从来也不能够想象的这样高的地方。——我甚至弄不清楚，是否能够在下面、在这无底深渊之中看到什么东西；而我正是高悬其上，深渊又在引诱我下去。心里一阵阵紧缩，感到害怕。往下一看，真是万分惊骇。如果我往下看，我感觉到，马上就要从最后一排绳子格溜下去，必死无疑。我不往下看，但是，不看更不好，因为脑子里总是想我要从最后一排绳子格脱落，我会遇到什么事。于是我又觉得，因为害怕，我松手放开了最后的绳子格把手，后背慢慢地往下滑。再过一瞬间——我就要脱手了。此时此刻忽然想到：这不可能是真的。这是做梦，我会醒过来的。——我挣扎着要醒过来，可是办不到。——怎么办呢，怎么办？我问自己，于是仰望上方。上方也是深渊。我仰望高空的这个深渊，竭力忘记下面的无底深渊，也的确在遗忘。下面的无穷无尽推拒我，恐吓我；上面的无穷无尽拉住了我，确认了我。我悬挂在没有从我身下逃遁的、深渊上方的挂床上；我知道我是悬挂在空中，但是，我只向上看——这样，我的恐惧就消失。——我看得越来越远，仰望无穷尽，向上。——于是我问自己：嗯，现在怎么办？——就一直保持这样吗？——于是我就不仅环顾周围，而且以自己的躯体探寻我全身所维系的支撑点。我看到，我已经不是悬空，也不是在坠落，而是紧紧地抓住了什么。我问自

己,我是怎么撑住的?我触摸、环顾,于是看到,在我的下方,在我下半身的下方——有一张网床,所以,我仰望上方,是背靠在最稳固的平衡物之上的;只有这个网床支撑着我,一如既往。这里,也和梦中常见的情况一样,出现在我面前的是我所依靠的机制,显得很自然、易懂、无疑,虽然在白日里这一机制显得没有什么意义。在梦中我甚至感到诧异的是,以往我竟不理解这一点:原来,在我的头脑里屹立着一根柱子,其坚硬不容置疑,虽然这根纤细的柱子无处扎根。然后,从这根柱子上伸出一个圆环,显得很蹊跷,又很简单,而且,如果横着身子让这个圆环套在腰间,再往上看,就甚至不会想到坠落的问题。这一切都是显而易见的,我很高兴,很平静。好像有什么人对我说:你看看吧,要记住。——于是我就醒了。

我们看到,这个重要的梦境在托尔斯泰以后的宗教遭遇中化为现实,精确得令人吃惊:他的"基督教"不是他童年时代梦想的活的羽翼和自由的飞翔,而正是动态平衡的"机制",亦即某种机械的、自动的、僵死的,同时又是某种自杀的和自欺的东西:为了令这一"机制"活动起来,必须消除自己宗教视野的一半——只向上仰望,只看到上方的、似乎独特的基督教的灵魂的深渊,而对下方的、似乎独特的异教的肉体的深渊,则闭目无视;不仅如此——在偶尔俯瞰了下方深渊之后,看到下方和上方完全相同、下方也是"无穷尽"之后,仍然还有自我欺瞒,肯定下方完全不是无底的,而仅仅是一个土坑——肮脏、泥泞、丑陋、可笑、"猪狗一样"。而整个的"机制",全部这个福音机器——屹立的柱子和固定在柱子上的圆环——都令人望而生畏,想起绞刑架:取代有翼的、在深渊上方飞翔者的却是被处以绞刑者。如果向俄罗斯的小伊卡卢斯——列乌什卡提供这个"机制"而不是翅膀,提供绞刑而不是飞翔,他必定会厌恶而惊骇地拒绝这样的赠礼,宁可立即坠落摔死。儿时有白日幻想的托尔斯泰,是比他成人以后做梦时候更勇敢的。如果在梦里像在白昼一样地勇敢,他也许就会明白,他身下松散了的最后一个网床绳口,亦即无意识的基督教,也不能够拯救他,相反,倒会毁灭他;他就会作出最后的努力,力求摆脱这个绳口,而那个半腐烂的细绳子也不会是他钻了进去的致命死结——他会从中掉下来,坠落,飞翔一段距离。于是,也许就实现了那个奇迹,飞翔的奇迹——而飞翔,是他在童年时代和以后一生都在无意识地幻想着的。他也就会明白,他眼里看到的死亡,是惟一的拯救。他也许会突然感觉到,自己后背上长出两个翅膀,翅膀承载着他在双重的深渊之间翱翔,他已经无所畏惧,因为:

天在上方,天在下方,
星在上方,星在下方,
上方的一切都在下方。

坠落的恐惧变成飞翔的欣喜,他终于可能醒来,睁开眼睛,看到,上方和下方的无穷尽不是两个,而是一个,灵魂和肉体是一个,子和父是一。他会最终战胜自己对立的梦境,亦即古老异教神兽、"用铁器工作的"可怕的地下"小老头"的幻影,会以飞翔的超自然自由和轻易战胜这个"大地引力"、大地重力——奴役的这个魔鬼,符合自然必然性之铁的规律。最终的真理、基督的最终的自由会在他面前展现("你们必晓得真理,真理必叫你们得以自由。"——约,8:32),这一自由超越善恶,乃是两个无限性最终的合一。取代"被吊死的"、死亡的阿基姆长老而出现的是真正复活的、得到改变的叶罗什卡叔叔——"周围环绕着万里星空的充盈灿烂","天鹅"——这是俄罗斯的、飞向未来的"大鸟"——是第二次来临的俄罗斯有翼先知。

可怕和狡猾的魔鬼叫你站在殿顶上,对你说:"你若是神的儿子,可以跳下去,因为经上记着说:主要为你吩咐他的使者用手托着你，免得你的脚碰在石头上。"（太，4：5-6）你听他说完后，回绝了他，没有服从，也没有跳下去。

——这是陀思妥耶夫斯基笔下的大法官对在他看来是"正教的"基督说的话：对于陀思妥耶夫斯基的宗教意识来说，正如对于托尔斯泰的无意识本性一样，飞翔奇迹、改变肉体的诱惑，是基督和整个基督教的主要诱惑。在这里，亦即在最重要、最深刻的一点上，和在一切时刻、一切所到之处一样，虽然完全对立，陀思妥耶夫斯基和托尔斯泰都是逆反地相似。托尔斯泰的梦境就是陀思妥耶夫斯基的现实；陀思妥耶夫斯基在现实中看到两个无限，而托尔斯泰是在梦境中看到的。托尔斯泰本人属于伟大的基督教苦行僧观察者，这些人，用魔鬼的话来说，"他们能够观察信仰与不信的深渊，而且是在同一个时刻，这个时刻，的确，再一次到来，就显得是毫发之间，人就会飞起来"……但是，陀思妥耶夫斯基不像托尔斯泰那样只努力观看上方的深渊，对下方闭目无视；他是以无畏的目光视察两个深渊的，并且理解，双方是对立相同的："上方的一切都在下方"；下方的深渊对他的吸引不少于上方，甚至多于上方（而在这个多于之中，却包含了陀思妥耶夫斯基的弱点又是和托尔斯泰的弱点相反的——他的不可避免的魔鬼性格）：

所以，我是卡拉马佐夫，因为，如果我往下飞，飞进深渊，那又会是头朝下，脚朝上……于是，就在这耻辱之中，我忽然开始唱赞歌。让我受到诅咒吧，就算我低级、下流，但是也让我亲吻我的上帝穿用的法衣吧；就算我也跟着魔鬼走吧，但是我还依然是你的儿子，主啊，我爱你，并且感受到了喜悦；如果没有这样的喜悦，世界是不能够站立和存在的。

这样向深渊中的坠落，将要变成在深渊上空的翱翔；这坠落就是陀思妥耶夫斯基的全部的宗教生活：已经不是在梦中，而是在现实中,比最具预言性质的梦更有预言性的梦境,他游弋在"两个无限之间";但是,像托尔斯泰一样,他痉挛、害怕,抓不住半腐朽的绳子,抓不住儿童无意识宗教的弱化了的"绳口",而是冲向自由,像古代被铁链束缚在"不可动摇的柱子"——教会不可摧毁的岩石上面的巨人:这条铁链就是陀思妥耶夫斯基和俄罗斯人民的血肉联系,他对民族的甚至百姓的信仰——对正教的爱。他几乎已经意识到,如果挣脱铁链,投生深渊,他也不会坠落,而是飞起来,他已经有了翅膀;但是,在他想要展开翅膀飞翔的时候,那铁链没有放开他,他突然觉得,铁链的最后一环就在他的心里,要拔出这一环,就必定带出心来。

啊,于是你明白了,只要迈出一步,只要作出向下投身的动作,你就立即会诱惑了主,丧失了对他的信仰,会摔在他来挽救的地面上,而诱惑了你的狡猾的魔鬼偏就高兴起来。——但是,像你这样的人,有很多吗?实际上,你难道不能够设想片刻,世上的人也可能受到类似的诱惑吗?人的本性被创造,就是为了推翻奇迹,一切听从心的自由决定吗?——你心想,只要跟着你,人就会和上帝在一起,所以不需要奇迹。但是,你不知道,只要人推翻奇迹,就立刻推翻了上帝,因为人对奇迹的寻求不亚于上帝。——你没有从十字架上下来,虽然世人对你呼叫,嘲笑你、刺激你:"只要你从十字架上下来,我们就相信,这就是你。"你没有下来,因为你又一次不愿意用奇迹奴役人,你渴望自由的信仰,而不是奇迹的信仰。你渴望自由的爱,而不是奴隶的欢呼——那是囚徒面对永远吓坏自己的强力的欢呼。但是,在这里,你对人的评价过高⋯⋯软弱的人忍受不下去,有什么过错呢?⋯⋯柔弱的灵魂不能接受如此可怕的贶赠,又有什么过错呢?难道说你来,是为了直接走向选民,只为了选民吗?⋯⋯你的自由,自由的智慧和知识把他们引导到迷宫,放置在这样的奇迹和无法解开的秘密之前,让他们爬到我们的脚下,高声呼吼:"救救我们,让我们脱离我们自身。"

这是两个深渊之一,上方的深渊,灵魂的深渊——和上帝之爱对立的人的自由;和奇迹真实的必然性对立的神秘的不可能性。大法官有意只字不提《福音书》里的奇迹,这不仅是西方教会,而且也是东正教教会所接受的;他也只字不提为首的奇迹,而没有这一奇迹,全部"我们的信仰都是徒劳":这就是复活的奇迹。基督拒绝了魔鬼提出的飞翔奇迹,但是,仅仅是在"时候未到"的时候拒绝的。时候一到,他就接受了这个奇迹,不是来自魔鬼的,而是来自上帝的:"跳下去",跳进全部深渊当中最深邃的,亦即死亡的深渊,但是没有坠落,没有摔破,而是飞翔穿过死亡,上升到死亡上方,无论在能力上,还是在荣耀上。——嗨,如果没有飞翔穿过,坠落了,"摔死在他来拯救的大地上"呢?这一具"人的尸体"表现了什么意思呢?——这张"被猛烈打破的脸,红肿,带着一条条可怕的肿起来的血淋淋的伤痕",这两只"大睁的眼睛""歪斜的黑眼珠""两只眼睛的硕大的眼白,冒出一股僵死的、玻璃般的冷光","看着这具尸体,他们怎么能够说服人,这个殉教者一定复活"?这就是基里洛夫的主要怀疑之点,这个疑团把他引导到了疯狂的地步:

> 说的话没有兑现……如果是这样,如果自然规律连这个人也不怜悯,如果连自己的奇迹也不怜悯,而是让他生活在谎言之中,为谎言而死,这就是说,整个的星球都是谎言,而且站立在对谎言和愚蠢的嘲讽之上。也就是说,行星的规律本身就是谎言和魔鬼的庸俗喜剧。

大自然显然就是某种巨大的、铁面无情和聋哑的野兽,或是某种巨大的毫无意义地夺取、砸碎、吞噬伟大的无比珍贵之物的机器。而上帝,抛弃了自己儿子的天父("我的神,我的神!为什么离弃我?"——太,27:46),竟然是"某种巨大而令人憎恶的毒蜘蛛"

[卷二：宗教思想] 第六章 托尔斯泰笔下的最终分裂与最终合一

或者这个可怕机器的可怕机师。这就是与灵魂和自由的上方深渊对立的——肉体与必然性的深渊，野兽大大张开的嘴巴，张开的"世界之腹"：一切都来自那里，并且返回那里。

这两个深渊的对立，上帝之爱与人的自由的矛盾，奇迹神秘必然性与奇迹的现实不可能性的矛盾——对于陀思妥耶夫斯基的宗教意识这不可解决的矛盾折磨了他一生，反映在他全部的作品里，但是释义最大的力量出现在全部作品中最伟大的一部、最后一部——《卡拉马佐夫兄弟》之中，在主要人物阿辽沙感受到的思想和情感之中，原因就是"有毒的灵魂"，因为已故的佐西马长老"预告了正在腐朽的本体"，或者，用虚无主义者拉基金玩世不恭的话来说，"散发了臭味"。

他不需要奇迹，只需要"最大的正义"。他确信，这正义已经遭到破坏……为什么？是谁审判的？有谁能够这样评判——这些问题当时就折磨了他的心……好吧，就算完全没有奇迹——但是为什么出现丑闻，为什么允许丑事，为什么这样迅速地腐朽，"预告了腐朽的本体"，像有毒的修士所说的那样？天意和他的手指在哪里？"在最需要的时刻"（阿辽沙想）他为什么藏起手指？而且似乎他自己也愿意服从于又聋又哑的、无情的自然规律呢？这是必然性规律，像"铁"一样残酷，而托尔斯泰的小老头就是用这钢铁对一切活的和死的肉体施展了可怕行径的："必须打击他，把他压死，把他砸碎。"

阿辽沙的这一怀疑不是抽象的思想，而是毁灭性的疼痛，是穿过灵魂的武器，突然钻进他的全身，因为全身的腐朽，人突然感受到了腐朽是不可能躲避的；自己死沉的身体，乃是不能在深渊上方飞翔的原因。阿辽沙也许是世人中第一个感受到了那独特的、尘世间尚未有人感受到的那种悲哀；这是一千九百年前主的门徒在骷髅地、在十字架脚下、在看到"受尽折磨的人的尸体"的时候所感受到的。从佐西马长老坟墓上方的尸体气味,阿辽沙嗅到了另外一种更加可怕的"恶臭气味",透过妇女香水的芬芳阵阵飘过来。拿走作为遮盖物的基督遗像方巾,这个遗体又一次横陈在我们面前,全身裸露,令人惊恐。于是,无耻的谎言似乎变成了无耻的真实:

> 次日,就是预备日的第二天,祭司长和法利赛人聚集来见比拉多,说:"大人,我们记得那诱惑人的还活着的时候,曾说:'三日后我要复活。'因此,请吩咐人将坟墓把守妥当,直到第三日。恐怕他的门徒来把他偷了去,就告诉百姓说:'他从死里复活了。'这样,那后来的迷惑比先前的更利害了。"(太,27:62-64)

从阿辽沙因为"腐臭的气味"而引发出的感觉和思想的后面,浮现出基督教界十九个世纪中任何时候、任何地方都没有如此强烈地出现过的问题——涉及他本身存在的问题,尼采和陀思妥耶夫斯基的问题;"这是谁?到底是怎么回事?"在欧洲人类刚刚经历过的大离弃的时期,基督似乎又在十字架上死亡,而复活的奇迹也应该重新完成;现在,就像以往一样,这个奇迹不是在棺椁之内完成,而是在人心里完成。在阿辽沙是心里,陀思妥耶夫斯基听到了奇迹之中最神秘者之最神秘的诞生——棺椁之内复活的肉体的初次的蠕动。

"加利利的迦拿"对于最近五个世纪离弃基督问题的回答——关于"腐臭的气味"。

"既然决定打开窗户,想来气味一定是更加强烈了。"夜间,在佐西马长老的修道室里,阿辽沙想。而帕伊西神父对着长老的灵柩诵读福音书:

> ……耶稣对用人说,把缸倒满了水,他们就倒满了,直到缸口。

耶稣又说：现在可以舀出来，送给管宴席的。他们就送去了。

管宴席的尝了那水变的酒，并不知道是哪里来的，只有舀水的用人知道。管宴席的便叫新郎来。

对他说："人都是先摆上好酒，等客喝足了，才摆上次的。你倒把好酒留到如今。"

但是这是怎么回事，这是这么回事？为什么屋子变得宽大起来。……哦，……这是在娶亲，办喜事……当然啰，这是来宾，那年轻新婚夫妇坐在那里，还有快乐的人群和……那位明智的管宴席的在哪里呀？可他是谁呢？谁？屋子又更扩大了……是谁从大桌子后面站了起来？怎么，……他也在这里？他不是在棺材里面么，……可是他也在这里，……站起来，看见了我，走了过来，……主啊！……

是的，他走过来了，他走到他面前来了，这个小老头，满脸细小的皱纹，愉快而安详地笑着。棺材已经没有了，他仍旧穿着昨天客人聚集在他那里谈话时穿的衣服。他的脸没有遮住，眼睛闪着光。这么说来，他也在喝喜酒，也被邀请来赴加利利的迦拿的喜筵了……

"亲爱的，我也被邀请，我也被再三邀请来了，"他头上响起了一个轻柔他声音，"你为什么躲在这里，别人都看不见你，……你也到我们这里来吧。"

"这是他的声音，佐西马长老的声音。……明明是他在那里呼唤，还能不是他吗？"长老用手扶起阿辽沙。阿辽沙站了起来。

"我们在那里很快乐，"小老头继续说，"我们在喝新的酒，新的、大量的欢乐之酒，你看，有多少客人？那边是新郎、新娘，那边是精明的管筵席的，在尝着新的酒……你看见我们的太阳，你看见他了么？"

"我怕……我不敢看……"阿辽沙喃喃地说。

"你不要怕他。他的庄严显得可怕,他的崇高使人畏惧,然而他怀有无限的慈悲。由于爱,他显出和我们一样的形象,同我们一起快乐,为了使客人们不致扫兴,他把水化成美酒,等待新的客人,而且在永恒地召唤。你瞧,又取来了新酒,取来了杯碗。……"

(《卡拉马佐夫兄弟》,下,耿济之译,人民文学出版社,1981,北京,第541–543页)。

这是什么,是梦幻、呓语、"平常的幻觉"、"幻景"吗?也就是说,感觉的骤然的欺蒙,其中毫无现实可言——活着是某种真正的显现,也许甚至是洞察力,预先的洞察力。

"真理是什么?",在哪儿?在那儿,在棺材里,在"腐臭的气味"之中,在死亡的肉体对"无情的自然法则的"屈服之中,还是在这儿,在这个"太阳"里——在永恒喜乐、复活的和以死亡战胜死亡的肉体永恒胜利的形象之中呢?让每一个人相信太阳心灵对自己的要求——相信"心灵的话语",他就会拥有所相信的内容。

"世界充满无数的、永远也没有得到实现的机遇",现代科学的先驱者达·芬奇确认。我们也听到了这一科学给予世界发展、"进化"的预言的虽然还是语焉不详的幼稚言谈。世界不是静止不动的,而是从某处来、走向某处的,"这个世界的形象须臾过去"。世界在过去和将来都不会和现在一样。世界现在在时间和空间上呈现在我们终极智慧和我们感觉经验面前的状态,乃是世界无数可能的状态之一;我们的感性也是我们终极的智慧。换言之,又是"这个世界的形象须臾过去",不仅是外在的,也有内在的——世界。世界仅仅在空间和时间的某一点上给予我们智慧和经验;我们是不知道世界的开端和结尾的,是不知道我们自己的开端和结尾的。毫无疑问,我们只知道一点:在现在的世界状态下,自然规律的作用是必不可少和一成不变的;根据这些规律,组成佐西马长老躯体的物质分子,就像组成一切另外的躯体的分子一样,也要分裂,已经在任何时候、任何地方,在时间和空间,亦即又是在我们的终极智慧和我们的感觉经验所认识的世界的条件下,都不会再重复曾几何时乃是佐西马长老躯体的那种结合。但是,问题就在于,在暂时还不为我们在时间和空间的量度所及的、世界的其他的条件下,类似的结合是否可能——在这个无限世界的最遥远的、不可计数的、可能的状态之一之中,它"须臾过去的形象"全部的运动、发展、"进化"所奔赴的那个状态,而这个状态则向我们的智慧和我们的感性最遥远的、不可计数的、可能的状态之一展开。在现在的状态下,我们的智慧和经验还不能够肯定或者否定地回答这个问题;但是,如果在其现状之中包含了将来的状态的现实的种子,在我们终极智慧和经验这包含了我们无限的神秘智慧和经验的种子(正如在物质的无机状态中包含了有机状态的种子一样),那么,这一神秘智慧和经验对于刚才提出的问题的回答不就是十分现实的吗:是的,在时间和空间之中某时组成某一死者活的躯体、肉体的个人的分散的分子,本质上不可分割的和永恒(因为物质的永恒性也就是我们所认识的自然规律)分子类似的结合,分子在空间和时间之外类似地结合成为新的不朽的躯体、新的肉体的个人,在我们神秘的智慧和经验无条件地要求的那种未来的状态之中,不仅是可能的,而且完全是必要的;因为对于这一神秘智慧和经验的展现向我们证明,就像关于世界未来状态的现实可能性之一那样,要证明"道成肉身",而且在这一得到体现的道中,父与子、灵魂与肉体是合一,所以,肉体的个人在其最终的、首要的意义上,是和精神的个性同值的;我们神秘的智慧和经验所要求的精神个性的不朽,也同样要求肉体的个性的不朽。但是,这就意味着:"我实在、实在地告诉你们:时候一到,棺材里的人都会听见神子的声音",并且从棺材里走出。复活的奇迹,就像童话故事中最难以置信者一样,显得不可置信。难道更为可信的是,随着男人精子和女人卵子的接触,没有灵性物质的散播的分子形成运动的旋风,结合起来,围绕一个静止不动的点,围绕一个新的、迄今从未在世界上存在的"单子"周围互相从属;而这一单子又是某种不可摧毁的核子,是诞生出来生命的新的灵魂与肉体的个性:不正是这样吗?诞生、体现的秘密——与复活的秘密相比,不多也不少;我们出生一事之不可思议,正如我们复活:第二个不可思议与第一者的区别,只在于,因其新奇,我们较少习惯。

阿辽沙的幻景是真实的幻景,这一超时间和超空间的、无限的现实的显现;这一幻景之对于阿辽沙,正如死亡之对于安德列公爵,吉蒂分娩之对于列文,乃是光明,普通生活中的"孔眼",通过它显现出来了某种更高的事物,完成了"灵魂与另外一个世界的接触";他的灵魂似乎突然看到了深远莫测的未来,到那个时候,世界发展的圆圈将要完成,时间不再存在,而曾几何时组成有机结合体、活的躯体,以后又分裂、重新组合,成为新的超有机结合体、新的不朽躯体的物质分子。"脸上布满细密皱纹的苦干小老头,还穿着昨天的那一身衣服"("你们所拥有的一切,我们也有"),在阿辽沙看来就是这一深远莫测未来之真正形象的反映,这是因为遵循了类似光学规律的规律,这样的规律在海市蜃楼中把无限遥远但又完全现实的物体拉近到凝望者的眼前。这不是梦幻,不是梦呓,不是幻影,不是贫瘠的精神,而是"有灵魂的肉体",真实的、的的确确存在的躯体,就像那躺在棺材里的躯体一样。"是啊,他是在棺材里,但是他也是在这里的",阿辽沙想。他在这里,也在那里——同时在两个世界之中——对于身处两个世界之间的阿辽沙,是这样的。佐西马长老不朽的躯体,不是幻象,而是真实的现象,躺在棺材里的同一个躯体的另外的一个现象;这躯体是由在时间和空间遵循腐朽规律的物质分子组成的,而在洞察中,在阿辽沙的明晰洞察之中,亦即是由超时间超空间的、非感觉和理所当然无限地和神秘地真实的观点来观察的物质分子。这一幻象,就像一座永恒的桥梁,两个天空之间永不消失的彩虹,最终的象征,最终的合一。

阿辽沙感受到了主的门徒和那个女人在"七日的头一日,天快亮的时候"的感受——从"可怕的忧伤和躁动"向极度喜悦的过渡:

妇女们就急忙离开坟墓,又害怕,又大大地欢喜,跑去要报给他的门徒。忽然,耶稣遇见她们,说:"祝你们平安!"她们就上前抱住他的脚拜他。(太,28:8-9)。

这也不是梦境,不是梦呓,不是感觉的欺瞒,不是幻景,而是幻境,某种无限的真实的显现——在时间和空间中的突然出现的"孔隙";通过这一"孔隙",人的灵魂突然看到了不可测量的远方,沿着整个世界在自己的有机发展、自己的进化中所遵循的方向;通过这个"孔隙",灵魂第一次在这一远方看到了应该存在的、已经永恒地存在的东西。复活了的基督的肉体不是幻象,不是幻影,不是梦呓肉体的灵魂,而完全是真实的"有灵魂的肉体":

他们却惊慌害怕,以为所看见的是魂。耶稣说:"你们为什么愁烦?为什么心里起疑念呢?你们看我的手、我的脚,就知道实在是我了。摸我看看,魂无骨无肉,你们看,我是有的。"(路,24:37-39)。

这也是她们刚才于惊慌害怕之中在棺材里看到的那个尸体,这也是那同一个"受尽折磨的人的尸体",看到它,竟不由得产生一个问题:他们怎么能够相信,他能复活呢?但是,这已经是同一个躯体的另外一种的显现,是从另外的,并非感性的、有限的,而是无限神秘的真实的观点观察的;这是特殊的、最高的、超自然的秩序的最终的显现,最终的现实;这些表象遮盖并吸收了低级的、自然秩序的以往的显现和真实,就像在音乐中高级的和声掩盖、吸收以往预备性的非谐音,似乎原来是没有这些音的。"他原来是在棺材里的"——这是暂时的非谐音,"虚幻的音";"但是,他就在这里",保持了复活肉体的力量和荣耀——这是最终达到的和谐、最终惟一真实的和声。是的,他还在棺材里;他仅仅是一具死尸,就像一切屈从于自然的又聋又哑的无情的法则、"腐臭的气味"的法则一样的死尸——对于像勒南和比拉多这样的怀疑论者就是这样，他们对真理本身发问："什么是真理？"还有就是对于最高主教和法利赛人，对于托尔斯泰及其无血无肉的"受了割礼的""犹太人把持的基督教"，对于斯麦尔加科夫及其宣称"关于非真理的话已经说尽"的健全思想，对于他们来说，基督的降临是总体秩序的显现，是服从于总体的法则的——自然的、肉体的、历史的；对于他们来说，"受尽折磨的人的尸体"是惟一的和最终的现实。但是，对于我们来说，上帝降临到大地一事竟不能够纳入自然的、肉体的、历史的总体的法则；对于"目睹过的"主的门徒来说，和对于我们这些"没有目睹，但是确信"的人来说，基督的确复活了。如果我们甚至看到了世人当中还没有人得以看到的（在这里，历史本身、自然本身，似乎是故意拆毁了全部的桥梁，切断了我们有限的智慧和感觉经验的道路），如果我们能够看过、观察过、触摸过在棺材里腐朽的耶稣的躯体，那么，我们在这里，正是只有在全部历史、全部自然之中，可能会推翻我们有限的智慧和感觉经验的见证；我们就可能会有权利说，这是亵渎的呓语、感觉的欺瞒、"魔鬼的蛊惑"，是幻境、幻影。复活的肉体降临对于我们可能依然是惟一真实的显现，惟一的和最终的、吸收一切的、最高的、神秘的，亦即最真实的现实，因为在这里，和在一切地方一样（这里正是我们对基督的接近与我们之前全部基督教的主要区别），不是来自奇迹的信仰，而是来自信仰的奇迹：

> 耶稣对他说："你因看见了我才相信；那没有看见的就相信的有福了。"（约，20：29）

我们的信仰的这一祝福，是什么人也夺取不走的，无论是勒南还是比拉多，还是首批的犹太人主教，还是"装扮犹太人的"托尔斯泰，还是斯麦尔加科夫及其全部的健全的思想；这是我们新的、真实的和最终的奇迹，我们最终的象征、合一，是任什么也销毁不了的，无论是二分还是嘲笑和混合，还是"腐臭的气味"，还是必然性的铁的规则。如果说基督第二次死是为我们而死，则基督第二次复活是为我们而复活：

> 我就常与你们同在，直到世界的末了。（太，28：20）

旧式基督教把灵魂置于肉体之上，把灵魂和肉体分离和拆开；在那里道没有成肉身，相反，肉身成道；旧式基督教把世界和人的灵魂的一半置于肉体的一半之上，只接受灵魂的复活，而蔑视肉体的复活，甚至不仅仅是压抑了而是直接忘记了肉体。肉体死亡。和肉体一起死亡的还有灵魂。活的肉体、活的灵魂只剩下了"腐臭的气味"。基督把水变成酒，把酒变成血，把石头变成面包，把面包变成肉体。旧式基督教又反其道行之，把酒变成水，把面包变成石头，变成眼泪的水、教条的石块。必须重新完成基督奇迹的第一个，即加利利的迦拿的奇迹，让旧基督教苦涩的泪水变成"新的酒，新的喜悦的酒"，以求完成基督最后的奇迹，第二次复活、第二次降临的奇迹。陀思妥耶夫斯基预告了这不可避免的演变：旧式的、黄昏的、西方的、昏暗的、修道的、殡葬的基督教，变化成新的、清晨的、东方的、太阳的、婚庆的、筵席的基督教：

> "你瞧，又取来了新酒，取来了酒杯。"（耿济之，543页）

> "你看见了我们的太阳，你看见他了么？"佐西马长老问。（同上）

> "我怕……我不敢看……"阿辽沙喃喃地说。（同上）

这个"太阳"也就是把世界的两个"终端"、两极连接起来的那道光，那令人目眩的火光、闪电——

> 端头一定要对接，
> "是"与"不"定要苏醒，
> "是"与"不"要汇合，
> 它们的死亡就是光明。

"扫罗行路，将到大马色，忽然从天上发光，四面照着他。他就扑倒在地，听见有声音对他说……"（徒，9：3-4）天上突然出现的这光明，基督复活肉体的永恒喜悦的这太阳，也就是"难以置信的显现"，它终于出现在陀思妥耶夫斯基面前，而且，对于他来说，它"终结了一切"。

正是在这里，在加利利的迦拿的显现之中，在终结之前，他最后一次展开了自己的翅膀；把他捆绑在"不动的柱子"、古老的历史的基督教上的铁链，最后碎裂——于是他飞翔起来。但是，这根铁链的最后的一个链环在陀思妥耶夫斯基的心里扎根过深，所以他只能够连着心把它从自身拉出；他离开我们飞向永恒：《卡拉马佐夫兄弟》的终结就是陀思妥耶夫斯基的终结。

陀思妥耶夫斯基没有完成自己全部作品中这最伟大的一部，就溘然长逝，并不单纯地是一个偶然事件。本应如此，岂有他哉。小说未得写出的以后各部的主题是阿辽沙以后的命运，佐西马长老遗嘱中让他完成的宗教功绩。陀思妥耶夫斯基自己就说："主要的小说——第二部——，这是我的主角的活动，已经是在我们的时代，恰恰是在我们现在的、眼下的时刻的活动。"在已经写出的小说中，他只把阿辽沙带引到了新的宗教观察；但是，这一观察的不可避免的后果——新的宗教活动没有完成，也许，甚至都没有开始完成，在"我们现在的、眼下的时刻"——在生活中，在俄国的现实本身之中。对于陀思妥耶夫斯基来说，《卡拉马佐夫兄弟》的终结似乎是不可能的，因为这样的结尾在生活中是没有的。陀思妥耶夫斯基似乎感觉到，自己已经做完了能够做到的一切，适时走出生活——与世长辞。

托尔斯泰还活着。但是,《安娜·卡列尼娜》对于他,正如《卡拉马佐夫兄弟》对于陀思妥耶夫斯基,乃是创作的命定分界线,这个分界线,他是命定跨越不过去的:在此之后,他创作的作品也许力量不减(例如《伊万·伊里奇之死》《克莱采奏鸣曲》),但是,在艺术的自持力和和谐的均衡性方面已经永远达不到与《安娜·卡列尼娜》等同的水平。于是,托尔斯泰似乎感觉到,在生活中,在艺术和生活的观察中,自己已经完成了力所能及的一切,所以适时地从自己这真正的生活退却,进入透明的、死无生气的生活,进入抽象的"说理",进入宗教活动的徒劳的实验——也就等于与世长辞。

这样,《安娜·卡列尼娜》就是只凭无意识的、异教的神圣,来显现神圣的、正在分娩的、死亡的肉体,象征对比安娜的死亡和吉蒂的分娩,显现神兽和在托尔斯泰笔下对一切生命做着"可怕的铁器活"之地下的小老头;而《卡拉马佐夫兄弟》则是凭借有意识的基督的神圣性来显现神圣的、复活的肉体,在陀思妥耶夫斯基的"加利利的迦拿"中显现神人——这是俄国文学所达到的两个极端的巅峰。俄国文学再也没有前进,因为俄国的现实,我要再说一遍,没有向前发展。在这两个高峰之后开始的是经历了某一伟大山峦的崩溃,这山峦时而是缓坡,时而陡峭向下;接着开始的就是不可救药的野蛮化、荒芜化,似乎俄罗斯预言的全部活动泉水都已经突然枯竭殆尽。正在出现新的有才之士,甚至矮小的天才人士;但是,社会不需要他们的出现。这不是长江大河,甚至算不了长江大河的支流,而只不过是沙漠里的河沟子,地图上连标志都没有——这些河沟子从沙子堆里出现,又在沙子堆里消失。一些人写作,是因为其他人阅读;但是,无论在写作中,还是在阅读中,都没有人意识到,如果不存在已经写好和已经阅读的东西,人就没有办法生活。现今俄国所发生的最重要的事,都是在文学之外,是撇开文学甚至违背文学的;生活的宏伟河床偏离了方向,深水退去——于是文学搁浅在浅滩之上。我们现在所说的和所想到的一切,都比我们所书写的更重要、更需要：现代文学干脆是不接受、不容忍最重要和最需要的东西的：这是特殊浓度的液体，具有软木塞和木头片比重的东西都要漂浮在它的表面上，而一切更硬实、更有分量的东西则沉淀在底下。

从陀思妥耶夫斯基逝世和托尔斯泰断绝艺术创作起，经历了二十年，我们才醒悟到，情况就是这样，亦即，在现在，我们正在经历的不是偶然的"蜕变"，不是暂时的"衰落"，不是似乎从西方飘来的"颓废"，而是早已经酝酿的、自然的和不可避免的俄国文学的终结。一承认这一事实，我们就感到心惊胆战；但是，在此心惊胆战之中，也许又包含了喜悦；也许，俄国文学，无论有多么伟大，也还是比俄国的生活狭小；也许，俄国文学亦即俄罗斯人伟大观察力的终结，正是俄罗斯人伟大行动的开始。

只有现在，在俄国文学正在结束，或者至少，俄国文学发展的确定的、不可重复的周期完毕的时候——只有在现在，我们才开始理解，在十九世纪三十到八十年代，在从叶甫根尼·奥涅金到安娜·卡列尼娜和卡拉马佐夫兄弟这一期间，俄国到底发生了什么事。为了在世界文化中找到类似突发性展开，或者更确切地说，精神力量的骤然迸发的因素，大概是必须返回到埃斯库罗斯的普罗米修斯到欧里庇得斯类似的《阿尔克提斯》（前438）那几十年的古希腊悲剧的繁荣的，或者十五世纪七十年代到十六世纪二十年代的意大利绘画，从波提切利的《春》到拉斐尔的《基督变貌》。

从俄国的建立到彼得大帝之间的八个世纪，我们一直酣睡；从彼得大帝到普希金之间的一百年我们常常醒来，从普希金到托尔斯泰和陀思妥耶夫斯基之间的半个世纪，我们突然苏醒之后，经历了西欧人类三千年的发展。这样苏醒的速度有如飞向深渊的石头的速度，精神因此而焕发。托尔斯泰和陀思妥耶夫斯基——俄国文化的这两个高峰——闪耀出宏伟太阳的第一道光线，而西欧文化还没有一个高峰闪耀出这样的光线。这个宏伟的太阳就是关于世界历史终结的思想。

我感觉到了威胁着我的险情,这就是:把最神圣的事物变成滑稽,因为对于这个世纪的孩子们,对于主张无限中间派立场、无限"进步"、世界延续的人们来说,最可笑的、愚蠢的、不可置信的、侮辱人格的事,莫过于全部基督教的主要思想——关于末世的思想。但是我聊以自慰的是,反正现在没有人或者差不多没有人能够听到我的声音:对于我们乃是如雷贯耳的语言,在"这个世纪的人"看来有如微微可闻的耳语。

"末世接近一切人。""孩子们,——最后的时间",在临终之前,百岁长老、主的门徒、靠近主的心灵倾听这一心灵秘密的约翰——"雷电之子",一再重复这句话。是的,越是接近主的心灵,主的这一最隐秘的思想越是明显——这就是关于末世的思想。

自从下面的话说出之后,已经过去了差不多两千年:

> 主要降临的应许在哪里呢?因为从列祖睡了以来,万物与起初创造的时候仍是一样。(彼后,3:4)

也正是现在,人们比以往更多地看清,末世是没有的,主的话传播得比天空和大地运行得更快。但是,如果我们星球的"向心力"足够在维持两千年——面对永恒者也只是两个瞬间——那又能够怎么样?我们还是不能够看到已经看见的东西。

就像哪些位于高处者在人们的头顶上方能够看到正在接近他们但是在下方站在人群中的人却看不到事物那样,在全部未来世纪之上方、历史时间之上方,我们已经看到了世界历史的末世。

我们重新接近基督的迹象,也是这个突然在人的精神全部制高点上已经发出闪光的关于末世的思想。扎拉图斯特拉——尼采说:"人就是必须被制服的。"托尔斯泰同意尼采的话:"人类应该终止。"陀思妥耶夫斯基也表示同意:"末世正在到来。"

在这个对于主张无限"进步"的现代人来说最滑稽可笑和难以置信的、对于我们来说最可怕和深信不疑的预言"末世接近一切人"

这一点上，这三个人见解一致。

所以，不足为奇的是，在俄国和全世界文化的巅峰上发出光芒的事物，是符合俄国民族最深层本性中出现的情况的；所以，不足为奇的是，在最近的三百年，正是俄罗斯民族如此顽强地、毫不退让地思考了世界的终结，而西欧诸民族却没有一个有如此的思索。

我们是"颓废派""悲观主义者"，虽然也许我们的"颓废"乃是某种本国的、民族的、俄罗斯的——不是来自外域，而是来自自己自身，不是来自西欧，而是来自俄罗斯大地的深层，来自其血缘最深的母体身处（从古典的、学院派的、普希金的观点来看，难道陀思妥耶夫斯基不是比我们所有的人都更加颓废吗？）；也许，连我们的"颓废"也是某种历史的、自然的、必不可少的，不然，我们还可能是什么呢，不就是俄国文学的自然的和必不可少的终结吗，俄国文学本身不就是某种更加伟大的事物的终结吗？就让我们充当羸弱者当中最没有力量的吧。"在这无力的状态中，将会形成我们的强力。"我们的力量就在于，魔鬼当中最强有力的和现代的，也不能够使用无限中间派的、无限"进步"的任何诱惑来诱惑住我们。我们不相信任何的中间派，因为我们相信终结，看到了终结，要求终结，因为我们自己就是终结，或者，至少，就是终结的开始。在我们的眼睛里，是人类的眼睛里从来没有过的表情；在我们的心灵里，是一千九百年以来任何人都没有感受过的情感；从拔摩岛上的隐士目睹显现以来：

圣灵和新妇都说："来！"听见的人也该说："来！"
……证明这事的说："是了，我必快来。"阿门！主耶稣啊，我愿你来！（启，22：17 – 20）

那里，在下面，在山谷里，高大的橡树把根深深扎进土地。而我们，软弱、矮小，在地面上几乎难以目睹，要面对风霜雪雨，几乎是没有根的，几乎是枯萎的。然而，某天清晨，橡树树冠还在昏暗之中——我们已经精神焕发；我们看到了任何人都没有看到的事；是我们首先看到了伟大一天的阳光；是我们赶在一切人的前面，对他说：

  主耶稣啊，我愿你来！

附录：梅列日科夫斯基作品编年

1888：《诗歌集》（收 1883—1887 年间诗作）
1892：《象征、歌曲与诗作》（"象征主义，诗歌"）
1893：《论现代俄国文学衰落的原因和各种无限流派》
1896：《新诗集》（收 1891—1895 年间诗作）
1897：《永恒的伴侣：世界文学肖像》
1893：《背教者尤利安》，英译本（1902）、德译本（1903）、中译本（谢翰如译，辽宁教育出版社，1997）
1901：《列奥纳多·达·芬奇》，英译本（1902）、德译本（1903）、中译本（绮纹译，北京：三联书店，1998 年重版）
1901—1902：《托尔斯泰与陀思妥耶夫斯基》，英译本（1902）、德译本（1903）、第一部中译本（杨德友译，辽宁教育出版社，2000）
1905：《反基督：彼得与阿列克塞》，英译本（1905）、德译本（1918—1920）、中译本（刁绍华译，黑龙江人民出版社，1998）
1904：《诗歌选集》（收入 1883—1903 年间诗歌）；
翻译《达芙妮与克洛娅》（古希腊小说）
翻译《爱比死坚强》（十五世纪古意大利小说）
1906：《果戈理与魔鬼》，德译本（1914）
1906：《契诃夫与高尔基》《未来的无赖》，中译本收入《病重的俄罗斯》（李莉等译，云南人民出版社，1999）
1906：《俄国光明的先知：纪念陀思妥耶夫斯基》，法译本（1907）、德译本（1908）

1908：《不是和平，而是刀剑》

1910：《病重的俄罗斯》，中译本（李莉等译，云南人民出版社，1999）

《保罗一世》（剧本，圣彼得堡；柏林，1908）

1911：《超人诗人莱蒙托夫》《果戈理的创作与宗教》

1912：《亚历山大一世》（小说）

1915：《过去与未来：1910 – 1914 年日记》

1915：《俄国诗歌的两个秘密：涅克拉索夫与丘特切夫》

1917：《非战争日记：1914 – 1916》

1917：《浪漫派》（剧本）

1918：《自由先锋：1825 年 12 月 14 日奇异史》

1921：《反基督的王国》，德译本

1924 – 1925：《众神诞生：克里特岛的图坦卡蒙》，德译本（1924）、英译本（1926）、法译本（2001）、俄语初版（2000）

1925：《弥赛亚》，初版法译本、德译本（1927）、俄语初版（2000）

1925：《三人的秘密》，德译本（1924）、法译本（1927）

1930：《西方的秘密，亚特兰蒂斯 – 欧罗巴》，贝尔格莱德，德译本（1930）、葡萄牙译本（1930）、英译本（1931/1971）、意大利译本（1937）、西班牙译本（1944）、法译本（1995）

1932 – 34：《不为人知的耶稣》，贝尔格莱德，德译本（1932）、法译本（1946）

1929：《拿破仑》，贝尔格莱德，《皇太子阿列克塞》（悲剧），布拉格

1938：《阿西西的方济各》，慕尼黑

1938：《路德》，法译本，1990；中译本《路德与加尔文》（杨德友译，上海学林出版社，1999）

1938：《加尔文》，法译本，中译本（同上）

1938：《贞德》，柏林

1939：《但丁》，巴黎，中译本《但丁传》（刁绍华译，辽宁教育出版社，2000）

译者后记

1994年10月，刘小枫先生在一次电话中建议翻译该书。当时，长子杨念在美国伊利诺伊大学读博士，我请杨念帮助借阅和复印到该书卷一和卷二的序言，以后又托莱斯大学汤普逊博士帮助复印了卷二（1914年24卷本《梅列日科夫斯基全集》的第11和第12卷）。1998年1月译完卷一，2000年1月由辽宁教育出版社出版。第二卷的译事在十年后的2007年4月才开始，2008年10月完成，以后又重新审校了第一卷的译文。在此期间，北京大学中文系教授刘东也推荐翻译该书的全译本，并推荐出版社。

翻译梅列日科夫斯基这部著作，有些值得回忆的细节。

在1988年前后校对高骅翻译的赫克《俄罗斯的宗教》（香港道风书社，1994）译稿的时候，注意到"参考书目"中的梅列日科夫斯基的《托尔斯泰与陀思妥耶夫斯基》。1994年在美国讲学完毕准备回国之前，我和老伴周惠文在伊利诺伊大学度假。7月，刘小枫先生在电话里约我翻译梅列日科夫斯基的《路德》和《加尔文》两书（中译合为《路德与加尔文》，上海学林出版社，1999），并让我寻找俄文原版。长子杨念立即帮助我从伊利诺伊大学图书馆找到了《加尔文》（Constantin Andronikoff译的法文版，Gallimard，1942），但在美国，即使通过大学图书馆际借阅系统，也没有找到《路德》。回国后的一年多的时间里，我想尽一切办法，"动员"可能提供帮助的亲朋好友，兴师动众地寻找。首先找到中国社科院外国文学所李政文研究员（《世界文学》副主编），李先生查遍中国这个级别最高、藏书丰富的外文所图书馆，未果，又不辞劳苦前往北图寻觅，仍然未果。于是，我找到在1970年代教过的英语专业学生郭晋萍，托她在莫斯科工作的先生张银海帮忙。张先生十分热心，给莫斯科各大书店打电话询问此书，又前往列宁图书馆，找到一些1917年以前出版的梅氏著作和1991年以后出版的梅氏著作，但唯独没有此书。

我的老朋友，山西大学前校长程人乾教授（1954—1960年留学波兰）到波兰做访问研究时帮我在华沙大学图书馆查找，看到梅氏许多著作，也唯独没有此书。1995—1996年，我小妹杨德玲的先生，西安外国语大学法语系教授蒋梓骅在波尔多大学经过校际图书馆联网查询，终于找到了这本《路德》的法文版（Les Editions du Beffroi, Canada, France, 1990），译者仍然是安德罗尼科夫。

寻书困难的原因之一大概是，梅氏1920年旅居法国，1930年以后写作的书，有不少大概都是先译成法文出版，当时已是二战前夕，估计印数不大。此外，从1917年到1991年的七十多年间，梅氏著作在苏联是禁书，波兰等原社会主义国家图书馆也无法收藏梅氏1920年以后的书。1998年，我曾在美国北卡罗来纳大学看到1990年代的新版梅氏著作，四卷本选集，当然不会收入《路德》。书的命运和人的命运一样，常常无法预测，却又耐人寻味。

1950—1953年上初中时，我就听说过意大利文艺复兴时代三杰，很感兴趣。"文革"前，在山西大学图书馆里见到过绮纹翻译的《达·芬奇》，还买到了"历史小丛书"《达·芬奇》。须臾之间，到了1976年，当时正在北京处理父亲逝世后的杂事，国庆节前夕为散心前往北京王府井外文书店浏览。"文革"进行十年有余，这家书店竟然还营业，也算是一个小意外了。书店矩形，四壁都是书架，中间是一长桌，都摆满了各种外文书，英文书最多。我慢慢查看，忽然看到三四十本一样的书，书脊上赫然印着俄文书名Kak zakalialas' stal（《钢铁是怎样炼成的》，奥斯特洛夫斯基著）。拿起一本翻开封底看价格，却看到"卖主"资料室图章，还有"作废注销"的红印章——原来"卖主"是某市一家钢铁公司技术科资料室，我想他们肯定认为这是一本冶金著作,学习苏联先进炼钢技术必不可少,所以订购了三四十本。

转身忽然看到花体德文精装本的梅氏《历史小说:达·芬奇》(Leonardo da Vinci, Historischer Roman, München 1922 年, 插图 19 幅, 696 页), 定价人民币 3 元; 虽然很贵很贵, 还是狠狠心买下。其实, 我从青年时代起, 一直到退休后多年的现在, 买书方面从不节省, 因为有些书在学校图书馆很难找到, 且借书手续十分麻烦。

1956 年, 我被"保送"到北京俄语学院(今天的北京外国语大学)学习。高考前, 曾前往北京宣武门内大街路西石驸马大街的北京俄语学院留苏预备部听报告, 学校一位十分负责的领导信誓旦旦地告诉天真但实际上很幼稚的青年考生: 以后, 我们的国家干部, 凡懂俄语的, 工资一律比其他人高 20%。这位领导鼓励考生时绝对没有想到, 到了 1957 年夏天, 全国外语院校和外语系("外语"在半个世纪以前几乎是"俄语"的同义词, 和今天的英语一样)的一年级学生必须转学, 二、三年级自愿转学(当时学习俄语和东欧语言的大学生有数千人)。1956 年, 中国人口大约 6 亿, 高校招生全国 16 万, 到了 1957 年, 大家被告知, 那是冒进, 招生太多!——当然, 懂俄语的人后来境遇都不理想, 工资不仅不比别人多, 而且不少人到了四十岁左右时还得"俄改英", 边学边教英文, 难啊! 1957 年以后, 政策层出不穷、朝令夕改, 现在的青年人听起来一定很纳闷。我在三四十岁的时候, 参加了《苏联历史百科全书》第 5 卷的翻译工作(中译书名是《世界历史百科全书》, 北京, 商务印书馆, 1992), 又与吴长福教授一起校对他人翻译的《印度近代史》(北京, 三联书店, 1978), 俄语笔译得到锻炼。

如今, 在年迈之际翻译梅氏这一名著, 值得庆幸。我常常提醒自己忘记那个"十分负责的领导"和当今翻译稿酬很低的事实, 不要抱怨, 也不必羡慕一天翻译几千字甚至一万字的高手。我时常想起著名俄国文学翻译家余振先生(1908—1996, 原名李毓珍, 山西原平人), 他翻译了普希金、莱蒙托夫、马雅可夫斯基等著名诗人的作品，译文都堪称上乘。他1957年被划为右派，1979年改正之后任教于华东师范大学。1980年，我有机会去上海，访问了余振先生，请教了关于文学翻译尤其诗歌翻译问题之后，听先生漫谈起几十年专心于俄语的感慨。1949年到1957年，俄语很红；1957年到1978年，先生几乎完全不能做专业工作，俄语逐渐受到冷遇；1978年以后，俄语受到更严重的冷遇；70岁以后，先生才得以安然致力于专长，然而，俄国和苏联文学又遭冷遇。先生在译事上，毕生锲而不舍，当是我们的楷模。

1978年，我国高校招收研究生工作全面恢复，我已经四十岁，却还想读研究生。这一年暑假，回到北京，忽然想到去中央美院试试。找见研究生招办负责人程永江先生，被告知报名日期和考试已经过了。我说自己对西方艺术史感兴趣，有不止一种外语基础，可否看看试题。程先生拿出中央美院英、俄、法、德、日等外语的研究生考试卷子，都是关于美术的论文片段，说考试翻译一篇的时间是三小时，你试试看，做多少都可以，还提供了外语字典。程先生出去，我留在资料室。大约三个小时之后，程先生回来，我立即交卷。五种外语考卷全部翻译完毕。只有日语，觉得有些文句翻译得大概不够准确。程先生说，我们看看，你明天来吧。次日，我如约来到中央美院。程先生说，我们看了你的考卷，决定录取你，你必须补办报名手续，拿这张表格回山西大学盖个公章就可以了。我很感谢程先生，冒昧索要住址，约好去拜访。找到程宅，生平第一次看到真正大气、典雅的北京四合院，这才知道，程永江先生是著名京剧程派奠基人程砚秋先生的公子。后来我又有机会认识了美术史专家邵大箴教授。在以后的大约十年里，中央美院的《世界美术》和浙江美院的《美术译丛》为我提供了翻译西方美术经典论文的机会。——山西大学似乎意识到我"不算无用"，坚决不给表格盖章，我也失去了惟一的返回北京的机会。

2008年12月，《三联生活周刊》做了京剧专刊，我看到了对程永江先生关于程砚秋的采访。2009年4月底到北京小住时再去程府拜见程先生，先生侃侃而谈，先谈有关京剧的问题，后谈到 1950 年代在列宁格勒列宾美术学院学习的情况，谈到参观托尔斯泰故居——在托尔斯泰书房看到列宾为他画的肖像，又沿着托尔斯泰曾经多年散步的林荫路，一直走到终点，到达托尔斯泰的墓地致敬。先生不时用俄语表达，字正腔圆。我虽然无缘到俄国，听来却耳熟能详。

  这些经历，鼓励了我在后来的大约三十年里不断努力。有能力做，而且能够争取到机会做有意义的事、有意义的工作就好，就是愉快，就是幸运，应该也是有益于健康的。"工作可以免除三大害处：贫困、罪恶和烦恼。"——这是伏尔泰的忠告。真是至理名言，至理名言。

杨德友

2008 年 12 月

2009 年 6 月 26 日又补

山西大学

图书在版编目（CIP）数据

托尔斯泰与陀思妥耶夫斯基/（俄罗斯）梅列日科夫斯基著；杨德友译. -- 2版. --北京：华夏出版社有限公司，2022.7
ISBN 978-7-5222-0186-3

Ⅰ.①托… Ⅱ.①梅…②杨… Ⅲ.①托尔斯泰（Tolstoy, Leo Nikolayevich 1828—1910）－文学研究 ②陀思妥耶夫斯基（Dostoyevsky, Fyodor Mikhailovich 1821—1881）－文学研究 Ⅳ.①I512.064

中国版本图书馆 CIP 数据核字（2021）第 203391 号

托尔斯泰与陀思妥耶夫斯基

作　　者	［俄罗斯］梅列日科夫斯基
译　　者	杨德友
责任编辑	王霄翎
责任印制	刘　洋
出版发行	华夏出版社有限公司
经　　销	新华书店
印　　刷	北京汇林印务有限公司
装　　订	北京汇林印务有限公司
版　　次	2022 年 7 月北京第 2 版 2022 年 7 月北京第 1 次印刷
开　　本	880×1230　1/32 开
印　　张	24.625
字　　数	700 千字
定　　价	148.00 元

华夏出版社有限公司　　地址：北京市东直门外香河园北里 4 号
邮编：100028　电话：（010）64663331（转）　网址：www.hxph.com.cn
若发现本版图书有印装质量问题，请与我社营销中心联系调换。